Das Geheimnis der Heilerin

Beverly Swerling

Das Geheimnis der Heilerin

Roman

Aus dem Amerikanischen von
Ursula Wulfekamp

WILHELM HEYNE VERLAG
MÜNCHEN

Die Originalausgabe erschien als einbändiges Werk zusammen mit
»Der Traum des Baders« (Heyne, 2001) unter dem Titel
City of Dreams: A Novel of Early Manhattan
bei Simon & Schuster, New York

Der Wilhelm Heyne Verlag ist ein Unternehmen
der Ullstein Heyne List GmbH & Go. KG

Satz: Franzis print & media GmbH, München
Druck und Bindung: Bercker, Kevelaer
Printed in Germany

ISBN 3-453-86474-3

Erstes Buch

Der Pfad
»Krallen reißen Augen aus«

September 1759 bis Oktober 1760

Manchmal konnten die mutigen und ehrenhaften Häuptlinge den Kriegspfad nicht vermeiden, und viele Male musste das Volk der Canarsie sich seinen Feinden stellen und sie töten.

An der Schlacht gegen eine Bedrohung von außen teilzunehmen, galt für furchtlose Krieger als verdienstvoll. Doch einen Kampf innerhalb des Volkes, Blut gegen Blut, sahen sie als Kampf zwischen einem Adlerpaar, das sich mit seinen grausamen Klauen gegenseitig die Augen ausriss, sodass beide geblendet zurückblieben.

Der Pfad »Krallen reißen Augen aus« musste um jeden Preis vermieden werden.

Es sei denn, die *manetuac*, die Blutgeister, sprachen ein anderes Urteil.

Kapitel 1

I

Die Septembernacht war dunkel, kein Mond stand am Himmel, immer wieder zogen Wolken vor die Sterne. Das kleine Boot – keine neun Fuß lang, der Name *Margery Dee* in unbeholfenen Buchstaben auf den Bug geschrieben – überließ sich vertrauensvoll den Wellen, sein einziges Gaffelsegel flatterte straff im Wind.

Der alte Seemann hatte eine Hand aufs Ruder gelegt, mit der anderen kontrollierte er die Schot. Seine trüben Augen suchten die weite Wasserfläche vor sich ab, doch dort war nichts zu sehen – seitdem er die Reede hinter sich gelassen hatte, gab es nur noch wenig für ihn zu tun. Im Hafen von New York lagen zwar große und kleine Seefahrzeuge dicht an dicht vor Anker, doch kein anderes hatte den Anlegeplatz zur selben späten Stunde verlassen wie die *Margery Dee*.

Einen seltsamen Passagier hatte er da, einen Mulatten mit der Hautfarbe von Kaffee mit 'nem kräftigen Schuss Milch. Deswegen führte der sich wohl auch auf, als wär er ein Weißer. Zumindest an Land. Jetzt, wo er eingezwängt im Bug saß, die langen Beine angezogen, sodass die Knie ihm fast unterm Kinn hingen, und wo er sich an die gottverfluchte Kiste klammerte, spreizte sich der Neger nicht mehr wie'n Pfau, egal, wie viel weißes Blut in seinen Adern floss. Er sah aus, als würd er viel drum geben, nicht hier auf dem Boot zu sein.

»Hier draußen behagt's dir wohl gar nicht, was?« Das heisere Lachen des Seemanns ging im stürmischen Wind der schwarzen Nacht fast unter. »Das tut's keinem von euch. Ihr Neger fahrt bloß zur See, wenn die Sklavenhändler euch erwischen.«

Cuf wusste zwar, dass der Seemann damit Unrecht hatte, aber er widersprach nicht. Vom Heben und Senken des Boots wurde ihm übel. Er wollte bloß erledigen, was er zu erledigen hatte, und dann so bald wie möglich wieder an Land gehen. Aber das könnte vielleicht schwierig werden.

Zumindest hatte sie ihm das gesagt. Squaw DaSilva, wie die Leute sie nannten, obwohl er sie immer mit »Mistress« ansprach. Das gehörte sich auch so, denn er war als Sklave bei ihr im Haus aufgewachsen. Zur Apotheke an der Pearl Street war er nur gegangen, wenn sie ihn hinschickte, ein- oder zweimal im Monat. Phoebe – sie hatte ihm nie gesagt, er solle sie Mama nennen – redete kaum mit ihm. Alles, was er wusste, hatte Squaw DaSilva ihm beigebracht.

Genau wie jetzt. Sie hatte ihm das Kistchen gegeben und dazu zwei Shilling für die Überfahrt nach Bedloe's Island. *Pass auf, dass niemand dir nachspioniert, Cuf. Das Hinkommen wird leicht sein, aber das Zurückkommen könnte schwierig werden. Du bist oft sehr klug. Sei auch jetzt klug.*

Er hatte ihre blauen Augen hinter dem schwarzen Schleier gesehen, den sie trug, solange er zurückdenken konnte. Ein schwarzer Schleier vor dem Gesicht, ein schwarzes Kleid und darüber eine schwarze Schürze. Witwentracht. Obwohl ihr Mann lebte, da oben in dem Zimmer, das niemand betreten durfte außer Tilda und der alten Mistress O'Toole.

»Da sind wir.« Der Seemann drehte das Ruder nach steuerbord und hielt mit dem Boot auf das Ufer zu. »Verfluchtes Bedloe's Island. Näher als bis an die Pfosten da fahr ich nicht ran. Die Pocken will ich mir nicht holen. Nicht mal, wenn du mir das Doppelte von den zwei Shilling zahlst.«

Cuf spähte in die Dunkelheit, konnte aber nichts sehen. »Keine Sorge. Du bekommst dein Geld schon.«

Die Münzen waren in der Tasche seiner abgeschabten ledernen Kniehose. Zwei Eisen-Shilling, die irgendein Schmied oben in Neuengland gehämmert hatte. Die Leute sagten zwar, dass die Münzen, die hier in Amerika hergestellt wurden, kein richtiges Geld waren, aber trotzdem wurden sie von fast allen verwendet. Mistress zahlte ihm vier Pennies die Woche – manchmal waren sie aus Holz, manchmal aus Kupfer. Ihm war es egal, und dem zahnlosen, grauhaarigen alten Seemann, dem dieses armselige Boot gehörte, würde es auch egal sein. »Reicht mir das Wasser hier über den Kopf?«

»Bei 'nem großen, kräftigen Neger wie dir nicht. Obwohl, die Wellen sind heute Nacht ziemlich hoch, also … kannst du schwimmen?«

»Nein. Und du hast gesagt, ich müsste nicht schwimmen.«

Der Alte lachte, lauter als zuvor. »Halt die Luft an. Das war bloß 'n kleiner Scherz. Von den Pfosten da kannst du zum Strand waten, kein Problem. Dafür sind die doch eigens da, wenn jemand blöd genug ist, auf diese Pestinsel zu wollen. Du hast wohl keine Angst vor den Pocken, was? Die Leute sagen ja, Neger kriegen die nicht. Stimmt das?«

»Ist Ebbe oder Flut?«, fragte Cuf.

Der Alte hatte nicht wirklich erwartet, eine Antwort auf seine Frage zu hören. Alle wussten, dass die Neger den Weißen nichts von ihrem Zauber erzählten. Neger behielten ihre Geheimnisse für sich. »Es ist Ebbe, 'ne ganze Weile noch. Aber in 'ner knappen Stunde kommt die Flut. So lang warte ich nicht.«

»Es dauert nicht lange, was ich hier tun muss.«

Der Seemann kniff die Augen zusammen und schaute in die Dunkelheit. »Willst du die Kiste auf diese Pestinsel mitnehmen?«

»Das geht dich nichts an. Nicht, solange du dein Geld bekommst.«

»Sei nicht so vorlaut, Junge. Außerdem schert's mich nicht die Bohne, was du da machst, solang du rechtzeitig wieder hier bist.«

Dir kann auf der Insel nichts passieren, Cuf. Du weißt, dass du die Pocken nicht bekommen kannst.

Seit Cuf denken konnte, hatte er die wulstige Narbe auf dem Oberschenkel, und fast ebenso lange wusste er, dass keine Schiffe auf dem Weg nach New York an Bedloe's Island anlegen und auf Pocken untersucht werden müssten, wenn jedermann diese Narbe hätte. Der Bruder der Mistress, Dr. Luke, hatte es ihm erklärt. Er hatte auch gesagt, manchmal sei gegen Dummheit eben kein Kraut gewachsen. »Wie lange noch?«, fragte Cuf. »Sind wir schon nah an den Pfählen dran?«

»Noch ein oder zwei Minuten. Bist du blind? Die

kannst du doch von hier schon sehen. Jetzt steh auf, Junge. Du musst das Tau um einen von den Pfosten legen, sonst geht das Boot zu Bruch.«

Um das Tau zu ergreifen, musste Cuf die kleine Kiste aus der Hand legen. Zum Glück konnte er sie auf die andere Seite des Decks stellen, sodass er zwischen ihr und dem Alten stand.

»Jetzt – da sind wir. Schling das Tau um den Pfosten da backbord. Jetzt mach schon! Du bist doch 'n junger, starker Kerl ... verflucht! Du Idiot, fast hättest du's verfehlt!«

Fast. Er hatte den von Pech geschwärzten Baumstamm im bewegten Wasser erst gesehen, als sie an ihm vorbeifuhren. Er hatte sich über die Seite beugen und das Tau werfen müssen. Nur dank seiner langen Arme und etwas Glück war das Manöver nicht gescheitert.

»Jetzt zieh das Tau schon an, Mann! Los, zurr's fest!« Der Alte zog das Ruder abrupt zu sich, sodass das kleine Boot weiter in den Wind drehte. Eine Welle hob den Bug hoch empor, dann klatschte er wieder aufs Wasser zurück.

Das Kistchen rutschte zwischen Cufs Beinen längs über das Deck. Er streckte sich, um mit einer Hand danach zu angeln. Das Boot schlingerte wild auf den Wellen. Cuf spürte, wie die eisige Salzgischt ihm ins Gesicht spritzte und ihm fast die Sicht nahm. Mit einer Hand hielt er noch das Tau umklammert, mit der anderen tastete er verzweifelt nach dem Kistchen.

Der alte Seemann hielt es mit dem Knie auf dem glitschigen Deck fest und klemmte es sich zwischen die Beine. »Halt das gottverdammte Tau fest, bis ich's festmachen kann, verflucht! Ihr Neger seid einfach zu nichts nutze. Jetzt mach dir nicht ins Hemd, ich hab dein blödes Kistchen schon.« Der Alte ließ das Ruder und die Leinen los und sprang in den Bug. Über ihnen flatterte und klatschte das Segel, das Ruder schwang wie betrunken hin und her. Der Seemann riss Cuf das Tau aus der Hand. »Los, gib her!« Mit einigen raschen Achterschleifen hatte er es an einer Klampe am Dollbord befestigt. »So, jetzt haben wir's. Heil und ganz – aber dir haben wir das nicht zu verdanken.«

Das Boot schwankte noch immer heftig. Cuf spähte in das schwarze Wasser; es kam ihm sehr kalt und sehr tief vor. »Gib mir mein Kästchen.«

»Immer mit der Ruhe.« Der Seemann hatte das Kistchen hinter sich abgestellt. In der Nacht, die nur von den leuchtendsten Sternen erhellt wurde, glaubte Cuf etwas in der Hand des Mannes blitzen zu sehen. Ein Messer? »Du kriegst dein Kästchen, wenn ich mein Geld kriege. Zwei Shilling. Wie vereinbart.«

Cuf holte die Münzen aus seiner Tasche. »Die Hälfte jetzt, die andere Hälfte, wenn wir wieder im Hafen sind.«

»Kommt nicht infrage. Wer sagt, dass du mich bezahlst, wenn du mich nicht mehr brauchst?«

»Und wer sagt, dass du auf mich wartest, wenn ich dir das Geld jetzt schon gebe?«

Die Männer starrten sich an. Der Gegenstand, den der Alte in der Hand hielt, fing ein verirrtes Sternenlicht auf und glitzerte. Es war tatsächlich ein Messer. »Einen Shilling jetzt«, sagte Cuf mit ruhiger Stimme. »Den zweiten, wenn ich wieder an Bord bin.«

Der Alte überlegte eine Sekunde. »Also gut«, sagte er. »Her mit dem Geld.«

»Wenn du mir mein Kästchen gibst.«

Der Austausch ging zeitgleich vor sich.

Der Seemann hielt die Münze fest in der Hand, als Cuf über die Seite ins Wasser stieg – es reichte ihm kaum bis zur Taille – und sich durch die Brandung zum Ufer vorkämpfte.

Dann sah der Alte ihm nach, bis er in der Dunkelheit verschwand. Der kleine Kasten war federleicht gewesen. Viel zu leicht, als dass Geld drin gewesen wäre, wie er zuerst gedacht hatte. Alles, in das Squaw DaSilva ihre Finger steckte, musste eigentlich mit Geld zu tun haben. Die reichste Frau von New York war die. Aber selbst Papiergeld, das eh nichts taugte, wog mehr als das, was da in dem Kistchen war. Ein Edelstein vielleicht. Ein großer Diamant.

Wenigstens war das etwas, worüber er nachdenken konnte, während er hier in der dunklen, stillen Nacht saß und wartete. Das Segel hing schlaff herab, der Wind hatte sich gelegt. Das verfluchte Bedloe's Island hatte den Wind verschluckt. Und kalt war ihm, kalt wie 'ner Eiskröte, und es wurde bloß immer noch kälter. Seine derbe Kniehose, gegen die Nässe dick mit Pech eingeschmiert, sein kariertes Wollhemd und die kurze Jacke waren einfach nicht warm genug. Es war verdammt kalt für September. Völlig unnatürlich. Die *Margery Dee* gegen die Flut in den Hafen zurückrudern – das würde er nicht machen, nicht in einer solchen Nacht, wenn weiß der Teufel wer unterwegs war. Wenn der Neger nicht wieder da war, bevor die Flut kam, würde er zurückfahren. Sich mit dem einen Shilling zufrieden geben und ablegen.

Geh den Strand hinauf und nach rechts, Cuf. Wenn du richtig an Land stehst, hinter dem Kies, siehst du eine Kiefer, die der Wind wie zu einer Haarnadel gekrümmt hat.

Cuf widerstrebte jeder Schritt. Seine Flanelljacke und die Hose tropften vor Wasser, beim Gehen rieben die Oberschenkel schrappend aneinander. Das und das Geräusch seiner Stiefel auf dem Stein waren die einzigen Laute. Bedloe's Island war unbewohnt.

Nach ein paar Sekunden sah er den Baum – genau an der Stelle, die sie ihm beschrieben hatte, und er sah auch genauso aus, wie sie gesagt hatte. Dabei hatte Squaw DaSilva bestimmt noch keinen Fuß auf die Insel gesetzt. Dr. Luke musste ihr von dem kiesigen Strand und dem Baum erzählt haben; er gehörte zu dem Komitee, das sich für den Bau eines Pesthauses auf der Insel einsetzte. Dr. Luke nannte es ein Hospiz für alle, die an einer ansteckenden Krankheit litten, aber jeder wusste, dass es ein Ort sein würde, an den man nur zum Sterben hingeschickt würde. Wie das Armenhospiz. Nur schlimmer.

Der Baum neigt sich nach Westen, Cuf. Geh dreiunddreißig große Schritte in die Richtung. Nicht mehr und nicht weniger.

Das Kistchen unter den Arm geklemmt, schritt Cuf aus und zählte dabei laut mit, damit er sich nicht vertat. »Eins, zwei, drei, vier …« Bei dreiunddreißig war er so weit von der Kiefer entfernt, dass er sie in der Dunkelheit kaum noch ausmachen konnte.

Nach den dreiunddreißig Schritten dreh dich nach Norden, sodass du zur Stadt zurückschaust. Dann geh sieben Schritte, dreh dich nach Osten und mach noch mal neun Schritte.

Er tat alles genau, wie sie es ihm aufgetragen hatte, und machte bewusst sehr große Schritte, damit auch die Entfernung stimmte. Irgendwie musste das wichtig sein. Wer immer sich diese Anweisung ausgedacht hatte, wollte den Weg zu der Stelle finden, zu der Cuf jetzt ging, indem er einfach genau dasselbe tat. Cuf grinste; er freute sich, dass er auf die Erklärung gekom men war. So dachte nicht Squaw DaSilva, so dachte nur Morgan.

Schon als kleines Kind, als die beiden wie Geschwister miteinander spielten, ohne sich darum zu kümmern, wer der Sklave war und wer der Sohn und Erbe, war Morgan von Navigationsinstrumenten fasziniert gewesen.

»Siehst du das, Cuf?«, fragte Morgan und zeigte ihm das prachtvolle neue Buch, das er gerade vom Buchhändler am Hanover Square mitgebracht hatte. »Das ist eine Zeichnung von dem Ding, mit dem man zur See fahren und in jede Richtung segeln kann und trotzdem immer noch weiß, wo man ist und wie man wieder nach Hause kommt. Es heißt Sextant. Wir müssen lernen, wie man damit umgeht, Cuf.«

»Ich brauch das nicht zu lernen, Morgan. Ich segle nirgendwo hin. Ich hasse das Meer.«

»Wieso?«

»Das weiß ich nicht. Ich hasse es einfach. Und außerdem muss ich hier bleiben und mir das Versprechen abholen.«

»Du meinst, dass du frei bist.«

»Ja. Das hat deine Mama mir versprochen. Wenn ich fünfundzwanzig werde, bin ich frei.«

»Dann schon, Cuf. Mama hält immer, was sie verspricht. Aber davor können du und ich doch ausreißen und zur See fahren. Vorher müssen wir bloß noch rausfinden, wie dieser Sextant funktioniert.«

Cuf machte den letzten der neun Schritte nach Osten. Jetzt war der Baum überhaupt nicht mehr zu sehen. Er hörte die Anweisungen Squaw DaSilvas so klar im Ohr, als würde sie neben ihm hergehen und sie ihm vorsagen.

Dann kommst du zu einem großen Stein, Cuf, einem Felsbrocken, der dir fast bis zur Schulter reicht. Links davon, unter einem Berg Äste, liegt ein Spaten. Nimm den Spaten und leg dich mit dem Kopf genau in die Mitte der nördlichen Felsseite der Länge nach hin. Schürf mit den Stiefelspitzen die Erde auf. Steh auf, such die Spur und grabe dort ein Loch, so tief wie dein Bein bis zum Knie.

Der Felsbrocken und der Spaten befanden sich genau an der genannten Stelle. Da die Erde vom vielen Regen der vergangenen Tage aufgeweicht war, bereitete ihm das Graben keinerlei Mühe. Nach einigen Minuten stellte Cuf das linke Bein in das Loch – es hatte genau die richtige Tiefe. Dann tat er etwas, das Squaw DaSilva ihm zwar nicht aufgetragen, aber wohl vermutet hatte, dass er es tun würde: Er öffnete das Kistchen.

Im Licht der Sterne funkelte etwas. Er nahm den Gegenstand in die Hand – ein goldener Pferdekopf mit zwei roten Steinen als Augen. Cuf drehte ihn in den Händen hin und her und hielt ihn hoch, um ihn näher zu betrachten. Wunderschöne Goldschmiedearbeit. Jede Strähne in der Pferdemähne zeichnete sich ab, die Nüstern und Züge waren detailliert herausgearbeitet. Gold war von allen Metallen am schwierigsten zu bearbeiten, das wusste Cuf. Silber verlangte großes Geschick, ebenso wie Zinn, aber bei einem so kostbaren Metall wie Gold zitterte einem die Punze in der Hand – jedem Goldschmied, ungeachtet seiner Erfahrung. All das war Teil von Cufs geheimen Wissen, das er aufbewahrte für den Tag, an dem er das Versprechen abholen würde.

Noch drei Jahre, dann war es so weit. Aber jetzt, in diesem Augenblick, hatte er anderes zu erledigen. Er warf einen langen letzten Blick auf den Pferdekopf. Er war hohl, die Öffnung am Halsansatz war mit rotem Siegelwachs verschlossen. Cuf hielt das Schmuckstück ans Ohr und schüttelte es. Nichts war zu hören. Ein paar Sekunden hielt er es in der Hand und überlegte. *Sei klug, Cuf.*

Sie kannte ihn zu gut. Deswegen hatte sie das Kistchen nicht verschlossen und ihm auch nicht gesagt, er dürfe es nicht öffnen. Sie hatte gewusst, dass er hineinschauen würde, um seine Neugier zu befriedigen; und dann würde er tun, was sie ihm aufgetragen hatte. Denn bald würde sie ihr Versprechen einlösen, und das war weitaus sicherer, als mit dem goldenen Pferdekopf davonzulaufen, so wunderschön er auch war und was immer er enthalten mochte.

Cuf legte den Kopf in das Kästchen zurück und stellte es in das Loch. Dann füllte er die Grube mit dem aufgeschaufelten Erdreich, stampfte es fest und bedeckte die Stelle mit dem Astwerk. Zitternd vor Kälte ging er mit dem Spaten in der Hand zum Strand zurück.

Er war froh, den alten Mann und seine schäbige *Margery Dee* noch dort liegen zu sehen. Zwar würde Squaw DaSilva sicherlich jemanden schicken, um ihn abzuholen, wenn er bei Morgengrauen noch nicht zurück war, aber das würde bedeuten, die eisige Nacht auf dem verfluchten Bedloe's Island zu verbringen.

Der Seemann sah ihn kommen, stand auf und machte sich daran, das Segel zu entrollen. Cuf wartete, bis der Alte ihm den Rücken zukehrte, dann warf er den Spaten ins Meer. Zähneklappernd watete er auf das Boot zu.

Sein Onkel Luke sagte immer, er sähe seinem Vater überhaupt nicht ähnlich. »Du bist reinster Turner, Morgan.«

Das störte ihn nicht weiter. Da er den Mann, der ihn nach Auskunft seiner Mutter gezeugt hatte, nie gesehen hatte, nannte er sich nicht nach dessen Namen. Morgan Turner hieß er für alle, die ihn kannten, einschließlich jener, die ihn hassten.

Die beiden Männer, die auf einer Türschwelle an der Dock Street kauerten, empfanden keinerlei Hass auf Morgan Turner. Sie waren für den Auftrag angeheuert worden, und nur das Geld, das sie dafür erhielten, lockte sie. Das Warten in dieser kalten, mondlosen Nacht kam sie hart an.

»Bist du sicher, dass er hier vorbeikommen wird?« Der größere der beiden Männer stampfte mit den Füßen auf, um sich warm zu halten.

»Aber natürlich. Hier kommen sie doch alle vorbei, oder nicht? Es ist der kürzeste Weg vom Hafen in die Kneipe. Und sobald 'n Matrose an Land kommt, hat er doch nur eins im Sinn – 'n Becher Grog.«

Grog. Der Ausdruck hatte sich vor beinahe zwei Jahrzehnten eingebürgert, als 1740 die Rumration bei der britischen Marine gesetzlich festgelegt wurde. Mit Wasser verdünnen, sagte Admiral Edward Vernon immer.

Und weil der Mantel, den der Admiral stets trug, aus einem schweren, gemeinhin als Grogram bekannten Stoff bestand, erhielt mit Wasser verdünnter Rum den Namen Grog. Für die einfachen Seeleute war er Lebenselixier; für einen Mann wie den, auf den die beiden in der Tür an der Dock Street warteten, war er vielleicht nicht ganz so wichtig.

»Morgan Turner ist kein Matrose. Er ist ein Freibeuter.«

»Das ist ein- und dasselbe. Nur dass die Freibeuter so viel Geld haben wie Piraten.«

»Noch viel mehr«, verbesserte der Erste. »Und die brauchen sich keine Sorgen drum zu machen, wo sie ihre Beute verstecken, weil sie sich's quasi legal geholt haben.«

»Hier in der Stadt gibt's kaum jemanden, der versteckt, was er hat«, sagte der andere bitter. »Die protzen doch damit herum, damit Leute wie unsereiner auch ja genau sehen, was wir alles nicht haben.«

Was die Fünfzigerjahre des achtzehnten Jahrhunderts betraf, war dies tatsächlich der Fall, doch in den beiden vorhergehenden Jahrzehnten waren die Zeiten anders gewesen, und die Genügsamkeit der Quäker hatte geschäftlich mehr Erfolg gebracht als die Kühnheit der New Yorker. Damals war Philadelphia die bedeutendste Stadt der Kolonien gewesen. Als sich das Blatt wendete, hatte sich die Bevölkerung von Pennsylvania nicht freiwillig den New Yorkern geschlagen gegeben. Ben Franklin sprach für sie alle, als er schrieb, dass das Geld in New York City schneller zusammengerafft wurde, als selbst die spendabelsten Bürger es ausgeben konnten.

Und nur weil drüben in Europa Großbritannien gegen Frankreich und Preußen Krieg führte und Drohungen gegen Spanien ausstieß. Für Amerika bedeutete das, dass die Kolonialisten gegen die Franzosen und ihre indianischen Verbündeten kämpften. Der King-William-Krieg, der Queen-Anne-Krieg, der King-George-Krieg – das waren im Grunde nichts weiter als folgenlose Scharmützel. Die Bedrohung durch die Franzosen hingegen war durchaus real. Im Jahr 1745 waren die New Yorker überzeugt, dass sie von Quebec aus erobert werden sollten, und hielten eine Lotterie ab, um den Bau einer zweiten Mauer zu finanzieren, die sich von Osten nach Westen quer über Manhattan erstreckte. Sie verlief eine Meile nördlich der Südspitze der Insel am äußersten Rand der dicht besiedelten Stadt, bestand aus vierzehn Fuß langen Kiefernstämmen und wurde lediglich von vier Toren und sechs Blockhütten unterbrochen. Aber die Eroberung war nicht erfolgt.

Es blieb bei belanglosen Angriffen und Gegenangriffen, bis 1754 ein junger Oberst namens George Washington und eine Abteilung von Soldaten aus Virginia in der Nähe der Grenze zu Pennsylvania auf schmachvolle Weise kapitulieren mussten. Im darauf folgenden Jahr schickten die Briten General Edward Braddock ins Ohio Country, um die zudringlichen Franzosen von dort zu vertreiben. Braddock sowie die Großzahl seiner Offiziere und Soldaten wurden abgeschlachtet. Der junge Washington gehörte zu den wenigen, die entkommen konnten.

Da verlor England die Geduld. Die Bevölkerung verlangte, dass Kanada ein für alle Mal erobert würde. Der alternde George II. beugte sich dem öffentlichen Druck und ernannte den brillanten Strategen William Pitt zum Kriegsminister. Pitt mobilisierte eine gewaltige Armee und schickte die gigantische Zahl von fünfundzwanzigtausend Rotröcken in die amerikanischen Kolonien. Der Großteil dieser Männer landete in New York. Der Strom der Militärs auf dem Weg zu den Forts, die den Lake-Champlain-Korridor sicherten – William Henry und schließlich Ticonderoga –, musste einquartiert, verpflegt, bekleidet, bewaffnet und natürlich mit Frauen und Alkohol versorgt werden. Es war ein sehr einträgliches Geschäft, und zahlreiche New Yorker kamen damit zu Geld. Wen es allerdings nach wirklichem Reichtum verlangte, der musste sich an die Freibeuterei halten.

Die meisten Schiffe, die sich im Hafen der Stadt drängten, waren Kriegsschiffe, die als Freibeuter auf Kaperfahrt gingen: rund siebzig amtlich zugelassene Piraten, die die Meere auf der Suche nach feindlichen Schiffen kreuzten. New York besaß die größte dieser Flotten in den Kolonien. Die Freibeuter brachten ihren Investoren – den Männern, die für den Bau und die Ausstattung der Schiffe aufkamen und im Gegenzug dafür einen Anteil am Kapergut erhielten – jedes Jahr knapp zwei Millionen Pfund Gewinn ein, ausgezahlt in Kaffee, Baumwolle, Zucker, Wein, Indigo und alle Arten von Lebensmitteln, dazu lebende Ware (Sklaven), Goldstücke und Dublonen, *daalder*, Louis d'or und Achterstücke. Aus den Laderäumen dieser Freibeuter floss ein Vermögen in die Taschen der New Yorker Handelsbarone.

Die Männer, die auf Morgan Turner setzten, waren die verwegensten, doch ihr Mut wurde reich belohnt. Als tollkühner Neunzehnjähriger hatte Turner 1757 das Geld zusammengebracht, um einen schlanken, zweimastigen Schoner mit schmalem Rumpf zu bauen. Er hatte ihn auf den Namen *Fanciful Maiden* getauft und war damit in See gestochen. In einer steifen Brise konnte die *Maiden* elf Knoten machen, ihr Tiefgang betrug nicht mehr als fünf Fuß, und ihre Besatzung bestand aus fünfundsiebzig Männern, dazu gab es acht Geschütze und vier Drehbasse. Innerhalb von drei Jahren brachte Turner zweiundzwanzigmal Beute im Wert von beinahe hunderttausend Pfund zurück. Dann, nach ihrer dreiundzwanzigsten Kaperfahrt, schleppte sich die *Fanciful Maiden* mit aufgerissenem Rumpf in den Hafen, ihr Deck war blutbesudelt, ihr Bauch leer.

Sechs der sieben Investoren nahmen es gelassen. Sie hatten Morgan Turner seit seiner ersten Fahrt unterstützt, ihr Geld hatte sich bereits verhundertfacht. Der Siebte war zu spät zu ihnen gestoßen. Er hatte jeden Penny verloren, den er in das Unternehmen gesteckt hatte. Und das war jeder Penny, den er besaß.

Morgan Turner war mehr als erfreut darüber. Und auf der Hut.

Von der langen Holzpier tretend, bog er in das untere Ende der Dock Street ein. Seine Hand lag auf dem Griff seines Entermessers. Weiter oben in der Stadt hing, der Tradition folgend, bei jedem siebten Haus aus einem Fenster im Obergeschoss eine Laterne, doch hier, in der Nähe des Hafens, gab es keine Wohnhäuser, sondern nur Speicherhäuser und leere Marktstände, sodass die Straße pechschwarz dalag.

Der erste Mann, der auf der Türschwelle wartete, sah ihn kommen – die große, schlacksige Gestalt war unverkennbar – und stieß seinem Kompagnon in die Rippen. Dieser hatte die Pistole bereits gezogen.

Morgan ahnte die Bewegung im Dunkeln mehr, als dass er sie sah. Ihm sträubten sich die Härchen im Nacken. Er zog das Entermesser aus der Scheide und ging weiter. Sechsunddreißig Monate lang hatte er seinen Lebensunterhalt mit Kämpfen von Mann zu Mann auf den wogenden Decks von Handelsschiffen verdient, die er geentert und geplündert und häufig auf den Meeresboden versenkt hatte. Da würde er vor den Gefahren einer New Yorker Straße nicht Reißaus nehmen.

In der Finsternis war leise das Klicken eines Hahns zu hören. Morgan ging in die Knie; die Kugel pfiff über seinen Kopf hinweg.

Im selben Moment, in dem die Angreifer auf ihn zustürmten, sprang er auf. Wer immer den ersten Schuss gefeuert hatte, hatte keine Zeit gehabt nachzuladen, doch aus fünfzehn Fuß Entfernung sah Morgan, wie die zweite Schattengestalt den Arm mit der Pistole hob. Er blieb stehen und wartete. Pistolen waren die unzuverlässigsten Waffen auf Gottes weiter Welt. Der zweite Mörder würde den Fehler des ersten nicht wiederholen wollen. Er würde erst aus nächster Nähe feuern.

Eine Sekunde. Zwei. Er hörte das mühsame Atmen des Mannes und roch seinen ranzigen Schweiß. Drei. Die Angst lag wie ein Knoten in Morgans Magen. Der Mörder war zu nah, um sich von einer Finte täuschen zu lassen, er konnte seine menschliche Zielscheibe klar erkennen.

Morgan riss das Messer hoch. Auf jeden Fall würde er zumindest einen der beiden mit in den Tod nehmen. Schließlich vernahm er das beinahe lautlose Geräusch, als der Pistolenhahn zurückgezogen wurde. Er packte das Messer fester, wartete noch einen Herzschlag und stürzte sich dann mit einem Aufschrei der Wut und des Triumphs auf den Angreifer.

Der ausgestreckte Arm des Mörders wurde vom Ellbogen bis zum Handgelenk aufgeschlitzt, der Schuss ging hoch in die Luft, die Pistole fiel scheppernd zu Boden, zusammen mit dem Daumen und einem Finger des Mannes. Dieser brüllte, und der süßliche Geruch von heißem Blut vermischte sich mit dem Gestank seiner Gedärme.

Der zweite Mann fiel mit einem kurzen Säbel über Morgan her. Der wirbelte herum und stieß ihm das Entermesser direkt ins Herz. Mit einem dumpfen Aufschlag ging der Mann zu Boden.

Morgan hatte kaum Zeit, sein Messer aus der Brust des Toten zu reißen, bevor der verletzte Mann erneut zum Angriff überging. Das Messer sauste empor – Morgan wollte ihm die Kehle aufschlitzen, doch täuschte er sich in der Größe seines Gegenübers, die tödliche Klinge zischte an dessen Kopf vorbei und hieb ihm lediglich ein Ohr ab. Brüllend vor Zorn und Schmerzen, warf sich der Attentäter mit einem Messer in der unverletzten Faust auf Morgan, um sich zu rächen, selbst wenn er dabei den Tod fand.

Die Klinge verletzte Morgan an der Schulter, doch schon schlitzte das Entermesser dem Angreifer den Bauch auf, er taumelte ein paar Schritte rückwärts, bevor er winselnd und heulend in die glitschige Masse seiner eigenen Gedärme, Kot und Blut fiel.

Morgan brannte die Brust, es bereitete ihm viel Mühe zu atmen. Schweiß strömte ihm über den Rücken und gefror in der kalten Nacht. Er verdrängte das Bedürfnis, sich zu entspannen. Noch nicht. Erst wenn er sicher sein konnte, dass keine weiteren Mordgestalten ihm auflauerten. Er wartete, hörte aber nichts. Einige weitere Sekunden verstrichen. Eine Woge des Triumphs und der Freude überflutete ihn, von den Zehen bis zum Scheitel. Zwei unfähige gedungene Mörder – mehr konnte sich das dumme Schwein nicht leisten.

Heiliger Heiland! Trotz der Kälte, der Erschöpfung und dem brennenden Stechen in der Schulter wärmte dieser Gedanke ihn mehr als jeder Rum. Lauthals lachte er auf. Jetzt gehst du am Bettelstab, Caleb Devrey. Oder so gut wie. Und da du im Namen eines Stellvertreters investiert hast, weißt du nicht, dass ich das weiß. Genau so war's geplant. Aber das ist erst der Anfang.

Der Boden war mit Sägespänen bestreut, Schweißgeruch hing in der Luft, die Atmosphäre summte erwartungsvoll. Männer drängten sich im Kreis um die Grube, unter ihnen ein paar Damen. Üblich war das nicht; bei Schaukämpfen mit Bären, Hähnen oder zwischen Hunden und Ratten – Unterhaltungen, wie sie hier an der William Street gewöhnlich geboten wurden – fanden sich gelegentlich ein paar Hafendirnen ein, aber nie Damen der Gesellschaft. Doch bei Veranstaltungen dieser Art waren Damen nicht nur zugelassen, sondern sogar erwünscht.

»Zum Zwecke der Wahrung der Ordnung und um die rechte Führung von Frauenspersonen in dieser Stadt zu exemplifizieren, sind alle dazu aufgefordert, beizuwohnen, wie Frauen üblen Leumunds durch die Macht Seiner Erhabenen Majestät Georges II. ihrer gerechten

Strafe zugeführt werden.« Der Mann, der in der Mitte der Grube stand, las mit seiner dröhnenden Stimme noch einige weitere Sätze vor, dann rollte er das Papier zusammen, von dem er gelesen hatte, und trat zur Seite, um dem öffentlichen Auspeitscher Platz zu machen.

Dieses Amt wurde von der Stadtverwaltung vergeben. Da für eine Auspeitschung ein Shilling sechs Pence gezahlt wurden und es viele Auspeitschungen gab, bewarben sich stets zahlreiche Männer um diese Stelle. Der gegenwärtige Amtsinhaber hatte sie seit drei Jahren inne und tat sein Bestes, diese Aufgabe weitere drei Jahre auszuüben. Er war ein kräftiger Mann, dunkel und stämmig, mit Armen so dick wie die Vorderläufe eines jungen Bullen. Er trug schwarze Beinkleider und war von der Taille aufwärts nackt bis auf die lange Lederschürze, die seine bloße Brust vor den Blutspritzern schützte.

Auf einer Seite standen drei Frauen, die wegen Hurerei in den Straßen New Yorks verurteilt waren und deren Bestrafung die Schaulustigen verfolgen wollten. Die drei waren mit Eisenketten aneinander gefesselt, und jede hatte die Hände mit einem derben Lederriemen vor sich zusammengebunden.

Die mittlere Frau hieß Roisin Campbell. Beim Anblick des Auspeitschers in der schwarzen Schürze fuhr ihr das Grauen in die Gedärme. Sie kniff das Gesäß zusammen und schluckte die bittere Galle ihrer Angst hinab. Die werden nicht sehen, wie ich mich besudele. Nie. Heilige Jungfrau, steh mir bei.

Der Aufseher, der die Auspeitschungen überwachte, trug ein scharlachrotes Gewand und eine langhaarige weiße Perücke. Auf seiner Brust prankte die gewichtige goldene Medaille seines Amtes. »Durch die Gnade des Allmächtigen und zum Ruhm Seiner Erhabenen Majestät George II., führt die erste Gefangene vor«, dröhnte er. Forsch drehten zwei Rotröcke sich um und gingen im Laufschritt auf die drei Frauen zu.

Sie überwanden die Entfernung in wenigen Sekunden, doch Roisin erschien es, als würden mehrere Minuten verstreichen. Jeder Schritt der Männer kam ihr langsam und gemessen vor. Jetzt waren sie beinahe bei ihr angekommen. Heiliger Heiland, gib mir Mut. Heilige Mutter Gottes, gib mir Kraft. Ich weiß, ich muss das erdulden, aber bitte lass nicht zu, dass ich über mich oder über deine eine heilige Kirche Schande bringe. »Oder über die Frauen von Connemara«, fügte sie hinzu. Die letzten Wörter flüsterte sie laut, weil sie so machtvoll waren.

Die Rotröcke gingen an der Frau zu ihrer Rechten vorbei. Roisin empfand eine erschreckende Mischung von Grauen und Dankbarkeit. Den ganzen Tag hatte sie darum gebetet, die erste zu sein. Sie wusste, dass sie tapferer sein konnte, wenn sie nicht wusste, was sie erwartete. Aber es sollte nicht sein. Die Rotröcke waren an ihr vorübergegangen und blieben vor der Frau zu ihrer Linken stehen.

Roisin biss sich auf die Lippen, um nicht zu schreien. Heilige Jungfrau, den ganzen Tag dort unten in dem verrotteten Gewölbe unter diesem verfluchten Rathaus habe ich nur darum gebeten: Lass mich die Erste sein. Damit ich nicht zusehen muss und weiß, was mich erwartet. Um der Frauen von Connemara willen.

Die Rotröcke hatten die Frau losgebunden und führten sie fort. »Nur Mut«, flüsterte Roisin. Das arme Wesen sah sich nicht um.

Begleitet vom Johlen, Pfeifen und Füßetrampeln der Menge, wurde die Gefangene zur Mitte der Grube geschleppt. Der Größere der beiden Soldaten riss die gebundenen Hände der Frau nach oben und hängte den Lederriemen über einen der Eisenhaken, die aus dem Schandpfahl ragten.

Der Aufseher trat vor, hob den schmutzigen, derben Rock und die schäbigen Unterröcke der Frau an und überprüfte, dass ihre Füße auch den Boden berührten. Die Auspeitschung von Huren unterlag strengen Vorschriften: Sie mussten stehen und durften nicht am Schandpfahl hängen. Die britische Gerechtigkeit, so sagten die Richter, sei nur so grausam wie nötig, nicht mehr. Der Aufseher überzeugte sich, dass die Gefangene richtig stand. »Walten Sie Ihres Amtes.«

Der Rotrock zog einen kurzen Säbel aus der Scheide und schlitzte mit der Spitze die Rückseite des Kleides einen Zoll auf. Dann steckte er die Klinge zurück und riss das Mieder mit den Händen bis zur Taille auf. Die Menge pfiff und trampelte lauter, bis der Mann grinsend den zerfetzten Stoff weit genug aufriss, um nicht nur den Rücken der Frau bloßzulegen, sondern auch die seitliche Rundung ihrer Brüste.

An diesem Punkt nickte der Aufseher gelegentlich ein zweites Mal – mit derselben Selbstzufriedenheit, mit der er den ganzen Vorgang verfolgte –, und dann zog der Rotrock das gesamte Mieder fort, damit der Oberkörper der Frau entblößt war. Aber das tat er meist nur bei Schwarzen. Diese Hure war weiß. Und außerdem befanden sich Damen unter den Zuschauern. Der Aufseher schüttelte den Kopf, der Rotrock trat zur Seite.

»Abigail Keene«, rief er, »du hast dich des Vergehens schuldig gemacht, Männern in den Straßen New Yorks gegen Geld beigewohnt zu haben, und bist deshalb zu fünfzehn Peitschenhieben und der Verbannung aus der Provinz verurteilt. Auspeitscher, walten Sie Ihres Amtes, und zum Nutzen und Frommen aller hier Anwesenden, setzen Sie Ihren Arm nach Kräften ein.«

Roisin wollte nicht zusehen, aber sie konnte den Blick einfach nicht abwenden. Herr im Himmel, wie groß das Ding war! Die Lederpeitsche war mindestens acht Fuß lang, der kräftige Griff weitere vier. Das singende Geräusch, als die Riemen durch Luft zischten, fuhr ihr durch Mark und Bein. Lieber Gott, gütiger Gott ... Und der Auspeitscher bereitete sich erst vor, er war noch nicht zu der Frau am Schandpfahl getreten.

Wäre dies eine Hinrichtung, würde der Mann, der für die Arbeit bezahlt wurde, vor dem Opfer niederknien und es um Vergebung bitten. Bei Auspeitschungen durfte der Mann in der schwarzen Lederschürze all seine Kunstfertigkeit unter Beweis stellen. *Zum Nutzen und Frommen aller Anwesenden*, hieß es in den Vorschriften. *Damit ihre Christentugend erstarke.*

Der Mann ließ seine Peitsche noch einmal knallen. Das war das Zeichen für die Zuschauer, ruhig zu werden. Jeden Moment würde die Unterhaltung beginnen.

Der Mann mit der Lederschürze holte ein drittes Mal aus, hob die Peitsche, und die knallenden Schnüre trafen zum ersten Mal auf dem zarten, bleichen Rücken der Frau auf. Der erste Kuss, so nannten die Auspeitscher das. Und der schönste von allen, wenn die Haut nicht von alten Narben entstellt war. Ein jungfräulicher Kuss. Wie dieser.

Die Zuschauer reckten die Hälse, hielten die Luft an, sahen, wie der Körper der Frau sich aufbäumte, und warteten, doch sie wurden enttäuscht. Kein Laut war zu hören. Der Auspeitscher lächelte. Eine Starke. Aber er würde sie schon noch kriegen. Letzten Endes kriegte er sie alle. Sie schmolzen für ihn dahin. Zufrieden, dass eine solche Aufgabe vor ihm lag, holte er mit der Peitsche zum zweiten Kuss aus.

Roisin wich alles Blut aus dem Gesicht. Sie spürte, wie sich im Kopf alles zu drehen begann und die Beine unter ihr nachgeben wollten. Nein! Verdammt sollten sie sein, in die ewige Hölle! Die Befriedigung würde sie ihnen nicht geben. Schau weg, befahl sie sich. Tu so, als würde es gar nicht passieren. Sieh dir die Zuschauer an, nicht die arme Seele da in der Grube. Dann verachtest und hasst du die Gaffer noch mehr, und das gibt dir Kraft.

Schau, wie die Frauen sich genauso begierig vorbeugen wie die Männer. Die scheinheiligen Ziegen, hinter ihren Fächern lecken sie sich fast die Lippen. Und die Herren in ihren Samtröcken und den Satinhosen müssen sich doch zwingen, ihre dreckigen Protestantenpfoten in ihren Protestantentaschen zu lassen, um nicht zu verraten, wie viel Spaß sie haben. Wer hat die Frauen hier überhaupt dafür bezahlt, eine Hure zu sein, wenn nicht genau solche Herren wie diese? Wie kommt es, dass noch nie ein Mann wegen ungesetzlichen Beiwohnens in den Straßen von New York ausgepeitscht worden ist? Heilige Jungfrau, und wer ist die Frau da mit dem schwarzen Schleier? Sie starrt mich an. Ich kann ihre Augen zwar nicht sehen, aber ich kann sie spüren.

Es waren zwei Paar Augen, die sich auf sie richteten.

Morgan Turner stand hinter seiner Mutter im dämmrigen Licht der kleinen Privatloge oberhalb der Grube. Er konnte alles verfolgen, was vor sich ging, ohne selbst gesehen zu werden. Er hatte seine Mutter auf das Mädchen mit den roten Locken aufmerksam gemacht, gleich nachdem er ihr von dem Kampf auf der Dock Street berichtet hatte. »Zwei Männer. Beide sind tot. Wer ist das anbetungswürdige Ding? Die in der Mitte mit den roten Haaren.«

»Ich habe keine Ahnung. Aber wir sollten nicht hier bleiben. Bist du sicher, dass sie wirklich nur zu zweit waren?«

»Vollkommen sicher.«

»Dann gehen wir. Deine Schulter muss verbunden werden.«

»Das kann warten. Ich will wissen, was der Rotschopf verbrochen hat.«

»Dasselbe wie die beiden anderen. Straßenprostitution. Erregung öffentlichen Ärgernisses.«

»Du meinst, sie hat dir Konkurrenz gemacht.«

Squaw DaSilva gab keine Antwort. Ihr Sohn war der, zu dem sie ihn erzogen hatte. Hart wie Stein und schlauer noch als die meisten Männer, die doppelt so alt waren wie er. Und sie hatte ihm nie verschwiegen, dass ein Großteil des DaSilva-Vermögens aus den eleganten Freudenhäusern stammte, die sie leitete.

In der Grube wurde zum siebten Mal mit der ledernen Schlange ausgeholt. Bislang war die Frau fast stumm gewesen, hatte nur gekeucht und gestöhnt, wenn die Peitsche zischend auf ihrem geschwollenen Rücken auftraf. Dieses Mal traten die ersten roten Bluttropfen aus ihrer weißen Haut. Sie stieß einen kurzen Schmerzensschrei aus. Die Zuschauer seufzten zufrieden.

»Ich will sie«, sagte Morgan.

»Den Rotschopf?«

»Ja. Jemand soll sie holen und herbringen.«

»Es ist nicht gut, die Macht, die wir haben, öffentlich zur Schau zu stellen, Morgan.« Seine Mutter sprach leise, ohne sich umzudrehen; ihre Stimme wurde von den Falten ihres Schleiers gedämpft. »Macht übt man am besten hinter geschlossenen Türen aus.«

Die Zuschauer johlten und trampelten vor Begeisterung, weil der Auspeitscher den Widerstand der Frau gebrochen hatte. Mittlerweile weinte sie und flehte um Gnade. Dabei hatte sie erst neun ihrer fünfzehn Hiebe bekommen. »Niemand achtet auf uns«, sagte Morgan. »Wenn du's nicht auf deine Art regelst, regle ich's auf die meine.«

Squaw drehte sich gerade rechtzeitig zur Seite, um zu sehen, wie ihr Sohn nach seinem Messer griff. Beruhigend streckte sie eine Hand aus und wandte dann den Kopf, damit er sie nicht lächeln sah. Genau dazu hatte sie ihn erzogen. Sie war davon überzeugt, dass er den Rotschopf vor aller Augen befreien würde. Und wahrscheinlich würde es ihm gelingen. Das würde ihr zwar gefallen, aber es ging einfach nicht an. Sie hob den Arm und winkte den Wachmann zu sich, der hinten in der Loge neben der Tür stand.

Der Mann trat näher und beugte sich vor. Squaw flüsterte ihm einige Worte zu. Der Wachmann lief davon, rannte die schmale Treppe hinab und zwängte sich durch die tosende Menge, die unten stand. Die Zuschauer zählten jetzt jeden Hieb mit, schrien »Zehn! Elf!«, während die Hure vor Schmerzen gellte.

Morgan trat an die Brüstung der Loge vor. Es wäre ihm ein Leichtes gewesen, in die Grube zu springen – es waren zehn Fuß, höchstens zwölf. Hinter dem Podium des Aufsehers war eine Tür, die direkt auf die Straße führte. Doch, das war der beste Weg. Er zog das Entermesser zur Hälfte aus der Scheide. »Warte«, warnte ihn seine Mutter.

Der Wachmann näherte sich dem vorsitzenden Beamten, beugte sich vor und flüsterte ihm etwas ins Ohr. Der Aufseher blickte zur Loge hinauf. Squaw nickte. Der Aufseher zögerte. Sie nickte noch einmal. Squaw DaSilva sagt dir gerade, was sie will, du alter Narr. Wenn dir was an den zehn Pfund liegt, die du alle drei Monate zusätzlich bekommst, dann schau zu, dass Squaw DaSilva kriegt, was sie will.

Der Aufseher legte die Hand auf das Amtssiegel um seinen Hals, spielte einen Moment damit, dann gab er dem Wachmann eine Antwort. Dieser verschwand, ging am Rand der mit Sägespänen ausgestreuten Grube entlang und duckte sich, um nicht von der geschwungenen Peitsche oder dem Blut getroffen zu werden, das inzwischen aus dem Rücken der Hure spritzte.

»Dreizehn«, schrie die Menge wie mit einer Stimme. »Sie ist in Ohnmacht gefallen! Weck sie wieder auf, Auspeitscher, damit sie den Rest auch noch richtig spürt!«

Ein Mann lief mit einem Eimer Wasser herbei und kippte ihn über den Kopf und den blutenden Rücken der Frau. Das Wasser war stark salzhaltig und brannte unerträglich auf der aufgerissenen Haut. Mit einem gellenden Schrei kam die Frau wieder zu Bewusstsein. Die

Peitsche zischte, die Frau heulte gequält auf, die Menge rief ekstatisch: »Vierzehn!«

Der Wachmann hatte den Rotrock erreicht, der die beiden wartenden Gefangenen bewachte. Er deutete auf Roisin und schrie, damit sein Befehl über das Johlen des Pöbels hinweg zu hören war. »Sie sollen den Rotschopf da losbinden. Ich soll sie mitnehmen. Der Aufseher hat gesagt, da würde ein Irrtum vorliegen.«

Widerstrebend wandte der Rotrock den Blick ab von der Frau, die am Schandpfahl stand. Er schaute zum Aufseher, der ihm zunickte, dann holte er einen Schlüssel, der vom Ring um seiner Taille hing.

Wenige Sekunden später spürte Roisin, wie sich die Fesseln um ihre Knöchel lösten. Der Wachmann packte sie am Arm und schleppte sie den Gang hinauf zur Tür.

Sie konnte nicht glauben, dass das alles wirklich passierte, bis sie in die Nachtluft trat. Die Kälte traf sie wie ein Schlag. Sie bemerkte die schwarze Kutsche und die verschleierte Frau, die über die Schulter zu ihr sah, bevor Roisin einstieg. Neben der Kutsche stand ein Mann, der sie schamlos grinsend anstarrte. Einen größeren Mann hatte sie noch nie gesehen, und er war schön wie ein junger Gott. Oder der Teufel. Mit dem Daumen malte Roisin das Zeichen des Kreuzes auf ihre Handfläche. Um der Frauen von Connemara willen, betete sie, heilige Jungfrau, gib mir Kraft.

II

Die New Yorker mussten Mittel und Wege finden, das ganze durch den Krieg verdiente Geld wieder auszugeben. Zwar stöberten die Schweine nach wie vor ungehindert durch die Straßen, doch lebten in der Stadt mit ihren zweitausend Häusern mittlerweile über achtzehntausend Menschen. Einige Häuser, wie die viel bestaunte Residenz der Waltons, konnten es an Eleganz und Pracht mit den vornehmsten Londoner Wohnsitzen aufnehmen. Einmal war es Morgan gelungen, sich in Waltons Haus einzuschleichen. Als er siebzehn war, hatte er sich auf einen Ball geschmuggelt, zu dem er nicht eingeladen war (Morgan Turner wurde zu keinem einzigen Ball eingeladen), und hatte die Marmorböden und die Eichenvertäfelung an den Wänden und das viele Gold und den Damast gesehen, bevor er erkannt und hinausgeworfen wurde.

Waltons Haus lag im begehrten Hofviertel der Stadt, an der Südspitze der Insel, unweit des Forts und des Wohnsitzes des Gouverneurs. Das Hofviertel lag, wie die ganze Stadt, auf dem schmalsten Teil der Insel, sodass Land sehr begrenzt war. Einige der wohlhabendsten Bürger hatten sich deshalb gezwungen gesehen, ihre Wohnhäuser weiter im Norden zu errichten, in dem abgelegenen Bezirk, der Manhattan hieß und nicht New York.

Der alte Rutgers war einer von ihnen. Er war zu Vermögen gekommen, indem er Bier für den unstillbaren Durst der Rotröcke braute, hatte sein Anwesen aber auf einem gut hundert Tagwerk großen Grundstück entlang dem Ufer des East River nördlich des zweiten Walls und südlich von Kip's Bay errichten müssen. Als Junge hatte sich Morgan Turner oft auf dem Grundstück herumgetrieben – die Zäune und Wachposten waren seiner List nicht gewachsen gewesen. Das galt auch für den Sitz von James De Lancey in der Bouwery, der durch die so genannte Division Street von Rutgers' Haus getrennt war.

Vor einigen Jahren hatte der älteste Sohn von Etienne De Lancey das Familienanwesen verlassen, um sich auf einem dreihundertfünfzig Tagwerk großen Landsitz anzusiedeln. Mit diesem Umzug hatte James nicht nur seine wachsende Unabhängigkeit demonstriert, sondern im Kampf um die Macht in der Stadt auch all seine Konkurrenten abgehängt. De Lanceys eindrucksvolles Haus lag an der Bouwery Lane; sein Grundbesitz erstreckte sich im Westen bis zu einem Dorf namens Greenwich, umfasste den alten Collect Pond und besaß an einem Ende eine Rennbahn, am anderen ein Jagdrevier. Es hatte Morgan Turner immer besonderes Vergnügen bereitet, auf James De Lanceys privatem Jagdgrund ein Kaninchen oder eine Waldschnepfe zu erlegen und seiner Mutter zu Hause dann triumphierend zu erklären, woher seine Beute stammte.

»Die De Lanceys unterstützen ihn«, hatte seine Mutter oft gesagt, als Morgan noch ein Kind war. »Caleb Devrey hat kein Geld und jetzt, da sein Vater gestorben und Bede zum alleinigen Eigentümer von Devrey Shipping geworden ist, auch nichts mehr zu erwarten. Caleb besitzt nur das, was seine armselige Praxis abwirft, und selbst die Brosamen muss er mit Cadwallader Colden teilen. Nur durch seine Freundschaft mit Oliver De Lancey und dadurch auch mit

James hat Caleb Devrey überhaupt ein gewisses Ansehen in der Stadt.«

»Ist Oliver De Lancey reich, Mama?«

»Nicht so reich wie sein Bruder James. Oliver ist der zweite Sohn, wie Caleb.«

»Aber ich bin kein zweiter Sohn, Mama, nicht?«

»Aber nein, mein Liebling.« Sie hatte ihn berührt, und er glaubte, sie hinter dem schwarzen Schleier lächeln zu sehen. »Du wirst meinen ganzen Besitz erben. Aber das heißt auch, dass du Pflichten hast.«

»Und welche sind das?«

»Du musst dafür sorgen, dass Caleb Devrey das bekommt, was er verdient.«

»Du willst also, dass ich ihn umbringe? Mama, soll ich Caleb Devrey umbringen, wenn ich groß bin?«

Das war eines der sehr wenigen Male, dass ihr Zorn sich gegen ihn gerichtet hatte. »Nie! Niemals!« Es war, als würde sie die Worte hinter ihrem Schleier ausspucken, und ihre Finger hatten sich wie Eisenklauen in seine Schulter gekrallt. »Umgebracht zu werden wäre für Caleb Devrey viel zu gut. Wenn ich wollte, dass er tot ist, wäre er schon längst nicht mehr am Leben. Schwör mir, dass du, was Caleb betrifft, genau das tun wirst, was ich dir sage, Morgan. Schwör's mir!«

»Ich schwöre, Mama.«

Doch damit hatte sie sich noch nicht zufrieden gegeben. »Gleichgültig, wie groß die Versuchung ist, du wirst Caleb Devrey nie töten. Ganz im Gegenteil, wenn er von jemand anderem bedroht wird, musst du ihm helfen – du musst alles tun, damit er am Leben bleibt. Schwör mir das, Morgan!«

»Das schwöre ich, Mama. Ich hab's dir gesagt, ich schwör's.«

Sie hatte den harten Griff um seine Schulter gelöst und ihn an sich gezogen. »Gut, gut. So muss es sein«, flüsterte sie. »Caleb Devrey darf nicht durch den Tod erlöst werden. Erst wenn er ganz, ganz alt ist und so viel gelitten hat, wie er uns hat leiden lassen.«

»Wie, Mama? Was hat Caleb Devrey uns getan?«

»Später, Morgan. Wenn du größer bist und alles besser verstehen kannst, dann erkläre ich es dir.«

Jetzt, während Morgan in der kleinen Kutsche seiner Mutter und dem Mädchen gegenübersaß – bei dessen Geruch ihm beinahe die Lust verging –, wusste er, dass er einige Teile dieser Geschichte noch immer nicht kannte. Aber das war ihm egal. Er wusste, was er wissen musste. Er hatte gerade die erste Rate von Caleb Devreys Schulden eingetrieben.

Eine Weile war er unsicher gewesen, ob er die Sache durchstehen würde. Sechs Jahre zuvor war James De Lancey, nachdem der letzte königliche, von London gesandte Gouverneur sich erhängt hatte, Gouverneur der Kolonie geworden. De Lancey war reicher und einflussreicher als je zuvor, aber nicht so reich und auch nicht so schlau wie Squaw DaSilva oder ihr Sohn. Und letzten Endes auch nicht so einflussreich. De Lancey hatte ihren Plan nie aufgedeckt, und Caleb Devrey hatte seine gesamten Ersparnisse in einem Unternehmen verloren, das eigentlich als hundertprozentig sicher galt. Beim bloßen Gedanken daran verzog sich Morgans Gesicht zu einem Lächeln.

Roisin glaubte, er lächele, weil er sie ertappt hatte, wie sie ihn anschaute. Errötend wandte sie den Kopf ab. In diesem vornehmen Viertel mit den prachtvollen Häusern war sie noch nie gewesen. Und in einer Privatkutsche hatte sie auch noch nie gesessen. Ihr war etwas übel vom sanften Schaukeln.

Sie betrachtete ihre Hände, die gefaltet auf ihrem Schoß lagen. Sie waren dreckig wie ihr ganzer Körper, die Nägel abgebrochen und die Haut rau. Das kam davon, dass sie auf der Straße gelebt hatte. Aber zumindest war sie nicht mehr an den Handgelenken gefesselt. Sie wusste immer noch nicht, wer der Mann war oder auch die verschleierte Frau und was die beiden mit ihr vorhatten. Es war ihr gleichgültig. Alles war besser als das, was ihr bevorgestanden hatte.

Roisin dachte an das Knallen der Peitsche und das Johlen der Zuschauer und schauderte. Der Frau wandte sich zu ihr und schien sie zu mustern, sagte aber nichts.

Die Kutsche hielt vor einem zweiflügeligen hohen Eisentor, und der Kutscher sprang ab und schwang es auf, bevor er sich wieder auf den Bock setzte und vor dem größten Haus vorfuhr, das Roisin je gesehen hatte. Ein gelber Backsteinbau mit mehr Fenstern, als sie zählen konnte, und der Eingang war so breit, dass die Tür aus zwei Flügeln bestand.

Der große Mann kletterte als Erster hinaus, dann half er der Frau beim Aussteigen. Roisin bemerkte, wie achtsam sie ihre schwarzen Taftröcke anhob, damit sie nicht die zerfetzten, derben Kleider der jungen Frau berührten. Da war der Mann ganz anders. Absichtlich stellte er sich so hin, dass ihre Oberschenkel sein Bein streiften, während er auch ihr beim Aussteigen half. »Pass auf«, sagte er leise. »Die Stufe ist höher, als man glaubt.«

»Ich komm schon zurecht.«

»Das glaube ich gern.«

Er grinste teuflisch, als er das sagte. Und obwohl er so verdammt gut aussah, dass es ihr den Atem nahm, wollte sie ihm einiges sagen und einiges richtig stellen. Aber dazu kam sie gar nicht. Noch bevor sie den Mund öffnen konnte, sagte die Frau: »Da ist ja Tilda. Sie soll das Mädel erst mal herrichten, Morgan. Du und ich, wir müssen uns unterhalten.«

Roisin war dankbar, dass der Mann sie noch am Arm hielt, sonst hätten die Beine unter ihr nachgegeben. Heiliger Heiland! Morgan Turner, der Pirat. Sie war zwar erst seit einem Monat in New York, aber über ihn wusste sie Bescheid, genau wie über seine Mutter. Die verschleierte Frau war also die, die Squaw DaSilva genannt wurde, die Hexe, die angeblich kälter und grausamer war als jeder Mann, der die vornehmsten der vornehmen New Yorker Bordelle gehörten und die sich so vehement gegen jede Konkurrenz von Straßendirnen wehrte, dass sie zur Abschreckung die öffentlichen Auspeitschungen veranlasst hatte. Heilige Jungfrau, was sollte sie jetzt tun?

Genau das, was sie von ihr verlangten, denn sonst würde sie wieder bei dem Mann mit der schwarzen Lederschürze und der Peitsche landen. Und bei Gott und allen Heiligen, den Mut hatte sie nicht. Die Frauen von Connemara sollten sie auf der Stelle tot umfallen lassen, wenn das nicht die Wahrheit war.

Tilda musterte die junge Frau von oben bis unten und schüttelte seufzend den Kopf, doch als sie sich zu Morgan wandte, lächelte sie wieder. »Wie schön, Sie wieder zu Hause zu haben, Mr. Morgan.«

»Danke, Tilda. Es ist schön, wieder zu Hause zu sein.«

Die Schwarze schaute erneut zu dem Mädchen und seufzte noch einmal. Immer dasselbe. Schon als kleiner Junge hatte Morgan alle möglichen Streuner nach Hause gebracht – Hunde, Katzen, Kinder. Und immer war es Tildas Aufgabe gewesen, das verwahrloste Wesen präsentabel herzurichten. »Komm mit«, sagte sie und ging um das Haus zum Seiteneingang. Roisin zögerte nur ganz kurz, dann folgte sie ihr.

Morgan sah ihr nach und bemerkte ihre schmale Taille und die Rundung der Hüften, stellte sich die Form ihres Gesäßes vor, das unter dem zerrissenen und verschmutzten Rock und den nicht minder verschmutzten Unterröcken verborgen war. Er hoffte, dass ihr Gesäß schön füllig war. Er mochte Frauen, die einen runden, weichen Hintern hatten, den er gut kneifen oder küssen oder klatschen konnte. Flache, feste Gesäße waren etwas für Jungen. Was einen erwartete, wusste man einfach nie, bis man ihnen die Kleider auszog. Aber das war genau der Spaß an der Sache.

»Später«, sagte seine Mutter und zog ihn am unverletzten Arm. »Zuerst müssen wir reden.«

Unter Tildas wachsamem Blick leerte ein junges Küchenmädchen Eimer mit dampfend heißem Wasser in die Kupferwanne, die gleich neben dem Feuer stand. »Das reicht«, sagte Tilda nach dem vierten Eimer. »An der wird nicht so viel dran sein, wenn wir sie mal aus den Lumpen gepackt haben. Also, Mädel, runter mit den Fetzen.«

Roisin widerstrebte der prüfende Blick der Schwarzen und des Küchenmädchens, aber noch mehr widerstrebte ihr der Schmutz. In den ganzen neun Wochen der Überfahrt und in den vier Wochen seit ihrer Ankunft in New York hatte sie nie mehr als eine Katzenwäsche mit kaltem Wasser machen können. Der Dampf, der aus der Wanne aufstieg, erinnerte sie an die Küche ihrer Mutter. Es war unwiderstehlich.

Rasch schälte sie sich aus dem fettbespritzten derben Rock, der zerschlissenen Bluse, dem fadenscheinigen Leibchen und den Unterröcken, die alle vor Schmutz starrten, und stieg in die Wanne. Wenn sie die Augen schloss, konnte sie sich einreden, dass sie allein war und niemand ihre Brüste, ihren Bauch und ihre Knie anstarrte und sie musterte, als wäre sie eine Stute auf dem Pferdemarkt.

»So, Mädel, jetzt nimm mal das.« Tilda reichte ihr ein Seifenstück; es war aus Asche und Lauge hergestellt, die zu einer festen braunen Masse geschlagen und dann in Talg gehärtet waren. Roisin konnte solche Seife selbst machen, ebenso wie Seife, die zart und cremig war wie frische Sahne und die süß nach Gras und Blumen duftete. Dieses Wissen gehörte zu ihrem Vermächtnis, das von einer Generation der Frauen von Connemara zur nächsten weitergegeben wurde.

Bereitwillig griff sie nach der braunen Seife, doch in dem Augenblick kam eine dritte, weitaus ältere Frau herein. Sie war so dick, dass sie zu watscheln schien, besaß mindestens drei zitternde Kinne, und unter ihrer Haube ragten mehrere eisengraue Strähnen hervor. »Hier.« Sie reichte Roisin ein glattes, nach Lavendel duftendes Seifenstück. »Wasch dich damit. Master Morgan hat es doch verdient, in seiner ersten Nacht zu Hause ein süß duftendes Flittchen im Bett zu haben.«

Roisin krampfte sich der Magen zusammen. Sie wurde zubereitet wie eine Rinderlende, die über dem Feuer gegrillt, mit Fett begossen und gewürzt wurde, bis sie saftig und zart war, um anschließend verschlungen zu werden.

»Ich bin Mistress Flossie O'Toole«, sagte die dicke Frau. »Das ist Tilda. Und die Kleine da heißt Mashee, aber die kriegt den Mund nicht weit genug auf, als dass du sie je mit Namen ansprechen müsstest. Zum Reden fehlt ihr der Verstand. So, Mädelchen, jetzt beug dich mal vor, damit ich dir das Wasser über den Kopf schütten kann. Ja, so ist's gut. Wie alt bist du? Und wie heißt du? Wie sollen wir dich nennen, solange du unter diesem Dach bist?«

»Ich bin fünfzehn. Und ich heiße Roisin Campbell.«

»Roisin, ach ja? Irischer geht's wohl kaum. Wie kommst du denn dazu, eine Roisin zu sein, wo dein Nachname nichts anderes als schottisch sein kann?«

»Meine Mutter war Irin.« Roisin neigte den Kopf zur Seite, damit sie die Frau ansehen konnte. »Aus Connemara«, fügte sie hinzu und wartete, ob die andere darauf reagierte.

Flossie griff mit den Fingern in die Haare des Mädchens und wusch den Dreck vieler Wochen fort. »Tja, Connemara ist wirklich in Irland. Aber wie kommt es, dass deine Mutter dir nicht beigebracht hat, dich nicht auf der Straße rumzutreiben, wo du in jedem halbwegs anständigen Bordell das Zehnfache verdienen könntest? So, und jetzt halt den Kopf zur anderen Seite, damit ich die auch waschen kann.«

Roisin tat, was von ihr verlangt wurde. Ihr Kopf wurde weiter geschrubbt, die Vorwürfe nahmen kein

Ende. »Schau dich nur an, Mädel! Gut gebaut, besser als manch andere, das bist du. Und die roten Haare werden eine Pracht sein, wenn sie erst mal trocken sind. Wo ist bloß dein irischer Verstand abgeblieben, dass du deine Gaben so in die Gosse schmeißt? Die reinste Verschwendung, deine Beine für zwei Pennies breit zu machen für jeden x-beliebigen Kerl, wo jeder Narr mit 'nem bisschen Geld dir jederzeit 'n Guinee geben würde, nur damit du ihm den Schwanz leckst.«

»Ich habe nicht gehurt, ich ...«

Flossie und Tilda brachen in Hohngelächter aus; sogar Mashee kicherte. »Steht mir bei, ihr Heiligen – das sagt ihr Straßendirnen doch immer, wenn man euch erwischt. ›Nein, gnä' Herr, das war nicht ich, die ihren Arsch an die Mauer gedrückt hat, während irgend so ein besoffener Matrose seinen Schniedel so tief in mich reingesteckt hat, dass er mir fast zum Hals rauskam. O nein, das war nicht ich, Herr Richter. Das muss 'ne Frau gewesen sein, die mir ähnlich sah. Meine Zwillingsschwester vielleicht. Oder mein Schutzengel.‹«

Flossie wischte sich die Lachtränen an einer Ecke ihrer Schürze ab und machte sich dann wieder daran, Roisin herzurichten, damit sie für Morgan Turner die Beine breit machen konnte. »Mashee, hör auf zu feixen und hol mir noch 'nen Eimer Wasser. Es geht doch nicht an, dass wir Master Morgan ein Hürchen ins Bett legen, das noch Seife im Haar hat.«

Elf! Zwölf! Dreizehn! Sie ist in Ohnmacht gefallen, Auspeitscher! Weck sie wieder auf, damit sie den Rest auch noch richtig spürt! Roisin biss sich auf die Zunge und schwieg.

Squaw DaSilva kümmerte sich selbst um die Schulterverletzung ihres Sohnes. Die Wunde war nicht tief und verschorfte bereits. Etwas blutstillender Puder und Zupflinnen, mehr war nicht nötig. »Damit brauchen wir Onkel Luke nicht zu behelligen. Das muss nicht genäht werden.«

»Ich freue mich trotzdem darauf, ihn zu sehen. Wie geht es ihm?«

»Gut, aber er hat alle Hände voll zu tun. Heute Morgen ist dein Großvater gestorben«, erzählte sie, während sie den Verband befestigte.

Die Nachricht war für Morgan ein Schock. Zum einen, weil er sich eine Welt ohne Christopher Turner nicht vorstellen konnte, zum anderen, weil seine Mutter sie ihm so lange vorenthalten hatte. »Warum hast du mir das nicht schon früher gesagt? Du hast mir ausrichten lassen, ich soll dich in der Grube treffen, aber nichts über … Wie konntest du heute Abend bloß dorthin gehen, obwohl du gewusst hast, dass …«

»Wäre mein Vater wieder von den Toten auferstanden, wenn ich nicht hingegangen wäre, Morgan?«

»Nein, natürlich nicht.«

»Das Hemd ist hinüber«, sagte sie und warf es in die Flammen. »Im Schrank liegt ein frisches. Dein Großvater wird morgen Nachmittag beigesetzt.«

»Die Vorbereitungen …?«

»Alles Notwendige ist veranlasst. Mach dir keine Sorgen. Ich habe dir doch schon gesagt, Onkel Luke kümmert sich darum.«

Die beiden waren in Squaw DaSilvas Privatsalon, aber sie hatte weder ihren Hut abgenommen noch den Schleier zurückgeworfen. Das erwartete Morgan auch gar nicht. Soweit er sich erinnern konnte, hatte er das Gesicht seiner Mutter nur ein einziges Mal unverschleiert gesehen. Das war an dem Tag gewesen, als sie in dieses prachtvolle Haus am Broad Way gezogen waren, im begehrtesten Teil des Hofviertels, in Blickweite der Gouverneursresidenz und gegenüber der weitläufigen Rasenfläche, wo die Damen und Herren von New York nachmittags Bowling spielten und spazieren gingen.

Da war Morgan sieben gewesen. In der Hektik und Aufregung des Umzugs hatte man ihn völlig vergessen. Er war durch das riesige neue Haus gelaufen, hatte jede Tür geöffnet und in jedes Zimmer gespäht. Insgeheim hatte er gehofft, vielleicht seinen Vater zu finden. Er wusste, dass dieser am Morgen hergebracht worden war. Morgan hatte zufällig am Fenster des Hauses am Hudson's River gestanden, in dem sie bis zu dem Tag gelebt hatten, und da hatte er eine in einen Umhang gehüllte Gestalt gesehen mit einem breitkrempigen Hut tief ins Gesicht gezogen, die in eine kleine, zweirädrige Kutsche gesetzt und dann fortgefahren wurde.

»Er wird im neuen Haus auch kein anderer Mann werden, Morgan, so schick es auch sein mag«, hatte Flossie ihm zugeflüstert; sie war hinter ihn getreten und hatte ihn in die Arme geschlossen. »Die Hoffnung darfst du dir gar nicht erst machen.«

Sie hatte Recht behalten. Jede Tür, die Morgan in dem riesigen Haus öffnete, führte in einen Raum voll exotischer Gegenstände, die er nie zuvor gesehen hatte, aber sie waren allesamt menschenleer. Bis auf einen im ersten Stock. Er hatte sie nur einen Spalt breit geöffnet – wie alle anderen –, und da war Mama gewesen. Ohne Hut und ohne Schleier. Sie hielt die schwarzen Röcke hoch und tanzte über das polierte Parkett, wirbelte, knickste und wiegte sich, als wäre sie auf einem Ball.

Er drückte sein Gesicht fest an den Spalt, sah seiner Mutter zu und glaubte, sie würde ihn nicht bemerken, doch nach einigen Augenblicken sagte sie: »Komm rein, Morgan. Und mach die Tür hinter dir zu.« Und als er das getan hatte, kniete sie vor ihm nieder und ließ sich eingehend von ihm betrachten.

»Du bist ja so schön«, flüsterte er schließlich. »Ich habe immer gedacht, du müsstest hässlich sein. Eines der Küchenmädchen sagte mal, du hättest die Pocken gehabt, und deswegen würdest du immer den Schleier tragen.«

»Nein, mein Liebling.« Sie ergriff seine beiden Hände und drückte sie an ihre Wangen. Er spürte ihr glatte, seidige Haut und war stolz und glücklich, weil seine Mama hinter ihrem Schleier eine wunderschöne Dame war.

»Morgan, hör mir gut zu. Wir sind nicht wie die anderen Leute. Ich bin nicht wie sie, und dein Vater ist nicht wie sie. Deswegen bist auch du nicht wie sie.«

»Ist das der Grund, warum sie uns hassen?«

»Wer hat dir gesagt, dass sie uns hassen?«

»Die Damen im anderen Haus. Die haben alle gesagt ...«

»Die Damen sind dumm. Sonst wären sie keine Huren.« Sie entschuldigte sich nicht einmal, dass sie dieses schlimme Wort verwendete, obwohl Flossie ihm das eine einzige Mal, als er es aussprach, den Mund mit Seife ausgewaschen hatte.

»Der wahre Grund, warum die Leute uns hassen, ist, weil wir besser sind als sie. Und schlauer. Und reicher.

Sie nennen mich Squaw DaSilva, um mich zu beschämen. Nein, da brauchst du gar nicht so zu schauen. Ich weiß von dem Namen. Lass den Kopf nicht hängen, Morgan. Ich habe ihn zu einem Titel gemacht, mit dem die Leute rechnen müssen. Nur deswegen sind wir jetzt in diesem wunderschönen Haus im elegantesten Viertel von New York. Weil ich es für uns bauen und einrichten ließ, lange bevor irgendjemand wissen konnte, wem es wirklich gehörte, und jetzt können sie nichts mehr dagegen unternehmen. Wir sind hier und werden so lange hier bleiben, wie es uns gefällt. Wir werden sie immer schlagen, Morgan. Du und ich. Immer. Und wir werden uns rächen, mein Liebling. Ich schwöre dir, wir werden uns rächen.«

»Was heißt rächen, Mama?«

»Das heißt, dass man bekommt, was einem rechtmäßig zusteht. Dass man seinen Stolz und seine Ehre wiederbekommt. Und demjenigen, der sie einem wegnehmen wollte, möglichst großes Leid zuzufügen.«

»Hat jemand versucht, uns unsere Ehre wegzunehmen?«

»O ja.«

»Wer denn, Mama? Wer hat …«

»Caleb Devrey«, sagte sie und sah ihm tief in die Augen. Sie entfernte seine Hände von ihrem Gesicht, hielt sie aber fest. »Schau mich an, Morgan. Und jetzt sag ›Caleb Devrey‹.«

»Caleb Devrey«, sagte er und fügte hinzu: »Die Devreys sind mit uns verwandt, oder nicht? Das hat Flossie mir zumindest gesagt.«

»Das mag schon sein, Morgan, aber darauf kommt es nicht an. Ich sage dir, worauf es ankommt. Und jetzt sprich mir nach: ›Caleb Devrey wird büßen. Das schwöre ich beim allmächtigen Herrgott.‹«

»Caleb Devrey wird büßen. Das schwöre ich beim allmächtigen Herrgott.«

Das war das erste von vielen Malen, dass sie ihn das schwören ließ, aber das einzige Mal, dass sie ihn küsste. Dann bat sie ihn, ihr Hut und Schleier zu geben, die auf dem großen Tisch vor dem Marmorkamin in diesem großen Raum lagen, der ihr Privatsalon werden sollte, und sie verbarg ihr Gesicht vor ihm und zeigte es ihm nie wieder.

Einige Wochen später erklärte Morgan, von nun an wolle er Morgan Turner heißen und nicht Morgan DaSilva. Nach kurzem Überlegen nickte seine Mutter feierlich und sagte, er habe ein Recht darauf, seinen Namen selbst zu wählen.

Im Großen und Ganzen ließ sie ihn bei jedem anderen Wunsch gewähren, den er im Lauf der nächsten Jahre äußerte, einschließlich dem Vorhaben, im Alter von neunzehn Jahren Freibeuter zu werden. Weil sie wusste, dass ihr Sohn von der See fasziniert war und sowieso über die Meere segeln würde. Wenn schon, dann als Kapitän seines eigenen Schiffes und unter günstigen, von ihr ausgehandelten Bedingungen.

Seine Mutter war die Erste, die in Morgans *Fanciful Maiden* investierte. Und genau deswegen – und wegen ihres stadtbekannten Rufes, in geschäftlichen Dingen gerissener zu sein als jeder Mann, – steckten auch andere ihr Geld in den Neunzehnjährigen, der noch nie zur See gefahren war. Sie wussten, dass die verschleierte alte Hexe nicht im Sinn hatte, ihren Sohn und ihr Geld aufs Spiel zu setzen. Und sie behielten Recht.

Ihre einzige Bedingung Morgan gegenüber war gewesen, seinen Ersten Steuermann auswählen zu dürfen. Morgan willigte ein, und seine Mutter schickte ihn mit Tobias Carter auf die Reise, einen Mann, der selbst vier legendäre Kaperschiffe als Kapitän befehligt hatte, bevor er den Großteil seines Gewinns vertrunken und verspielt hatte. »Du hast zwar keine Beine mehr, dein Waffenarm gibt nach sechzig Sekunden den Geist auf, und dein Bauch ist in Rum gepökelt, aber als junger Mann warst du der Beste, den's je gegeben hat, und deinem Kopf fehlt nichts«, hatte sie ihm gesagt. »Mein Sohn hat die Körperkraft. Den Rest bringst du ihm bei.«

Alles war genau nach ihrem Plan verlaufen. Wie bislang alles andere auch. »Cuf ist von der Insel zurückgekommen«, sagte sie und drückte den Verband an Morgans Schulter ein letztes Mal fest. »Alles ist gut gegangen.«

»Der Zettel, den ich dir hab zukommen lassen?«

»Sicher versiegelt in dem goldenen Pferdekopf mit den Rubinaugen. Der einmal deinem Vater gehörte. Erinnerst du dich?«

»Ja.« Er wich ihrem Blick aus. »Aber ich wette, dass er sich nicht daran erinnert.« Sie wollte etwas sagen, doch er schnitt ihr das Wort ab. »Um den verrückten Alten da oben mache ich mir keine Sorgen. Ist der Pferdekopf dort bei dem Felsbrocken vergraben? Genau an der Stelle, die ich beschrieben habe?«

»Das hat Cuf gesagt. Und du weißt, dass man sich hundertprozentig auf ihn verlassen kann.«

»Ja, das weiß ich.« Morgan schlüpfte in das Hemd, das er im Kleiderschrank gefunden hatte, und genoss das

Gefühl des sauberen weißen Leinens auf der Haut. Dann ging er zu dem Tischchen vor dem Fenster, schenke ein Glas voll Südwein und bot es seiner Mutter an. Als sie mit einem Kopfschütteln ablehnte, leerte Morgan es selbst in einem Zug; er erfreute sich an der Wärme, die sich plötzlich in seinem Inneren ausbreitete. Guter Gott, alle Muskeln taten ihm weh, und er war müde bis auf die Knochen. Aber nicht zu müde für das Mädchen, hoffte er. Er schob den Gedanken beiseite; zuerst musste er sich um das Geschäftliche kümmern. Das war eine der ersten Lektionen gewesen, die seine Mutter ihm beibrachte: Das Geschäft steht immer an erster Stelle.

Sie spürte seine Ungeduld. »Was ist mit der Besatzung?«

Morgan schenkte sich ein zweites Glas ein. »Ich habe sie alle ausbezahlt und eine hübsche Abfindung obendrein. Vierhundert Pfund pro Kopf.«

Hinter dem Schleier verengten sich Squaws Augen. Sechzig Prozent der Prise für die Besatzung waren das Übliche. Eine sehr großzügige Bezahlung – aber Männer konnten nur durch eine sehr großzügige Bezahlung dazu gebracht werden, sich auf etwas so Gefährliches wie die Freibeuterei einzulassen. Gut die Hälfte derer, die ausliefen, kamen nie zurück, und Zwangsverpflichtungen durften ausschließlich zugunsten der königlichen Flotte vorgenommen werden. Wer Piraten haben wollte, die auf sich hielten, musste sie gut entlohnen.

»Vierhundert Pfund pro Mann bei einer fünfundsiebzigköpfigen Besatzung heißt, dass du mehr als dreißigtausend Pfund ausgezahlt hast. Das heißt, dein Gewinn von dieser Fahrt sind ... guter Gott, Morgan, das sind ja fast zwanzigtausend Pfund.« Das Erstaunen in ihrer

Stimme ließ sich nicht verbergen. »Das ist unglaublich. So viel hast du noch nie von einer Fahrt nach Hause gebracht.«

Morgan lächelte und freute sich, seine Mutter einmal überraschen zu können. »Wir haben vier spanische Kauffahrer aufgebracht. Keiner von ihnen hatte mehr als neunzehn Mann Besatzung und drei Geschütze. Die dummen Gierhälse lernen es einfach nie. Müssen jeden Kubikzoll mit Fracht voll laden und machen den Freibeutern damit das Leben leicht.«

»Machen Morgan Turner das Leben leicht«, stellte sie stolzerfüllt richtig. »Aber selbst vier Frachten, Morgan ... Mir ist nicht klar, wie ...«

»Die vierte war ein Schiff aus Guinea, voll gestopft bis an die Schandeckel mit Lebendware. Die Schwarzen standen auf dem Auktionsblock, sobald wir die Bahama-Insel erreichten, und keine halbe Stunde später hatten wir das Geld in der Hand. Danach hatten wir einfach Glück. Im Hafen lag ein französisches Ostindienschiff vor Anker, *La Madeleine*. An Bord war der beste Kaufmann von Quebec.«

»Ah«, sagte sie und bemühte sich nicht einmal mehr, das Lächeln in ihrer Stimme zu verbergen. »Handel mit dem Feind?«

»Und warum zum Teufel nicht? Schließlich bin ich der Sohn meiner Mutter, oder?«

Squaw lachte und wartete, den Rest seiner Geschichte zu hören. Sie genoss diesen Augenblick. Wäre sie ein Mann gewesen, wäre sie auch als Pirat zur See gefahren, genau wie Morgan. Besser noch, als Pirat im Rahmen der Gesetze, der die allmächtige Flotte Seiner Majestät nicht zu fürchten brauchte. Aber was hätte sie nicht alles getan, wenn sie ein Mann gewesen wäre? Sie hätte die erstaunlichsten chirurgischen Eingriffe durchgeführt, die alle Welt verblüfft hätten. »Erzähl mir von dem französischen Kaufmann.«

»Er hat uns unseren Zucker und unser Indigo mit Handkuss abgenommen, als ich ihm sagte, er könnte alles zu einem niedrigeren Preis als an der Börse bekommen, solange er uns in Gold- und Silberbarren bezahlte. Du hast Recht, es sind noch fast zwanzigtausend Pfund übrig. Natürlich müssen wir davon die hiesigen Notare und Zulieferanten und Händler bezahlen.«

Den Einwand wischte sie beiseite. »Natürlich. Aber was ist mit der Besatzung? Wenn auch nur einer von ihnen etwas ausplaudert ...«

Morgan wandte sich wieder der Weinkaraffe zu. Es war ein guter Vorwand, seine Mutter nicht anzusehen, während er antwortete. »Die Männer werden den Mund halten. Zu reden würde ihnen nichts bringen. Außerdem wollten die meisten von ihnen auf den Inseln bleiben, als ich ihnen sagte, dass die *Maiden* nicht wieder auf Kaperfahrt gehen würde.«

Weswegen er ihrem Blick auswich, war der Gedanke an Petrus Vrinck. Der einzige Holländer in der Besatzung der *Maiden*. Der gottverfluchte Kerl. Vrinck, voll wie eine Haubitze, der schrie und fluchte und mit dem Entermesser herumfuchtelte. Und Tobias Carter, der Morgan die Hand festhielt, als der den Besoffenen wegen seiner Unverschämtheit umbringen wollte. Eine alte Schuld, hatte Tobias erklärt, die er einlösen müsse. Als Morgan den Kerl das letzte Mal gesehen hatte, war er zu den binnenländischen Sümpfen der Bahama-Insel gewankt. Vermutlich war er schon längst ertrunken. »Die Männer werden nicht reden«, wiederholte er.

»Und die *Maiden*?«, fragte sie, ohne ihn aus den Augen zu lassen.

»Die wird verkauft, wie vereinbart.«

»Natürlich. Ich meinte, wie hast du sie nach New York gebracht? Die Besatzung ist doch auf den Inseln geblieben.«

»Die meisten sind dort geblieben. Wir sind mit einem Steuermann und einer vierköpfigen Mannschaft zurückgekommen. Wir haben die Küsten und Buchten gemieden, wo sich Freibeuter am liebsten aufhalten, und sind auf dem offenen Meer gesegelt, genau wie die Marine. Zum Glück hat uns niemand angegriffen.«

»Ich verstehe.« Sie nickte ernst. »Ich vermute, Tobias Carter gehört zu denen, die mit dir heimgekommen sind?«

»Ja. Ich hab dem Alten vorgeschlagen, er soll doch auf der Bahama-Insel bleiben und seine letzten Jahre in der Wärme verbringen, aber er hat darauf bestanden, mich auch noch auf der letzten Etappe zu begleiten. ›Ich hab geschworen, dass ich dich heil und ganz nach Hause bringe, und verdammt will ich sein, wenn ich das nicht tu.‹«

Sie lachte über seine gelungene Nachahmung von Carters Tonfall. Pech, dass Morgan seinen Ersten Steuermann so ins Herz geschlossen hatte, aber davon durfte sie sich nicht beeinflussen lassen. Fünf Zeugen liefen durch New York, die wussten, was auf der letzten Fahrt der *Fanciful Maiden* passiert war. Mit denen musste etwas geschehen, einschließlich Carter. Aber das war ihre Aufgabe, nicht die ihres Sohnes. »Gut gemacht«, sagte sie leise. »Von Anfang bis Ende gut gemacht.«

Vor Freude über ihr Lob wurde er rot.

»Jetzt geh«, sagte sie und deutete mit dem Kopf zur Tür. »Geh zu deinem Rotschopf. Aber pass auf deine Schulter auf.«

Sie lag in seinem Bett und wartete auf ihn, die Decke bis unters Kinn hochgezogen.

»Er ist müde«, hatte Mistress O'Toole gesagt, als sie Roisin nach oben in das Schlafzimmer führte – das vornehmste, das das Mädchen je gesehen hatte. »Nach was Ausgefallenem wird ihm kaum der Sinn stehen.« Als Roisin nach dem Bad abgetrocknet war, hatte sie ihr einen seidenen Morgenrock gereicht, den sie ihr jetzt im Schlafzimmer wieder auszog und achtsam über das Fußende des hohen Himmelbetts legte. »Hinein mit dir, nackt, wie Gott dich geschaffen hat. Und schlaf bloß nicht ein, bevor er kommt.«

Sie war hellwach. Grüne Augen starrten ihn an, als er eintrat. Morgan zog sich das Hemd aus und ließ es auf den Boden fallen. Sie sah, wie die schwarzen Haare sich auf seiner Brust kräuselten und oberhalb seines flachen Bauchs in einem V endeten. Und wie groß die Beule in seiner eng sitzenden Kniehose war. Trotzdem sah er müde aus. Sogar ein bisschen besorgt.

»Ich muss schon sagen, das Bad hat dir sehr gut getan.« Er lächelte, und gleich wirkte er sehr viel jünger und weniger erschöpft. »Dein Haar ist fantastisch.« Er beugte sich vor, um es zu berühren, hielt aber mit verzerrtem Gesicht inne. Ohne darüber nachzudenken, hatte er den rechten Arm bewegt, der sich wegen der Verletzung etwas steif anfühlte.

Roisin streckte die Hand unter der Satindecke hervor und fasste sanft auf den Verband. Pirat hin oder her, sie war ihm dankbar. Das Bett war sauber und warm, ihr Rücken war nicht mit Striemen übersät. »Tut Ihnen die Wunde weh?«

»Nur ein bisschen.«

»Sie ist gut verbunden.«

»Das hat meine Mutter gemacht. Sie ist in solchen Dingen sehr geschickt. Bei uns Turners gibt es viele Heiler.«

»Ich kenne mich ein bisschen im Heilen aus.«

»Wirklich? Eine ungewöhnliche Mischung mit der Hurerei.« Er dachte nicht weiter darüber nach, lachte, ließ sich in einen Sessel fallen und streckte die langen Beine von sich. »Komm, Mädel. Ich will nach niemanden schicken, der uns jetzt nur stört. Zieh mir die Stiefel aus.«

Roisin glitt aus dem Bett und griff nach dem seidenen Morgenrock. »Nein«, sagte Morgan. »Bleib, wie du bist. Ich will sehen, was ich bekommen hab, jetzt, da's gewaschen und sauber und nackt ist.«

Sie zögerte nur einen Moment, dann hob sie das Kinn und stieg aus dem Bett, wandte ihm den Rücken zu und nahm seinen rechten Fuß zwischen die Beine.

»Wunderschön«, schwärmte er, während er die Rundung ihres Gesäßes bewunderte, noch leicht gerötet von der Hitze des Bades. »Das ist ein Arsch, der einem Mann wirklich gefallen kann. Wir werden uns einen schönen Abend machen. Wie heißt du?«

»Roisin.« Sie zog den rechten Stiefel aus, machte sich am linken zu schaffen. »Roisin Campbell.«

»Roschin«, wiederholte er den Namen, wie sie ihn ausgesprochen hatte. »Hübsch.«

»Danke. Aber niemand schreibt ihn, wie er sich geschrieben gehört.«

Sie stand noch immer über seinem linken Stiefel. Herrgott noch mal, das war ein Arsch, von dem man in einsamen Nächten auf dem Meer träumen konnte. »Du kannst also schreiben?«, fragte er mit einem Lachen. »Hab ich etwa ein Flittchen gefunden, das lesen und schreiben kann?«

»Ja, ich kann lesen und schreiben. Das hat meine Mutter mir beigebracht. Aber ...«

Sie hatte seinen Stiefel losgelassen und wollte sich umdrehen, um weiterzureden, aber Morgan wehrte ab. »Jetzt mach schon, Mädel. Runter mit dem Stiefel.«

Die straffe Rundung ihrer Brüste, wenn sie sich vorbeugte, gefiel ihm. Und der Blütenduft, der von ihr aufstieg, jetzt, da sie richtig gewaschen war. »Was ist deine Spezialität?«

»Ich ... ich habe keine Spezialität. Und ich bin keine ...« Der linke Stiefel lag in ihren Händen, sie hob den rechten vom Boden und trug beide zum Schrank auf der anderen Seite des Raums.

»Keine Spezialität«, sagte Morgan. »Na, da kann man nichts machen. Aber bevor die Sonne aufgeht, wissen wir vielleicht, was du am besten kannst. Jetzt dreh dich um und lass dich mal richtig von vorne anschauen.«

Roisin wandte sich zu ihm und wartete.

»Komm näher«, sagte Morgan, und sie trat ein paar Schritte auf ihn zu. »Und jetzt stell dich mehr ins Licht der Flammen. Heiliger Heiland, ich hab doch wirklich einen guten Blick! Du bist ein Wunder, Mädel. Die reine

Verschwendung, dich auf der Straße rumzutreiben. Wenn du auch nur annähernd so gut bist, wie du aussiehst, sorge ich dafür, dass du eine Stelle im besten Bordell von New York bekommst. Das sollte dir genügend Anreiz sein.«

»Ich … Bitte, ich kann Ihnen gar nicht sagen, wie dankbar ich bin, aber darf ich erklär…«

»Du brauchst dich gar nicht zu bedanken, Roisin Campbell mit den vollkommenen Titten und dem unglaublichen Hintern, die lesen und schreiben kann. Und jetzt Schluss mit dem Gerede. Ich bin zu müde, um aufzustehen und zum Bett zu gehen. Komm her und besorg's mir hier. Wenn's du schaffst, dass es länger als zwei Minuten dauert, ist dir die Stelle im Bordell sicher.«

Roisin ging zu ihm. Das Feuer brannte hinter ihr im Kamin, ihr Gesicht war im Schatten, deshalb sah er die Tränen nicht, die ihr über die Wangen liefen.

Morgan hatte die Hose aufgeknöpft und sich frei gemacht. Er packte sie, umfasste mit beiden Händen ihre schmale Taille und hob sie auf seinen Schoß. »So doch nicht, Mädel«, sagte er und lachte leise, als sie sich mit dem Rücken zu ihm auf seinen Schoß setzen wollte. »Du wirst *mich* reiten. Ich werde dir ein guter Hengst sein.«

Er drehte sich, bis sie richtig auf ihm saß, dann stieß er nach oben. Sie schrie leise auf. »Hör auf«, sagte er schnell, und in seiner Stimme war jeder Anflug von Belustigung verschwunden. »Du brauchst mir nichts vorzuspielen. Ich bin in einem Hurenhaus groß geworden. Ich kenne alle Tricks, und ich hasse sie. Beweg dich einfach. Nein, noch nicht auf und ab, jetzt erst mal hin und her. Ja, genau so. Ahhh, das ist wunderbar. Du hast eine süße, enge Fotze, Roisin Campbell. Damit wirst du's weit bringen, aber heute Abend gehört sie nur mir.«

Vor der Tür stehend hörte Flossie, das Ohr auf die Eichenvertäfelung gepresst, Morgan stöhnen und seufzen. Sie lächelte. Genau was der Junge nach der langen, schweren Fahrt brauchte. Und das Mädchen hatte ganz ordentlich gewirkt, nachdem sie ihr erst einmal den ganzen Dreck abgekratzt hatte. Sie hatte die Scham der Kleinen nach Anzeichen eines Ausschlags oder Geschwürs untersucht und nichts gefunden. Ach, letztlich lag doch alles in Gottes Hand. Sie konnte sich nichts Schlimmeres vorstellen, als dass ihr geliebter Morgan die Franzosenkrankheit bekam, aber nichts und niemand würde einen Zweiundzwanzigjährigen daran hindern, seinen Spaß zu haben. Dann lieber hier, in seinem eigenen Haus, mit einer Dirne, die Flossie eigenhändig für ihn hergerichtet hatte.

Wussten nicht alle Heiligen im Himmel, dass sie genau das tat, seit sie zurückdenken konnte – Frauen für eine Liebesnacht mit dem einen oder anderen DaSilva herzurichten? Sozusagen. Und wenn sie in der kommenden Stunde sterben sollte, würde sie ihrem Herrgott genau dasselbe sagen, das sie sich selbst immer wieder sagte: Was hätte ich sonst tun sollen, Herr Jesus – mich in die Gosse legen und verhungern?

Die Treppe zum dritten Geschoss hinauf war schmal und wand sich am Ende eines dunklen Flurs der Mauer entlang empor; nur sie und Tilda durften sie betreten. Manchmal machte Flossie sich Sorgen, dass sie noch dicker werden und sich nicht mehr die Stufen hinaufzwängen könnte. Und was würde er dann tun? Dasselbe, was er seit mehr als zwanzig Jahren tat – seitdem die verdammten Wilden ihn im Hof des Bordells drüben am Hudson's River deponiert hatten: Nichts.

Herr des Himmels mitsamt allen Heiligen, damals hätte sie geschworen, dass ihr nach dem Tag nichts Schlimmeres mehr passieren könnte. Das zeigte nur, wie wenig sie sich auskannte.

Sie blieb einen Moment vor seiner Tür stehen und wappnete sich innerlich. Oder versuchte es zumindest. Würde es je einfacher werden? Nein, vermutlich nicht. Es brach ihr immer noch das Herz zu sehen, was aus ihm geworden war.

Flossie schob die Tür auf. Solomon saß am Feuer. Er blickte nicht auf, nicht einmal, als sie direkt vor ihm stand, aber er wusste, dass sie da war. In seiner knochigen Hand hielt er einen leeren Zinnkrug, den er ihr entgegenstreckte.

»Mehr Rum, ja?« Sie warf einen Blick auf das Tablett, das Tilda zwei Stunden zuvor hinaufgetragen hatte. Das Essen war kaum angerührt worden. »Es ist ein Wunder, dass Sie noch nicht verhungert sind, so wenig, wie Sie essen.«

Herr des Himmels mitsamt allen Heiligen, du hast ihm in den verfluchten Wäldern so viel weggenommen, hast ihn so verstümmelt zu uns zurückgeschickt – hättest du dem Armen nicht wenigstens seinen Verstand lassen können?

DaSilva trug ein Nachtgewand und einen Morgenrock, um seinen Kopf war ein Tuch gewickelt. Es bedeckte die wenigen noch vorhandenen weißen Haarsträhnen und verbarg seinen starren Blick und den zahnlosen Mund. Wenn man versuchte, ihm das Tuch wegzunehmen, stieß er auf Portugiesisch lauthals Flüche aus – die einzigen Worte, die er dieser Tage überhaupt noch äußerte. Sonst kommunizierte er nur durch ein Knurren, das irgendwo aus den Tiefen seiner Kehle aufstieg. Das tat er auch jetzt und schwenkte dabei den Krug hin und her.

»Schon gut! Um Jesus und Seiner Heiligen Mutter willen, regen Sie sich nicht auf.« Sie nahm ihm den Krug ab und füllte ihn mit Rum aus der Karaffe, die stets auf dem Tisch neben seinem Bett stand. »Sie trinken sich noch ins Grab, Solomon DaSilva. Siebenundsechzig sind Sie jetzt, aber die achtundsechzig erreichen Sie nicht mehr, wenn Sie so weitermachen. Aber es wird auch ein Segen sein, wenn der letzte Tag kommt.«

Mittlerweile achtete sie nicht mehr darauf, was sie zu ihm sagte. Warum auch? Hatten sie nicht immer völlig offen miteinander gesprochen? Selbst damals, als sie ihn so sehr liebte – und sie hatte ihn immer weiter geliebt, auch wenn er ihrer überdrüssig geworden war –, dass sie sich vom Leben nichts weiter wünschte, als immer in seiner Nähe zu sein. Im Lauf der Jahre war sie noch freimütiger geworden, obwohl sie sich andererseits nie sicher war, ob er wirklich den Verstand verloren hatte. Deswegen erzählte sie ihm auch immer, was im Haus passierte, obwohl er nie darauf einging.

»Aber solang Ihnen noch nicht die Luft zum Atmen ausgegangen ist, wollen Sie vielleicht wissen, dass Ihr Junge heil und gesund nach Hause gekommen ist.«

DaSilva knurrte wieder und schlug den Krug so heftig auf den Tisch, dass der Rum überschwappte und ihm auf die Hand tropfte.

»Ihr Sohn«, wiederholte sie, ohne auf seine Erregung zu achten. »Sie hat Ihnen nie Hörner aufgesetzt, Sie alter Narr. Kein einziges Mal. Glauben Sie wirklich, ich hätt's Ihnen nicht erzählt, wenn's anders gewesen wäre?«

Er sagte nichts, sah sie nicht einmal an. Aber sie würde nie aufhören, es zu versuchen.

»Und jetzt ist Ihr Sohn unten«, fuhr sie fort. Dabei hob sie einige Gegenstände vom Boden auf, die er hinuntergefegt haben musste. Wahrscheinlich in einem der lautlosen Wutausbrüche, die ihn manchmal überkamen, wenn er herumwirbelte und mit den Füßen aufstampfte, bis er vor Schwindel und Erschöpfung zusammenbrach. »Heil und ganz ist er nach Hause gekommen, und jetzt lässt er sich's gut gehen. Im Augenblick vögelt er die hübscheste kleine Rothaarige, die Sie sich vorstellen können. Fünfzehn ist sie, die Mutter kommt aus Connemara, also ist sie halb irisch.«

Sie hielt inne, schloss einen Moment die Augen und schwelgte in der Erinnerung. »Sie ist ein bisschen wie ich selbst, als ich in dem Alter war,« flüsterte Flossie. »Und du erinnerst dich auch dran, wie ich damals war, Solomon, oder nicht? Damals, als du dich nicht sattschlecken konntest an meiner Möse und wir uns im siebten Himmel fühlten, wenn wir uns nur in den Armen lagen.«

Er gab keine Antwort, aber eigentlich erwartete sie auch keine. »Sie schaffen es selbst, ins Bett zu kommen, ja?«, sagte sie seufzend. Er blieb still in seinem Sessel sitzen. »Das habe ich mir schon gedacht. Also, gute Nacht. Schlafen Sie gut.«

Flossie wandte sich zur Tür, doch bevor sie den Speicherraum verließ, der so viel Hass und Elend barg, hielt sie noch einmal inne. »Alles, das Ihnen mal viel bedeutet hat und das Sie geliebt haben, ist hier, unter Ihrem eigenen Dach, Solomon DaSilva. Mehr kann ein Mann in Ihrem Alter nicht verlangen. Sie haben Glück gehabt, trotz allem. Wie immer.«

Flossie ging. Solomon wartete, bis ihre Schritte auf dem Gang und die Treppe hinab verhallten, dann erhob er sich aus dem Sessel und legte sich auf den Fußboden.

Er lag genau über Jennets Kopf. Das wusste er. Sein Zimmer befand sich direkt über ihrem. Das hatte er bemerkt, sobald sie ihn in dieses Haus gebracht hatten, und war zufrieden gewesen. Er konnte sich auf Jennet legen, wie er es vor all den Jahren getan hatte. Wenn er so dalag, das Ohr auf die Dielen seines Zimmers gepresst, konnte Solomon nahezu jedes Wort verstehen, das in Jennets Privatsalon gesprochen wurde. Er besaß sie. So, wie er es immer getan hatte.

Als Morgan am nächsten Morgen die Blutflecke auf seiner Kniehose bemerkte, hielt er sie für Spuren seiner Schlägerei mit Caleb Devreys gedungenen Mördern. »Bleib doch ein paar Tage«, sagte er zu Roisin. Auch wenn er vor Erschöpfung recht anspruchslos gewesen war, hatte sie ihm doch Freude bereitet. »Später schaue ich zu, dass du eine Stelle bei meiner Mutter bekommst, das verspreche ich dir. Die Straße ist nichts für ein so hübsches, nettes Ding wie dich.«

Die Trauerprozession war beeindruckend. Sie bestand aus mindestens einem Dutzend schwarz drapierter Kutschen. Der Hall Place war nicht breit genug, um als Ausgangspunkt eines derart aufwändigen Begräbnisses zu dienen. Sechs Männer trugen Christophers Kiefernsarg aus dem Haus, vorbei an dem alten Barbierpfosten, den Lucas Turner vor neunzig Jahren an der Stelle aufgepflanzt hatte, und hinauf zum Hanover Square, wo die anderen Trauergäste warteten.

»Gott steh uns bei«, flüsterte einer der Zuschauer seinem Nachbarn zu. »Jetzt gibt's niemanden mehr, dem man mit dem Messer trauen kann.«

»Das stimmt nicht«, gab der andere zurück. »Ich hab gehört, dass Lukes Sohn Andrew die Turner-Hand geerbt hat. Er hält das Skalpell, als wär's ihm angewachsen.«

Der erste Mann brummte und schaute auf den groß gewachsenen, blonden jungen Mann, der eine Ecke des Sarges trug. Neben ihm ging sein Vetter Morgan. »Die zwei sind genau das richtige Paar«, sagte er. »Zwei Riesen, die beide ihr Geld damit verdienen, Leute mit dem Messer zu traktieren.«

Christopher wurde neben der Trinity Church beerdigt – der erste Turner, der auf diesem ehrwürdigen Friedhof zur letzten Ruhe gebettet wurde. Alle Honoratioren der Stadt waren gekommen, und Gouverneur James De Lancey hielt eine kurze Rede auf den angesehensten Chirurgen von New York.

»Jetzt ist sein Ruf endgültig wiederhergestellt«, murmelte Luke seiner Schwester ins Ohr.

»Nie.« Sie blickte nach hinten auf die Menge, zu zwei Devrey-Verwandten, die wohl zu der Entscheidung gekommen waren, sie würden durch ihre Anwesenheit bei dem Begräbnis weniger Anlass zu Klatsch geben, als wenn sie fernblieben. Bede Devrey und Zachary Craddock standen nebeneinander. Beide wirkten dem Anlass entsprechend feierlich, und beide bemühten sich, nichts zu tun, das als Begrüßung der berüchtigten Squaw Da-Silva gedeutet werden könnte.

Bede war mittlerweile reich wie Krösus. Einige Jahre, bevor die florierende Kriegswirtschaft begonnen hatte, war er Eigner von Devrey Shipping geworden. Zachary Craddock hingegen, Squaws alter Feind, sah weit weniger wohlhabend aus. Natürlich war er wesentlich älter als Bede. Obwohl er der erste Arzt in New York gewesen war, der auf eine Ausbildung in Edinburgh verweisen konnte, hatte ihn die Politik stets mehr interessiert als die Gesundheit der Bevölkerung. Und wie man mittlerweile wusste, war er auf keinem Gebiet eine große Leuchte gewesen.

Hinter Squaw DaSilvas Schleier verzogen sich ihre Lippen zu einem Lächeln. Gut siebzig Jahre war Zachary jetzt alt, ein gebrechlicher, gebeugter alter Mann, dessen einziges Einkommen die Apotheke abwarf, die er durch seine Heirat mit der Tochter der Roten Bess erworben hatte. Mittlerweile gab es noch andere Apotheken in New York, und der alte Laden in der Pearl Street war keine Goldgrube mehr. Trotzdem, was sein Einkommen betraf, war Zachary auf Phoebe angewiesen. Keines der Kinder, das Tamsyn ihm geboren hatte, besaß ihr Talent oder ihr Interesse für Kräuterkunde, und Tamsyn selbst lag seit fünf Jahren im Grab, gestorben an einer verkrebsten Brust. Wie ihre Mutter.

Die Gerüchteküche wusste zu berichten, dass Tamsyn kurz vor ihrem Tod zu Christopher gegangen war und ihn angefleht hatte, ihr die Brust abzuschneiden, dieser sich aber geweigert hatte. Squaw hielt das für unwahrscheinlich. Es lag nicht im Wesen ihres Vaters, einen solchen Eingriff abzulehnen. Außerdem hatte ihn das, was ihm zugefügt worden war, stets weniger verletzt als sie. »Es gibt keine Wiedergutmachung für die vielen Jahre, in denen er ausgestoßen war«, sagte sie leise. Sie hielt den Blick noch immer auf Bede und Zachary geheftet, ohne ihren Bruder anzusehen.

»Du bist sehr hart, Jennet.«

Ein kalter Schauder fuhr ihr über den Rücken wie ein Schwall Eiswasser. Wer würde sie, jetzt, da Papa tot war, noch bei ihrem richtigen Namen nennen? Ihre Mutter war schon vor sechs Jahren gestorben. Ihr jüngerer Bruder Paul war vor vier Jahren bei einer Schlägerei wegen einer Wette bei einem Schaukampf zwischen einem Terrier und zwanzig Ratten ums Leben gekommen. Von ihren drei Schwestern – die Kleinen, bei deren Erziehung sie ihrer Mutter zur Hand gegangen war – hatte eine nach Neuengland geheiratet. Die beiden anderen waren ledig und lebten noch immer am Hall Place. Sie besuchten Jennet nicht, sodass sich die Schwestern seit Jahren nicht mehr gesehen hatten. Selbst heute standen die beiden auf der anderen Seite des Grabs und taten, als kennten sie ihre ältere Schwester nicht. Solomon zählte nicht, da er seit fast einem Vierteljahrhundert nicht mehr mit ihr gesprochen hatte. Von Morgan abgesehen war Luke der einzige Familienangehörige, den sie jetzt noch hatte. »Ich bin nur so hart, wie ich sein muss«, erwiderte sie leise. O ja, keiner sollte sich in ihr täuschen.

Gut eine Meile entfernt am nordwestlichen Stadtrand, wo sich seit sechzig Jahren der Armenfriedhof befand, wurden die Toten ohne Umstände unter die Erde gebracht; die einzigen Zeugen ihrer Bestattung waren die Totengräber.

»Das ist ja 'ne seltsame Seuche – die befällt wohl bloß Matrosen, wie?« Einer der Gräber stützte sich auf seine Schaufel und betrachtete die sechs Leichen, die an dem Tag beerdigt werden mussten. Jede von ihnen war bekleidet mit der geteerten Kniehose und dem Karohemd der Seeleute. Und bei jedem war die Kehle von einem Ohr zum anderen aufgeschlitzt.

»Jetzt mach voran«, drängte der zweite. »Bringen wir's hinter uns. Sonst sind wir bei Sonnenuntergang noch hier. Trauern musst du doch um keinen, oder?«

»Ach was. Obwohl, den hier kenn ich.« Der Gräber deutete mit der Schaufel auf eine der Leichen. »Der heißt Tobias Carter. War früher mal Käpt'n von 'nem Freibeuter, aber das ist schon lang her. In den letzten Jahren war er Erster Steuermann auf der *Fanciful Maiden* von Morgan Turner. Der hat ein Vermögen verdient, dieser Tobias Carter.«

»Es gibt keinen Freibeuter, der viel Geld hat. Die schmeißen doch alles gleich wieder zum Fenster raus. Und Geld hin oder her – die sind trotzdem abgeschlachtet worden wie die Schweine.«

»Stimmt. Und der hier ist sowieso kein Freibeuter.« Der erste Totengräber deutete auf die letzte Leiche. »Den hab ich auch gekannt. Wann immer der sich 'n Humpen Grog hat leisten können, ist der im Dog's Head in the Porridge gewesen. Wie ich. Der hat 'n kleines Boot gehabt, mit dem er zu den Inseln im Hafen geschippert ist. Die *Margery Dee*, so hat er das Boot genannt.«

»Jetzt nennt er's gar nix mehr.« Der zweite Mann schob den alten Seemann mit einem erdverkrusteten

Stiefel in das frisch geschaufelte Grab, wo die Leiche mit einem dumpfen Aufschlag landete. »Tote schweigen wie das Grab. So heißt's doch immer, und es stimmt ja auch.«

Kapitel 2

I

Ich war überrascht, Sie nicht bei der Beerdigung zu sehen.« Seine Exzellenz, der Gouverneur James De Lancey, reichte seinem Gast einen Brandykelch und platzierte die Flasche sowie seinen elegant beschuhten Fuß auf dem kleinen Tisch, der zwischen ihnen stand. »Immerhin waren Sie mit dem Toten blutsverwandt. Ich hätte erwartet, Sie dort zu treffen.«

»Jeder weiß doch, dass ich den arroganten Schuft gehasst habe.« Caleb Devrey stürzte den Brandy hinunter und schenkte sich nach. »Ich hoffe, der schmort jetzt in der Hölle.«

»Mir war nie ganz klar, was Christopher Turner Ihnen eigentlich angetan hatte. Schließlich war's nicht seine Schuld, dass ...« De Lancey bemerkte den finsteren Ausdruck auf Devreys Gesicht. »Vergessen Sie, dass ich das erwähnt habe. Bei Gott, es gibt nichts Schlimmeres als Familienstreitigkeiten.«

»Apropos Familie – Oliver sagte mir, dass Sie mich sehen wollten. Wegen einer Sache, die für uns beide von Vorteil wäre.«

»Ja, ich glaube, das ist es.«

»Ich hoffe, es hat nichts mit den Turners zu tun.«

De Lancey schenkte in beide Kelche etwas Brandy nach, wobei er seinen Gast musterte. Die meisten Männer wurden mit fortschreitendem Alter fülliger und schwerer, Devrey hingegen war noch schlanker als damals in seiner Jugend. »Hager« war ein treffenderes Wort, und sein Gesicht wirkte ungesund, bleich und grau. Dazu kam, dass er als wohl Einziger in New York bei jeder Witterung einen schwarzen Frack trug. Als wäre er ständig in Trauer.

Obwohl er in letzter Zeit Grund genug zu Trauer gehabt hatte. Laut Oliver war es Devrey irgendwie gelungen, zweihundert Pfund zusammenzukratzen und davon Anteile an der letzten Fahrt der *Fanciful Maiden* zu erwerben. Bestimmt durch einen Mittelsmann – angesichts des Zwists zwischen Caleb Devrey und Squaw DaSilva hätte Devrey das Geld niemals in seinem eigenen Namen investieren dürfen. Aber offenbar hatte er es geschafft – und damit die einzig erfolglose Kaperfahrt der *Maiden* mitfinanziert. Aus Devreys zweihundert Pfund hätten gut und gerne tausend werden können, vielleicht sogar zweitausend. Doch stattdessen hatte er alles bis auf den letzten Penny verloren. Kein Wunder, dass er wie der leibhaftige Tod aussah. »Tja, Dr. Devrey, ich habe Sie hergebeten, weil …«

Es klopfte an der Tür. »Entschuldigen Sie, Eure Exzellenz.« Ein Dienstbote schob die Tür auf und trat ein, ohne auf eine weitere Aufforderung zu warten. »Es dauert nur einen Moment. Ich lege Holz nach.«

»Also gut, Philip, aber mach schnell.«

Devrey sah dem Mann zu, der geschickt eine Armladung Holz in den Korb neben dem Kamin stapelte und dann einige schwere Scheite in die Flammen schichtete. Es war ein Weißer, vermutlich dienstverpflichtet. Seit dem letzten Negeraufstand vor knapp zwanzig Jahren hieß es, dass Dienstverpflichtete für die Provinz weniger Gefahr bedeuteten. Da war Caleb anderer Meinung. Weiße Dienstboten hatten so eine bestimmte Art, und arrogant waren sie obendrein. Vor allem, wenn sie in Häusern wie De Lanceys Landsitz arbeiteten. Sogar dieser Philip. Sehr niedrige Stirn; der schwarze Haaransatz begann praktisch über den buschigen Augenbrauen. Aber er tat, als würde er Burgunder pissen. Es war nichts Bestimmtes – einfach sein ganzes Auftreten.

Solange der Dienstbote seine Arbeit verrichtete, sagte weder Devrey noch De Lancey ein Wort. Das Feuer flammte auf, und der Gouverneur und sein Gast räkelten sich wohlig in der Wärme. Schließlich richtete Philip sich auf. »Wünschen Sie noch etwas, Eure Exzellenz?«

»Nein. Gute Nacht, Philip. Mach die Tür hinter dir zu.«

»Natürlich, Eure Exzellenz. Natürlich, Sir. Gute Nacht, die Herren.«

Die Tür wurde geschlossen. De Lancey hielt die Hände näher zu den lodernden Flammen. »Es ist sehr kalt heute Nacht«, sagte er. »Ungewöhnlich kalt für die Jahreszeit … Wie gesagt, Dr. Devrey, ich möchte Ihnen einen Vorschlag unterbreiten.«

»Das weiß ich. Ich dachte, den Teil des Gesprächs hätten wir hinter uns.«

Innerlich zuckte De Lancey bei Calebs Äußerung zusammen. Der Mann war unerträglich, ein ungehobelter Klotz. Er hatte nie verstehen können, was Oliver an ihm fand. Aber jetzt könnte Devrey ihm nützlich sein. »Nun, nach Christopher Turners Hinscheiden, ist die Leitung des Hospizes wieder vakant. Ich dachte, ein Arzt könnte in der Stellung nützlicher sein als ein Chirurg.«

Calebs Augen wurden schmal. Die Leitung des Armenhospizes brachte zweihundert Pfund pro Jahr ein. Genug, um die laufenden Ausgaben zu bestreiten, sich ein Dach über dem Kopf zu leisten und zwei Dienstboten anzustellen. Vielleicht, wenn er umsichtig war, sogar genug für eine Kutsche und zwei Pferde. Nicht dass Umsicht in Gelddingen zu seinen Stärken gehörte. Aber zweihundert im Jahr dafür, dass er nichts tat als sich ein oder zwei Mal in der Woche blicken zu lassen und ein paar verlauste Bettler zu purgieren – das würde ihm genügend Zeit für seine Privatpraxis lassen. Zusammen mit seinem Einkommen daraus – obwohl es nur die Hälfte dessen war, was ihm zustand –, könnte es sogar reichen für ein Leben, das diesen Namen verdiente. Vor allem jetzt, da Bede gemeint hatte, es sei endgültig an der Zeit, dass sein Bruder aus dem Familienhaus auszog. Heiliger Strohsack, er würde sonst was dafür geben, die Leitung des Hospizes zu übernehmen. Die Frage war nur, ob er De Lanceys Preis bezahlen konnte. »Luke Turner ist für den Posten vorgesehen, oder nicht?«

»Davon gehen die Leute aus, aber es braucht nicht notwendigerweise so zu sein. Die Ernennung liegt in meiner Hand.«

Caleb beugte sich vor und zog den geschliffenen Glasstöpsel aus der Flasche.

»Bedienen Sie sich«, sagte De Lancey trocken.

»Danke, das tue ich.« Caleb schenkte sich den

Schwenker halb voll. »Ich frage mich nur, ob ich es mir leisten kann, Ihr Angebot anzunehmen.«

»Noch habe ich es nicht ausgesprochen.« De Lancey verzog den Mund zu einem schmallippigen Lächeln. »Meines Erachtens erörtern wir gegenwärtig lediglich die Möglichkeit.«

»Also gut.« Caleb lehnte sich zurück. Jetzt, nachdem er genügend Brandy hinuntergestürzt hatte, um die ewigen Schmerzen im Bauch abzutöten, trank er in kleineren Schlucken. Er musterte den älteren Mann über das Glas hinweg. »Erörtern Sie.«

»Cadwallader Colden«, sagte De Lancey.

»Was ist mit ihm?«

»Ich hätte gern ein ... Verlegen wir uns aufs Französische. Eine gute Sprache, selbst wenn sie von Toren gesprochen wird. Ich hätte gern ein *Entrée*. Zu Coldens hehrem Denken.«

»Ein *Entrée*. Zu Cadwalladers Denken. Ach, ich verstehe.« Guter Gott, in seinem Kopf herrschte ein Durcheinander. Das hätte er wissen müssen, sobald Oliver ihm sagte, dass sein verfluchter Bruder, der verdammte Gouverneur, ihn sehen wollte. Es gab nichts, gar nichts, das Caleb Devrey in eine Verhandlung mit James De Lancey einbringen konnte als seine Verbindung zu dem eitlen Fatzken Colden. Immer noch war dieser Generalinspekteur, und immer noch das einzige Hindernis auf dem Weg zur absoluten Macht in der Provinz, die James De Lancey anstrebte. »Ein *Entrée*«, wiederholte Caleb. »Aber das sollte doch kein Problem sein. Coldens Tochter ist doch mit Ihrem Bruder Peter verheiratet, oder nicht?«

De Lancey zuckte mit den Schultern. »Das schon, aber

Peter lebt oben in West Chester. Ich sehe ihn und seine Familie selten. Außerdem kann man nicht umsichtig genug sein, nicht wahr, Dr. Devrey?«

»Nein, wahrscheinlich nicht. Obwohl Umsicht nicht gerade zu meinen Stärken zählt, wie Sie bestimmt wissen.« Es hatte keinen Sinn, so zu tun, als wüssten sie nicht beide, dass er als verschwenderischer Taugenichts galt. Außerdem glaubte er schon lange nicht mehr daran, dass man den Hintern der Einflussreichen lecken konnte, ohne dass auf der Zunge ein Geschmack von Scheiße zurückblieb. »Und was genau könnte ich für Sie hinsichtlich meines teuren Freundes und Geschäftspartners Cadwallader Colden tun?«

»Im Grunde nichts – noch nicht. Ich dachte nur, wenn Colden und ich in einer Sache nicht einer Meinung wären, könnte ich vielleicht auf Sie zählen, ihn von meinen Argumenten zu überzeugen.«

»Nie im Leben«, gab Caleb rundweg zurück. Wozu ein Versprechen geben, das er nie würde halten können, und sich dabei James De Lancey zum Feind machen? Der ständigen Schmerzen im Bauch und seines benebelten Gehirns zum Trotz – so viel Verstand hatte er noch beisammen. »Ich habe auf Colden keinerlei Einfluss. Nicht den geringsten.«

»Das zu beurteilen, sollten Sie vielleicht mir überlassen«, antwortete De Lancey leise. »Sie können … lassen Sie uns wieder zu unserer Sprache zurückkehren. Sie haben *Zugang*. Ja, das trifft es genau. Sie haben Zugang zu unserem verehrten Generalinspekteur. Gleichgültig, wie lange er außerhalb New Yorks unterwegs ist, er kommt doch immer zu Ihnen, um mit Ihnen abzurechnen, nicht wahr?«

Caleb nickte. Verdammt noch mal, die ganze Stadt wusste doch, dass er Colden die Hälfte seiner Einnahmen aus der Praxis aushändigen musste – diesen Mühlstein hatte sein eigener Vater ihm aufgehalst. Um das Geschick der Devreys zu befördern, was einzig und allein Bede – und nicht ihm – zugute kam. Heilige Scheiße, kein Wunder, dass seine Gedärme in Flammen standen. »Das stimmt. Ich meine, ja, er kommt in die Stadt, um wegen der Praxis abzurechnen. Mindestens einmal im Monat.«

»Gut«, sagte De Lancey sehr leise. »Sehr gut. Ich könnte mir eine Gelegenheit vorstellen, bei der das von Bedeutung sein könnte.«

Caleb starrte ihn an, dann kippte er den restlichen Brandy hinunter und griff erneut nach der Flasche. De Lancey schob sie mit dem Fuß beiseite. Das Kerzenlicht tanzte auf dem gewichsten schwarzen Leder und der polierten Goldschnalle des elegant gearbeiteten Schuhs des Gouverneurs. »Darf ich davon ausgehen, dass wir handelseinig sind, Dr. Devrey?«

Caleb überlegte, die Hand noch immer nach der Flasche ausgestreckt. Heiliger Strohsack, seine einzige Möglichkeit, Coldens politische Entscheidungen zu beeinflussen, bestand darin, den Schuft kaltblütig zu ermorden. Aber am Galgen wollte er nicht landen, das ganz bestimmt nicht. Nicht wegen zweihundert Pfund im Jahr. »Ich weiß nicht, was ich tun könnte, um …«

»Ich sagte Ihnen bereits, darum brauchen Sie sich keine Sorgen zu machen. Wenn es je dazu kommt, wird es sehr einfach sein. Das verspreche ich Ihnen. Also, noch einmal, Dr. Devrey: Sind wir handelseinig?«

Caleb zögerte. Zweihundert im Jahr. Dafür, dass er

ein oder zwei Mal die Woche nach ein paar Bettlern schaute. Mit dem Geld könnte er seine festen Ausgaben bestreiten. Alles darüber hinaus wäre das Sahnehäubchen obenauf. Verflucht, die Hälfte der Einnahmen aus seiner Praxis würde ihm wie ein Vermögen erscheinen, wenn erst einmal seine festen Kosten gedeckt waren. Und wenn das, was De Lancey von ihm wollte, zu gefährlich war – darüber würde er sich Gedanken machen, wenn es so weit war. Er wusste da einige Dinge über Oliver und seine Judenfrau mitsamt ihrer Zigeunerverwandtschaft … Die beiden Familien, Franks und Oliver De Lanceys, hatten im Lauf der Jahre ein Vermögen von den Quartiermeistern jeder Kaserne in der Provinz bezogen, an der Krone vorbei, der reinste Betrug. Oliver hatte ein paar Mal damit geprahlt. Noch ein Trumpf, den er im Ärmel hatte, wenn es nötig werden sollte.

Caleb stellte das Glas auf den Tisch. »Ja«, sagte er mit fester Stimme. »Warum nicht? Wir sind handelseinig, Eure Exzellenz.«

»Gut. Es freut mich, das zu hören.« Der glänzende Schuh schob die Flasche näher. »Bedienen Sie sich, Dr. Devrey. Was Warmes gegen die Kälte des Abends.«

II

»Dann können Sie also nichts tun, Dr. Turner? Wirklich nicht?« Der Mann war Kerzenzieher, ein anständiger Handwerker, der schwer arbeitete und dessen schwielige Hände, das derbe Hemd und die lederne Kniehose davon zeugten, dass er den Shilling für diese Untersuchung nicht leicht verdient hatte. Er hatte gewartet, bis seine Frau Lukes Haus an der Ann Street verlassen hatte; jetzt stand er in der Tür und richtete eine letzte flehende Bitte an den Arzt. »Sind Sie ganz sicher?«

Diesen Teil seiner Arbeit hasste Luke am meisten. Nie wollte ihm etwas Tröstliches einfallen, wenn er ein Todesurteil sprechen musste. Er schüttelte den Kopf, murmelte: »Nichts, es tut mit Leid«, und drückte dem Mann mitfühlend die Hand, während er ihn gleichzeitig zur Tür hinausschob.

Der Mann straffte die Schultern, ging rasch zu seiner wartenden Frau und nahm ihren Arm. Luke schloss die Tür, atmete tief durch, um einen klaren Kopf zu bekommen, dann sagte er, ohne sich umzudrehen: »Jetzt kannst du wieder rauskommen, Andrew.«

Seine ältester noch lebender Sohn war groß wie ein Turner, doch sonst war er in jeder Hinsicht nach seiner schottischen Mutter geraten. Er hatte Maeves stämmige, gut gepolsterte Gestalt, ihre blonden Locken und die haselnussbraunen Augen. Die arme Maeve. Sie war vor sechs Jahren bei der Geburt von Lukes zehntem Kind gestorben. Es war ein Mädchen gewesen, eine Totgeburt – wie alle von Maeves letzten fünf Geburten. Drei Kinder, die lebend zur Welt kamen, waren im Verlauf der Jahre gestorben – eines an Gelbfieber, die zwei anderen waren bei einem Unglück von einem durchgehenden Pferd zu Tode getrampelt worden. Das hatte Maeve den letzten Schlag versetzt; sie hatte alle Lebenslust verloren. Sie fehlte Luke noch immer, aber darüber konnte er mit seinen beiden noch lebenden Kindern, Andrew und Jane, nicht reden.

»Du erinnerst mich an deine Tante Jennet«, sagte er,

als Andrew aus seinem Versteck hinter dem hohen Schrank hervortrat. »Bei jeder Gelegenheit hat sie unserem Vater bei seinen Konsultationen nachspioniert.«

Andrew bürstete sich den Staub von den Schultern. »Und hat Squaw DaSilva damals auch schon einen schwarzen Schleier getragen?«

»Du solltest sie nicht so nennen. Der Name ist eine unflätige Beleidigung, ich kann ihn nicht leiden. Sie ist deine Tante Jennet. Und nein, sie hat keinen Schleier getragen. Damals war sie noch nicht einmal verheiratet, von verwitwet ganz zu schweigen.«

»Sie ist auch jetzt keine Witwe.«

»Aber so gut wie. Die Arme.«

»Ich glaube nicht, dass ›arm‹ die richtige Bezeichnung für meine Tante ist. Oder für ihren Piratensohn, meinen viel gerühmten Cousin.«

Luke seufzte. »Die Freibeuterei ist völlig legal. Und ich weiß, dass du glaubst, im Alter von zwanzig Jahren wüsstest du alles, was es zu wissen gibt, mein Junge, aber das stimmt nicht. Noch nicht. Vielleicht in ein oder zwei Jahren. Aber jetzt komm in mein Sprechzimmer und erzähl mir, was du auf dem Herzen hast – du platzt ja vor Ungeduld.«

»Das stimmt nicht!«

»Doch, das tust du. Das steht dir ins Gesicht geschrieben. Komm.«

Andrew folgte seinem Vater in den Raum, der Luke als Arbeitszimmer diente und in dem er alle Patienten empfing, die er nicht in ihrem Zuhause aufsuchte. Luke setzte sich auf den Stuhl hinter dem großen Kiefernschreibtisch, Andrew nahm ihm gegenüber Platz. »Also gut«, sagte Luke. »Nutze die Gunst der Stunde.«

»Wofür?«

»Jetzt komm schon. Ein bisschen mehr schottische Direktheit und weniger Turnersche Gerissenheit, wenn ich bitten darf. Du glaubst, es war nicht richtig von mir, die Frau wegzuschicken, stimmt's?«

»Sie wird sterben.«

»Natürlich. Wie wir alle. Ich glaube nicht, dass dir das neu ist und ihr ganz bestimmt nicht.«

»Du weißt genau, was ich meine, Vater. Sie ist noch jung, und sie wird in ein paar Monaten sterben. Oder auch in ein paar Wochen.«

»Ja«, pflichtete Luke bei; seine Miene wurde ernster. »Das stimmt. Sie leidet an Wassersucht, und die ist tödlich. Wir haben keine Möglichkeit, das zu verhindern.«

»Aber wir versuchen's ja nicht einmal. Du versuchst es nicht.«

»Ach, bei den Heiligen im Himmel, Andrew – hast du ihren Bauch gesehen? Er ist so rund, als stünde sie kurz vor der Entbindung, aber das ist nicht der Fall. Das hat die Hebamme ihr gesagt, und ich konnte diese Diagnose nur bestätigen. Konntest du das hohle Geräusch hören, als ich ihr auf den Bauch klopfte? Das klang wie eine Trommel, Junge. Voll schädlicher Flüssigkeiten. Das ist die Wassersucht, und die ist ein Todesurteil, wie wir beide wissen.«

»Großvater glaubte, wenn der Bauch so voll Wasser ist, kommt das von einer von Krebs zerfressenen Leber.«

Luke wurde blass. Einen Moment verschlug es ihm die Sprache. »Eine von Krebs zerfressene Leber«, flüsterte er dann. »Willst du mir damit sagen, dein Großvater hat einem Patienten den Bauch aufgeschnitten und gesehen …«

»Nein, Vater, natürlich nicht. Keinem lebenden Patienten. Bei einer Sektion. Bei mehr als einer, um ehrlich zu sein. Ein paar Mal haben wir …«

Luke holte tief Luft. »Guter Gott, Junge, du machst mir Angst. Das hätte ich mir denken können. Wie viele Sektionen hast du mit deinem Großvater durchgeführt? Ein Dutzend? Zwei Dutzend?«

»Mehr. Ich weiß es nicht genau.«

»Nein, wie solltest du auch. Ich glaube, du warst erst elf, als er dich zum ersten Mal in seine Schreckenskammer mitnahm.«

»So war es gar nicht, Vater. Großvater ist mit den Toten immer sehr respektvoll umgegangen. Wir haben alles zurückgesteckt und sie zusammengenäht, bevor sie auf den Friedhof gekommen sind.«

»Ja, das glaube ich gern. Nachdem ihr ihnen den Bauch aufgeschlitzt und die Leber untersucht habt und … und alles andere, was da im Dunkeln verborgen liegt.«

Heilige des Himmels, dachte Luke, der Junge ist besessen von der Leidenschaft zu heilen. Und ich kann ihm nichts sagen über die Dinge, die er wissen möchte. Ich wünsche mir wirklich, wir hätten in Edinburgh auch praktischen Unterricht bekommen und nicht nur die Theorien der antiken Medizin studiert. Aber das hätte auch nichts genützt. Mein Sohn muss lernen, was wir alle lernen mussten – dass ein Chirurg das, was er nicht sieht, auch nicht heilen kann. Das ist Aufgabe der Ärzte. Abführmittel und Blutreinigung gegen Krankheiten im Bauch. Wenn sie heilbar sind, dann nur mit diesen Mitteln. »Und alles andere«, wiederholte er. »Es macht keinen Unterschied.«

»Für einen Chirurgen schon, Vater. Bitte, lass mich dir etwas zeigen. In meinem Zimmer sind ein paar Notizen und Zeichnungen, die habe ich gemacht, als Großvater und ich das letzte Mal einen Patienten mit Wassersucht seziert haben.«

Luke streckte abwehrend eine Hand aus. »Nein, du brauchst sie gar nicht zu holen. Ich bin davon überzeugt, dass sie großartig sind, Junge, und ich bezweifle auch nicht, dass eure Beobachtungen absolut richtig sind. Aber was nützt das schon? Sie können der armen Frau, die zu mir kam und auf ein Wunder hoffte, auch nicht helfen. Mit Wundern kann ich nicht aufwarten, Andrew. Und du auch nicht. Wenn du als Mediziner arbeiten willst, sei's als Arzt oder als Chirurg, wirst du das akzeptieren müssen. Wunder liegen nicht in unserer Macht.«

Andrew atmete tief durch. Jetzt oder nie. »Ich weiß, dass Wunder unmöglich sind, Vater. Aber bei einer von Krebs zerfressenen Leber ist Gottes Hand auch gar nicht nötig. Wenn ein Chirurg eine von Krebs zerfressene Brust abschneiden kann, warum dann nicht auch eine Leber entfernen?«

Luke war sprachlos. Lange Zeit starrten Vater und Sohn sich schweigend an. Schließlich fand Luke seine Stimme wieder. »Warum nicht? Zum einen, weil eine Brust auf der Außenseite des Körpers liegt. Und dafür ist die Chirurgie da, mein Junge. Für Dinge, die außen am Körper sind oder sich dort manifestieren. Zum anderen – und vielleicht ist das noch wichtiger –, wissen wir genau, dass eine Frau mit nur einer Brust leben kann. Aber wir haben keine Ahnung, ob ein Mensch – ob nun Mann oder Frau – ohne Leber leben kann.«

»Und wir werden's nie wissen, bis wir es versucht haben.« Es war, als hätte er kein einziges Wort seines Vaters gehört. Mit noch festerer Stimme wiederholte er das Argument, das er wenige Monate zuvor seinem Großvater gegenüber geäußert hatte. »Wenn der Patient sowieso stirbt, weil wir nichts unternehmen, ist es dann nicht besser, vorher noch etwas zu versuchen? Wenn es misslingt – wo ist dann der Schaden?«

»Der Schaden? Wo da der Schaden ist? Junge, hast du den Verstand verloren? Oder denkst du einfach nicht an die Qualen, die du damit verursachst? Was in Gottes Namen glaubst du, worum es bei der Chirurgie geht? Dein Großvater hat dich nicht gelehrt, ein Foltermeister zu sein. Es ist unsere Aufgabe, Schmerz und Leid zu lindern, Andrew, nicht, sie zuzufügen. Wie in drei Teufels Namen soll ein Patient die Höllenqualen ertragen, während du dich in aller Ruhe daran machst, ihm den Bauch aufzuschlitzen? Wie kannst du es wagen …«

»Schrei nicht so, Vater. Bitte. Das will ich ja überhaupt nicht. Ich weiß, das Problem müssen wir noch lösen. Genau darüber wollte ich mit dir reden.«

Nur mit großer Mühe fand Luke zu seiner gewohnten Fassung zurück. »Genug. Das reicht. Dieses barbarische Gespräch ist zu Ende. Und ich verbiete dir, dieses Thema bei irgendjemand anderem zur Sprache zu bringen. Das wäre noch schöner, wenn du Großvaters schwer verdienten Ruf zerstörst, indem du andeutest, er hätte solche Folterqualen gut geheißen.«

Eine kleine Weile blieb Andrew reglos sitzen und versuchte, des Ärgers Herr zu werden, der unweigerlich in ihm aufstieg, wenn er mit seinem Vater über medizinische Fragen sprach. Und die Trauer zu bewältigen, dass er nie wieder mit seinem Großvater sprechen würde, dessen Denken im Gegensatz zu Lukes so offen gewesen war. »Also gut«, sagte er schließlich. »Es tut mir Leid, dass ich dich belästigt habe, Vater.«

»Ach, Junge, du hast mich doch nicht belästigt. Zumindest nicht so, wie du meinst. Es schadet gar nichts, Ideen zu haben. Du weißt doch, dass ich immer noch die Atemröhre verwende, wenn Kinder an *Angina suffocativa* leiden, auch wenn die Methode nicht immer erfolgreich ist. Und ich werde oft dafür kritisiert, dass ich nicht der Tradition folge und den Hals schröpfe. Neue Ideen sind sehr gut. Manchmal sind sie nützlich und auch notwendig. Aber du darfst nie vergessen, dass du es mit lebenden Menschen zu tun hast.«

Luke erhob sich und trat ans Fenster. Der Junge war einfach zu geschickt mit den Händen; seine Fähigkeit im Umgang mit dem Skalpell übertraf sein noch nicht ausgereiftes Urteilsvermögen. »Ich weiß, dass du sehr gut schneiden kannst, Andrew. Das hat dein Großvater mir gesagt, der das besser beurteilen konnte als jeder andere. Aber wenn du zu weit gehst, weiter, als deine Patienten zu gehen bereit sind, wirst du dir in New York nie deinen Lebensunterhalt als Chirurg verdienen können, so gut du deine Arbeit auch machst. Dein Großvater wusste das. Ich wünschte, er hätte dir auch diese Weisheit vermittelt.«

Andrew erhob sich gleichfalls. »Das hat er auch, Vater. Aber Großvater hatte Recht mit der Bluttransfusion. Und ich habe Recht mit der Möglichkeit, die Leber herauszuschneiden.«

»Sei still! Ich habe dir gesagt, das Thema ist beendet.«

»Entschuldigung.«

»Ich nehme deine Entschuldigung an. Und ich denke an deine Zukunft, Junge. Ich erwarte, dass mir in ein paar Wochen offiziell die Leitung des Armenhospizes übertragen wird, womöglich schon früher. Vielleicht möchtest du einen Tag die Woche die Aufsicht über die Stationen übernehmen.«

Vor Aufregung begann Andrew zu glühen. »Vater, ist das dein Ernst?«

»Natürlich ist das mein Ernst. Einen Tag die Woche. Damit du ein bisschen praktische Erfahrung bekommst. An lebenden Menschen«, fügte er trocken hinzu. »Und deine Aufgabe ist, dafür zu sorgen, dass sie am Leben bleiben.«

»Danke, Vater. Du wirst stolz auf mich sein können. Das schwöre ich dir.«

»Daran zweifle ich nicht, Andrew. Und dein Großvater auch nicht.« Luke zog eine Schreibtischschublade auf und holte ein Päckchen heraus, das in Öltuch gewickelt und mit Draht verschlossen war. »Hier. Die hat er dir hinterlassen. Das ist dein Vermächtnis.«

Andrew sah auf einen Blick, was das Päckchen enthielt. Er streckte die Hand danach aus und musste sich bemühen, das Zittern zu unterdrücken. »Lucas Turners Journale«, sagte er. Seine Stimme bebte.

»Genau. Die chirurgischen Aufzeichnungen deines Ur-Ur-Großvaters. Und einige Notizen, die dein Großvater in seinen vielen Jahren als Chirurg gemacht hat. Halte sie in Ehren, Andrew. Sie sind unbezahlbar.«

Das Gesicht des jungen Mannes verdüsterte sich. Er zog die Hand, die er nach dem Päckchen ausgestreckt hatte, zurück. »Eigentlich war Lucas Turner gar nicht mein Ur-Ur-Großvater, oder? Weil wir doch alle von

Sally Van der Vries abstammen und dem Wilden, der sie missbraucht hat.«

»Das ist völlig nebensächlich. Sally war Lucas' Schwester. Er hat meinen Großvater Nicholas adoptiert. Wir sind nicht nur Lucas' einzige männlichen Nachkommen, wir sind auch dem Blut nach Turners.«

Dieses Argument hatte Andrew schon öfter gehört. Er beugte sich vor und nahm von seinem Vater das kostbare Päckchen entgegen. »Ich werde die Journale und Großvaters Aufzeichnungen in Ehren halten, Vater. Das schwöre ich. Mit meinem Leben.«

Luke lächelte über den Eifer, mit dem der Junge dieses feierliche Versprechen abgab. »Das Leben ist der kostbarste Schatz, den wir haben, mein Sohn. Gib es nicht vorschnell preis.«

Nach der außergewöhnlichen Kälte der vergangenen Tage hatte das Wetter umgeschlagen. Es war wärmer als zuvor, doch es stürmte, und der Schneeregen trieb beinahe waagerecht zu Boden. Cuf zog die Schultern in seiner Flanelljacke hoch, während er den Pfad zum alten Haus an der Pearl Street hinauflief.

Von außen sah es aus, als sei niemand in der Apotheke. Cuf stieß die Tür auf, die Glocke läutete schrill, und Phoebe erhob sich hinter der langen Holztheke. »Ach, du bist's.«

»Ja, ich bin's.«

»Was willst du?«

»Die Mistress hat mich geschickt.«

Wie immer, dachte Phoebe. Und wie immer ist es ein erfundener Botengang. Weil sie meint, ich müsste meinen Sohn regelmäßig sehen. Und dass ich, wenn ich ihn regelmäßig sehe, eines Tages vergesse, dass in seinen Adern weißes Blut fließt. Aber der Tag wird nicht kommen. Das habe ich ihr schon vor dreiundzwanzig Jahren gesagt. Gleich, als sie gekommen ist, um sich das Wickelkind anzuschauen. Und ihr Bauch war so dick, wie's meiner gewesen war. »Mach dir keine Sorgen«, hat Jennet mir gesagt. »Ich habe mit Amba darüber gesprochen. Sie sagt, manchmal wären die Kinder bei Frauen von eurem Stamm bei der Geburt sehr hell. Aber nach ein oder zwei Monaten werden sie ganz dunkel.«

Mama hat mir dasselbe gesagt. Und bis an ihr Lebensende hat sie drauf gewartet, dass mein Junge ganz dunkel wird. Bloß ist es nie passiert. Deswegen hat's auch nichts genützt, dass ich ihn Cuffy genannt hab, weil er an 'nem Freitag geboren ist und Mama sagte, in Afrika, wo sie eine Königin war und ich 'ne Prinzessin wär, würden sie Kinder, wo an einem Freitag zur Welt kommen, so nennen. Aber dieser Cuffy ist keiner von uns. Er ist nicht Jethros Sohn, obwohl ich's mir so gewünscht hab. Dem sein Vater ist einer von den bösen weißen Männern, wo es mir einen Monat lang Tag und Nacht gemacht haben. Entweder der Menschenjäger, wo uns gefasst und Jethro getötet hat, oder einer von den Rotröcken, wo den Pranger bewacht haben, an den sie mich gestellt haben.

Also hab ich meinen Jungen nicht anschauen können, und deswegen hat Jennet ihn zu sich geholt, als er einen Monat alt war und mir die Milch eingetrocknet ist, weil ich meinen fast weißen Cuffy einfach nicht hab angucken können. Hat ihn zu sich genommen und zur selben Amme gegeben, die Morgan gestillt hat. Und mein Sohn hat die Milch von 'ner Weißen getrunken, genau wie

Morgan. Und ist mehr weiß als schwarz geworden. Da hab ich nix dagegen. Oder vielmehr, ich hätt nix dagegen, wenn sie ihn nicht ständig zu mir schicken, sondern mir meine Ruhe lassen würde. »Und was will die Herrin jetzt?«

»Stärkungstonikum.« Cuf deutete mit dem Kopf auf das Fass, das genau wie früher an einem Ende der Theke stand, und streckte Phoebe den Krug entgegen, den Squaw DaSilva ihm mitgegeben hatte. »Den Krug voll.«

Phoebe schüttelte den Kopf. »Den ganzen Krug voll? Den hat sie doch gerade erst vor ein paar Wochen gefüllt gekriegt. Was macht die denn damit? Trinkt sie das Zeug schon zum Frühstück?«

»Sie schickt es in die Häuser. Damit die Damen gesund bleiben.«

Wenig später verließ Cuf den Laden, den randvollen Krug in der Hand. Es hatte aufgehört zu regnen, doch das bemerkte er kaum.

An der Pearl Street stand eine auffällige Kutsche, eine der prächtigsten, die er je gesehen hatte. Die beiden hinteren Holzräder reichten ihm fast bis zur Schulter. Und die Kutsche war goldgelb gestrichen, auf jeder Seite prangten gemalte Cherubime und Blumen und Schnörkel. Der Kutscher, ein riesiger Schwarzer in scharlachroter Livrée, war vom Bock gestiegen und stand wartend neben dem Tor.

Cuf blieb neben ihm stehen. »Das ist ja eine sehr vornehme Kutsche. Und zwei wunderschöne Pferde.« Die Wallache waren zwei Braune, in deren Mähne rote Schleifen geflochten waren, und in ihrem Zaumzeug steckten große rote Federn. Sie hielten die Köpfe gesenkt und scharrten ungeduldig mit den Hufen, als könnten sie es kaum erwarten, im Galopp loszupreschen. »Die kommt aus London, oder? In New York gibt es niemanden, der eine solche Kutsche bauen könnte.«

»Aus London, ja.« Während der Kutscher sprach, hielt er den Blick unentwegt auf einen Punkt hinter Cufs Schulter gerichtet. Cuf hätte sich umgedreht, um zu sehen, worauf der Mann starrte, wenn er nicht gewusst hätte, dass es dort nichts zu sehen gab. Neger versuchten oft, ihn nicht anzusehen. Als ob seine hellbraune Haut eine Beleidigung für sie wäre. Als ob ein Mensch etwas für seine Hautfarbe könnte. »Mein Herr will dich sprechen«, sagte der Kutscher, noch immer ohne Cufs Blick zu begegnen.

»Und wer ist dein Herr?« Der Verschlag hatte zwar ein Fenster, doch davor hing ein roter Samtvorhang.

»Mein Herr lässt dir ausrichten, dass er ein alter Freund ist.«

»Alte Freunde zeigen sich im Tageslicht. Die verstecken sich nicht. Nicht mal in einer vornehmen Kutsche.«

Endlich sah der Schwarze ihm direkt in die Augen. Er war etwa so groß wie Cuf, aber zweimal so breit. Seine dunklen Augen bohrten sich in Cufs. »Deine Haut ist zwar nicht weiß«, sagte er leise, »aber du hast den Stolz der Weißen. Ich weiß nicht, ob du einer von uns bist, Junge, oder einer von denen, aber wenn du dich nicht an deinen eigenen Zähnen verschlucken willst, dann setz dich jetzt in die Kutsche, wie mein Herr dich bittet.«

Es waren nicht die leicht geballten Fäuste, die Cuf überzeugten, in die Kutsche zu steigen. So kräftig der Mann auch war, bei einer Schlägerei gegen ihn glaubte

Cuf durchaus Chancen zu haben. Es war die kunstvoll bemalte Kutsche, die ihn lockte. Herr des Himmels, 'ne prächtigere gab's in ganz New York nicht. Wie würde sie wohl erst im Inneren aussehen?

Er drückte dem Kutscher den Krug mit dem Stärkungstonikum in die Hand – »Da, halt mal« –, schritt zum Verschlag und riss ihn auf.

Der Mann, der dort auf ihn wartete, trug einen Cutaway aus blassblauem Brokat. Das lange Jackett darunter war goldfarben und kunstvoll mit Goldfäden bestickt. Die Manschetten seines Leinenhemds bestanden aus mehreren Rüschen, die unter den Jackettärmeln hervorragten. Seine Kniehose war aus dunkelblauem Samt, die knielangen Strümpfe aus weißer Seide, die Schuhe aus schwarzem Leder mit erstaunlich großen Silberschnallen. Diese Schuhe stakten über den Sitz hinaus. Denn da der Mann im roten Samtpolster der eleganten Kutsche saß, reichten seine Füße nicht auf den Boden hinab.

»Guten Tag, Cuf«, sagte Jan Brinker. »Steig ein, mach die Tür zu und setz dich, damit wir in Ruhe reden können.«

Cuf starrte ihn an. Es dauerte eine Weile, bis er seine Stimme wiedergefunden hatte. »Das sind wirklich Sie, oder?«, fragte er.

»Ja, natürlich bin das wirklich ich. Wie viele Zwerge kennst du denn außer mir noch?«

»Keinen. Aber es ist so lange her.«

»Sechzehn Jahre. Aber du hast mich doch nicht vergessen, oder, Cuf?«

»Nein, ich habe Sie nie vergessen.«

Wie hätte er auch? In dem Bordell drüben am Hudson River war der Zwerg in Cufs ersten sieben Lebensjahren ständig da gewesen. Aber dann, als die Mistress mit ihnen in das neue Haus am Broad Way zog, war Jan Brinker aus seinem Leben verschwunden. Cuf hatte Tilda und Mistress Flossie über den entsetzlichen Streit reden hören, den der Zwerg mit Squaw DaSilva gehabt hatte, und wie sie den kleinen Mann aus dem Haus warf, ohne ihm einen Penny von der Belohnung zu geben, die sie ihm immer versprochen hatte, weil er ihr das Leben gerettet hatte damals, als Caleb Devrey und seine Horde ihr erstes Haus in Schutt und Asche legten. Aber Cuf hatte nie Näheres über den Streit erfahren und auch nie gewusst, wohin der Zwerg gegangen war.

»Chappaqua«, sagte Jan Brinker, als könnte er Cufs Gedanken lesen. »Als die vermaledeite Hurenmeisterin mich auf die Straße gesetzt hat, bin ich nach Chappaqua gegangen. Das ist ein See oberhalb von Van Cortlandts Plantage in der West Chester County. Ganz tief in den Wäldern, auf der anderen Seite der Hölle. Da lebt fast niemand, außer 'n paar Quäker. Aber da kann man gut Bier brauen. Mengenweise frisches, kaltes Wasser.«

»Und das haben Sie gemacht? Bier gebraut?«

Der kleine Mann nickte, strich sich über die Brust seines Satinjacketts und richtete den Brokatmantel. »Ja. Tausende von Rotröcken, die auf dem Weg zu den Forts durch West Chester geströmt sind. Abertausende. Und Durst hatten die, Cuf, großen Durst.«

Cuf grinste. Der Zwerg war immer gut zu ihm gewesen und zu Morgan auch. Die beiden Jungen waren zwar mit sechs Jahren schon größer als Jan Brinker gewesen, aber sie hatten immer das Gefühl gehabt, dass er mehr zu ihnen gehörte als zu den Erwachsenen. »Es freut mich, dass es Ihnen so gut ergangen ist, Mr. Brinker. Die Kutsche ist prächtig. Und Sie ... Sie sehen auch prächtig aus.«

Jan Brinker nickte. »Ja. Dreißig Pfund hab ich dem Schneider für diese Kleider gezahlt. Und dreihundert, um die Kutsche aus London holen zu lassen.«

Es war eine überwältigende Summe. Aber schließlich war auch die Kutsche überwältigend.

Durch die Samtvorhänge fiel kein Tageslicht herein, nur eine kleine Laterne spendete etwas Helligkeit. Der Zwerg beugte sich zu Cuf vor und kniff die Augen zusammen, als wollte er herausfinden, zu welcher Art Mensch der Junge herangewachsen war. Nach einigen Sekunden war er offenbar zu einer Entscheidung gelangt. Er griff nach der sorgsam gefalteten Zeitung, die neben ihm auf dem Sitz lag – die neueste Ausgabe des *Weekly Post-Boy*, die gerade am Nachmittag erschienen war. »Hast du die schon gesehen, Cuf?«

Cuf schüttelte den Kopf und sah weder zur Jan Brinker noch auf die Zeitung.

»Mir brauchst du nichts vorzumachen«, flüsterte der Zwerg. »Ich weiß, dass du lesen kannst. Morgan hat's dir vor Jahren beigebracht.«

»Aber das heißt nicht, dass ich durch die Straßen von New York gehe und den *Weekly Post-Boy* lese«, antwortete Cuf leise.

Diese Vorsichtsmaßnahme hatte er gelernt, fast noch bevor er gehen konnte. Als 1741 der Plan eines zweiten Sklavenaufstands aufgedeckt wurde, war Cuf kaum vier gewesen. Alle sagten, die Neger wollten sich zusammenrotten, um die Stadt abzufackeln. Die große Negerverschwörung, so nannten sie es. Und nachdem sie gerade von den Sklavenaufständen in North- und South-Carolina gehört hatten, waren sie bereit, alles zu glauben. Alle wussten auch, was 1712 in New York passiert war.

Wochenlang durfte keiner der Schwarzen, die für Squaw DaSilva arbeiteten – Tilda, die anderen Hausmädchen, einige der Huren und die meisten Schankmeister –, das Haus verlassen. Nachts mussten sie alle zusammen in dem alten Tresorraum im Keller schlafen. Squaw DaSilva schloss sie dort ein und stapelte schwere Gegenstände vor die kleine, in den Fels gehauene Tür. Damit sie, sollten Soldaten kommen, nicht gefunden wurden.

Mistress Flossie wandte ein, niemand, nicht einmal der dümmste englische Rotrock, würde glauben, dass ein vierjähriger, sandfarbener Junge etwas mit einer Verschwörung zu tun haben könnte, bei der New York City in Schutt und Asche gelegt und alle Weißen im Schlaf ermordet werden sollten. Aber Squaw DaSilva sagte, Rotröcke und – schlimmer noch – Beamte seien zu allem fähig und würden noch den größten Unsinn glauben. Und deswegen wurde Cuf jeden Abend mit den anderen in den Tresorraum gesperrt.

Es störte ihn nicht. Zu der Zeit wusste er schon, was passierte, wenn ein Richter Seiner Majestät einen wegen irgendetwas für schuldig erklärte, und sei's des Gedankens, einen Weißen zu töten.

Während der großen Negerverschwörung stank es wochenlang nach verbranntem Fleisch. Der Geruch hing sogar über dem offenen Gelände am Hudson's River. In

New York City gab es gut zweitausend Sklaven; knapp zweihundert wurden verhaftet. Siebzehn wurden gehängt, dreizehn zum Tod auf dem Scheiterhaufen verurteilt. Die restlichen wurden in die Hölle der Zuckerrohrplantagen auf Barbados geschickt.

»Ich weiß, dass du lesen kannst, Cuf«, wiederholte Jan Brinker.

»Und ich sagte schon, ich verkünde das nicht in aller Öffentlichkeit.«

»Sicher, aber hier sind wir unter uns. Und Rudolf, mein Kutscher, ist groß und stark. Wir sind hier sicher.«

Also diente der Kutscher auch als Leibwache. Das war klug. Wer drei Fuß groß war, eine Glatze hatte und aussah, als wollte er auf einen Ball in die Gouverneursresidenz gehen, brauchte Leibschutz. »Was soll ich lesen?«, fragte Cuf.

»Die Geschichte hier.«

Cuf nahm die Zeitung und hielt sie in das trübe Licht der Laterne. Der Artikel handelte von einer Schlacht, die kurz zuvor in Kanada stattgefunden hatte, auf den Plains of Abraham nördlich der Stadt Quebec. »Obwohl wir vermelden müssen, dass der große General Wolfe sein Leben ließ, können wir auch die gute Nachricht verkünden, dass General Montcalm schwer verwundet wurde«, schrieb die Zeitung. »Die heldenhaften britischen Truppen waren siegreich. England hat einen großen Triumph errungen. Kanada ist nun unser.«

»Der Krieg ist so gut wie vorbei«, sagte Jan Brinker, als Cuf den Kopf hob. »Die Englischen haben die Franzosen geschlagen. Genau, wie sie vor Jahren die Niederländer geschlagen haben. Weißt du, was das bedeutet, Cuf?«

»Kanada wird englische Kolonie. Wie wir.«

»Ja, wahrscheinlich. Aber das ist nicht das Wichtigste. *Jesu Christo*, Junge, denk nach! Wenn der Krieg vorbei ist, ist es mit unseren Gewinnen auch vorbei. Ich und mein Chappaqua-Bier, deine gottverfluchte Herrin und ihre Huren, Morgan Turner und seine gesetzlich erlaubte Piraterie – wir sind alle am Ende. Und die Rotröcke fahren nach Hause, nach Europa, um gegen jemand anderen zu kämpfen.«

Cuf starrte den Zwerg an. Er sah aus wie ein Geck, lächerlich machte er sich, aber in seinen Augen lag etwas sehr Weises. »Und warum meinst du, dass mich das interessiert? Ich bin ein Sklave. Was kümmert's mich, ob die Geschäfte gut gehen oder nicht?«

»Verkauf mich nicht für dumm, Cuf, Junge. Ich hab dich im Auge behalten. Ja, auch wenn ich die ganzen Jahre nicht da war, ich hab dich immer im Auge behalten. Ich weiß, dass die gottverfluchte Squaw dir mit fünfundzwanzig die Freiheit versprochen hat. Und ich weiß alles über den kleinen Laden, den du aufmachen möchtest. Und von den hübschen Sachen, die du dort verkaufen willst. Gold- und Silbersachen.«

Cuf begann das Herz wie wild zu schlagen. Niemand wusste von dem Laden – den gab es nur in seiner Fantasie – oder von dem Unterricht, den er beim Goldschmied nahm. Niemand. Das konnte der Zwerg nur wissen, wenn er in Cufs Kopf geschlüpft war.

Als Kind hatte Cuf von seiner Großmama Amba das Wort *haptoa* gehört. Und er wusste, dass seine Mutter sagte, der Zwerg habe sie in der Nacht, als sie und ihr Jethro wegliefen, mit einem bösen *obeah* verhext. Phoebe glaubte, das wäre der Grund, warum sie gefasst wurden und warum Jethro umgebracht wurde und sie ein halb weißes Kind bekam.

Cuf hatte diese Geschichten über Magie nie recht geglaubt. Aber Jan Brinker sah ihn an und lächelte. Und gottverdammt, er hatte Recht mit allem, was er sagte. »Sie sind sich sicher, dass nach dem Krieg schlechte Zeiten kommen?«

»Zeiten, die nicht so gut sind wie jetzt. Ja, da bin ich mir sicher. Und noch was. Es wäre dumm von dir, der gottverfluchten Hexe Squaw DaSilva zu glauben. Wie die ihre Versprechen hält, weiß niemand besser als ich.« Bitterkeit schwang in seinen Worten mit.

Cuf holte tief Luft. Es war viel besser, den Zauber – ob weiß oder schwarz – auf seiner Seite zu haben als gegen sich. »Nehmen wir an, Sie haben Recht«, meinte er leise. »Was schlagen Sie vor?«

»Eine kleine Änderung«, flüsterte Jan Brinker. »Derselbe Plan, nur ein bisschen früher, als du gedacht hast.«

Flossie hatte dem Mädchen ein Kleid aus gelbem Kattun und ein paar saubere Unterröcke gegeben, dazu eine weiße Haube, die ihr rotes Haar bedeckte. »Auch wenn du halb schottisch und halb irisch bist, Roisin Campbell, kannst du in diesem Haus nicht mit deinen alten Fetzen rumlaufen. Das gehört sich nicht.«

Seit einer Woche war sie in diesem vornehmen Haus am Broad Way, und sie freute sich über die Kleider, auch wenn sie vermutlich von einer Hure stammten. Ihre Nächte hingegen verbrachte sie nackt, wie Gott sie geschaffen hatte, mit Morgan Turner, der auf ihr ritt und Sachen mit ihr machte, von denen sie nicht geahnt hatte, dass ein Mann sie sich vorstellen konnte, ganz zu schweigen davon, dass er sie wirklich tat. Wie zum Beispiel in der vorherigen Nacht, als er sie auf den Bauch gedreht und sich in ihren hinteren Eingang gezwängt hatte. Sicher, er hatte sich vorher Öl auf den Schwanz getan. Trotzdem hatte sie fest ins Kissen beißen müssen, um nicht vor Schmerz aufzuschreien, und das Sitzen tat ihr immer noch weh.

Aber es störte sie nicht. Die Schmerzen waren nichts im Vergleich zur Grube und dem Auspeitscher. Und nach dem ersten Moment war es sogar ... Nein, solche Gedanken durfte sie nicht denken. Sie war ein anständiges Mädchen, eine der Frauen von Connemara, und nicht die, für die Morgan Turner und alle anderen sie hielten. Aber jetzt war es sinnlos, sich noch dagegen zu wehren. Sie war keine Jungfrau mehr. Dafür konnte sie nichts, aber das war kein Grund, Spaß an den Dingen zu haben, die er mit ihr anstellte. So tief brauchte sie nicht zu sinken. Außerdem – dass er ihr heimliche Freuden bereitete, war nicht das eigentliche Gefühl, das sie für ihn empfand.

Sie war Morgan dankbar. Immer noch. Unabhängig davon, was er in seinem Bett von ihr verlangte. Jedes Mal wenn sie an die Menschenmenge dachte, die brüllend die Anzahl der Hiebe mitzählte, und an den Mann in der schwarzen Lederschürze, der mit dem Arm so weit wie möglich ausholte, wusste sie, dass sie jede Perversität ertragen konnte, die Morgan Turner sich ausdenken mochte. Und gleichgültig, wie sehr sie gegen die Tugend der Keuschheit verstieß (und dass sie dabei gelegentlich Vergnügen empfand) – bei Morgan in diesem Haus zu sein, war ein Geschenk der heiligen Jungfrau und die Antwort auf ihre Stoßgebete. Das Einzige, was Roisin

Sorgen bereitete, große Sorgen sogar, war ein Gespräch zwischen Tilda und Mistress O'Toole, das sie zufällig mitgehört hatte:

»Du kannst dich drauf verlassen, Tilda – jetzt wird die Mistress sie bald wegschicken.«

»Wieso denn?«

»Master Morgan fängt an, das kleine Flittchen regelrecht ins Herz zu schließen. Und die Gnädigste würd sich nie damit abfinden, eine Hure zur Schwiegertochter zu haben. Oder ein Hurenbalg als Enkel. Also wird sie die hübsche Roisin Campbell mit ihrer hübschen Möse in eins ihrer Häuser stecken, und zwar eher früher als später.«

Roisin hatte diese Worte nicht vergessen. Sie wusste, dass bislang alles, was ihr seit ihrer Ankunft im Hafen von New York widerfahren war – seit der Kapitän ihre Dienstverpflichtung an eine buckelige Alte verkauft hatte, die eine weiße Sklavin haben wollte, weil sie allein lebte und Negern nicht traute –, sie in die Grube geführt hatte. Und was ihr jetzt bevorstand, würde sie, wenn sie nicht Acht gab, ebenfalls dorthin führen.

Die buckelige Alte hatte Roisin vom ersten Augenblick an mit dem öffentlichen Auspeitscher gedroht – sobald sie ihr Haus betreten hatte, wo sie achtzehn Stunden am Tag arbeiten musste. »Jetzt mach, was ich dir sag, du Schlampe, sonst kommst du am Donnerstag zum Auspeitscher ins Armenhaus. Ein paar Hiebe, um deinen Hochmut zu brechen und dich zu lehren, dankbar zu sein, dass du ein Dach über dem Kopf hast – genau das ist es, was dir fehlt.«

Und als sie an einem Donnerstag sah, wie die Frau sie von der Seite anschaute und sich aus Vorfreude fast die

Lippen leckte, dann den Umhang umlegte und verkündete, sie würden jetzt gemeinsam ausgehen, wusste Roisin genau, was ihre Herrin im Sinn hatte. Ein paar Hiebe. Die waren mit einem Shilling sechs Pence zwar ein teures, aber auch großes Vergnügen.

Sie verließen das Haus, und eine Weile ging Roisin demütig neben ihrer Herrin her. Sie wartete auf ihre Chance. Die kam, als sie zu einem Menschenauflauf gelangten. Eine Kutsche war umgestürzt, unter der ein paar zerquetschte, leblose Menschenleiber lagen. Doch was die Neugierigen anlockte, war das Pferd. Ihm waren bei dem Sturz die Beine gebrochen, und es lag auf den Pflastersteinen und wieherte schrill vor Schmerzen. Bald würde ein Mann kommen und es mit einer Muskete von seinen Qualen erlösen. Dann würde ein Schlachter eintreffen und den Kadaver an Ort und Stelle zerlegen. Bei solchen Gelegenheiten war Pferdefleisch billig zu haben.

Die Alte sah sich suchend nach dem Mann mit der Muskete und dem Schlachter um. Da stieß Roisin sie so heftig in den Rücken, dass sie mitten in das Gewühl fiel. »He!«, rief ein Mann. »Wart, bis du an die Reihe kommst, du alte Buckelziege!« Die Herrin begann, wütend zu schimpfen und dem Mann mit der Faust zu drohen. Roisin nahm Reißaus.

Ihre erste Nacht in Freiheit verbrachte sie hinter einer Matrosenspelunke unten am Hafen und hörte der Unterhaltung einiger Dirnen zu, die sie zu sich ans Feuer eingeladen hatten – eine kleine Glut aus Holzabfällen und ein paar Ästen.

»Vor zwei Sachen musst du dich in Acht nehmen, Mädel. Die eine ist, lass dich nicht von den Polizisten erwischen, jetzt, wo du vor deiner Dienstverpflichtung davongerannt bist. Ach, jetzt zieh keinen Flunsch. Natürlich wissen wir das. Du bist 'ne Weiße, also kannst du keine Sklavin nicht sein. Brauchst gar nicht so zu zittern. Wir stecken alle in derselben Klemme.«

»Wir sind hier doch alle in derselben Lage. Aber es gibt Schlimmeres, als zu den Leuten zurückgebracht zu werden, die deine Verpflichtung gekauft haben, und zum öffentlichen Auspeitscher ins Armenhaus geschleppt zu werden.«

»Viel Schlimmeres.«

»Nein«, sagte Roisin. »Es kann nichts Schlimmeres geben als ...«

»Papperlapapp, Mädel. Du bist noch nicht lang genug in New York, um zu wissen, wovon du redest. Die Grube ist viel schlimmer als das Armenhaus.«

Da hatte sie zum ersten Mal von der mit Sägespänen ausgestreuten Arena an der William Street gehört und den johlenden Schaulustigen, die weitaus zahlreicher waren als im Armenhaus. Und dass sie einen, nachdem sie einem die Haut vom Rücken geprügelt hatten, manchmal noch an einen Karren banden und durch die Straßen schleiften, bevor sie einen aus der Provinz verbannten.

»Aber verbannen tun sie dich erst, nachdem jeder Rotrock, wo Lust drauf hat, es mit dir getrieben hat, auch wenn du blutest wie ein abgestochenes Schwein. Natürlich umsonst. Die Rotröcke zahlen nie dafür. Die nehmen sich einfach, was sie wollen, ohne auch nur Dankeschön zu sagen. Dafür geben sie dir höchstens die Franzosenkrankheit.«

Zumindest darüber wusste sie Bescheid. Die Syphilis.

Unheilbar, selbst für die Frauen von Connemara. Die Wundstellen und das schreckliche Brennen beim Wasserlassen und der stinkende Ausfluss vergingen, kamen später aber wieder, in noch viel schlimmerer Form. »Aber wenn ihr als Hafendirnen das alles riskiert, warum in Gottes Namen tut ihr's dann?«, fragte Roisin. Die Verzweiflung in ihrer Stimme war nicht zu überhören.

»Weil wir was in den Bauch kriegen wollen, Mädel. Genau wie du und jedes andere Wesen auf dieser Welt. In Gottes Namen, wie du sagst.«

»Und glaub nicht, bloß weil du hübsch aussiehst mit den roten Haaren und so, dass es dir in einem der feinen Häuser von Squaw DaSilva besser ergeht. Wenn du erst mal da bist, gehörst du ihr mit Haut und Haar. Dann musst du's mit Hunden und Pferden treiben. Ja, als Hure von Squaw DaSilva musst du tun, was sie sagt.«

»Nein! Ich kann nicht glauben ...«

»Das solltest du aber. Lass dich von Squaw aufklauben, und dann wirst du schon sehen, ob ich Recht hab oder nicht. Die Mannsbilder kostet's ein Vermögen, bloß 'nen Fuß in Squaws Bordelle zu setzen. 'n Guinee oder mehr noch. Die zahlt doch kein Mann nicht, nur um mal kurz zu ficken – wieso auch?«

Eine Frau, die bislang noch nichts gesagt hatte, rückte näher zu Roisin und rieb wärmesuchend die Hände über der erlöschenden Glut. »Ich hab mal von einer von Squaws Huren gehört, die hat einem Esel den Schwanz lutschen müssen, während ein Hund sie in den Arsch gefickt hat«, flüsterte sie und freute sich über Roisins sichtliches Entsetzen. Die anderen nickten zustimmend. »Und jeder Mann, wo hat zuschauen wollen, hat zwei Guineen zahlen müssen.«

»Das würde ich nie tun«, sagte Roisin. »Nie. So wahr Gott mein Zeuge ist, ich würde nie …«

»Dann kommst du in die Grube, und zwar so schnell«, sagte die Frau und schnippte mit den Fingern. »Schneller sogar noch. Mit Squaw DaSilva hat das alles überhaupt angefangen. Früher hat der Auspeitscher bloß im Armenhaus gearbeitet. Aber dann hat Squaw vorgeschlagen, die Frauen öffentlich auspeitschen zu lassen, an der William Street. Weil's dann schlimmer ist. Die hat sich wohl gedacht, dann würde unsereiner aufhören, ihr das Geschäft zu vermasseln. Und jede Hure von Squaw DaSilva, wo nein zu ihr sagt, muss dahin. In die Hölle.«

»Genau. Und hinterher kommt der Piratensohn von Squaw DaSilva, Morgan Turner heißt der, und packt das arme Ding, der die Haut vom Rücken abgeschält ist, und schleppt sie auf sein Piratenschiff, die *Fanciful Maiden*, und segelt mit ihr davon. Und Gott weiß, was dann mit ihr passiert.«

»Die wird zu Tode gefickt«, sagte die Frau, die neben Roisin saß, mit Nachdruck. »Das ist doch eh klar.«

Zwei Abende später wusste Roisin, dass sie etwas unternehmen musste. Sie konnte nicht erwarten, dass die Frauen weiterhin das Essen, das sie unter solchen Gefahren verdienten, mit ihr teilten. Nicht, wenn sie sich nicht selbst auch bemühte, ihren Lebensunterhalt zu bestreiten.

Also zog sie mit zwei der anderen Frauen los. Sie hoffte, dass sie fürs erste Mal ein netten Mann finden würde. Sie traute sich nicht zu sagen, dass sie noch unberührt war. Sie zitterte vor Angst und Kälte. Und wurde von der Polizei aufgegriffen, noch bevor ein Mann sie überhaupt ansprechen konnte.

Selbst jetzt, da sie in Squaw DaSilvas warmem Haus war, mit Kleidern am Leib und Essen auf dem Tisch, schauderte sie jedes Mal, wenn sie daran zurückdachte. Die johlende Menge, der Auspeitscher mit seiner schwarzen Lederschürze, die arme gequälte Frau, die schluchzend um Gnade flehte. Das hätte sie sein können. Wenn die heilige Jungfrau ihr Gebet erhört und sie als Erste an die Reihe hätte kommen lassen, wäre sie dort am Schandpfahl gestanden. Wenn also Morgan Turner sie zu Tode ficken wollte, wie die Hafendirne gemeint hatte, sei's drum. Aber wenn Squaw DaSilva sie in eines ihrer Bordelle steckte, würde sie bald wieder in der Grube landen. Denn nichts und niemand würde sie dazu bringen, es mit Hunden und Eseln …

»Was machst du da?«, fragte Cuf.

Roisin schaute von dem kleinen Eisentopf auf, den sie über die glühende Kohle des Küchenfeuers hielt. »Ich wärme den Topf an.«

»Das sehe ich. Aber warum?«

»Wenn er heiß genug ist, gebe ich die Blütenblätter der Rosen hinein.« Roisin deutete mit dem Kopf auf den Korb, der vor dem Herd stand.

»Ich dachte, Tee macht man aus den Hagebutten.«

»Das stimmt auch. Aber ich mache keinen Tee.«

Cuf setzte sich neben sie. »Dann erzähl mir doch, was du da machst.«

»Wieso willst du das wissen?«

»Weil ich vieles wissen will. Wieso willst du die Blütenblätter kochen?«

»Ich will sie nicht kochen. Ich will sie einfach nur genügend anwärmen, um das Öl auspressen zu können.« Sie deutete wieder auf den Korb. »Das ist *Rosa gallica*, die Essigrose. Die hat den schönsten Duft.«

»Wo hast du sie her?«

»Von draußen.«

»Vom Garten der Mistress?«

Roisin nickte. »Der Busch gedeiht nicht besonders gut, aber ein paar Blüten hatte er trotzdem.«

»Und die hast du dir genommen? Du bist ganz schön dreist, Roisin Campbell.«

»Ich tue, was ich tun muss. Und dreist bist du ja wohl selbst, Cuf – hast du auch einen Nachnamen?«

»DaSilva. Wie die Mistress.«

»Weil du ihr gehörst.« Er gab keine Antwort, aber Roisin redete dennoch weiter. »Ich finde es nicht richtig, dass Leute anderen Leuten gehören dürfen. Selbst wenn sie deren Dienstverpflichtung kaufen. Selbst wenn sie schwarz sind. Obwohl du eigentlich gar nicht richtig schwarz bist.«

»Ich werde nicht mein Leben lang ein Sklave sein«, sagte Cuf. Seine Stimme klang hitzig. »Bald bin ich frei.«

Roisin sah zu ihm auf. »Ach ja? Und wie kommst du auf die Idee?«

Cuf antwortete nicht sofort. Er wandte den Kopf, sodass er ins Feuer schaute und nicht zu ihr. »Weil die Mistress es mir versprochen hat.«

Roisin merkte, dass er nicht die Wahrheit sagte. Die Antwort war einen Herzschlag zu spät gekommen.

III

Morgan lenkte den schwarzen Hengst in die Ann Street und blieb vor dem letzten Haus in der Reihe kleiner, eleganter Ziegelbauten stehen. Er glitt aus dem Sattel, warf die Zügel über den Pfosten, marschierte zur Haustür und klopfte mehrmals mit dem Bronzeklopfer. »Onkel Luke! Ich bin's. Andrew! Jane! Ist jemand da? Macht auf, schnell!«

»Mr. Morgan, die Herrschaften sind nicht da, Sir.« Die Schwarze, die ihm die Tür öffnete, hieß Sarah und war Onkel Lukes Sklavin, solange Morgan zurückdenken konnte. Beim Sprechen wischte sie sich die Hände an der Schürze ab, ihre Wange war mit Mehl verschmiert. »Dr. Luke ist zum Armenhospiz und hat Andrew mitgenommen. Und Mistress Jane, die ist …«

»Jane ist mir egal. Wie lange sind mein Onkel und Andrew schon fort?«

Sarah dachte ein oder zwei Sekunden nach. »Das muss wohl vor 'ner Stunde gewesen sein, Mr. Morgan. Die Maiskuchen waren gerade fertig zum Braten, ich hab dreißig Stück gemacht, und jedes muss …«

Morgan wartete nicht, bis er erfahren hatte, wie lange ein Maiskuchen gebraten werden muss. Er machte kehrt und marschierte zu seinem Pferd zurück. Noch bevor Sarah die Tür geschlossen hatte, saß er schon wieder im Sattel und ritt nach Norden.

»Luke geht jeden Mittwochnachmittag ins Hospiz«, hatte seine Mutter ihm gesagt. »Heute darf er nicht hin, du musst ihn daran hindern.« Sie war erregter, als er sie je zuvor erlebt hatte, schlang die Arme um die Brust, was sie nur tat, wenn sie völlig aufgebracht war. »Du musst

Luke sagen, was passiert ist, bevor er zum Hospiz geht und Caleb dort antrifft.«

»Ja, natürlich gehe ich. Aber wie kannst du sicher sein, dass Devrey den Posten bekommen hat?«

»Sei nicht dumm, Morgan. Wofür bezahle ich denn meine Spione?"

»Aber wenn das eine private Abmachung zwischen Devrey und Seiner Erbärmlichen Exzellenz ...« Beim Sprechen zog er die Stiefel an und steckte sich das Entermesser in den Gürtel – nicht, weil er Handgreiflichkeiten erwartete, sondern weil er sich ohne Messer nackt fühlte. »Willst du damit sagen, dass du im Haus des Gouverneurs Informanten sitzen hast?«

»Natürlich. Und in der Bouwery Lane.« James De Lancey hatte Philip Thomas' Dienstverpflichtung gekauft, als dieser ein zehnjähriger Junge gewesen war. Wenig später war Philip der erste Rekrut von Squaws geheimer Armee geworden. Zwei Pennies pro Woche, wenn er ihr regelmäßig berichtete, was De Lancey trieb. Seitdem hatte sie die Bezahlung Jahr um Jahr erhöht. Mittlerweile war Philip Anfang dreißig und erhielt zwei Shilling im Monat. Eine sehr lohnenswerte Ausgabe. »Beeil dich, Morgan.«

»Bist du wirklich ganz sicher, dass De Lancey Caleb Devrey zum Leiter des Armenhospizes ernannt hat?«

»Absolut sicher. Ich habe schon vor ein paar Tagen von dem Plan gehört, aber gerade erst erfahren, dass die Ernennung offiziell bekannt gemacht wurde.«

Sie eilten die Treppe hinab, Squaw DaSilva vorneweg, Morgan ihr dicht auf den Fersen. »Aber wenn du das schon vor ein paar Tagen gehört hast, warum hast du dann nicht ...«

»Das habe ich dir doch schon gesagt. Ich dachte nicht, dass die Dinge sich so schnell zuspitzen würden. Ich wollte mir überlegen, wie ich die Information am besten einsetzen könnte. Ich dachte … Ach, es ist egal, was ich dachte. Jetzt schau nur zu, dass Luke und Caleb nicht zusammentreffen. Gott weiß, was dann passiert.«

Während Morgan nach Norden galoppierte, um seinen Onkel und seinen Cousin einzuholen, dachte er, die wirkliche Sorge seiner Mutter sei, dass Luke und Caleb Devrey sich bis auf den Tod duellieren könnten. Und dass Luke gewinnen könnte. Da sei Gott vor, dass Devrey starb, bevor Squaw DaSilva ihre Rache voll ausgekostet hatte.

Sofort schämte er sich seiner Gedanken. Warum war es nicht denkbar, dass seine Mutter ihren einzigen noch lebenden Bruder liebte und ihm diese Demütigung ersparen wollte? Morgan kannte die Antwort: Weil ihre Motive, im Gegensatz zu allen anderen Frauen, nicht in Liebe zur Familie gründeten. Niemand wusste besser als ihr Sohn, wie weit sie zu gehen bereit war, um ihren Willen durchzusetzen.

Und dafür bewunderte er sie, weiß Gott. Hatte er immer schon. Und nur wegen ihr lag ihm jetzt die Welt zu Füßen und die hinreißendste Frau, die er je gesehen hatte, in seinem Bett. Kein Wunder, dass er sich den lieben langen Tag neue Arten ausdachte, sie zu ficken. Aber jetzt ging es um etwas anderes. Zum einen musste er verhindern, dass Caleb Devrey seinen Onkel und seinen Cousin demütigen konnte. Und zum anderen musste er entscheiden, was er wegen Tobias und den anderen unternehmen sollte.

Seit über einer Woche suchte er nach den fünf Männern, die die *Maiden* von ihrer letzten Fahrt nach Hause gebracht hatten. Jede Bierschenke, jede Kneipe und jede Spelunke in New York hatte er aufgesucht. Niemand hatte die Männer gesehen, die mit ihm von den Inseln zurückgesegelt waren. Seit dem Abend vor der Beerdigung seines Großvaters waren sie wie vom Erdboden verschluckt – also seit dem Abend, als sie im Hafen eingelaufen waren.

Das war zwar äußerst merkwürdig, hatte aber bestimmt nichts mit seiner Mutter zu tun. Es war dumm von ihm, das auch nur zu denken. Warum sollte sie …

Weil sie keiner Menschenseele vertraute. Und weil Tobias Carter und die anderen wussten, dass die *Maiden* – entgegen dem veröffentlichten Bericht – auf ihrer letzten Kaperfahrt große Gewinne erbeutet hatte. Aber bei Gott, er hatte ihr gesagt, dass diese fünf Männer vertrauenswürdig waren. Er hatte ihr sein Wort darauf gegeben. Bestimmt hätte sie sich mit ihm besprochen, wenn …

Seit wann besprach sie sich mit irgendjemandem?

Er würde ihr von seinem Misstrauen erzählen. Noch am selben Abend. Jetzt würde er die Sache erst einmal vergessen und alles daran setzen, Luke und Andrew einzuholen.

Der schwarze Hengst preschte die King's High Road entlang, auf den Common und das Armenhaus zu, begeistert, im gestreckten Galopp dahinfliegen zu dürfen und nicht gemessen durch die engen Straßen der Stadt traben zu müssen. Morgan legte sich flach auf den Hals des Pferdes und gab ihm die Zügel frei.

Heiliger Heiland, das war, als würde er mit jedem Segel, jedem Quadratzoll eines jeden Segels gegen den Wind fahren, die Marssegel straff gespannt, das Takelwerk sirrend.

Der wilde, ungezügelte Ritt ließ seinen Puls rasen und das Blut in den Ohren pochen. Doch auch wenn die rasende Geschwindigkeit ihn begeisterte, ging es Morgan durch den Kopf, dass dieser wilde Ritt nur möglich war, weil kein anderes Fahrzeug und keine Fußgänger auf dieser breiten Pflastersteinstraße unterwegs waren. Und keine Reiter. Keine Spur von seinem Onkel oder seinem Cousin.

Wenn Sarah Recht hatte und die beiden wirklich vor einer Stunde aufgebrochen waren, hatten sie das Armenhaus schon längst erreicht. Und was immer seine Mutter zu verhindern versucht hatte, war bereits eingetreten.

»Ich möchte nicht, dass du etwas Einschneidendes unternimmst, ohne dich vorher mit mir zu besprechen, Andrew. Das musst du mir versprechen.«

»Ich habe dir schon mein Wort gegeben, Vater. Mehrmals.«

»Ja, ich weiß. Entschuldige. Mir ist es nur etwas unbehaglich zumute, dich die Runden auf der Station an meiner statt machen zu lassen, bevor meine Ernennung amtlich ist. Deswegen gehe ich bei den ersten Malen auch mit. Nur als Vorsichtsmaßnahme.«

Im Verlauf der letzten Jahre waren das Armenhaus und das Hospiz mehrfach erweitert worden. So einträglich der Krieg auch war, machte er viele Frauen und Kinder zu Witwen und Waisen, die nicht selbst für ihren Unterhalt sorgen konnten, nachdem der Familienvorstand im Dienste des Königs einer französischen Kugel oder einem Indianerpfeil zum Opfer gefallen war. Und auch zahlreiche Verwundete der Schlachten blieben kampf- und arbeitsunfähig zurück. Sie alle endeten im Armenhaus auf dem Common, wo zwei neue Flügel sowie ein Eingangstor angebaut worden waren, um die vielen Mittellosen zu beherbergen.

Luke legte den Umhang ab und hängte ihn an den Haken neben der Eingangstür. Dort hing bereits ein anderer Umhang, den er aber nicht erkannte. Wohl ein Besucher. Er sah sich nach einem Aufseher oder einem der Kalfakter um, entdeckte aber niemanden, den er nach dem Besucher fragen konnte. Es war nicht wichtig. Viel wichtiger war, den Jungen davon abzuhalten, jeden vereiterten Finger und jeden Zeh mit eingewachsenem Nagel abzuschneiden.

»Gut, Andrew, dann gehen wir jetzt nach oben. Frag die Patienten ruhig nach allem, was ihre Gesundheit betrifft, und versuch, sie in ihrer Gänze wahrzunehmen und nicht nur die Teile, die du mit dem Messer abschneiden kannst.«

»Mit dem Skalpell«, verbesserte der junge Mann ihn leise – so leise, dass sein Vater es nicht hören konnte. Bitte, lieber Gott, lass mich diese Chance nicht verlieren. Einen Tag die Woche für diese Station mit einem Dutzend oder mehr Patienten verantwortlich zu sein, zu entscheiden, was ihnen fehlt und wie ich ihnen am besten helfen kann – das ist einfach unglaublich.

Dicht gefolgt von Andrew schritt Luke zur Hospiztür, blieb dann aber so unvermittelt stehen, dass sein Sohn mit ihm zusammenstieß. »Entschuldige, Vater, ich …«

Luke achtete gar nicht auf ihn, sondern hielt den Blick starr auf die große, hagere Gestalt gerichtet, die mitten im Raum stand. Ganz in staubiges Schwarz gekleidet. Wie der Tod. »Was zum Teufel suchen Sie denn hier?«

Caleb Devrey wandte sich zu ihm. Er versuchte nicht einmal, seine triumphierende Miene zu verbergen. Er hatte nicht damit gerechnet, selbst miterleben zu dürfen, wie Luke Turner die Nachricht von seiner Ernennung hörte, aber ausgemalt hatte er sich das Vergnügen durchaus. »Ich verdiene die zweihundert Pfund, die die Stadt mir pro Jahr bezahlt, nachdem ich zum Leiter des Armenhaushospizes ernannt worden bin, Dr. Turner. Und was ist der Grund Ihrer Anwesenheit?«

»Ihre Ernennung? Das glaube ich nicht.«

»Dann gestatten Sie mir, Sie von der Korrektheit meiner Äußerung zu überzeugen.« Devrey zog ein Blatt Papier aus der Tasche seines Frackrocks. »Hier ist der Brief, der meine Ernennung bestätigt, unterzeichnet von Seiner Exzellenz James De Lancey. Möchten Sie das Dokument näher betrachten?«

Luke riss Caleb das Papier aus der Hand, warf einen raschen Blick darauf und ließ es zu Boden fallen. »Das ist doch völliger Humbug. Sie sind nicht in der Lage, diesen Posten innezuhaben.« In jedem Wort schwang seine Verachtung mit. »Ich werde die Sache dem Stadtrat vortragen.«

Caleb zuckte mit den Schultern. »Das steht Ihnen frei. Der Stadtrat ist dem Gouverneur verantwortlich, und die Vergabe dieser Stelle obliegt ihm. So war es immer schon. War es nicht der habgierige, dumme Cosby, der die Ernennung Ihres Vaters auf Lebenszeit verlängerte? Ein weiterer Beweis für seine schändliche Weise zu regieren, und dafür wird er von der Provinz zu Recht verachtet.«

Luke knurrte, ein Laut wildesten Zorns, und stürzte auf Caleb zu. Andrew packte ihn am Arm. »Vater, nicht! Nicht hier und nicht jetzt. Die Patienten ...«

Es waren diese letzten Worte, die Luke innehalten ließen, und nicht der kräftige Griff seines Sohnes. Jeder Patient, der irgend konnte, hatte sich im Bett aufgesetzt und verfolgte den Streit, der an der Tür vor sich ging. Es war ein Skandal, die Kranken mit ansehen zu lassen, dass ihre Ärzte sich wie Straßenköter balgten. Luke war noch genügend bei Sinnen, um zu wissen, wie die Geschichte klingen würde, wenn sie dem Stadtrat zu Ohren kam.

»Du hast Recht, mein Junge. Den Patienten hilft diese Auseinandersetzung nichts. Sie werden von mir hören, Dr. Devrey. Doch wie mein Sohn völlig richtig sagte, ist dies nicht der geeignete Ort.« Er wandte sich zum Gehen; Andrew folgte ihm.

»Zum Mutigsein fehlt Ihnen wohl eine Muskete, wie?«

Luke war schon auf halber Höhe der Treppe. Nun blieb er stehen, drehte sich um und sagte mit lauter Stimme: »Ich habe auf jeden Fall mehr Mut, als es braucht, um ein Haus in Brand zu setzen, in dem eine junge Frau allein mit ihrem Personal lebt. Möge der liebe Herrgott verhindern, dass ich je so feige bin.«

»Wollen Sie mich der Brandstiftung bezichtigen?« Caleb kochte vor Wut. »Dafür verlange ich Satisfaktion, Turner!«, schrie er.

»Auf welche Art auch immer«, rief Luke zurück. Der Gedanke, Caleb Devrey endlich ins Jenseits zu befördern, wärmte ihm das Blut. »Wo und wann es Ihnen beliebt. Ich erwarte Ihre Sekundanten, Sir.«

»Vater!« Andrew zwang sich zu flüstern. Heiliger Strohsack! Ein Duell würde Gouverneur De Lancey nicht gerade geneigt stimmen, die Ernennung Devreys zugunsten seines Vaters zurückzunehmen. Es gab in New York noch andere Mediziner. Es wäre viel einfacher, die Stelle an jemanden zu vergeben, der nichts mit diesem Streit zu tun hatte, selbst wenn Caleb Devrey tot auf dem Duellfeld zurückblieb. Andrew sah seine Möglichkeit, sich als Chirurg zu erproben – den Beginn einer brillanten Laufbahn, von der er schon als Elfjähriger geträumt hatte –, dahinschwinden. »Bitte, Vater, lass ihn doch.«

»Sei still!«, zischte Luke durch zusammengepresste Lippen. »Die Entscheidung ist gefallen, die Herausforderung angenommen.« Er stieg weiter die Stufen hinab, wobei er Devrey bewusst den Rücken zukehrte.

»Mit dir bin ich noch lang nicht fertig!« Caleb wusste, wie unklug diese Worte waren, aber er konnte sie sich nicht verkneifen. Die Wut seit jenem Abend, als Christopher Turner ihm erzählte, er habe sich hereinlegen lassen von einem Mädchen, das ein Halbblut war, die Ungerechtigkeit, die er hatte erdulden müssen, während die Turners zu Glanz und Glorie aufstiegen, die Art, wie Jennet ihn missachtete, als habe es ihn nie gegeben … Der Zorn von fast drei Jahrzehnten loderte in ihm auf. »Du Schwein, Turner! Dreh dich um und kämpf wie ein Mann!«

Ein Gefühl von Triumph bemächtigte sich Luke. Devrey manövrierte sich immer weiter in die Schlinge. Wahrscheinlich war der Trottel halb betrunken. Nein, zwei Drittel betrunken. Luke brauchte nur dem Drang zu widerstehen, den Schuft zu Boden zu schleudern. Selbstbeherrschung war die schärfste Klinge, die ihm zur Verfügung stand, und eine, die nur er besaß. Gelassen schritt er weiter die Stufen hinab und rief dabei eine letzte Herausforderung über die Schulter: »Ihre Sekundanten, Devrey. Oder wenn es Ihnen lieber ist, können wir auch dem Stadtrat von diesem Vorfall Mitteilung machen.«

»Sehr gut, Vater«, sagte Andrew leise. »Du hast ihn ausgestochen. Sie werden ihm die Schuld geben, dass er öffentlich einen Streit vom Zaun gebrochen hat.«

Die beiden Männer hatten den Eingang des Armenhauses erreicht. Luke nahm seinen Umhang, warf ihn über die Schultern und riss gleichzeitig die Tür auf, wobei er den Aufseher und dessen Frau sowie ein halbes Dutzend Kalfakter wahrnahm, die den lauten Wortwechsel verfolgt hatten und sich neugierig im Eingangsbereich drängten. Sehr gut. Sie würden ausgezeichnete Zeugen abgeben, wenn die Sache vor De Lancey und den Stadtrat kam.

Kaum war die Tür geöffnet, rannte Andrew an seinem Vater vorbei die Vordertreppe hinab zu den zwei Pferden, die sie in einiger Entfernung angebunden hatten. Jetzt mussten sie zusehen, dass sie so schnell wie möglich in die Stadt kamen und ihre Version der Geschichte bekannt machten, bevor Devrey die seine verbreiten konnte.

Unterwegs musste Andrew einem ankommenden Lastkarren ausweichen, der mit sechs Steinblöcken beladen war. Die Insassen des Armenhauses, die zu Schwerarbeit eingeteilt waren, würden die nächsten Wochen damit verbringen, diese Blöcke mit Schlägeln zu Sand zu zerkleinern, wobei die Schlägel oft mehr wogen als sie selbst.

Er rannte an dem Karren vorbei, seine Stiefel dröhnten auf dem erdverschmierten Kies. Nur schnell die Pferde losbinden, nur schnell vom Armenhaus weg, bevor noch mehr Schaden entstand.

»Du elendiger Schuft, Turner! Ich hab dir gesagt, dass ich noch nicht fertig bin mit dir!« Devrey stürzte zur Tür hinaus, wild nach Luke ausschlagend. Wie ein Besessener nahm er zwei Granitstufen auf einmal, die Arme ausgestreckt, die Finger zu Krallen gekrümmt.

Luke stieß ihn mit dem Arm fort. Caleb schlug erneut zu. Dieses Mal wehrte Luke ihn nicht ab, und die beiden fielen in einem Knäuel die restlichen Stufen hinab auf den Kies.

Andrew saß schon im Sattel und führte das zweite Pferd, eine ältere Stute, am Zügel mit. »Nicht! Schlag ihn nicht, Vater!« Er presste die Fersen in die Flanken seines Pferds und trieb es vorwärts, die Stute hinter sich herziehend. »Bitte, Vater, nicht! Eine Schlägerei ist das Schlimmste …«

Die Stute war sanftere Behandlung gewöhnt. Sie spürte den Zug an der Kandare, wieherte nervös und blieb stehen. »Jetzt komm schon, verdammt!« Andrew zog fester an den Zügeln. »Vater, bitte!« Sein Pferd schnaubte, aufgeregt durch die laute Stimme seines Herrn, und warf den Kopf hin und her. Die Stute wieherte erneut.

Das Zugpferd des Karrens, ein alter, durch jahrelange Prügel eingeschüchterter Grauer, stand unangebunden da. Der Kutscher war abgestiegen und ging, den beiden sich prügelnden Herren ausweichend, auf den Eingang des Armenhauses zu. Wenn er pünktlich um drei Uhr zum Mittagessen zu Hause sein wollte, musste er rasch ins Haus und die Erlaubnis des Aufsehers einholen, die Steinblöcke hinter dem Gebäude abzuladen. Und die drei Pennies einstreichen, die ihm als Lohn zustanden.

Verzweifelt versuchte Andrew, sein eigenes Pferd zu bändigen, doch seine Aufregung übertrug sich auf das Tier. Es bäumte sich auf und landete beinahe auf der Stute, die Andrew noch immer am Zügel führte. In dem Augenblick kam ein schwarzer Hengst im Galopp durch das Tor auf sie zugerast.

Das war zu viel für den alten Kutschgaul. Völlig verängstigt durch die ungewohnten Gerüche und Geräusche versuchte der Graue, Reißaus zu nehmen. Der Karren kippte, hing einen Moment gefährlich in der Schwebe und brach dann entzwei. Ein Felsblock nach dem anderen fiel krachend auf die Erde und rollte langsam auf die Treppe zu.

Morgan nahm die Szene so scharfsichtig wahr, wie er in den vergangenen drei Jahren zahllose Nahkämpfe bestanden hatte: Er wusste sofort, wo seine Gegner und wo seine Freunde waren. *Das musst du wissen, ohne zu wissen, dass du's weißt*, hatte Tobias Carter ihm erklärt. *Das ist 'ne Art siebter Sinn, Junge. Die, wo als Führer geboren sind, haben ihn. Du siehst, was du zu tun hast, und tust es. Schneller, als 'ne Hure die Beine breit macht. Und ohne lang rumzustochern, wo die Möse ist.*

Mit stetig wachsender Geschwindigkeit rollte der größte Steinbrocken direkt auf Onkel Luke und Caleb

Devrey zu. Die beiden achteten auf nichts, was um sie her vorging, wurden sich der drohenden Gefahr nicht bewusst. Morgan hob sich im Sattel hoch, stieß die Fersen in die Flanken seines Hengstes und trieb ihn zu einem letzten Galopp an.

Das Pferd stürmte vorwärts. Morgan beugte sich zur Seite, hielt sich mit einer Hand fest, stützte sich fest in die Steigbügel, um nicht den Halt zu verlieren. Kaum eine Sekunde, bevor der Steinblock die beiden Männer am Fuß der Treppe zermalmte, riss er Caleb Devrey aus dem Weg. Und hörte den gellenden Schrei seines Onkels, als der Stein über ihn hinwegrollte.

»Gleichgültig, wie groß die Versuchung ist, du wirst Caleb Devrey nie töten. Ganz im Gegenteil, wenn er von jemand anderem bedroht wird, musst du ihm helfen – du musst alles tun, damit er am Leben bleibt. Schwör mir das, Morgan!«

»Das schwöre ich, Mama.«

»Beide Beine«, sagte Andrew. »Unter dem Knie zerquetscht, zwischen der Treppe und dem Steinbrocken.« Er war weiß im Gesicht und zitterte; er konnte es nicht über sich bringen, seine Schwester direkt anzublicken.

Jane saß neben ihrem Vater. Andrew war es gelungen, die Blutungen zu stillen, dann hatte er zwei halbe Fassdauben über Lukes zerschmetterte Beine gestellt, damit die Wolldecke nicht die Wunden berührte und seinem Vater noch größere Schmerzen bereitete.

Lukes Atem ging in kurzen, harten Stößen, und bei jedem Atemzug keuchte es rasselnd in seiner Lunge. Seine Augen waren geschlossen, die Haut nahezu blau. »Aber ich verstehe das nicht«, wiederholte Jane zum dritten

Mal. »Warum sollte Morgan ausgerechnet Caleb Devrey retten und nicht …«

»Ich hab's dir schon fünfmal gesagt«, antwortete Andrew gereizt und schaute dabei unentwegt auf seinen Vater. »Ich weiß es nicht. Aber das hat er getan.«

»Das ist unmöglich. Du musst dich …«

Lukes schwache Stimme unterbrach ihr Gespräch. »Andrew, Junge, bist du da?«

»Ja, Vater, ich bin hier.« Andrew ging zu dem Sofa hinüber und kniete sich daneben. »Schon dich, Vater. Du solltest nicht reden.«

»Muss ich aber. Du musst …« Er bekam nicht genügend Luft, um Andrew zu sagen, was er tun musste.

Jane tupfte den Schweiß ab, der sich auf Lukes unnatürlich kalter Stirn bildete. »Andrew hat Recht, Vater. Du musst dich schonen. Wir sind beide bei dir.«

»Andrew, komm näher.«

Andrew beugte den Kopf vor, bis die Lippen seines Vaters fast sein Ohr berührten. »Ich kann dich hören, Vater. Sag mir, was du willst.«

»Die Verletzungen«, flüsterte Luke. »Wie …« Ein trockener, keuchender Hustenanfall schüttelte ihn und machte es ihm unmöglich, weiterzureden. Jane hielt ihm einen Krug mit dünnem Bier an die Lippen, von dem er in kleinen Schlucken trank. Der Anfall verebbte. »Die Verletzungen«, wiederholte Luke. »Wie schlimm?«

Andrew schluckte schwer. Er könnte sagen, dass alles nicht so schlimm war, dass die Beine verheilen würden, dass sein Vater vielleicht nicht mehr gehen, gar verkrüppelt sein könnte, aber dass er überleben würde. Das wäre rücksichtsvoller. Aber er hatte zu viel von seiner schottischen Mutter an sich, um diesen Ausweg zu wählen. »Sehr schlimm, Vater.«

»Die Knochen ... gebrochen?«

»Alle unterhalb der Kniescheibe, Vater.« Nur mit Mühe gelang es Andrew, die Worte an dem Kloß in seinem Hals vorbeizupressen. »Es tut mir so Leid, Vater. Es ist meine Schuld. Wenn ich bei dir geblieben wäre, anstatt die Pferde zu holen ...«

»Es ist niemandes Schuld. Das ist Schicksal, mein Junge. Leben und Tod. Wir haben keinen Einfluss darauf. Außer ... außer ...«

Andrew beugte sich noch näher; sein Vater wollte ihm wohl noch etwas sagen. Vermutlich, dass er sich um Jane kümmern sollte. »Was ist, Vater? Sag mir nur, was du willst, und ich tue es, das schwöre ich.«

»Meine Beine«, sagte Luke. »Ich will, dass du sie beide abnimmst.«

Andrew spürte, dass Jane ihn anstarrte, und wusste, dass sie die geflüsterten Worte ebenso gehört hatte wie er. Er öffnete den Mund, mühte sich, die Worte zu formen. »Das kann ich nicht, Vater. Bitte, verlang das nicht von mir. Ich habe nicht genügend Erfahrung. Und die Schmerzen werden ...«

Sein Vater war zu geschwächt, um eine solche Operation zu überstehen. Sie würde ihn mit ebenso großer Sicherheit töten wie der Wundbrand, der sich unweigerlich von dem zerquetschten Fleisch ausbreiten würde. Er würde auf jeden Fall sterben, aber wenn Andrew ihn operierte, würde der Tod mit unerträglichen Schmerzen einhergehen. Ein erfahrener Chirurg, ein Genie wie sein Großvater, konnte eine derartige zweifache Amputation vielleicht in weniger als einer Stunde machen. Andrew würde zwei- bis dreimal so lange brauchen. Und das Ergebnis? Das wusste nur Gott allein.

Luke fasste seinen Sohn am Arm. Andrew schaute auf die Hand und sah, dass die Nägel sich bereits blau verfärbten. Er hörte die Stimme seines Großvaters, als stünde dieser neben ihm. »*Schau immer auf die Nägel und das Weiße in den Augen, Junge. Wenn sie blau werden, verfällt der Patient in einen Schockzustand, und dann ist es meist zu spät.*«

Andrew konnte sich nicht überwinden, seinem Vater das untere Lid hinabzuziehen und das Weiße des Auges zu überprüfen. Außerdem wusste er, was er sehen würde. »Ich kann es nicht, Vater. Ich kann dir nicht solche Schmerzen zufügen, wenn es ...« Er brach ab. Wenn es sinnlos ist, wollte er sagen. Wenn ich weiß, dass du die Operation nicht überlebst. »Ich habe nicht genügend Erfahrung, Vater. Ich habe noch nie allein eine Amputation durchgeführt. Nur mit Großvater an meiner Seite.«

»Er wird auch jetzt an deiner Seite sein, Andrew«, flüsterte Jane. »Wenn du tust, was Vater will, wird Großvater bei dir sein.«

Ungeduldig schüttelte Andrew den Kopf. Er ist tot!, wollte er schreien. Christopher Turner war gestorben, keine zehn Tage bevor er seinem Sohn das Leben hätte retten können. Da sah man wieder, welchen Unsinn die Frauen daherplapperten von Engeln und der Gnade Gottes und dem immer währenden Leben. Solche Ideen konnten nur Jane ein Trost sein. Er achtete gar nicht auf seine Schwester, sondern sprach direkt zu Luke. »Ich könnte Hezekiah Jackson holen, Vater. Großvater hat ihn ausgebildet, und er sagte immer, Jackson wäre als Chirurg sehr gut. Er lebt oben in Yonkers, aber wenn ich sofort aufbreche, sind wir morgen früh wieder hier.«

»Morgen geht es mir noch schlechter«, keuchte Luke. »Vielleicht bin ich dann schon tot. Außerdem warst du der beste Schüler, den dein Großvater je gehabt hat. Er hat mir immer gesagt, du würdest …« Ein weiterer Hustenanfall ließ ihn abbrechen.

Jane wollte ihm erneut Bier einflößen, doch dieses Mal schob ihr Vater ihre Hand fort und überwand den Anfall durch schiere Willenskraft. »Andrew, hör mir gut zu. Du musst es tun. Nur du.«

Jane drehte sich zu ihrem Bruder. Einen Moment starrte er seinen Vater an, dann begegnete er dem Blick seiner Schwester. »Bist du auch der Meinung?«, fragte er sie. »Es wird vielleicht nicht …«

»Ich weiß. Es wird vielleicht nichts ändern. Aber Vater hat Recht. Du musst es versuchen.«

Andrew legte eine Hand auf Lukes Herz. Es schlug schwach und unregelmäßig. Das war die Wirkung des vielen Rums – allemal bei einem Menschen, der schon an der Schwelle des Todes stand. Herr im Himmel, er konnte es einfach nicht. Aber er musste. Er hatte es versprochen.

Alles war bereit. Jane hatte ihrem Vater so viel Rum eingeflößt, dass er das Bewusstsein verloren hatte. Andrew hatte ihn fest auf das Sofa gebunden und den Boden rundum mit Öltuch abgedeckt, damit das abgesägte Fleisch und die Knochen mitsamt dem Tuch weggeworfen werden konnten.

Auch seine Instrumente lagen bereit. Er hatte sie im Lauf der Jahre von seinem Großvater bekommen, eines nach dem anderen, und jedes hatte bedeutet, dass er eine neue Technik gemeistert hatte. Vier Sonden. Drei gebogene Nadeln in unterschiedlicher Größe und zahlreiche sorgsam gearbeitete Ligaturen. Ein halbes Dutzend Skalpelle, von klein bis groß, alle scharf geschliffen. Zwei Sägen, jede frisch geölt, damit sie nicht verkanteten. Er hatte auch noch einmal die Anweisungen zur Beinamputation in Lucas Turners Journalen durchgelesen.

Schusswunden, komplizierte Brüche und alle unvermittelten Unfälle, die eine Amputation erfordern, haben die größte Aussicht auf Heilung, wenn sie umgehend durchgeführt werden. Wenn ein Bein abgenommen werden muss, ist folgende Methode angeraten: Während eine Hilfsperson das Bein festhält, muss man einen Streifen feinen Leinens von etwa einem halben Zoll Breite drei- bis viermal darum binden, etwa vier bis fünf Zoll unterhalb des unteren Endes der Kniescheibe …

»Jane, kannst du mir zur Hand gehen?«

Sie schluckte und holte so tief Luft, dass ihre Brust zu platzen schien. »Wenn's wirklich notwendig ist, kann ich's versuchen.«

»Natürlich ist es wirklich notwendig.« Genau diese Rolle hatte er oft bei seinem Großvater übernommen. Andrew wusste genau, was zu tun war. »Du musst das Bein festhalten, und zwar ganz gerade. Wenn du es anhebst, bleibt die Säge stecken, wenn du es nach unten drückst, könnte der Knochen abbrechen, und das wäre schlecht. Wir brauchen eine völlig gerade Schnittfläche, und … Jane, ist dir nicht gut?«

»Natürlich ist mir nicht gut.« Sie presste sich das Taschentuch an die Stirn. »Bitte, Andrew, sag mir einfach, was ich machen muss, während du arbeitest. Ich versuche mein Bestes.«

»Also gut.«

Verdammte Frauen. Ach, das war ungerecht von ihm. Jane konnte nichts dafür, dass sie eine Frau war. Aber welche Ausrede hatte er? Seine Hände zitterten. Beide. Er hatte seinem Großvater mindestens ein Dutzend Mal beim Amputieren zugesehen, er erinnerte sich an jeden Griff und jedes Wort, mit dem er seine Handlungen erklärt hatte. Aber es selbst zu tun, bei seinem eigenen schwer verletzten Vater … Bei den Heiligen des Himmels, er musste etwas tun, damit seine Hände nicht mehr zitterten.

Andrew atmete ein paar Mal tief durch, dann beugte er sich vor und rollte die Decke zusammen, um sie über die Fassdauben zu heben. Luke stöhnte einmal auf, dann sank er wieder in die Bewusstlosigkeit zurück. Andrew nahm die Dauben fort und untersuchte die zerschmetterten Beine seines Vaters. Sie verströmten Hitze – die Anfänge einer Entzündung, die zu Wundbrand und schließlich zum Tod führen würde. Sie hätten warten sollen, bis er nach Yonkers geritten war und Hezekiah Jackson geholt hatte.

»Hezekiah ist nicht sehr gut, was die Diagnose betrifft«, hatte Großvater immer gesagt, »aber mit dem Messer kann er gut umgehen.« Hier brauchte keine Diagnose gestellt zu werden, und Jackson arbeitete seit fünfzehn Jahren als Chirurg. Großvater hatte nur aus Familienstolz behauptet, dass Andrew sein bester Schüler sei, und dieser Stolz würde seinem Vater jetzt das Leben kosten. Guter Gott, er hatte einem Sterbenden ein

Versprechen gegeben. Er musste die Kraft finden, sein Versprechen zu halten.

Als Erstes eine Aderpresse um den Oberschenkel. Ein kräftiger Lederriemen mit einem Schlitz an einem Ende, damit das andere Ende durchgesteckt und der Riemen möglichst stramm angezogen werden konnte. Luke ächzte wieder.

»Du tust ihm weh«, murmelte Jane. Dann fügte sie hinzu: »Entschuldigung, das war dumm von mir.«

»Ich muss die Arterie abpressen, damit sie nicht blutet.«

»Ich verstehe. Willst du beide Beine auf einmal machen?« Sie bemühte sich, normal zu sprechen, aber ihre Stimme klang schrill und zitterte.

»Nein, nacheinander. Ich glaube, das ist sinnvoller.«

»Du glaubst, dass es sinnvoller ist? Lieber Gott, Andrew, du bist dir nicht sicher?«

»Natürlich bin ich mir nicht sicher! Wie sollte ich? Ich habe das noch nie zuvor getan, Jane!«

»Schrei nicht so, Andrew. Davon wacht er bloß auf. Ich habe ja nur gefragt.«

»Dann frag ab sofort nichts mehr, bis wir fertig sind.« Er sagte ihr nicht, dass der Patient beim ersten Schnitt sowieso aufwachen würde. Das passierte immer, unweigerlich. Alkohol dämpfte den Schmerz vielleicht, machte den Patienten aber nicht empfindungslos.

Man muss den Schnitt direkt unterhalb des Leinenbandes ansetzen, das sorgsam angebracht wurde, auf der Unterseite des Gliedmaßes, und mit dem Messer zu sich her schneiden, sodass der Schnitt mehr als einen Halbkreis beschreibt.

Bei Lukes erstem Schrei fuhr Jane zurück. Sie ließ das

Bein los. »Hör auf!«, schrie sie. »Du bringst ihn um, Andrew! Hör auf!«

Verflucht! Genau das hatte er befürchtet. »Raus!«, brüllte Andrew. »Sofort! Geh raus!«

»Nein, bitte.« Jane drückte sich beide Hände auf die Brust, als könnte sie damit ihr Herz daran hindern, wie wild zu schlagen. »Es tut mir Leid, ich will dir wirklich helfen. Ich bin nur furchtbar erschrocken. Das passiert nicht wieder.«

Andrew tupfte das Blut fort, das aus dem Schnitt sickerte, ohne auf seine Schwester zu achten. »Geh raus«, wiederholte er. »Schick Sarah zu mir. Vielleicht schafft sie es, mir zu helfen.«

Er hörte Janes gedämpftes Schluchzen, hörte die Tür auf- und wieder zugehen, aber er blickte nicht auf.

Dank der Aderpresse, die er um den Schenkel gebunden hatte, blutete der Schnitt kaum. Sehr bald sah er genug, um den zweiten Schnitt machen zu können. *Den zweiten Schnitt muss man oben ansetzen. Er muss von einem zum anderen Ende des ersten verlaufen, sodass beide Schnitte eine Linie bilden, und beide müssen die* Membrana adiposa *ganz durchtrennen, nicht aber auch die Muskeln.*

Die gequälten Schreie drangen durch Mark und Bein, unerbittlich, wie die Brandung, die an den Strand wogt. Sie bohrten sich bis in den hintersten Winkel von Andrews Gehirn. Ihm war bewusst, er musste sie ausblenden, sonst würde er die Operation nicht zu Ende führen können. Und ihm war bewusst, dass die Schreie noch viel schlimmer würden, wenn er erst einmal in den Knochen zu sägen begann.

Jetzt zitterten ihm wieder die Hände, und sein Patient

wehrte sich verzweifelt gegen die Bänder, die ihn festhielten. Sollten sie sich lösen oder auch nur lockern, würde sein Vater sich bewegen – und dann könnte das Skalpell ihn tödlich verletzen, von der Säge ganz zu schweigen. Ohne Hilfe schaffte er es einfach nicht. Verdammte Jane! Verdammte Weiber! Warum waren sie allesamt so dumm und schwach? Und wo zum Teufel blieb Sarah?

Hinter ihm wurde die Tür geöffnet und gleich darauf wieder geschlossen. Gottseidank. »Sarah, komm her. Du musst das Blut wegwischen, damit ich sehen kann, was ich mache. Und halt das Bein fest. Es muss ganz gerade bleiben. Ich zeig dir, was ich meine. Tu einfach, was ich dir sage.«

Schritte näherten sich. Andrew wandte nicht den Kopf. Eine Hand berührte die Stirn des Patienten. Der Arm steckte in einem langen, schwarzen Ärmel.

Andrew tupfte gerade den Schnitt mit einem Tuch ab. Er hielt inne und sah zum ersten Mal auf. »Was tust du denn hier?«

»Ich wollte ihm das bringen.« Squaw DaSilva hielt eine kleine braune Glasphiole in der Hand. »Das ist Laudanum, das beste und stärkste, das es gibt. Ich habe es von Phoebe. Ich wusste nicht, dass du ihn operierst; ich dachte nur, es könnte gegen die Schmerzen helfen.«

Andrew nickte knapp. »Gib ihm etwas davon. Ich hätte selbst an Laudanum denken sollen. Aber ich habe mir solche Sorgen gemacht, dass ich es einfach vergessen habe.« Jetzt war nicht der richtige Zeitpunkt, ihr und ihrem verfluchten Sohn die Schuld an diesem Unglück vorzuwerfen.

Er verfolgte, wie seine Tante die Phiole entkorkte, Luke langsam etwas Laudanum in den Mund träufelte und jedes Mal wartete, bis er schluckte, bevor sie ihm mehr gab.

»Jane sagte, dass du jemanden brauchst, der dir zur Hand geht, Andrew«, sagte sie leise, ohne den Blick von ihrem Bruder zu wenden. »Darf ich dir helfen?«

»Wirst du auch nicht in Ohnmacht fallen oder schreien? Jane wollte mir helfen, aber …«

»Ich verspreche dir, dass ich nicht in Ohnmacht fallen und auch nicht schreien werde.«

Sie sprach hinter ihrem Schleier, und ihr Tonfall war ernst, doch er hätte schwören mögen, dass er ein Lächeln ihren Mund umspielen sah. *Deine Tante Jennet hat bei jeder Operation spioniert, die dein Großvater gemacht hat.* Das hatte sein Vater gerade vor fünf Tagen gesagt.

»Ich würde mich sehr freuen, wenn du mir hilfst. Wenn du magst.«

»Ja, sehr gern«, erwiderte sie. Sie beugte sich vor und begutachtete die lederne Aderpresse um den Oberschenkel, den Leinenstreifen, der darunter festgewickelt war, und den absolut kreisförmigen Schnitt, mit dem Andrew die Haut durchtrennt hatte. Dann begann sie zu sprechen, leise und mit einer Selbstsicherheit, die Andrew nur von seinem Großvater kannte. »›Dann wird der leinerne Rollverband entfernt, und der Assistent zieht die Haut zurück, so weit, wie es möglich ist …‹« Beim Sprechen vollführte sie genau die Griffe, die sie beschrieb, mit ruhigen, geschickten Händen. Es hätten die Hände seines Großvaters sein können. Oder seine eigenen. »›… und dann schneidet man durch das Fleisch bis auf den Knochen, durchtrennt die Muskeln so rasch und sicher wie zuvor die Haut.‹«

»Das sind ja genau Lucas Turners Anweisungen«, flüsterte er.

»Ja. Ich habe als Mädchen seine Journale gelesen. Und ich habe kein Wort davon vergessen.«

Andrew schaute auf die zerschmetterte Masse unterhalb des rechten Knies seines Vaters. Nur sehr wenig Blut sickerte aus dem Schnitt, und das Laudanum schien zu wirken – sein Vater atmete ruhiger und tiefer. Dennoch zögerte Andrew.

»Wenn du willst, kann ich dir Lucas' Anweisungen wiederholen, während du arbeitest«, sagte seine Tante.

Andrews Kehle war wie zugeschnürt, sodass er zur Antwort lediglich nickte. Dann nahm er das größte dreieckige Skalpell zur Hand und begann, die Muskelschicht zu durchtrennen und den Knochen freizulegen.

Schon beim ersten Schnitt setzten Lukes gellende Schreie wieder ein. Andrew redete sich ein, dass sein Vater jetzt nicht mehr so sehr litt wie zuvor. Sein Großvater hatte immer gesagt, dass Laudanum wie eine Art Filter zwischen dem Patienten und dem Schmerz wirke. Ein Chirurg dürfe nicht auf die Schreie achten, sondern müsse einfach seine Arbeit verrichten.

Die leise Stimme seiner Tante beruhigte ihn und half ihm, die Schreie seines Vaters auszublenden. »›Man steht zur Innenseite des Beins‹«, zitierte sie, »›damit man gleichzeitig die *Tibia* und die *Fibula* durchtrennen kann; außerdem ist dann die Gefahr des Splitterns geringer.‹«

Andrew ging auf die andere Seite des Liegesofas und suchte eine Säge aus. Prüfend fuhr er mit dem Finger über das gezahnte Blatt und hatte dabei Christophers Worte im Ohr. *Vergiss nicht, Junge, Knochen sind empfindungslos. Was die Schmerzen versucht, ist das Hin-*

und Herbewegen der Säge und das Reiben an der Wunde. Das heißt, je rascher und sicherer deine Bewegungen sind, desto besser. Je schneller du arbeitest, desto schneller ist es vorbei. Also mach voran. Er beugte sich über das Bein, setzte das Instrument an und begann zu sägen.

Luke hob den Kopf und kreischte. Es war das wortlose Heulen eines gemarterten Tieres. Andrew erstarrte.

»Du darfst nicht aufhören«, sagte Squaw DaSilva. »Das Laudanum hat ihm die Sinne betäubt. Die Schreie sind nur ein Reflex.«

»Ich weiß, aber ...« Andrew sah von ihr zu seinem Vater, dann auf die Säge.

»Mach weiter«, drängte sie ihn sanft. »Du musst. Wenn du's schaffst, Andrew, rettest du deinem Vater damit das Leben.«

Andrew machte sich an die Arbeit. *Steck deine ganze Kraft rein, mein Junge.* Es war, als würde Christopher hinter ihm stehen und ihm zusehen. *Das ganze Turner-Vermächtnis steht hinter dir. Mach's!*

Das Turner-Vermächtnis. »›Wenn das Bein abgenommen ist, gilt es als Nächstes, der Blutung Einhalt zu gebieten‹«, zitierte seine Tante. »›Zu diesem Behufe gibt es keine bessere Methode, als die Enden eines jeden Gefäßes mit einer Ligatur abzubinden. Man fährt mit einer gebogenen Nadel zweimal durch das Fleisch, einmal fast ganz herum, wodurch die Enden befestigt sind.‹«

Jetzt hörte Andrew die Schreie seines Vaters nicht mehr, nur noch die Stimme seiner Tante. Ihre Willenskraft war es, die ihn aufrecht hielt.

»›Um die Öffnung der Blutgefäße zu finden, muss der Assistent jedes Mal die Aderpresse lockern.‹« Mit ihren geschickten Händen folgte Squaw ihren eigenen Anweisungen. Sobald Andrew ein Blutgefäß abgebunden hatte, öffnete sie die Aderpresse so lange, bis er durch das herausspritzende Blut das nächste Gefäß fand.

Sechs, vielleicht auch sieben. Er hatte nicht mitgezählt. Aber das war gleichgültig. Kein Blut sickerte mehr hervor, obwohl er die Aderpresse entfernt hatte. Ihre Stimme war sein Leitfaden, sein Anker.

»›Nun muss man die Haut vom unteren Teil des Schenkels über das Ende des Stumpfes rollen. Das ist der Grund, warum der leinerne Rollverband angebracht wurde. Nicht nur als Führungshilfe für das Skalpell, sondern um zu verhindern, dass die Haut nach oben zurückweicht, wie sie es zu tun pflegt. Doch hat man meine Anweisungen befolgt und zweimal geschnitten, zuerst durch die Haut und dann durch den Muskel, und nicht in einem Schnitt, der zwar rascher, aber weniger genau ist, so ist diese Neigung der Haut zu schrumpfen geringer. Man kann sie ordentlich festnähen, sodass der Stumpf nicht zu schwären beginnt.‹«

Das rechte Bein war fertig. Und jetzt alles noch einmal, von vorne.

Die Aderpresse, der leinerne Rollverband, das kleine Skalpell, dann das große. Die Schreie. Die Säge. Weitere Schreie. Die Stimme seiner Tante …

Endlich machte Andrew die letzten Stiche, die die Haut über dem zweiten Stumpf befestigten. »Fertig«, murmelte er.

»Gut gemacht«, sagte sie. Das waren ihre Worte, nicht die von Lucas. Andrew wusste nicht, wie lange sie schon nicht mehr ihre eigenen Gedanken geäußert hatte. »Wie lange?«, fragte er.

Sie schaute zu der Uhr, die in dem kleinen Behandlungsraum über dem Kaminsims hing. »Eine Stunde und siebenundzwanzig Minuten, seit ich hier bin. Sehr gut.« Sie legte ihrem Bruder eine Hand auf die Stirn. Vor einer Weile war er in Ohnmacht gefallen, aber jetzt schlief er, seine Haut war kühl. »Er wird bald Fieber bekommen«, sagte sie. »Ich lasse ihm von Phoebe Zitronensirup und Eisenhut schicken und rede mit Jane über die richtige Dosierung.«

»Ja, wie du meinst.« Vor Erschöpfung konnte er sich kaum noch auf den Beinen halten. Er fuhr sich mit dem blutgetränkten Ärmel über die schweißnasse Stirn. »Eine Stunde und siebenundzwanzig Minuten. Das ist nicht ...«

»Seit ich hier bin. Aber recht viel früher hast du ja wohl kaum angefangen.«

»Nein, nur ein paar Minuten. Ich habe aufgehört, als Jane zu schreien anfing.«

»Dann waren es eineinhalb Stunden. Das ist ein sehr guter Anfang, Andrew. Dein Großvater wäre stolz auf dich.«

»Gut gemacht, Junge. Du hast ihm wahrscheinlich das Leben gerettet.«

»Nicht mit Sicherheit, Großvater?«

»Das nie, mein Junge. Vergiss nicht – in der Chirurgie, wie in der gesamten Medizin, gibt es keine Sicherheit.«

Sie ließen den Patienten in Janes Obhut zurück und gingen in die Küche, um sich die blutverschmierten Hände zu waschen. Sarah stand neben den drei Eimern mit Wasser, die sie von der Pumpe draußen auf der Straße geholt hatte. »Möchten Sie jetzt nicht was zu essen oder zu trinken? Ich hab ein gutes Bier da. Und frisch gebratene Maiskuchen. Schweißtreibende Arbeit, die Sie da gemacht haben, so klang's zumindest.«

In der Stimme der Sklavin schwang etwas Neugier mit. Squaw DaSilva war nicht überrascht. Um zu essen oder zu trinken, müsste sie den Schleier lüften. »Nichts, danke, Sarah. Mein Kutscher wartet draußen. Ich werde sofort heimfahren. Und lass dich von den Schreien deines Herrn nicht täuschen. Die sind eine natürliche Begleiterscheinung jeder Operation. Master Andrew hat herausragende Arbeit geleistet. Mein Bruder hat beste Aussichten auf Genesung.«

Andrew wollte mit seinem Ärger nicht mehr hinter den Berg halten. »Wenn dein vermaledeiter Sohn auch nur einen Funken Familienloyalität im Leib gehabt hätte, wäre diese Operation gar nicht nötig gewesen.«

Squaw drehte sich nicht um. Es war, als hätte sie ihn gar nicht gehört. »Danke, Sarah. Genau das brauche ich jetzt, ein Handtuch.« Sorgsam wischte sie sich jeden Finger an dem frisch gebügelten Leinentuch ab. Schließlich sagte sie: »Morgan hat den Streit zwischen deinem Vater und Caleb Devrey nicht angefangen, Andrew. Und er hatte auch nichts mit dem Verrat zu tun, der dem Streit zugrunde lag. Caleb hat sich mit James De Lancey auf einen Handel eingelassen, um die Stelle am Hospiz zu bekommen, die rechtmäßig Luke zustand. Ich schickte Morgan los, um dich und deinen Vater zu warnen, aber leider kam er zu spät.«

Das stimmte. Morgan war lange nach Beginn der Schlägerei eingetroffen. Und Devrey war … Heiliger Heiland!

Andrew wurde bewusst, was er da tat, und schüttelte den Kopf, als wollte er einen bösen Traum vertreiben. Er stimmte einer Lüge zu, nur weil diese verfluchte Frau sagte, es wäre die Wahrheit. »So war es nicht. Morgan hätte jeden der beiden retten können. Er hat sich für Devrey entschieden.«

»Ich bin mir sicher, dass du dich täuschst, Andrew. Morgan half dem Mann, dem er am nächsten war.«

»Ich täusche mich nicht. Ich habe alles ganz genau gesehen. Wenn Morgan meinen Vater hätte retten wollen, hätte er es tun können. Aber das hat er nicht. Er hat sich für den miesen Schuft Caleb Devrey entschieden. Jetzt hat mein Vater beide Beine verloren, und nur durch Morgans Schuld.«

»Du bist erregt, Andrew. Das ist nur allzu verständlich. Und natürlich bist du auch erschöpft. Lass uns darüber reden, wenn du dich beruhigt hast.«

»Zur Hölle mit dir! Warum nimmst du nicht den Schleier ab und siehst mir in die Augen? Weil du lügst, und du weißt, dass du lügst!«

»Du musst dich jetzt ausruhen«, sagte sie ruhig. »Sarah, sieh zu, dass Master Andrew etwas zu essen bekommt und dann schläft. Ich lasse sofort Vorräte für den Haushalt schicken und Medizin für Master Luke. Und jetzt musst du dem jungen Chirurgen aus seinen blutigen Kleidern helfen.«

Ihr Kleid war ebenso blutbesudelt wie Andrews Hemd und Kniehose. Sie spürte die klebrige Feuchtigkeit, als sie ihre Röcke raffte, um das Haus zu verlassen.

»Was hast du ihm gesagt?« Morgan saß auf einem Sessel seiner Mutter gegenüber, blickte über die gewichsten Stiefelspitzen hinweg in die Flammen. Am Tag zuvor war Luke operiert worden – das Stadtgespräch von ganz

New York –, und seitdem hatte Morgan den Großteil seiner Zeit damit verbracht, durchs Haus zu wandern und die Feuer in den Kaminen der vielen Räume zu betrachten. Als lägen in den lodernden Flammen die Antworten auf die Fragen, die ihn quälten.

»Ich habe Andrew gesagt, dass er sich täuscht.«

»Das stimmt aber nicht.«

»Natürlich stimmt es.«

»Verdammt noch mal, es stimmt nicht! Andrew hat sich nicht getäuscht!«

»Ich finde es bedenklich, wie rasch ihr jungen Leute Frauen gegenüber Flüche in den Mund nimmt, Morgan. Dein Cousin ist genauso. Bitte versuche, in Gegenwart einer Dame deine Zunge im Zaum zu halten. Was ich Andrew sagte, war die Wahrheit, weil ich sie zur Wahrheit erkläre. Einen anderen Maßstab gibt es nicht.«

Er starrte sie an, als säße er einer Fremden gegenüber. »Was für ein Mensch bist du? Was ist hinter dem schwarzen Schleier verborgen?«

Als er hereingekommen war, um sie wegen des Wortwechsels mit Andrew zur Rede zu stellen, hatte sie gerade einen Brief an Jane geschrieben. Jetzt legte sie die Feder zur Seite und stand auf. »Die Art Mensch, zu der das Leben mich gemacht hat. Ich dachte, du würdest das verstehen.«

»Nein.« Er funkelte sie an. »Ich verstehe gar nichts. Ich hätte meinen Onkel, den ich liebe und achte, retten können, aber ich habe ihn nicht gerettet. Nur, weil ich deine Stimme im Ohr hörte, habe ich einen Mann gerettet, denn ich hasse.«

»Und du sollst ihn auch hassen.« Sie legte die Hände auf den Schreibtisch und beugte sich zu ihrem Sohn vor.

Der saure Geruch ihres Hasses überwältigte den Duft des ungarischen Lavendelwassers, das sie immer auflegte. »Wäre es dir lieber gewesen, Caleb Devrey die Gnade eines frühen Todes zu gewähren? Er hat dich um deinen Vater gebracht!«

»Wie in Gottes Namen soll es Caleb Devreys Schuld sein, dass mein Vater den Wilden Waffen verkaufen wollte und von ihnen kastriert wurde?«

»Vom Tag deiner Geburt an habe ich dich dazu erzogen, das zu verstehen. Wie kannst du jetzt, da die Rache zum Greifen nahe ist, so dumm sein? Wie oft hast du den Rock gesehen, der geschwärzt ist vom Ruß ...«

»Dem Ruß der Ruine deines Hauses, das Devreys Meute in Schutt und Asche legte. Herr des Himmels, den hast du mir Dutzende von Malen gezeigt. Mit der Geschichte von diesem gottverdammten Feuer hast du mich in den Schlaf gewiegt. Aber schau doch, was du dafür bekommen hast!« Morgan erhob sich, schritt durch den Raum, getrieben von der Leidenschaft, sie möge die Dummheit eingestehen, die er endlich als solche erkannt hatte.

»Das!«, sagte er und hob mit dem Entermesser den goldgewirkten Damast vor einem der zahllosen Fenster an. »Das!« Mit dem Messer klopfte er auf die Einlegearbeit des Rosenholztisches, der unter dem Fenster stand. »Und das!« Er fuhr mit der Klinge den Rand des kunstvollen Marmorkamins nach. »Ist dieses Haus nicht tausendmal schöner als das, das von der feigen Vogelscheuche und seinem judenhassenden Pack abgefackelt wurde?«

»Glaubst du wirklich, es geht um ein Haus? Ist Wohlstand Sühne für ein verlorenes Leben? Für die Geschwister, die du nie haben konntest? Für den liebenden Ehemann, den ich verlor an …«

»An die Huronen, verdammt noch mal! Und trotzdem willst du nicht aufhören, den Mann, den du zu deinem Feind erklärt hast, zu verfolgen. Wahrheit ist, was Squaw DaSilva zur Wahrheit erklärt. Ein Widerwort, und man ist so gut wie tot.«

Sie ging nicht darauf ein, dass er sie zum ersten Mal in dreiundzwanzig Jahren mit dem verhassten Namen ansprach. Stattdessen klopfte sie mit den Fingern auf die Marmorplatte des eleganten Schreibtischs, folgte einem Rhythmus, dessen Takt nur sie allein hörte. »Caleb Devrey wird erst sterben, wenn ich bereit bin, ihn sterben zu lassen. Wenn du auch sonst keinen meiner Ratschläge im Leben beherzigst, Morgan, keine meine Lektionen – die darfst du nie vergessen.«

Mehrere Sekunden lang starrten sie sich schweigend an. Beide waren sich bewusst, dass sie am Rand eines Abgrunds standen; strauchelten sie hinein, würden sie nie wieder einen Weg aus der Tiefe herausfinden. Morgan spürte die schwere Last, die ihn niederdrückte. Sie war seine Mutter; so lange er denken konnte, hatten sie sich gemeinsam der Welt gestellt. Als er schließlich das Schweigen brach, klang er aufgewühlt, die Stimme nicht mehr als ein heiseres Flüstern. »Eins musst du mir sagen. Schwör's. Tobias Carter und die anderen Männer, die mit mir auf der *Maiden* nach Hause kamen – ich kann keinen von ihnen finden. Schwör mir, dass du nichts damit zu tun hast, dass sie jetzt nicht mehr da sind.«

»Das schwöre ich.«

Die Antwort kam zu schnell. Er wusste, dass sie log.

Er unterdrückte den Schmerz und den Zorn, die in ihm aufwallten. »Nicht einmal ein Schwur«, sagte er. Seine Stimme war tonlos, sein Blick kalt. »Nicht einmal davor schreckst du zurück. Das Einzige, worauf es ankommt, ist, dass du deinen Willen durchsetzt. Und Gott steh mir bei, ich habe dich immer darin unterstützt. Bis jetzt. Aber das hat jetzt ein Ende.« Er wandte sich ab und schritt zur Tür.

»Morgan! Wohin gehst du? Warte, du musst mir zuhören. Ich werde dir alles erklären.«

»Du brauchst mir nichts zu erklären, ich verstehe alles. Viel zu viel und viel zu spät, aber ich verstehe es.«

Roisin stand im Flur, eng an die Wand gedrückt, um jedes Wort mitzuhören. In der Hand hielt sie das ovale Seifenstück, das sie eigens für Squaw DaSilva gemacht hatte. Vor einigen Minuten hatte der starke, süße Rosenduft sie entzückt; sie war sicher gewesen, damit Squaw überzeugen zu können, dass sie noch andere Fähigkeiten besaß als die einer Hure. Jetzt war der Duft überwältigend, bereitete ihr Übelkeit.

In der Nacht zuvor war Morgan wie ein Tier gewesen, hatte sie benutzt, als könnte sie irgendwie seinen Kummer lindern, als würde es seinen Schmerz stillen, wenn er mehrmals in ihr explodierte.

Später, als sie sich schlafend stellte, weil sie nichts zu sagen wusste, um die Dämonen zu vertreiben, die ihn quälten, hatte er neben dem Bett gestanden und Selbstgespräche geführt. »Wir gehen fort von hier, Roisin. Warum sollte eine Hure nicht als Frau des Kapitäns zur See fahren, wenn sie so hübsch und nett ist wie du? Ich fahre mit der *Maiden* noch mal auf Kaperfahrt und nehme dich mit. Egal wohin, nur weg von ihr.«

Sie hatte die Worte als Ausdruck des Wahns gesehen, der seit dem Unfall beim Armenhaus über ihn gekommen war. Als sie zwischen den zerknüllten Laken lag, ihr Leib geschunden von seiner rücksichtslosen Lust, hatte sie sich an einen Satz ihrer Mutter erinnert: Alle Männer vergaßen bei Tag die Dinge, die sie in der Dunkelheit flüsterten. In der Nacht zuvor hatte er in seinem Wahn auch von Liebe gesprochen. Sie hatte es wirklich gehört. *Ach, Roisin, sei nicht dumm. Jetzt kannst du dir nur selbst helfen.*

Sie schmiegte sich noch dichter an die Wand, hinter der der Privatsalon Squaw DaSilvas lag, hörte Morgans stapfende Schritte, die sich der Tür näherten, und wusste, dass er jedes Wort ernst gemeint hatte. Er wollte wirklich weiß Gott wohin auf eine neue Kaperfahrt gehen und sie mitnehmen. Aber er würde ihrer überdrüssig werden, eher früher als später, und was würde dann aus ihr werden? Heilige Jungfrau, Mutter Gottes, um der Frauen von Connemara willen, steh mir bei.

Roisin steckte das Seifenstück in die Tasche, raffte ihren Kattunrock und die Unterröcke zusammen und lief leise zur rückwärtigen Treppe. Sie war schon außer Sichtweite, als sie hörte, wie die Tür des Privatsalons aufgerissen und zugeknallt wurde und Morgan Turner polternd die breiten Stufen der Haupttreppe hinabmarschierte.

Einige Tage zuvor war Mashee, das Küchenmädchen, mit Roisin in den Kartoffelkeller gegangen, um Steckrüben für den Winter einzulagern. Ein besseres Versteck fiel ihr nicht ein. Es war sehr unwahrscheinlich, dass Morgan Turner von der Existenz des Kartoffelkellers wusste.

Die Tür bestand aus einer schweren Marmorplatte, die mit schmiedeeisernen Scharnieren in der Mauer befestigt war; der untere Rand war stumpfwinkelig, sodass sie beim Öffnen angehoben werden musste. Nur die Verzweiflung verlieh Roisin die Kraft, die Tür aufzustemmen.

Sie hatte keine Kerze bei sich. Sie würde sich die steilen Stufen hinabtasten müssen, bis sie die Tür hoch über sich schließen konnte. Nein, da war doch ein Licht, am anderen Ende des Gewölbes. Es brannte zu regelmäßig, um eine Kerze zu sein – es musste von einer Laterne stammen.

Im dämmrigen Schein erkannte sie Cufs Gesicht. »Lass die Tür einfach los«, sagte er. »Wovor du dich auch versteckst, hier bist du sicher.«

Roisin ließ die Marmorplatte zufallen. Trotz der Laterne wurde es sofort sehr dunkel. Ihre Augen brauchten eine Weile, um sich an das fehlende Licht zu gewöhnen, dann konnte sie erkennen, dass Cuf auf dem Boden saß; auf der vor ihm liegenden Decke stapelten sich Kelche und Teller aus Zinn. Das polierte Metall glänzte matt. »Was machst du hier unten?«, fragte sie. »Und was hast du denn da?«

»Das geht dich nichts an.« Cuf begann, die Zinngegenstände in die Decke einzuschlagen. »Vor wem willst du dich verstecken? Vor Tilda oder vor Mistress Flossie?«

Sie schüttelte den Kopf. »Vor keiner von beiden.«

»Vor wem dann?« Er begann, das Bündel zu verschnüren.

»Morgan.«

Cuf lächelte. »Ich dachte, er hätte dich längst schon eingefangen.«

Es gefiel ihr überhaupt nicht, dass er das wusste. Dass alle es wussten. »Es ist nicht so, wie du denkst.« Sie spie die Worte regelrecht hervor. »Das versteht keiner von euch. Ich hatte die Wahl zwischen seinem Bett oder der Grube.«

»Ich weiß. Ich werfe es dir auch nicht vor. Es gibt Schlimmeres, als eine Hure zu sein. Aber was ist denn passiert? Du siehst aus, als sei dir der Leibhaftige erschienen.«

Roisin schüttelte wieder den Kopf. »Er will mit seinem Schiff wegfahren und mich mitnehmen.«

»Da täuschst du dich. Das Schiff soll versteigert werden.«

»Nein, du bist derjenige, der sich täuscht. Morgan Turner hat sich mit seiner Mutter höllisch gestritten wegen dem, was mit seinem Onkel passiert ist. Und etwas, das mit seiner Besatzung zu tun hat. Er will wieder zur See fahren und mich mitnehmen.«

»Das ist keine gute Idee. Der Krieg ist fast zu Ende, und damit die Freibeuterei.«

»Dann als Pirat«, sagte sie. »Bei der Laune, die er hat, ist er zu allem fähig.«

»Und er will, dass du mitkommst?«, fragte Cuf. Roisin nickte. »Aber du willst nicht?« Wieder nickte sie. »Warum nicht? Was hast du denn zu erwarten, wenn du in New York bleibst?«

»Squaw wird mich entweder in eines ihrer Bordelle stecken oder mich zu der alten Hexe zurückschicken, die meine Dienstverpflichtung gekauft hat.«

»Ja«, sagte er, »das glaube ich auch. Warum fährst du dann nicht lieber mit Morgan zur See? Wenn er das wirklich will.«

»Und ob er das will. Aber was wird aus mir, sollte ich wirklich mitfahren?«

Cuf stand auf und schwang sich das Bündel über die Schulter. »Immer noch besser als das Bordell oder die Hexe.«

»Das stimmt nicht. Wenn Morgan mich satt hat, lässt er mich beim nächsten Landgang zurück. Vielleicht auf einer der Inseln.« Sie schauderte beim Gedanken an das, was sie von den Karibischen Inseln gehört hatte: Wer aus keiner angesehenen Familie stammte, war zu einem Leben als Tier verdammt. »Aber erst, nachdem er seinen Männern gesagt hat, sie können mit mir tun, wozu sie Lust haben.«

Cuf schüttelte den Kopf. »Das würde Morgan nie tun. Er ist anständig. Wir sind zusammen aufgewachsen.«

»Anständig! Wegen ihm hat sein Onkel, sein eigen Fleisch und Blut, beide Beine verloren – weil die Teufelin ihm den Verstand verdreht ...«

»So ist es nicht gewesen.«

»Nein? Wie soll's denn sonst gewesen sein? Stimmen die Geschichten vielleicht nicht? Wird Dr. Turner bald wieder über den Broad Way spazieren?«

Cuf konnte sich nicht überwinden, Roisins eindringlichem Blick zu begegnen. Seit er von dem Unfall gehört hatte, war ihm weh ums Herz. Luke Turner war immer freundlich zu ihm gewesen. Es war schrecklich, sich vorstellen, dass dem groß gewachsenen Mann beide Beine fehlten – wenn er nicht doch an der Operation starb. »Die Geschichten stimmen schon«, gab er zu.

»Das habe ich mir gedacht. Ach, jetzt schau nicht so, es ist nicht deine Schuld.«

Roisin setzte sich auf die unterste Stufe, schlang zum Schutz vor der Kälte die Arme um die Knie und überlegte, was sie tun sollte.

Genau so hatte sie sich gefühlt, als sie Waise geworden war und keinen Penny besessen hatte. Sie wusste, ihre einzige Hoffnung auf ein besseres Leben lag in den Kolonien, in Amerika, aber die Überfahrt konnte sie sich nicht leisten. So blieb ihr nichts anderes übrig, als sich als Dienstverpflichtete zu verdingen, sich vom Kapitän nach der Ankunft in New York verkaufen zu lassen und zehn Jahre lang zu arbeiten. Danach würde sie frei sein – und immerhin wäre sie dann erst fünfundzwanzig. Schließlich besaß sie die Fähigkeiten, die ihre Mutter ihr beigebracht hatte. *Hungers wirst du nie sterben, Roisin, mein Herz, so lange du die Kunst der Frauen von Connemara nicht vergisst.* Der Plan hätte aufgehen können, aber sie hatte nicht mit dem Grauen der Grube gerechnet.

»Nicht«, sagte Cuf, als er die Tränen über ihre Wangen rinnen sah. »Wein doch nicht, Roisin. Es ist nicht deine Schuld.«

»Es ist doch egal, wessen Schuld es ist. Ich bin entweder seine Hure oder ihre.«

»Nur, wenn du das willst.«

»Natürlich will ich das nicht. Von jedem Mann benützt zu werden, der einen Holzpenny hat … Wie kannst du bloß glauben … Ach, hör auf. Du verstehst ja sowieso nichts davon. Du bist als Sklave geboren. Du kannst dir gar nicht vorstellen, wie es ist, frei zu sein.«

»Das stimmt nicht«, widersprach Cuf. »Ich kann es mir sehr gut vorstellen.«

Morgans Schiff lag in der Reede vor Anker. Die Segel waren ersetzt oder geflickt worden und lagerten jetzt unter Deck. Die Masten ragten als bloße Pfähle in die Höhe, als bewachten sie das Schiff. Sein Schiff. Aber nicht mehr lange.

Die *Fanciful Maiden* glänzte, bereit für die Versteigerung: Der Rumpf war frisch kalfatert, die Decks waren mit Sand gescheuert, jede Nut frisch verteert. Die Bronzebeschläge waren poliert und blitzten golden in den letzten Strahlen der untergehenden Herbstsonne. Der unverkennbare Geruch von frischem Hanf stieg Morgan in die Nase, als er an den sorgsam aufgerollten Tauen vorbeiging.

Er enterte in den Mast und ließ dabei den Blick forschend umherschweifen. Keine Ritze war zu sehen. Mit dem Finger strich er über jeden Block und jede Talje, hörte in Gedanken das Sausen der Taue, wenn sie hindurchliefen, und das Schlagen der Marssegel im Wind. Ihre Melodie klang in seinem Herzen fort, bis er auf das erhöhte Achterdeck stieg und über die bewaldeten Berge von Manhattan auf die Stadt New York blickte, die geborgen an der Südspitze der Insel lag. Da erstarb die Melodie des Schiffes, ging im Lied der Stadt unter, das sie ihm sang. Es war eine andere Weise. Er hatte sie oft gehört, hatte sich oft von ihr verführen lassen. Ihre Lied sprach von einer anderen Art von Macht. Von Squaws Art von Macht. Sein Vermächtnis.

Aber nur, wenn er es antrat. Sie konnte ihn nicht zwingen, auch nur einen Teil dieses Erbes anzunehmen. Er musste es wollen. Ein Vermächtnis des Blutes und, bei Gott, ein Vermächtnis des Mordens.

Und? Wer war er, dass es ihn ekelte vor der Bereitschaft seiner Mutter, zu tun, was sie tun musste, um sich durchzusetzen? Wie viele Männer hatte er in den letzten drei Jahren getötet? Aber nein, das waren gerechte Kämpfe gewesen, von Mann zu Mann, und kein kaltblütiges Morden von Männern, die ihm in Wind und Wetter zur Seite gestanden hatten und denen sein Leben so teuer gewesen war wie ihr eigenes.

Welche Art von Frau war das, die ihn in die Welt gesetzt hatte?

In knapp hundert Fuß Entfernung sah er ein Boot mit acht Ruderern, das längsseits einer Fregatte anlegte, von der die rote Flagge der königlichen Flotte wehte. Vor seinen Augen wurden eben erst zwangsrekrutierte Männer unter Androhung der Todesstrafe gezwungen, an Bord der Fregatte zu gehen. Morgan hatte dieses Drama schon hundertmal miterlebt. Was an der Ungerechtigkeit nichts änderte. Er konnte sich nicht vorstellen, mit Männern zur See zu fahren, die nur unter Androhung der Peitsche oder Schlimmeren ihre Arbeit verrichteten. Seeleute wurden geboren, nicht gemacht. Noch etwas, das Tobias Carter ihn gelehrt hatte.

Es ist nicht bloß die Beute, weswegen sie mit dir fahren, Junge. Sie lieben die See. Behandel sie gerecht, beweis ihnen, dass du 'ne Schlacht planen kannst, wo sie auch wirklich Beute kriegen, lass sie immer wissen, wer den Ton angibt, dann kannst du auf den meisten Fahrten Spießrutenlaufen und Zusammenstauchen und den ganzen Mist vergessen.

Der arme Tobias. Womöglich war das der beste Rat, den er ihm überhaupt gegeben hatte. Weil Morgan auf ihn gehört und dem Drang widerstanden hatte, auf seiner Führungsposition zu beharren, bevor er sich den

Respekt seiner Leute verdient hatte, galt es als Auszeichnung, auf der *Maiden* mitzusegeln. Er brauchte jetzt nur zwei Stunden in den Grogkneipen und Bierschänken am Tresen zu stehen, schon hätte er eine neue Besatzung mit den besten Seeleuten, die die Stadt aufbieten konnte.

Guter Gott, Tobias Carter hatte ein besseres Ende verdient.

Wenn er an Land ging, würde er nicht nur eine Besatzung finden, sondern vielleicht auch Roisin. Ein weiteres Boot ruderte vorbei, ganz in seiner Nähe. Es wurde von nur zwei Männern gerudert, und seine Fracht bestand aus fünf Dirnen – auf dem Weg zu den Männern eines anderen Schiffes, das im Dienste Seiner Majestät stand. Alles ganz nach Vorschrift: Frauen, die an Bord kamen, erhielten von jedem Mann, zu dem sie sich legten, zwei Pennies. Keine Begegnung durfte länger als sieben Minuten dauern, eine Hängematte wurde zur Verfügung gestellt, deren Standort traditionsgemäß vom Oberleutnant zur See bestimmt wurde.

Die Bugwelle des Bootes mit den Dirnen hob den Bug der *Maiden* ein wenig an. Ein paar Sekunden später sank sie wieder aufs Meer zurück und wiegte sich sanft in der Strömung des oberen Hafens.

Bevor Morgan das Haus seiner Mutter verließ, hatte er gerade fünf Minuten darauf verwendet, nach Roisin zu suchen. Ihm war es wichtiger erschienen, aus dem Haus zu kommen. Als er jetzt an sie dachte, an ihr rotes Haar, die grünen Augen und die sahnig weiße, samtene Haut, wünschte er sich, er hätte sich die Zeit genommen, sie auch zu finden.

Die Seeleute, die auf dem Deck der Fregatte standen,

begrüßten die Frauen jubelnd. Nicht häufiger als an drei Abenden die Woche, hieß es in den Vorschriften. Nach Ermessen des Kapitäns. Zur notwendigen Befriedigung der leiblichen Bedürfnisse.

Sonst würden die Männer miteinander verkehren oder mit dem nächstbesten Loch in der Wand. Das passierte auf langen Fahrten sowieso. Er selbst hatte das nie getan, aber er konnte den Drang nachvollziehen.

Und was die Frauen betraf – es war die Armut, die sie zur Prostitution trieb. Wie Roisin. Das konnte er ihr nicht zum Vorwurf machen. Aber Hure hin oder her, er wusste, dass er noch nicht bereit war, sie aufzugeben. Sonst würde ihn der Gedanke, sie vielleicht nie wiederzusehen, nicht so schmerzen.

Die Spelunke im Wald war schon vor vielen Jahren abgebrannt. Jetzt lebte Martha Kincaid in einem Zimmer hinter der Bierschänke Fiddle and Clogs, dem beliebtesten Lokal westlich der Trinity Church.

Die Fiddle and Clogs Tavern war der Treffpunkt eines neuen Viertels, das aus Grundstücken von hundert mal fünfundzwanzig Fuß entstanden war. Diese Parzellen wurden von den Verwaltern der Trinity Church um zwei Pfund pro Jahr an Handwerker verpachtet, die sich den Preis jetzt, da es reichlich Arbeit gab, gut leisten konnten. Die Häuser, die sie auf den Grundstücken errichteten, bestanden aus Holz, nicht aus Stein, und in den ungepflasterten Straßen rannten Schweine und Hunde umher, sodass die meisten Straßen eher mit Schlamm, Abfall und Kot verdreckten Gassen glichen. Trotzdem hielt Martha Kincaid ihr neues Zuhause für das Paradies. »Ein ganzes Zimmer nur für mich allein.« Sie klopfte Jan Brinker auf den Arm. »Dank meinem Freund hier bin ich gut versorgt.«

»Ja.« Brinker strahlte über ihr Lob. »Ich kümmere mich gut um meine Freunde. Um die, wo gut zu mir waren in der alten Zeit.«

Roisin schaute von dem Zwerg in der eleganten Herrenkleidung weiter zu Cuf in seiner ledernen Kniehose und der Flanelljacke, dann zu der runzeligen alten Frau mit dem Schal über dem Kopf und schließlich auf sich selbst in dem leuchtend gelben Hurenkleid, halb erfroren, weil sie weder Umhang noch Schal mitgenommen hatte. Bestimmt sahen sie, so wie sie zu viert hier saßen, verrückt aus, und wer ihrem Gespräch lauschte, würde seine Vermutung bestätigt sehen. Roisin erschien es Wahnsinn, zu glauben, sie könnten sich hier, inmitten von New York, vor einer so einflussreichen Person wie Squaw DaSilva verstecken.

»Du versteckst dich ja nicht richtig«, wiederholte Brinker. »Squaw wird nicht nach dir suchen. Leute wie du sind für ihresgleichen bloß Flöhe. Ihr geht's nur darum, sich an Caleb Devrey zu rächen. Und jetzt hat sie Angst, dass sie ihren kostbaren Morgan verliert. Und macht sich Sorgen um ihren Bruder, dem die Beine fehlen. Wir anderen sind bloß Flöhe.«

»Aber Flöhe werden zerquetscht«, sagte Cuf.

»Ja, aber nur, wenn sie beißen. Sonst hüpfen sie davon, ohne dass jemand was von ihnen merkt.«

Roisin war nicht so leicht zu überzeugen. »Cuf gehört ihr, und wahrscheinlich glaubt sie, dass ich ihr auch gehöre, weil sie und Morgan mich vor dem Auspeitscher gerettet haben. Sind wir für sie also nicht Flöhe, die beißen, weil wir davongelaufen sind?«

Brinker schüttelte den Kopf. Die lärmende Schänke war voll Männer und Frauen, die Karten spielten und würfelten. Der lange, schmale Raum wurde von Eisenleuchtern erhellt, die vom mittleren Deckenbalken herabhingen. Alle paar Sekunden tropfte heißes Wachs auf einen der Gäste, der lauthals fluchte, während die anderen sofort eine Wette abschlossen, welche Kerze als nächste ausgehen würde.

»Die wetten auf alles«, sagte Brinker grinsend. »Das soll mir nur recht sein. Der Betreiber kriegt ein Zehntel von jeder Wettsumme. Meine Regel. Und wenn sie hier trinken wollen, müssen sie sich an meine Regeln halten.«

Cuf hatte Roisin erklärt, wie es dazu gekommen war, dass dem Zwerg die Schänke gehörte. Sie hätte nie gedacht, dass Bier brauen ein derart einträgliches Gewerbe sein konnte. Vor allem für jemanden, der so sonderbar aussah wie Jan Brinker.

»So seltsam wie der sieht in New York sonst niemand aus«, hatte Cuf ihr im Kartoffelkeller erzählt. »Aber Jan Brinker ist mein Freund. Er will mir helfen.«

»Und du vertraust ihm?«

»Ja.«

»Schön und gut, aber warum sollte er mir helfen wollen?«

»Warum nicht? Wenn du wirklich so gut Heilmittel herstellen kannst, wie du sagst, bist du sehr wertvoll. Außerdem glaube ich, dass er alles macht, um es der Mistress heimzuzahlen.«

»Was hat sie ihm getan?«

»Ich hab nur gehört, dass er sie einmal vor einer aufgebrachten Menschenmeute gerettet hat. Dafür hat sie ihm eine Belohnung versprochen, die sie ihm aber nie gegeben hat. Jetzt hat er zwar sehr viel Geld, aber das hat er sich alles selbst verdienen müssen. Also will er es ihr heimzahlen.«

»Und du, Cuf? Was willst du?«

»Ich will frei sein«, sagte er leise. »Und wenn du das auch willst, dann komm mit.«

Das war zwar keine wirklich gute Möglichkeit – wann hatte sie die in ihrem Leben je gehabt? –, aber immerhin noch die beste. Also hatte sie zusammen mit Cuf Squaws Haus verlassen. In diesem Moment tat es ihr nur Leid, dass sie keine Zeit gehabt hatte, wenigstens einen Schal mitzunehmen.

»Cuf hat gesagt, du kannst Heilmittel machen«, sagte Brinker. Während er sie betrachtete, dachte er sich, dass er es Squaw nicht verdenken konnte, eine Frau mit solchen Haaren und solchen Titten in eins ihrer Bordelle stecken zu wollen. *Jesu Cristo*, wenn die Haare zwischen ihren Beinen genauso rot und lockig waren …

»Das stimmt. Das hat meine Mutter mir beigebracht, und die hat es wiederum von ihrer Mutter gelernt. Ich kenne Rezepturen, die in Irland seit Menschengedenken überliefert werden – schon lange bevor der englische Teufel Cromwell die Boyne rot färbte mit Blut und die, die überlebten, zu Sklaven machte.«

»Ach«, sagte Martha Kincaid leise. »So eine bist du also.«

Roisin sah erstaunt zu ihr. Sie war gar nicht auf die Idee gekommen, dass eine alte Frau in New York von den Frauen von Connemara wissen konnte. »Vielleicht.«

Martha winkte mit ihrer knorrigen Hand ab. »Nicht hier, Kind«, flüsterte sie. »Außerdem, darum geht es heute Abend nicht.«

»Zeig Mr. Brinker die Seife«, sagte Cuf; das Flüstern der beiden Frauen gefiel ihm nicht.

Roisin holte das sahnefarbene Seifenstück aus der Tasche ihres Rocks. Der Rosenduft war stark genug, um selbst den Gestank von Schweiß und Bier zu überlagern.

»Bist du dir sicher, dass sie mich hier nicht finden wird?«, fragte Roisin. Eine einzelne Kerze erhellte den Anbau hinter der Fiddle and Clogs Tavern. Martha Kincaid hatte ihr angeboten, den Raum fürs Erste mit ihr zu teilen.

»Hier bist du so sicher wie in Abrahams Schoß.« Martha saß auf der Kante ihres Bettes – eine Strohmatratze auf Planken, die auf zwei Holzböcken lagen – und rieb sich abwesend über die dünnen Beinen in den gestreiften Strickstrümpfen. »Du kannst hier ruhig schlafen, oder so ruhig, wie das auf dem Holzboden geht. Mistress Jennet ist zwar grausam, aber ich glaube, im Augenblick hat sie andere Sorgen, als sich wegen dir den Kopf zu zerbrechen.«

»Jennet? Ist das ihr richtiger Name?«

»Ja. Als ich sie kennen gelernt hab, hat sie noch bei ihrem Vater gelebt und war Mistress Jennet. Dann war sie Mistress DaSilva, wegen ihrem Mann. Zu Squaw ist sie erst viel später geworden. Eine Schönheit war sie, und mit dem Messer fast so geschickt wie ihr Vater. Bloß, dass die Männer von New York sie auf den Tauchstuhl gesetzt hätten, wenn sie ein Skalpell auch nur angerührt hätte. Vom Rest ganz zu schweigen.«

»Von welchem Rest?« Marthas schmales Bett nahm nahezu den ganzen Raum ein. Roisin lag auf einem Stück Segeltuch, das am Boden daneben ausgebreitet war, stützte den Kopf in die Hand und schaute zu der alten Frau auf. »Wie ist aus Jennet Squaw geworden?«

»Früher hatte ich einen schwarzen Klumpen im Gesicht«, sagte Martha Kincaid. »So hässlich, das hättest du nicht für möglich gehalten. Mein Mann hat mich aus dem Haus geworfen, bloß damit er's nicht angucken muss. Christopher Turner, das war Mistress Jennets Pa, hat den Klumpen weggeschnitten, und er ist nie mehr wiedergekommen. Nicht mal jetzt, wo ich 'n Tatterweib bin. So schlau war der. Und sie war fast genauso schlau. Wär genau so schlau gewesen, wenn sie keine Frau gewesen wär.«

»Haben sie sie bei einer Operation erwischt?«

»Nein, erwischt haben die sie nie. Es ist einfach viel passiert. Aber wenn du mich fragst, war's Ellen, wo das gemacht hat.«

»Ellen?«

»'n ganz junges Ding, gerade mal zwölf. Ihr Pa hat ihr 'n Kind gemacht, und sie wollte den Balg loswerden. Drei Monate war sie schon schwanger. Und ich hab Mistress Jennet dazu überredet, ihr zu helfen.«

»Und? Hat sie ihr geholfen?« Atemlos wartete Roisin auf die Antwort.

Martha schüttelte den Kopf. »Mistress Jennet hat's weiß Gott versucht. Aber das Mädchen hat geblutet wie ein Schwein, wo abgestochen wird, und dann ist sie gestorben. Aber vorher hat sie furchtbar geschrien, und als Allerletztes hat sie Mistress Jennet verflucht. In die Hölle hat sie sie verflucht. Und genau da ist Squaw DaSilva hingekommen, denk ich.«

»War sie wirklich erst im dritten Monat? Bist du sicher? Das Kind hatte sich noch nicht bewegt?«

»Natürlich bin ich mir sicher. Die ist doch gleich zu mir gekommen, sobald sie's gemerkt hat. Damals sind alle zu Martha gekommen. Ach, Mädel, damals …«

»Ich hätte ihr helfen können.« Roisin sprach leise, wartete auf die Reaktion der anderen Frau.

»Squaw DaSilva? Nein, Mädel, nicht, wenn der Fluch mal ausgesprochen ist.«

»Nein, dem Mädchen. Ellen.«

Martha schlüpfte mit den Füßen aus den Schuhen und schwang die Beine aufs Bett. »Ach, vielleicht hättst du's gekonnt, Mädel, wo du dich doch so gut mit Heilmitteln auskennst. Andererseits, wir kannten ja auch die Mittel, wo manchmal ein Kind abgehen lassen.«

»Das meine ich nicht. Es gibt viele Mittel, aber sie wirken nicht in allen Fällen. Ich kenne eine andere Möglichkeit, von meiner Mutter. Und die kannte sie wieder von ihrer Mutter.«

»Ja, das hast du schon gesagt. Aber …«

»Vorhin in der Schänke klang es, als würdest du über mich Bescheid wissen.«

Martha legte den Kopf zur Seite und lächelte ihr zahnloses Lächeln. Junge Dinger wie die hier, voll Saft und Kraft und Überschwang, auch wenn's Leben ihnen übel mitspielte, die dachten, sie wüssten alles. Es war mal ganz nett, denen zeigen zu können, dass alte Leute auch das eine oder andere wussten. »Natürlich weiß ich Bescheid. Sobald du von den Englischen erzählt hast, wo die Iren zu Sklaven gemacht haben. Du bist 'ne Papistin, stimmt's, Mädel?«

Alles in Roisin riet ihr, die Frage zu verneinen. Ihr schottischer Vater war im Aufstand 1745 gestorben, war gehängt, gerädert und gevierteilt worden, weil er dafür gekämpft hatte, den Katholiken Bonnie Prince Charlie auf den englischen Thron zu setzen, der ihm rechtmäßig zustand. Die Geschichten über Cromwell und seine ketzerischen Banden, die mordend und plündernd durch Irland zogen, hatte sie mit der Muttermilch eingesogen. Außerdem, war es nicht völlig gleichgültig, was sie der alten Martha Kincaid sagte?

Völlig gleichgültig.

Nur, dass sie der heiligen Jungfrau einen feierlichen Eid geleistet hatte, als sie sie um Hilfe anflehte, als Dienstverpflichtete in die Kolonien zu kommen. Die Neue Welt war bestimmt genauso protestantisch wie jedes Land, in dem die englischen Verräter herrschten – und damit gefährlich. Trotzdem hatte Roisin der Jungfrau geschworen, die wahre Kirche nie zu verleugnen, wenn jemand sie direkt fragte. »Ich bin katholisch, ja. Und das werde ich bleiben bis an mein Lebensende.« Trotzig schlug sie das Zeichen des Kreuzes und dankte der Jungfrau für den Mut, ihr Versprechen zu halten.

Martha Kincaid seufzte. Sie hatte ihren kleinen Triumph gehabt. In Wirklichkeit kümmerte es sie keinen Pfifferling, was das Mädel glaubte. Was irgendjemand glaubte. »Ach, Kind, du kannst glauben, was du willst, und beten, so viel du magst. Das ist mir einerlei.« Sie griff nach der Kerze, um sie zu löschen.

Roisin packte die alte Frau an ihrem knochigen Handgelenk. »Warte noch. Mehr hast du damit nicht gemeint? Als du sagtest, ich wäre ›eine von denen‹ – meintest du damit nur, dass ich katholisch bin?«

»Was hätte ich sonst damit meinen sollen?«

Roisin schüttelte den Kopf, ließ Marthas Hand los und legte sich auf den Boden. »Das ist egal.«

»’n Augenblick, Mädel. Jetzt darfst du noch nicht einschlafen. Du hast gesagt, dass die Mittel nicht immer wirken, und das weiß ich auch. Das heißt also – Heiliger im Himmel, Mädel, weißt du, wie man ein Kind rausschneidet?«

Roisin nickte. »Ja«, sagte sie. »Das hat meine Mutter mich gelehrt.«

Martha setzte sich auf. »Und da, wo du herkommst, bestrafen die Männer die Frauen, wo das tun, nicht?«

»Doch, natürlich. Weil sie protestantische Ketzer sind.«

Ungeduldig schüttelte Martha den Kopf. »Religion! Nix als List und Tücke der Männer. Die Männer sind’s, wo nicht wollen, dass wir ihre Kinder wegmachen.«

»Protestantische Ketzer«, wiederholte Roisin und dachte an die Worte ihrer Mutter. »Die sind die Diener des Teufels. Deswegen wollen sie nicht, dass eine Frau das Ding wegmacht, bevor es ein Kind Gottes ist. Die wahre Kirche verdammt Frauen nicht, die das Kind wegmachen, bevor es sich bewegt. Bevor es eine Seele hat. Davor kann sie es wegmachen lassen, das ist keine Sünde.«

»Vergiss die Kirchen und den ganzen Unsinn«, sagte Martha ungeduldig. »Ich will wissen, was du kannst, Mädel. Kannst du wirklich einer Frau wegmachen, was in ihr ist, bevor es sich bewegt? Ohne dass die Arme verblutet oder ihr Bauch aufquillt und sie aus dem Bauch blutet wie sonst aus der Fotze?«

»Ja«, sagte Roisin leise. »Ja, das kann ich.«

»Heiliger Himmel«, flüsterte Martha ergriffen. »Wenn das stimmt, dann verhilft Jan Brinker nicht nur dir und Cuf, sondern uns allen zur Freiheit.«

IV

Sie war schon lange nicht mehr den Hall Place entlanggegangen. Am Baderpfosten blieb Squaw DaSilva stehen, legte den Bruchteil einer Sekunde die Hand darauf und griff dann nach dem Bronzeklopfer, um ihn mit einem durchdringenden Hämmern fallen zu lassen.

Ihre jüngste Schwester öffnete die Tür. »Was willst du denn hier?«

»Deine freundliche Begrüßung wärmt mir das Herz, Wella. Darf ich reinkommen, oder sollen wir uns auf der Straße unterhalten, damit alle Nachbarn uns hören?«

Wella wich beiseite, und Squaw trat ins Haus. Einen Augenblick blieb sie im Flur stehen; Erinnerungen spülten über sie hinweg. Die Porträts, die der Wandermaler vor langer Zeit angefertigt hatte, hingen noch rechts und links der Haustür, wie in all den Jahren ihrer Kindheit. Marit Graumann und Lucas Turner. Guter Gott, was würden sie zu allem sagen, was sich hier unter ihrem Blick abgespielt hatte?

Der Raum, in dem ihr Vater gearbeitet und Patienten behandelt hatte, sah noch genauso aus wie früher, nur stand kein Instrumentenkoffer mehr in der Ecke, und auch der zweite Stuhl an seinem Schreibtisch war verschwunden. »Du hast ja keine Zeit verloren, alles umzuräumen.«

»Bist du deswegen gekommen? Um nachzusehen, was noch da ist? Wir haben die Instrumente zum Eisenwarenhändler am Golden Hill gebracht, damit er sie weiterverkauft. An einen Mann. Oder hättest du gewollt, dass wir sie dir geben?«

»Spar dir deine Bissigkeit, Wella. Der Vorwurf ist alt, er tut mir nicht mehr weh.«

»Jane sagt, dass du Andrew geholfen hast. Dass du die ganze Zeit dabei warst und hinterher so blutverschmiert warst wie er.«

»Du liebe Güte, Wella, wäre es besser gewesen, ich hätte den Jungen die Sache allein machen lassen? Oder vielleicht wäre es dir lieber gewesen, die Operation wäre gar nicht gemacht worden und wir hätten Luke einfach sterben lassen.«

»Es wäre gar nicht so weit gekommen, wenn Morgan ...«

»Morgan hat getan, was er konnte.« Am Morgen war die *Fanciful Maiden* ausgelaufen; allein den Namen ihres Sohnes auszusprechen, zerriss ihr fast das Herz, aber sie überspielte ihren Schmerz. »Ich bin gekommen, weil ich mit dir über Andrew reden möchte. Und über Jane.«

»Also gut, dann sag, was du zu sagen hast.«

»Das werde ich auch, aber nicht im Stehen wie ein Küchenmädchen.« Sie setzte sich auf den Stuhl, auf dem ihr Vater immer gesessen hatte, gleich neben dem Feuer. Nach ein oder zwei Sekunden nahm Wella ihr gegenüber Platz. »So ist es besser. Also, ich möchte dir zwei Vorschläge machen. Zum einen: Wir müssen Andrew wegschicken.«

Wella holte erschrocken Luft. »Ihn wegschicken? Aber er ist doch das Familienoberhaupt, jetzt, da Papa nicht mehr lebt und Luke so krank ist.«

»Ich versichere dir, Luke wird wieder gesund werden.« Sie machte sich nicht die Mühe zu erklären, dass jetzt, nach dem Tod ihres Vaters, sie das Familienoberhaupt war. Und wenn nicht sie, dann Morgan. Doch das

Einzige, was zählte, waren Taten, nicht Worte und auch nicht Titel. Das zu begreifen, stünde jeder Frau gut an. »Andrew überhäuft sich mit Selbstvorwürfen. Er gibt sich die Schuld an dem, was mit Luke passiert ist.«

»Aber das ist doch Unsinn! Es war Morgan, der ...«

»Ich habe dir schon gesagt, Wella, es war weder Morgans noch Andrews Schuld. Es war einfach ein tragisches Unglück. Und Caleb Devrey hatte unverdienterweise Glück und konnte von meinem Sohn gerettet werden. Noch eine Sache, deretwegen wir unseren verfluchten Verwandten hassen können.«

»Aber die Leute sagen ...«

»Die Leute lügen. Guter Gott, hast du aus der Vergangenheit denn gar nichts gelernt? Haben die Dinge, die über Papa gesagt wurden, gestimmt, nur weil die Leute sie ständig wiederholt haben?«

»Nein, natürlich nicht, aber ...«

»Andrew«, unterbrach Squaw und lenkte das Gespräch wieder auf das Thema, das ihr am Herzen lag. »Er muss nach Edinburgh gehen.«

»Warum?«

Sie zwang sich zu Geduld. »Das habe ich dir doch schon gesagt. Weil Andrew sich vor Selbstvorwürfen jetzt schon das Leben zur Hölle macht. Das wird noch viel schlimmer werden, wenn er hier bleibt und mit ansehen muss, wie sein Vater sich abmüht, sich an ein Leben ohne Beine zu gewöhnen; wie er starke Schmerzen in den Füßen fühlt, die er nicht mehr hat; wie er lernt, sich nur mit den Armen und zwei Stöcken auf einen Stuhl zu hieven; und wie er mitten in der Nacht, wenn er glaubt, niemand könnte ihn hören, über den Verlust seines halben Körpers weint.«

»Das klingt ja schrecklich, wie du das beschreibst«, flüsterte Wella.

»Und ich sage dir, es wird noch viel schlimmer sein.«

»Warum hast du es dann getan? Vielleicht wäre es wirklich besser gewesen, ihn sterben zu lassen.«

»Ich hab's nicht getan«, wandte Squaw ein. »Das war Andrew. Und eines Tages wird Luke, wenn ein Enkelkind bei ihm auf dem Schoß sitzt – oder dem, was von seinem Schoß noch da ist –, oder wenn er den Duft von gebratendem Fleisch riecht oder wenn er über einen Witz lacht, dann wird er seinem Sohn dankbar sein, dass er wenigstens noch einen halben Körper hat, mit dem er das alles erleben kann.«

Wella erhob sich und trat ans Fenster. »Wie überzeugt du von dir selbst bist. Aber das warst du schon immer.«

»Ja. Und meist hatte ich Recht. Und dieses Mal habe ich auch Recht. Andrew ist ein Genie, was das Skalpell betrifft. Vielleicht wird er eines Tages als Chirurg genauso großartig sein wie Papa oder vielleicht sogar wie Urgroßvater Lucas. Wenn er die Medizinschule in Edinburgh besucht, ist er außerdem noch Arzt – der erste in New York, der beide Ausbildungen absolviert hat. Vielleicht der erste in den Kolonien überhaupt.«

»Bedes Sohn Samuel studiert Medizin am College of Philadelphia. Samuel«, wiederholte sie. »Raifs Zwillingsbruder.«

»Wella, ich weiß, wer Samuel Devrey ist.«

»Und du weißt, dass er bei Dr. Shippen studiert.«

»Aufsteiger«, sagte die Squaw. »Kolonialisten. Was immer Samuel in Philadelphia lernt, es wird nicht so viel sein wie in Edinburgh.«

»Andrew ist sehr klug«, meinte Wella und rang die Hände. »Er würde überall mehr lernen als Samuel.«

»Unsinn. Raif ist doch der Dumme von den beiden. Samuel ist sehr klug. Außerdem kommt es jetzt überhaupt nicht auf die Devreys an.«

»Aber wenn …«

»Wenn was? Sprich weiter, Wella. Und hör auf, die Hände zu ringen. Du drehst sie dir noch ab.«

»Andrew ist Chirurg. Papa hat ihn ausgebildet. Ich glaube, er will nichts anderes werden.«

»Na endlich, der Kern des Problems. Du hast ihn gern, den Jungen, stimmt's? Mach dir keine Sorgen, Wella. Nichts wird ihn daran hindern, das zu tun, was er von Papa gelernt hat.«

»Aber es gibt niemanden, der als Chirurg und als Arzt arbeitet.«

»Genau das meine ich ja. Andrew wird allen anderen um Längen voraus sein. Nur, weil niemand es bis jetzt gemacht hat, muss es doch keine schlechte Idee sein, oder?«

»Ich weiß es nicht. Vielleicht doch.«

»Aber ich weiß es. Es ist eine sehr gute Idee. Andrew muss nach Edinburgh gehen.«

»Und das neue King's College hier in New York reicht nicht?«

»Das befindet sich doch immer noch in Bau. Außerdem habe ich nicht gehört, dass sie dort eine Medizinschule einrichten wollen. Und drittens steht ein Diplom aus den Kolonien in keinem Vergleich zu einem von Edinburgh.«

Wella gab keine Antwort.

»Edinburgh«, wiederholte ihre ältere Schwester. »Wie

sein Vater. Das ist die einzige Möglichkeit. Und der Vorschlag muss von dir kommen. Wenn ich ihn mache, wird Andrew nie zustimmen. Aber natürlich übernehme ich die Kosten.«

»Und was ist mit Jane?«

»Sie pflegt ihren Vater. Wenn er so weit bei Kräften ist, dass Sarah und vielleicht noch eine Sklavin ihn betreuen können, kann Jane den komischen kleinen Priester heiraten, den sie sich angeblich in den Kopf gesetzt hat, und mit ihm nach West Chester ziehen. Ich werde ihr eine entsprechende Mitgift zukommen lassen.«

Bei diesem Priester handelte es sich um einen Schüler von John Wesley, dessen Doktrin – die Methodismus genannt wurde, weil ihre Anhänger sich methodisch in Glaubensdingen fortbildeten – in England viele Menschen dazu veranlasst hatte, sich gegen die althergebrachte Anglikanische Kirche zu stellen; vor kurzem hatten sich seine Lehren auch in den Kolonien ausgebreitet. »Du hörst ja sehr viel«, sagte Wella. »Aber das hast du ja immer schon.«

Guter Gott, mussten alle in demselben bitteren Ton zu ihr sprechen? Selbst ihr eigen Fleisch und Blut? »Ich überlebe, Wella. Und das werden wir alle. Wirst du Andrew den Vorschlag machen und dich darum kümmern, dass er zustimmt? Ich glaube, er wird sich leicht überzeugen lassen. Insgeheim hofft er, das ganze Unglück hinter sich lassen zu können.«

»Soll ich ihm sagen, dass das Geld von dir stammt?«

Der Herr schenke mir Geduld, flehte sie. »Auf keinen Fall. Sag, es wäre ein Teil seines Erbes von seinem Großvater. Sag, du hättest unter Papas Dingen eine Kiste mit *daalder* und Louis d'ors gefunden und dazu einen Zettel, auf dem stand, das Geld sei für Jane und Andrew. Dann haben wir später auch kein Problem, die Mitgift zu erklären.«

Wella brachte ihre Schwester zur Haustür. Kurz bevor sie sie wieder schloss, sagte sie leise: »Auf Wiedersehen, Jennet. Danke.«

Sobald Squaw nach Hause kam, schickte sie Tilda zum Golden Hill, um die chirurgischen Instrumente ihres Vaters zurückzukaufen.

Spät am selben Abend saß sie an ihrem Schreibtisch und breitete die Gegenstände vor sich aus. Ein Skalpell, das nur ihr gehörte. Wie sehr hatte sie sich das einmal gewünscht! Möglicherweise war das sogar der eigentliche Grund gewesen, weshalb sie Solomon geheiratet hatte. Hätte sie das nicht getan, hätte sie nie erfahren, was Leidenschaft und Liebe bedeuten, hätte sie nie Morgan bekommen. Sie war damals gerade siebzehn gewesen – verständlich, dass sie nicht gewusst hatte, dass sie aus dem falschen Grund das Richtige tat. Jetzt war sie vierundvierzig; wenn sie wollte, könnte sie jede Menge Skalpelle haben, aber sie hatte weder einen Mann noch einen Sohn.

Sie griff nach einem der vielfach benutzten Skalpelle ihres Vaters. Ihre Hände zitterten, als sie die geschliffene Schneide befühlte – scharf genug, um sich das eigene Herz herauszuschneiden. Gebe Gott, sie hätte den Mut dazu.

Jennet Turner DaSilva löste den Griff und ließ das Instrument fallen. »Auf Wiedersehen, Jennet«, wiederholte sie die Worte ihrer Schwester. Dann schlang sie die Arme um sich, als könnte sie damit die Qual lindern, die in ihr brannte, und ließ den Tränen, die sie mehr als vierundzwanzig Stunden unterdrückt hatte, freien Lauf. »Morgan«, flüsterte sie, »mein Sohn, ach, mein Sohn.« Und schließlich: »Dein Abschiedsgruß ist zu spät gekommen, Wella. Jennet ist schon lange tot.«

An diesem Abend in der Taverne trug der Zwerg Grün – einen laubgrünen Brokatmantel über einer gelben Jacke und einer gelben Satin-Kniehose. Dazu hatte er sich eine gepuderte Perücke aufgesetzt. Roisin gefiel er mit kahlem Kopf besser. Mit der Perücke sah Jan Brinker aus wie derjenige, für den die Welt ihn hielt: ein närrischer, in die Jahre gekommener Mann. Ohne Perücke wirkte er alterslos, ganz er selbst.

»Hier gibt's einen, der wo Wind behandelt«, sagte er und deutete auf einen Zettel, wie sie überall in der Stadt aushingen und Kuren gegen die verschiedensten Leiden und Gebrechen verhießen. »Und hier ist einer für solche, wo nicht genug furzen. Und dann gibt's noch den; der gefällt mir am besten.«

Cuf zog den dritten Zettel über die raue Tischfläche zu sich. »›Behandlung jeglicher dem Menschen bekannter Krankheiten‹«, las er leise vor. »›Jedem, der zur Behandlung kommt, wird Heilung zugesichert.‹«

Brinker wandte sich zu Roisin. »Das ist doch eine großartige Idee! Wir sagen, dass du 'ne Garantie gibst!«

Roisin schüttelte den Kopf. »Das kann ich nicht. Ich kann nur das behandeln, was ich Ihnen gesagt habe. Sonst nichts.«

»Das reicht nicht.« Brinker pochte mit einem Finger auf den Zettel, der die Heilung aller Krankheiten versprach. »Nicht wenn die Frau hier schwört ...«

»Nur weil sie's verspricht, heißt das noch lange nicht, dass sie's auch kann«, sagte Martha. »Das finden die Leute schnell raus. Wenn Roisin auch nur die Hälfte kann von dem, was sie sagt, dann ist sie 'ne Wunderheilerin.«

»Nein!« Roisin war entsetzt. »Der Allmächtige und seine Heiligen können Wunder bewirken. Ich tue nur, was meine Mutter mir beigebracht hat.«

Das wollte Martha nicht gelten lassen. »Die bewirkt Wunder, das müssen Sie mir glauben.«

»Dann schreiben wir genau das auf den Zettel«, entschied Brinker und zog an den vorderen Schößen seines grünen Brokatmantels. Das tat er nur, wenn er sehr aufgeregt war. »Wir nennen dich die Wunderheilerin.«

»Das kommt nicht infrage.« Roisin blieb unerbittlich. »Wenn Sie das hinschreiben, behandele ich gar niemanden.«

»Wenn du die Kranken, wo herkommen, nicht behandelst, setz ich dich an die Luft. Und dann landest du wieder in der Grube.« Der Zwerg beugte sich vor und sah ihr tief in die Augen. »Ist es das, was die Juffrouw will?«

»Nichts mit Wundern«, beharrte sie. »Da mache ich nicht mit.«

»Vergiss nicht, wir sind nicht auf dich angewiesen. Ich und Cuf, wir haben immer noch unseren ersten Plan. Wenn du nicht mitmachen willst, halten wir uns eben an den.«

Cuf gefiel die Richtung, die das Gespräch nahm, ganz und gar nicht. »Roisin hat nie behauptet, sie könnte jede Krankheit heilen, Mr. Brinker, oder dass sie Wunder bewirken könnte. Außerdem«, fügte er hinzu, »gefällt mir der neue Plan besser als der alte. Sie haben doch selbst gesagt – wenn der Krieg vorbei ist, haben die Leute keine Geld mehr für Metallwaren, aber Kranke gibt's im Frieden genauso wie im Krieg.«

Das stimmte, wie Jan Brinker nur allzu gut wusste. Er beugte sich zu Roisin. »Kennst du ein Mittel gegen die Franzosenkrankheit?«, fragte er im Flüsterton. »Ich frag ja nur«, fügte er rasch hinzu. »Weil wenn, dann können wir das gut auf den Zettel schreiben.«

»Man kann es mit Ausräuchern probieren«, antwortete Roisin. Sie wusste zwar, dass Jan Brinker die Syphilis hatte, versuchte aber, sich das nicht anmerken zu lassen. »Das soll bei der Franzosenkrankheit ganz gut wirken.«

Jan Brinker nickte. »Ja, so heißt es. Aber ich will wissen, was du bei so was machst.« Die Behandlung hatte er vor Jahren über sich ergehen lassen. Hatte auf einem Stuhl gesessen mit einem Loch in der Mitte, eine Decke um sich gewickelt, und unter ihm brannte eine gottverdammte Mischung, die übler stank als die übelste Scheiße. Halb erstickt war er dran. Aber hinterher hatte es beim Pissen nicht mehr wie Feuer gebrannt, und die wunde Stelle an seinem Schwanz war auch verschwunden. Dafür kamen sie später an Armen und Beinen wieder. Als das passierte, hatte er von einem anderen Quacksalber die rote Salbe bekommen, mit der er sich einreiben musste. Die war gut gewesen. Jahrelang überhaupt kein Ärger. Aber jetzt brannte es wieder, und seine Pisse stank wie faulender Kohl. »Ich will wissen, wie du das behandelst.«

»Einer Frau, die sofort zu mir kommt, kann ich helfen. Bei einem Mann hab ich's nie versucht.«

Brummend wandte Brinker sich ab.

Vorne im Lokal war ein Fiedler auf einen der langen Holztische gestiegen. Die Gäste klatschten und stampften mit den Füßen. Ja – lachen und singen, so lange es möglich war. Früher oder später fand jeder das gleiche Ende und landete im Grab. Der Zwerg drehte sich zu Martha. »Komm, lass uns nach vorne gehen und schauen, wie die Leute sich heutzutage ihren Spaß machen.«

Mit ihren Bierhumpen in der Hand bahnten sie sich einen Weg in den vorderen Teil der Taverne. Roisin und Cuf blieben hinten am Tisch sitzen. Alle Augen richteten sich auf die lärmende Unterhaltung am anderen Ende des Raums, sodass die beiden sich fast allein vorkamen. »Dein erster Plan«, sagte Roisin. »Du wolltest einen Laden mit Metallwaren aufmachen.«

Cuf nickte. »Ich habe einen Freund, der Silberschmied ist. Er hat mir das Schmieden beigebracht. Die Sachen, die du gesehen hast, habe alle ich gemacht. Das Metall habe ich mit dem Geld bezahlt, das Mistress mir gibt … das sie mir gab. Vier Pennies die Woche.« Er verstummte; plötzlich schämte er sich, wie wenig Geld er je sein Eigen hatte nennen können. »Du hast gedacht, ich hätte die Kelche und Teller gestohlen. Ich bin ein Sklave, woher sollte ich sie sonst schon haben?«

Roisin schüttelte den Kopf. »Das habe ich mir nicht gedacht. Du kommst mir nicht vor wie ein Dieb.«

Er beschloss, ihr Glauben zu schenken. »Ich wollte Silberschmied werden, wie mein Freund«, sagte er, »wenn die Mistress ihr Versprechen einlöst und mich freisetzt.«

»Aber dann wolltest du nicht mehr warten.«

»Jan Brinker sagt, sobald der Krieg gegen die Franzosen vorbei ist, werden harte Zeiten kommen. Dann wird sich niemand mehr Silber leisten können, vielleicht nicht mal mehr Zinn. Außerdem meint Mr. Brinker, dass die Mistress lügt. Er sagt, sie würde nie Wort halten und mir die Freiheit geben. Er sagt, es würde mir genauso gehen wie ihm mit der Belohnung, die sie ihm versprochen hat. Die hat er auch nie bekommen.«

»Glaubst du, dass Squaw dich die ganzen Jahre angelogen hat?«

»Ich weiß es nicht.« Cuf wich ihrem Blick aus. »Vielleicht hat sie die Wahrheit gesagt, aber ich kann nicht mehr warten. Du hast ja selbst gesagt, dass es nicht recht ist, wenn ein Mensch einem anderen gehört.«

»Das stimmt.«

»Also?« Fast trotzig starrte er sie an, als erwartete er, sie würde ihn tadeln, dass er seine rechtmäßige Besitzerin verlassen hatte.

»Nichts. Ich habe nie gesagt, dass es unrecht von dir war, wegzulaufen, Cuf. Ich habe nur gefragt, warum du dich dafür entschieden hast.«

»Ich wollte nicht mehr warten«, antwortete er. Er hatte den Blick wieder abgewendet.

Roisin spielte mit den Werbezetteln, die noch vor ihr auf dem Tisch lagen. »Woher kannst du lesen?«, fragte sie leise.

»Morgan hat es mir beigebracht.«

»Sehr gut. Das wird dir helfen in deinem neuen Leben.« Sie lächelte, als sie das sagte, und Cuf spürte, wie sich tief in seinem Inneren ein Gefühl regte, das er niemals hatte empfinden wollen. Nicht für sie. Nicht für eine Weiße.

Damals, als er ein kleiner Junge gewesen war und die schwarzen Sklaven langsam am Scheiterhaufen verbrannten, bis der fettige, Ekel erregende Geruch ihres verkohlten Fleischs überall in der Luft hing, hatten sie gesagt, dass die Sklaven jeden Christenmann und jeden Christenjungen umbringen wollten, damit die Schwarzen ihre unersättliche Gier nach weißen Frauen stillen konnten.

Unersättliche Fleischesgier. Den Ausdruck hatte er nie vergessen. Weiße Männer, die die Bordelle der Mistress aufsuchten, verlangten oft nach einer schwarzen Hure, aber wenn sich das Herz eines Negers für eine weiße Frau regte, war es *unersättliche Fleischesgier.* Dafür konnte er auf den Scheiterhaufen kommen.

Aber das war nicht Roisins Schuld. »Ich pass auf dich auf«, versprach er. »Aber das heißt, dass du bei mir und Jan Brinker bleiben und Heilerin werden musst.«

»Das stimmt. Und das werde ich auch. Aber er darf nicht behaupten, dass ich Wunder bewirken kann, als wäre ich eine Heilige. Das lasse ich nicht zu.« Sie musste die Stimme erheben, um über dem Lärm gehört zu werden. Die Weise des Fiedlers und das rhythmische Klatschen der Gäste wurden zunehmend ausgelassener.

»Ich verspreche dir, dass er das nicht sagen wird.« Nur Brinker hatte das Geld, das sie brauchten, um die Werbezettel herzustellen, und nur Brinker konnte ihnen einen Ort zur Verfügung stellen, an dem sie sich vor der Mistress verstecken und Patienten empfangen konnten; aber Cuf wusste, dass er den Zwerg dazu überreden konnte, die Dinge zu tun, wie er, Cuf, es für richtig hielt. Der kleine Mann hatte immer Respekt vor den beiden Jungen gehabt. *Ihr seid nicht nur groß, sondern schlau obendrein.* Letztlich würde Brinker auf Cuf hören.

»Also gut, dann ist das entschieden«, sagte Roisin und nahm seine Hand. »Aber ...«

»Aber was?«

»Wie könnt ihr alle so sicher sein, dass Squaw uns nicht findet? Wir leben mitten in New York, da kann sie uns doch mühelos finden.«

Cuf zuckte die Achseln. »Jan Brinker sagt, dass wir vor ihr sicher sind. Ich glaube, er hat Recht. In ein Lokal wie dieses würde sie nie kommen.« Er sah sich in der Schänke um, in der die Menschen fröhlich lärmten. »Kannst du sie dir hier in der Fiddle and Clogs Tavern vorstellen?«

Roisin lachte. »Nein.«

»Ich mir auch nicht. Schau dir das an.« Cuf deutete nach vorne.

Gerade kletterte Jan Brinker auf den Tisch. Unter lauten Beifallsrufen der Zuschauer nahm er dem Fiedler die Geige ab und begann selbst zu spielen. Wenig später stieg die alte Martha Kincaid neben ihn, raffte die Röcke hoch und tanzte so ausgelassen, als wäre sie noch ein junges Mädchen.

»Wonach suchst du?«, fragte Cuf.

»Nach einer ganz besonderen Pflanze.« Beim Sprechen stieß Roisin immer wieder mit der Zehenspitze in den Sand, wobei ihr schwerer, fest geschnürter Stiefel eine Vielzahl grüner, schwarzer und dunkelroter Formen freilegte.

»Hier gibt es doch gar keine Pflanzen«, sagte Cuf überrascht. »Im Sand können doch keine wachsen.«

»Was meinst du denn, was das hier ist? Und weswegen ich dich gebeten habe, mich herzubringen?«

Genau diese beiden Fragen hatte er sich an diesem Tag schon öfter gestellt. »Gibt es hier in der Nähe irgendwo einen Strand?«, hatte sie ihn morgens in der Schänke gefragt, beim Frühstück aus Maiskuchen und Kaffee. »Einen richtigen Strand mit echtem Sand und dem Meer?«

Kurz hatte Cuf überlegt, mit ihr auf Bedloe's Island zu fahren, aber er wollte Roisin nicht den Pocken aussetzen, und außerdem wurde dort gerade das Pesthaus gebaut. Sie könnten gesehen werden. Möglicherweise war sogar Morgan dort, um den goldenen Pferdekopf auszugraben. Außerdem bestand der Strand von Bedloe's Island aus Kies und Stein. Sie wollte an einen Sandstrand fahren.

An der Südspitze von Manhattan gab es einige kleine Sandstrände, aber der Teil der Stadt war zu gefährlich für sie geworden, seit sie vor vier Tagen von Squaw DaSilva weggelaufen waren. Also hatte er sich für Brooklyn entschieden.

Sie hatten einen Penny pro Kopf bezahlt, um von Manhatten mit der Fähre an einen Ort überzusetzen, den die Behörden Nassau Island getauft hatten, die meisten Einheimischen aber immer noch Lange Insel nannten. Das Geld, das Cuf von Jan Brinker dafür bekommen hatte, hatte er Roisin gegeben, bevor sie die Fiddle and Clogs verließen. »Wenn du unsere Überfahrt bezahlst, denken alle, dass ich dein Sklave bin, und achten gar nicht auf uns.«

Jetzt sah Roisin aus, als würde sie gleich weinen. Der Anblick des offenen Meeres, vermutete Cuf. Wahrscheinlich dachte sie an Morgan und wünschte sich, sie wäre doch mit ihm mitgefahren. »Was ist denn?«, fragte er.

»Nichts.« Roisin drehte sich um und betrachtete den verlassenen Strand, der hinter ihnen lag, dann wandte sie sich wieder um und schaute auf den ebenso verlassenen Strand, der sich vor ihnen erstreckte.

»Doch, etwas ist mit dir. Du weinst ja gleich. Fehlt dir Morgan?«

»Ob Morgan mir fehlt! Hast du mir überhaupt nicht zugehört?«

»Schon gut. Ich weiß noch genau, was du gesagt hast. Ich frage mich nur, warum wir hergekommen sind, mehr nicht. Und warum dich das, was wir hier gefunden haben, so unglücklich macht.«

»Ich bin unglücklich wegen dem, was wir nicht gefunden haben. Ich suche nach einer ganz bestimmten Meerespflanze.«

Cuf schüttelte den Kopf. »Im Meer gibt es doch überhaupt keine Pflanzen.«

»Ganz im Gegenteil, es gibt im Meer sogar viele verschiedene Pflanzenarten. Die Flut spült sie an Land, sodass die Menschen sie einsammeln können. Ein Geschenk der heiligen Jungfrau, sagte meine Mutter immer. Manche kann man essen, mit anderen kann man Umschläge oder Aufgüsse machen. Aber hier in Brooklyn« – sie stieß gegen einen weiteren Sandklumpen – »habe ich keine einzige Pflanze gesehen, die ich kenne.«

»Meine Mama ist Apothekerin. Ich kann sie bitten, dir zu sagen, was sie hier verwenden für das, was du brauchst.«

Roisin schüttelte den Kopf. Martha Kincaid hatte ihr von Phoebe erzählt. »Nein. Über das, wonach ich suche, wird deine Mutter nichts wissen. Es ist etwas anderes. Ein Geheimnis.«

Sie schloss ihn aus. Geheimnisse behielten Weiße immer für sich; die gingen Neger wie ihn und seine Mutter nichts an. Cuf blieb stehen und ließ Roisin einige Schritte vorausgehen. Vom Meer wehte ein kalter, scharfer Wind herein, der den Großteil von Roisins roten Haaren aus der Haube gelöst hatte. Jan Brinker hatte ihr einen Umhang gekauft, den sie jetzt fest um sich zog. Im Wind lag der Wollstoff eng an ihren Hüften und Brüsten an, sodass ihre schmale Taille noch hervorgehoben wurde.

Abrupt drehte Cuf sich um und wandte ihr den Rücken zu. Roisin Campbell war nichts für ihn. Unter keinen Umständen. *Unersättliche Fleischesgier.* Und ein Scheiterhaufen vor der City Hall.

»Cuf! Cuf! Komm her! Ich glaube, ich hab sie gefunden!«

Er drehte sich wieder um und ging den Strand entlang auf sie zu; er konnte nicht anders, er musste lächeln, einfach, weil sie lächelte. Roisin hielt in beiden Händen etwas, das im schwachen Licht der Nachmittagssonne grell orange leuchtete. Die Masse war flach, an den Rändern leicht gezackt, und die einzelnen Teile waren durch kleine orangefarbene Kugeln in der Größe von Hickorynüssen verbunden. Er drückte eine zusammen – sie fühlte sich hohl an. »Willst du mir sagen, dass das eine Pflanze ist, die im Meer wächst?« Er versuchte, sein Lachen zu unterdrücken, unsicher, woher seine Heiterkeit kam – ob wegen der seltsamen Vorstellung eines Gartens im Meer oder einfach, weil ihr Gesicht vor Freude strahlte.

»Ja, Cuf, genau das. Schau, das ist eingetrocknetes Salz. Da, und da.«

»Das ist Salz?«

»Natürlich. Probier doch mal. Dann weißt du's genau.« Cuf zögerte. »Nur zu«, drängte sie ihn lachend. »Das ist nicht giftig. So weit darfst du mir schon trauen.«

Er öffnete den Mund, und sie legte ihm ein Stück der orangefarbenen Masse auf die Zunge. Er schmeckte die Süße ihres Fingers. Und Salz, genau wie sie gesagt hatte. »Das ist ja wirklich Salz«, bestätigte er verwundert. »Ist das die Pflanze, von der deine Mutter dir erzählt hat? Die, die gegen ... die das heilt, was sie heilen soll?«

Roisin nickte. »Ich glaube schon.«

»Du glaubst es? Also bist du dir nicht sicher?«

»Nein, nicht absolut. Hier ist alles ein bisschen anders. Viele Pflanzen sind genauso wie bei uns zu Hause, aber andere nicht. Und die hier ... ich weiß es nicht genau, Cuf, aber ich glaube, es ist die gleiche. Zumindest die gleiche Art.«

Es gab eine einfache Möglichkeit, das herauszufinden. Sie konnte die Pflanze an sich selbst ausprobieren. Ihre Monatsblutung – die sie auch als Ausrede vorgesehen hatte, damit Morgan sie ein paar Nächte in Ruhe ließ – war ausgeblieben. Sie hätte in der vergangenen Woche einsetzen sollen, aber Roisin hatte vergeblich gewartet. Wenn dies das richtige Geschenk des Meeres war, könnte sie damit allen diesbezüglichen Sorgen ein Ende bereiten. Würde sie die Schmerzen ertragen können? Das Ding mit eigenen Händen auskratzen?

Ja. Wenn es sein musste. Aber sie war nicht sicher, ob sie es wirklich wollte. Alle Familienmitglieder, die sie gehabt hatte, waren tot oder auf der anderen Seite des Meeres. Sie war ganz allein in diesem Land von Ketzern. Und wollte gerade ein neues Leben beginnen. Vielleicht zwei neue Leben, wenn sie das Kind zur Welt brachte.

Einen Teil von Morgan, den sie immer bei sich behalten würde.

»Woran denkst du?«

»Wie bitte? Es tut mir Leid, Cuf, was hast du gesagt?«

»Du warst auf einmal ganz weit weg.« Sie blickte über das Meer, und auf ihrem Gesicht lag ein Ausdruck, den er nicht verstand. Eine Art Sehnsucht. Es musste Sehnsucht nach Morgan sein, auch wenn sie es nicht eingestehen wollte.

»Ich habe über die Zukunft nachgedacht«, sagte Roisin leise und stopfte die Meerespflanze in den Beutel, den sie eigens zu diesem Zweck mitgebracht hatte. »Komm, Cuf, hilf mir, noch mehr von dieser Pflanze zu finden.«

»Nur, wenn du mir dein Geheimnis verrätst.« Aber natürlich kannte er es schon. Weshalb sollte er sie noch weiter quälen? Es war nicht ihre Schuld, wenn sie sich über beide Ohren in Morgan Turner verknallt hatte wie jede andere Frau in New York auch. Und bestimmt war es nicht ihre Schuld, wenn Cuf dumm genug war, Gefühle zu empfinden, auf die er kein Recht hatte.

Roisin sah ihn an. Er war beinahe so groß wie Morgan, aber so völlig anders, beinahe wie ein Wesen aus einer anderen Welt. Ihre Mutter hatte ihr von Mohren erzählt, aber einen gesehen hatte sie erst, als sie nach New York kam. Sie hatte auch nie zuvor einen Sklaven gesehen oder sich vorgestellt, wie es sein würde, der Besitz eines anderen Menschen zu sein. So, wie sie selbst der Besitz der alten Hexe gewesen war oder Cuf der Besitz Squaws.

Ihr gefiel die hellgoldene Farbe von Cufs Haut, und dass seine dunklen Augen so klug und doch so freundlich blickten, aber sie hatte keine Ahnung, was er zu ihrem Vermächtnis sagen würde. »Das kann ich dir nicht erzählen«, erklärte sie. »Deswegen ist es ja ein Geheimnis. Komm.«

Sie ging weiter, den Kopf gesenkt, und suchte den Sand mit den Augen ab. »Es muss mehr davon geben, Cuf. Man findet nie nur ein Stück davon. Das hat meine Mutter immer gesagt.«

Fünf Minuten später erreichten sie eine Stelle, an der der Strand auf einer Länge von zehn Fuß oder mehr völlig von Pflanzen bedeckt war. Vor Freude vollführte Roisin beinahe einen Luftsprung. »Ach, Cuf, das ist ein Geschenk des Himmels! Das kann ich gut brauchen, und das auch.« Sie bückte sich zu einem großen Klumpen von etwas leuchtend Grünen und sammelte gleich darauf eine schwärzliche Masse ein. Schließlich fand sie auch noch mehr orangefarbene Pflanzen. Lachend steckte sie sie zu den anderen Schätzen in ihrem Beutel. »Gott segne Brooklyn! Jetzt haben ganz viele Frauen Grund, dankbar zu sein!«

»Ach«, sagte er, erfreut, ihr Geheimnis ein wenig gelüftet zu haben. »Die Meerespflanzen sind also für ein Frauenleiden. Das hätte ich mir denken können.«

»Warum?« Sie sah ihn nicht an, als sie das fragte.

»Weil du so aufgeregt bist.«

»Das stimmt. Du hast Recht. Es ist für Frauen … für ein Frauenleiden.«

Ihr Ton verriet ihm, dass sie nicht ganz die Wahrheit sagte. »Aber das ist nicht das Geheimnis, oder?«

Plötzlich wollte sie es ihm sagen. Cuf hatte sie davor bewahrt, die Hure Morgan Turners zu werden oder die Hure Squaws. Er hatte ihr die Möglichkeit gegeben, wieder hoffen zu dürfen. »Ich, meine Mutter«, sagte sie, »und davor ihre Mutter. Und deren Mutter auch. Wir gehören zu einem ganz alten Stamm von Heilerinnen, die …«

»Ja?«

Zum allerersten Mal sprach sie die Worte laut aus vor einem Menschen, der nicht durch den Eid gebunden war. »Wir heißen die Frauen von Connemara. Wir leisten einen feierlichen Schwur, im Namen der heiligen Jungfrau zu heilen. Und niemandem Leid zuzufügen. Und …«

»Was noch?«

»Nichts. Sonst nichts.« Sie konnte sich nicht dazu durchringen, den letzten Teil zu sagen: *Und kein Kind abzutreiben, das sich schon bewegt und eine Seele hat.*

Sie hatte noch sechs, vielleicht sieben Wochen Zeit. Lang genug, um zu einer Entscheidung zu kommen. Vor allem jetzt, da sie das Geschenk des Meeres gefunden hatte. Aber sie wusste, sie hatte ihre Entscheidung bereits getroffen.

Sie wollte das Kind in sich heranwachsen lassen und es zur Welt bringen. Sie wollte es haben, mit jeder Faser ihres Seins. Aber ein Kind brauchte einen Vater. Keinen Piraten, der vielleicht in genau diesem Augenblick ein Schiff plünderte und dessen unglückliche Besatzung mordete. Sondern einen Mann, der sich um sie und das Kind kümmern würde. Der – wenn die heilige Jungfrau es gut mit ihr meinte – glauben würde, das Kind sei von ihm.

Roisin spürte, dass Cuf sie wollte. Sie konnte sein Verlangen riechen, konnte sehen, wie sein Arm vor Spannung bebte, wenn er sie zufällig berührte. Sie blickte um sich – nichts als der weite Strand und das hereinbrandende Meer. Vorhin, als sie angekommen waren, war das Wasser weit draußen gewesen, aber jetzt drängte die Flut herein, die Wellen umspülten beinahe schon ihre Füße.

»Sag etwas«, flüsterte sie und trat ganz nah zu ihm. »Ich habe dir mein Geheimnis erzählt. Was gibst du mir dafür, Cuf?«

»Ich habe nichts.« Alles in ihm verlangte danach, sie an sich zu drücken. »Ich bin ein Sklave.«

»Nein. Das darfst du nie mehr sagen, Cuf. Du und ich, wir sind frei. Weil wir sagen, dass wir frei sind. Nicht Sklave, nicht Dienstverpflichtete, sondern frei.«

»Ja«, sagte er. Das Wort berauschte ihn, er fühlte sich stark, weil sie es von ihm erwartete. »Ja! Wir sind frei, Roisin, frei!«

Sie ließ den Umhang fallen, schlang die Arme um seinen Hals, drückte ihren Körper an seinen, ihre Lippen auf seine.

Cuf spürte ihre Brust an seiner, seine männliche Härte an der weichen Rundung ihres Bauchs. Er presste sie an sich, hob sie hoch und trug sie ein Stück den Strand hinauf, fort von den hereinbrandenden Wellen. Auf einmal kam ihm der Wind nicht mehr kalt vor, sondern zärtlich, Balsam auf das Feuer, das in ihm brannte. Er setzte sie auf dem Sand ab, sie sank in die Knie, legte sich auf den Rücken und hob die Röcke, sodass er ihr rosiges Fleisch sehen konnte, das dunkelrote, einladende Dreieck zwischen ihren Beinen.

Stöhnend ließ Cuf sich auf sie sinken, drang in sie ein, nahm sie.

Roisin gab sich ihm hin, so gut sie es vermochte, nahm ihn tief in sich auf, empfing seinen Samen. Seine Hände umklammerten ihre Schultern, und sie lauschte auf das Brechen der Wellen am Strand und wartete reglos, bis er fertig war. Danke dir, heilige Jungfrau, auch für dieses Geschenk des Meeres.

Morgan, ach, Morgan.

Die Frau war von den Pocken entstellt und so mager, dass man ihre Rippen zählen konnte. »Sind Sie sicher, dass Sie guter Hoffnung sind?«, fragte Roisin.

»Ja, ich bin mir sicher. Es ist immerhin das zwölfte Mal.«

Ähnliche Geschichten hatte Roisin in den letzten zwei Wochen schon oft gehört. Jan Brinker hatte ihr über der Schänke einen Raum eingerichtet, in dem sie tagsüber ihre Patienten empfing und nachts schlief. Es war ein wahrer Strom, der jeden Tag die Stufen neben der Fiddle and Clogs Tavern zu Mistress Allheil hinaufstieg.

So wurde sie auf den Werbezetteln genannt, die Brinker in der ganzen Stadt verteilen ließ. Auf diesen Kompromiss hatte sie sich mit dem Zwerg geeinigt, der sich wünschte, sie würde eine Heilung für alles versprechen. »Allheil« konnte auch ein bloßer Name sein und keine Verheißung. Außerdem konnte sie kaum unter dem Namen Roisin Campbell arbeiten – es würde nicht lange dauern, bis die alte Hexe ihr die Polizei auf den Hals hetzte. Oder Squaw.

Cufs Aufgabe war es, Roisins Patienten zu empfangen und das Geld für ihre Dienste entgegenzunehmen. Meist verlangte sie eine Summe zwischen einem und drei Pennies. Martha Kincaid sprach sich gegen diese Preisstaffelung aus. »Mindestens einen Shilling, wenn du ihnen wirklich das Kind wegmachst, wo sie nicht haben wollen«, hatte sie eines Nachts geraten, als sie und Roisin in dem kleinen Anbau neben der Schänke beisammen saßen. »Wenn's sein muss, klauen sie auch dafür.«

»Für die Behandlung bezahlen sie, was immer sie bezahlen wollen«, beharrte Roisin. »Das sind die Regeln. Um ein Kind abzutreiben, das Gefühl und Leben noch nicht empfangen hat, bezahlt eine Frau, so viel sie sich leisten kann.«

»Guter Gott, von wem sollen die Regeln denn sein? Auf jeden Fall von niemandem, wo hier in New York ein Quacksalber ist, das sage ich dir.«

»Das sind meine Regeln«, beharrte Roisin. Sie hatte nicht die Absicht, Martha Kincaid von den Frauen von Connemara zu erzählen. »Und wenn du das Mr. Brinker sagst, dann gehe ich. Das schwöre ich dir, Martha, dann gehe ich.«

»Ach, reg dich nicht so auf, Mädel. Ich werd's Jan nicht weitererzählen. Keinem Mann, ob er nun groß ist oder klein. Nicht wenn's drum geht, einer Frau ein Kind wegzumachen.« Sie schaute die junge Frau aus zusammengekniffenen Augen an. »Und was ist mit Cuf? Hast du's ihm gesagt?«

Roisin schüttelte den Kopf. »Nein, nicht wirklich.«

»Was soll das heißen?«

»Ich habe ihm gesagt, ich behandle alle möglichen Frauenleiden.«

Martha Kincaid war sich ziemlich sicher, dass Roisin und Cuf das Bett teilten. Nicht dass sie das störte, auch wenn es Leute gab, die ihn dafür auf den Scheiterhaufen stellen würden. Aber nur, weil sie nie in einsamen Nächten die sanften Hände vom schwarzen Bento gespürt hatten, oder seine Wärme, kuschelig wie eine Federdecke, wenn's nachts klirrte vor Eis und Kälte. Verbrannt war er, der schwarze Bento, aber nicht auf dem Scheiterhaufen, gottseidank. In dem Feuer, das die Schänke in Schutt und Asche gelegt hatte. Als er versuchte, ein paar Leute rauszuholen und ein Dachbalken auf ihn herunterkrachte. Alle sagten, er wäre tot gewesen, bevor die Flammen ihn erwischten. Gut möglich. Wie auch immer, besser als auf dem Scheiterhaufen.

Die Frau, die Roisin jetzt ausfragte, war dürr wie eine Bohnenstange. Die konnte sich ganz bestimmt keinen Shilling leisten, um den Balg in ihrem Bauch loszuwerden. Aber mit Geld hatte es nichts zu tun, ob Roisin Campbell sich entschied, ihr zu helfen oder nicht. Das hatte Martha schon oft genug miterlebt. Das Mädel machte alles auf ihre Art, und wem das nicht passte, konnte gleich wieder gehen.

»Wann hatten Sie das letzte Mal eine Blutung?«, wollte Roisin wissen.

Die pockennarbige Frau schaute nicht betreten zur Seite. Nicht wie die vorherigen, die mit demselbem Anliegen in dieses Zimmer gekommen waren. »Im September«, sagte sie und sah Roisin direkt in die Augen. »Und jetzt ist es fast November. Also bin ich sechs Wochen schwanger. Vielleicht sieben.«

Roisin war noch nicht überzeugt; sie misstraute dem Gewissen der ketzerischen Protestantinnen in New York. Auf dieses Problem hatte ihre Mutter sie nicht vorbereitet. Jede Katholikin wusste, dass die Kirche sie zur ewigen Hölle verdammen würde, wenn sie eine Schwangerschaft beendete, nachdem das Kind in ihr eine Seele empfangen hatte.

Die magere Frau vor ihr musterte sie ängstlich, wartete auf ein Zeichen, dass Mistress Allheil ihr helfen würde. »Es hat sich noch nicht bewegt. Das schwör ich«, flüsterte sie. »Bevor ich geheiratet hab, war ich Mary Flanagan«, fuhr sie im selben heiseren Ton fort. »Ich kenn den Unterschied.«

Die meisten Iren, die in Amerika lebten, kamen aus Ulster. Ursprünglich stammten sie aus Schottland, hatten aber die Sache der katholischen Queen Mary verraten, waren zu Ketzern geworden und hatten sich auf die Seite der teuflischen Elizabeth geschlagen. Zum Dank dafür hatten sie Land im Norden Irlands bekommen. Roisin traute den Frauen aus Ulster noch weniger als den anderen New Yorkerinnen, aber Flanagan war kein Name aus Ulster. Und die Frau schämte sich nicht, ihrem Blick zu begegnen. Früher einmal war sie katholisch gewesen, davon war Roisin überzeugt. »Gut. Ich helfe Ihnen.«

Damit erklärte sie sich zum ersten Mal bereit, eine Schwangerschaft zu beenden, und sie konnte nur beten, dass die orangefarbene Meerespflanze von Brooklyn wirklich die gleiche war, die die heilige Jungfrau an die Strände von Schottland und Irland spülte. Aber niemals an die englische Küste, hatte ihre Mutter erklärt. *Die heilige Maria würde nie, nie und nimmer, den verräterischen Engländerinnen den sicheren Weg weisen, ein Kind loszuwerden, das sich noch nicht bewegt. Mörderische Huren sind die, samt und sonders.*

Roisin sah zu der pockennarbigen Frau. »Legen Sie sich auf den Boden und spreizen Sie die Beine.«

»Wie schlimm wird's wehtun?«, fragte die Frau, während sie Roisins Aufforderung nachkam.

»Heute wird es überhaupt nicht wehtun. Aber wenn

Sie morgen wiederkommen, wird es sehr wehtun. Aber danach sind Sie nicht mehr guter Hoffnung.«

»Der Jungfrau und allen Heiligen sei Dank«, wisperte die Frau und warf einen ängstlichen Blick auf die alte Frau, die in der Ecke saß.

»Martha ist meine Freundin«, beruhigte Roisin sie. »Von ihr haben Sie nichts zu befürchten.« Sie schob den derben Rock der Frau und ihre unsauberen Unterröcke hoch. Ihre Scham roch wie Fisch, der zu lange auf dem Strand gelegen hatte, und ihr Bauch war aufgebläht, doch als Roisin ihn mit der Hand betastete, nahm sie keinen Herzschlag wahr. Der Bauch kam eher vom Hunger, das war kein Kind. Wahrscheinlich ernährte sie sich von nichts als Austern und schwachem Bier, wie alle Armen in New York; kein Wunder, dass ihr der Bauch über den knochigen Hüften und der verbrauchten Scham vorragte.

Ihr eigener Bauch war noch ganz flach, aber bald würde das Kind in ihr sich bewegen.

Roisin griff nach dem Stück Meerespflanze, das sie zuvor abgeschnitten, zu einem Zopf gedreht und mit Hanf zusammengebunden hatte.

»Herr des Himmels!«, rief Martha Kincaid und beugte sich neugierig vor. »Was stopfst du ihr denn da in die Möse?«

»Etwas, das hilft«, antwortete Roisin knapp. »Das muss drinbleiben bis morgen um diese Zeit. Haben Sie mich verstanden, Mary Flanagan?«

»Ja.«

»In Gottes Namen, Mädel«, warf Martha an. »Wie soll sie denn pissen? Sie kann doch nicht bis morgen nicht pissen!«

»Sie kann ohne Probleme Wasser lassen«, sagte Roisin. »Verstehen Sie mich, Mary? Sie können mit diesem Pessar problemlos Wasser lassen. Und auch Stuhlgang haben. Aber passen Sie auf, dass das Pessar nicht herausfällt. Wenn doch, stecken Sie es mit den Fingern wieder hinein. So weit wie möglich. So.« Sie schob das orangefarbene Pflanzenpessar weiter in die Scham der Frau, die unbehaglich aufstöhnte.

Morgen würde sie brüllen und schreien. Das taten die meisten. Aber hinterher verbluteten sie nicht. Das Pessar aus dem Geschenk des Meeres öffnete den Weg in den Schoß. Danach war es einfach, das, was darin wuchs, herauszuschaben. Roisin hatte ihrer Mutter oft dabei zugesehen. Es bereitete grausame Schmerzen; die Frauen schrien alle, als würden sie umgebracht, aber es dauerte nicht lange, und es kam auch nur ein Klumpen Blut und Schleim heraus. Das konnte doch weiß Gott kein Kind sein, das schon eine Seele empfangen hatte.

V

Die Bibliothek von James De Lanceys Landsitz befand sich in einem geräumigen Zimmer mit hohen Fenstern, die offen standen, um die frische Luft des Sommermorgens hereinzulassen. Es war früh am Tag, auf der Bouwery Lane war noch niemand unterwegs. Das grüne Blätterdach über seinem Vorgarten warf einen einladend kühlen Schatten.

De Lancey nahm den Brief, der am vorherigen Abend zugestellt worden war, in die eine Hand, griff mit der anderen nach dem Kelch mit Glühwein, den er jeden Morgen trank, und trat ins Freie. Später würde es stickig heiß werden, wie immer im Juli. Jetzt wollte er diese wunderbaren Minuten genießen.

Die orangefarbenen Lilien standen kurz vor dem Erblühen. Ein wunderschöner Anblick. Er sah, dass Philip Thomas sie mit einem Eimer Wasser gießen wollte, und nickte billigend. »Guten Morgen, Philip.«

»Guten Morgen, Eure Exzellenz.«

»Die Lilien machen sich sehr gut.«

»Ja, Eure Exzellenz. Sie machen sich ausgezeichnet.«

»Gib ihnen so viel Wasser, wie sie brauchen, Philip. Darauf musst du achten. Ich habe die Zwiebeln letztes Jahr von zu Hause mitgebracht; es ist mir wichtig, dass sie hier gut gedeihen.«

»Ja, Eure Exzellenz, das weiß ich. Ich achte darauf, dass sie genügend Wasser bekommen.« Der Mann war hier geboren, aber wenn er »zu Hause« sagte, meinte er England. Verdammt dumm waren die Reichen, allesamt, und der Gouverneur war genauso dumm wie die anderen. Geld und Macht fraßen ihnen einfach das Gehirn weg.

De Lancey schlenderte davon, trank von seinem Wein, ohne den Brief in seiner Hand zu öffnen. Die Bienen umsummten einen Fliederbusch, eine Weile sah er ihrem emsigen Treiben zu. Kluge Tierchen, die Bienen. Jede einzelne wusste, worin ihre Aufgabe bestand, und erfüllte sie. Ein friedliches Leben.

Und seine Aufgabe war es jetzt, diesen gottverfluchten Brief zu lesen.

Das hätte er schon längst tun sollen. Der vierteljährliche Bericht seiner Verbündeten im Parlament war ihm gestern am späten Abend zugestellt worden. Er würde schlechte Nachrichten enthalten, das verstand sich von selbst. Er enthielt immer schlechte Nachrichten. Aber das war die einzige Möglichkeit, im Voraus von den verrückten Plänen zu erfahren, die die Dummköpfe in London ausheckten, um die Kolonien zu tyrannisieren. Vor allem jetzt, da seine Erhabene Majestät George III. auf dem Thron saß, gerade zweiundzwanzig Jahre alt. Gott schütze die Provinz vor den Empfehlungen, die habgierige Berater unerfahrenen Königen einflüsterten, die noch nicht ganz trocken hinter den Ohren sind.

De Lancey leerte den Kelch und kehrte dann in die Bibliothek zurück. Er ließ sich an seinem Schreibtisch nieder und machte sich daran, das rote Siegel des Briefes aufzubrechen.

»Großpapa, du hast mir versprochen, du würdest mir heute Morgen etwas vorlesen. Wenn ich früh aufstehe, hast du gesagt.«

Nachsichtig lächelte De Lancey sein jüngstes Enkelkind an. Die Kleine war noch im Nachtgewand, ihr rundes Gesicht vom Schlaf gerötet. In einer Hand hielt sie eine Puppe. »Das habe ich in der Tat. Also, dann komm und such dir ein Buch aus. Aber nur ein paar Minuten«, fügte er hinzu und bemühte sich, streng zu klingen. »Dann muss ich arbeiten.«

Er stand auf und ging zu dem Regal, auf dem er die Kinderbücher aufbewahrte. »Also, möchtest du …« Ein plötzlicher Schmerz. De Lancey fasste sich an die Brust.

»Großpapa! Was ist mit dir? Großpapa!«

Das kleine Mädchen ließ seine Puppe fallen und schlug sich beide Hände vor den Mund. Mit weit aufgerissenen Augen beobachtete es, wie sein Großvater taumelnd einige Schritte machte und dann mit einem dumpfen Schlag zu Boden fiel. Lange Sekunden starrte es entsetzt auf den Körper, der dort lag, dann rannte es schreiend hinaus.

Aufgeschreckt durch die Rufe, eilte Philip Thomas aus dem Garten in die Bibliothek. Das Mädchen hatte die Tür weit offen gelassen, und so hörte er seine Schreie und wie daraufhin das schlafende Haus schlagartig erwachte. »Gouverneur? Ich bin's, Sir, Philip.«

Heiliger Strohsack. Diesem Haufen, der da am Boden lag, war nicht mehr zu helfen. Seine Exzellenz, der Gouverneur von New York, war mausetot, reich hin oder her.

Hastige Schritte näherten sich der Bibliothek. Der gesamte Haushalt kam angerannt. Gleich würden sie alle hier sein und heulen und jammern, die Verwandten ebenso wie die Sklaven, Dienstverpflichteten und Diener. Als wär der verfluchte Gouverneur ihr eigen Fleisch und Blut. Aber so dumm war er nicht. Er wusste genau, wann er eine Gelegenheit beim Schopf packen musste.

»Auf dem türkischen Teppich hat er gelegen, Mistress. Die Augen weit offen, zur Decke hat er gestarrt, aber er hat nichts gesehen. Das schwöre ich. Der war so tot, wie ich lebendig bin.«

»Gut, Philip, ich glaube dir aufs Wort«, sagte Squaw. »Und es war Zufall, dass du ihn als Erster entdeckt hast?«

»Nein, Mistress. So war's nicht. Ich hab die Lilien gegossen. Also hab ich das kleine Mädchen schreien hören und bin reingegangen, und da lag er.« Thomas zog den Brief aus der Tasche. »Und der lag auch da. Solche Briefe bekommt er regelmäßig. Aus London. Das hab ich Ihnen früher schon erzählt.«

»In der Tat, Philip. Sehr oft.«

»Ja, also, bis jetzt hab ich nie die Möglichkeit gehabt, Ihnen einen zu bringen. Aber diesmal ging's, also hab ich's gemacht. Hab den Brief vom Schreibtisch genommen und bin gleich hergekommen. Ich war schon zur Haustür hinaus, bevor irgendjemand in die Bibliothek kam und ihn da hat liegen sehen. Auf dem türkischen Teppich. Die Augen weit offen."

»Danke, Philip. Ich verstehe. Aber bist du sicher, dass niemand diesen Brief vermissen wird?«

Thomas zog die buschigen Augenbrauen zusammen und schüttelte heftig den Kopf. »Ganz sicher nicht, Mistress. Im Haus ist niemand, der mit der Regierung von Seiner Exzellenz zu tun hat, nur die Familie. Der Brief ist gestern Abend gekommen, es war fast schon Mitternacht. Ich hab selbst dem Rotrock aufgemacht, der ihn abgeben wollte, und ihn direkt zum Gouverneur reingeführt. Da weiß niemand anderes was von.«

Squaw war froh, dass ihr Gesicht verschleiert war. So konnte der Mann die Aufregung nicht sehen, die sie vielleicht nicht ganz zu verbergen vermochte. »Es war gut, dass du ihn mir gebracht hast, Philip. Auch wenn ich mich für Politik eigentlich nicht interessiere.« Ihr Tonfall war völlig ausdruckslos. »Aber vielleicht steht etwas Nützliches drin. Du hast wirklich mitgedacht, das muss ich sagen.« Sie zog eine Schublade ihres Schreibtisches auf und nahm einen eisernen Shilling heraus. »Hier, für deine Mühe.«

Sehr zufrieden verließ Philip Thomas das Haus.

Und guter Gott, sie war ebenfalls sehr zufrieden. Eigentlich war es relativ gleichgültig, was in dem Brief stand, obwohl sie sicher irgendetwas Interessantes erfahren würde. Ein persönliches Schreiben aus London, das einfach an J. D. L. adressiert war und um Mitternacht auf seinem Landsitz abgegeben wurde. Keine Frage, dass er in irgendeiner Weise unheilvolle Nachrichten enthielt. Doch selbst ohne den Brief war heute ein guter Tag.

Sie erhob sich von ihrem Stuhl, drückte den Umschlag an die Brust, dann konnte sie ihre Erregung nicht länger beherrschen. Sie wirbelte ein paar Mal herum, sodass die Taftröcke ihres dunklen Kleids kreiselten. James De Lancey war tot! tot! tot! Die beste Nachricht, die sie erhalten konnte.

Die Aufregung legte sich so unvermittelt, wie sie gekommen war. Ihre Schultern sackten ein, der Kummer, mit dem sie seit Morgans Abfahrt vor neun Monaten lebte, legte sich wie eine schwere Decke um sie. Ach, Morgan, Morgan, wann wirst du endlich erkennen, dass ich das alles nur für dich getan habe. Morgans Vergebung, das wäre die beste Nachricht.

Oder vielleicht auch nicht. Vielleicht wäre die beste …

Sie warf einen Blick zur prächtigen Stuckdecke und dachte an den Dachraum dort oben über ihrem Kopf, wo Solomon mit seinen Dämonen Zwiesprache hielt. Alle paar Monate ging sie hinauf, in tiefster Nacht, wenn niemand im Haus mehr wach war. Und jedes Mal betete sie, es würde anders sein.

Aber es war immer dasselbe.

Zuerst lauschte sie an seiner Tür. Dann, wenn sie nichts hörte, öffnete sie sie. Jedes Mal wusste Solomon sofort, dass sie da war. Er setzte sich in seinem Bett auf, hob seinen einen Arm und richtete die zwei verbliebenen Finger auf sie. »Hure des Teufels!«, zischte er. »Metze! Fischweibsmöse!«

Wie konnte er sie so sehr hassen? Früher einmal war seine Liebe zu ihr so groß gewesen wie jetzt sein Hass.

Die beste Nachricht wäre, wenn beide, Solomon und Morgan, ihr vergeben würden, ihr verziehen, dass sie getan hatte, was sie tun musste. Wenn beide sie wieder liebten.

Aber es war sinnlos, sich etwas zu wünschen, das man nicht haben konnte. Eine weitere Lektion, die das Leben sie gelehrt hatte. Es war trotzdem ein wunderbarer Tag.

Sie ging zu dem Tisch, auf dem die Karaffe mit Südwein stand, und schenkte sich ein Glas ein. Langsam wandte sie sich vom Fenster ab und legte den Schleier zurück, damit sie trinken konnte. Ich hoffe, du schmorst in der Hölle, James De Lancey, aber gesegnet seist du dafür, dass du gestorben bist, solange Cadwallader Colden noch am Leben ist. Colden ist der Älteste im Stadtrat und wird deinen Platz als Gouverneur einnehmen. Und so Gott will, wird London nicht minder unwillig sein als in den letzten Jahren, uns einen neuen königlichen Gouverneur zu schicken, also wird Colden den Posten innehaben, bis auch er tot umfällt.

Das könnte vielleicht schon recht bald sein – schließlich war der Mann über siebzig. Aber bitte, lieber Gott, nicht allzu bald. Colden hat sich Caleb nie verpflichtet gefühlt, sondern ihn immer nur als Geldquelle gesehen. Jetzt sollte es kein Problem sein, ihn dazu zu bringen, gegen meinen heiß geliebten Verwandten Partei zu ergreifen. Die Verbindung mit den Devreys wird für den neuen Gouverneur nur von Nachteil sein. Er wird sich nicht der

Günstlingswirtschaft bezichtigen lassen wollen, und er wird auch nicht die Grundstücksmachenschaften offenlegen wollen, die zu Wills Lebzeiten zugunsten der Devreys stattfanden. Außerdem ist Bede Devrey einer der einflussreichsten unter den Geschäftsleuten, die gegen die übertriebenen Forderungen von London aufbegehren. Für den Gouverneur Seiner Majestät schickt es sich nicht, eine Verbindung mit solchen Leuten zu unterhalten. James De Lancey war zu mächtig, als dass ich es direkt mit ihm aufnehmen konnte. Aber Cadwallader Colden – ja! ja! ja! Der Weg war geebnet. Selbst ohne die geheimen Informationen, die dieser wunderbare Brief enthalten mochte.

Eine halbe Stunde später hatte sie ihn gelesen.

Pläne, das System des Geschworenengerichts zu verändern. Pläne, die Bußgelder für Handel mit dem Feind auf den Westindischen Inseln zu erhöhen. Pläne, die Ausgabe von Papiergeld in den Kolonien zu verbieten. Und Gott steh ihnen allen bei, Pläne, eine direkte Steuer zu erheben. Es genügte der Krone nicht mehr, dass die Kolonien Rohstoffe zu einem Preis ins Mutterland exportieren mussten, der England weit mehr begünstigte als Amerika, oder dass die Kolonisten alle hergestellten Alltagsgegenstände zu Unsummen von England kaufen mussten und ihnen untersagt war, diese Güter selbst herzustellen oder anderswo – billiger – zu kaufen.

Dem König wird empfohlen, eine Steuer auf alles Papier und alle Papierprodukte zu erheben. Vor jedem Verkauf solchiger muss eine Marke darauf geklebt werden. Die durch den Erwerb dieser Marken eingenommenen Gelder kommen direkt der königliche Schatzkammer zum Unterhalt der Truppen zu Gute.

Squaw DaSilva erbleichte hinter ihrem Schleier. Jetzt steckte London seine Hand direkt in die Taschen der Kolonisten. Das waren unheilvolle Nachrichten, schlimmer als alles, was sie sich je hätte vorstellen können. Wenn George III. dieser Empfehlung folgte, dann möge Gott England ebenso beistehen wie Amerika. Damit würde der König ein Feuer entfachen, das beide verbrennen würde.

Zweites Buch

Der Pfad der Flammen

Juli 1765 bis Dezember 1765

Manche Feuer sind heilig. Ihr Rauch trägt die Gebete der Menschen zum Großen Geist empor. Andere Feuer sind schlecht, sie entstehen, wenn die bösen *manetuac* die Menschen dazu verleiten, Dinge zu tun, die dem Volk schaden. Solche Feuer werden entzündet von jenen, die in ihrem Herzen Rachegedanken hegen.

Die Feuer der Rache säen den Keim des Hasses.

Das heilige Feuer reinigt.

Kapitel 3

I

Caleb Devrey musste all seine Kraft aufbieten, um sich aufrecht zu halten. Die Schmerzen trieben ihn jede Nacht auf die Straße, wo er durch die dunkle Stadt lief, die Nachtwächter vermeidend, obwohl die Sperrstunde in diesen Tagen nur noch selten durchgesetzt wurde.

Das Ding in seinem Bauch ließ Caleb Devrey nie in Ruhe. Manchmal schlief es, eine glühend heiße, zusammengerollte Schlange, die nur darauf wartete, zu zuschlagen. Wenn sie es dann tat, musste er sich zusammenkrümmen vor tobenden Schmerzen, aber manchmal nagte sie auch nur unablässig an seinen Gedärmen, wie an diesem Abend. Gottverdammte Pein, die ihn bei lebendigem Leibe auffraß. Innerlich verbrannte er ständig, aber seine Haut war eiskalt. Hochsommer war es, Mitte Juli, doch ohne seinen Umhang konnte er das Haus nicht verlassen.

»Pssst, Doktor Devrey. Hier bin ich.«

Caleb stolperte, fiel beinahe in die Gosse. »Wer ist da? Was willst du?«

»Ich will Ihnen nix Böses nicht, Doktor. Ich heiße

Vrinck.« Der Mann trat aus dem Schatten hervor, stützte Devrey mit der Hand. »Ich bin Petrus Vrinck. Ich such schon überall nach Ihnen.«

Dem Aussehen nach zu urteilen war er ein Matrose. Devrey entzog sich seiner Berührung. »Was wollen Sie von mir? Zu dieser Zeit behandele ich keine Patienten.«

»Ich bin nicht krank. Ich habe Ihnen was zu sagen. Ein Stück die Straße runten ist 'ne Kneipe. Da können wir reden.«

»Ich pflege nicht mit Seeleuten in Kneipen zu trinken. Sie können mich morgen in meiner Praxis aufsuchen, wenn Sie mich sehen wollen.«

Vrinck trat näher. Er war klein und gedrungen, hatte ungewöhnlich kräftige Arme und Beine. Eines seiner Augen war halb geschlossen und blickte in eine andere Richtung als das zweite. Er reckte das graubärtige Gesicht so weit vor, dass er Devrey beinahe einen Kuss gab. »Es lohnt sich für Sie, mit mir zu reden«, flüsterte er. »Das schwör ich beim Grab meiner Mutter.«

Dem Mann waren die meisten Zähne verfault, sein Atem stank. Caleb wich zurück. »Aber warum, in Gottes Namen?«

»Weil ich was weiß. Über die *Fanciful Maiden.*« Vrinck unterbrach sich. »Da horchen Sie auf, was, Dr. Devrey?«

»Sie träumen. Die Freibeuterei interessiert mich keinen Deut.«

»Die ist heutzutage auch nicht mehr das, was sie mal war. Heute ist das mehr wie Leichenfledderei. Wie Möwen auf 'ner Abfallhalde, so führen sich die Freibeuter jetzt auf. Es gibt nix mehr, wo sich noch zu holen lohnt. Schon seit sechs Jahren nicht mehr.«

»Sei's drum – das interessiert mich nicht. Würden Sie mich jetzt bitte ...«

»'n Augenblick noch. Lassen Sie mich ausreden. Ich war auf 'ner richtigen Kaperfahrt. Neunundfünfzig mit Morgan Turner auf der *Fanciful Maiden*. Darüber will ich mit Ihnen reden. Die Kaper ist 'n ganzes Stück anders gelaufen, als wie die Leute sagen. Und anders, als wie Turner sagt.«

Heiliger Strohsack samt allen Misthaufen. Dass er davon noch was hören sollte, noch eine Chance bekommen sollte, hätte er nicht gedacht. Nicht nach all den Jahren. Heiliger Strohsack samt allen Misthaufen.

Vrinck bemerkte die Habgier, die in den Augen des Mannes aufblitzte, drehte sich um und deutete mit dem Kopf auf das Ende der Straße. »Kommen 'Se mit.«

Der Raum war kaum groß genug für zehn Menschen, aber mindestens doppelt so viele drängten sich dort zusammen. Devrey hüllte sich noch fester in seinen Umhang und folgte Vrinck, der sich mit den Ellbogen einen Weg durch das Gewühl bahnte. Großmäulige Säufer. Devrey konnte Fetzen ihrer Gespräche aufschnappen. Sie redeten davon, dass sie nie im Leben gestempeltes Papier verwenden oder in London erhobene Steuern zahlen würden. Dass sämtliche Könige in Gottes weiter Welt sie nicht dazu bringen würden. Der Pöbel brabbelte seit Wochen denselben Unsinn. Verräterpack.

Der Wirt stand hinten in der Spelunke neben einer kleiner Tür, die in der rückwärtigen Wand eingelassen war. Vrinck trat auf ihn zu und drückte ihm eine Münze in die Hand. Der Wirt öffnete die Tür. Vrinck zog den Kopf ein und trat über die Schwelle. Zögernd blieb Caleb stehen. Zum Teufel damit, jetzt war er schon hier. Und was immer er erfahren würde, es würde ihn von seinen Schmerzen ablenken.

Er musste sich ducken, um den Raum zu betreten, und auch dort konnte er kaum aufrecht stehen; die Decke begann direkt über seinen spärlichen roten Haaren. »Wo sind wir hier? Das ist ja wie in einer Höhle.«

Vrinck war in der Dunkelheit kaum zu erkennen. Sie waren ganz allein in diesem klammen, finsteren Loch. Ein kalter Schauer überlief Caleb. »Hören Sie mal … Vrinck, so heißen Sie doch, sagten Sie, oder nicht?«

»Ja, Petrus Vrinck.«

»Ich habe keine Geld bei mir, also lohnt es sich nicht …«

Der Matrose lachte. »Sie sind wohl nicht ganz bei Trost, wie? Ich hab Sie doch nicht hergebracht, um Sie auszurauben. Warum auch? Das hätt ich vorhin tun können, auf der Straße, wo niemand uns gesehen hat.« Er klopfte auf den Griff seines Entermessers. »Das wäre ganz leicht gewesen. Viel einfacher als hier. Jetzt setzen Sie sich, Dr. Devrey. Der Wirt hat uns einen Krug Grog hingestellt.«

Ein Blechkrug und zwei Zinnbecher standen auf dem wurmstichigen Holztisch. Es gab auch zwei niedrige Schemel und einen kleinen Kamin, doch an diesem Juliabend brannte dort kein Feuer. Zögernd ließ Caleb sich auf einen der Schemel sinken und schenkte sich vom Grog ein. Selbst mit heißem Wasser verschnitten brannte ihm der billige Rum in der Kehle. Kein Rum, der von den Inseln importiert wurde, sondern ein ätzender Fusel, der in einer der hiesigen Zuckersiedereien hergestellt wurde. Sein Magen rebellierte mit einem lang anhaltenden, krampfartigen Stechen, dann gewann der Rum die Oberhand. Die Schlange legte sich wieder schlafen. »Also gut, Vrinck, jetzt sagen Sie mir, weswegen wir hier sind.«

»Hab ich doch schon. Die *Fanciful Maiden.* Wegen der.«

»Wie gesagt – warum sollte ich mich für ein Kaperschiff interessieren?«

»Weil Sie nicht gekriegt haben, was Ihnen zusteht, damals, neunundfünfzig. Hab ich doch schon gesagt.«

Guter Gott, wusste wirklich alle Welt, dass er Anteile an der gottverdammten Kaperfahrt gekauft hatte? Trotz des Mittelsmanns? Und wenn alle anderen es wussten, wie kam es dann, dass Morgan Turner und seine Hexenmutter es nicht wussten? Und sie konnten es unmöglich wissen, sonst hätten sie nie erlaubt, dass er Geld investierte. »Das ist mir egal, wie schon gesagt. Aber reden Sie weiter. Ich höre Ihnen zu.«

»Die Geschichte, die damals erzählt worden ist vom Ende von der verfluchten Fahrt«, sagte Vrinck leise. »Dass die *Maiden* keine Beute nicht gemacht hat und leer nach Hause gesegelt ist? Die ist erstunken und erlogen.«

Caleb schüttelte den Kopf. »Ich habe sie doch in den Hafen einlaufen sehen. Da war die ganze Stadt dabei. Die *Fanciful Maiden* war in einem erbärmlichen Zustand. Keine Fracht. Jeder Investor ging einzeln an Bord und hat die Ladeluken durchsucht und hinterher gesagt …«

»Ach, dass sie mit leerem Bauch hier eingelaufen ist, das stimmt schon.« Vrinck kippte einen halben Becher Grog hinunter und fuhr sich mit dem Handrücken über die Lippen, dabei grinste er dem schwarz gekleideten Mann, der ihm gegenübersaß, zu. Der verging ja vor Neugier, dieser vornehme Pinkel. Hing ihm schier an den Lippen. »Aber bevor sie hier ankam? Also, die letzte Fahrt, die von neunundfünfzig, war die beste, wo die *Maiden* je gemacht hat. Ich war dabei, also sollt ich's wissen. Wir haben drei Schiffe aufgebracht. Spanische Schiffe. Bis an die Reling voll gestopft mit Sklaven, Indigo, Zucker ... Und dazu ein königliches Lösegeld.«

»Aber was ist mit der Fracht passiert? Und dem Geld?«

»Das will ich Ihnen ja grade erzählen. Morgan Turner hat die Fracht auf der Bahama-Insel verkauft und die ganze Besatzung ausbezahlt. Fünfundsiebzig Mann waren wir, und jeder von uns hat vierhundert Pfund bekommen. In Gold- und Silberbarren, damit wir uns recht verstehen.« Vrinck verschränkte die Arme und weidete sich am Gesichtsausdruck des anderen.

»Vierhundert für jedes Besatzungsmitglied. Heiliger Strohsack, Mann, das heißt ja, die gesamte Beute war ... fünfzigtausend Pfund wert. Der gottverfluchte Dreckskerl! Dafür wird Morgan hängen. Darauf steht die Todesstrafe!«

»Ja, das hab ich mir auch sagen lassen.« Vrinck nahm abermals einen tiefen Zug aus seinem Becher. »Aber ich wette jede Summe, dass sie Turner fünfmal am Galgen aufknüpfen können – wo der Schatz ist, das verrät der nie.«

Calebs anfängliche Begeisterung erhielt rasch einen Dämpfer. Er zuckte die Achseln. »Seitdem sind sechs Jahre vergangen. Wenn er wirklich einen Schatz vergraben haben sollte, hat er ihn längst schon abgeholt. Und außerdem gibt es keine Beweise für das, was Sie sagen. Keinen einzigen.«

Vrinck schüttelte den Kopf und musterte Devrey mit dem einen Auge, das zielgerichtet blicken konnte. »Vergessen Sie, was beweisen zu wollen. Wenn Sie Turner am Galgen baumeln sehen wollen, müssen Sie sich schon selbst drum kümmern. Da können Sie sich auf keinen Magistraten und kein Gericht verlassen, wo das für Sie tun. Nicht hier in New York. Meinetwegen kann Turner mit gewichsten Stiefeln in seinem Bett sterben – worum's mir geht, ist der Schatz.«

»Der ist schon lange weg«, wiederholte Devrey. »Seit Ewigkeiten. Der Schuft hat ihn längst abgeholt.«

»Nee, das hat er nicht. Viel zu früh. Da würden sich zu viele Leute dran erinnern, was neunundfünfzig passiert ist. Außerdem, ich kenne einen Matrosen, wo in den letzten fünf Jahren auf der *Maiden* gefahren ist. Sie ist nie in der Karibik gewesen. Morgan Turner braucht doch im Augenblick kein Geld, oder?« Vrinck beugte sich vor und wandte den Kopf zur Seite, um Devrey zu fixieren. »Morgan Turner kann sich's leisten, Tausende von Pfund weiß Gott wo zu verstecken und so lange zu warten, wie's ihm passt, bevor er sie ausbuddelt.«

Mehrere Sekunden verstrichen. Devrey schenkte sich einen zweiten Becher des brennenden Grogs ein und nahm einen kleinen Schluck. »Und was ist mit Ihnen? Wieso haben Sie so lange gewartet?«

Vrinck zuckte mit den Schultern. »Hab was Besseres zu tun gehabt. Ich war auf den Inseln. Hab mir ein schönes Leben gemacht. Ich hatte keine Lust, nach Norden zu kommen und mir die Eier abzufrieren in dem eiskalten Winter, den ihr hier habt.«

»Aber jetzt ist es nicht Winter«, sagte Devrey leise.

»Nee, jetzt nicht. Und ich will kriegen, wegen dem ich hergekommen bin, und wieder verschwinden, bevor's so weit ist.«

Vermutlich war Vrink nur aus einer Laune heraus zurückgekommen. Was anderes würde er von einem solchen Mann auch nicht erwarten. Ein halbes Tier, wie die meisten seiner Schicht, unfähig, weitsichtig zu planen. Aber Morgan Turner, das war eine völlig andere Sache. Wenn das Schwein gemeine Piraterie betrieben hatte – und Kapergut zu unterschlagen bedeutete genau das –, war das mit Sicherheit Teil eines wohl durchdachten Plans. Nicht notwendigerweise seiner, sondern Squaw DaSilvas. Die verdammte Metze. Er würde seinen Kopf darauf verwetten, dass ihr Plan direkt auf Caleb Devrey abgezielt hatte. Irgendwie hatte sie über den Mittelsmann Bescheid gewusst.

Ein stechender Schmerz in seinen Eingeweiden raubte ihm den Atem. Beinahe stürzte Caleb in den dunklen Abgrund, der sich vor ihm auftat, wann immer die Schlange zuschlug und die Pein beinahe unerträglich wurde. Am Boden dieses Abgrunds lauerte der Tod. Er sah ihn vor sich, wie er ihm zulächelte und ihn aufforderte, loszulassen und zu stürzen.

Langsam kämpfte Caleb sich zurück; es brannte in seiner Brust, seine Eingeweide standen in Flammen. Jetzt ging's schon besser. Er bekam wieder Luft. »Angenommen, Sie haben Recht.« Seine Stimme war heiser vor Erschöpfung, sein Gesicht schweißnass. »Sagen wir, es stimmt. Wenn Turner einen solchen Schatz versteckt hat – wo ist er?«

»Würd ich hier sitzen, wenn ich das wüsste?«

Das stimmte; aber der Verbleib des Schatzes war nicht die einzige Frage. »Und warum erzählen Sie mir das alles?«

»Weil Sie ein feiner Herr sind, oder nicht? Jemand, wo Geld kriegen kann, wenn er's braucht.«

Caleb lehnte sich zurück, bis sein Hinterkopf die klamme Steinwand des kleinen Raums berührte. Im Augenblick fühlte er sich geschwächt, aber ohne Schmerzen. In solchen Momenten schien nichts anderes zu zählen. Er lachte leise. »Es mag schon sein, dass ich ein feiner Herr bin, aber ich habe, im Gegensatz zu Ihnen, noch nie vierhundert Pfund in Gold- und Silberbarren gesehen. Heiliger Strohsack, Vrinck, Sie scheinen doch sonst über alles Bescheid zu wissen – da müssten Sie doch auch wissen, dass ich keinen müden Penny besitze.«

»Sie sind ein feiner Herr«, wiederholte Vrinck. »Jemand, wo Geld kriegen kann, wenn er's braucht.«

»Eine sehr gängige Fehleinschätzung der arbeitenden Klasse. Es stimmt nicht.«

»Ihr Bruder Bede hat Geld wie Heu.«

Und hat die Nase voll davon, für meine Schulden aufzukommen. Aber das geht dich einen feuchten Dreck an. »Was ist denn mit Ihrem Anteil von der Beute der *Maiden* passiert? Und den Reichtümern, die Sie vermutlich vorher verdient haben? Haben Sie alles versoffen, oder? Verspielt und verhurt.«

Vrinck drehte sich um und spuckte in den Kamin.

»Das habe ich mir gedacht.« Caleb setzte den Becher ab und erhob sich. »Wer bin ich, Ihnen dafür Vorwürfe zu machen. Ich hab's ja nicht anders gemacht, wie Sie vermutlich wissen.«

Vrinck sprang auf und stellte sich zwischen Devrey und die Tür. »Was für ein Mann sind Sie bloß? Fließt in Ihren Adern Pisse, dass Sie sich von dem Hurensohn nehmen lassen, was Ihnen rechtmäßig zusteht?«

In der Tat. Der Hurensohn. Die Hure. Das Halbblut, das einen Juden heiratete und zur reichsten Frau von New York wurde, während er von der Hand in den Mund leben musste. Caleb setzte sich wieder auf den Schemel und schaute zu Petrus Vrinck: Abschaum, aber er könnte nützlich sein. »Angenommen, ich könnte etwas Geld auftreiben. Nicht viel, aber ein bisschen. Wie würde Ihnen das nützen?«

Vrinck kehrte zum Tisch zurück, nahm wieder Platz und beugte sich vor, den Becher mit beiden fleischigen Händen umfassend. »Damals, neunundfünfzig, als Turner uns auf der Insel abgesetzt hat, da konnte er mit dem Schiff ja schlecht allein zurücksegeln. Fünf Männer sind mit ihm nach Hause gefahren. Keiner von denen ist nach dem ersten Abend je wieder aufgetaucht, aber ich verwette meine Seele, dass sie in vielen Tavernen und Schänken gesessen haben, bevor sie verschwunden sind. Da haben sie mit anderen Seeleuten geredet, garantiert. Ich kenn doch Matrosen. Ich muss in alle Kneipen gehen, wo Seeleute einen trinken, und die Punschschüssel rumgehen lassen. Früher oder später finde ich jemanden, der was weiß drüber, wo der Schatz ist.«

»Und wenn Sie einen solchen Matrosen finden? Mann Gottes, das war vor sechs Jahren. Den Großteil davon hat Morgan Turner auf See verbracht. Ich bleibe dabei: Was immer er neunundfünfzig versteckt hat – wenn er was versteckt hat –, ist nicht mehr da.«

Vrinck schüttelte heftig den Kopf. »Nein, es ist sehr wohl noch da. Ich hab Ihnen doch schon gesagt, die *Maiden* war die ganze Zeit drüben in Europa und hat vor der Küste von Guinea geholt, was sie holen konnte, von den Franzosen und den Spaniern. In den letzten Jahren hat es sich ja für keinen Freibeuter mehr gelohnt, in der Karibik unterwegs zu sein. Die Marine hat sämtliche feindliche Handelsschiffe auf den Meeresboden versenkt. Wo immer Morgan Turner den Schatz neunundfünfzig versteckt hat, da liegt er noch.«

»Eitle Hoffnung«, sagte Caleb, und während er die Worte aussprach, legte sich seine Erregung wieder. »Sie machen sich etwas vor, Mr. Vrinck.«

»Ich kann jemanden finden, der was weiß«, beharrte Vrinck. »Das kann 'ne Weile dauern. Aber wenn ich in genug Schänken und Tavernen und Spelunken gehe, find ich früher oder später jemanden, der was weiß."

»Die Idee ist nicht schlecht«, räumte Caleb ein. »Aber wofür brauchen Sie mich?«

»Ich muss schließlich Runden ausgeben, oder nicht? Die kosten Geld.«

»Wie viel?« Das war nicht nur Geldverschwendung, sondern auch Zeitverschwendung, selbst einmal angenommen, er könnte von Bede noch ein letztes Mal Geld erbetteln. »Wie viel würden Sie brauchen?«

»Vielleicht drei Shilling die Woche.« Vrinck wich seinem Blick aus. »Einen Monat lang, vielleicht auch zwei. Wie schon gesagt, Matrosen kommen und gehen.«

Heiliger Heiland. Ein oder zwei Pfund, um Tausende zu bekommen. »Und wenn ich einwilligen sollte und wenn – was noch unwahrscheinlicher ist – Sie tatsächlich etwas herausfinden –, woher soll ich wissen, dass Sie sich mit der Information nicht aus dem Staub machen? Warum sollten Sie den Gewinn mit mir teilen?«

»Weil ich ein Schiff brauche, deswegen. Morgan Turner hat den Schatz irgendwo auf den Inseln versteckt. Das weiß ich hundertprozentig. Also brauch ich ein Schiff mit 'ner Besatzung, um hinzukommen. Das kostet.«

In der Tat, das würde nicht nur ein paar Pfund kosten, sondern viele Tausende. Eine etwas andere Größenordnung. »So viel Geld könnte ich nie im Leben beschaffen. Das ist ein müßiger Traum, Vrinck. Vergessen Sie's.«

»Ein Traum soll das sein?« Vrinck erhob sich. So, wie er sich vorbeugte, sich auf die kräftigen Armen stützte und die Knöchel auf die zerkratzte Tischplatte drückte, sah er aus wie ein windgepeitschter Baumstamm. »Aber Sie sind doch nicht der Einzige, wo was verloren hat. Und die anderen feinen Herren haben immer noch viel Geld, zumindest ein paar von ihnen, oder nicht? Zu denen gehen Sie und erzählen ihnen, was ihnen zusteht seit sechs Jahren. Die geben uns das Geld, was wir brauchen für ein Schiff und die Besatzung, um hinzukommen. Das schwör ich Ihnen.«

Caleb starrte Vrinck an. Ein warnendes Prickeln fuhr ihm durch die Eingeweide. Der Schmerz war lebendig in ihm, verspottete ihn damit, dass er letztlich gewinnen würde, was immer Caleb tat. Die gottverfluchte Hure und ihr gottverfluchter Sohn. Ganz allein ihre Schuld. Vielleicht würde er lange genug leben, um mit anzusehen, wie sie dafür büßten.

Vrinck wartete. Caleb nickte.

Der dreiundzwanzigste Oktober im Jahre des Herrn 1765. Vom Hafen schallte zweimal das Dröhnen der Kanone herüber und verkündete die Ankunft der Fregatte *Edward* unter dem Schutz von zwei Kriegsschiffen. Die Lade der *Edward* war gefüllt mit gestempeltem Papier.

Die Geschütze von Fort George waren auf der nördlichen Mauer installiert und auf den Broad Way gerichtet worden – auf die Einwohner von New York. Die Kanone der Battery war geladen. Selbst wenn es den Bürgern der Stadt gelingen sollte, die Rotröcke zu überwältigen und die Kontrolle an sich zu reißen, konnten die Kanonen nicht auf das Fort gerichtet werden. Auf Gouverneur Coldens Befehl hin.

Gedämpftes Stampfen von Stiefeln, Schuhen und Holzpantinen auf den Pflastersteinen des Hofviertels war zu hören. Ein Heer versammelte sich. Es marschierte ohne Drill, nicht ganz im Gleichschritt, aber mit einem einzigen Ziel: entschlossen, das Stempelsteuergesetz zu verhindern.

Über zweitausend Menschen kamen und starrten auf die Geschütze.

»Das ist die Schuld von dem Schwein Colden.«

»Das stimmt. Aber der leckt auch nur den Arsch von seinem Herrn in London. Die Hurensöhne wollen uns alle zu Sklaven machen. Hier, nimm die Zettel und gib sie an alle weiter, die du kennst.«

Der Mann, der Cadwallader Colden die Schuld an der halsabschneiderischen Steuer gab, nahm die Flugblätter begierig entgegen. »Die sagen doch alle, dass es nicht dazu kommen wird, oder? Dass es nicht dazu kommen kann.«

»Also, ich les dir vor, was hier steht. ›Der erste Mann, der gestempeltes Papier verbreitet oder verwendet, möge sein Haus, seine Person und sein Vermögen schützen.‹ Das ist doch deutlich genug, oder?«

Es war kein guter Abend, um mit der Kutsche in der Stadt unterwegs zu sein. Squaw DaSilva ging zu Fuß. Sie war noch nie in dem neuen Viertel gewesen, das im Westen auf dem früheren Gelände der Trinity Church Farm entstanden war. Die letzten Baumaßnahmen der Stadt – Walöllaternen und offizielle Anzünder, die sich um sie kümmerten – hatten sich nicht auf die Straßen dieses neuen Viertels erstreckt. Offenbar folgten die Menschen hier auch nicht dem alten Brauch, an jedem siebten Haus eine Laterne mit einer Kerze anzubringen. Es herrschte absolute Dunkelheit.

Die Feuchtigkeit machte es noch schlimmer. Die Kälte drang ihr durch Mark und Bein. Zum Schutz vor dem Wind zog sie den langen, schwarzen Umhang fest um die Schultern. Vielleicht hatte das Wetter sein Gutes; vielleicht würde es die aufgebrachte Menschenmenge, die sich am Broad Way versammelt hatte, nach Hause treiben. Vielleicht aber auch nicht. Guter Gott, Männer waren allesamt Narren. Und Könige die allergrößten.

Ihr war nicht ganz wohl gewesen, das Haus zu verlassen, während auf den Straßen solcher Tumult herrschte. Aber ihr blieb nichts anderes übrig. Sie hatte drei der kräftigsten Männer, die für sie arbeiteten, als Wachposten zurückgelassen. Das musste genügen.

Der Wind schnitt ihr ins Gesicht. So lange sie auch in dem Bordell am Hudson's River gelebt hatte, an den Wind hatte sie sich nie gewöhnt, der dort am Fluss fast immer wehte. Kein Wunder, dass nur wenige Leute hier auf der Church Farm leben wollten. Aber ein Grundstück für eine Jahrespacht von zwei Pfund – ein solches Angebot konnten Arbeiter kaum ausschlagen. Nicht dass dieser Tage zwei Pfund so leicht zu verdienen waren wie früher. Nicht für Arbeiter und Handwerker.

England hatte Kanada erobert. Frankreich hatte den Anspruch auf alles Land östlich des Mississippi mit Ausnahme der Enklave New Orleans aufgegeben. Doch damit hatte England sich nicht begnügt und war auf die französischen Besitzungen in der Karibik vorgerückt. Als Spanien andeutete, es könnte den Franzosen beistehen, hatte England, die mächtigste Nation der Welt, Spanien ebenfalls den Krieg erklärt. Alle diese Erschütterungen und Triumphe waren für New York eine Katastrophe gewesen.

Der Krieg und der Wohlstand, den er mit sich brachte, waren weiter gewandert und hatten in der Stadt Inflation, Arbeitslosigkeit und Schulden zurückgelassen, dazu stockte der Handel. Nicht einmal mit Freibeuterei war noch verlässlich Geld zu verdienen. Die königliche Flotte hatte mehr oder weniger alle französischen und spanischen Schiffe aus den hiesigen Gewässern vertrieben. Die meisten Kriegsschiffe, die mit einem Kaperbrief ausgestattet waren, lagen im Hafen vor Anker. Aber nicht die *Fanciful Maiden.*

Verdammt, Morgan, warum musst du so stur sein wie ich? Sechs Jahre sind vergangen. Ich bin jetzt fünfzig. Noch bin ich gesund, aber wer weiß, wie viel Zeit mir bleibt. Morgan, ach Morgan, mein Junge.

Sie hörte ein paar Schweine durch den Unrat wühlen, der den Graben in der Mitte der Straße verstopfte, blieb stehen und versuchte festzustellen, wo genau die Schweine waren und wie sie ihnen am besten ausweichen konnte. Schwer zu glauben, dass Jan Brinker sich ausgerechnet hier niedergelassen hatte, obwohl er sich doch etwas viel Besseres leisten konnte. Wie damals, als er darauf bestanden hatte, in der Spelunke im Wald zu wohnen, trotz der verlockenden Angebote, die sie ihm gemacht hatte. Halsstarriger kleiner Kerl.

»Mistress.« Die Stimme war sehr leise, ganz in ihrer Nähe. Sie hielt die Luft an. »Keine Angst, Mistress. Ich bin's, Rudolf. Ich bring Sie zu ihm.«

Die Verabredung war am selben Nachmittag auf dem Markt im Erdgeschoss der königlichen Börse an der Broad Street getroffen worden. »Heute«, hatte der große schwarze Kutscher ihr zugeflüstert, ohne sie anzusehen. »Eine Stunde vor Mitternacht, in der Little Cortlandt Street. Ich bring Sie zu ihm.«

»Heute ist vielleicht nicht so günstig.« Da hatte sie bereits gewusst, dass es kein guter Abend sein würde, um in der Stadt unterwegs zu sein. Sie hatte erfahren, dass die Stempelmarken binnen weniger Stunden eintreffen würden. »Du bekommst etwas für deine Mühe, wenn wir das auf nächste Woche verschieben.«

»Heute Abend«, hatte der Kutscher beharrt. »Es muss sein. Lange hat er nicht mehr.«

Sie wollte ihn persönlich sehen, mit eigenen Augen. Das musste einfach sein, nach allem, was passiert war. »Also heute Abend«, hatte sie zugestimmt.

Jetzt führte der Schwarze sie durch ein Gewirr von Straßen, in dem sie sich hoffnungslos verlaufen würde.

Wenn dieser Rudolf sie nicht wieder hinausbegleitete, würde sie nie mehr nach Hause finden.

Sie bogen ab und kamen in eine schmale Gasse. Rudolf blieb stehen und öffnete eine Tür, was Squaw aber eher spürte als sah; dazu war es zu dunkel. Die Tür bewegte sich lautlos auf gut geölten Scharnieren. »Er ist dort drin, Mistress. Vielleicht schläft er.«

Auffordernd hielt er ihr die Tür auf, doch sie wandte sich noch einmal zu ihm um. »Warte«, flüsterte sie nervös. »Gleichgültig, wie lange ich bleibe – du musst warten. Du bekommst dafür einen Shilling extra.«

»Keine Sorge, ich warte.«

Nach kurzem Zögern trat sie ein, und Rudolf zog die Tür hinter ihr ins Schloss.

In einer Ecke flackerte eine kleine Laterne, die lange Schatten in ein überraschend geräumiges Zimmer warf. In einer Wand war ein großer Kamin eingelassen, in dem ein Feuer brannte; das Bett stand direkt daneben. Jan Brinkers kleine Gestalt zeichnete sich unter den Decken kaum ab.

Er schlief nicht. »Sie sind ja wirklich gekommen«, sagte er. »Das hatte ich gehofft.«

»Natürlich bin ich gekommen, alter Freund. Ich wäre sehr viel früher gekommen, wenn du mich nicht erst jetzt hättest wissen lassen, dass du krank bist.« Beim Sprechen nahm sie den Umhang ab und hängte ihn an einen Haken neben der Tür, dann trat sie an das Bett. »Kann ich dir etwas holen? Möchtest du etwas trinken?« Auf dem Nachttisch standen ein Krug mit Bier und ein Zinnbecher.

»Nicht jetzt«, sagte Brinker. Seine Stimme war schwächer, als sie es je bei einem Menschen gehört hatte.

»Bekommst du auch genügend zu essen?«, fragte sie.

»Wird deine Krankheit richtig behandelt? Ich kann Phoebe zu dir schicken.«

»Das Mädchen, Roisin, versteht sich drauf, Heilmittel zu machen, so gut wie jede Apothekerin. Sie kümmert sich sehr gut um mich. Und Rudolf und die alte Martha Kincaid auch, obwohl Martha es auch nicht mehr lange machen wird. Ich bin hier gut versorgt, Mevrouw. Machen Sie sich keine Sorgen. Ich wollte Sie nur noch mal sehen. Einmal noch, bevor ich gehe.«

»Ach, Jan Brinker, wir haben einen langen Weg hinter uns.« Sie zog einen Stuhl an sein Bett, setzte sich und nahm seine Hand. »Du hast mir gefehlt in diesen achtzehn Jahren.«

»Neunzehn sind's«, erwiderte er. »Neunzehn Jahre sind's her, dass wir uns in dem Bordell angeschrien haben, so laut, dass alle uns hören mussten.«

Bei der Erinnerung musste er lachen, und sie stimmte in sein Gelächter ein, doch dann begann er zu röcheln und Schleim zu husten. Squaw DaSilva hielt ihm ein Tuch vor den Mund und legte ihm stützend einen Arm um die schmalen Schultern. Schließlich sank er wieder in die Kissen zurück. »Du darfst dich nicht anstrengen, Jan. Ich sollte gehen.«

Er tat, als würde er sie nicht hören. »Wissen Sie noch, als Sie in Ihr großes, vornehmes Haus am Broad Way gezogen sind, Mevrouw? Viel vornehmer als das, das Sie in der Nassau Street gehabt hatten, oder nicht?«

»Ach ja, Jan, viel vornehmer.«

»Und dann haben Sie mich nach Chappaqua geschickt, zum Bierbrauen.«

»Der Plan hat sich doch als sehr gut herausgestellt, oder nicht? Du bist reich geworden.«

»Ja, Mevrouw.« Reicher als die verdammten Hurensöhne, die mich wieder an den Pranger stellen wollten. »Reich wie Krösus bin ich. Und nur, weil die Rotröcke solchen Durst haben. Aber Sie haben mir gefehlt, Mevrouw, Sie und die alten Zeiten. Und die Huren auch. Obwohl sie mir die Franzosenkrankheit verpasst haben, an der ich jetzt sterbe.«

Sie hatte nicht gewusst, dass man Syphilis auch durch Lecken bekommen konnte und nicht nur durch die bekannte Art. Am liebsten hätte sie ihm das gesagt, doch sie schwieg. Das wäre zu freimütig, selbst für Jan Brinker, der besser als die meisten anderen Menschen wusste, was sie zu sagen und zu denken imstande war. »Du hast mir auch gefehlt, Jan. Aber es war besser so. Für uns beide. Ich habe immer gewusst, dass ich dich einmal brauchen würde und es dann besser wäre, wenn niemand wüsste, wie gut wir uns verstehen. Ich habe Recht behalten.«

»Sie haben meistens Recht, Mevrouw. Manchmal ist es schwer, Recht zu haben.«

»Ja, manchmal ist es wirklich schwer.« Trotzdem, sie bereute nur weniges. Es war viel besser, wenn Cuf glaubte, er hätte sich seine Freiheit selbst genommen, als dass sie sie ihm schenkte. Und was Roisin betraf, so hatte sie das Mädchen nur aus Morgans Bett und Morgans Blickweite entfernen wollen. Eines der Bordelle, wo er sie jederzeit finden konnte, wäre keine Lösung gewesen. Natürlich hatte sie nicht wissen können, dass Morgan abreisen und das Mädchen Cufs Frau werden würde. Ihre Sorgen waren unbegründet gewesen.

Jan Brinker merkte, dass sie zitterte. »Ihnen ist kalt, Mevrouw.« Er streckte eine Hand aus. »Wo ist meine

Glocke? Ich läute nach Rudolf, damit er noch Holz aufs Feuer legt.«

»Nein, das ist nicht nötig. Mir ist nicht kalt. Aber ich wünsche, ich könnte dir helfen.«

»Ich brauche nichts, Mevrouw.« Der Schleier verbarg ihr Gesicht, wie immer, aber er wusste trotzdem, dass sie traurig war. Was nützte es, die reichste Frau von New York zu sein, wenn man so wenig hatte von dem, was wirklich zählte? Jan Brinker fuhr sich mit der Zunge über die trockenen Lippen.

»Bitte«, sagte sie. »Du musst etwas trinken.« Sie goss etwas Bier in den Becher. Der Becher war prächtig und wunderschön gearbeitet. Unter anderen Umständen hätte sie ihn gefragt, woher er stammte, und sich auch einen solchen gewünscht. »So, das ist besser«, sagte sie, als er einen Schluck genommen hatte. »Ich sollte gehen, Jan. Ich ermüde dich.«

»Ich hab noch reichlich Zeit, mich auszuruhen, wenn ich unter der Erde bin. Das dauert gar nicht mehr lange. Bleiben Sie noch ein Weilchen, Mevrouw.« *Jesu Christo*, wie viel sollte er ihr sagen? War es denkbar, dass sie noch nichts davon wusste? Es war egal. Vor allem jetzt, so kurz vor seinem Ende. »Mevrouw, das Mädchen, Roisin, sie hat 'ne Tochter. Fünf ist die Kleine. Sie heißt Clare.« Er versuchte, durch den Schleier hindurchzusehen.

»Ja, ich habe von Cufs Kind gehört. Ist Clare weiß oder schwarz, Jan?« Ihre Stimme klang unbeteiligt, aber das war bei Squaw immer der Fall.

»Ihre Haut ist ganz weiß, Mevrouw. Aber sie hat schwarzes Haar. So schwarz wie Cufs.« Und so gerade und glänzend wie Mistress Jennets, als sie eine junge

Schönheit gewesen war und er sie vor dem aufgebrachten Pöbel auf der Nassau Street in Sicherheit gebracht hatte. Aber wenn sie das wissen wollte, würde sie es bereits wissen. »Es gibt wenig, das Sie nicht hören, stimmt's, Mevrouw?«

»Sehr wenig, Jan.« Von dem Kind wusste sie seit Jahren. Alle sagten, das Mädchen sei Cufs Tochter. Es musste wohl stimmen. Wenn eine Frau wie Roisin Campbell die Enkelin Squaw DaSilvas zur Welt gebracht hätte, hätte sie an ihrer Tür geklopft, kaum dass die Nabelschnur durchtrennt war. Außerdem war allgemein bekannt, dass die Hure wusste, wie man ein unerwünschtes Kind wegmachte.

Wenn sie die Augen schloss, hatte sie manchmal immer noch das Gefühl, als würde sie mit dem Holzstock in Ellen stoßen und versuchen, in ihren Schoß vorzudringen. »Roisin ist eine gute Heilerin, Jan, oder?«

»Die beste. Bei den vielen Frauen, die zu ihr gehen, ist es schon ein Wunder, dass die Stadträte noch nicht hergekommen sind, um den Grund dafür rauszufinden.«

Sie wusste, dass er sich vortastete, weil er die Wahrheit bereits vermutete. Ach, nach all den Jahren und seiner Treue war sie ihm das schuldig. »Mach dir keine Sorgen, Jan. Ich kümmere mich darum, dass der Stadtrat Cuf und Roisin Campbell und ihrem Kind keinen Ärger macht. Das werde ich immer tun.« Und das wollte sie auch. Um Cufs willen. Und weil Morgan den Mann, den Freund seiner Kindertage liebte.

»Ja, Mevrouw. Ich habe mir schon gedacht, dass Sie das tun.«

Müdigkeit überfiel ihn. Jan Brinker schloss die Augen, wenig später war er eingeschlafen. Auf Zehenspitzen schlich Squaw zur Tür, nahm ihren Umhang vom Haken und trat auf die Straße hinaus.

Am Himmel stand ein rot glühender Widerschein, dessen Ursache unverkennbar war. »Guter Gott, ein Feuer.«

»Ja, Mistress.« Rudolf trat aus dem Schatten. »Ein Feuer. Es hat gerade erst angefangen.«

»An der Battery?«

»Nein, hier ganz in der Nähe. Es ist kein Gebäude, das brennt. Keine Sorge, Mistress, ich kann Sie zurückbringen, ohne dass wir dort vorbeikommen.«

»Nein.« Sie hüllte sich fester in ihren Umhang. »Ich will es sehen.«

»Mistress ...«

»Bring mich dorthin.«

Das Feuer oben auf einem Hügel loderte zehn Fuß empor, Funken stoben in die Nacht. Das war wirklich ungewöhnlich, vor allem jetzt, da sich der Preis von Brennholz in den letzten Jahren verdreifacht hatte. Überall hieß es, dass die Armen diesen Winter erfrieren würden, und es gab mehr Arme als je zuvor in der Stadt. Jedes Schiff, das in New York anlegte, brachte Scharen neuer Einwanderer. Die meisten wollten Land und zogen sofort weiter nach Westen, doch viele blieben in der Stadt und vergrößerten noch die Zahl derer, die sich um die wenige Arbeit schlugen. Kein Wunder, dass ganze Massen bereit waren, sich um die Flammen eines kostenlosen Feuers zu stellen und Flüche in die Nacht auszustoßen.

Narren, dachte Squaw. Jeden November taten sie dasselbe, an dem Tag, den sie Papistentag nannten. Offiziell galt der Guy-Fawkes-Tag dem Andenken an den Tag, an dem der Brand des Parlamentsgebäudes in London durch ein papistisches Komplott vereitelt worden war. Traditionsgemäß veranstaltete der Gouverneur einen Ball und ein herrschaftliches Abendessen, aber den Arbeitern und Handwerkern, die hier auf der Church Farm lebten, ging es nicht um das Parlamentsgebäude. Jedes Jahr verbrannten sie ein Abbild des Papstes und brüllten Hasstiraden gegen die Katholiken.

Doppelt dumm waren die alle, dachte sie. Zum einen, weil sie Brennholz vergeudeten, und zum anderen, weil sie glaubten, es käme auf die Religion an. Ob Protestanten, Katholiken oder Juden – wenn es keine Arbeit gab, gingen sie alle gleichermaßen mit leeren Bäuchen zu Bett.

Aber Papistentag war erst in einer knappen Woche.

Ein Stück abseits des Feuers hatte der Pöbel eine Plattform errichtet. Vom Galgen hingen zwei Vogelscheuchen. Sie stellten den Gouverneur dar und den Teufel, der ihm etwas ins Ohr flüsterte.

Trotz der nur entfernten Ähnlichkeit der Puppe mit Cadwallader Colden erkannte Squaw ihn sofort. Sie hatte ihn zwar nur einmal unter vier Augen gesehen, doch war es ein denkwürdiges Treffen gewesen, wenige Tage, nachdem er zum Gouverneur ernannt worden war. Sie hatte drei Dinge verlangt: dass Caleb Devrey von der Stelle als Leiter des Armenhospizes entfernt würde, dass dieses Amt bei Andrew Turners Rückkehr aus Edinburgh an ihn überging und dass Luke Turner lebenslänglich eine Pension in Höhe von vier Fünfteln seines früheren Gehalts ausbezahlt würde. Alle drei Forderungen waren erfüllt worden.

Damals hatte Cadwallader Colden auf der Höhe seiner Macht gestanden, aber ihr war er nicht gewachsen gewesen. Das war er noch immer nicht. Vor zwei Wochen war Andrew aus Edinburgh zurückgekehrt und hatte sofort die Verantwortung nicht nur für das Hospiz übernommen, sondern auch für das Pesthaus auf Bedloe's Island. Luke erhielt noch immer seine Pension, während Caleb Devrey wie eine verängstigte Küchenschabe durch die Stadt huschte.

Ein tiefes Dröhnen war zu hören, als würde es in weiter Ferne donnern. Der Pöbel, der seinem Zorn Luft machte. »Es ist gefährlich hier, Mistress. Wir sollten gehen.«

»Ja, Rudolf, gleich. Einen Augenblick noch.«

Sie standen am Fuß des Bergs, am Rand der Menge im Schutz der Dunkelheit, konnten aber genau sehen, was vor sich ging: Die aufgebrachte Menge stürmte zum Galgen und rüttelte heftig an den Balken. Die Puppen tanzten wild umher. Sekunden später stürzte der ganze Aufbau krachend in die Feuersbrunst.

Die Flammen loderten noch höher, durchschnitten die Nacht, und die Horde brüllte in frenetischem Hass. Squaw berührte Rudolf am Arm. »Gehen wir. Jetzt gibt es hier nichts mehr zu sehen.«

Als sie nach Hause kam, erfuhr sie, dass Colden im Hafen auf einem Kriegsschiff Zuflucht gesucht hatte. Die Stempelmarken waren im Schutz der Dunkelheit abgeladen und in der City Hall hinter Schloss und Riegel verwahrt worden. Irgendwie hatte der Mob das herausgefunden und war plündernd durch die Stadt gezogen, hatte Gärten zertrampelt, Lampen und Fenster eingeschlagen und gedroht, Häuser zu demolieren. Aber nicht ihres. Es war völlig unversehrt.

Und noch eine Nachricht war eingetroffen: Inmitten

all des Tumults war die *Fanciful Maiden* unbemerkt in den Hafen von New York eingelaufen und lag nun dort vor Anker.

II

Das Pesthaus – das einzige Gebäude auf Bedloe's Island – stand rund hundertfünfzig Fuß vom Ufer entfernt. Zwei Geschosse, in jedem Stockwerk strohbedeckte hölzerne Bettgestelle, nur im Erdgeschoss gab es eine halbhohe Zwischenwand, die die Pfleger von den Patienten trennte.

»Gütiger Gott«, murmelte Andrew. »Das ist ein Todesurteil.«

»Verzeihung, Sir?« Ein Mann zeigte ihm gerade die zweite Institution, die die Stadt seiner Obhut anvertraut hatte. Er war verkrüppelt, ein Bein war wesentlich kürzer als das andere, und er konnte nur am Stock gehen. »Haben Sie mit mir gesprochen, Sir?«

»Nein, das habe ich nicht. Aber jetzt spreche ich mit Ihnen. Johnson – so heißen Sie doch, oder?«

»Genau, Sir. Harry Johnson.«

»Und Sie sind verantwortlich für dieses ... wie sollen wir es nennen? Dieses Quarantänehaus?«

»Genau, Sir. Ich soll mich um alle Seeleute kümmern, wo hergebracht werden, weil sie die Pocken haben. Von den Schiffen, wo im Hafen einlaufen, Sir.«

Auch jeder andere New Yorker, den dieses Unglück befiel, wurde nach Bedloe's Island gebracht. So verlangte es das Gesetz. »Sagen Sie mal, Johnson, warum haben Sie diese gottverlassene Stellung angenommen?«

»Hab keine Wahl nicht gehabt, Sir. Ich nicht und die anderen Jungs auch nicht. Wir sind nur 'ne Stunde vor Ihnen hergekommen, Sir. Erst heut Morgen haben sie uns aus dem Kittchen geholt und direkt hierher gebracht. Wenigstens soll das Essen hier besser sein.«

Guter Gott. »Johnson, sind Sie varioliert worden?«

»Nein, Sir. Nie, Sir. Hab nie nichts getan als 'n paar Kerzen zu klauen.«

»Varioliert zu werden ist kein Verbrechen, Mann. Was immer die Leute auch sagen. Das kann Ihnen das Leben retten.«

»Davon kriegt man doch die Blattern, oder nicht, Sir?«

»Eine milde Form der Pocken. Aber danach bekommen Sie sie nie wieder. Haben Sie die Pocken schon gehabt, Johnson?«

»Ich nicht, Sir. Aber Crispin, das ist einer von meinen Kumpels, wo heute Morgen auch hergekommen ist, wie wir anderen. Der hat sie gehabt. Der hat überall Pockennarben.«

»Ah ja. Das würde ich gerne mit eigenen Augen sehen. Sie, Crispin und die anderen – kommen Sie nachher alle nach nebenan in das kleine Zimmer.« Oben lagen drei Patienten. Alle stanken zum Himmel und würden sehr bald sterben, die Blattern waren eingetrocknet und mit dem Großteil der Haut abgefallen. Trotzdem sollte er noch genügend Serum bekommen, um die Männer zu impfen. »Ich bin in einer halben Stunde so weit.«

»Ist das ein Befehl, Sir?«

Fast wollte er verneinen und sagen, dass es ihre Entscheidung sei. Schließlich stellte eine Variolation auch ein Risiko dar. Aber ohne Impfung würden die Männer unweigerlich sterben. »Ja, das ist ein Befehl. Sie alle, in einer halben Stunde.«

Insgesamt waren es fünf Männer. Am Morgen waren sie vom neuen Gefängnis auf dem Common hergebracht worden, um die letzte Gruppe von Männern zu ersetzen, die diese grauenvolle Aufgabe gehabt hatten und – worauf Andrew seinen letzten Shilling verwetten würde – an den Pocken gestorben waren. Johnson und zwei der anderen zeigten keine Spuren der Krankheit.

Zehn Minuten später hatte er die drei geimpft. »Ein oder zwei Tage werdet ihr euch ein bisschen matt fühlen«, sagte Andrew, während er die Lanzette an einem Lappen abwischte und dabei an die Geschichte dachte, die sein Großvater ihm von Cotton Mather erzählt hatte und von unsichtbaren Würmern, die herumkrochen und die Krankheit verbreiteten. In Christophers Aufzeichnungen – die Andrew zusammen mit Lucas Turners Tagebüchern bekommen hatte – stand der Rat, Skalpell und Lanzette nach Gebrauch abzuwischen. Um sich vor den möglichen unsichtbaren Würmern zu schützen. »Vielleicht bekommt ihr etwas Fieber, ein paar Pocken kriegt ihr auf jeden Fall. Aber habt keine Angst, das geht bald vorbei.«

Bitte, lieber Gott, mach, dass es so ist. Er hatte besonders sorgsam darauf geachtet, wie viel Eiter er mit dem Blut der Männer vermischte, bevor er sie damit impfte. Nach einem Aufenthalt in einem der Gefängnisse Seiner Majestät war es um die Gesundheit kaum so gut bestellt, dass man mehr als nur die allermildeste Form der Pocken überlebte. »Macht keinen Schritt aus diesem Teil des Pesthauses, bis ihr wieder ganz gesund seid. Keinen einzigen Schritt, hört ihr? Ihr beiden, die schon die Pocken hattet, werdet euch bis dahin allein um eure Patienten kümmern müssen. Und pflegt eure Kameraden.«

Mehr konnte er hier nicht tun. Andrew sammelte seine Instrumente ein und machte sich ans Gehen. »Johnson, winken Sie einem Boot, damit es mich abholt.«

»Aber dann muss ich doch einen Schritt aus diesem Teil des Pesthauses machen, Sir, oder nicht?«

»Ja, in der Tat. Aber keine Angst, nach draußen zu gehen ist ungefährlich. Ich meinte damit, dass Sie die Stationen nicht betreten dürfen.«

Die Quarantänegesetze untersagten allen größeren Schiffen, sich Bedloe's Island zu nähern. Nur kleine Boote durften anlanden, und das auch nur, wenn sie Patienten anlieferten oder gerufen wurden, um einen Fahrgast abzuholen.

Johnson wartete mit ihm am Steg. Ein Kahn hielt auf sie zu; die vier Männer, die es bemannten, ruderten schnell. Andrew wusste, wie sehr sie diese Aufgabe hassten. Vor Bedloe's Island hatte jeder in der Provinz Angst.

»Verzeihung, Sir ...«

»Ja, Johnson, was ist?«

»Dort drüben, bei dem großen Felsen, Sir. Ich und die Jungs, Sir, wir haben ihn uns vorhin angeschaut.«

»Was habt ihr euch angeschaut?« Der eisige Novemberwind fegte übers Wasser, wehte Andrew die blonden Haare aus der Stirn und fühlte sich auf seinen Wangen an wie eisige Pfeile. Der erste Schnee lag in der Luft. Andrew zog seinen schweren grauen Umhang fester um sich.

»Wenn Sie nur mal mitkommen könnten, Sir ...« Der

Mann trug keinen Mantel. Er sprang auf und ab. Aber nicht vor Kälte, vielmehr vor Aufregung.

Der Kahn war fast bei ihnen angelangt. Widerstrebend wandte Andrew sich wieder an Johnson. »Also gut, dann gehen wir mal hin.«

Der Mann führte ihn zu einem riesigen Granitfelsen, der rund dreißig Fuß von der Südseite des Pesthauses entfernt aus der Erde ragte. »Da ist es, Sir.«

»Das ist ein Felsen, Mann. Kein Wunder, dass die Bauarbeiter ihn nicht ausgegraben haben. Er ist gewaltig groß.«

»Um den Stein geht es nicht, Sir. Was mich wundert und die anderen Jungs auch … Das da, Sir.« Johnson deutete mit seinem Stock auf eine Reihe von Löchern.

Andrew trat einen Schritt näher. Die Löcher bildeten einen Kreis rund um den Felsen, und alle waren frisch gegraben. Ein Dutzend, schätzte er, nur jeweils eine Spatenbreite breit, aber knapp zwei Fuß tief.

»Was meinen Sie, Sir?«

»Guter Gott, Mann, ich habe keine Ahnung.«

»Glauben Sie, dass das die Geister waren, Sir? Die Geister von denen, wo die Pocken hatten und hier gestorben sind? Dass die sich jetzt aus der Erde buddeln?«

»Nein, das glaube ich nicht.«

»Ahoi! Dr. Turner! Sie können an Bord kommen, Sir!« Das Boot hatte den Anlegesteg erreicht, die Männer hatten die Ruder eingezogen. Im Bug stand ein Offizier, der die Hände trichterförmig um den Mund legte und gegen den Wind schrie. »Ahoi! Dr. Turner!«

Andrew drehte sich um und ging eilig auf das Ufer zu. »Keine Geister, Johnson. Außerdem ist hier niemand begraben. Haben sie euch denn nicht gesagt, was ihr mit den Toten machen sollt?«

Johnson bemühte sich, mit ihm Schritt zu halten, hüpfte auf seinem gesunden Bein und dem Stock neben ihm her. »Die haben uns nix gesagt, Sir. Nur, dass das Essen besser wär.«

»Die Toten müssen in Öltuch gewickelt werden, Johnson. Im Vorratsraum findet ihr jede Menge. Wickelt sie fest ein, bindet das Tuch mit Hanfschnur fest und werft sie dann ins Meer, drüben auf der anderen Seite der Insel. Hier ist niemand begraben, also können sie sich auch nicht ausbuddeln.«

»Wo wohnst du?«, fragte Luke.

»Im Augenblick auf meinem Schiff.« Morgan versuchte, nicht auf die beiden Buckel unter der Decke zu sehen, die auf dem Schoß seines Onkels lag, aber es war ihm unmöglich, den Blick abzuwenden. Die runden Stümpfe kamen ihm vor wie Pistolen, deren Mündung auf ihn gerichtet war.

»Mit der ganzen Besatzung?«

Morgan schüttelte den Kopf. »Nur zwei Männer, die sich um alles kümmern. Die anderen habe ich nach Hause geschickt.«

»Das klingt, als wolltest du eine Weile hier bleiben.«

»Das ist schwer zu sagen. Aber … Ich glaube, ich bin für immer nach Hause gekommen, Onkel Luke.«

»Das freut mich. Hör mal … Wahrscheinlich kann ich nichts sagen, was dich dazu bewegen würde, den Streit mit deiner Mutter beizulegen.«

»Es tut mir Leid, aber nein, dazu gibt es nichts zu sagen.«

In den sechs Jahren schien Morgan voller geworden zu sein, doch war die Veränderung nicht rein körperlicher Art. Aus dem Jungen war ein Mann geworden. Luke musterte seinen Neffen und fragte sich, wie viel er sagen sollte. Oder fragen. Morgan ergriff das Wort, bevor sein Onkel sich entschieden hatte. »Kränkt es dich, wenn ich mich nach Caleb Devrey erkundige?«

»Nein, das kränkt mich gar nicht. Er ist nicht mehr für das Hospiz verantwortlich. Arm wie eine Kirchenmaus, oder so heißt es zumindest. Aber natürlich hat er noch beide Beine.«

»Onkel Luke, ich …«

Luke hob die Hand. »Sei still, Morgan. Es ist sinnlos, über etwas zu reden, das sich nicht erklären lässt. Glück oder Schicksal – nenn's, wie du willst – bestimmt unser Handeln, und wir haben nur selten eine Wahl. Mehr gibt es dazu nicht zu sagen.«

»Ich hätte dich weggezogen, wenn ich es gekonnt hätte, Onkel Luke. Die Umstände haben es verhindert. Ich hoffe, du kannst mir das glauben.«

»Aber ja, Junge. Allerdings kann ich dich ja kaum mehr so nennen, oder? Jetzt, da du neunundzwanzig bist.«

»Alt genug, um es als Kompliment aufzufassen«, sagte Morgan.

Sein Piratengrinsen war noch genauso gewinnend wie früher, dachte Luke. So berüchtigt Morgan auch sein mochte, bei seinem Anblick schmolzen alle New Yorkerinnen dahin. »Also, was kann ich dir noch vom guten Caleb erzählen? Angeblich pökelt er seinen Magen mit Brandy und lebt allein in einem Zimmer in der neuen Taverne, die in Etienne De Lanceys Haus aufgemacht wurde. Der Wirt ist ein Mann namens Sam Fraunces. Er ist erst vor kurzem von den Westindischen Inseln hergekommen. Offenbar war er bereit, Caleb ein Zimmer zu vermieten, weil er nichts von ihm wusste. Und jetzt wird er ihn nicht mehr los. Die Devreys haben immer noch zu viel Einfluss in der Stadt, als dass einer von ihnen auf die Straße gesetzt würde. Aber angeblich ist er dünn wie eine Bohnenstange und vielleicht auch krank. Das sollte dir ein Trost ein. Willst du den Rachefeldzug deiner Mutter fortsetzen, Junge?"

»Nein. Es hat mich nur interessiert.«

»Oder meinen Feldzug? Oder was du dafür hältst?« Luke deutete auf die Hälfte seines Körpers, die ihm fehlte.

»Nein, auch das nicht.«

Das war nicht einmal gelogen. Der Kampf, um den es ihm ging, betraf einzig und allein ihn selbst. Sechs Jahre lang hatte ihn das Wissen gequält, dass sein Onkel durch seine Schuld die Beine verloren hatte. Er war zurückgekommen, um diese Rechnung zu begleichen. Er hatte auch andere Dinge in New York zu erledigen, doch vor allem wollte er das zurücknehmen, was zu geben er nicht das Recht gehabt hatte: Caleb Devreys wertloses Leben gegen Luke Turners Beine. Devreys Tod würde zwar nicht die Beine seines Onkels wiederherstellen, aber vielleicht könnte Morgan dann ohne Albträume schlafen.

Luke beschloss, ihn beim Wort zu nehmen. »Also, dann reden wir doch von etwas anderem. Du hast dir ja eine aufregende Zeit für deine Heimkehr ausgesucht. Was sagst du zu dem, was in der Stadt vor sich geht?«

»Wenn du damit dieses hinterhältige Stempelsteuergesetz meinst, dann glaube ich, dass es Ärger geben wird. Jede Menge Ärger sogar.«

Luke nickte. »Ja, da bin ich deiner Meinung. Ganz abgesehen davon, dass London gerade auch ein Einquartierungsgesetz erlassen hat. Jetzt sind wir direkt für Unterkunft und Verpflegung der englischen Truppen verantwortlich. Ist das der Grund, warum du heimgekommen bist, Morgan? Der Reiz des Ärgers?«

»Manche würden es so nennen.«

Lärmend ging die Tür zum kleinen Vorraum auf und fiel wieder ins Schloss, ein kalter Luftzug wehte herein. Dann war Andrews Stimme zu hören. »Draußen ist es eisig kalt, und es hat zu schneien begonnen. Eigentlich viel zu früh, aber …« Der junge Mann trat in den Raum und schlug ein paar Schneeflocken von seinen Handschuhen. »Ich konnte gar nicht … Ach, Morgan. Welche Überraschung.« Andrew nahm seinen Umhang ab, legte ihn auf einen Stuhl und trat ans Feuer. Er streckte die Hand nicht aus.

»Du siehst gut aus, Andrew. Edinburgh hat dir offensichtlich gut getan.« Mit ausgestreckter Hand ging Morgan auf ihn zu.

Andrew betrachtete ihn eine lange Sekunde. Als er den Blick seines Vaters auf sich ruhen spürte, ergriff er schließlich die Hand seines Cousins. »Ich habe schon gehört, dass du wieder hier bist.«

»In dieser Stadt sprechen sich Neuigkeiten immer schnell rum. Ich habe auch schon gehört, dass du wieder hier bist. Und dass du eine schottische Braut hast.«

»Alte Familientradition«, sagte Andrew mit einem Blick auf seinen Vater. »Meg kommt nächsten Monat.«

»Wie schön. Ich freue mich schon auf die Hochzeit.«

Luke wusste, dass es seinem Sohn auf der Zunge lag, zu sagen, er würde eher den Teufel einladen als Morgan Turner. »Schenk uns doch allen einen Schluck Brandy ein, Andrew. Und erzähl uns, wie es auf Bedloe's Island war.«

»Höllisch«, antwortete Andrew rasch, froh, das Thema wechseln zu können.

»Wieso? Sie wollten doch ein modernes Quarantänehospital bauen. Damit die Pockenkranken nicht mehr wie Hunde im Unrat sterben müssen.«

»Sobald du nicht mehr die Verantwortung hattest, haben sie natürlich alles auf die typische Colden-Art gemacht, so billig wie möglich und mit geringster Rücksicht auf das öffentliche Wohl. Ich brauche wohl nicht eigens zu sagen, dass sie die Gefangenen, die sie als Pfleger dorthin schicken, nicht variolieren.«

»Variolation«, sagte Morgan. »Geht der Glaubenskrieg immer noch weiter?«

»Nicht mehr mit derselben Leidenschaft«, erklärte Andrew. »Im Lauf der Jahre hat Großvater doch etwas bewirken können. Sogar einige Ärzte impfen jetzt schon, und niemand hindert sie daran. Obwohl sie natürlich, da sie es nicht gelernt haben, meistens die falsche Dosis nehmen, sodass viele an der Variolation sterben.«

»Der eigentliche Grund, warum das Thema nicht mehr so hitzig debattiert wird, ist, dass wir schon seit sieben Jahren keine wirkliche Pockenepidemie in New York hatten«, warf Luke ein. »Seitdem sie alle Schiffe, die im Hafen einlaufen, untersuchen. Deswegen sind wir ja überhaupt auf die Idee gekommen, das Quarantänehaus zu bauen.«

»Na ja«, sagte Andrew, »wenn das höllische Pesthaus New York von den Pocken verschont, dann trinke ich darauf, so teuflisch es auch ist.«

Morgan trank einen Schluck Brandy, während sein Blick zwischen seinem Cousin und seinem Onkel hin- und herwanderte. Die Zuneigung, die zwischen den beiden herrschte, war unverkennbar, ebenso wie die friedliche Atmosphäre des ganzen Hauses. Eine bessere Gelegenheit würde sich kaum ergeben. Außerdem hatte ja Andrew selbst das Thema des Pesthauses angeschnitten. »Die ganzen Veränderungen in deinen Plänen, Onkel Luke ... hoffentlich haben sie dieses Quarantänehospital wenigstens an der Stelle gebaut, die du vorgeschlagen hattest.«

»Soweit ich weiß, doch«, sagte Luke und schaute fragend zu seinem Sohn.

»Ich glaube schon. Zumindest den Plänen nach zu urteilen, die du mir gezeigt hast. Andererseits hatten sie kaum eine andere Wahl, oder sie hätten es gleich auf einem völlig anderen Teil der Insel bauen müssen. Gleich beim Haus ist ein gewaltiger Fels. Einen Brocken in der Größe hast du noch nie gesehen. Die hätten sich bis China durchbuddeln müssen, um den wegzuschaffen.«

Der Knoten in Morgans Magen löste sich. »Das ist ja gut, Onkel Luke.«

»Aber bei dem Stein ist etwas Seltsames passiert«, fuhr Andrew fort. »Die neuen Pfleger waren gerade eine Stunde vor mir dort angekommen. Im Augenblick sind gerade mal drei Patienten im Pesthaus, allesamt kurz vor dem Ableben. Und es fährt weiß Gott niemand freiwillig auf die Insel. Trotzdem hat jemand Löcher rund um den

Stein gegraben. Rund ein Dutzend, frisch ausgehoben. Was sagst du dazu?«

»He, Sie da.« Morgan näherte sich einem alten Mann, der geröstete Kastanien verkaufte. »Ich suche nach einem Neger, der Cuf heißt. Kennen Sie den?«

»Ich weiß von nix, wo mich nix angeht, Sir.« Der Mann stocherte in der Glut des kleinen Feuers, das er auf der festgestampften Erde der Straße entfacht hatte. »Aber wollen Sie nicht ein paar Kastanien, Sir? Einen Penny für zehn. Bessere und größere kriegen Sie hier nirgends, Sir.«

Der Duft der röstenden Kastanien war tatsächlich verführerisch. »Doch, die hätte ich gern.« Morgan holte einen Penny aus seiner Tasche und band sich das Halstuch ab, gab dem Alten die Münze und breitete das Tuch aus, um die Kastanien darin entgegenzunehmen. »Ich will Cuf nichts Böses. Ich will nur mit ihm reden. Ich hab gehört, dass er oft hier in der Gegend ist.«

Der Kastanienverkäufer hustete und spuckte auf den Boden. Es gab kaum jemanden in New York, der Morgan Turner nicht erkannte, aber dem Alten wollte niemand einfallen, der freiwillig mit ihm reden wollte. Von entlaufenen Sklaven ganz zu schweigen. Wobei, mit dem Entlaufen war er sich nicht so sicher. Manche sagten, Cuf wär der Sklave der Frau, die sich Mistress Allheil nannte. Trotzdem … Wieder hustete der Mann und spuckte aus. »Da drüben«, sagte er schließlich. »In der Fiddle and Clogs Tavern. Da können Sie mal fragen.«

Es war Nachmittag, in der Schänke herrschte wenig Betrieb, und da noch keine Kerzen brannten, war es relativ dunkel. Morgan konnte gerade das Schild über der Theke lesen, auf dem gekochtes Eichhörnchen für drei Pennies angeboten wurden, und Austern – zwölf Stück für einen Holzpenny, vierzehn für einen Kupferpenny. So schlimm konnte es ja nicht bestellt sein, wenn die einfachen Handwerker der einstigen Church Farm sich noch gekochtes Eichhörnchen zum Essen leisten konnten oder einen Penny für Austern bezahlten, die sie im Hafen genauso gut kostenlos einsammeln konnten.

»Guten Tag, der Herr. Womit kann ich Ihnen dienen?«

»Mit einer Auskunft.« Morgan nahm auf einer Bank Platz. »Und ein Glas von Ihrem besten Bier, um diese Kastanien runterzuspülen.«

»Das mit dem Bier lässt sich leicht regeln, Sir.« Der Schankwart ging zu dem langen, schmalen Tresen, auf dem die Fässer standen, und zapfte einen Krug mit schäumendem Bier, den er dann vor Morgan auf den Tisch stellte. »Das mit der Auskunft könnt schwieriger sein, Käpt'n Turner.«

Er wusste nie genau, ob er es als Vorteil oder als Nachteil betrachten sollte, überall sofort erkannt zu werden. »Ich glaube, Sie können mir helfen. Zumindest wurde mir das gesagt. Ich suche nach einem Neger, der Cuf heißt.«

Der Mann wandte sich ab und widmete sich mit Hingabe der Arbeit, einen derben Holztisch mit einem schmutzigen Lumpen abzuwischen. »Hier in der Stadt gibt's viele Neger, Sir.«

»Guten Tag, Morgan.«

Morgan drehte sich um. »Guten Tag, Cuf.«

»Ich hab schon gehört, dass du wieder hier bist. Was willst du?«

»Dich sehen, Cuf.« Die Enttäuschung ballte sich zu einem kalten Stein in seinem Magen zusammen. Cufs Blick war wachsam, fast misstrauisch. Zum allerersten Mal.

»Na, jetzt bin ich hier. Aber ich geh nicht zurück, Morgan. Nicht mal, wenn du mich umbringst.« Cuf deutete mit dem Kopf auf das Entermesser.

»Ich will dich überhaupt nicht zurückbringen. Obwohl ich mich schon frage, warum du nicht die paar Jahre noch warten wolltest, bis du …« Morgan unterbrach sich und warf einen Blick auf den Schankwart. Der hatte sich in den hintersten Winkel des schmalen Raums zurückgezogen, doch seine Augen funkelten vor Neugier. »Nicht hier«, sagte Morgan. »Wo sollen wir hingehen?«

Cuf überdachte die beiden Möglichkeiten, die ihm offen standen. Er konnte Morgan von der Fiddle and Clogs wegbringen und den Augenblick hinauszögern, in dem Roisin ihn sah, oder er konnte die Gelegenheit nutzen und bei dem Treffen dabei sein. »Komm mit nach oben«, sagte er. »Da sind wir alleine.«

Dieselben Klatschmäuler, die Morgan verraten hatten, er würde Cuf draußen auf der früheren Church Farm finden, hatten ihm auch erzählt, dass der Schwarze mit einer weißen Frau zusammenlebte. »Es heißt, er ist ihr Sklave. Eine Heilerin ist sie, und zwar ’ne gute. Nennt sich Mistress Allheil und kann fast alles kurieren. Aber manche sagen, dass sie das Bett mit dem halb weißen Nigger teilt. Dass sie sogar ’n kleines Mädchen von ihm hat.«

Diese Gerüchte hatten Morgan auf nahezu alles vorbereitet. Aber nicht auf Roisin.

»Guten Tag, Morgan.« Sie brauchte keine drei Sekunden, um ihre Fassung wiederzugewinnen, während er sie sprachlos anstarrte. »Setz dich«, sagte sie. »Ich bringe dir ein Bier. Oder hättest du lieber eine Tasse Tee?«

Das Herz klopfte ihm wie wild. Was er brauchte, war ein Rum oder ein Brandy, aber so etwas würde er hier kaum bekommen. Das Zimmer war klein und lag direkt unter dem Dach der Taverne. Sehr sauber und ordentlich, aber alles andere als luxuriös. In einer Ecke standen Gegenstände, die offenbar zu einer Art Apotheke gehörten. »Du bist also die Heilerin«, sagte er. Seine Stimme war heiser, wie er ärgerlich feststellte. »Du bist Mistress Allheil.«

»Ja, die bin ich. Tee oder Bier?«

»Das hätte ich mir denken können. In der ersten Nacht hast du mir gesagt, dass du eine Heilerin bist.«

Das Blut stieg ihr in die Wangen, die beinahe so rot wurden wie ihr Haar. Weil er ihre erste gemeinsame Nacht erwähnte, wurde Morgan mit großer Genugtuung bewusst. Er hatte sie nicht in Verlegenheit bringen wollen, aber jetzt, da er es getan hatte, freute er sich darüber. Offenbar erinnerte sie sich an alles, genau wie er. In den letzten sechs Jahren hatte er sich die Szene oft genug vorgestellt – Roisin, die auf seinem Schoß saß, nackt wie Gott sie geschaffen hatte, wunderschön, und er tief in ihr, die Hände um ihre schmale Taille gelegt.

»Mama, ich hab Durst. Kann ich was zu trinken haben?«

Das Kind erschien aus der dunklen Ecke, in der es auf einer Decke am Boden geschlafen hatte. Roisin zog das Mädchen beschützend an sich, legte ihr einen Arm um die Schultern. »Morgan, das ist Clare, meine Tochter. Meine und Cufs Tochter.«

»Warum, Cuf?«, fragte Morgan.

»Warum was?«

Sie saßen allein in dem kleinen Zimmer unter dem Dach. Cuf hatte Roisin und das Kind fortgeschickt. Cuf, der Befehle erteilte und nicht entgegennahm. Sein Leben lang hatte Morgan den anderen Jungen – guter Gott, den anderen Mann – als Sklaven gekannt. Jetzt war Cuf ebenso wenig ein Junge oder Sklave wie er selbst.

»Was willst du denn wissen?«, drängte Cuf. »Weswegen bist du hergekommen?«

»Ich … Da ist …« Heilige des Himmels. Roisin. Mit Cuf. Und das kleine Mädchen. Sie hatte nichts von einer Schwarzen an sich, zumindest dem kurzen Blick nach zu urteilen, den er auf sie hatte werfen können. Ihr Gesicht unter der Haube war vom Schlaf gerötet gewesen, aber trotzdem hatte er gesehen, dass ihre Haut so blass war wie die Roisins. Ob sie wohl auch rotes Haar hatte? Die Haube hatte es verborgen. Heiliger Herr des Himmels. »Bedloe's Island«, sagte er und zwang sich, seine Gedanken zu ordnen. »Darüber wollte ich mit dir reden.«

Cuf hatte Roisin fortgeschickt, bevor sie das angebotene Bier einschenken konnte. Jetzt holte er zwei Krüge. »Hier. Wenn ich mich recht entsinne, hast du immer Durst.«

Morgan nahm den Krug entgegen. »Danke …«

»Bedloe's Island.«

Morgan nickte.

»Warum kommst du zu mir, wenn du etwas über die

Insel wissen willst? Soweit ich weiß, ist dein Cousin Andrew wieder in New York und hat die Verantwortung für das Pesthaus übernommen.«

»Das meine ich nicht, und das weißt du auch.«

»Ich weiß.« Cuf nahm einen Schluck Bier und sah Morgan über den Rand des Zinnkrugs an. »Das erste Mal«, sagte er.

»Das erste Mal was?«

»Dass du mein Bier trinkst.«

»Ja«, sagte Morgan, und allmählich ging ihm auf, wie erstaunlich dieser Tag tatsächlich war. »So hatte ich das noch nicht gesehen, aber es stimmt.«

»An unserem nächsten Geburtstag werden wir beide dreißig. Wir wurden von derselben Amme gestillt, sind im selben Haus aufgewachsen. Aber jetzt sitzen wir zum ersten Mal zusammen, ohne dass ich dein Sklave und du mein Herr bist. So ist es jetzt, Morgan. Wie's früher war, will ich nie wieder erleben.«

»So war es für mich auch nie, Cuf. So habe ich dich nie gesehen.«

»Du vielleicht nicht. Aber es war trotzdem so.«

»Nicht für mich«, wiederholte Morgan. »Für mich warst du immer mein Freund. Immer, Cuf. Bis ...«

»Bis was? Bis ich von deiner Mutter weggelaufen bin und nicht mehr ihr Eigentum war?«

»Ich habe meine Mutter seit sechs Jahren nicht gesehen. Sie hat nichts damit zu tun, dass ich hier bin.«

»Das sagst du. Aber sie war diejenige, die mich nach Bedloe's Island geschickt hat und mir das Kästchen mit dem goldenen Pferdekopf gab und mir auftrug, es zu vergraben.«

»Ja, ich weiß. Deswegen bin ich hier. Um dich zu fragen, ob sie dich hingeschickt hat, um die Kiste wieder auszugraben.«

Er wartete, aber Cuf schwieg. »Andrew hat mir gestern von Löchern rund um den großen Felsbrocken erzählt. Er hatte natürlich keine Ahnung, was sie bedeuten, aber ich schon. Gestern Nacht bin ich nach Bedloe's Island hinübergerudert. Die Löcher waren noch da. Eins war an genau der richtigen Stelle, und da war nichts drin. Außer mir wissen nur zwei andere Menschen in New York, wo der Pferdekopf vergraben war, Cuf. Du und meine Mutter.«

»Ich sage dir das nur einmal, Morgan. Es ist die Wahrheit, aber du musst selbst entscheiden, ob du mir glaubst. Ich habe deine Mutter nicht mehr gesehen, seit ich aus ihrem Haus weggegangen bin. Das war vor sechs Jahren, wie bei dir.«

Die Jahre auf See hatten Morgan einiges über das Verhalten von Männern in kritischen Situationen gelehrt. In bestimmten Momenten sagten sie einfach die Wahrheit. So wie jetzt. »Ich glaube dir.«

»Gut. Damit können wir eine Möglichkeit abhaken. Eine andere ist natürlich, dass ich von mir aus nach Bedloe's Island gefahren bin und die Kiste ausgegraben habe. Aber sag mir eins, Morgan: Wenn ich das, was immer es war, was ich auf der gottverlassenen Insel vergraben habe, wirklich stehlen wollte, warum hätte ich das nicht schon viel früher getan?«

»Ich weiß es nicht. Das ist eines der Dinge, die ich gerne herausfinden würde.«

»Verflucht, Mann! Ich hätte es gleich damals nehmen können.«

»Ich weiß.«

»Morgan, ich habe keinen blassen Schimmer, was in dem Pferdekopf drin war. Irgendetwas war drin, das weiß ich – warum wäre er sonst mit Wachs versiegelt gewesen? Aber was drin war, das weiß ich nicht. Und es ist mir auch völlig egal. Freiheit, Morgan. Das ist das Einzige, das für mich zählt. Freiheit für mich, für Roisin und unsere Tochter.«

Morgan nahm einen Schluck aus seinem Krug und stellte ihn wieder auf den Tisch. »Wie ist es zu all dem hier gekommen?« Er gestikulierte um sich, deutete auf den kleinen Raum mit allem, was er enthielt.

»Es ist dazu gekommen, weil wir es so wollten«, sagte Cuf matt; die ausgesprochenen ebenso wie die unausgesprochenen Anschuldigungen ermüdeten ihn. »Ich und Roisin haben beschlossen, dass wir niemandem mehr gehören wollen.« Er beobachtete Morgan, bemerkte seine Reaktion auf Roisins Namen ebenso, wie ihm der Ausdruck auf ihrem Gesicht aufgefallen war, als sie den Mann erblickte, der ihr die Unschuld genommen und keinen Gedanken daran verschwendet hatte, was er tat. Sie hatte Cuf alles erzählt – warum sie auf der Straße gelandet war, wie sie in die Grube gekommen war und dass sie bei keinem Mann gelegen hatte, bevor Morgan Turner sie nahm. Doch das war ihr Geheimnis, ihre Geschichte; es war nicht seine Sache, sie weiterzuerzählen. »Ich und Roisin haben beschlossen, dass wir nicht noch mal verkauft und gekauft werden wollten.«

»Aber für sie war es doch anders, sie war …«

»… dienstverpflichtet«, unterbrach Cuf ihn. Er würde nicht zulassen, dass Morgan sie eine Hure nannte. Dann müsste er handgreiflich werden – und was würde passieren, wenn Morgan ihn dabei umbrachte? Wer würde sich dann um Roisin und Clare kümmern? »Sie hätte noch fast zehn Jahre abarbeiten müssen. Das war zu lang, Morgan. Zu lange, um diese Hölle zu ertragen. Und nur wegen des Verbrechens, nicht genügend Geld zu haben, um sich die Überfahrt in ein neues Leben leisten zu können.«

Morgan nickte. »Ja, ich weiß. Aber wie bist du hierher gekommen?«

»Jan Brinker«, sagte Cuf. »Er hat Bier für die Rotröcke gebraut und ist damit zu viel Geld gekommen. Eines Tages hat er mich gefunden und mir vorgeschlagen, wenn ich weglaufe, richtet er mir einen Laden ein. Du weißt doch, wegen der Sache zwischen ihm und deiner Mutter. Ich glaube, das hat er gemacht, um sich an ihr zu rächen.«

»Der Zwerg!« Morgan war ehrlich überrascht. »Wo ist er? Wie hat er ...«

»Er ist vor ein paar Tagen gestorben. An der Franzosenkrankheit. Roisin hat alles versucht, um ihm zu helfen, aber es hat nichts genützt.«

»Es tut mir Leid, dass ich ihn nicht mehr gesehen habe.«

»Ihm würde es auch Leid tun.«

»Reich, sagst du.«

»Sehr reich. Ihm hat auch diese Schänke gehört.«

»Jan Brinker als Wirtshausbesitzer. Wer hätte das gedacht.«

»Da gibt's noch etwas, was du dir nicht gedacht hättest.« Cuf hob seinen Bierkrug in die Höhe. »Den habe ich gemacht, und deinen auch.«

»Du! Wann hast du das gelernt?«

»Als du zum ersten Mal als Pirat weggefahren bist.«

»Als Freibeuter«, sagte Morgan, und zum ersten Mal umspielte eine Art Lächeln seine Lippen.

»Na, dann als Freibeuter.«

»Ich habe mir immer gewünscht, dass du mitkommst, Cuf. Das weißt du auch.«

»Ja, ich weiß. Aber ich mag die See nicht. Noch ein Grund, warum ich nach all den Jahren nicht zu dieser verpesteten Insel gefahren bin und deinen vermaledeiten Pferdekopf ausgebuddelt habe.«

Morgan lehnte sich in seinem Stuhl zurück und kniff die Augen zusammen. »Da ist noch etwas. Sag's mir.«

»Die Fiddle and Clogs Tavern gehört jetzt mir. Jan Brinker hat sie mir vermacht.«

»Heiliger Strohsack.« Caleb starrte auf den Gegenstand in Petrus Vrincks Hand. »Wo kommt das denn her?«

»Das brauchen Sie gar nicht wissen. Ich hab gesagt, dass ich's rausfind, und genau das hab ich getan.«

Vrinck hielt einen goldenen Pferdekopf in der Hand. Caleb hatte selten einen Gegenstand gesehen, der kunstvoller gearbeitet war. »Die Augen«, sagte er leise. »Das sind ja Rubine.«

»Das hab ich mir auch gedacht. Rubine.« Die Edelsteine funkelten im Schein des Feuers.

»Geben Sie's mir.« Caleb entriss Vrinck den Pferdekopf.

»Unglaublich.« Caleb drehte ihn ein paar Mal hin und her und betrachtete die verblüffend lebensechten Züge des Pferdes. »Um den Hals ist ja noch etwas Siegelwachs.«

»Ja. Der war versiegelt, als ich ihn gefunden hab.«

Caleb steckte einen Finger in das hohle Innere. »Um das, was darin lag, sicher zu verwahren«, meinte er. »Das, was jetzt nicht mehr da ist.« Er hob den Kopf und sah den anderen durchdringend an.

Sie saßen in Calebs Zimmer im zweiten Stock der Fraunces Tavern. Im Kamin brannte ein Feuer, auf dem Tisch zwischen ihnen stand eine Kerze. In ihrem sanften Widerschein sah sogar Vrincks fahle Haut gesund aus. Grinsend legte er den Kopf zur Seite, um Caleb mit seinem guten Auge zu fixieren. »Ich hab's«, sagte er. »Was da in dem Pferdekopf war. Ich hab's. Keine Bange, Mann.«

»Und so wie Sie grinsen, war genau das drin, was Sie gesucht haben.«

»Stimmt. Genau das, wonach ich gesucht hab.«

»Dann erzählen Sie's mir doch.«

Vrinck lachte heiser. »Was ist denn mit Ihnen, Dr. Devrey? Ein feiner Herr ist doch nie ungeduldig, oder nicht?«

»Mr. Vrinck, Sie haben drei Monate gebraucht und fünf Pfund von meinem Geld.«

»Vom Geld von Ihrem Bruder.«

Caleb zuckte mit den Schultern. »Das tut nichts zur Sache. Was zählt, ist, dass Sie viel länger gebraucht haben, als Sie gesagt hatten.«

»Ich bin krank gewesen«, brummte Vrinck. »Dafür kann ich nix, so wenig wie Sie.«

»Nein, dafür kann keiner etwas. Aber Sie werden nie mehr gesund werden, Vrinck. *Malaria*, stimmt's? Das Wechselfieber. Ich kenne die Symptome.«

»Ich zitter nur manchmal«, räumte Vrinck ein. »Nicht so wie Sie.«

»Das stimmt in der Tat. Wir beide haben überhaupt nicht viel gemeinsam. Doch wie Sie bei unserer ersten Begegnung sagten, wenn Sie diesen Schatz finden wollen« – Caleb steckte sich den Pferdekopf auf seinen langen Mittelfinger und ließ ihn vor Vrinck tanzen –, »wenn Sie finden wollen, was Morgan Turner versteckt hat, und zwar früh genug, dass Sie noch etwas davon haben, brauchen Sie noch mehr Hilfe von mir. Um ein Schiff und eine Besatzung zu bezahlen. Das haben Sie selbst gesagt, Mr. Vrinck. Ist dem nicht immer noch so?«

Vrinck wartete einige Sekunden, kostete die letzten Momente aus, in denen er der Einzige war, der Bescheid wusste. Der Einzige außer dem gottverfluchten Schuft Morgan Turner. Dann steckte er eine Hand in die Tasche seiner kurzen Jacke, holte einen Zettel hervor und legte ihn auf den Tisch. »Hier isses.«

Caleb warf einen Blick darauf. Das Stück Papier war etwa sechs Zoll lang und zwei Zoll breit und offenbar vielfach gefaltet worden. »Ah ja«, sagte er leise. »Wie Sie sagten, Mr. Vrinck. Hier ist es.«

Er legte den Pferdekopf auf den Tisch neben den Zettel, erhob sich und ging zu einer Truhe, die in der Ecke stand. Als er zurückkam, trug er eine Karaffe mit silbernem Rand und zwei Glaskelche. »Brandy, Mr. Vrinck. Aus einem richtigen Schwenker. Das Getränk eines feinen Herren.« Beim Sprechen schenkte Caleb beide Gläser ein. »Ist es das, was Sie sich vorstellen, wenn Sie erst einmal reich sind? Ein feiner Herr zu sein?«

Vrinck nahm das Glas und leerte es mit einem Schluck. »Das geht Sie gar nix an, was ich mach mit dem Geld, mit meinem Anteil dran. Ich hab dafür gekämpft und Leute umgebracht.«

»Das stimmt nicht ganz, Petrus Vrinck. Meiner Erinnerung nach haben Sie Ihren Anteil für das Kämpfen und Töten bereits erhalten. Vierhundert Pfund in Gold- und Silberbarren hätte so manchen ein Dutzend Jahre gut über Wasser gehalten, wenn nicht ein ganzes Leben. Aber andererseits ...« Caleb zuckte wieder die Achseln und ließ seinen Gedanken unausgesprochen. »Kommen wir zur Sache, Mr. Vrinck. Was steht auf dem Zettel? Wo ist der Schatz?«

»Vierundsiebzigdreißig.« Vrinck spuckte die Zahl förmlich aus. »Vierundzwanzig.«

»Das ist Mumpitz, Sie Narr. Was soll das bedeuten?«

»Das, was ich sag.« Jetzt richtete sich keines der beiden Augen auf Caleb. »Vierundsiebzigdreißig und vierundzwanzig.«

Ungeduldig nahm Caleb den Zettel an sich. Vrinck ließ ihn gewähren und schenkte sich dabei einen zweiten Brandy ein.

Caleb konnte nicht mehr gut sehen. Er beugte sich so weit zu der Kerze vor, dass er sich beinahe die Haare versengte. Seine Hände zitterten. Mit zusammengekniffenen Augen schaute er auf das, was dort geschrieben stand. Die Schrift war gut zu lesen, mit ruhiger Hand geschrieben, die schwarze Tinte noch nicht verblasst. Dennoch stachen als Erstes die Zahlen ins Auge; sie waren mit mehr Nachdruck geschrieben als der Rest. »Vierundsiebzig Grad dreißig Minuten westlich von Greenwich«, las er im Flüsterton vor. »Und ...«

Caleb blickte auf. Vrinck neigte sich zu ihm, das halb geschlossene linke Auge starrte ihn unter dem herabhängenden Lid an. »Was steht denn da, verdammt? Wenn Sie versuchen, mich zu überlisten, Sie gottverfluchter Saukerl, dann …«

»Heiliger Strohsack«, unterbrach Caleb ihn; er konnte ein Lächeln nicht unterdrücken. »Sie können nicht lesen! Deswegen versuchen Sie nicht, mich zu hintergehen – Sie können nicht lesen.«

»Zahlen schon«, stellte Vrinck klar. »Zahlen kann ich lesen, aber keine Wörter nicht.«

Caleb faltete den Zettel zusammen und steckte ihn in die Tasche seines schwarzen Gehrocks.

Vrinck zog das Entermesser aus der Scheide, die er um die Taille trug, und beugte sich drohend zu Caleb vor. »Wenn Sie mich betrügen, ist Ihr Leben keinen Holzpenny mehr wert, Sie gottverfluchter …«

»Sie gottverfluchter Saukerl. Das sagten Sie bereits. Ich habe keinerlei Grund, Sie zu betrügen, Mr. Vrinck, und auch wenig Grund, mich vor Ihrem Messer zu fürchten. Ich bin am Sterben, Sie Dummkopf.«

»Wenn Sie eh bald sterben, wieso helfen Sie mir dann?«

»Ich bin nicht auf das Geld aus. Dafür ist es schon zu spät. Mir geht's um den Spaß, Morgan Turner vor Gericht stehen zu sehen wegen Piraterie. Und seine Mutter zu sehen an dem Tag, an dem er gehängt wird. Sie können meinen Anteil des Geldes haben, Mr. Vrinck. Liefern Sie mir lediglich den Beweis, dass es den Schatz wirklich gibt und dass Morgan Turner die Leute, die Geld in die Kaperfahrt neunundfünfzig steckten, betrogen hat.«

»Dafür muss ich aber wissen, was auf dem Zettel steht«, murrte Vrinck und steckte das Messer wieder in die Scheide. »Ich kann den Schatz erst holen, wenn ich weiß, was da draufsteht.«

»Das erfahren Sie, sobald Sie's zu wissen brauchen. Und Sie bekommen ein Schiff und eine Besatzung obendrein.«

Vrincks erster Plan war nicht brillant, aber in Calebs Augen immer noch der beste. Vier der anderen Investoren waren noch am Leben und allesamt mehr als wohlhabend. Sie würden das Geld vorstrecken, um den Schatz zu bergen. Und aufgrund ihrer Macht und ihres Einflusses würde es Petrus Vrinck unmöglich sein, einfach davonzufahren und sie, wenn er den Schatz erst einmal gefunden hatte, zu vergessen. Wenn er das tat, würde er keine Nacht mehr in Frieden schlafen können. Nein, er würde nach New York zurückkommen und sich als Helden feiern lassen. Und Morgan Turner würde als Pirat gehängt werden.

Der Pferdekopf lag noch auf dem Tisch. Caleb zog ihn zu sich und legte die Hand darauf. »Den behalte ich. Und den Zettel auch. Kommen Sie in einer Woche wieder, dann kann ich Ihnen etwas wegen des Schiffes sagen.«

»'ne Woche ist zu lang. Drei Tage.«

Caleb zuckte mit den Schultern. »Also gut, in drei Tagen.« Er erhob sich nicht, als Vrinck Anstalten machte zu gehen. An der Tür blieb der Matrose noch einmal stehen, drehte sich zu Devrey um und sah ihn an. »In drei Tagen.«

»So haben wir es vereinbart. Und jetzt verschwinden Sie.«

Die Tür fiel ins Schloss, es herrschte Stille. Dennoch rührte Caleb sich nicht. Der Schmerz würde bald über ihn herfallen. Er würde hier sitzen bleiben und ihn erwarten, ihn ertragen, bis er vorbei war. Sobald der Anfall vorüber war, würde er nach draußen gehen und die Männer aufsuchen, die er um Tausende von Pfund reicher machen würde. Sie würden seinem Plan zustimmen, und nicht nur um des Geldes willen. Wenn die anderen Investoren von Morgan Turners Betrug erfuhren, würden sie den Schurken ebenso hassen, wie Caleb es tat.

Caleb holte den Zettel aus der Tasche, legte ihn auf den Tisch, glättete ihn achtsam und zog die Kerze ganz nah zu sich. Er las laut, freute sich am Klang seiner Stimme. »Vierundsiebzig Grad dreißig Minuten westlich von Greenwich. Direkt südlich vom vierundzwanzigsten Grad nördlich.« Beim dritten Satz kniff er spähend die Augen zusammen. »Zweimal im Kreis und dreimal zurück.«

Die ersten beiden Sätze waren Koordinatenangaben. Caleb verstand wenig von Navigation, aber er wusste, dass jeder Kapitän mithilfe dieser Ziffern und eines Sextanten einen bestimmten Punkt auf der Erdkugel ansteuern konnte. Aber zweimal im Kreis um was? Und dreimal was zurück? Er hatte keine Ahnung. Da würde ein ungebildeter Tropf wie Vrinck erst recht … Ah, Heilige des Himmels.

Der Schmerz riss ihn fort, und er ergab sich ihm. Ihm blieb nichts anderes übrig. Schweiß rann in Strömen an ihm herab. Er stöhnte leise, biss die Zähne zusammen und wartete. Bedes Sohn, Calebs Neffe Samuel Devrey, hatte auf der Medizinschule in Philadelphia nicht eine neue Behandlungsmethode gelernt. Das Einzige, was er seinem Onkel gegen sein Leiden empfahl, waren

Schröpfkuren, Aderlässe und Purgieren. Reine Zeitverschwendung. Seit Monaten betete Caleb darum, zu sterben. Jetzt nicht mehr. Heiliger Heiland, jetzt wollte er leben.

Er würde lange genug leben, um mit anzusehen, wie sie Morgan Turner am Galgen aufknüpften. Die Hexe würde dabei sein, so viel war sicher.

Oh, mein Gott ... mein Gott. Schlimmer als je zuvor. Er zitterte wie Espenlaub im Sturm. Es gelang ihm, die Karaffe an den Mund zu heben und ein paar Tropfen Weinbrand hinunterzuschlucken, auch wenn ihm der Großteil übers Kinn rann und auf sein Hemd tropfte.

Nach einigen Minuten war es vorbei. Er fühlte sich stark, erfüllt von einer Kraft, die er schon jahrelang nicht mehr empfunden hatte. Hoffnung. Verdammt! Er musste leben. Was immer dazu nötig war, er würde es tun. Andrew Turner war nach New York zurückgekommen. Er hatte die Medizinschule von Edinburgh besucht und sollte gleichzeitig ein herausragender Chirurg sein. Nach allem, was die Leute über ihn sagten, war er mit dem Messer sogar noch geschickter als sein Großvater.

Die Turnersche Gabe. Was würde den jungen Andrew Turner dazu bewegen, ihm den Bauch aufzuschneiden und was immer es war, das ihm diese Schmerzen bereitete, rauszuholen?

Das war verrückt. Das hatte noch niemand getan.

Ich kann mit diesen Händen zaubern. Das hatte Jennet gesagt an jenem Tag vor Millionen von Jahren, als sie miteinander auf der Steinbrücke standen und das Spiel der Sonne im Hafen betrachteten. *Ich kann mit diesen Händen zaubern.*

Selbst wenn Andrew die Fähigkeit dazu besaß, was war mit den Schmerzen? Das Messer, das ihm den Bauch aufschnitt. Konnte er es ertragen? Wenn es bedeutete, Morgan Turner am Galgen baumeln zu sehen, konnte er alles ertragen.

Aber warum sollte Andrew Turner ihm helfen? Wegen der Möglichkeit, einen Bauch aufzuschlitzen und eine Operation durchzuführen, die noch niemand je zuvor vorgenommen hatte. Gegen einen Anteil am Schatz. Und Andrew wusste Bescheid – er wusste, dass Morgan Luke hätte retten können, sich aber entschied, Caleb zu retten. Natürlich hatte er es ihretwegen getan. Weil sie ihren Feind so lange wie möglich am Leben erhalten wollte, um ihn leiden zu sehen.

Dieses Spiel konnten auch zwei Leute spielen. Nachdem er das Schiff organisiert hatte und Vrinck abgesegelt war, um den Schatz zu holen, vielleicht würde er dann herausfinden, ob der junge Andrew von derselben Lust am Schneiden besessen war wie die meisten Chirurgen. Und von derselben Geldgier wie die meisten Menschen.

III

Morgan war kein Stammgast in der Dish of Fry'd Oysters. Die Taverne lag direkt am Wasser, und die meisten Männer, die in dem quadratischen, niedrigen Raum beisammensaßen und tranken, waren Matrosen. Sie alle kannten Morgan; viele von ihnen hoben grüßend den Humpen, als er an ihnen vorbeiging, einige nickten, andere murmelten einen Gruß. Er achtete so wenig wie möglich auf sie – an diesem Abend stand ihm der Sinn nicht nach Trinkgefährten.

Er bahnte sich einen Weg zum hinteren Ende der Theke und zu dem Mann, der dort neben einem Bierfass stand. »Guten Abend, Wirt. Ich glaube, ich werde erwartet.«

»'n Abend, Käpt'n Turner, so ist es. Oben.« Der Mann deutete mit dem Holzhammer, den er in der Hand hielt. »Erstes Zimmer rechts.«

Morgan stieg die Treppe hinauf zu der geschlossenen Tür rechterhand, drückte das Ohr an die Täfelung und hörte den leisen Stimmen zu, bis sie von einem jubelnden Lärmen im Gastraum übertönt wurden. Vermutlich hatte der Wirt das neue Fass angezapft. Wenig später legte sich der Tumult, und Morgan konnte wieder die Stimmen in dem Zimmer hinter der geschlossenen Tür vernehmen. Schließlich drehte er den Knauf.

Drei Männer wandten sich ihm zu und musterten ihn. Ihre Gesichter wurden von Kerzen auf dem Tisch beleuchtet, doch ihre Augen lagen im Schatten. Alex McDougall und Isaac Sears waren ebenfalls Kapitäne von Freibeutern gewesen und dadurch zu Vermögen gekommen, auch wenn keiner von ihnen so viel erbeutet hatte wie die *Maiden*. Und beide fuhren seit einigen Jahren nicht mehr zur See, sondern lebten vom Handel mit den Westindischen Inseln. Der dritte Mann war von einem völlig anderen Schlag: Marinus Willett war ein Tischler in Morgans Alter. Sie verband nichts als der Grund für dieses Treffen.

Sears und McDougall erhoben sich, um Morgan zu begrüßen. Willet hingegen blieb sitzen. Morgan ignorierte die Unhöflichkeit, marschierte in den Raum, drehte schwungvoll einen Stuhl herum und ließ sich rittlings darauf nieder. »Einen guten Abend wünsche ich den Herren. Sind jetzt alle da?«

»Alle, die heute Abend kommen wollten«, sagte McDougall. »Obwohl viele andere im Geiste bei uns sind.«

Heilige des Himmels. McDougall trug einen gelben Cutaway, der rundum mit Goldlitze besetzt war und an dem große Goldknöpfe prangten. Sein Jackett war aus cremefarbenem Satin. Die Spitzenrüschen seines Hemds waren ebenfalls mit Gold durchsetzt, und seine Lockenperücke hatte wohl mehr gekostet, als die meisten Familien in einem Jahr für Nahrungsmittel ausgaben.

Warum meinte er, einen ganzen Abend mit diesem Großkotz verbringen zu müssen, während jemand die Angaben in Händen hielt, die er in dem Pferdekopf versteckt hatte? Was in Gottes Namen suchte er hier, da es doch so viel Dringenderes zu tun gab?

Es war, als hätte Marinus Willet seine Gedanken gelesen. »Kommen wir doch zur Sache. Was suchen Sie hier, Turner?«

»Dieselbe Frage könnte ich Ihnen stellen.«

»Das können Sie nicht. Es kann Sie wohl kaum überraschen, dass ich was gegen Gauner und Götzendiener unternehmen will.«

»Götzendiener«, wiederholte Morgan leise. »Ein interessanter Vorwurf. Sagen wir mal so, Mr. Willet: Wenn Sie hier sind, um sich gegen die eine oder andere Religion auszusprechen, haben Sie Recht: Dann habe ich hier nichts zu suchen. Mir ist es völlig egal, wer wen auf welche Art und Weise anbetet. Meiner Ansicht nach allerdings haben wir uns hier versammelt, um über die Gesetze in diesen Kolonien zu sprechen.«

Willet bemühte sich nicht, seine Verachtung zu verbergen. »Typisch jüdisches Geschwätz.«

McDougall und Sears holten hörbar Luft und rückten ein Stück vom Tisch ab, sodass Morgan und der feindselige Willet allein im Lichtkreis der Kerzen saßen. Willet trug keine Waffe bei sich. Morgans Entermesser steckte in der Scheide, seine Pistole in seinem Kummerbund. Er brauchte keines von beiden.

Er wandte dem Tischler den Rücken zu und nahm sich einen Apfel aus dem Korb, der auf dem Fenstersims stand. »Sie tun mir der Ehre zu viel, Sir. Wie Sie sicherlich wissen, stamme ich nur zur Hälfte von diesem alten, ehrwürdigen und klugen Volk ab.«

»Ehrwürdig? Die Juden haben unseren Heiland ermordet!«

»Es reicht!« Sears sprang auf und schlug mit der Faust auf den Tisch. »Morgen ist Papistentag, da können Sie die katholische Satanshure verbrennen, Marinus Willet. Wie jedes Jahr im November. Und wenn wir diese Sache ausgestanden haben, können wir uns vielleicht auf einen Tag im Jahr einigen, an dem Sie Ihrem Hass auf die Hebräer und alle anderen Luft machen können, die nicht derselben Religion angehören wie Sie. Aber im Augenblick geht's einzig und allein darum: Wollen Sie etwas gegen diese verdammten Steuermarken unternehmen oder nicht?«

»Deswegen bin ich hier. Ich will wissen, warum er hier ist.« Er richtete einen knochigen Finger auf Morgan.

»Gütiger Gott, steh uns bei«, flüsterte Sears. »Er ist hier, weil ich und McDougall ihn eingeladen haben. Wie Sie.«

Morgan biss wieder herzhaft in den Apfel und kaute nachdenklich. »Ich möchte das noch etwas deutlicher formulieren, Isaac, damit für Mr. Willet keinerlei Zweifel bestehen bleibt. Ich bin hier, weil ich gegen die Truppenstationierung bin und gegen die Steuermarken auf Papier und gegen jede andere direkte Steuer, die uns Kolonisten von Männern auferlegt wird, die nicht unter uns leben und bei deren Wahl wir nichts mitzureden haben.« Er beugte sich vor und ließ das Apfelgehäuse betont langsam in Marinus Willets Bierkrug fallen. »Und noch etwas, Sir. Ich bin eingeladen worden, weil ich Geld habe, das ich beisteuern kann, da die Gesellschaft, die wir gründen wollen, zwangsläufig große Kosten mit sich bringt. Sehr große Kosten, Mr. Willet. Können Sie da mithalten? Eine Guinea für jede, die ich einzahle?«

»Das wissen Sie selbst, dass ich das nicht kann. Ich habe keine Mutter, die ...«

Morgan beugte sich vor, packte den Kragen von Willets grob gewebtem Hemd und zog ihn so fest zusammen, dass er dem Mann fast die Luft abschnürte. »Das reicht, Sir«, sagte er leise. »Kein Wort mehr. Eigentlich habe ich wenig Lust, Ihnen die Zunge rauszuschneiden und sie Ihnen in den Arsch zu rammen, aber wenn Sie mir 'nen guten Grund dafür geben, dann tu ich's vielleicht doch.« Die beiden Männer starrten sich an, dann ließ Morgan ihn los. »Und jetzt, meine Herren – sollen wir anfangen?«

Eine Stunde später war der Sachverhalt des Problems klar. Am ersten Tag des November war das Stempelsteuergesetz in Kraft getreten, doch die Steuermarken waren noch nicht verteilt worden. Colden hielt sich nach wie vor auf der *Coventry* auf, dem Kriegsschiff der britischen Marine, und fürchtete um sein Leben. Angeblich sollte in Kürze ein königlicher Gouverneur in New York eintreffen und die Herrschaft über die Provinz übernehmen. In der Zwischenzeit hatten zweihundert der einflussreichsten New Yorker Geschäftsleute ein Dokument unterzeichnet, in dem sie gelobten, keine aus dem Mutterland importierten Güter mehr zu kaufen, bis diese Frage geklärt sei.

»Ach, da haben die Jungs was Feines gemacht, was Feines und Tapferes.« McDougall war als Kind von Schottland in die Kolonien gekommen. Sein Akzent wurde mit jedem Glas Bier stärker. »Ach doch, gut und mutig. Aber es wird nie reichen, um die englischen Teufel von ihrem hohen Ross zu holen. Die Engländer lassen sich durch nichts abschrecken, wenn sie erst mal jemanden unterm Daumen haben.« Um seinen Worten Nachdruck zu verleihen, drückte der Schotte seinen Daumen fest in die Tischplatte.

Sears war in Connecticut geboren und aufgewachsen und sprach noch immer mit dem flachen Yankee-Akzent, auch wenn er schon seit Jahren in New York lebte. »Da ist was Wahres dran. Aber sind wir auch wirklich alle bereit, die Folgen zu tragen?«

Alex McDougall sprang auf und hämmerte mit der Faust auf den Tisch. »Aber ja doch, Leute! Aber ja doch!«

Marinus Willet nickte und brummte etwas über die Vorsehung Gottes.

Morgan schwieg. Über zwanzigtausend Pfund in *daalder* und Louis d'Ors, Gulden und Guineen, ein königliches Lösegeld. Und womöglich war jemand anderes schon unterwegs, um seinen Schatz zu bergen, bevor er absegeln und ihn holen konnte. Heiliger Heiland.

Die anderen schauten zu ihm. »Kapitän Turner«, sagte Sears leise.

Morgan zögerte noch einen Moment. Dann erhob er sich und schenkte aus dem Bierkrug, der in der Mitte des Tisches stand, alle Krüge voll. »Meine Herren, bitte erheben Sie sich. Ich möchte einen Trinkspruch anbringen.« Die Männer standen auf. Sogar Willet, auch wenn er Morgan dabei nicht ansah. »Auf uns«, sagte Morgan. »Und auf alle, die sich uns anschließen werden. Auf die Vaterlandsliebe, meine Herren. Auf die Sons of Liberty, die Söhne der Freiheit.«

»Cuf, ich muss mit dir reden.« Morgan trat nah an seinen Freund heran und sprach mit leiser Stimme. Es war kurz nach der Essenszeit um drei Uhr. Die Schänke war voller Männer, die Karten spielten oder würfelten, tranken, lachten und redeten. Die meisten waren Weiße, aber es saßen auch einige Schwarze unter ihnen. Niemand achtete auf Cuf und Morgan.

»Wir haben schon vor einer Woche alles gesagt, was es zu sagen gibt.«

»Das glaube ich nicht.«

Cuf nahm einen Schluck aus seinem Punschbecher. »Also gut, dann rede.«

Morgan sah sich um. Auch wenn die Schänke sehr voll war, stand im Augenblick niemand in ihrer unmittelbaren Nähe. »Wie viele von den Leuten hier wissen, dass das Lokal jetzt dir gehört?«

Cuf zuckte mit den Schultern. »Ein paar. Nicht so

viele wie die, die den Ruf des mächtigen Kapitäns Morgan Turner kennen.«

»Der in den letzten Jahren gar nicht mehr so mächtig war. Vor der Küste von Guinea gab es nicht so viel zu holen. Nicht wie in den alten Zeiten in der Karibik.«

»Die Zeiten haben sich geändert«, sagte Cuf.

Auch Cuf hatte sich verändert. Seine lederne Kniehose war nicht geflickt, seine Jacke war aus Wolle, nicht aus Flanell. Doch da war noch etwas anderes – sein selbstbewusstes Auftreten. Ein wohlhabender Halbschwarzer. Das war in dieser Provinz zwar nicht unbedingt eine Seltenheit, aber doch keineswegs die Norm. »Ja, die Zeiten haben sich geändert. Auch hier in Amerika, Cuf. Wenn etwas … Wenn etwas bislang Undenkbares passieren sollte – würdest du dich der Sache eher anschließen oder dich gegen sie stellen?«

Cuf legte den Kopf schief und kniff die Augen zusammen. »Es ist unmöglich, ja oder nein zu sagen, wenn man nicht weiß, wonach man gefragt wird.«

Morgan warf einen Blick über die Schulter. Niemand schien auf sie zu achten. »Diese Männer«, sagte er leise. »Kommen sie regelmäßig hierher?«

»Die meisten schon.«

»Also weißt du in etwa, wie sie denken?«

»In etwa.«

»Was sagen sie zum Stempelsteuergesetz?«

»Dasselbe, was alle anderen in New York auch sagen. Dass es eine Unverschämtheit ist.« Cuf deutete mit dem Kopf auf einen Tisch, wo eine Gruppe von Cribbagespielern mit unglaublicher Geschwindigkeit Karten verteilte und auslegte. Ein paar Zuschauer brüllten vor Begeisterung, als zuerst die eine, dann die andere Seite zu gewinnen schien. »Die meisten von denen sind Flickschuster oder Schuster, bis auf den großen Kerl da am Ende. Der ist Böttcher. Handwerker, die für alle Unkosten ihres Gewerbes selbst aufkommen müssen. Wenn sie für jede Rechnung, die sie stellen, eine Steuer bezahlen müssen, können zwei Drittel es sich nicht mehr leisten, herzukommen.«

»Das wäre nicht gut für dein Geschäft.«

»Das wäre es in der Tat nicht. Ich bin ebenso wenig für die Steuermarken auf Papier wie du, Morgan. Ist das die Frage, die du mir stellen wolltest?«

»Nicht ganz. Ich frage dich, was du bereit bist, dagegen zu unternehmen.«

Cuf lehnte sich zurück und griff nach seinem Punschbecher. »Natürlich habe ich Gerüchte gehört. Das haben doch alle. Ich kann mir vorstellen, was in deinem Kopf vorgeht. Aber ich habe eine Frau und ein Kind, die mir viel bedeuten.« Er zeigte mit der Hand auf den Raum unter den Dachbalken oberhalb der Schänke. »Ich will sie nicht durch irgendwelche wilden Pläne in Gefahr bringen.«

»Die Gefahr kommt, ob wir sie wollen oder nicht, Cuf. Manchmal müssen wir den Mut haben, uns ihr zu stellen, und nicht nur auf sie zu warten.«

Cuf gab keine Antwort. Die Punschschale machte die Runde. Jemand vom benachbarten Tisch trug sie herüber und stellte sie zwischen Cuf und Morgan. Morgan schöpfte sich seinen Becher voll und steckte die Hand in die Hosentasche, um einen Penny auf den Tisch zu legen. Cuf winkte ab. »Lass gut sein. Der geht aufs Haus.« Er füllte seinen eigenen Becher und bedeutete dann jemandem, die Schale abzuholen und weiterzureichen.

»Kommst du in letzter Zeit noch viel zum Schmieden?«, fragte Morgan.

»Nicht so oft, wie ich möchte. Die Schänke hier zu übernehmen, hat mich ziemlich auf Trab gehalten.«

Morgan nickte. »Das kann ich mir vorstellen. Aber bevor du hier der Wirt geworden bist – kanntest du da viele andere Schmiede?«

»Ein paar.«

»Welche aus Massachusetts?«

»Ah«, sagte Cuf und seufzte zufrieden. »Wahrscheinlich denkst du an den Hitzkopf, Revere aus Boston.«

Morgan lächelte. »Du kennst ihn also? Weißt du, welche Position er vertritt?«

»Ich habe ihn ein- oder zweimal gesehen, ja. Er kommt öfter geschäftlich nach New York. Es gibt eine Schänke drüben bei der St. Paul's Church, die Silver Hen and Her Chicks. Da gehen eine ganze Reihe von Schmieden hin.«

»Das habe ich gehört. Und auch, dass Revere bei diesen Reisen nicht nur Waren herbringt, sondern auch Nachrichten. Soweit ich weiß, ist er ein Patriot.«

»Ein wortgewaltiger Patriot«, stimmte Cuf zu. »Du bist zwar noch nicht lange wieder hier, aber bereits gut informiert, Morgan.«

»Ich bin heimgekommen, um noch besser informiert zu sein. Cuf, hör mir zu. Wenn sie wirklich versuchen, diese verfluchte Papiersteuer durchzusetzen, oder wenn die Truppenstationierung zu aufwändig wird, dann werden die Männer nicht tatenlos zusehen. Einige werden handeln. Nach allem, was Mr. Revere sagt, trifft das auf Neuengland ebenso zu wie auf New York. Wie steht's mit dir, Cuf? Wie wirst du dich entscheiden?«

»Morgan, schau mich an. Was siehst du?«

»Einen Mann. Meinen ältesten Freund.«

»Einen Mann, der nicht weiß ist. Nicht direkt schwarz, aber eindeutig auch nicht weiß.«

»Was hat die Hautfarbe damit zu tun, Cuf?«

»Alles. Ich habe keine Wahl, Morgan. Nicht so wie du. Meine Haut entscheidet für mich. Ich muss alles tun, um mich und die Meinen zu schützen. Und glaub mir, das werde ich auch tun.«

In der Schänke war es dunkel und verraucht gewesen, sodass selbst die fahle Wintersonne Morgan blinzeln ließ, als er ins Freie trat. Schützend hielt er die Hand über die Augen, bis er wieder richtig sehen konnte, dann schaute er sich um. Es war gar nicht so übel, dieses Viertel rund um die Church Farm. Nicht so vornehm wie das Hofviertel, aber bestimmt waren die Leute hier genauso darauf bedacht, ihre Art zu leben beizubehalten, wie die Menschen in den anderen Teilen der Stadt. Sie hatten Frauen und Kinder, und nur wenige kannten Cufs besondere Sorgen. Er konnte ihm seine Einstellung nicht einmal verübeln. Als Schwarzer, selbst als Mulatte, war es ihm kaum möglich, anders zu denken.

Ein paar Kinder spielten auf dem offenen Gelände neben der Schänke. Ein kleines Mädchen, das ein Stück abseits stand, fiel Morgan ins Auge. Das war doch Clare – ja, er war sich sicher.

Sie fuhr mit einem Stock durch die festgetretene Erde und summte einen Singsang vor sich hin. Hübsches Kind. Sah ganz aus wie Roisin. Er trat näher.

»Pockeninsel drauß im Meer/Grab ein Loch tief wie ein Knie/Sieben Schritt Ost und neun nach Norden./Pockeninsel drauß im Meer/Grab ein Loch tief wie ein Knie/Dreh dich zum Fels und leg dich nieder.« Sie sang die Wörter, als würden sie sich reimen, und führte dabei das, was sie sang, auch aus. Morgan sah, wie sie sich auf den Boden legte, mit den Hacken auf die Erde schlug, dann aufsprang und tat, als würde sie graben.

Heiliger Heiland. Das war doch nicht möglich. Aber er sah es mit eigenen Augen, hörte es mit eigenen Ohren. »Du da, Kleine.«

Das Mädchen schaute hoch. »Ich bin Clare Campbell. Und wer bist du?«

»Morgan Turner. Ein alter Freund deiner Mutter. Und deines Vaters«, fügte er rasch hinzu.

Sie starrte ihn nur an und nickte.

Er trat einen Schritt näher.

Die Kleine wich zurück. »Geh weg. Ich will nicht mit dir reden.«

»Ich will dir nur eine Frage stellen.« Gütiger Gott – er wollte ihr endlos viele Frage stellen. »Wie alt bist du, Clare Campbell?«

»Fünf.«

»Fünf«, wiederholte er. »Ein großes Mädchen. Und ich wette, dass du sehr klug bist. Das Lied, das du gerade gesungen hast – wie geht das weiter?«

»Das geht nicht richtig weiter. Es ist bloß so ein Lied. Ich hab's erfunden.«

»Hat dein Vater dir das Lied beigebracht, Clare? Hat Cuf dir von der Pockeninsel vorgesungen und von den sieben Schritten nach Osten und neun nach Norden?«

Sie schüttelte den Kopf so heftig, dass sich eine Strähne unter ihrer Haube löste. Die Haare waren nicht kupferrot wie Roisins und auch nicht schwarz gelockt wie Cufs. Sondern schwarz und glänzend und gerade – wie Morgans. »Ich hab's erfunden«, wiederholte das Mädchen. »Es ist bloß so ein Lied.«

»Dann erzähl mir doch, wie's weitergeht. Nachdem du dich beim Felsen hingelegt hast. Was kommt dann?«

Sie legte den Kopf schief und schaute zu ihm hoch. Ihre Augen waren nicht grün wie Roisins oder braun wie Cufs. Es waren dunkelblaue, wissende Augen. »Gibst du mir einen Penny, wenn ich's dir sage?«, fragte sie.

»Vielleicht. Wenn du mir alles sagst, was dein Vater dir beigebracht hat.«

»Der andere Mann hat mir einen Holzpenny gegeben. Gibst du mir einen kupfernen?«

Verdammt bei allen Heiligen! »Welcher andere Mann?«

Er wollte sie packen, doch sie war zu schnell. »Ich mag dich nicht. Ich will dir nichts von meinem Lied erzählen. Geh weg.«

Schon lief sie auf die Schänke zu. Morgan rannte ihr nach; er wusste, wenn er nicht allein mit ihr redete, würde er nichts mehr von ihr erfahren. »Warte, Clare! Ich tu dir nichts. Ich gebe dir zwei Kupferpennies, wenn du …«

Sie war schneller, als er gedacht hatte, sauste ums Haus und verschwand die Treppe hinauf. Er setzte ihr nach. »Ich will doch bloß mit dir reden, Clare. Drei Kupferpennies.«

Auf dem oberen Treppenabsatz erschien Roisin. »Clare, was ist denn?« Dann sah sie Morgan hinter ihr herlaufen. »Geh rein und bleib dort.« Roisin schob das Kind durch die Tür und zog sie ins Schloss. »Was suchst du hier? Was willst du von meiner Tochter?«

Heilige Jungfrau, bitte mach, dass mein Herz nicht mehr so wild schlägt, dachte sie. Gleich wird es mir aus der Brust springen. So erging es ihr immer, wenn sie ihn sah. Die ganzen Jahre hatte sie geglaubt, dass sie ihn hasste, dass sie Recht getan hatte, sich für Cuf und gegen den Piraten Morgan Turner zu entscheiden. Doch sobald er zurückgekommen war, hatte sie sich der Wahrheit stellen müssen. Und jetzt, wie er sie ansah mit den Augen, die so viel zu wissen schienen …

»Sie ist meine Tochter, oder?« Morgan hatte nicht gewusst, wie sicher er sich war, bis er die Worte aussprach.

»Sie ist Cufs Tochter. Wir sind zusammen seit dem Tag, an dem wir das Haus deiner Mutter verlassen haben. Clare ist Cufs Tochter.« Sie musste das einfach immer wiederholen. Er musste ihr einfach glauben. Cuf hatte alles für sie aufs Spiel gesetzt. Manchmal hatte er gehungert, nur damit sie und Clare genug zu essen bekamen. Wurde er dadurch nicht zum Vater des Kindes?

»Sie ist meine Tochter«, wiederholte Morgan. »Ihr Haar und ihre Augen – die hat sie von den Turners, ohne Zweifel. Aber ich verstehe nicht, warum du nie zu meiner Mutter gegangen bist. Du musst doch wissen, dass sie dir gern Geld geben würde, damit ihre Enkelin richtig versorgt wird.«

»Untersteh dich! Meine Tochter wird richtig versorgt.«

»So meinte ich das nicht.« Er schüttelte den Kopf. »Es tut mir Leid, Roisin. Ich will dir nicht wehtun und dem Kind auch nicht. Warum sollte ich?«

»Sie ist Cufs Tochter.«

Etwas an der Hartnäckigkeit, mit der sie das gebetsartig wiederholte, rührte ihn tiefer als alles andere. Obwohl ihn alles an Roisin Campbell rührte. Gott, sie war wunderschön. Schöner denn je zuvor, jetzt, da sie eine Frau war und kein Mädchen mehr. »Ich muss mit ihr reden.«

»Du hast keinen Anspruch auf uns, Morgan Turner. Keinen einzigen.« Heilige Jungfrau, ihr Herz drohte zu zerspringen. Das musste er doch hören. »Nach sechs Jahren ...«

Wieder schüttelte er den Kopf. Mit ihr zu streiten war das Letzte, was er wollte. »Lass mich rein, Roisin. Ich schwöre dir, ich tue weder dir noch dem Kind etwas. Aber ich muss mit Clare reden. Es ist wichtig. Außerdem erregen wir nur Aufsehen, wenn wir hier stehen bleiben. Cuf ist im Augenblick in der Schänke. Er wird uns nicht stören, solange wir keine Aufmerksamkeit auf uns lenken.«

Nach kurzem Zögern öffnete sie die Tür und trat zur Seite.

Morgan schritt an ihr vorbei in den Raum. Er zwang sich, nicht auf die Wärme zu achten, die ihr Körper abstrahlte, und dass sie nur wenige Zoll von ihm entfernt war. In diesem Moment zählte nur eine einzige Sache.

Clare hockte neben der Feuerstelle. Sie hatte einen Schal um ihre schmale Gestalt gewickelt, obwohl es in dem Raum nicht kalt war, sondern ganz im Gegenteil warm und behaglich. In der Luft lag der Duft von Rosen und Medikamenten und dazu, ganz schwach, der Geruch eines guten Gerichts, das es zum Mittagessen gegeben hatte. Über dem Feuer hing ein gusseiserner Kessel, aus dem Dampf aufstieg.

Roisin schloss die Tür und trat ebenfalls in den Raum, ging aber sofort zur Feuerstelle. »Ich habe gerade einen

Tee gemacht.« Sie schwang den Kessel zur Seite. »Setz dir wieder die Haube auf, Clare. Wir haben Besuch. Da gehört sich das so.«

Die Kleine hatte ihre Haube abgenommen; das Haar hing ihr bis auf die Schultern hinab. Glänzend, seidig, schwarz. Turner-Haar. Ohne jeden Zweifel. Morgan hockte sich neben sie. »Drei Kupferpennies, Clare. Die habe ich dir versprochen, und ich halte mein Wort. Sag mir nur, wer der andere Mann war, der dich nach deinem Lied gefragt und dir einen Penny dafür gegeben hat.«

Roisin schlug die Hand vor den Mund, um einen überraschten Laut zu unterdrücken. Heilige Jungfrau, wovon redete Morgan da bloß? Weshalb war er hergekommen, was wollte er von ihnen? Den Frieden stören, den sie sich so mühsam aufgebaut hatte? Was immer es war, Clare besaß den Schlüssel dazu. Roisin stellte sich zwischen die Kleine und Morgan und sah ihr fest in die blauen Augen. »Welches Lied, mein Schatz? Und welcher Mann? Sag's Mama.«

»Ich hab's erfunden.« Das Mädchen schaute über ihre Schulter hinweg auf Morgan. Roisin spürte den Blick, mit dem er sie beide anstarrte. »Wirklich, Mama. Ich hab das Lied erfunden.«

»Also gut.« Morgen rückte ein Stück zur Seite, damit er das Kind besser ansehen konnte. »Wenn du das sagst, dann glaube ich es dir, Clare«, sagte er. »Aber sag mir doch, wer dich danach gefragt hat.«

Roisin legte ihrer Tochter die Hände auf die Schultern. »Warte. Ihm brauchst du nicht zu antworten, Clare. Sag mir die Antwort. Welches Lied?«

»›Pockeninsel drauß im Meer/Grab ein Loch tief wie

ein Knie/Sieben Schritt ost und neun nach Norden./Dreh dich zum Fels und leg dich nieder,/Grab ein Loch tief wie ein Knie.‹ Ich hab's erfunden, Mama, wirklich.«

Roisin ließ den Kopf kurz sinken, dann zog sie die Kleine an sich und drückte sie fest an ihre Brust. »Cuf redet im Schlaf«, erklärte sie im Flüsterton. »Das tut er, seitdem ich mit ihm … seit ich ihn kenne. Daher kennt sie die Worte. Ich habe keine Ahnung, was sie bedeuten. Aber er sagt sie ständig.«

»Ich weiß, was das Lied bedeutet«, erwiderte Morgan leise. »Was ich wissen muss, ist, wem sie es noch erzählt hat.«

Roisin schob ihre Tochter weit genug von sich, um ihr in die Augen zu blicken. »Sag's Mama, Clare. Du musst es mir sagen. Wer hat dich nach dem Lied gefragt? Außer Kapitän Turner.«

»Der Mann, der stinkt und komische Augen hat.«

Morgan konnte ein Stöhnen nicht unterdrücken. Die Hälfte aller Männer in New Yorker stank. Und was sollte das mit den komischen Augen bedeuten? »Hat er dir seinen Namen gesagt, Clare? Als er dir den Holzpenny gab, hat er dir da seinen Namen genannt?«

Die Kleine schüttelte den Kopf.

»Wo hast du ihn gesehen, Clare?« Roisin strich ihr die Haare aus der Stirn. »War er unten in der Schänke?«

»Nein. Zuerst ist er hier oben gewesen. Und dann hab ich ihn auf dem Feld gesehen.«

»Du meinst, er hat dich auf dem Feld spielen sehen? Wie Kapitän Turner?« Als Antwort kam ein Nicken. »Und davor ist er bei mir gewesen, um sich von Mistress Allheil gesundmachen zu lassen? Meinst du das?«

Wieder nickte Clare.

Morgan wollte etwas sagen, doch Roisin hob abwehrend die Hand. »Ist der Mann nur einmal gekommen, oder hast du ihn oft gesehen?«

»Ein paar Mal, Mama. Du hast ihm einen Kräutertee gegeben.«

»Welchen Tee, Clare? Du weißt doch, ich habe dir gesagt, du sollst mir immer genau zuschauen und alles lernen, was ich weiß, damit du später, wenn du groß bist, auch eine Heilerin sein kannst. Zeig mir, welchen Tee ich für den stinkenden Mann gemacht habe.« Clare zögerte. »Geh schon«, drängte Roisin. »Zeig mir, welchen Tee.«

Die Kleine stand auf und lief zu den Regalen, die in der Ecke angebracht waren. Auf Zehenspitzen stehend, reckte sie sich zielstrebig nach einem Zinngefäß, das auf dem obersten Regal stand, und brachte es ihrer Mutter.

»Chinarinde«, flüsterte Roisin und nahm ihr das Gefäß aus der Hand. »Für das Wechselfieber bei *Malaria*.«

»Bei dem man schwitzt und zittert?«

»Ja. Seeleute bekommen es sehr oft. Der letzte Patient, der den Tee haben wollte, war ein Seemann. Seine Augen schauen nicht geradeaus, sodass er einen nicht richtig ansehen kann.«

»Ich kenne mehr als einen Mann, der nicht geradeaus blicken kann. Weißt du noch, wie er heißt?«

»Ich glaube schon. Es war etwas Niederländisches. Petrus irgendetwas.«

»Petrus Vrinck«, sagte Morgan leise.

Roisin nickte. »Genau der.«

Heiliger Heiland. Er war nicht einmal überrascht. »Er war auf zwei meiner Fahrten dabei, damals, als die *Mai-*

den bei den Inseln kaperte. Ein guter Kämpfer, aber ein schlechter Seemann. Und ein noch schlechterer Mensch. Nicht vertrauenswürdig.«

Morgan hockte sich näher ans Feuer. Roisin kniete noch dort, Clare stand neben ihr. Beschützend legte Roisin ihr einen Arm um die Taille. Roisin war wunderschön. Und das Kind – sein Kind – würde ebenso schön sein, wenn es einmal groß war.

»Cuf ist nicht wie dein Petrus Vrinck«, sagte Roisin leise. Ihre grünen Augen waren auf sein Gesicht gerichtet. »Cuf ist ein guter Mann. Er liebt uns, Morgan.«

»Ich weiß.«

»Versprich mir, dass du nichts tust, um seinen Seelenfrieden zu stören. Versprich mir das, Morgan. Du weißt nicht, was du mir genommen hast, aber du stehst in meiner Schuld.«

Gott. So wunderschön. Er streckte die Hand aus, um sie zu berühren, ließ sie aber rasch wieder sinken. »Was habe ich dir genommen? Ich habe dich vor dem Auspeitscher gerettet und habe dir vorgeschlagen mitzukommen, als ich wegging. Du bist diejenige, die ...« Er brach ab. Er hatte schon viel mehr gesagt, als er hatte sagen wollen; mehr, als er sich in den vergangenen sechs Jahren selbst eingestanden hatte.

Roisin senkte den Kopf und weigerte sich, seinem Blick zu begegnen. »Ich weiß, dass du mich vor der Grube bewahrt hast. Und dafür werde ich dir immer dankbar sein, Morgan. Aber ich war keine ... keine Dirne.« Oh Gott, warum war es ihr so wichtig, dass er das wusste? Warum hatte sie hundertfach geträumt, dass sie ihm die Wahrheit sagte und ihn zwang, ihr zu glauben? Und immer war sie aufgewacht und hatte gewusst, dass Träume nur Schäume waren und dass Cuf – der neben ihr lag, der sie und ihr Kind liebte – ihre Wirklichkeit war.

Morgan wollte ihr widersprechen. Wollte ihr sagen, dass ihre Vergangenheit für ihn nie etwas Beschämendes gewesen war. Aber es gab noch so viel, das er bei sich selbst nicht verstand. Und die Sache mit Vrinck eilte. Er verkniff sich die Worte und schaute dem Kind in die blauen Augen. »Clare, sag mir, wann der Mann dich nach dem Lied gefragt hat. Wann hat er dir den Penny gegeben?«

Sie schüttelte den Kopf. »Das weiß ich nicht.«

»Du musst dich erinnern.«

»Clare, erzähl Mama von dem Penny. Hast du ihn noch?« Das Kind nickte. »Wo ist er?«

Clare warf einen Blick zur Feuerstelle. »Unter dem Stein«, wisperte sie.

Roisin seufzte und ließ ihre Tochter los. »Sie meint hier.« Sie hob einen Stein aus dem Boden der Feuerstelle, am Rand der Holzdielen. »Da lege ich ab und zu etwas Geld hinein, für Notfälle. Clare hat mir öfter dabei zugesehen. Die letzten Münzen, die dort waren, habe ich vor drei Tagen weggenommen. Schau.«

Sie deutete auf die Vertiefung unter dem losen Stein. In dem kleinen Versteck lag ein einzelner Holzpenny. »Also irgendwann in den letzten drei Tagen«, sagte er. Roisin nickte.

»Danke, Clare.« Er erhob sich und holte aus der Tasche drei Kupferpennies. »Ich halte Wort.«

Plötzlich wurde die Kleine scheu. Sie nickte, sah aber nicht zu ihm und streckte auch nicht die Hand aus. Morgan ließ die Münzen in das Versteck bei der Feuerstelle fallen. Er überlegte sich, Roisin mehr anzubieten – unter den Umständen fühlte er sich dazu verpflichtet –, aber er wusste, dass sie es ihm nicht danken würde. »Wegen Cuf mach dir keine Sorgen«, sagte er stattdessen. »Ich werde keinen Ärger machen.«

Morgan wusste, dass Petrus Vrinck ein typischer Seemann war. Er trank wie ein Loch und am liebsten im Kreis von Gleichgesinnten. Morgan suchte jede Schänke und jede Taverne am Hafen auf.

Es gab Dutzende. In einigen war er noch nie gewesen, etwa der Pine Apple, der Dog's Head, der Porridge. Andere, wie die Dish of Fry'd Oysters, hatte er ein oder zwei Mal aufgesucht. Und in anderen Schänken, etwa der alten Blue Horse, der Split Mizzen, der Five Fish on a Spit und der Fighting Cocks, war er früher Stammgast gewesen.

In allen Lokalen tat er dasselbe. Er drückte dem Wirt einen Shilling in die Hand und bat ihn, die Punschschale auf seine Kosten durch die Schänke wandern zu lassen. Dann folgte er der Schale und stellte jedem Mann, der den Krug auf sein Wohl hob, dieselbe Frage: »Ich habe gehört, dass der Niederländer Petrus Vrinck in New York ist. Er ist früher mit mir auf der *Maiden* gesegelt. Hast du ihn gesehen?«

Viele der Seeleute bejahten die Frage und erklärten, eine Weile sei Vrinck regelmäßig aufgetaucht. »Viele Runden hat der gekauft, Käpt'n Turner, für alle, wo sich zu ihm setzen wollten«, sagte einer. »Und dann hat er ein paar Fragen gestellt.«

»Wonach?«

»Vor allem nach dem alten Tobias Carter. Und wer mit

ihm getrunken hat an dem Abend, bevor er verschwunden ist.«

»Und weißt du, welche Antworten er bekommen hat?«

»Von mir auf jeden Fall keine, Käpt'n Turner. Ich hab den alten Tobias an dem Abend nicht gesehen. Zumindest kann ich mich nicht erinnern. Das ist ja sechs Jahre her …«

Zwei Tage und zwei Nächte. Immer dasselbe. Seit beinahe einer Woche keine Spur von Vrinck. Das sagten alle. Vielleicht sei er krank. Er habe Malaria. Obwohl er die Quacksalberin Mistress Allheil gefunden habe, die ihm was gegeben hatte.

Kurz vor Mitternacht des zweiten Abends stellte Morgan schließlich die richtige Frage. »Das muss Vrinck doch ganz schön teuer zu stehen gekommen sein, die ganzen Runden zu spendieren. Habt ihr eine Ahnung, woher er das Geld hatte?«

»Keine Ahnung. Aber der war doch jahrelang auf 'nem Freibeuter unterwegs. Obwohl die Kaperei in letzter Zeit ja nicht mehr so einträglich war. Das wissen Sie selbst wohl am besten, Käpt'n Turner.«

»Das stimmt. Also was meinst du, woher er das Geld hatte?«

»Augenblick mal – der alte Jack da drüben, der könnt's wissen.«

Der Mann, den sie den alten Jack nannten, wurde an den Tisch geholt, und Morgan bestellte ihm einen Humpen Rum. Jack hielt den Krug in der Linken – seine rechte Hand fehlte und war durch einen gefährlich aussehenden Haken ersetzt. »Ich war's, wo Vrinck zu Mistress Allheil geschickt hab. Die hat mir viel geholfen, gleich als ich das Ding hier bekommen hab.« Er wedelte mit dem Haken vor Morgan und dem Matrosen, der ihn herbeigerufen hatte, auf und ab. »Das hat höllisch wehgetan, bis sie mir einen von ihren Tees gegeben hat. Die beste Heilerin in ganz New York ist sie, die Mistress Allheil. Der Niederländer hat das Wechselfieber gehabt. Da hab ich ihn zu Mistress Allheil geschickt. Ich hab gewusst, wenn ihm jemand helfen kann, dann die.«

»Verlangt sie viel für ihre Behandlung?« Morgan dachte an Roisins kleinen Raum und die Regale voller Heilmittel. Wenn sie tatsächlich so kundig war, wie alle behaupteten, könnte sie mittlerweile sehr wohlhabend sein. Darauf kam es ihr aber offenbar nicht an. »Und woher hat Vrinck das Geld gehabt, sie zu bezahlen?«

»Ach, das ist bei Mistress Allheil kein Problem. Bei der zahlt man, was man kann. Aber Vrinck, der hat viele Runden ausgegeben. Bevor das Wechelfieber zu schlimm geworden ist.«

»Aber woher hatte er das Geld dafür?«

»Das weiß ich nicht so genau, Käpt'n Turner. Aber als ich ihm das erste Mal von Mistress Allheil erzählte, sagte der Niederländer, er hätte einen Freund, wo ein richtiger Arzt ist. Sagte, Mittel bräuchte er keine nicht, die könnt er gleich von seinem Medizinierfreund bekommen. Natürlich hab ich gesagt, dass das die reine Zeitverschwendung wär. Die Doktors kennen doch nichts wie Aderlässe und Purgieren und Schröpfen. Wenn's ums Heilen geht und um was, wo die Schmerzen wegmacht, braucht man 'nen Quacksalber. Und in ganz New York gibt's keinen besseren als Mistress Allheil.«

Es war noch nicht einmal Dezember, doch fiel bereits der erste richtige Schnee dieses Winters; die Ecke der Broad Street und der Pearl Street verschwamm im weißen Flockenwirbel. Außer dem Schild, das über der Tür hing, konnte Morgan nur wenig von dem Gebäude erkennen, das einmal De Lanceys Wohnhaus gewesen war und jetzt Fraunces Tavern hieß.

Er schritt rasch aus. Vor ihm tauchte eine andere Gestalt auf. Sie stießen beinahe zusammen, bevor Morgan die Person bemerkte. »Andrew! Guter Gott, was machst du denn hier?«

»Dasselbe könnte ich dich fragen. Aber ich glaube, ich kann's mir denken. Keiner von uns ist hier, um den Punsch zu probieren, oder?«

»Nein, eher nicht. Er gehört mir, Andrew. Was immer du glaubst, was damals passiert ist, Caleb Devreys Leben gehört mir.«

»Guter Gott, Mann, ich bin nicht … Verdammt, nicht hier. In der Kälte kann man ja nicht mal richtig atmen. Lass uns reingehen.«

Auf den Schultern von Morgans Umhang lagen dicke Schneepolster, doch Andrews waren kaum bestäubt. Das konnte nur eines bedeuten. »Du warst am Gehen, stimmt's?«, fragte Morgan. »Du bist hier gewesen und hast Devrey bereits gesehen.«

Das Wetter an diesem Abend lockte sehr wenige Menschen nach draußen. In der Taverne saßen nur zwei Männer, in der hintersten Ecke neben dem Kamin. Der Wirt stand bei ihnen. Andrew sprach so leise, dass nur Morgan ihn verstehen konnte. »Ich habe ihn gesehen.«

»Verdammt noch eins, Andrew, wenn du wirklich Caleb Devrey sein kümmerliches Leben genommen hast, dann …«

»Ich bin nicht dazu da, um Leben zu nehmen. Wenn, dann wärst du schon lange tot.«

»Ich mache dir keinen Vorwurf aus dem, was du über den Tag damals draußen beim Armenhaus denkst. Oder was mit deinem Vater passiert ist. Aber du täuschst dich, wenn du glaubst, ich hätte eine Wahl gehabt. Das kannst du mir glauben oder nicht.«

»Das werde ich nie glauben.«

Morgan zuckte die Achseln. »Dann werden wir immer verfeindet bleiben, blutsverwandt hin oder her. Was in unserer Familie nichts Neues ist, wie wir beide wissen. Wenn du mich jetzt entschuldigst, ich habe oben zu tun.«

»Nein«, sagte Andrew leise. »Du hast da nichts zu tun. Caleb Devrey ist tot. Ich wollte gerade zu Großonkel Bede gehen, um es ihm zu sagen.«

Das Herz in Morgans Brust begann wie wild zu schlagen, sein Innerstes krampfte sich zusammen. »Willst du mir sagen …« Die Worte kamen ihm langsam und gemessen über die Lippen, leugneten den Zorn, der alles in ihm zu verbrennen drohte. »Nachdem du gesagt hast, du wärst nicht dazu da …«

»Ich sage dir nur, das Caleb Devrey tot ist. Jetzt reiß dich am Riemen, Mann. Du siehst ja aus, als würdest du ihm gleich in die Hölle folgen.« Andrew drehte sich um. »Wirt! Zwei Brandy!«

Die Gläser wurden rasch gebracht. In einem Zug stürzte Morgan seinen Weinbrand hinunter und war dankbar für die Wärme, die sich in ihm ausbreitete. Andrew trank seinen in kleinen Schlucken und musterte seinen Cousin über den Rand des Schwenkers hinweg. »Besser?«, fragte er nach ein paar Sekunden.

»Wenn du das genommen hast, was rechtmäßig mir zusteht«, fluchte Morgan, »dann wirst du dafür büßen, bei Gott.«

»Wie oft muss ich dir das noch sagen? Ich habe ihn nicht umgebracht. Ich bin zu Caleb gegangen, weil er mich hat holen lassen. Aber zu spät. Als ich ankam, war er bereits tot.« Und um ehrlich zu sein, war Andrew bitter enttäuscht gewesen. Ein Mann, der an der Schwelle des Todes stand, der vermutlich eine innere Blutung hatte, im Bauch – guter Gott, er hätte alles Recht gehabt, eine Bluttransfusion zu versuchen, wie Großvater sie beschrieben hatte. Wie er es bei der Roten Bess getan hatte. Von Andrews Arm direkt in Calebs. Aber er war zu spät gekommen.

Andrew warf einen Blick zum Wirt. Der beäugte sie misstrauisch, offenbar befürchtete er Ärger. Wahrscheinlich erkannte er Morgan, deswegen war sein Misstrauen nicht unbegründet. »Es ist wohl besser, Großonkel Bede erfährt davon, bevor Mr. Fraunces es hört«, sagte Andrew; er bewegte beim Sprechen kaum die Lippen.

Das Feuer, das in Morgan gewütet hatte, war zu Eis erstarrt. »Wenn nicht du ihn umgebracht hast, wer dann?«

»Nicht wer, sondern was.«

»Also gut, was?«

»Ohne Autopsie ist es unmöglich, eine eindeutige Diagnose zu stellen, aber ich vermute, dass er ein Geschwür in der Leber hatte, vielleicht in den Eingeweiden. Wenn ich Recht habe, dann hatte er wahrscheinlich schon seit längerem große Schmerzen. Was dir wahrscheinlich eine gewisse Genugtuung bereitet.«

»Bei weitem nicht genug«, erwiderte Morgan. »Sag mir eins – wenn er dich früher hätte kommen lassen, hättest du ihn behandelt und ihm geholfen?«

»Ja. Natürlich. Zumindest hätte ich es versucht. Nicht aus Liebe zu Caleb Devrey, das kann ich dir versichern.« Sondern weil es ihn lockte, eine Bluttransfusion durchzuführen. »Weil ich einen Eid geleistet habe.«

»Ich auch«, brummte Morgan. »Gott steh mir bei, ich auch.«

Andrew kippte den Rest seines Brandys hinunter. »Ich gehe jetzt. Kommst du mit?«

Morgan schüttelte den Kopf.

Er sah Andrew nach, dann blickte er eine Weile in sein leeres Glas. Schließlich stand er auf.

»Guten Abend. Kapitän Turner, wenn ich nicht irre?« Der Wirt war offenbar zu dem Schluss gekommen, dass es sich gehörte, seinen Gast anzusprechen. Er tat sein Bestes, sich erfreut über den Besuch des berüchtigsten Freibeuters von New York zu zeigen.

»Morgan Turner, in der Tat. Ich wollte meinen Großonkel Caleb Devrey besuchen. Ich finde selbst den Weg nach oben, Sie brauchen sich keine Mühe zu machen.«

»Dr. Devrey ist heute Abend bei seiner Verwandtschaft ja sehr beliebt.«

»Tja, so ist es nun bei uns in der Familie, Mr. Fraunces. Wir Devreys und Turners lieben uns heiß und innig.«

Er hatte schon viele Tote gesehen. Der Ausdruck auf dem Gesicht dieses Toten sagte ihm, dass er nicht friedlich aus dem Leben geschieden war. Calebs Augen waren aufgerissen, sein Mund schmerzverzerrt. »In der Hölle sollst du schmoren«, flüsterte Morgan. Lange Sekunden betrachtete er die Leiche.

Er begann seine Suche in den Taschen von Calebs klammer, verschwitzter schwarzer Kleidung, doch er fand nichts. Dann nahm er sich das Bettzeug vor. Auch dort ohne Erfolg. Schließlich machte er sich hastig an das Zimmer; er wusste, dass ihm nicht mehr viel Zeit blieb. Es war nicht weit zu Bedes Haus in der Wall Street; er und Andrew würden bald hier auftauchen.

Das Zimmer war klein und spärlich möbliert. In weniger als fünf Minuten hatte er alles durchsucht. Nichts. Er würde sich Calebs Praxis im Erdgeschoss des Devrey-Hauses vornehmen müssen. Vielleicht am besten gleich nachdem Bede und Andrew in die Taverne kamen.

Heiliger Heiland. Auf dem Kaminsims, unter einem umgedrehten Becher, lag der goldene Pferdekopf. Aber das Wachssiegel war aufgebrochen, der Hals war leer.

Morgan öffnete die Tür zu dem prachtvollen Haus am Broad Way mit seinem eigenen Schlüssel. Er hatte ihn all die Jahre über aufbewahrt, denn er hatte gewusst, dass er eines Tages dorthin zurückkehren und mit ihr reden musste.

Es war nach elf Uhr abends. Im verschneiten, dunklen Haus herrschte Stille. Morgan stieg die Treppe in den ersten Stock hinauf. Die Tür zu ihrem Salon war geschlossen, doch unter der Schwelle schien ein Lichtstrahl hervor. Er öffnete die Tür.

»Morgan! Du bist gekommen …« Squaw DaSilva trug ihre übliche Kleidung mit dem Schleier, sie saß an ihrem Schreibtisch. Als sie ihren Sohn sah, sprang sie auf und streckte beide Hände aus. »Gottseidank! Ich hatte fast die Hoffnung aufgegeben, dass du mich je verstehen würdest.«

»Ich bin nicht aus Pflichtgefühl gekommen. Und auch nicht aus Zuneigung. Oder weil sich meine Einstellung zu dem, was du getan hast, geändert hat.«

Ihre Worte waren in dem Speicherraum über ihren Köpfen klar zu hören.

Drück dich auf den Boden. Lieg über Jennet. Wie früher, in der alten Zeit. Hör die Stimme ihres Sohnes. Nicht meines Sohnes. Solomon DaSilva hat keinen Schwanz, darum kann er keinen Sohn haben.

Morgan ergriff nicht die ausgestreckten Hände seiner Mutter. Sie ließ sie sinken. »Ich habe getan, was ich tun musste. Um dich zu beschützen, dich und den Schatz.«

»Du hast fünf Männer ermorden lassen, die mir treu ergeben waren. Aus keinem anderen Grund als aus Angst, sie könnten vielleicht deinen Plan durchkreuzen, deinen Feind vor dir im Staub kriechen zu sehen. Ich bin nur gekommen, weil ich dir die Nachricht als Erster überbringen wollte. Caleb Devrey ist tot.«

Sie presste sich eine Hand aufs Herz. »Tot«, wiederholte sie, als verstünde sie das Wort nicht. »Caleb ist tot?«

»Ja. Jetzt hat dein Kreuzzug ein Ende.« Er trat einen Schritt auf sie zu, versuchte, die Falten ihres Schleiers zu durchdringen. Ihre Augen waren blau, wie die seinen und Clares. »Es gibt aber noch einen anderen Grund, warum ich hier bin.«

»Caleb Devrey ist tot«, wiederholte sie, als hätte sie ihn nicht gehört.

»Er ist an einem Geschwür im Bauch gestorben. Das sagt zumindest Andrew.«

Sie hatte den Blick gesenkt; jetzt hob sie den Kopf. »Andrew? Hat Andrew Caleb behandelt?«

»Noch ein Verrat, ob er nun zutrifft oder nicht, der dich in deinem Wahn bestärken kann«, sagte er tonlos. »Und du hast mich damit angesteckt. Aber wie dem auch sei – heute hat Caleb zum ersten Mal nach Andrew schicken lassen. Alles Nähere erfährst du sicher von ihm selbst. Der zweite Grund, warum ich hier bin, ist, weil du das beste Netz von Spionen hier in New York hast.«

Spione. Die Huronen hatten Spione. Sie lauerten Weißen auf, die nichts ahnend durch die Wälder ritten. Dann nahmen sie ihnen die Gewehre ab und aßen die Weißen bei lebendigem Leibe auf. Ein Stück nach dem anderen. Angefangen beim Schwanz. Vielleicht war Jennets Hurensohn Morgan ein Spion der Huronen.

»Caleb ist tot«, flüsterte sie wieder. Als hätte er sonst kein Wort gesagt.

Morgans Verzweiflung stieg. Sein Leben lang war er nie frei gewesen von dem, wozu sie ihn gemacht hatte, auch nicht frei von dem Hass und dem Neid, die sie ihm anerzogen hatte. »Guter Gott, können wir uns denn nicht mal über was anderes als Caleb Devrey unterhalten? Hör mir zu, verdammt noch mal! Es ist wichtig. Sind deine Spione noch so gut, wie sie einmal waren?«

Caleb Devrey. Jennet hatte Caleb Devrey heiraten wollen. Bis Solomon DaSilva sie ihm wegnahm. Der schlaue Solomon hat sie sich genommen, hat ihr beigebracht, die Beine zu spreizen und ihn in sich aufzunehmen, vor Lust zu schreien, wenn er sie nahm. Jetzt nicht mehr. Er hat keinen Schwanz, also kann er sie nicht nehmen. Vielleicht hat Caleb Devrey Jennet diesen Bastard gemacht. Dieser Bastard kann nicht von ihm sein. Solomon DaSilva hat keinen Schwanz.

»Meine Spione«, sagte sie und ließ sich auf einen Stuhl sinken. Sie sah zu ihrem Sohn. »Was willst du wissen, Morgan?«

»Wo sich ein Matrose namens Petrus Vrinck rumtreibt. Ich kann mich auch selbst nach ihm umhören, aber wenn du noch so viele Informanten hast wie früher und sie so gut sind, geht es schneller.«

»Und weswegen interessiert dich dieser ... Petrus?«

»Deswegen.« Er holte den goldenen Pferdekopf aus der Tasche und legte ihn auf ihren Schreibtisch.

Eine Weile starrte sie das Zierwerk nur an. Dann nahm sie es in die Hand, fuhr mit dem Finger über den Rand des Halses und das restliche Wachs. »Er ist leer. Ich habe den Zettel, den du mir geschickt hattest, hineingesteckt, aber jetzt ist er leer.«

»In der Tat.«

»Und du glaubst, dass dieser Petrus Vrinck ihn hat? Dass er weiß, wo der Schatz ist?«

»Genau.«

Ah ja, der Schatz. Mit Schätzen kannte er sich aus. Dukaten und Achterstücke, Gulden und Cruzados. Nur Schätze gaben einem Sicherheit. Reichtum garantierte, dass man mit einem vollen Bauch zu Bett gehen konnte. Geld bedeutete, dass man nicht in den Gassen von Sao Paulo oder der Gosse von New York sterben musste. Die Huronen würden seinen Schatz nicht bekommen. Sie konnten ihm den Schwanz nehmen, aber sein Schatz war hier in New York, in dem kleinen Raum unter dem Hu-

renhaus beim Hudson's River. Diesen Schatz würde niemand je finden. Und ganz bestimmt nicht Jennets Sohn. Das würde er nicht zulassen, dass dieser Bastard seinen Schatz bekam. Deswegen hatte er immer das Messer dabei. Die dachten alle, er würde sein Zimmer nie verlassen, aber da täuschten sie sich. Er ging, wohin es ihm beliebte. Nachts, wenn alle schliefen. Die Treppe hinab. Wie jetzt.

»Ist das Geld wirklich so wichtig, Morgan? Mehr noch als der Hass, den du für mich empfindest?«

»Der Schatz hat einen Zweck. Das war eines der wenigen Dinge, bei denen ich mir in den letzten Jahren immer sicher war. Der ganze wahnsinnige Plan stammte von dir, aber was daraus entsteht, wird sehr viel edler und hochherziger sein.«

Beim Sprechen schritt er auf und ab. Es war, als würden seine Gefühle durch die Luft im Raum zucken, wie ein Blitz in einer warmen Sommernacht. »Sag mir, woher du das alles weißt«, flüsterte sie. Mit allen Fasern ihres Herzens wollte sie die Verbindung zwischen ihm und sich wiederherstellen. Fast von selbst wanderten ihre Finger zu dem Pferdekopf, der früher so viel Freude bedeutet hatte und heute so viel Schmerz bereitete. »Woher hast du den? Wie hast du ihn bekommen?«

Morgan schüttelte den Kopf. »Die Geschichte ist zu lang, und es spielt auch keine Rolle. Ich brauche eine Antwort. Hast du noch deine Spione? Schickst du sie aus, damit sie sich nach Petrus Vrinck umhören?«

»Eine edle Sache, hast du gesagt. Sag mir, was genau du damit meinst.«

Um die Sons of Liberty zu finanzieren, wo immer der Weg sie hinführen mochte. Es war die einzig anständige

Sache, die er tun konnte, um wieder gutzumachen, dass er jahrelang in den Plänen seiner besessenen Mutter gefangen gewesen war. »Die *Fanciful Maiden* gehört mir. Der Schatz gehört mir. Er gehört nicht Petrus Vrinck. Ich habe mit dem Schatz etwas vor. Hilfst du mir?«

»Morgan, das kann ich nicht.«

»Ist das deine Antwort? Dass du nicht kannst?«

»Nein. Aber ich verstehe das alles nicht. Warum kannst du mir nicht erklären, was du vorhast?«

So konnte er besser hören, das Ohr an die Tür gepresst. Direkt neben ihnen, und sie wussten es nicht. Weil er schlauer war als Jennet und ihr Bastard. Schlauer als alle zusammen. Die Fanciful Maiden. *Die gehörte Caleb Devreys Bastard. Caleb Devrey hatte Solomon Hörner aufgesetzt, und Solomon konnte sich nicht dagegen wehren, weil er keinen Schwanz mehr hatte. Die* Fanciful Maiden. *Ein Schiff. Das wusste er. Flossie hatte es ihm gesagt. Die Treppe hinunter. Zur Tür hinaus.*

»Das werde ich dir nicht erklären, weil es dich einen Dreck angeht! Mein ganzes Leben habe ich nach deiner Pfeife getanzt, jetzt folge ich meiner eigenen. Mit oder ohne deine Hilfe.« Morgan schritt zur Tür.

»Nein, Morgan, warte! Bitte, geh doch nicht. Ich helfe dir. Ich gebe dir alles, was du willst!«

Er riss die Tür auf. »Spar dir deine Hilfe. Es war verrückt von mir, dich darum zu bitten. Das ist meine Sache, nicht deine. Bleib hier mit deinem irren Hass und deiner ewigen Bitterkeit. Es gibt in dieser Welt wichtigere Dinge, um die man kämpfen kann. Und das sind die Dinge, für die ich kämpfen werde.«

»Morgan!« Dieses Mal konnte sie ihn nicht gehen lassen. Den Fehler hatte sie schon einmal begangen. Sie würde ihn nicht wiederholen. »Morgan! Warte, ich flehe dich an!«

Sie lief in den Flur hinaus. Morgan war schon halb die Treppe hinunter verschwunden. Sie wollte ihm nachlaufen, hielt aber inne, um sich nach einem weißen Tuch zu bücken. Morgan musste es verloren haben. Aber nein, es gehörte nicht ihm. Sie ließ es fallen. »Morgan, bitte. Warte! Lass uns doch reden. Ich helfe dir. Was immer du brauchst, ich helfe dir!«

Er antwortete nicht. Er ging auf die Straße hinaus und ließ die Tür hinter sich ins Schloss fallen.

Es schneite nicht mehr, der Wind hatte sich gelegt. New York trug ein Leichentuch. Unten am Hafen spiegelte sich im jungfräulichen Weiß das glühende Rot der Hölle.

»Verdammt! Das ist mein Schiff!« Morgan war in Richtung Burnet's Key am Ende der Wall Street gegangen und hatte kaum bemerkt, dass seine Fußspuren nicht die ersten waren, die die makellose Schneedecke zerstörten. Er verfiel in einen Laufschritt, rutschte und glitt über die mit Schnee bedeckten Pflastersteine, sah nur die rote Glut dessen, das jeder Seemann mehr fürchtete als die ewige Verdammnis: ein Feuer an Deck. »Mein Schiff! Nein!«

Die *Maiden* lag in der Reede vor Anker, ein Stück von der hölzernen Werft entfernt. Morgan hatte zwei Mann Besatzung als Wachposten zurückgelassen. Einer musste im Feuer umgekommen oder über Bord gegangen sein, denn nur ein Mann lief hin und her und versuchte vergebens, die Flammen zu löschen, die sich mit rasender Geschwindigkeit ausbreiteten.

Auch andere Menschen hatten das rote Glühen am Himmel bemerkt und drängten sich am Dock, um den Brand zu beobachten. »Das ist die *Fanciful Maiden*!«, rief einer. »Das ist doch Ihr Schiff, Käpt'n Turner, oder?«

»Ja. Ich brauche ein Boot! Verdammt, Mann, ein Boot!«

»Morgan! Nein! Fahr nicht hinaus! Du kannst nichts tun. Ich flehe dich an, bleib hier!«

Squaw DaSilva war ihm den ganzen Weg zum Hafen gefolgt. Sie hatte weder Schal noch Umhang angelegt, und ihr Kleid war völlig durchnässt, weil sie so oft in den Schnee gefallen war. Unterwegs hatte sie ihren Hut mit dem Schleier verloren, doch sie schien gar nicht zu bemerken, dass sie zum ersten Mal seit dreißig Jahren ganz New York ihr bloßes Gesicht zeigte. »Morgan, um der Liebe Gottes willen! Du kannst nichts tun!«

Er achtete gar nicht auf sie. Er sah ein kleines Beiboot an der Werft liegen, lief darauf zu, band das Tau los und sprang hinein. Es war nur ein Ruder da. Ein alter Trick, wenn jemand ein kleines Boot wie dieses unbewacht zurückließ. »Ich brauche ein Ruder! Bitte! Wer gibt mir ein Ruder!«

»Hier, Käpt'n Turner. Fangen Sie's auf.«

Ein Mann lief mit einem Ruder in der Hand auf den Steg und warf es in das Beiboot. »Nein!«, schrie Squaw. »Geben Sie's ihm nicht! Bleib hier, Morgan! Hör auf mich!« Ihre gellenden Schreie schnitten durch die Nacht, übertönten noch das Brüllen der lodernden Flammen, die Holz und Teer, Harz und Öltuch verschlangen.

»Morgan!«, schrie sie. »Schau!«

Fast wider Willen wandte er sich um und sah in die Richtung, in die sie deutete. Hoch in der Takelage des

Großmasts stand ein Mann, nur mit einem Nachtgewand bekleidet, das sich im Wind bauschte. Seine weißen Haare flatterten einer Wolke gleich hinter ihm. Mit seinem einem Arm klammerte sich dieser Mann an die Taue. Sein Mund stand offen, anscheinend schrie er, doch war er über das Lodern des Feuers nicht zu hören.

Heiliger Heiland. Die Flammen rasten vom Heck über das Oberdeck, erklommen den Besanmast, fraßen die Falle mit ihren gezackten roten Zähnen. Gleich würden sie den Großmast erreichen, und dann war alles verloren.

Morgan stand auf, riss sich den Umhang von den Schultern, warf sein Entermesser und seine Pistole fort. Dann sprang er in das eisige Wasser, wappnete sich gegen den Schock, der ihm die Luft rauben würde, dachte nur, wenn er nicht die *Maiden* erreichte, wenn er nicht den Anker lichtete und sie auf See hinausfuhr, könnte jedes Schiff im Hafen mit ihr untergehen.

»Morgan! Nein!«

Ihre Stimme hallte zu ihm herüber, als er auf das flammende Inferno zuschwamm, das Inferno, das einmal sein Schiff gewesen war. Unter der Wasseroberfläche begann ein tiefes Donnern und Zittern; er spürte es, bevor er es hörte. Das Feuer hatte das Munitionslager erreicht. Einen Herzschlag später explodierte die *Fanciful Maiden* mit einem tosenden Gebrüll wie das Donnern aus hundert Kanonen, ihre beiden Hälften stiegen aus dem Wasser und öffneten sich wie die Blütenblätter einen tödlichen Blume.

Der Mann, der in die Takelage gestiegen war, wurde hoch in die Luft geschleudert. Das Letzte, was Morgan noch wahrnahm, war, wie die Gestalt durch den roten

Nachthimmel flog, den einen Arm ausgestreckt, dem Sturzflug eines verwundeten Adlers gleich, der dennoch unerbittlich auf seine Beute herabstößt.

»Er hat das Bewusstsein verloren!«, rief der Mann, der Morgan aus dem Wasser fischte, den Schaulustigen am Ufer zu. »Aber er lebt.«

Seine Mutter sank in die Knie. Ihr raste das Herz. Schluchzend schlug sie die Hände vors Gesicht.

Drittes Buch

Der Kriegspfad

August 1776 bis März 1784

Es ist besser, im Krieg zu sterben, so sagt das Volk der Canarsie, als zu vertrocknen und im Winde verweht zu werden, weil einem die Jagdgründe genommen werden und die Felder verflucht sind, sodass nichts gedeiht.

Im Krieg stirbt man mit dem Schlagen der Trommeln im Ohr, der Erinnerung an eine Frau und dem süßen Geruch vom Blut des Feindes in der Luft.

Kapitel 4

I

»Introibo ad altare Dei.« *Zum Altare Gottes will ich treten.*

Der Priester hatte graues Haar, war mager und gebeugt. Roisin hatte einen jungen, kraftvollen Mann erwartet. Stattdessen hatte ein ausgemergelter Alter es gewagt, sich nach New York zu schmuggeln, obwohl überall vom bevorstehenden Krieg gesprochen wurde.

»Ad Deum qui laetificat juventutem meam.« *Zu Gott, der mich erfreut von Jugend an.*

Als Ministrant diente der Neffe von Josie Harmon. Er war vierzehn, er schielte, und sein Gesicht war voller Pickel. Aber er war groß für sein Alter; sein Kopf berührte beinahe die Dachbalken in diesem Speicherraum von Josies prachtvollem Haus an der Wall Street.

Ach, wenn Clare eines Tages in einem solchen Haus leben könnte! Und wenn Josie Harmon – die Josie Ryan geheißen hatte, bevor sie den dicken, alten Leominster Harmon heiratete, der Zucker zu Rum verwandelte und damit zu Reichtum gekommen war – eine solche Partie machen konnte, warum nicht auch Clare? Vermutlich war Josie früher einmal hübsch gewesen. Aber ganz bestimmt keine solche Schönheit wie Clare mit ihrem glänzenden blauschwarzen Haar, der blassen Haut und den riesigen dunkelblauen Augen. Jetzt waren Clares Augen geschlossen. Das Mädchen betete, als würde sie jede Woche zur Messe gehen, dabei war dies erst die zweite, die sie in ihrem ganzen Leben hörte. Fünfzehn Jahre war sie alt und eine richtige Frau von Connemara. Eine Heilerin, die der Jungfrau und der Kirche treu ergeben war.

Roisin verlagerte das Gewicht ein wenig. Das Knien auf dem bloßen Boden schmerzte. Außerdem waren zu viele Menschen in diesen heißen, kleinen Raum versammelt, neben dem Priester und dem Ministranten noch elf andere. Sie kannte alle zumindest vom Sehen, einige von ihnen hatte sie behandelt, doch ihre einzige Gemeinsamkeit bestand im verbotenen katholischen Glauben.

Roisin hielt den Kopf gesenkt, sah sich aber unter halb geschlossenen Lidern um. Josie Harmon fächelte sich unentwegt Luft zu, ihr gerötetes Gesicht war schweißüberströmt. Seit drei Jahren behandelte Roisin sie mit einer Tinktur aus Pfefferkraut und Diktamos, um die Säfte auszutrocknen, die Josie ständig in Schweiß ausbrechen ließen. Es half nicht viel. Ihre Knöchel schwollen nach wie vor auf den doppelten Umfang an, trotz des Tees aus Mönchsrhabarber, den Roisin ihr verschrieb, und auch das Ausräuchern mit einer Mischung aus Leberkraut und Senf hatte keine Linderung gebracht, sodass Josie bei der mindesten Anstrengung immer noch schnaufte und keuchte.

»Adjutorium nostrum in nomine Domini.« *Unsere Hilfe ist im Namen des Herrn.*

Der Priester, Mr. Steenmayer, war ein Jesuit. Josie hatte gesagt, er käme eigens, um ihnen den Trost und Zuspruch der Religion zu spenden, den sie in diesen Zeiten des drohenden Kriegs so nötig brauchten. Unsinn. Das hatte Roisin schon im alten Land oft genug zu hören bekommen. Die Jesuiten nahmen jede Möglichkeit wahr, Einfluss auszuüben. Ach, war es nicht einerlei? Jesuit hin oder her, der Mann war ein Priester. Er konnte ihnen die Sakramente erteilen. Seit siebzehn Jahren war sie in dieser Stadt, aber nur zweimal hatte sie gebeichtet und die Heilige Messe gehört.

Wenn die Rebellen, Gott segne sie, tatsächlich die Englischen besiegen sollten (was wirklich eines Wunders bedürfte), könnten die Katholiken wie alle anderen in New York offen ihrem Glauben nachgehen. Genau so hatte es auf jeden Fall in der großartigen Erklärung geheißen, die vor einem Monat überall laut verkündet wurde. Da hieß es, dass alle Menschen gleich waren und das Recht hatten auf ... wie hatte es gelautet? »Leben, Freiheit und das Streben nach Glück.« Aber offenbar galt das nicht für Neger. In der Erklärung stand kein Wort davon, dass Cuf das von Gott gegebene Recht auf Freiheit hatte.

»Mea culpa, mea culpa, mea maxima culpa.« *Durch meine Schule, durch meine Schuld, durch meine übergroße Schuld*. Der Priester beugte sich vor und schlug sich auf die Brust, die seine vertrockneten Jesuitensünden bewahrte.

Wann immer die Hexe Squaw DaSilva wollte, konnte sie Cuf abholen und auspeitschen lassen. Und sie, Roisin, auch. Squaw wusste, wo sie waren. Sie hatte Roisin doch einmal auf dem Fly Market erkannt? Sie hatte sich umgedreht und getan, als hätte sie sie nicht gesehen, aber guter Gott, Roisin wusste genau, dass sie und Cuf nur so lange frei waren, wie es der Hexe beliebte. Ach, Heilige Jungfrau, ich weiß, dass es dumm von mir ist, mich nach all den Jahren immer noch vor der verschleierten Hexe zu fürchten, und dumm von mir, mit Cuf zu streiten, weil er sich in Gefahr begibt wegen dieser Erklärung der Rebellen, die eindeutig nicht für ihn gilt.

Drei Jahre lang hatte Cuf sich gegen Morgan und die Sons of Liberty zur Wehr gesetzt. Bis die englischen Steuern uns unser täglich Brot raubten. Nur die Englischen haben Cuf in Morgans Geheimgesellschaft getrieben. Obwohl er, um ehrlich zu sein, am liebsten von Anfang an dabei gewesen wäre. Alles, um mit Morgan Turner gleichzuziehen, um Morgan ebenbürtig zu sein. Guter Gott, das ist wie eine Stelle, die ewig juckt, und so lange Cuf sich auch kratzt, das Jucken hört nie auf.

»Kyrie, eleison. Kyrie, eleison. Kyrie, eleison.« *Herr, erbarme dich unser. Herr, erbarme dich unser. Herr, erbarme dich unser.*

Unser aller, Herr. Um der heiligen Jungfrau willen … Lächerlich, wie Josies Neffe sich bemüht, ganz fromm und gebenedeit auszusehen, wenn er die Antworten gibt. Den kriegen die Jesuiten nicht. Der Junge weiß, wozu er das Ding zwischen seinen Beinen baumeln hat. Warum hätte er sonst Clare vorhin so angesehen, wie Cuf mich manchmal ansieht. Vor allem, wenn Morgan da ist. Ach Cuf, Cuf, es stimmt, ich liebe ihn von ganzem Herzen, aber weißt du denn nicht, dass ich dich nie betrügen würde? Nicht nach allem, was du für uns getan hast. Das musst du doch wissen. Aber das zählt nicht, stimmt's? Nicht, wenn du dich trotz der vielen

Jahre, die vergangen sind, noch immer an Morgan Turner misst.

»Credo in unum Deum, Patrem omnipotentem.« *Ich glaube an einen Gott, den allmächtigen Vater.*

Es waren keine Wachposten zu sehen, nur ein einziger Schreibführer in roter Uniform, der hinter einem aus Planken und Böcken bestehenden Schreibtisch saß. Rund ein Dutzend Schwarze standen in dem Ölwandzelt. Schwitzend warteten sie in der drückenden Augusthitze, drängelten vor Ungeduld, ihr Zeichen unter das Dokument zu setzen, das sie zu Soldaten der ergebenen Truppen Seiner Majestät George III. machte.

Cuf ließ sich von einem anderen wegschieben, der unbedingt als Nächster an die Reihe kommen wollte. Dann fragte er ihn: »Sind Sie sicher, dass man hinterher wirklich frei ist?«

Der Mann hatte ein schmales Gesicht mit einer Adlernase und hohen Wangenknochen. Cuf kannte andere Schwarze, die ebenso aussahen. Das bedeutete, dass ihr Volk aus einem bestimmten Teil von Afrika kam und zu einem bestimmten Stamm gehörte. Aber welcher Teil von Afrika das war oder wie der Stamm hieß, wusste er nicht. Und der Mann selbst wusste es auch nicht. Ihre Geschichte – wer sie waren und woher sie kamen – war ihnen gestohlen worden.

Der Rotrock am Tisch hielt sich ein Tuch vor die Nase, als röche schwarzer Schweiß anders als sein eigener. Und die Schwarzen nahmen das ergeben hin. Alles, solange sie bekamen, was ihnen zustand. Es war egal, dass es die Briten gewesen waren, die English Royal African Company, die ihr Volk auf die Guinea-Schiffe verfrachtet hatten, eingepfercht wie Vieh. Im August 1776 versprachen die Briten, die Schwarzen freizusetzen. »Sind Sie sicher, dass das stimmt?«, wiederholte Cuf seine Frage.

Der andere nickte. »Das wird versprochen. Jeder Sklave, wo für den König kämpft, ist frei, sobald der Aufstand niedergeschlagen ist.«

»Und was ist mit der Erklärung, von der alle vor einem Monat geredet haben?«, wollte Cuf wissen. »Haben Sie gehört, was die besagt?«

»Das hab ich.«

»Und?«

»Und? Die sagt nix davon, dass die Sklaven frei werden, oder?«, erwiderte der Schwarze mit dem schmalen Gesicht. »Das ist doch 'ne Erklärung, wo nur für Weiße ist. Den Negern helfen bloß die englischen Soldaten.«

»Und was ist, wenn die Rebellen gewinnen?«

Der Mann lachte. »Sie haben wohl hier von Staten Island noch nicht viel gesehen, was? Hier haben sich die Rotröcke doch zu Tausenden eingenistet. Die Rotröcke schießen aus dem Boden wie im Frühjahr das Korn. Die Rebellen werden nie im Leben gewinnen.«

Während dieses Gesprächs hatte die Schlange der Wartenden sich vorwärts bewegt. Cufs Gesprächspartner würde als Nächster an der Reihe kommen, und gleich danach er selbst, wenn er keinen Weg fand, das noch hinauszuzögern. Das Gewühl bot jede Menge Möglichkeiten, sich beiseite drängen zu lassen. Doch in dem Augenblick setzte sich ein zweiter Rotrock neben den ersten. Er schaute kurz zu Cuf. »Entlaufener Sklave?«

Jetzt hatte er keine andere Wahl mehr. »Ja, Sir, genau.« Er ließ den Kopf hängen und redete auf die Art, die von ihm erwartet wurde.

»Wie heißt du?«

»Cuffee, Sir.«

»Wer ist dein Besitzer?«

»Niemand.« Leise, die Augen direkt auf den Soldaten gerichtet. »Niemand ist mein Besitzer. Ich hab mir meine Freiheit selbst genommen.«

Achselzuckend presste sich der Rotrock ein zusammengeknülltes Tuch unter die Nase. »Mach dein Zeichen hierhin.« Er schob Cuf ein Blatt Papier zu. »Sobald der Aufstand vorüber ist, bist du vor dem Gesetz ein freier Mann. Da hast du General Howes Wort drauf.«

Cuf zögerte. Der Soldat hielt ihm den Federkiel hin. Cuf nahm ihn und beugte sich vor. Er widerstand dem Drang, schwungvoll seinen Namen hinzusetzen, sondern unterzeichnete das Dokument mit einem »X«.

»Hoc est enim Corpus Meum.« *Dies ist mein Leib*. Der ausgemergelte, grauhaarige Priester hob die geweihte Oblate über den Kopf, und Josie Harmons pickelgesichtiger Neffe – der sich noch mehr als zuvor im Mittelpunkt der Aufmerksamkeit wähnte – klingelte dreimal mit seinem silbernen Glöckchen.

Und trotzdem – es war gleichgültig, wie wenig ansehnlich sie alle waren, ob nun der Priester oder der Ministrant, Josie oder die anderen. So befleckt von Sünde sie auch sein mochten, Jesus Christus selbst war im heiligen Sakrament seines Leibes und seines Blutes zu ihnen gekommen.

Roisin zitterte, als sie sich niederkniete, um die heilige Kommunion zu empfangen und der Priester ihr die Oblate auf die Zunge legte. Keine Stunde war es her, dass sie in eben diesem Raum gebeichtet hatte, allein neben dem alten Jesuiten kniend, der mit dem Gesicht zur Wand saß und die Augen geschlossen hielt.

»Segnet mich, denn ich habe gesündigt. Fünf Jahre sind vergangen, seit ich das letzte Mal gebeichtet habe.« Von Cuf und Morgan brauchte sie ihm nichts zu sagen, auch nicht, dass Clare ein Bastard war. Von diesen Sünden war sie schon 1768, beim letzten Besuch eines Priesters in New York, losgesprochen worden. Natürlich hatte der ihr gesagt, Cuf beizuwohnen sei eine Sünde, weil sie nicht seine ihm angetraute Ehefrau war, und sie müsse versprechen, es nicht mehr zu tun, wenn sie die Absolution erteilt bekommen wolle. Sie hatte ihm versichert, dass sie das verstünde, aber gewusst, dass sie mit der heiligen Jungfrau ein eigenes Abkommen getroffen hatte. Die Jungfrau Maria verstand, dass Cuf nach ihr verlangte, verstand, dass er ein guter Mensch war. *Heilige Jungfrau, wenn es recht ist, dass ich mich ihm weiterhin hingebe, dann mach, dass sein Samen nie meinen Schoß erreicht. Dann weiß ich, dass es keine Sünde ist.* Und die Jungfrau hatte Roisin das Zeichen gesandt, um das sie gebeten hatte: In ihrem Schoß war nie ein Kind von Cuf herangewachsen. Daher wusste Roisin, dass sie die Sünde nicht mehr zu erwähnen brauchte, wie sie einem Mulatten beiwohnte, mit dem sie nicht verheiratet war.

Dieses Mal beichtete sie ihre Ungeduld und ihre Eitelkeit – wusch sie sich das Haar nicht gelegentlich mit einem Tonikum aus Efeu, um die grauen Haare zu färben, die sie jetzt, da sie zweiunddreißig war, allmählich bekam? – und dass sie ein Kind abgetrieben hatte, das sich bereits bewegte.

»Mein Kind, das ist die schwerwiegende Sünde des Mordes. Ist dir das klar?«

»Ja, das weiß ich. Doch die heilige Jungfrau ist mein Zeuge, die Frau sagte mir, sie sei in der neunten Woche, und ich habe ihr geglaubt. So früh hat das Ding noch keine Seele.«

»Mein Kind, glaubst du das wirklich? Aus ganzem Herzen?«

»Ja, aus ganzem Herzen.«

»Keine Seele, bevor es sich bewegt? Der heilige Thomas von Aquin hielt das für denkbar. Natürlich, er war ein Dominikaner, aber vielleicht … Du glaubst, das Kind war bereits über die neunte Woche hinaus?«

»Ja. Als ich sah, was ich aus ihr herausholte« – Roisins *Stimme war ein bloßes Flüstern; selbst jetzt noch schauderte sie bei der Erinnerung an ihr Entsetzen –, »wusste ich es.«*

»Mord«, sagte der Priester. »Die Sünde Kains. Aber wenn du aufrichtig nicht wusstest, dass sich das Kind schon bewegte …«

»Ich schwöre es, ich wusste es nicht. Bei der Jungfrau Maria.«

Er schwieg eine Weile. »Wo hast du deine Heilkunst gelernt, mein Kind?«

»Von meiner Mutter, Sir. Und ich habe sie an meine eigene Tochter weitergegeben, nach bestem Wissen und Gewissen. Das ist die Art der Frauen von Connemara.«

Der Priester hatte die Augen geschlossen gehalten, doch er hatte wissend genickt. »Ja, die Frauen von Connemara. Das dachte ich mir schon. Sicher tust du mehr Gutes als Böses, mein Kind. Und wenn ein Mord begangen wurde, so war es nicht deine Absicht, und an deinen

Händen klebt kein Blut. Zur Buße sage die Litanei der geheiligten Jungfrau zwölfmal auf…«

Nun, gereinigt von allen Sünden, konnte sie die Lippen öffnen und ihren Gott empfangen. Und als die Oblate auf ihre Zunge zerging und ihr ganzer Körper vor Beglückung zu singen schien, flehte sie zu Ihm, Cuf zu beschützen. Er ist ein guter Mann, Herr Jesus, freundlich und stark und treu. Beschütze ihn. Und dann das Gebet, das zu beten sie sich beinahe schämte, das aus den tiefsten Tiefen ihres Herzens kam. Und bitte, lieber Herr Jesus, beschütze auch Morgan. Lass Morgan Turner leben, denn wenn ich ihn nicht hin und wieder sehen kann, wie jetzt, aus der Ferne oder mit Cuf in der Fiddle and Clogs, sterbe ich, Herr, ich weiß, dann sterbe ich.

Die neurekrutierten Soldaten des königlichen Heeres mussten auf einem Feld in Staten Island schlafen. Es gab nur wenige Wachposten – sie waren überflüssig, da die Schwarzen noch keine Waffen hatten. Außerdem hatten die meisten alles riskiert, um hierher zu gelangen. Drüben auf Manhattan, auf der Seite der Rebellen, galten sie als entlaufene Sklaven, die die Peitsche oder Schlimmeres zu erwarten hatten.

Der Mond stand nur als schmale Sichel am Himmel. Cuf entschied sich für einen Lagerplatz am Rand der Lichtung. Und als alle schliefen, war es ihm ein Leichtes, zwischen die Bäume zu schleichen und zu verschwinden.

Die Messe war zu Ende. Beinahe alle Gläubigen hatten Josie Harmons Haus an der Wall Street verlassen, waren zu zweit oder dritt in die Nacht hinausgeschlüpft, zur Sicherheit jeweils mit einigen Minuten Abstand. Die Englischen waren nur aus politischen Gründen gegen die katholische Kirche. Die amerikanischen Rebellen ihrerseits hatten offiziell nichts gegen den wahren Glauben einzuwenden, doch gab es unter ihnen viele, die die Katholischen mit glühendem Hass verfolgen wollten.

Nach zwanzig Minuten saßen nur noch Roisin, Clare und Josie in dem Speicherzimmer. Den Priester hatte Josies Neffe bereits nach unten geführt. »Und?«, fragte Roisin leise, wandte sich zu ihrer Tochter und strich ihr liebevoll eine Haarsträhne aus der Stirn. »Wie war die zweite heilige Messe deines Lebens für dich?«

»Wunderschön.« Dem Mädchen standen Tränen in den Augen. »Ich fühlte, dass die Jungfrau mir ganz nah war.«

Ach, wo immer sie sonst gefehlt haben mochte, das hatte sie richtig gemacht. »Das freut mich. Und ich hoffe, du hast mit ganzem Herzen gebetet, dass die Rebellen gewinnen. Dann können wir die Messe hören und die Sakramente erhalten, ohne uns verstecken zu müssen.«

»Clare« – Josie beugte sich vor, fächelte sich immer noch Luft zu, während der Schweiß hässliche Rinnsale auf ihrem gepuderten, fülligen Gesicht hinterließ –, »geh bitte nach unten und sieh zu, dass Mr. Steenmayer nach seinen Gebeten einen Krug von unserem besten Bier bekommt.«

»Aber darum kümmert sich doch sicher dein Neffe, oder?« Roisin bemühte sich gar nicht, ihren Einwand allzu überzeugend klingen zu lassen, denn es war unverkennbar, dass Josie nur einen Vorwand suchte, um unter vier Augen mit ihr zu sprechen. Dagegen hatte sie nichts, aber sie glaubte zu wissen, welches Thema ihre Gastgeberin ansprechen wollte. Da war es klug, das Gespräch aus einer Position der Stärke heraus zu beginnen.

»Ach, du weißt doch, wie Jungen sind, Clare, nicht?« Josies Lächeln erreichte nicht ihre Augen. »Sie vergessen die einfachsten Dinge. Bitte, geh jetzt. Deine Mutter und ich kommen gleich nach.«

Clare gab ihrer Mutter einen Kuss auf die Wange, machte einen Knicks vor ihrer Gastgeberin und ging. Roisin faltete die Hände im Schoß und wartete. Josie begann erst zu sprechen, als die Schritte des Mädchens verhallt waren. »Also«, sagte sie.

»Ja, also.« Aber nicht sofort. Was immer du sagen willst, du darfst ruhig eine Weile daran herumkauen. »Deine Augen sehen nicht gut aus, liebste Josie. Hast du sie auch mit Mutterkraut gebadet, wie ich es dir geraten habe?«

»Ja, jeden Tag. Genau, wie du es mir gesagt hast.«

Mutterkraut hin oder her, Josie fielen die Augen beinahe aus dem Kopf. Dieses Symptom trat immer zusammen mit geschwollenen Beinen und Kurzatmigkeit auf. Es war Schlagfluss, aber alle klassischen Heilkuren, die sie anwandte, schienen nicht zu wirken. Oder vielleicht doch. Schlagfluss verlief oft tödlich, aber Josie war noch am Leben, konnte sich noch an Klatsch erfreuen, konnte noch Ränke schmieden.

»Liebste Roisin, ich möchte dir einen Vorschlag machen. Bezüglich Clare.«

Roisin wusste, was jetzt kommen würde. Der Gedanke war ihr zwar zuwider, doch sie konnte den Vorschlag nicht einfach von der Hand weisen. »Sie ist ein liebes Mädchen, gut und freundlich«, sagte Roisin und tat, als verstünde sie nicht, worauf Josie anspielte. »Ich hoffe, sie hat dich nicht auf die eine oder andere Art beleidigt.«

»Aber nein, überhaupt nicht. Und sie ist hübsch, das gebe ich gerne zu. Obwohl …«

»Obwohl was, Josie?«

»Obwohl sie zum Teil schwarz ist.«

Das war der Preis, den sie bezahlte für den Frieden und die Sicherheit, in der sie lebten. Das hatte sie immer gewusst, nur hatte sie sich nie überlegt, dass Clare diesen Preis würde bezahlen müssen. »Nur zu einem ganz kleinen Teil«, antwortete Roisin leise. »Du weißt, wie klein er ist, Josie.«

»Natürlich, Cufs Haut ist sehr hell.« Der Fächer wedelte immer heftiger hin und her und erzeugte einen wahren Sturm zwischen den beiden Frauen, die sich beim Sprechen vorbeugten und sich gegenseitig abschätzten. »Aber ich erinnere mich gut an Phoebe, die vor zwei Jahren gestorben ist. Immerhin war sie seine Mutter. Und sie war pechschwarz.«

»Wenn du glaubst, dass Clare pechschwarz ist, brauchst du für deine Augen noch eine andere Behandlung, liebste Josie.«

»Natürlich weiß ich, dass die Teile von ihr, die ich sehen kann, nicht schwarz sind. Aber wenn wir uns einigen sollten … Also, ich müsste sie ganz sehen, bevor ich zulassen könnte, dass wir es offiziell bekannt geben.«

»Uns einigen bezüglich was?« Der Gedanke war abstoßend. Aber wenn es Clares einzige Chance war …

»Mr. Harmons Neffe. Mr. Harmon und ich haben seit dem Ableben seiner Eltern die Vormundschaft über den Jungen.«

»Ja, das weiß ich.«

»Der Junge hat ein knabenhaftes Interesse an deiner Clare. Natürlich, in seinem Alter ist das Interesse ganz unschuldiger Natur. Aber wie wir beide wissen, die Jahre verfliegen, und bald wird er fünfzehn ...«

»Clare ist fast ein Jahr älter.« Ich darf ihr keine Waffen in die Hand geben, die sie später gegen uns einsetzen könnte; sie darf, sollte sich etwas ändern, nicht sagen können, ich hätte sie hinters Licht geführt, etwa mit Clares Alter.

»O ja, das weiß ich. Aber ein Jahr tut doch nichts zur Sache.«

»Da bin ich ganz deiner Meinung, Josie. Du hast völlig Recht. Ein Jahr tut überhaupt nichts zur Sache im Vergleich zu den Dingen, auf die es wirklich ankommt.«

»Genau das meine ich auch. Zum einen – die beiden fühlen sich zueinander hingezogen.«

Als könnte ein Goldschatz wie Clare sich je zu einem solchen Jungen hingezogen fühlen. Aber er würde nicht immer pickelgesichtig bleiben. Und wenn sie Clare dazu überreden konnte, die anderen Vorteile zu sehen, das Glück, das Wohlstand mit sich brachte...

»Da Gott uns keine eigenen Kinder geschenkt hat, betrachtet mein Mann den lieben Jungen natürlich als seinen Erben. Mr. Harmon ist wirklich sehr großzügig.«

Roisin nickte. »Überaus großzügig«, stimmte sie zu. Als sie Josie bei ihrem letzten Besuch vorschlug, sie solle sich noch einige Male mit Mönchsrhabarber behandeln lassen, war die Frau in Tränen ausgebrochen und hatte gesagt, ihr Mann erlaube ihr nicht, auch nur einen weiteren Holzpenny für Heilmittel auszugeben, gleichgültig, wie sehr sie ihr halfen. »Ein guter und großzügiger Mensch«, fuhr Roisin fort. »Das ist allgemein bekannt.«

»Und er liebt die wahre Kirche«, ergänzte Josie. »Auch wenn er heute nicht mit uns an der heiligen Messe teilnehmen konnte. Das ist für jemanden in Mr. Harmons Position zu gefährlich. Trotzdem, eine katholische Braut für seinen geliebten Neffen …«

Dass Clare diesen Vorzug bot, war neben ihrer Schönheit und der Wollust des Jungen der Grund, warum dieses Gespräch stattfand.

»Versteh mich richtig, liebste Roisin, dann könnten mein Mann und ich über die Mitgift hinwegsehen, und über die gesellschaftliche Stellung. Solange wir sicher sind, dass sie überall so weiß ist wie an den Stellen, die wir sehen können.«

»Ich verstehe dich sehr gut, liebste Josie. Aber bitte sag mir doch – würde auch Mr. Harmon Clare sehen müssen? Oder würde ihm dein Wort darauf genügen?«

»Oh, mein Wort wäre mehr als genug, liebste Roisin. Darauf kannst du dich verlassen.«

»Nun, in diesem Fall …«

»Ja?« Josie beugte sich vor. Verursachte mit ihrem Fächer einen wahren Orkan.

»In dem Fall werde ich mit Cuf darüber reden. Schließlich ist er ihr Vater.«

Herr im Himmel, verzeih mir. Und das, kurz nachdem ich deinen Leib und dein Blut empfangen habe. Aber Herr, ich konnte nicht widerstehen. Dass sie das schlucken musste. Dass sie die Kröte annehmen und schlucken musste. Und würde ich nicht lieber sterben als zugeben, dass ich nicht die Wahrheit gesagt habe? Als wäre Cuf nicht sechsmal mehr wert als sie, und ein Dutzend

Mal mehr wert als Leominster Harmon. Und achtzehnmal mehr wert als ihr pickeliger Neffe. Aber wenn sie ihn heiratet, braucht sie sich nie mehr Sorgen zu machen. Sie bräuchte nie mehr den Stein von der Feuerstelle hochzuheben und nachzuzählen, wie viele Pennies sie hatte beiseite legen können.

In der Bolton's Tavern in der William Street hingen dichte Rauchschwaden. Schlimmer noch als in den meisten anderen New Yorker Schänken, denn hier trafen sich die Mediziner. Und sie weigerten sich, das Fenster zu öffnen, gleichgültig, wie heiß es war oder wie viele Männer sich Pfeife rauchend in das Lokal drängten. »Die Nachtluft ist ungesund«, sagten die Mediziner. »Sie weht Krankheiten herein.«

Andrew Turner hatte nie Geschmack am Tabak gefunden, aber das war nicht der Grund, weshalb er sich in der Bolton's Tavern nicht ganz wohl fühlte. Sein Vater war Stammgast hier gewesen, aber nachdem Andrew seinem Vater beide Beine amputiert und nach Edinburgh gegangen war, hieß es allgemein, dass Christopher Turners Enkel im Grunde ein Chirurg war, wie schon sein Großvater.

Als Andrew eintrat, spürte er, wie sich alle Augen auf ihn richteten. »Ja so was«, murmelte einer. »Da schau an. Ein seltener Gast, Dr. Turner.«

»Es ist sehr warm heute Abend«, sagte Andrew. »Ich bin am Verdursten.« Er holte einen Kupferpenny aus der Tasche und stellte sich an den langen Tisch, wo die Männer bereits beiseite gerückt waren, um Platz für ihn zu machen. Aber sie sagten kein Wort.

Andrew nahm einen Zinnbecher vom Stapel und

klopfte mit der Münze auf den Tisch, um zu verkünden, dass er Punsch wollte. Langsam wanderte die Schale zu ihm. Ausnahmsweise ohne dass dabei ein Lied geschmettert wurde. In New York sang keiner mehr das Lied von den zwei britischen Kriegsschiffen und den zwei Dutzend britischen Fregatten, die im Hafen vor Anker lagen. Die unbesiegbare Royal Navy hatte ihre Geschütze auf Manhattan gerichtet. Zurzeit waren alle Rotröcke von der Insel abgezogen, aber niemand zweifelte daran, dass sie bald zurückkehren würden. Mit Bayonetten im Anschlag.

»Guten Abend, Andrew.«

»Einen schönen guten Abend dir, Samuel.«

Sam Devrey war von der anderen Seite des Lokals herübergekommen, um seinen Verwandten zu begrüßen. An Andrews Tisch saßen ein Dutzend Männer, die rasch Platz machten, damit Devrey sich seinem Neffen gegenüber setzen konnte. So schlecht konnte die Stimmung in einer Schänke gar nicht sein, dass sie nicht durch die Aussicht auf einen Streit gehoben würde.

Der Zwist zwischen Andrew Turner und Samuel Devrey war 1771 aufgebrochen, also vor fünf Jahren, als einige Mediziner ein privates Krankenhaus für New York forderten, wie das Pennsylvania Hospital unten in Philadelphia. »Seit sechzehn Jahren gibt's das schon. War natürlich Mr. Franklins Idee, aber die Mediziner haben sie sofort aufgegriffen. Großartige Chance, um dort Krankheiten zu beobachten und Heilmethoden zu erproben.«

»Aber strenge Regeln haben sie dort. Soweit ich gehört habe, nehmen sie im Pennsylvania niemanden mit hartnäckigem Fieber auf.«

»Ja, niemanden, der nicht geheilt werden kann.«

»Und was ist mit den Verrückten? Die können auch nicht geheilt werden, aber sie werden trotzdem aufgenommen. Das hab ich mit eigenen Augen gesehen.«

»Schon, aber nur solche, die sich ruhig stellen lassen«, widersprach ein anderer. »Und wenn wir auch nur einen Funken Verstand hätten, würden wir alle Spenden sammeln, um genau ein solches Krankenhaus hier in New York einzurichten.«

Eine Woche später war Andrew in der Bolton's Tavern aufgetaucht, gleich nachdem er von dem Plan hörte. »Wir haben hier in New York schon ein Krankenhaus, das City Hospital. Und das könnte noch viel besser sein, wenn wir private Zuschüsse bekämen.«

»Aber das ist kein richtiges Krankenhaus, Andrew.« Sam Devrey hatte diesen Einwand erhoben. »Ich weiß, du nennst es gerne das City Hospital, aber in Wirklichkeit ist es doch nur eine Armenstation für die Kranken aus der Gosse. Das ist nicht dasselbe.«

»Im Pennsylvania Hospital werden die Armen auch behandelt, wie bei uns.«

»Nicht wie bei uns. Sie erlauben kranken Frauen nicht, ihre Kinder mitzubringen, und Leute mit ansteckenden Krankheiten werden nur aufgenommen, wenn sie eine eigene Station dafür haben. Gibt's bei dir da oben in deinem Armenhospiz getrennte Zimmer für die Fieberkranken, Andrew?«

»Jetzt noch nicht. Wir haben keinen Platz.« Andrew hatte sich an die versammelten Mediziner gewandt. »Aber wenn Sie, meine Herren, sich finanziell an dem Bau eines neuen Flügels beteiligen würden, könnten wir auch solche Patienten aufnehmen.«

»Von allem anderen einmal abgesehen, liegt dein City Hospital viel zu weit draußen«, hatte Samuel Devrey abgewehrt. »Du musst doch zugeben, du bist da oben auf dem Common ziemlich ab vom Schuss.«

»In der Tat«, stimmten die anderen zu. »Der Common liegt zu weit im Norden. Das ist ungünstig.« Und damit war die Sache erledigt gewesen.

Andrew war von Samuels Widerstand nicht überrascht. Die Fortsetzung der alten Rivalität zwischen den Turners und den Devreys. Die Leitung des neuen Krankenhauses, das Sam anregte, wäre das perfekte Gegengewicht zu Andrews Stelle als Leiter des Armenhospizes und des Pesthauses auf Bedloe's Island. Außerdem hatte Sam am Medical College in Philadelphia studiert und war voll des Lobes über die Schule. Nach New York war er lediglich zurückgekommen, weil Bede seine Kinder nur dann in seinem Testament bedenken wollte, wenn sie in seiner Nähe wohnten, und weil Samuels Zwillingsbruder Raif ein einfältiger Nichtsnutz war, dem man nach Bedes Tod nicht die Leitung der väterlichen Geschäfte anvertrauen konnte.

Inzwischen, fünf Jahre, nachdem Sam das neue Krankenhaus gefordert hatte, war Bede Devrey vierundsiebzig und konnte sich noch immer selbst um seine Geschäfte kümmern, unabhängig von Samuels Ansichten. Und das New York Hospital, wie sie das neue Krankenhaus nannten, hatte noch keinen einzigen Patienten aufgenommen. Zuerst war es noch vor seiner Eröffnung abgebrannt. Dann hatten die Mediziner es, auf Sam Devreys Drängen hin sowie aus Kostengründen, in der Nähe der Rhinelander-Zuckersiederei wieder aufgebaut, womit es allerdings noch weiter nördlich lag als das Armenhospiz am Broad Way. Der Ort war so abgelegen, dass er häufig als Schauplatz für Duelle diente. Und obwohl das Krankenhaus jetzt tatsächlich eröffnet werden konnte, interessierte sich niemand dafür. An diesem Augustabend des Jahres 1776 bereitete sich New York auf den Krieg vor.

»Ganz schön warm heute Abend, nicht, Andrew?«

»Sehr warm, Samuel.«

Endlich war die Punschschale bei ihm angekommen. Andrew schenkte sich den Becher voll, warf den Kupferpenny in die Schüssel mitten auf dem Tisch und schob die Schale nach links weiter.

Sam Devrey zog heftig an seiner Pfeife. Er beugte sich vor und sprach durch eine Rauchwolke. »Du warst heute nicht bei der Versammlung, Andrew. Du wurdest vermisst.«

»Ach, um welche Versammlung geht's denn, Samuel?«

»Wir haben uns alle zusammengesetzt, um über ein Medizinkorps für Washingtons Armee zu reden. Sechzehn Männer haben sich freiwillig gemeldet. Mindestens ein Dutzend davon sind Chirurgen.«

»Chirurgen werden im Krieg ja wohl auch am meisten gebraucht, oder nicht? Chirurgen. Die Musketen leisten selten ganze Arbeit.«

»Genau das meine ich. Dein Geschick mit dem Skalpell wird ja viel gerühmt, Andrew. Hast du nicht die Absicht, General Washington deine Dienste zur Verfügung zu stellen?«

Bevor Andrew antwortete, nahm er einen langen Zug von seinem Punsch. »Ich habe einen Vater, der ein Krüppel ist, eine Frau und drei kleine Kinder, Samuel. Wäre ich ein Junggeselle wie du … Aber ich dachte, wir wären hergekommen, um uns über Medizin zu unterhalten, nicht über Krieg.«

»Dieser Tage hat alles mit Krieg zu tun, vor allem die Medizin.« Devrey hob die Stimme, sodass alle seine Worte hören konnten. »Keiner kann es sich leisten, nicht Partei zu ergreifen. Nicht einmal der viel gerühmte Doktor Turner. Sag uns doch, lieber Anverwandter, stehst du nun auf Seiten der Patrioten oder der Torys?«

Jedes Augenpaar in der Schänke war auf ihn gerichtet. Bolton's unterschied sich in nichts von den anderen Schänken und Tavernen in New York. Voller Hitzköpfe, die von der Unabhängigkeit schwärmten, trotz der Übermacht, der sie sich gegenübersahen. Andrew stellte seinen Becher ab und erhob sich. »Ich stehe auf Seiten der Kranken, die geheilt werden müssen, meine Herren. Wer immer sie sein mögen.«

Er wandte sich ab und ging hinaus. Er wusste, dass sie ihm alle hinterhersahen. Aber vor allem spürte er Sam Devreys Blick, der sich in seinen Rücken bohrte.

Cuf brauchte mehr als sechs Stunden, um die bewaldeten Berge im Osten von Staten Island zu überwinden. Am Himmel zeichnete sich bereits die erste Morgenröte ab, als er schließlich die Stelle erreichte, an dem das Indianerkanu bereitliegen sollte. Es war tatsächlich da, wofür er Gott dankte, doch es war bereits zu hell, als dass er es riskieren wollte, abzulegen. Er wartete, bis es Nacht wurde, dann schwärzte er sich zur Tarnung Gesicht und Hemd mit Erde. Und er erinnerte sich an Morgans Abschiedsworte: »Das ist die größte Gefahr, Cuf. Wenn sie dich erwischen und du keine Uniform trägst, haben sie dem Gesetz nach das Recht, dich auf der Stelle als Spion hinzurichten. Unsere Seite würde dasselbe tun.«

»Dann muss ich also dafür sorgen, dass sie mich nicht erwischen.«

Verdammtes Meer. So sehr er es hasste, irgendwie spielte es in seinem Leben immer wieder eine Rolle. In dieser Nacht war der Mond nicht zu sehen, verborgen von einer dichten Wolkendecke. Er betete, dass Nebel aufkommen würde. Den würde er brauchen. Schließlich musste er mitten durch die Flotte Seiner Majestät paddeln.

Der ersehnte Nebel kam erst sehr spät. Cuf hatte bereits die Narrows passiert – die Wasserstraßen zwischen Manhattan, Staten Island und der langen Insel – und fuhr in den äußeren Hafen ein, als sich die ersten Dunstschwaden wie eine schützende Decke um das schlanke, schnelle Kanu legten.

Cuf fuhr durch die Flotte hindurch, indem er sich dicht an die hoch aufragenden Rümpfe der britischen Fregatten hielt und das Paddel nur selten ins Wasser tauchte; meist bewegte er sich voran, indem er sich mit den Händen von den Schiffswänden abstieß. Viele Fuß über sich hörte er die Schritte der Wachposten und Ausgucke, das Murmeln der Soldaten in den Kojen, nur eine Plankenbreite hinter seiner Handfläche.

II

»Ich schätze, dass es über neuntausend Rotröcke sind. Die haben sich hier verschanzt, hier und hier.« Mit einem Stock zeichnete Cuf die Umrisse von Staten Island in die staubige Sommererde. Morgan und ein weiterer Mann hockten neben ihm und betrachteten die Zeichnung der Insel mit den Truppenstellungen. Ein dritter Mann saß auf einem Baumstumpf und schrieb die Informationen in einem Notizbuch mit.

»Und was ist den entlaufenen Sklaven versprochen worden?«, fragte Morgan.

»Genau das, was wir gehört hatten. Wer sich Georges Armee anschließt, ist frei, sobald der Aufstand niedergeschlagen ist.«

»Etwas spät, in deinem Fall«, meinte Morgan mit einem Lächeln.

Cuf zuckte mit den Schultern. »Dem Offizier, mit dem ich redete, schien das ziemlich egal.«

»Guter Gott, du hast mit ihnen gesprochen?«

»Mir blieb ja nichts anderes übrig. Sie haben mir ein Dokument unter die Nase gehalten und gesagt, dass ich es unterschreiben muss.«

»Aber …«

»Ich habe nur ein X gemacht«, sagte Cuf leise. »Sie haben keine richtige Unterschrift erwartet, also haben sie auch keine bekommen.«

»Trotzdem, wenn sie dich erwischen, können sie sagen, dass du desertiert bist. Das heißt …«

»Der Galgen. Immer noch besser, als wegen ihrer Habgier verhungern zu müssen. Aber noch etwas: Ich musste ja mitten durch die Flotte hindurch. Zum Glück war es etwas nebelig, ein ganz guter Schutz, aber vielleicht hat das auch die Geräusche etwas gedämpft. Trotzdem denke ich, dass ich Männer gehört habe, die kein Englisch redeten. Vielleicht war's Deutsch.«

»Hessische Söldner«, sagte der Mann, der neben Morgan hockte. »Wir haben gehört, dass Tausende von ihnen auf den Fregatten sind.«

Der Mann, der Cufs Auskünfte aufzeichnete, schrieb noch einige Worte dazu, dann klappte er das Notizbuch zu und stand auf. »Meine Herren, ich gehe. General Washington braucht das bis Mittag.«

Der Kopf Seiner Majestät George III. steckte auf einem Spieß vor der Blue Bell Tavern in der Nähe des neu errichteten Fort Washington im Norden Manhattans.

Gut einen Monat zuvor, als den Bürgern der Stadt im Juli die Unabhängigkeitserklärung verkündet wurde, hatten die Sons of Liberty an der Spitze eines Pöbels gestanden, der die Königsstatue auf dem Bowling Green stürzte, den Kopf absägte und den Rest nach Connecticut schaffte, um daraus Kugeln zu gießen. Wenig später hatten sich die meisten Söhne der Freiheit, darunter Cuf und Morgan, Washingtons Armee angeschlossen.

Die rasch zusammengestellten Truppen bestanden aus knapp zwanzigtausend Männern, von denen über die Hälfte auf Manhattan lagerten. In jeder Schänke und jeder Taverne drehten sich die Gespräche um taktische Überlegungen; über die Gründe für die Unabhängigkeit wurde nicht geredet, sondern nur darüber, wann sie wie und wo erreicht werden würde.

»Wenn die Englischen die Stadt einnehmen, beherrschen sie nicht nur den besten Hafen an der ganzen

Küste.« Der Sprechende fuhr mit dem Finger durch die Bierlache auf dem Tisch in der Pig and Whistle Tavern am Hanover Square. Die Umstehenden beugten sich vor und betrachteten die jeweilige Position der Rebellen und der Truppen Seiner Majestät, die in der Bierlache aufgezeichnet waren. »Sie werden den Korridor vom Hudson zum Lake Champlain schließen und die Hitzköpfe von Neuengland von den übrigen Kolonien abspalten.«

»Hitzköpfe nennen Sie sie? Ich nenn sie Patrioten.«

»Ganz meine Rede.« Major Aaron Burr war gerade zwanzig. Die Messingknöpfe auf seiner blau-goldenen Uniform funkelten, so neu waren sie, doch er sprach voll innerer Überzeugung. »Wenn Neuengland den anderen nicht das Rückgrat stärkt, fallen sie um und warten drauf, dass der alte George ihnen den Bauch krault.«

Burrs Zuhörer nickten zustimmend.

Washington und seine Generäle waren derselben Ansicht. New York war der Dreh- und Angelpunkt. Der Kontinentalkongress hatte den Befehl erteilt, die Stadt zu halten, und die Rebellen hatten eine Batterie von Kanonen rund um die Insel in Stellung gebracht und sich im Fort Washington verschanzt. Außerdem auf dem Common und auf der anderen Seite des East River auf den Hängen oberhalb der Fährstelle in Brooklyn.

Die amerikanischen Truppen waren in den Landhäusern der vornehmen Familien, der Morris und der Baynards, der Stuyvesants und der De Lanceys auf Manhattan einquartiert. James De Lanceys ältester Sohn war mit dem Tod seines Vaters Familienoberhaupt geworden. Sobald er die Unabhängigkeitserklärung hörte, verließ er die Bouwery Lane und schloss sich der Schar königstreuer Tory-Anhänger an, die nach England flohen. Sie sagten, sie kehrten nach Hause zurück.

Andere Torys entschieden sich, zu bleiben und zu kämpfen. Und nicht nur Aristokraten, auch einfache Leute, die den Wunsch nach Unabhängigkeit für Verrat hielten, und für verrückt obendrein. Die Miliz von Staten Island ging nahezu geschlossen zur britischen Armee über. Jeden Tag schlüpften Dutzende von Jungen und Männern von New Jersey und der Langen Insel durch die amerikanischen Linien, um die Truppen an Bord der britischen Flotte zu verstärken.

Als die Erklärung verkündet wurde, hatte sich Oliver De Lancey auf seinen Landsitz Bloomingdale Village im Westen von Upper Manhattan zurückgezogen. »Bis der Wahnsinn vorbei ist«, sagte er. »Nachdem sie ein paar britische Kugeln abbekommen haben.« Zwei Wochen später tauchten Soldaten der Rebellen auf, um Oliver De Lanceys Waldbestand zu fällen; sie erklärten, sie brauchten Brennholz. Aus Protest feuerte De Lancey mit einer Muskete in die Luft. Zur Antwort holzten die Rebellen seine Obstplantagen und seine Ziergärten ab. Oliver fuhr mit dem nächsten Schiff nach London. Damit war es seinem ältesten Sohn – der ebenfalls Oliver hieß – überlassen, den Familienbesitz in New York zu verteidigen.

Aber die Torys waren nicht die Einzigen, die aus der Stadt flohen. Einige Monate zuvor hatten noch fünfundzwanzigtausend in der Stadt gelebt; Anfang August waren es ganze fünftausend. »Hier gibt's Straßen, wo's aussieht, als hätte die Pest gewütet«, brummte ein Rebellensoldat aus Virginia. »Jedes Haus ist leer.«

»Ich kann's ihnen nicht verdenken, dass sie abhauen. New York ist keine Stadt mehr, sondern ein Schlachtfeld.«

Am siebzehnten August trafen erneut englische Schiffe ein, mit rund fünfzehntausend weiteren Männern an Bord.

»Ich schätze, damit haben sie zwölfhundert Geschütze, etwas über dreißigtausend Regimentssoldaten und etwa dreizehntausend Seeleute, die alle New York für die Krone einnehmen wollen, Sir.« Morgan Turner saß mit Washington im Fort.

»Wie genau sind die Zahlen?« Washingtons Augen waren vor Müdigkeit gerötet.

»So genau, wie es nur möglich ist, Sir. Sie sind geschätzt, aber nicht aus der Luft gegriffen.«

»Fast fünfzigtausend einsatzbereite Männer ... ich wette, das ist die größte Truppe, die Großbritannien je aufgeboten hat.«

»Das vermute ich auch, Sir. Zumindest habe ich nie von einer ähnlich großen Armee gehört.«

»Das muss knapp eine Million Pfund gekostet haben, meinen Sie nicht?«

»Doch, Sir.«

»Unglaublich.« Washington lehnte sich zurück und streckte die langen Beine vor sich aus. Er war ein außergewöhnlich großer Mann, ein oder zwei Zoll größer noch als Morgan. »Ich würde viel drum geben, Ihnen das Oberkommando über eine richtige Flotte geben zu können, Kapitän Turner.« Der Kontinentalkongress hatte zwar dem Aufbau einer Marine zugestimmt, aber kein Geld dafür bewilligt. Zwei Schiffe, die *Alfred* und die *Providence*, wurden von einem übergelaufenen Schotten namens John

Paul Jones befehligt, doch sie wurden nicht gegen die gewaltige Flotte im New Yorker Hafen eingesetzt.

»Eine richtige Flotte«, wiederholte Morgan. »Da würde ich auch viel drum geben, General.«

»Das glaube ich gern. Selbst fünf oder sechs Fregatten können viel bewirken.«

»Mit Respekt, Sir, aber in der gegenwärtigen Situation würde ich mich für Schoner und Brigantinen entscheiden. Schnelle Schiffe mit mobiler Feuerkraft und wenig Tiefgang. Wir könnten uns in den Buchten entlang der Küste verstecken und sie von hinten überraschen. Ich will nicht behaupten, dass wir damit die britische Marine versenken könnten, aber wir würden sie etwas ablenken, damit sie nicht nur die Stadt beschießen.«

»Ein paar Schoner und ein oder zwei Brigantinen. Guter Gott, Kapitän Turner, das klingt nicht viel, oder?«

»Nein, General, das ist es auch nicht.«

»Und bestimmt ist es nicht schwer, solche Schiffe aufzutreiben oder die Besatzungen dafür. Auf jeden Fall nicht in New York.«

Morgan wusste, welcher Vorwurf ihm damit gemacht wurde, wenn auch nur andeutungsweise. Eine Reihe der einflussreichsten Schiffseigner und Kaufleute von New York hatten die aufwieglerischen Taktiken von Turner, Sears, McDougall und Willet eine Weile beobachtet und dann beschlossen, dass die von London auferlegten Steuern zwar schlecht waren, Unabhängigkeit in einer von den Sons of Liberty regierten Welt jedoch Chaos bedeuten würde und damit ein Ende ihrer einträglichen Geschäfte. Abgesehen davon glaubten nur die allerwenigsten Reeder an einen Sieg der Rebellen. Das war der eigentliche Grund, warum es sie nicht besonders danach drängte, Washington eine Marine zur Verfügung zu stellen. Sie würden für ihn auf Kaperfahrt gehen, aber nur zu ihren Bedingungen. Schiffe Washingtons Kommando zu unterstellen, war etwas völlig anderes. »Schiffe lassen sich besorgen, General. Mit Geld.«

»In der Tat.« Washington erhob sich und blickte über den trügerisch friedlichen Hudson nach New Jersey. Die Kanonenstellungen, die er auf den Palisaden errichtet hatte, genügten nicht. Zu wenig Feuerkraft, zu wenig Männer. Und dann gab es noch den Kontinentalkongress, der seine Streitereien nicht lange genug unterbrechen konnte, um Gelder für seine Armee zu bewilligen, und der auch keine Schatzkammer besaß, um sie auszubezahlen. »Geld.«

»Ich habe Ihnen ja gesagt, Sir …«

»Dass Sie über die Möglichkeit verfügen, eine große Summe zu beschaffen«, unterbrach Washington. »Wenn ich Ihnen ein einziges Schiff und eine Besatzung geben und Sie zwei Monate entbehren könnte. Ja, das haben Sie mir gesagt, Kapitän Turner.«

»Mit etwas Glück würde es nur sechs Wochen dauern, Sir. Haben Sie sich den Vorschlag durch den Kopf gehen lassen?«

»Das habe ich. Und dabei nicht vergessen, dass Sie mir sagten, Sie könnten nicht garantieren, dass der Schatz noch dort ist, wo Sie ihn verwahrt haben.«

Morgan fragte sich, ob er seine Freimütigkeit eines Tages nicht bereuen würde. Nein, nicht bei Washington. Nicht, nachdem er die Sache als rein vertraulich bezeichnet hatte. »Keine Garantie«, sagte er. »Obwohl der einzig andere Mensch, der ihn hätte holen können, es nicht getan hat.«

Washington kniff die Augen ein wenig zusammen. »Da sind Sie sich sicher, stimmt's?«

Morgan nickte. Vor acht Jahren. Seine eigenen Hände um Petrus Vrincks Hühnerhals hatten die Wahrheit aus ihm herausgepresst.

»Ich hab nix geholt. Ich schwör's. Hab keine Chance nicht gehabt. Der gottverfluchte Caleb Devrey ist gestorben, bevor er mir ein Schiff besorgt hat.«

»Wo ist der Zettel, Vrinck? Die Angaben, die du aus dem Pferdekopf genommen hast? Wo sind sie?«

»Sie drücken mir die Luft ab! Ich hab's Ihnen doch schon gesagt. Ich hab den Zettel nur ein einziges Mal gesehen. Dann hat der gottverfluchte Caleb Devrey ihn genommen. Und danach hab ich ihn nie mehr gesehen.«

Wenig später war Vrinck an Stichwunden gestorben, die er bei einer handgreiflichen Auseinandersetzung in den Docks abbekommen hatte. Morgan hatte seine Leiche mit eigenen Augen gesehen. Petrus Vrinck und Caleb Devrey, vereint in der Hölle. »Ja, ich bin mir sicher, General.«

Mindestens ein Dutzend Mal hatte er daran gedacht, sich ein Schiff und eine Besatzung zu besorgen und nach Süden zu fahren, um den Schatz zu bergen. Er wusste, dass er es tun konnte. Er hatte die Angaben aufgeschrieben und vergraben aus Angst, er könnte sie vergessen, aber das hatte er nie. *Vierundsiebzig Grad dreißig Minuten westlich von Greenwich. Direkt südlich von vierundzwanzigsten Grad nördlich. Zweimal im Kreis und dreimal zurück*. Er würde den Schatz finden. Eine Weile hatte er sich überlegt, ihn an einen anderen Platz zu schaffen, aber die letzten zehn Jahre waren außergewöhnliche Zeiten gewesen. Er wurde gebraucht, und zwar an dem Platz, an dem er war. Außerdem hätte er nie das notwendige Geld zusammenbekommen, um eine solche Fahrt zu finanzieren. Und er würde weiß Gott lieber in der Hölle braten, als seine Mutter um Geld zu bitten. Jetzt würde er den Schatz frohen Herzens den Rebellen überlassen, um ihnen zum Sieg zu verhelfen.

»Ich kann nicht schwören, dass das Geld noch da ist, General Washington. Aber die Wahrscheinlichkeit ist recht groß – mehr als fünfundsiebzig Prozent. Gold- und Silberbarren sowie Münzen, Sir.« Alle Welt wusste, dass Washington eine Spielernatur war, jemand, der rasch seine Gewinnchancen ausrechnete und dann seine Wette setzte. Ein Glückspilz, sagten sie. Unsinn. Verstand und Wagemut – das hatte nichts mit Glück zu tun.

Der General blieb noch einige Momente stehen, Morgan den Rücken zugewandt. Als er schließlich antwortete, sagte er dasselbe wie die beiden vorherigen Male. »Ich kann Sie nicht entbehren, Kapitän Turner.« Washington drehte sich um und sah ihm ins Gesicht; die müden Augen funkelten vor Überzeugung. »Sie gehören zu meinen wertvollsten Offizieren. Geld ist wichtig – aber Kampferfahrung ist noch wichtiger.«

III

Tagsüber gaben die amerikanischen Rebellen sich heldenmütig. Nachts, wenn es dunkel war, machten sie sich vor Angst in die Hose. »Bald«, versprach Washington. »Der Krieg kommt bald, und dann ist das Warten vorbei. Das Warten ist immer das Schlimmste.«

Am siebzehnten August wurden Zettel verteilt, die den bevorstehenden Angriff verkündeten und alle Zivilisten aufforderten, die Stadt zu verlassen.

Flossie war drei Jahre zuvor im Schlaf gestorben. Squaw DaSilva war eine rüstige Einundsechzigjährige, doch sie hatte ihr Haus seit dem Abend, als Solomon Morgans Schiff in Brand setzte und ihr sein Vermächtnis des Hasses endgültig hinterließ, nicht mehr verlassen. Solomon DaSilva hatte ihr alles gegeben, was sie an diesem Leben liebte, und es anschließend schmerzlich Stück um Stück wieder genommen. Jetzt gab es außerhalb der vier Wände ihres prachtvollen Hauses auf dem Broad Way nichts mehr, das ihr noch etwas bedeutete.

Es blieb Tilda überlassen, ihre Herrin über die Gerüchte auf dem Laufenden zu halten. »Es wird ’ne Schlacht geben. Wir sollten verschwinden.«

»Unsinn, Tilda. Uns passiert hier nichts. Bis jetzt hat uns doch auch niemand belästigt, oder?«

Das Haus Squaw DaSilvas musste keine Truppen aufnehmen und wurde von einem halben Dutzend gut bewaffneter amerikanischen Milizen bewacht. Das Haus war voller Huren. Squaw hatte ausgewählte Mädchen aus ihren Freudenhäusern in ihr privates Heim gebracht, damit sie dort arbeiteten, aber nur für amerikanische Offiziere oberhalb des Leutnantrangs.

»Im Hafen sind so viele Masten, dass es aussieht wie ein Wald.« Tilda ließ nicht locker. »So viele Schiffe auf einen Haufen hab ich noch nie gesehen. Die Rebellen werden die Schlacht verlieren.«

Die Mistress nickte hinter ihrem Schleier. »Ja, Tilda, das vermute ich auch.«

»Und?«

»Ich glaube, auch britische Offiziere haben zwischen den Beinen einen Adjutanten, den sie des Öfteren unterbringen müssen.«

Es war kurz nach Mitternacht. In der weichen, warmen Augustluft lag ein süßer, sauberer Geruch, wie immer nach einem Sommerregen. Sechs Kriegschiffe Seiner Majestät bezogen Position auf der Meeresseite der Narrows. In deren Schutz wurde die stille Oberfläche des Wassers unaufhörlich von den Rudern Dutzender Kähne und Langboote aufgewühlt. Die Morgenröte zog gerade herauf, als die ersten Rotröcke in Brooklyn an Land gingen.

Zweihundert Schützen der Rebellen aus Pennsylvania warteten am Brückenkopf. Ihr Hauptmann spähte in die Dunkelheit und schätzte die Stärke der Truppen, die auf die lange Insel strömten. Einige Minuten später hob er den Arm und bedeutete seinen Männern, sich in die Berge zurückzuziehen.

Eine halbe Stunde später, im Schutz der dichten Wälder der Brooklyn Heights, schob Major Aaron Burr sein Fernrohr zusammen und wandte sich an seinen befehlshabenden Offizier. »Das war wohl vorläufig der letzte, Sir. Meiner Zählung nach sind gut fünfzehntausend Mann angelandet.«

Der General stammte aus New Hampshire. Vor knapp einer Woche war ihm die Verteidigung von Brooklyn übertragen worden, und seitdem enthielten seine Gedärme nur noch Wasser. Er musste das Gesäß fest zusammenkneifen, damit er sich nicht besudelte, bevor er sprechen konnte. Dann sagte er: »Wir sind gewappnet.« Zumindest hoffte er das. Er war noch nie zuvor in dieser verdammten Provinz New York gewesen; das Gelände war ihm völlig unbekannt. Er hatte den Befehl übertragen bekommen, weil es niemand anderen gab.

Sie hatten sich auf den Brooklyn Heights verschanzt und auch weiter hinten, entlang der dicht bewaldeten und meist undurchdringlichen Heights of Guan. Eine Verteidigungsposition, von der Militärstrategen nur träumen konnten. Nur dass er vielleicht ganze fünftausend Mann hatte, um die Heights of Guan gegen rund fünfzehntausend Rotröcke zu verteidigen.

Seine Chancen verringerten sich mit jeder Stunde. Die Briten schickten weitere Soldaten und quartierten fünftausend Hessen im Dorf Flatbush ein. Ihre Angriffslinie zog sich jetzt in einem vier Meilen langen Bogen über die Südspitze der langen Insel, oder Nassau Island, wie sie sie immer noch nannten. Washington schickte seinem General aus New Hampshire jeden Soldaten, den er entbehren konnte.

Als alle Truppen schließlich Position bezogen hatten, standen den einundzwanzigtausenden Soldaten der britischen Seite gerade ein gutes Drittel dieser Zahl amerikanischer Rebellen gegenüber.

Und noch eine weitere Truppe bekämpfte die Rebellen, verrichtete ihr zerstörerisches Werk wie Termiten von innen heraus. Kings Country auf der langen Insel war eine Hochburg der Torys.

»Jemand, der Sie sprechen möchte, Sir. Ein Einheimischer.«

Der Mann, der das Kommandozelt der Briten betrat, war so groß, dass er den Kopf einziehen musste, um nicht an der Verstrebung anzustoßen. Er sah aus wie ein

Farmer. Er war groß, wie viele Kolonisten, und stank nach Dung. Ohne weitere Umschweife begann er zu reden. »Es gibt vier Wege über die Heights of Guan.« Er zählte sie an den Fingern ab, sprach sehr langsam, als glaubte er, der englische Oberst sei dumm oder taub. »Gowanus. Flatbush. Bedford. Und Jamaica.«

»Ja, ich weiß.« Ungeduldig trommelte der Oberst mit den Fingern. »Komm zur Sache.«

»Der Jamaica-Pass ist nicht bewacht.«

»Guter Gott! Bist du dir sicher?«

»Todsicher. Kein einziger Wachposten. Der Kommandeur von das Ganze ist irgend so ein General aus New Hampshire. Der ist noch nie hier gewesen und kennt die Gegend nicht.«

Bei Sonnenuntergang wurde diese Information an zehntausend Rotröcke ausgegeben. »Kein Ton. Wenn ihr wollt, dass eure Eier da bleiben, wo der Allmächtige sie euch hingepflanzt hat.« Sie erhielten den Befehl, die Lagerfeuer brennen zu lassen. »Damit sich die Rebellen, die uns vielleicht beobachten, im Dunkeln nicht fürchten müssen.« Der junge Oliver De Lancey bildete als Befehlshaber zweier Kompanien der Tory-Miliz von der langen Insel die Nachhut der zwei Meilen langen Kolonne.

Im Morgengrauen hatten die Rotröcke und ihre Verbündeten den Jamaica-Pass überwunden, ohne auf Widerstand zu stoßen. Damit war die Hälfte der britischen Armee hinter den amerikanischen Linien. Sie feuerten zwei Schüsse ab als Signal, dass die Rebellen umzingelt waren.

Die Hessen griffen als Erste an. Fünftausend von ihnen fielen über achthundert Yankees her. Die Rebellen verließen ihre Deckung und wollten die Flucht ergreifen. Die Hessen nagelten den Großteil von ihnen mit ihren eigenen Bajonetten an die Bäume. Der General aus New Hampshire versuchte ebenfalls, mit seinen Männern den Rückzug anzutreten. Das Manöver scheiterte, und als seine Truppen sich ergeben wollten, wurden sie massakriert, von schottischen Breitschwertern und hessischen Säbeln zerfleischt. Zur Mittagszeit hing in der Luft über Brooklyn der Gestank von Blut, Kot und Grauen. Die Schreie der Männer, die qualvoll starben, hallten als Klagelied in den Bergen wider.

Am Gowanus-Pass versuchten vierhundert Mann aus Maryland, die Anhöhe zu verteidigen, bis ihre Kameraden fliehen konnten. Zwei Stunden lang hielten sie dem britischen Beschuss stand. Mittlerweile hatte Washington die lange Insel erreicht und sah die Marylander sterben, hatte aber keine Truppen, die er zu ihrer Rettung schicken konnte.

Der britische General, der diese Schlacht befehligte, war William Howe. Auch er verfolgte die Ereignisse, zusammen mit den Generälen Cornwallis und Clinton. »Noch ein paar Stunden«, sagte Clinton und schob sein Fernrohr zusammen, »dann steht jeder Rebell mit dem Rücken am East River.«

Howe gab keine Antwort.

»Das stimmt.« Cornwallis zog die neueste Depesche aus der Tasche. »Den letzten Schätzungen zufolge haben sie tausend, vielleicht auch zwölfhundert Mann verloren. Mindestens ebenso viele sind verletzt. Und wir haben viele Gefangene gemacht.«

»Gefangene eher wenig«, verbesserte Howe. Er sprach durch zusammengebissene Zähne. Die Hessen waren wie die Tiere, genauso wie die schottischen Highlander.

»Lange dauert's nicht mehr. Die Letzten treiben wir in den Fluss«, sagte Clinton.

Howe achtete nicht auf ihn, sondern wandte sich an Cornwallis. »Und unsere Verluste?«

»Sechzig Tote. Dreihundert verwundet oder verschollen.«

Guter Gott. Ein einziges Gemetzel, und die verdammten Kolonisten kämpften um jeden Zoll Land. Es würde ein Blutbad geben, wie letztes Jahr oben in Bunker Hill bei Boston. Fast jede Nacht durchlebte Howe diese Schlacht noch einmal, watete wieder durch Gedärme, wie damals an dem Junimorgen. Er hatte die Anhöhe erobert, aber erst, nachdem sein gesamter persönlicher Stab sowie vierzig Prozent seiner Männer gefallen waren. Die Rebellenoffiziere waren bereit, bis zum letzten Blutstropfen zu kämpfen. Ihre einfachen Soldaten würden kaum ergeben auf den Tod warten. »Wir halten die Stellung«, sagte er. »Schauen wir mal, wie lange sie unsere Gewehrläufe anstarren, bevor sie sich in die Hose machen und in die Berge laufen.«

»General Howe, Sir, ich verspreche Ihnen, es gibt keine ...« Clinton war so aufgebracht, dass er nur stottern konnte.

»Jetzt oder nie!«, sagte Cornwallis. »Es gibt keinen Grund, den Angriff einzustellen.«

Howe wandte sich ab und winkte einen Subalternoffizier zu sich. »Leutnant, geben Sie das Wort aus. Im Moment kein weiterer Vorstoß.«

Washington roch, was das bedeutete. Der Geruch wehte mit dem blutgeschwängerten Wind über die Berge zu ihm hinüber. Er kannte Howes Plan, bevor der Bericht des Beobachtungspostens bei ihm eintraf. »Die verschanzen sich. Offenbar wollen sie uns belagern.«

»Nein«, flüsterte Washington, mehr zu sich selbst. »Dieser Aufforderung kommen wir nicht nach.«

Zwei Tage vergingen. Strömender Regen durchnässte die schlecht ausgerüsteten Rebellen bis auf die Knochen und raubte ihnen die letzten Kräfte. Es gab einige Scharmützel, aber keine ernsthaften Gefechte.

Bei Einbruch der Dunkelheit am Abend des dritten Tages wartete Washington auf Morgan Turner. Kurz nach elf Uhr kam er. »Alles ist fertig, Sir.«

Washington sah ernst drein. »Sind Sie sicher, dass es genügend sind?«

Morgan nickte. »Es wird knapp werden, Sir. Aber wir werden's schaffen.«

Washington nickte ebenfalls. »Also gut. Geben Sie das Wort aus.«

Morgan trat vor das Zelt. »Sagen Sie den Männern, sie sollen sich formieren und abmarschieren. Befehl von General Washington.«

Lautlos schlichen die Rebellen von den Heights zur Fährstelle von Brooklyn. Auf dem East River wartete eine Flotille; sie war den Blicken der Ausguckposten an Bord der britischen Flotte durch zwei Landvorsprünge – bekannt als Yellow Hook und Red Hook – entzogen.

Es war nicht gerade die Flotte, die Morgan Turner mit seinem Schatz zu finanzieren versprochen hatte: Ruderboote, Lastkähne, Schaluppen, Skiffs und Kanus – alles, was sich auf dem Wasser fortbewegen konnte. Und keines der Fahrzeuge war auch nur mit einem Geschütz bewaffnet. Eine Regiment von Fischern, allesamt Freiwillige, die meisten aus Salem und Marblehead oben in Massachusetts.

Im Morgengrauen waren die Überlebenden der amerikanischen Armee, die zur Verteidigung Brooklyns ausgesandt worden war – etwa neuntausend Mann –, wieder auf Manhattan. Sie ließen die Leichen von dreizehnhundert Rebellen zurück.

Erst um halb neun Uhr morgens erfuhr Howe, dass die Amerikaner entkommen waren.

Aber nicht alle. Washington hatte General Woodhull – ehemals Oberbefehlshaber der Miliz der langen Insel – befohlen, alles Vieh tief ins Innere der Insel zu treiben, damit es nicht in englischen Bäuchen landete. Zwei Tage später entdeckte Oliver De Lancey den General zufällig in einem Gasthaus rund zwei Meilen östlich von Jamaica.

De Lanceys Männer umstellten das zweigeschössige Haus. Woodhull verfolgte aus dem Inneren der Taverne, wie die Torys Stellung bezogen. Er kehrte zu seinem Tisch zurück und leerte seinen Bierkrug, dann nickte er dem Wirt zu. »Keine Bange, Mann. Schauen Sie nicht so. Ich sorge schon dafür, dass die Ihr Lokal nicht abfackeln.«

Woodhull ging zur Tür und öffnete sie. Er und De Lancey musterten sich über dreißig Fuß Entfernung hinweg. »Pardon, Sir?«, fragte Woodhull.

»Natürlich. Sie haben mein Ehrenwort darauf.«

Woodhull zog seinen Säbel aus der Scheide, ließ ihn an seiner Seite herabbaumeln und ging auf De Lancey zu. Oliver saß ab und schritt ihm entgegen.

Die Tory-Miliz scharte sich um die beiden Männer. Als Woodhull und De Lancey sich in der Mitte des offenen

Geländes trafen, waren sie von Bewaffneten umringt. Woodhull verbeugte sich knapp, dann hob er den Kopf und hielt mit beiden Händen seinen Säbel De Lancey hin. Dieser nahm ihn entgegen.

Einer der Milizen hatte bislang noch kein Blut vergossen. Ein Gedanke, der an ihm fraß wie ein Krebsgeschwür. Seit drei Tagen. Die erbärmliche Revolution war fast schon vorüber, und er hatte noch keinen einzigen Rebellen umgebracht. »Schuft!« Er holte mit seinem kurzen Säbel aus und drosch damit auf Woodhulls rechten Arm. Zwei andere Milizen empfanden ähnlich wie er. Außerdem hatten sie früher unter Woodhulls Kommando gedient und wollten noch eine Rechnung mit ihm begleichen. Mit blitzenden Säbeln schlugen sie zu.

Woodhull gab keinen Ton von sich, sah nur De Lancey ins Gesicht. Zweimal öffnete Oliver den Mund, um die Männer zurückzupfeifen, doch kein Laut kam über seine Lippen. Sein Puls raste, sein Blut sang. Es hatte eine eigentümliche Wirkung auf ihn, einen Mann so sterben zu sehen. So langsam wie möglich. Er wurde steinhart in seiner Hose. Sein Blick wanderte zum Gasthof hinüber. Ob dort vielleicht eine Frau ...?

Nicht alle Torys beteiligten sich an dem Angriff auf Woodhull. Einige wichen zurück und beobachteten ihren Befehlshaber. Sie hatten gehört, wie der Rebell um Pardon gebeten hatte, sie hatten De Lanceys Antwort gehört. Er fühlte ihre Blicke auf sich, wusste, was sie dachten. Er war halb jüdisch. Deswegen war er nicht vertrauenswürdig. Sein Leben lang hatte der Sohn von Phila Franks De Lancey die lautlosen Stimmen gehört, die ihn daran erinnerten, dass er zur Hälfte ein Tudesco-Jude war.

»Genug!« Oliver hatte das Wort schreien wollen, doch es kam als Krächzen heraus. Er versuchte es noch einmal. »Genug! Aufhören!« Das war schon besser. Mehr wie ein Mann und weniger wie ein Frosch. »Dieser Offizier ist ein Gefangener. Bringt ihn in die Kirche nach New Utrecht, zu den anderen Verwundeten.«

IV

Fünf Tage waren seit der Schlacht um Brooklyn vergangen. Der Geruch nach fauligem Fleisch erfüllte die Kirche, in der die verwundeten Gefangenen lagen.

Andrew hielt sich ein Tuch an die Nase gepresst, während er durch die langen Reihen ging. Ab und zu blieb er stehen und deutete auf den einen oder anderen. »Der ist tot. Schafft ihn nach draußen.« Gelegentlich war er sich nicht sicher, bis er sich hinkniete und ein Ohr auf die Brust des Verwundeten legte. Vier von fünf Malen hatte er Recht. Tot. Und tot. Und wieder tot. »Begrabt sie«, ordnete er an. »Schnell. Und tief.« Weiß Gott, welche Krankheiten diese aufgedunsenen, verwesenden Leichen verbreiten mochten.

Die gefangenen Rebellen, die zum Sanitätsdienst abkommandiert waren, blickten ihn mit hasserfüllten Augen an. Sein Akzent verriet, dass er aus den Kolonien stammte. Das bedeutete, dass er ein Tory war. Sie hätten ihn mit bloßen Händen erdrosselt, wäre er nicht von einem halben Dutzend Rotröcke begleitet worden.

Es dauerte eine Stunde, bis er die Toten von den Lebenden getrennt hatte, und jene, die Aussicht auf Genesung hatten, von jenen, deren Tod nur eine Sache von

Stunden oder Tagen war. Der vorletzte Mann in einer Reihe trug die Abzeichen eines Generals. »Wer ist das?«, fragte Andrew.

Keiner der Rebellen wollte ihm eine Antwort geben. Einer der Rotröcke trat vor. »Meines Wissen heißt er Woodhull, Dr. Turner. General Woodhull. Wurde in Jamaica Town festgenommen. Und verwundet, weil er sich zur Wehr setzte.«

»Ja«, murmelte Andrew. »Das tun Rebellen gemeinhin. Sie setzen sich zur Wehr.« Er ging in die Knie. Der Mann schaute ihn an. »Ich bin Arzt«, sagte Andrew. »Ich möchte Ihre Wunden untersuchen.«

Woodhull nickte.

Es verlangte nicht viel, eine Diagnose zu stellen. »Der Arm ist brandig«, sagte Andrew. Es war sinnlos, feinfühlig sein zu wollen. Er stand hier nicht an einem Damast behangenen Bett im Hofviertel New Yorks. »Er muss an der Schulter abgenommen werden.«

Woodhull schüttelte den Kopf. »Nein.«

»Das sollten Sie nicht sagen, Sir. Wenn Sie nicht sterben wollen, bleibt Ihnen keine Wahl. Guter Gott, solch brutale Verletzungen habe ich noch nie gesehen. Das sieht aus wie eine Hammelkeule ...« Er brach ab und betrachtete den Patienten. Woodhull erwiderte seinen Blick, schwieg aber. »Sanitäter!«, rief Andrew. »Bier.«

Eine Junge mit einem blutigen Verband um den Kopf reichte Andrew eine Feldflasche. Er roch daran. Das Bier war mit etwas brackigem Brunnenwasser verdünnt. Egal. Es war Flüssigkeit. Er hielt Woodhull die Flasche an die Lippen und hob den Mann an den Schultern an, damit dieser trinken konnte, ohne sich zu verschlucken.

»Danke.«

»Ich mache gute Arbeit, das verspreche ich Ihnen«, sagte Andrew.

»Davon bin ich überzeugt. Aber danke, nein, Sir.«

»Dann sterben Sie.«

»Früher oder später sowieso«, sagte der General mit einem leisen Lächeln. »Aber mit beiden Armen.«

Andrew zuckte die Achseln. »Wie Sie wünschen.« Er warf einen Blick über die Schulter. Die Rebellen-Sanitäter sahen ihm zwar zu, doch keiner der Rotröcke achtete auf ihn. »Möchten Sie mir vielleicht etwas sagen?«, fragte er leise. »Ich kann auch eine Nachricht weiterleiten. An Ihre Frau oder jemand anderen, der Ihnen ... wichtig ist.«

Woodhull musterte ihn eingehend. »Turner«, murmelte er. »Ein alter New Yorker Name.«

»Ja. Eine der ersten Familien in der Provinz. Sie können mir vertrauen, Sir. Das garantiere ich Ihnen.« Er war sich des Blickes, den der junge Rebell ihm zuwarf, überaus bewusst.

»Oliver De Lancey«, brachte Woodhull mühsam hervor. »Wer immer es wissen möchte ... auf den muss man aufpassen.«

»Das kann ich mir vorstellen. Ich werde es weitergeben. Noch etwas?«

»Meine Frau. Sagen Sie ihr, dass ich ihr meine hochachtungsvollen Grüße ausrichten lasse.«

Sieben Stunden später, als Andrew sich nach einem halben Dutzend Amputationen vor Erschöpfung kaum noch auf den Beinen halten konnte, brachte derselbe junge Rebellensanitäter mit dem Kopfverband ihm einen heißen, mit Rum versetzten Tee und einen Keks. »Das haben die Frauen aus der Stadt uns gebracht, Dr. Turner. Die kümmern sich um uns.«

»Die Frauen sind klüger als wir.« Dankbar nahm Andrew einen langen Schluck von dem Tee. »Sie ergreifen nicht Partei.«

»Einige nicht«, stimmte der Rebell zu. »Aber meine Mutter und meine Schwester unterstützten die Sache der Unabhängigkeit genauso wie ich.«

Die beiden befanden sich mehr oder weniger allein auf dem Feld, auf dem Andrew seinen Operationszelt aufgebaut hatte. Die Soldaten standen in einiger Entfernung. Die meisten von ihnen dachten sich nichts dabei, einem Menschen mit der Muskete den Kopf wegzublasen, aber das kontrollierte Blutbad einer Operation überstieg ihre Kräfte. Bevor Andrew die erste Amputation beendete, hatten sie sich zurückgezogen. »Ich verstehe«, sagte Andrew. »Die Unabhängigkeit. Aber die Frauen brauchen auch nicht dafür zu kämpfen, oder? Oder sich umbringen zu lassen. Was ist mit Ihrem Kopf passiert?«

»Da bin ich auf der Straße von Gowanus einem Bajonett in die Quere gekommen.«

»Soll ich es mir ansehen?« Andrew trat vor, um den Verband zu entfernen. Der Junge riss den Kopf zur Seite. »Keine Sorge«, sagte Andrew. »Ich bin ein ausgebildeter Mediziner, ob ich nun ein Tory bin oder ein Rebell.«

»Das ist gut möglich, Sir. Aber meinem Kopf fehlt nichts, er blutet nicht mehr.«

»Nun gut.«

»Darf ich Sie was fragen?«

»Nur zu.«

»Was haben Sie hier verloren?«

Andrew lächelte. »Das frage ich mich auch«, antwortete er. »Wahrscheinlich, weil die Patienten in meinem Krankenhaus, im Armenhospiz drüben in der Stadt, alle nach Poughkeepsie geschickt worden sind. Sogar alle aus dem Armenhaus. Auf Befehl von Washington. Deswegen bin ich hergekommen.«

»Auf Befehl von General Washington«, stellte der Junge richtig. Sein Gesicht glühte trotzig.

»Also gut, General Washington. Ein Feldoffizier aus Virginia, der dazu verpflichtet war, Seiner Majestät zu dienen. Vor einigen Jahren, wenn mich nicht alles täuscht. Womit er natürlich ein zweifacher Rebell ist.« Andrew hatte den Tee ausgetrunken. Er brach den Keks entzwei und bot dem Sanitäter eine Hälfte an. »Hunger?«

Der Junge schüttelte den Kopf. »Mit Torys esse ich nicht.«

»Na gut«, sagte Andrew, biss herzhaft in den Keks und deutete mit dem Daumen auf die versammelten Rotröcke am anderen Ende des Feldes. »Dann werden Sie wohl eine ganze Weile nichts mehr essen.«

Auf Manhattan breiteten währenddessen die Rebellen ihre durchnässte Kleidung auf den Pflastersteinen zum Trocknen aus. Washington gab den Befehl aus, jeder Mann, der noch im Besitz einer Muskete sei, solle sie wieder in einen funktionstüchtigen Zustand versetzen, sonst werde er vors Kriegsgericht gestellt. Nur wenige befolgten die Anordnung. Warum sollten sie sich die Mühe machen? Es waren doch fast keine Musketenkugeln mehr da. Von Musketen selbst ganz zu schweigen. Viele der Überlebenden hatten ihre Waffen fallen gelassen, als sie die Flucht ergriffen.

»Viele von denen würden Fahnenflucht begehen, wenn es einen Ort gäbe, an den sie fliehen könnten«, sagte ein Mann zu Morgan Turner.

»Dann danken wir Gott, dass wir auf einer Insel sind.«

Morgan erwähnte nicht, dass Tausende der Milizen dennoch verschwunden waren. Sie hatten sich einfach ein Ruderboot oder ein Kanu besorgt und waren nach Hause gefahren. Wenn sie erst einmal hinter den amerikanischen Linien waren, hatten sie wenig zu befürchten. Solange ihr Kurs von New York wegführte, ließen die Briten sie in Ruhe.

General Howe drüben auf der langen Insel wusste, dass er keine Eile hatte. Beinahe einen Monat ließ er sich Zeit, um die Verfolgung aufzunehmen. Am Morgen des fünfzehnten September befahl er seinem Bruder Admiral »Black Dick« Howe, die obere Hälfte von Manhattan unter Beschuss zu nehmen. Fünf Kriegsschiffe, die im East River ankerten, ließen einen unablässigen Kanonenhagel auf die amerikanischen Stellungen niederregnen. Im Schutz dieses Feuers setzten britische Truppen in Dutzenden von Langbooten von Brooklyn über.

Viertausend britische Soldaten gingen in Kip's Bay an Land, auf etwa halber Höhe der Ostküste von Manhattan, weit oberhalb der Stadt. Als Erstes landete ein Kontingent schottischer Pfeifer, die sofort zu spielen begannen und beinahe zwei Stunden lang ihre Weisen erklingen ließen. Die Familie Kip war der Krone treu ergeben. Die Rebellen, die sie in ihrem Landwohnsitz hatten beherbergen müssen, waren erst vor kurzem abgezogen. Jetzt waren gottseidank endlich die siegreichen Rotröcke hier.

»Erfrischungen, meine Herren? Es ist uns eine Ehre.«

Howe, Cornwallis und Clinton sowie eine Reihe diensthöherer Offiziere tranken Sherry und knabberten Gebäck, während eine schier unüberschaubare Zahl von Soldaten zwischen schützenden Felsen aus den Booten stieg, während die Dudelsäcke spielten und Black Dicks Schiffe ein Höllenfeuer ausspien.

Schließlich setzte sich die Armee wieder in Gang, ein langsamer, unaufhaltsamer Marsch nach Westen, der die Insel in zwei Hälften teilen würde. Eile tat nicht Not, der Feind war so gut wie geschlagen. Berichten zufolge liefen die Rebellen wie aufgescheuchte Hühner in alle Richtungen davon, warfen auf der Flucht ihre Waffen fort. Ein Voraustrupp meldete, General Washington selbst sei es nicht gelungen, sie in einem Getreidefeld in der Nähe zusammenzuscharen, woraufhin seine Offiziere ihn aus Angst, er könnte gefangen genommen werden, nach Norden ins Rebellenfort geschafft hatten.

»Kapitän Turner? Sind Sie das, Sir?« Aaron Burr ließ sich in den schlammigen Graben unter den tropfenden Bäumen gleiten.

»Ja, das bin ich. Was gibt's Neues?«

»Die verlassen jetzt die Kips und machen sich wieder auf den Weg, Sir. Auf den Hudson's River zu.«

»Natürlich.«

»Sie wollen uns im Süden, unten in der Stadt, umzingeln, oder, Sir?«

»Die, die noch da sind, ja. In der Stadt sind noch rund dreitausendfünfhundert Mann, nicht wahr?«

»Ja, Sir, meines Wissens.«

»Meines Wissens auch, Major. Also ist der Plan, sie

wie Hasen im Bau festzusetzen, ganz vernünftig.« Morgan band sich gerade sein Halstuch neu und versuchte eine Stelle zu finden, die noch nicht völlig nass war. Ein sinnloses Unterfangen. »Würden Sie an General Howes Stelle nicht dasselbe tun?«

»Doch, Sir.«

»Eben. Ich auch. Guter Gott, was haben wir bloß getan, um diesen ewigen Regen zu verdienen?«

Fröstelnd zog Burr sich den Mantel enger um die Schultern. »Vielleicht hält er die Englischen etwas auf, Sir.«

»Vielleicht. Aber bei weitem nicht genug. Und jetzt, junger Freund, hören Sie genau zu.« Morgan zögerte. Burr war klug und loyal. Vor allem aber war er gerade zur Stelle. »Sie müssen so schnell wie möglich in die Stadt. Schneller als schnell. Sammeln Sie die Truppen und führen Sie sie nach Norden, zu den Harlem Heights.«

»Entlang der Westseite der Insel, Sir?«

»Genau. Über die Straße zum Dorf Greenwich. Sagen Sie den Männern, dass sie sich im Norden, beim Fort, General Washington anschließen sollen. Sagen Sie ihnen, dass es auf Geschwindigkeit ankommt, nicht auf Kampfgeist. Wenn sie in der Stadt bleiben, werden sie alle abgeschlachtet oder, schlimmer noch, auf die stinkenden, gottverdammten Schiffe gesperrt.« Morgan deutete mit dem Kopf verächtlich auf die Fregatten, die im Hafen von New York lagen.

Dort befanden sich die Gefangenen, die die Briten in Brooklyn gemacht hatten – wenn sie sie nicht getötet hatten. Zusammengepfercht in den Rümpfen von zwei Gefängnisschiffen, wie Sklaven aus Guinea, nur ohne deren Wert. Wie es hieß, waren sie auf Viertelration gesetzt. Schiffe der Hölle waren das, und das wusste jeder in New York, ob Mann, Frau oder Kind.

»Das sage ich ihnen, Kapitän Turner.«

»Gut. Das sollte sie davon überzeugen, ihre durchnässten Ärsche in Bewegung zu setzen.«

»Kapitän Turner, Sir ... was tun Sie in der Zwischenzeit?«

Morgan richtete sich auf und kletterte aus dem Graben. »Ich, Major Burr, werde Ihnen etwas Zeit verschaffen. Bevor Howe Ihnen den Weg abschneiden kann, kommt er an Murrays Farm vorbei. Ich kenne Mistress Murray sehr gut. Eine reizende Dame. Ich bin sicher, dass sie sich dazu überreden lässt, den siegreichen Briten eine Kostprobe unserer gerühmten New Yorker Gastfreundschaft zu geben.«

»Geh«, sagte Cuf zu Roisin. »Du hörst es doch auch, oder?« Das Geschützfeuer war selbst bei der Fiddle and Clogs Tavern im Westen der Trinity Church zu hören. »Du und Clare, ihr müsst weg von hier.«

Roisin wendete die letzten Maiskuchen, die sie auf dem eisernen Rost über dem Feuer briet. Typisch Mann. Pack deine Sachen und geh. Dass das hier ihr Leben war, kümmerte ihn gar nicht. Sie sollte einfach ihre Tochter nehmen und fortgehen, während Cuf tat, was Männer im Krieg so taten: So viele Feinde wie möglich zu töten, bevor sie ihn töteten. Vielleicht würde er gar nicht mehr dazu kommen, die Maiskuchen zu essen, die sie ihm als Proviant mitgeben würde. »Und wo sollen wir deiner Meinung nach hin?«

»Nur raus aus New York. Die Hudson-Fähre nach

New Jersey ist noch in Betrieb, angeblich noch ein paar Stunden. Nehmt die.«

»New Jersey.« Sie war noch nie in New Jersey gewesen, und sie würde auch jetzt nicht dorthin fahren, auch wenn die Dielen unter ihren Füßen bebten. Cuf sagte, die Kanonenkugeln schlügen im Norden der Insel ein, nicht hier unten in der Stadt. Heilige Jungfrau, wie würde es sich erst anhören, wenn sie den Broad Way unter Beschuss nahmen? »Und was sollen wir deiner Ansicht nach tun, wenn wir in New Jersey sind?«

»Dasselbe wie hier.« Mittlerweile hatte Cuf sich die Stiefel angezogen und stampfte mit den Füßen auf, damit sie richtig saßen. Am Abend zuvor, als er nach Hause kam, waren die Stiefel durchnässt und verdreckt gewesen. Roisin hatte sie gesäubert und zum Trocknen vor das Feuer gestellt. Dann hatte sie sich neben ihn gelegt, und er hatte gewartet, bis Clare tief und fest schlief, dann hatte er sie genommen, lautlos, wie immer, während sie still und weich und nachgiebig unter ihm lag. Roisin öffnete ihm stets die Beine, wann immer er sie begehrte. Und immer, immer wusste er, woran sie dachte und was sie empfand, während er sie nahm.

Aber jetzt wusste er nicht, was sie dachte, sondern nur, was sie tun musste. »Nimm deine Heilmittel mit.« Cuf deutete mit dem Kopf auf die Regale. »Und dann geh mit Clare rüber nach New Jersey. Bei dem, was ihr könnt, nehmen sie euch mit offenen Armen auf, wenn ihr ein bisschen Geld habt.« Er zog einen kleinen Beutel unter seinem Hemd hervor und reichte ihn ihr. »Euch beiden wird nichts passieren. Und ich kann kämpfen und brauche mir keine Sorgen um euch zu machen.«

Der Beutel war voller Münzen und wog zu viel, um

bloß Pennys zu enthalten. Die Taverne jedoch warf schon seit Jahren keinen großen Gewinn mehr ab. »Wo hast du das her?«

»Das ist egal. Ich hab's nicht gestohlen, und es ist für dich und Clare. Mehr brauchst du nicht zu wissen.«

»Du hast es von Morgan Turner.« Roisin hätte sich am liebsten die Zunge abgebissen, kaum hatte sie die Worte ausgesprochen. In den zehn Jahren, seit Morgan wieder in New York war, hatte sie jedes Gespräch über ihn vermieden. Jetzt hatte dieser grauenvolle Krieg sie völlig durcheinander gebracht. Sie konnte nicht länger an sich halten. »Morgan Turner hat dir das Geld gegeben, stimmt's?«

»Das geht dich nichts an.« Es war ihm mehr als unangenehm gewesen, das Geld anzunehmen, selbst von Morgan. Insbesondere von Morgan. Aber wenn es um Roisins und Clares Sicherheit ging, musste er seinen Stolz hintanstellen. Wenn ihnen etwas zustieß, dann zählte nichts, wofür er kämpfte, war nichts, was die Rebellen erringen mochten, von Bedeutung.

»Tu nur, was ich dir sage. Packt eure Sachen zusammen und geht weg.« Er nahm ihren Leinenbeutel vom Haken an der Wand und warf ihn zu ihr hinüber. »Schwör mir, dass ihr weggeht, Roisin. Ich muss los, sonst komme ich nicht mehr durch. Schwör mir, dass ihr geht.«

Sie sah ihn nicht an. »Also gut, ich schwör's.« Cuf war nicht katholisch. Er wusste nichts über die wahre Kirche und noch weniger über die Frauen von Connemara. Er wusste nicht, dass es nicht zählte, wenn sie nicht bei der heiligen Jungfrau oder deren Sohn schwor.

Howe ritt an der Spitze seiner Truppen in die Stadt. Unentwegt blickte er sich um und sah überall nur Barrikaden der Rebellen – gefällte Bäume, die als Straßensperren dienten, Erdwälle. Aber jetzt waren all diese Anlagen verwaist. Stille herrschte in der verlassenen Stadt. Das Bild änderte sich, als sie das südliche Ende des Broad Way erreichten. Hier war vom Krieg so gut wie nichts zu sehen. Nur prächtige Häuser und hoch gewachsene Bäume, deren herbstlich gefärbtes Laub in der Sonne des späten Nachmittags funkelte.

Diese verdammten, dummen Rebellen. So hatte zweifellos ein Großteil von New York ausgesehen, bevor sie die Stadt mit ihren sinnlosen Verteidigungsanlagen verschandelt hatten. Warum hatten sie den Kampf begonnen, den sie doch nicht gewinnen konnten? Warum hatten sie nicht versucht, ihre Probleme am Verhandlungstisch zu lösen? Weil sie zum Großteil hirnverbrannte Fanatiker waren, bereit, bis zum letzten Mann zu kämpfen.

Er hob einen Arm zum Zeichen für die Pfeifer, ihre Musik einzustellen. Der Widerhall ihrer Dudelsäcke in den leeren Straßen hatte etwas Gespenstisches. Er wollte hören, was sich hinter der Ruhe und der Stille verbarg. Mittlerweile hatten sie fast das Fort erreicht. Wenn eine letzte verzweifelte Schlacht stattfinden würde, dann hier.

»Sehen Sie das Haus dort drüben?« Die Frage stellte General Clinton, der neben ihm herritt und mit seinem Stab auf ein prachtvolles Herrenhaus gegenüber dem Bowling Green deutete, ganz in der Nähe der Residenz des Gouverneurs. Clinton schien keinen Überraschungsangriff vom Fort zu befürchten.

Howe blickte nach rechts. »Ja, das sehe ich.«

»Dort lebt die einflussreichste Hurenmeisterin von ganz New York. Sie hat mit den Bordellen ihres Mannes ein Vermögen verdient und sich ihr Wohnhaus neben unseres bauen lassen, bevor irgendjemand Wind von der Sache bekam.«

Natürlich. Clinton war in der New Yorker Residenz des Gouverneurs aufgewachsen. Sein Vater war bis in die frühen Fünfzigerjahre königlicher Gouverneur gewesen. Aber im Augenblick lebte dort kein Gouverneur. Der achtundachtzigjährige Cadwallader Colden war auf die lange Insel geflohen, bevor Washington und seine Truppen die Stadt einnahmen. Wie es hieß, lag er im Sterben. »Eine Hurenmeisterin, ach ja?«, sagte Howe grinsend. »Die kannten Sie wohl gut, wie?«

»Einige Frauen ihres Personals auf jeden Fall. Aber es steckt noch mehr hinter der Geschichte. Alle nennen sie Squaw DaSilva, weil sie angeblich eine halbe Wilde ist. Sie trägt immer einen Schleier und Witwenkleider. Ihr Mann war ein Waffenhändler, der von den Huronen gefangen wurde. Die Indianer haben ihm den Schwanz abgeschnitten und ihn gegessen und den Mann dann zu ihr zurückgeschickt. Lebend, versteht sich. Die Leute sagen, sie hätte ihn in den Speicher gesperrt.«

Mittlerweile hatten sie das Haus beinahe passiert. Howe musste sich umdrehen, um über die Schulter auf die obersten Fenster zu schauen, die in der Sonne glänzten. »Guter Gott, lebt er noch immer da?«

»Der Mann ohne Schwanz? Nein, soweit ich weiß, ist er vor ein paar Jahren gestorben. Hat das Schiff ihres Sohns in Brand gesetzt und ist dabei untergegangen. Der Sohn heißt übrigens Turner. Morgan Turner.

Früher war er der Kapitän auf einem der erfolgreichsten Freibeuter. Angeblich ist er jetzt bei den Rebellen.«

»Die Geschichte klingt ja spannend. Darüber würde ich gern mehr hören.«

»Mal abends bei einem Brandy«, versprach Clinton.

Jetzt hatten sie das Fort fast schon erreicht, und noch immer war jede Tür am Broad Way geschlossen. »Guter Gott«, brummte Howe. »Heil euch, siegreiche Helden!« Er warf einen Blick nach oben. Die Flagge, die an der Fahnenstange neben dem Fort wehte, war die Standarte der Rebellen. Howe wollte seinem Subalternoffizier gerade einen Befehl erteilen, da erstarben ihm die Worte auf den Lippen. Die Tür vom Haus der Hurenmeisterin hatte sich geöffnet.

Eine Frau trat auf die Straße. Glockenrein klang ihre Stimme herüber. »Guten Nachmittag, die Herren. Willkommen in New York.«

Sie war weiß Gott nicht mehr jung, aber trotzdem hatte sie etwas Bezwingendes. Vielleicht war es das blauschwarze Haar, das sie aus dem Gesicht gekämmt und mit edelsteinbesetzten Klammern festgesteckt hatte. Aber kein Schleier.

»Ich bin Mistress DaSilva, meine Herren. Squaw DaSilva, wie die Stadt mich zu nennen beliebt. Und dies« – sie zog ein Mädchen aus dem Schatten des Hauses auf die sonnenbeschienene Straße – »ist Amarantha. Hübsch, nicht wahr?«

Eine blonde Dirne erschien. Sie trug ein blaues Kleid mit tiefem Ausschnitt, der zwei höchst aufreizende Brüste mehr enthüllte als verbarg. Das hübscheste Ding, das er seit London zu Gesicht bekommen hatte – und das in derselben Straße, in der der Wohnsitz des königlichen Gouverneurs lag.

»Wie ich sehe, haben wir unsere Pflicht verabsäumt, Sie in unserer Stadt willkommen zu heißen, meine Herren.« Die Hurenmeisterin schob Amarantha nach vorne. Einen Augenblick dachte Howe, sie würden einem seiner Offiziere hier, auf offener Straße, zu nahe treten. Oder guter Gott, vielleicht ihm selbst!

Stattdessen raffte Amarantha ihre Röcke so hoch, dass ihre liebreizenden Knöchel sichtbar wurden, dann lief sie an ihm vorbei, nicht ohne ihm ein verführerisches Lächeln zuzuwerfen, und direkt weiter zur Fahnenstange.

Diese Vorführung war eindeutig inszeniert. Innerhalb weniger Sekunden hatte das Mädchen die Flagge der Rebellen eingeholt. Einer von Howes Männern wollte vortreten, um sie ihr abzunehmen, doch der General hob abwehrend die Hand. »Lassen Sie sie. Die beiden haben dieses kleine Stück einstudiert. Schauen wir ihnen doch einfach zu.«

Die ältere Frau trat in die Mitte der gepflasterten Straße und nahm Amarantha den Stofffetzen ab. In dem Augenblick entleerte eines der Pferde seine Gedärme. Squaw DaSilva ging zu dem dampfenden Haufen und ließ die Fahne der Rebellen darauf fallen. Dann drückte sie Amarantha etwas in die Hand. Das Mädchen lief rasch zur Fahnenstange zurück, brachte die neue Flagge an und hisste sie. Wie auf Befehl hin ließ eine leichte Brise die Fahne Seiner Majestät Georges III. flattern.

»Nun wissen Sie, meine Herren, dass Sie hier tatsächlich willkommen sind. Darf ich Sie zu einer Erfrischung in mein Haus einladen, General Howe? Und natürlich all Ihre Offiziere, die sich Ihnen anschließen möchten.«

»Im Namen meiner Männer und meiner selbst muss ich Ihr freundliches Angebot im Augenblick leider ablehnen, Mistress. Wir haben viel zu tun. Aber darf ich davon ausgehen, dass wir auch ein anderes Mal bei Ihnen willkommen sein werden?«

Squaw DaSilva verbeugte sich tief. »Zu jeder Tages- und Nachtzeit, General. Mein Haus gehört Ihnen. Natürlich mitsamt all seines Inventars.«

Howe zog den Hut und verneigte sich elegant, obwohl er noch immer im Sattel saß. »Ich danke Ihnen, Mistress DaSilva. Nun ist die Herrschaft Seiner Erlauchten Majestät wirklich wiederhergestellt. *Toujours la gaieté*, Mistress, *toujours la gaieté.*« Er wandte sich im Sattel um, hob die Hand, in der er noch immer den goldlitzenbesetzten Hut hielt, und gab den Musikern ein Zeichen. Ein Trommelwirbel ertönte, dann setzten die Pfeifer ein.

Nun öffnete sich am Broad Way eine Haustür nach der anderen, die Bewohner traten auf die Straße.

Squaw wartete, bis sie sicher war, dass all ihre vornehmen Nachbarn einen gründlichen Blick auf sie geworfen hatten – den Blick, auf den sie so lange gewartet hatten. Dann wandte sie sich langsam um und schritt in ihr Haus zurück. Mit hoch erhobenem Kopf. Ihr bloßes Gesicht, auf dem die Zeit ihre Spuren hinterlassen hatte, der Sonne entgegengereckt.

V

Heiliger Heiland, es war heiß, ein höllischer Altweibersommer im Oktober. Trotz der Hitze trug Morgan über seiner blauen Uniform einen schweren, knöchellangen Umhang. Ohne die Uniform war er in Lebensgefahr. Wie er Cuf gesagt hatte: Wer ohne Uniform gefasst wurde, kam als Spion an den Galgen. Das waren die Spielregeln.

Ein verdammter Klugscheißer war er. Voller Ratschläge. Wusste einfach alles. Howe wollte die Rebellentruppen wie Hasen im Bau festsetzen, hatte er dem jungen Burr prophezeit. Burr hatte die Truppen heil und ganz aus der Stadt hinausgeführt nach Fort Washington. Jetzt war Morgan Turner der Hase. Aus eigenen Stücken. Weil irgendjemand ja herausfinden musste, was vor sich ging, und keiner kannte sich in New York besser aus als er.

Seit über einer Woche lebte er in dunklen Türeingängen unten bei den Docks, zwischen leeren Bierfässern vor Tavernen und Schänken. Und überdachte jeden Schritt zweimal, bevor er ihn wagte. Es gab niemanden in der Stadt, dem er wirklich vertrauen konnte. Nicht jetzt.

Nahezu alle, die sich für die Sache der Rebellen einsetzten, waren geflohen, sobald Black Dicks Beschuss vor fast einer Woche begonnen hatte. Kaum waren Howe und seine Männer gelandet, waren Torys aus allen Kolonien in die Stadt geströmt, um den Platz der abziehenden patriotischen Rebellen einzunehmen. Und die Rotröcke hatten sich eilends in den vornehmsten Häusern und Gebäuden der Stadt einquartiert. Howe wohnte im Haus des Gouverneurs. Die City Hall an der

Wall Street diente ihm als Hauptquartier, das King's College am Park Place war zu einem Lazarett geworden.

Am vergangenen Nachmittag hatte Morgan zwei Stunden lang verfolgt, wie die Briten ihre Verwundeten in das College verlegten, und hatte Berechnungen angestellt anhand den letzten Zahlen, die er Washington genannt hatte. Und dabei hatte er ständig Andrew gesehen. Sein Cousin war überall gewesen, hatte auf jede Trage geblickt, die ins Lazarett gebracht wurde, hatte die gesamte Verlegung überwacht. Der verfluchte Andrew Turner war ein verfluchter Tory. Genau wie Morgans Mutter. Sei's drum. Während Morgan mit den ölgetränkten Lumpen hantierte, sagte er sich, dass es ihm gleichgültig war, was mit den beiden passierte.

Auch die alte Fighting Cocks Tavern am Whitehall Slip war, wie viele andere Gebäude, in den Dienst der Briten gestellt worden. Squaw DaSilva hatte gewöhnliche Huren für die Taverne abgestellt, ein Bordell für einfache Seeleute und Soldaten. Die Dirnen, die in ihrem Haus arbeiteten – in dem Haus, in dem er aufgewachsen war, bei Gott –, waren die jüngsten und hübschesten. Reserviert für die Offiziere Seiner Majestät.

Bei diesem Gedanken bebte Morgan vor Wut, aber wenn er es sich recht überlegte, musste er zugeben, dass es eigentlich von Vorteil war, wenn den Offizieren und den einfachen Soldaten Huren zur Verfügung standen. Das schützte die anständigen Frauen vor der Wollust der Sieger. Nicht dass viele anständige Frauen in der Stadt geblieben waren. Am Tag vor dem Angriff auf New York hatte er mit Cuf über Roisin und Clare gesprochen und ihm etwas Geld aufgenötigt, damit die beiden die Stadt verlassen konnten. Mittlerweile waren sie sicher schon fort. Vorsicht war Cufs zweite Natur.

Morgan goss das letzte Walöl auf die Lumpen, die er entlang den Ritzen am Fundament des alten Holzhauses ausgelegt hatte. Er hatte das Öl aus den Laternen gezapft, die überall die Straßen säumten. Das war ziemlich einfach gewesen; die Laternenanzünder waren, wie der Großteil der Arbeiter, Anhänger der Rebellen und schon lange aus New York geflüchtet. Howe hatte noch keine Nachfolger eingestellt. Die ölgefüllten Laternen waren nach Einbruch der Dunkelheit leicht zu leeren gewesen. Die Lumpen hatte er aus dem Abfall gefischt, der überall herumlag.

Die allerletzten Öltropfen rannen auf die Linnen-, Woll- und Baumwollfetzen. Das Gebäude würde lichterloh brennen. Das war Morgans großer Beitrag zur noblen und gerechten Sache der Unabhängigkeit: die Stadt, in der er geboren war, in Brand zu setzen. Verbrannte Erde war die Politik einer jeden Armee, die den Rückzug antrat, seit Julius Caesars Zeiten schon. Das wusste Morgan, aber deswegen war ihm um keinen Deut wohler.

Einen Moment hielt er inne, dann hob er prüfend das Gesicht in die Brise. Sie wehte aus Südwesten. Genau richtig. Er brauchte nur einen Lumpen anzuzünden, den Rest würde der Wind für ihn erledigen. Die wichtigsten Gebäude würden in Schutt und Asche liegen. Das sollte den Schurken New York doch ein ganzes Stück verleiden.

Auch das alte Haus seines Großvaters würde in Flammen aufgehen. Das ließ sich nicht vermeiden. Der Hall Place lag ganz in der Nähe der Fighting Cocks. Auch egal. Seine ledigen Tanten Wella und Cecily waren schon vor einigen Monaten zu ihrer Schwester nach Boston gezogen, das leer stehende Haus war von Rotröcken beschlagnahmt worden. Und sein Onkel Luke – dessen Haus lag in der Ann Street, eine Dreiviertelmeile weiter nördlich. Außerdem war Andrew vogelfrei – er schwamm auf der Siegeswelle der Torys. Er würde schon zusehen, dass seiner Frau, den Kindern und dem verkrüppelten Vater nichts zustieß.

Mit der Fußspitze drückte Morgan die Lumpen noch einmal fest gegen die Wand, dann ging er zum Türeingang auf der gegenüberliegenden Straßenseite, wo er eine Blechdose mit glühender Kohle versteckt hatte; die hatte er von einem offenem Feuer geholt, auf dem sich ein paar englische Seemänner etwas zu essen kochten. Die Dose verbrannte ihm fast die Hand. Gottseidank, die Kohle glühte also noch.

Morgan wollte gerade wieder über die Straße laufen, als er johlenden Gesang hörte. Hastig zog er sich in den Schatten zurück. In der einen Hand hielt er die heiße Dose, die andere lag unter seinem Umhang auf dem Griff seines Entermessers.

Drei Matrosen bogen um die Ecke. Die Stadt war voll von diesen Schweinen. Black Dick hatte wohl so gut wie allen Seeleuten Landurlaub gegeben. Die drei hier waren sturzbesoffen, hatten sich untergehakt und schmetterten aus voller Brust. Etwas über die Fotze von Mistress McGowdy. Ziemlich eindeutig, wo sie hinwollten. Verdammt. Warum ausgerechnet jetzt?

»Da sind wir.« Einer der Matrosen blieb stehen und zwang seine Kameraden, ebenfalls mitten auf der Straße stehen zu bleiben. »In der Fighting Cocks warten die Fotzen auf uns.«

»Also, dann nichts wie hin. Auf die Straße kommen die bestimmt nicht raus, um uns ihre Mösen hinzuhalten. He, was ist denn das?« Der Matrose stieß mit der Spitze seines abgetragenen Stiefels gegen die Lumpen.

Ein anderer trat näher und schaute kurz auf das Fundament der Taverne. »Das ist nichts. Nur ein Schutz gegen Zugluft. Komm schon, willst du hier die Häuser inspizieren oder dein Werkzeug irgendwo unterbringen, wo's warm und feucht ist?«

Die Seeleute betraten das Haus. Morgan rannte über die Straße und schleuderte das Kohlestück auf die Lumpen. Er beobachtete, wie die Flammen die ölgetränkten Lumpen entlangliefen und dann an den Holzmauern der Taverne emporzulecken begannen. Als er sicher war, dass das Haus wirklich brannte, zog er sich in die Dunkelheit des Hafens zurück.

Es gab keine erfahrenen Feuerwehrmänner, die die Löschwagen herbeiziehen und eine Eimerkette organisieren konnten. Das waren allesamt Rebellen, die spätestens mit Washingtons Armee die Stadt verlassen hatten. Binnen Minuten setzten Funken vom lodernden Dach der Fighting Cocks Tavern eines der alten niederländischen Häuser am Hall Place in Brand, und dieses Feuer sprang auf die andere Straßenseite über und verschlang den Baderpfosten, den Lucas Turner vor über hundert Jahren in die Erde gesteckt hatte. Bald brannte auch das Haus selbst. Wie der Höflichkeit zum Hohn begannen die Flammen an der Haustür und griffen von dort auf den Flur über. Zuerst verbrannte das Porträt von Marit Graumann, dann krachte das Bild von Lucas zu Boden und wurde zu Asche.

Der Hall Place, die Bridge Street, die Beaver Street: Die Flammen zerstörten ganze Straßenzüge. Innerhalb von zwei Stunden fiel ein Großteil der Häuser aus der Zeit, als New York noch Nieuw Amsterdam gewesen war, dem Brand zum Opfer. Zahllose Frauen und Kinder kamen in dem Inferno um. Die Alarmglocken und die Kirchglocken waren schon vor langem von den Rebellen zu Musketenkugeln eingeschmolzen worden, also war es unmöglich, die schlafende Stadt zu warnen. Alle, die rechtzeitig erwachten, liefen schreiend auf die Straße, kämpften sich durch den Rauch und die herabstürzende Ascheglut nach Norden, auf den Common zu, die Flammen dicht auf ihren Fersen.

Kurz nach zwei Uhr früh drehte sich der Wind. Jetzt kam er aus Südsüdost, beinahe in Orkanstärke. Eine wahre Feuersbrunst wütete durch das Viertel der alten Church Farm, wo alle Häuser aus Holz gebaut waren. Innerhalb einer Viertelstunde lagen sie in Schutt und Asche. Mit neuer Kraft raste das Feuer weiter.

Die ganze Nacht hindurch glühte der Himmel vom Widerschein der brennenden Stadt. Auf den Bergen von Nord-Manhattan und jenseits des Hudson auf den Palisaden von New Jersey standen die Rebellen und jubelten. Als der Turm der Trinity Church einstürzte, der Bastion der aristokratischen Kolonisten, die England noch immer »Zuhause« nannten, jubelten die patriotischen Beobachter vor Freude.

Im dicken Rauch und der sengenden Hitze der New Yorker Straßen nahmen die erbosten Rotröcke grausame Rache. Die Soldaten und Matrosen waren ausgeschickt worden, um das Feuer zu löschen, doch die Häuser, die im Pfad der Flammen standen, wurden zuerst geplündert und dann ihrem Schicksal überlassen. Dutzende von Einwohnern, die sich vor dem Feuer in Sicherheit zu bringen versuchten, wurden hingemetzelt.

Um drei Uhr morgens stand die Fiddle and Clogs noch. Roisin und Clare hatten sich in der Menschenkette eingereiht, die Wassereimer von einem Brunnen zur Taverne und den umstehenden Häusern weiterreichte. Clare konnte nicht mehr zählen, wie oft sie schon mit bloßer Hand Glut auf ihrem Rock ausgedrückt hatte.

Als Hände sie von hinten packten und sie aus der Reihe zogen, glaubte sie, jemand wolle ihren Platz in der Löschkette einnehmen. »Nein, es ist wirklich in Ordnung, ich kann gut weitermachen. Ich …«

»Halt die Klappe, Flittchen. Hast uns hier bei lebendigem Leib verbrennen wollen, wie? Deine Heimatstadt abfackeln, nachdem euer großartiger Washington sie nicht hat halten können. Dafür kriegst du jetzt die Quittung.«

Es waren insgesamt sechs, allesamt britische Matrosen. Sie schleppten Clare auf das Feld, wo sie als Kind oft gespielt hatte, und vergewaltigten sie, einer nach dem anderen. Der fünfte war der grausamste, der brutalste. Er biss ihr die linke Brustwarze fast völlig ab. Aber es war der sechste, der, nachdem er sich an ihr vergangen hatte, das Entermesser zog, während der fünfte ihn davon abzuhalten versuchte.

Da waren nur noch die beiden auf dem Feld. Die anderen hatten sich schon auf die Suche nach weiterer Beute gemacht. »Lass sie doch«, flüsterte der, der sie gebissen hatte. »Wir haben ihr was gegeben, was sie nie vergessen wird. Lass die Dirn leben, damit sie sich ihr Leben lang dran erinnern kann.«

»Die wird uns verraten. Wenn Black Dick ’ne Untersuchung anstellt, kann die uns verraten. Sie hat mich die ganze Zeit angestarrt. Die wird meine Fresse nicht vergessen.«

»Na, wenn das deine einzige Sorge ist …« Der Matrose, der Clare am Leben lassen wollte, zog den Dolch aus seinem Gürtel und wandte sich zu dem Mädchen, das noch am Boden lag. »Ihre Augen sind das Einzige, wo uns Ärger machen. Das lässt sich leicht ändern.«

Wenige Sekunden zuvor hatte Morgan das Feld erreicht. Noch im Laufen riss er seinen Dolch aus dem Stiefel und schleuderte ihn. Die Klinge bohrte sich zwischen die Schultern des angreifenden Matrosen, der Mann stürzte zu Boden. Als der andere das sah, wirbelte er schreiend herum, um den Gegner zu stellen. Doch Morgan war bereits hinter ihm. Er packte den Engländer bei den Haaren, riss ihm den Kopf zurück und schlitzte ihm mit einer einzigen Bewegung die Kehle auf. Der Matrose sackte auf die Erde.

Morgan stieß die Leiche beiseite und kniete sich neben Clare. »O mein Gott … das tut mir Leid. Komm, Mädchen, ich bring dich weg von hier.« Sie gab keine Antwort. Er nahm sich den Umhang ab und deckte sie damit zu. »Clare, ich bin’s, Morgan Turner, der Freund deines Vaters. Ich möchte …«

Das Dach der Fiddle and Clogs zerbarst krachend, das Getöse schnitt ihm das Wort ab. Die Löschkette hatte den Kampf verloren. Flammen loderten aus dem Gebäude empor und färbten den Himmel rot. »Clare, wo ist deine Mutter? Wo ist Roisin?« Morgans Stimme war heiser vor Sorge und Angst.

Taumelnd stand Clare auf, noch immer ohne ein Wort zu sagen. Sie hüllte sich fest in Morgans Umhang und begann, auf das Flammenmeer der Taverne zuzulaufen.

»Clare! Warte!« Er setzte ihr nach, verfluchte den Krieg, das Feuer, die Rotröcke, den Wahn, der ihn hatte glauben lassen, es sei gerechtfertigt, die Stadt abzufackeln. »Clare!«

Auch eine andere Stimme rief diesen Namen. »Clare! Ich bin hier!«

Er sah Roisin, die sich vor den tanzenden Flammen deutlich abhob, auf ihre Tochter zulaufen. Sie legte einen Arm um das Mädchen und führte sie fort. Innerhalb weniger Sekunden hatte der Rauch sie beide verschluckt. Morgan trat einen Schritt in die Richtung, in der sie verschwunden waren, dann wurde ihm bewusst, dass er den beiden Frauen nur weiteren Kummer bereiten würde.

Er war ein stadtbekannter Rebell, die Uniform gab ihn als Anhänger Washingtons zu erkennen. Der verrückte Impuls, der ihn dazu getrieben hatte, nach den beiden zu suchen, hatte seinen Sinn erfüllt. Zumindest hatte er Clare das Leben gerettet. Das Beste, was er jetzt für die beiden Frauen tun konnte, war, sich so weit wie möglich von ihnen zu entfernen.

Morgan riss einem der toten Matrosen Mantel und Hose vom Leib und zog sie über seine Uniform. Dann begann er zu laufen.

Bislang war die Ann Street von den Flammen verschont worden. Von seinem Versteck in der Tür eines Kohleschuppens aus, wenige Fuß vom Haus seines Onkels Luke entfernt, beobachtete Morgan, wie der Morgen graute. Von Andrew war nichts zu sehen, doch seine beiden Söhne hatten ihren Großvater auf die Straße getragen. Wenige Momente später trat Meg durch die Tür. Gemeinsam mit ihrer kleinen Tochter zog sie ein in Öltuch verpacktes Bündel an einer Schnur hinter sich her – zweifellos Dinge, die Meg für lebensnotwendig hielt. Sollten sie fliehen müssen, würde sich ihre Meinung sehr bald ändern. Mittlerweile war die Sonne aufgegangen; Andrews Familie wartete. Und Morgan wartete ebenfalls. Es war seine Schuld, dass Luke nicht vor dem Feuer davonlaufen konnte; er musste sicherstellen, dass seinem Onkel nichts zustieß.

Inzwischen drangen die ersten Sonnenstrahlen durch den Rauch. Der Lärm schien lauter zu werden, doch waren es nicht nur Schreie des Grauens und der Angst – Morgan hörte Stimmen, die Befehle ausstießen. Englische Stimmen. Die britischen Offiziere brachten ihre plündernden Soldaten unter Kontrolle und hielten sie endlich dazu an, das Feuer zu bekämpfen. Auch Andrews Familie hörte, dass die Briten schließlich die Ordnung wiederherzustellen versuchten. Die Jungen trugen ihren Großvater ins Haus zurück, gefolgt von Meg und dem kleinen Mädchen. Gottseidank.

Morgans Beine begannen zu zittern. Die Erschöpfung der letzten Tage holte ihn ein, aber noch durfte er sich nicht ausruhen. Sein Leben lang hatte er rebelliert, doch nun verfolgte er damit einen Zweck. Nun setzte er sich für etwas ein, nicht gegen etwas. Die Stadt in Brand zu setzen, war seine Pflicht gewesen, und er hatte sie erfüllt. Aber guter Gott, um welchen Preis.

Nun musste er sich zum Fort Washington durchschlagen. Eine bessere Gelegenheit als jetzt, da überall heilloses Durcheinander herrschte, würde er nicht bekommen.

Aber zuvor musste er noch einen anderen Ort aufsuchen. Niemand würde auf ihn achten, jetzt da sein Gesicht rußverschmiert war und er die Uniform eines britischen Matrosen trug.

Zum Hofviertel zu gelangen war nicht sonderlich schwer. Alle anderen strebten in die andere Richtung, nach Norden, auf die vom Feuer verschonten Bezirke zu. Das alte Fort stand noch, ebenso wie der Wohnsitz des Gouverneurs und das Haus seiner Mutter. Und auch die meisten Nachbarhäuser. Sie lagen alle unberührt in der Morgensonne da. Selbst der Wind wusste, dass hier die Privilegierten wohnten, diejenigen, die ein behagliches Leben führten.

»He, du da, Matrose! Nimm dir 'ne Schaufel und setz deinen Arsch in Bewegung!«

Der Offizier, der diesen Befehl bellte, sah ihn nur kurz an und drehte sein Pferd dann in die andere Richtung. »Und jetzt alle marsch!«, brüllte er über die Schulter. »Ihr wisst, was ihr zu tun habt. Begrabt alle Toten an Ort und Stelle.«

Morgan griff sich eine der auf der Straße aufgetürmten Schaufeln und reihte sich in die Kolonne der englischen Soldaten ein.

Er wusste nicht mehr, wie viele Tage vergangen waren, schlief immer nur wenige Stunden, versteckte sich inmitten der einen oder anderen Gruppe britischer Matrosen. Das Durcheinander bot ihm bis zu einem gewissen Grad Schutz, aber er war noch immer in der Stadt.

Und guter Gott, er war am Verhungern. Er ernährte sich von kärglichen Essensresten, die er von der Straße aufklaubte. Einmal fand er ein Stück eines verbrannten

Schweins, ein Festmahl, doch das schien schon Ewigkeiten her. Er wagte es nicht, sich beim Essenfassen mit den anderen Soldaten anzustellen, denn in den wenigen Minuten hätten sie Zeit, ihn genauer anzusehen und ihm Fragen zu stellen.

Ein paar Stunden Glück brauchte er noch, mehr nicht. Etwas Zeit, um die Verteidigungslinien der Stadt zu passieren. Wenn er erst einmal in den Wäldern war, würde ihm nichts mehr im Wege stehen, zumindest kein verfluchter Englischer. Keiner von ihnen kannte die Pfade zwischen den Bäumen und Bächen von Manhattan so gut wie er.

Morgan konnte nicht sagen, ob seit dem Feuer zwei oder drei Tage vergangen waren. Aber endlich bot sich ihm eine günstige Gelegenheit. Am hellichten Nachmittag schlüpfte er durch ein kurzzeitig unbewachtes Tor in der Mauer, die im Norden der Partition Street errichtet worden war, verließ die Stadt und befand sich auf Rutgers Grundstück. Vorsichtig dem Haus ausweichend – in dem zweifellos englische Offiziere einquartiert waren –, gelangte er zur Division Street und von dort direkt auf das Grundstück von De Lancey. Dort kannte er sich gut aus.

Auf der Bouwery Lane hätte er direkt nach Norden gehen können, doch er hatte Seeleute sagen hören, dass General Cornwallis in De Lanceys Haus sein Hauptquartier aufgeschlagen hatte. So folgte er einem kleineren Pfad nach Nordwesten und überquerte den tosenden Kanal, der in seiner Kindheit als Abfluss des Collect Pond gedient hatte. Heute wurde der Teich allgemein Fresh Water Pond genannt, doch kam er ihm wesentlich kleiner vor als in der Erinnerung. Damals war hier oben die reine Wildnis gewesen. In den letzten Jahren waren immer weitere Teile des alten Teichs in typisch habgieriger De-Lancey-Manier entwässert und aufgeschüttet worden.

Der kleine Tümpel war trüb und schlammig, und obenauf trieb eine dicke grüne Schleimschicht. Trotzdem kniete er sich am Ufer nieder, schob den Pflanzenteppich fort und löschte zum ersten Mal seit vielen Stunden seinen Durst. Das Wasser schmeckte nicht so frisch wie früher, war aber auch nicht brackig. Da er seine Feldflasche noch bei sich hatte, füllte er sie und dachte dabei an die Geschichten seines Großvaters, der in seiner Kindheit im Collect Pond geschwommen war und erzählt hatte, die Gegend sei ein bewaldetes Paradies gewesen, in dem sich Liebespaare heimlich zum Stelldichein trafen. Die Zeiten waren schon lange vorbei.

Nun ging er durch die Felder geradewegs nach Norden, parallel zur Boston Road, die er aber stets mied. Gelegentlich hörte er das Stampfen vieler Füße oder Pferdegetrappel auf Pflastersteinen – höchstwahrscheinlich Verstärkungstruppen, die in die Stadt marschierten. Wenn sie ihn erwischten und auf die Idee verfielen, er sei der Brandstifter, würden sie es nicht bei Rädern und Vierteilen belassen.

Nach einer Weile blieb er lange genug stehen, um sich die rußgeschwärzten Matrosenkleider auszuziehen und zu vergraben. Dann ging er in den schäbigen Resten seiner amerikanischen Uniform weiter. Wenn er Pech hatte, würde er zumindest vors Militärgericht gestellt werden und eine Art Prozess bekommen.

Überall gab es Befestigungen. Die Amerikaner hatten sie in den Wochen und Monaten vor der Schlacht errichtet, doch mittlerweile waren sie allesamt mit Männern in roten Röcken bemannt. Dass Morgan die zerklüfteten Berge überqueren musste, anstatt den sie umgehenden Straßen zu folgen, kostete ihn nicht nur mehr Zeit, sondern auch größere Mühe, und er hatte seit Tagen nicht mehr richtig geschlafen. Am Spätnachmittag des ersten Tages, nachdem er sich an saftigen Pflaumen vom Baum einer längst verlassenen Farm satt gegessen hatte, verkroch er sich in die Ruinen eines alten Kartoffelkellers und schloss die Augen; er wollte sich eine kurze Rast gönnen. Als er erwachte, graute der Morgen, eine ganze Nacht war vergangen. Er aß noch mal von den Pflaumen, steckte sich einige in die Taschen und ging weiter.

Den Trommelwirbel hörte er, als die Sonne am Zenit stand. Der Trommler war ganz in seiner Nähe, gerade einmal zehn Fuß von ihm entfernt.

Seiner Schätzung nach befand Morgan sich etwa eine Meile nördlich der Turtle Bay auf einer Ebene, die unweigerlich zur nächste Erhebung ansteigen würde. Er blieb stehen, schloss die Augen und versuchte, sich das Gelände jenseits des Ahornwäldchens direkt vor sich zu vergegenwärtigen.

Das Artilleriefeld. Die große Lichtung, wo er und ein paar andere Männer im Frühjahr dreizehn- und vierzehnjährigen Jungen aus Virginia und Carolina beigebracht hatten, Geschütze zu laden und zu feuern.

Vorsichtig trat er einige Schritte näher. Die Bäume gingen in ein dorniges Gestrüpp von Heckenrosen über, an denen rot die Hagebutten leuchteten; dazwischen wucherte eine stachelige Kletterpflanze, deren Name er nicht kannte. Auf dem Bauch liegend, spähte er durch die knorrigen Wurzeln der Büsche auf das Feld. Die Kanonen waren verschwunden. Er hatte keine Ahnung, ob sie erbeutet oder gerettet worden waren. An ihrer statt stand jetzt ein Holzpodest und darauf ein Galgen.

Ein Trommelwirbel, länger als der erste. Guter Gott, das war eine Hinrichtung.

Morgan hatte sich das Halstuch um die Stirn gebunden, damit ihm der Schweiß nicht ständig in die Augen rann – in der drückenden Hitze ein eher erfolgloses Unterfangen. Erst musste er sich den salzig brennenden Schweiß aus den Augen wischen, bevor er richtig sehen konnte.

Der Mann, den die Rotröcke zum Galgen führten, war ein Zivilist; die Hände hatten sie ihm auf dem Rücken zusammengebunden. Jeder Farmer, der sich noch hier in der Gegend aufhielt, war mit größter Wahrscheinlichkeit ein Tory. Was hatte dieser Mann also verbrochen?

Heiliger Heiland des Himmels! Der Mann hatte sich umgedreht und stand jetzt mit dem Rücken zum Galgen und dem Gesicht zur Hecke. Es war Nat Hale, der berühmte Rebellenoffizier aus Connecticut. Aber nicht in Uniform. Verfluchte Verdammnis.

»Nathan Hale, obwohl Sie behaupten, ein Hauptmann der Rebellenarmee zu sein, die sich gesetzeswidrig gegen Seine Erlauchte Majestät George III. erhoben hat, wurden Sie in der Kleidung eines Zivilisten gefasst.« Der Sprecher, ein Oberst im Rotrock, las von einem Blatt ab, das er in Armeslänge von sich hielt; er hatte den Kopf in den Nacken gelegt, um die Wörter lesen zu können. Hale seinerseits blickte mit ausdrucksloser Miene starr vor sich, ohne ein Wort zu sagen.

»Sie haben gestanden, sich in der Stadt New York aufgehalten zu haben, um Informationen über die loyalen Truppen Seiner Majestät einzuholen und selbige dem abtrünnigen Verräter General George Washington zu übermitteln. Somit sind Sie, Nathan Hale, der verabscheuungswürdigen und feigen Tat der Spionage schuldig. Auf Befehl General Howes sind Sie zum Tode durch den Strang verurteilt. Das Urteil ist unverzüglich zu vollstrecken.«

Morgans Hand lag auf dem Griff seines Entermessers. Es war seine einzige Waffe. Neben dem Oberst, der das Urteil vorgelesen hatte, standen weitere acht Rotröcke auf dem Feld sowie der Henker mit der schwarzen Maske. Eine erschreckende Überzahl. Doch das hinderte Morgan nicht, sich Zoll um Zoll vorwärts zu bewegen, bäuchlings durch die Hecke zu kriechen, bis er eine Stelle fand, von der er mit einem Satz auf das Feld springen konnte.

»Gefangener, haben Sie noch etwas zu sagen?«

»Nur eines, Sir – dass ich es bedauere, nur ein Leben zu haben, das ich für mein Land geben kann.«

Der Oberst bedeutete dem Henker vorzutreten. Der nahm prüfend die Schlinge in die Hand. Verdammt, dachte Morgan. Aus dieser Entfernung könnte er den Henker mit dem Messer, das immer in seinem Stiefel steckte, mühelos töten. Aber er hatte es zwischen den Schultern des Matrosen, der Clare vergewaltigt hatte, stecken gelassen.

Sein Blick wanderte zu dem Griff des Säbels, der im Gürtel des ihm am nächsten stehenden Rotrocks steckte, nur wenige Fuß entfernt. Er könnte ihn packen und Nat zuwerfen. Dann wären sie zu zweit gegen neun.

Der Plan war ein einziger Wirbel aus Gedanken, den er verwarf in der kurzen Zeit, in der der Henker sich vergewisserte, dass die Schlinge ihren Dienst erfüllen würde, und sie Hale um den Hals legte.

Jetzt oder nie. Der schlechte Plan war der einzige, den er hatte. Morgan robbte sich vorwärts, immer näher. Jetzt. Er streckte die Hand nach dem Säbel des Wachpostens aus. Und wurde im nächsten Moment an den Haaren gepackt, der Kopf wurde ihm nach hinten gerissen. So blickte er in das faltige, graubärtige Gesicht des Rotrocks, der außerhalb seines Blickwinkels gestanden hatte.

»Ich sag's ja, was kommt denn hier angekrochen? Zumindest einer von denen, wo Soldaten spielen, läuft nicht bloß davon.«

Der Soldat riss Morgan in die Höhe und fesselte ihm die Hände auf den Rücken. In dem Augenblick hörte er die Falltür aufklappen, hörte, wie das Seil sich spannte. Als er zum Galgen blickte, sah er vor sich die Spitzen von Nat Hales Stiefeln.

VI

»Wer war das?« Andrew sah vom Untersuchungstisch auf.

Roisin stand ihm gegenüber, die Hand ihrer Tochter in ihrer. »Wer es gemacht hat, ist egal. Es ist so. Können Sie sie wieder annähen?«

Andrew schaute wieder auf die linke Brust des Mädchens. Die Verletzung verschorfte bereits, war aber eindeutig als Bisswunde zu erkennen. Die Brustwarze war nur noch durch ein Achtel Zoll *Membrana adiposa* mit der Brust verbunden. Doch die Wunde war sorgsam gereinigt und mit Linnen verbunden worden.

»Wieder annähen«, murmelte er. »Doch, das wäre schon möglich. Aber selbst dann, und auch wenn die Wunde gut verheilt und nicht brandig wird, wird sie mit der Brust kein Kind stillen können.«

»Da kann man nichts machen. Ich möchte nicht, dass sie verstümmelt ist.« Josie Harmon durfte keine Missbildung feststellen, wenn sie Clare begutachtete. Davon abgesehen, war die Wunde nicht wichtig. Dass aus diesem Verbrechen kein Kind hervorging, dafür würde Roisin sorgen. Und was die Zukunft betraf – nötigenfalls konnte eine Frau ein Kind auch mit einer Brust stillen. Außerdem würde Clare reich sein. Sie würde sich eine Amme leisten können. »Können Sie es so machen, dass man nichts sieht?«

Andrew würde nie begreifen, was im Kopf von Frauen vorging. Deshalb versuchte er auch gar nicht, die Gedanken dieses teuflisch schönen Rotschopfs verstehen zu wollen. Sie sah aus wie die Schwester dieses Mädchens, das ihre Tochter sein sollte. Aber wenn sie wirklich deren Mutter war, war ihr dann nicht klar, dass es im Augenblick Wichtigeres gab als diese Brust?

Das Mädchen hatte noch kein einziges Wort gesprochen. Sie bewegte sich wie eine Marionette, mit unnatürlich steifen Bewegungen, und starrte nur mit glasigen Augen vor sich hin. »Die Wunde ist sorgfältig gesäubert worden, das muss ich sagen. Wann ist das … das Unglück passiert?«

»Vor neun Tagen. In der Nacht des Feuers.« Da Dr. Turner die Untersuchung offensichtlich beendet hatte, schloss Roisin das Mieder von Clares Kleid. Er war Morgans Cousin, das wusste sie, obwohl er Morgan überhaupt nicht ähnlich sah. Mit seinen blonden Haaren war er eher das genaue Gegenteil. »Ich kann verhindern, dass das Gift aus der Wunde ins Blut kommt. Oder vielmehr, das könnte ich, wenn ich ein paar Heilmittel finde, jetzt, da alles verbrannt ist. Aber ich kann nicht mit Messer und Nadel umgehen. Das können Sie. Deswegen sind wir zu Ihnen gekommen.« Sie hob den Kopf und sah ihm in die Augen. »Der einzige Grund, um offen zu sein.«

Er sah die Verachtung, die in ihrem Blick lag. Nur die Not ihrer Tochter hatte diese Frau dazu gebracht, ein Tory-Haus aufzusuchen. »Ich kann sie wieder annähen, wenn Sie das wünschen. Aber …«

»Nein.« Das Mädchen riss ihrer Mutter die Hand weg. Sie sprach zum ersten Mal, seit sie das Untersuchungszimmer betreten hatte. »Das soll so bleiben, wie es ist.«

Roisin versuchte ihre Tochter zu umarmen, doch das Mädchen entwand sich ihrem Griff. »Ach, mein Herz, du machst einen großen Fehler. Es wird dir dein Leben lang Leid tun. Lass Dr. Turner sie doch wieder annähen. Er ist in solchen Dingen sehr erfahren. Das sagen alle.«

»Nein.«

Andrew räusperte sich. »Vielleicht wäre es Ihnen lieber, wenn ich sie ganz abschneide. Das wäre möglich, wenn …«

Roisin fuhr zusammen. »Nein«, antwortete Clare. »Das soll so bleiben, wie es ist.«

»Du tust, was ich dir sage«, sagte Roisin. Nach dem

Grauen der letzten Tage war sie mit ihrer Geduld am Ende. Sie nickte Andrew zu. »Nähen Sie sie an.«

Er ging eine Nadel und eine Ligatur holen. Aus dem Augenwinkel sah er, wie das Mädchen den Kopf ihrer Mutter zu sich herabzog. Die ältere Frau beugte sich über die jüngere, lauschte ihrem eindringlichen Flüstern. Andrew beschäftigte sich mit einer Schafsmagenligatur.

Eine Sekunde später stieß der Rotschopf einen unterdrückten Schrei aus und schlug die Hände vor den Mund. Das Mädchen starrte wieder reglos zur Decke. Andrew hob die Nadel mit der eingefädelten Ligatur, damit beide Frauen sie sehen konnten. »Also – soll ich anfangen, Mistress?«

»Nein.« Roisins Stimme war ein bloßes Flüstern. »Nein, lassen Sie es. Das bleibt, wie es ist. Sie will es so.«

Andrew legte die Ligatur beiseite und half Clare vom Tisch. »Das ist meiner Ansicht nach die beste Lösung ... Vielleicht kann Ihre Tochter draußen bei meiner Frau warten, Mistress, während wir uns über die Behandlung der Wunde unterhalten.«

Keine Minute später hatte er Clare der Obhut Megs überlassen – die wie immer im Flur stand für den Fall, dass er sie brauchte – und die Tür geschlossen. »Mistress Allheil, nicht wahr?« Seit Tagen hatte er die Brandwunden der britischen Soldaten und Matrosen behandelt, fast ohne zu schlafen. Sonst wäre ihm schon viel früher klar geworden, wer sie war.

»Ja, Mistress Allheil.«

»Sie leben drüben auf der Church Farm.«

Roisin nickte.

»Dort ist mehr zerstört worden als in allen anderen Stadtvierteln. Wie kommen Sie zurecht?«

»Wie die anderen auch.« Sie hatte zwei der Decken ergattert, die vom Wohltätigkeitsverein von St. Paul's verteilt wurden – die anglikanische Kapelle an der Ecke des Broad Way und der Fulton Street war vom Feuer verschont geblieben –, und sie hatten sich in den Ruinen der Fiddle and Clogs eine Art Behausung eingerichtet. »Mit Schmerzen und Schwierigkeiten. Wie alle anderen, die nicht den Briten den Hintern küssen.« Guter Gott, hatte sie den Verstand verloren? Angeblich war Andrew Turner der Leibarzt von General Howe persönlich. Er könnte sie mit einem Wort hinter Gitter bringen oder Schlimmeres noch.

»Es ist nicht die Politik, die mein Haus vor den Flammen verschont hat«, sagte Andrew leise. »Die ganze Ann Street steht noch, ob Tory oder Rebell. Der Wind weht nicht auf das Geheiß der Engländer, was immer Sie – oder die anderen – glauben mögen.«

»Es zählt einzig und allein, was Sie glauben, Dr. Turner, nicht wahr?« Die Heilige Jungfrau stehe ihr bei. Sie konnte sich nicht beherrschen. Dafür hatte sie einfach zu viele Knochen gesehen. Das Fleisch daran war verkohlt, nur die Knochen lagen überall herum, als wäre der Satan leibhaftig durch New York geritten. Aber das war er ja auch.

»Was ich glaube, spielt keine Rolle. Ich bin Arzt. Ich helfe, wem ich kann, wo und wann ich kann.«

Beim Sprechen öffnete Andrew die Tür eines kleinen Schranks, nahm Gläser und Krüge heraus und stellte sie auf den Tisch. »Hamameliswasser, Gänsefingerkraut, blutstillender Puder, Minzextrakt, etwas Mohnsirup«, zählte er auf. »Wahrscheinlich haben Sie im Feuer all Ihre Vorräte verloren.«

»Alle.«

»Das dachte ich mir. Nehmen Sie die. Ihre Nachbarn werden sicher dankbar sein, wenn Sie ihnen ein bisschen helfen können.«

»Danke. Ich kann bezahlen.« Der Beutel mit den vielen Münzen steckte in der Tasche ihres Unterrocks; hätte sie ihn nicht bei sich getragen, seit Cuf ihr das Geld gegeben hatte, wäre auch er in den Flammen verloren gegangen.

»Das ist nicht nötig. Hier« – er holte eine Phiole vom obersten Regal –, »Sie können …« Er unterbrach sich. »Aber das ist Antimon. Soweit ich weiß, lehnen Sie das ab.«

»In der Tat. Es treibt mit der Krankheit auch das Gute aus.«

»Auch kein Brechweinstein, kein Quecksilber …?«

»Nein. Ich verwende nur Kräuter, Samen und Blätter.«

»Und Seetang.« Er hatte ihr den Rücken zugekehrt, als er das sagte.

Ach, das hätte sie sich denken können. Wie die meisten Männer konnte er den Gedanken nicht ertragen, dass eine Frau den männlichen Samen nicht in sich heranwachsen lassen wollte. Die Männer verschwendeten ihren Samen nach Lust und Laune, oft unter Anwendung von Zwang, und dann wollten sie nicht, dass das Ergebnis davon ausgeschabt und weggeworfen wurde. »Seetang ist etwas Natürliches«, sagte sie.

Andrew bekam eine Gänsehaut. Abtreibung war etwas Widerwärtiges. Aber in einem Fall wie dem ihrer Tochter … sie war eindeutig vergewaltigt worden. Andrew stellte das Antimon an seinen Platz zurück. »Die Quacksalber und ihr Gemüsekrieg«, sagte er im ruhigen Ton. »Das hatte ich vergessen. Aber ich habe die Ergebnisse Ihrer Behandlung oft genug gesehen, Mistress Allheil. Ob Quacksalber oder nicht, Sie tun viel Gutes.«

Ein zweites Danke konnte sie sich nicht abringen. Nicht dem Teufel gegenüber. »Meine Tochter«, sagte sie und trat auf die Tür zu.

»Meg kümmert sich um sie. Meine Frau ist zuverlässig, glauben Sie mir. Und ohne jede politische Meinung.«

Roisin zögerte noch einen Moment, dann ging sie zum Tisch hinüber und begann, die Medikamente einzusammeln. »Damit kann ich zumindest einigen in ihrer Not helfen.« Kein richtiges Dankeschön, aber zu mehr konnte sie sich nicht überwinden.

Andrew sah ihr zu. Ein oder zwei Mittel waren ihr offenbar nicht vertraut; dann entkorkte sie das Gefäß und roch daran, bis sie es nickend in eine der zahlreichen Taschen ihrer Kleidung steckte. Es war unverkennbar, dass sie großes Wissen besaß. Ein anderes als er, manchmal vielleicht sogar ein besseres. Und mit dem Antimon hatte sie weiß Gott Recht – die Patienten schieden alles aus, was sie im Leibe hatten, zu beiden Körperöffnungen. Und ihm war beim Purgieren nie ganz wohl gewesen, gleichgültig, was sie ihm in Edinburgh darüber erzählt hatten. Er selbst, seine Professoren – manches Mal dachte er, sie wüssten allesamt nichts.

Die vielen Brandwunden ... Die meisten Opfer starben innerhalb weniger Stunden, schreiend und unter unendlichen Qualen. Aber einige überlebten und litten weiter. Und es gab so verdammt wenig, was er tun konnte. Je länger er Medizin praktizierte, desto mehr war er im

Grunde genommen überzeugt, dass Chirurgie die einzig wirklich wirksame Heilmethode darstellte. Der Erfolg des Skalpells war messbar. Nur in den vergangenen Tagen nicht. Mit welchem Eingriff konnte er Brandopfern denn helfen? Er konnte nur das verbrannte Fleisch abschneiden und dann hoffen, dass das Blut nicht vergiftet wurde. Was selten der Fall war.

»Mistress Allheil.« Sie hielt mit dem Einsammeln der Heilmittel inne und sah zu ihm. »Ihre Nachbarn ... Ich vermute, dass viele Verbrennungen erlitten haben.« Sie nickte, und er konnte die Pein der Opfer sehen, die sich in ihrem Blick spiegelte. »Wenn Sie eine Sache haben könnten, um die Brandwunden zu lindern – was wäre das?«

Heilige Jungfrau. Ein Mann, der berühmteste Doktor und Chirurg von New York, stellte ihr diese Frage. Und er wollte es wirklich wissen, das konnte sie in seinen Augen lesen. Die Frauen von Connemara würden das nie glauben. »Honig«, sagte sie.

»Ganz einfacher Honig?«

»Ja. Angeblich soll der Honig von Bienen, deren Stock in der Nähe von Salbei ist, am besten sein. Aber jeder Honig ist gut. Wenn möglich, mit Balsampuder vermischt.«

Andrew überlegte kurz. »Das heißt, Sie versiegeln die Wunde, damit sie nicht der Luft ausgesetzt ist.«

Roisin nickte. »Das ist wohl der Sinn. Ich habe meine Behandlungen von meiner Mutter gelernt. Und sie hat sie wieder von ihrer Mutter gelernt. Mehr weiß ich nicht. Honig für Verbrennungen. Mit Balsam, um die Säfte zu reinigen. Und gegen die Schmerzen einen Sud aus Weidenrinde.«

Guter Gott. Weidenrinde. Wie die Tiere des Waldes. Aber Honig – das war vielleicht gar nicht so abwegig, wie es zunächst klang. »Danke. Ich werde es mit Honig versuchen. Und hören Sie« – er deutete auf den Tisch, der mittlerweile leer geräumt war, – »wenn Sie mir sagen, wo Sie zu finden sind, kümmere ich mich darum, dass Sie mehr Heilmittel bekommen. Und genügend Honig.«

»Ich bin da, wo ich immer schon war. In der Fiddle and Clogs Tavern. Nur, dass jetzt nur noch Ruinen da stehen.«

»Morgen Nachmittag bekommen Sie mehr«, versprach er.

»Dafür wäre ich Ihnen sehr dankbar, aber ich fände es nicht ratsam … Ich meine … Es wäre besser, wenn Sie die Sachen nicht selbst vorbeibringen, Dr. Turner.«

Er brachte ein Lächeln zustande. »Sonst reißen Ihre Nachbarn mir die Beine aus und wickeln sie mir um den Hals. Ich weiß. Keine Sorge, ich schicke jemanden, der kein Aufsehen erregt.« Roisin ging zur Tür. »Warten Sie«, sagte er. »Gehen Sie noch nicht. Ich möchte Sie noch etwas fragen.«

Sie wandte sich wieder zu ihm.

»Die Gefangenen«, fuhr Andrew fort. »Die gefangenen Rebellensoldaten. Diejenigen, die nicht auf den Gefängnisschiffen sind … Es heißt, dass sie in verschiedenen Stadtvierteln untergebracht werden …« Als er sah, dass sie die Schultern anspannte, und ihren Blick bemerkte, brach er ab.

»Und?«, fragte Roisin. »Fahren Sie doch fort, Dr. Turner.«

Andrew schüttelte den Kopf. »Es ist sinnlos, wenn wir

streiten, Mistress. Ich dachte mir nur, dass Sie diese Gefangenen vielleicht gelegentlich besuchen könnten. Nicht die auf den Schiffen, das wäre zu gefährlich. Aber wenn welche hier in der Stadt untergebracht sind, was ich vermute, könnten Sie sie vielleicht ab und zu besuchen. Schauen, ob ihre Wunden behandelt werden müssen. Ich kann das nicht selbst tun«, fügte er leise hinzu. »Ich muss mich um die britischen Offiziere kümmern, und wenn ich dann noch Zeit habe, soll ich die britischen Soldaten versorgen. Sie verstehen.«

»Natürlich.« Vielleicht verstand sie ihn wirklich. So, wie er sie ansah ... Plötzlich wurden ihre Handflächen feucht. Sie wischte sie an ihrem Rock ab. Der einzige, den sie noch besaß, mit Ruß beschmiert und der Saum versengt. »Wenn es darum geht, Rebellensoldaten zu versorgen, mache ich das sehr gern. Wenn Sie sich darum kümmern, dass es mir erlaubt wird.«

»Ich glaube, das wird gehen. Wenn es welche in der Stadt gibt. Deswegen habe ich es ja auch vorgeschlagen.«

Heilige Jungfrau, der musste ja ganz dick mit General Howe sein. »Dann mache ich das natürlich gern; sehr gern sogar.«

»Gut. Sie hören von mir, wenn es so weit ist. Und morgen bekommen Sie mehr Heilmittel.« Als sie sich zum Gehen wandte, fuhr er fort: »Mistress Allheil, ich kenne Cuf schon sehr, sehr lange. Er war bei meiner Tante als ...«

»Ja. Ich weiß.«

»Ich habe ihn nirgends gesehen. Er hat sich nicht, wie die meisten Negersklaven, auf die Seite der Briten gestellt?«

Sie trat schon zur Tür hinaus, hatte ihm den Rücken zugekehrt. Sie drehte sich nicht um, als sie ihm Antwort gab. »Warum sollte er? Wenn Sie Cuf kennen, wissen Sie, dass er bei niemandem Sklave ist.«

Vorsichtig schob Andrew die Spitzengardine beiseite und schaute Mistress Allheil und ihrer Tochter nach. Die beiden sahen in ihren rußigen, versengten Kleidern aus wie zwei Ausgestoßene – vor allem hier in der Ann Street, wo es den Anschein hatte, als wäre überhaupt nichts vorgefallen. Als habe es keine tollkühne Unabhängigkeitserklärung gegeben. Keine katastrophale, völlig ungleiche Schlacht drüben auf der langen Insel. Keinen Beschuss, keine Belagerung, kein Feuer. Die Ann Street sah aus, wie sie immer schon ausgesehen hatte. Und doch hatte sich alles verändert.

Außer ihm selbst. Er hatte sich nicht verändert. Er tat dasselbe wie immer, seit er vor zehn Jahren aus Edinburgh zurückgekommen war. Den Kranken helfen. Und sich Fragen stellen.

Gott, der Rotschopf war ein Bild von einer Frau. Das hatte er schon gehört. Einige sagten, sie wäre Cufs Frau, andere meinten, er wäre nur ihr Sklave.

Heiliger Strohsack. Andrew hatte Cuf immer gern gemocht. Aber eine Weiße, die bei einem Neger lag? Das konnte nicht richtig sein. Andererseits stimmte es vielleicht auch nicht. Alle sagten, Mistress Allheil hätte von Cuf eine Tochter, aber wenn das stimmte, dann konnte es sich nicht um das Mädchen handeln, das er gerade gesehen hatte. Die dunkelblauen Augen – reinste Turner-Augen. Vielleicht war sie Morgans Tochter. Gott allein wusste, wie viele Bastarde sein gut aussehender Cousin in New York gezeugt hatte. Ein Rebell, wenn er noch am Leben war. Das ließ sich nicht so leicht sagen in Anbetracht der zahllosen Toten und Verwundeten in Washingtons Armee.

Um das Geheimfach in Andrews Sekretär zu öffnen, musste man auf einen Hebel drücken, der aber nur zu erreichen war, wenn man die mittlere Schublade vollständig herauszog. Selbst dann sah man den Hebel nur, wenn man von seiner Existenz wusste – so geschickt hatte der schottische Tischler ihn gebaut. Und er hatte beteuert, dass jeder Schreibtisch aus seiner Werkstatt eine andere Vorrichtung hatte. Zumindest diesseits des Atlantiks war Andrew der einzig lebende Mensch, der vom Versteck in diesem Sekretär wusste; er hatte ihn zusammen mit seiner Frau aus Edinburgh mitgebracht.

Andrew zog die Schublade heraus und tastete nach dem Hebel. Das Geheimfach öffnete sich. Obenauf lag der Zettel, den er in Caleb Devreys lebloser Hand gefunden hatte; er hatte ihn sorgsam entlang den ursprünglichen Falzlinien zusammengefaltet. *Vierundsiebzig Grad dreißig Minuten westlich von Greenwich. Direkt südlich von vierundzwanzigsten Grad nördlich. Zweimal im Kreis und dreimal zurück.*

Das konnte nur eines bedeuten: die Navigationsangabe für einen Seemann. Zumindest der erste Teil. Und Andrew war felsenfest davon überzeugt, dass es sich bei dem fraglichen Seemann um Morgan Turner handelte. Und der einzige Grund, warum Morgan oder irgendein anderer Seemann etwas derart Geheimnisvolles – zweimal im Kreis und dreimal zurück bezogen auf was? – aufschreiben würde, war, dass es sich um einen Schatz handelte.

Also warum, in Gottes Namen, hatte er ihn in all den Jahren nicht abgeholt? Weil er kein Seemann war. Weil er jemanden finden müsste, dem er vertrauen konnte, mit einem Schiff an den genannten Ort zu fahren. Und zu tun, was immer getan werden musste, um den Schatz zu bergen. Und weil die einzige Möglichkeit, auch nur einen Bruchteil der Beute zu bekommen – wenn sie noch da war –, darin bestand, mit auf die Reise zu gehen. Und in den letzten Jahren war er mit der Pflege seines verkrüppelten Vaters und Megs vielen Schwangerschaften (obwohl nur die beiden Jungen und ihre eine Schwester überlebt hatten) einfach zu beschäftigt gewesen.

Er war immer noch sehr beschäftigt, und zwar mit Wichtigerem als einem versteckten Schatz. So sehr Morgan wegen dem Tag damals vor dem Armenhaus auch in der Schuld seiner Familie stand.

Sorgsam faltete Andrew den Zettel wieder zusammen und legte ihn zu den anderen Dingen zurück, die er in seinem Geheimfach aufbewahrte – Lucas Turners Journale, Christopher Turners Aufzeichnungen über kleine Würmer, die möglicherweise Krankheiten verbreiteten, über die Kunst und die Wissenschaft einer Bluttransfusion.

Am selben Tag, an dem die Unabhängigkeitserklärung verkündet worden war, hatte sich Andrew nach Hause begeben, die Journale und Notizen vom Regal genommen und im Sekretär verwahrt. Als wollte er nicht von seinen Vorfahren beobachtet werden bei dem, was jetzt zu tun seine Pflicht war.

Bede Devrey war vierundsiebzig und litt an Schüttellähmung. Das führte er auch als Grund an, warum er nicht die Stadt verlassen hatte wie die anderen Kaufleute, die ebenso wie er die Meinung vertraten, die Unabhängigkeit schade dem Geschäft und sei überdies Verrat. Bede blieb in der Wall Street, seine Schiffe allerdings hatte er in die Häfen von Virginia geschickt, weil er, wie er sagte, sicherstellen wolle, dass die Rebellen sie nicht benützen konnten. Das war vor der Schlacht der langen Insel gewesen, als ein Sieg der Briten zwar wahrscheinlich, aber nicht absolut sicher gewesen war. Unter den gegebenen Umständen war es jetzt aber äußerst schwierig, seine Kapitäne zu erreichen und ihnen zu befehlen, für die britische Sache auf Kaperfahrt zu gehen. Verdammt noch eins, es war Krieg!

»Verdammt noch eins, Andrew, du tust mir weh! Fällt dir wirklich nichts Besseres ein gegen dieses verfluchte Zittern?«

»Nein, Großonkel Bede, es gibt nichts.« Mit einer raschen, geschickten Bewegung hatte er einen Schnitt in die Ellbeuge von Bedes rechtem Arm gemacht, das Blut strömte gleichmäßig heraus. Am linken Handgelenk des alten Mannes hafteten vier große schwarze Egel. »Bitte versuch, dich zu beruhigen. Die Egel füllen sich besser, wenn der Patient nicht erregt ist.«

»Schwach wie Kinderpisse bin ich hinterher. Kein Wunder, dass ich mich aufrege. Und verdammt, Junge, es ist ein Wunder, dass ich überhaupt noch Blut in mir habe.«

»Hat Samuel dich nicht zur Ader gelassen, als er deine Schüttellähmung behandelte?«

»Natürlich. Was anderes tut ihr Doctores doch nie.

Zur Ader lassen, schröpfen und purgieren. Und genau dasselbe wird Sam jetzt auch tun, drüben bei den Rebellen. Bringt Washingtons Soldaten dazu, dass sie nicht bloß vor Angst in die Hosen scheißen.«

»Vermutlich«, stimmte Andrew zu. »Manchmal hilft das.«

»Aber nicht gegen mein Zittern.«

»Nein. Dafür sind Aderlässe das Beste.«

»Aber hinterher kann ich mich kaum vom Fleck rühren.«

Andrew beobachtete, wie das Blut aus dem rechten Arm langsam in einen mit Maßeinheiten unterteilten Glasflakon floss. »Das letzte Mal habe ich dich vor über einer Woche zur Ader gelassen, Großonkel. Wir können zwei Pinten abnehmen, ohne dass es dir schadet.«

»Aber der verdammten Schüttellähmung schadet's auch nicht. Und was willst du mir jetzt noch geben?« Bede deutete mit dem Kopf auf eine mit Glasgefäßen gefüllte Kiste, die Andrew mitgebracht hatte. »Noch mehr von deinen grässlichen Aufgüssen? Das sind ja so viele, die kannst du mir noch ins Grab mitgeben.«

»Die sind alle nicht für dich.« Aufgequollen mit Blut, fiel der erste Egel auf die Bettdecke. Andrew ließ ihn in das dafür vorgesehene Glas zurückgleiten. »Die Kiste ist für Mistress Allheil.«

»Die Quacksalberin drüben auf der Church Farm? Die angeblich 'ne Schönheit ist und mit dem Sklaven von Squaw DaSilva abgehauen ist?«

»Genau die. Sie hat mich heute Vormittag aufgesucht.«

»Das kann nicht wahr sein! Die soll 'n Busen haben wie gemacht für einen Stapellauf.«

»Das stimmt. Und sie war wirklich bei mir. Sie hat mir ihre Tochter gebracht, damit ich sie untersuche.« Der zweite Egel hatte sich voll gesaugt und fiel ab. Auch diesen steckte Andrew ins Glas zurück. Er hätte sich nur auf den Aderlass beschränken können, doch einer seiner Professoren in Edinburgh hatte die Vermutung geäußert, dass zwischen den Egeln und dem Patienten ein Austausch stattfände, der in gewissen Fällen eine positive Wirkung zeigte. Andrew wünschte, die könnte sich vielleicht auch bei Bede einstellen, doch bislang hatten sich seine Hoffnungen nicht erfüllt.

»Was fehlt ihrer Tochter denn?«

»Der Tochter von Mistress Allheil?«

»Natürlich, verdammt! Über wen reden wir denn sonst?«

»Entschuldigung. So, das sind die letzten.« Andrew steckte den dritten und vierten Egel ins Glas zurück. »Ich glaube, sie ist vergewaltigt wurden. In der Nacht, als es brannte. Sie steht völlig unter Schock. Eine ihrer Brustwarzen ist fast ganz abgebissen worden.«

»Guter Gott. Bloß dran zu denken, wie viele britische Bastarde hier in neun Monaten zur Welt kommen, da wird mir schon übel. Soweit ich gehört habe, macht Squaw gerade noch ein Bordell für Matrosen auf. Und nicht zu früh. Das ist in vieler Hinsicht ganz nützlich.«

Andrew schaute auf. Einen Moment begegnete sich ihr Blicke. »Sehr nützlich«, meinte Andrew.

»Darauf kannst du deinen Kopf verwetten. Ich habe gehört, dass die kleine Blonde, Amarantha, die in Squaws Haus wohnt, Howes Liebling ist. Ein kluges Ding, diese Amarantha. Die hat was im Kopf. Aber das ist eher nicht der Grund, weshalb Howe 'ne Vorliebe für sie hat. Aber genug geredet, Junge. Jetzt erzähl mir, wofür das ganze Zeug ist, wenn ich's nicht trinken oder darin baden oder es mir aufs Brot schmieren soll.«

»Das sind Heilmittel, aus Craddocks Haus.«

Bede schnaubte. »Wie geht's dem denn, dem alten Schuft? Der ist wohl nicht ausgebrannt worden, wie?«

»Nein, die Pearl Street ist verschont worden. Craddock geht's wie immer. Er schlurft durchs Haus, führt Selbstgespräche, der Speichel tropft ihm aus dem Mund.«

»Aber er hat dich die Mittel mitnehmen lassen?«

»Ich habe ihn gar nicht gefragt. Habe ihm nur einen Schlaftrank gegeben und mich selbst bedient. Er braucht die Mittel jetzt, da Phoebe nicht mehr lebt und die Apotheke geschlossen ist, sowieso nicht.«

»Alles ist anders geworden«, sagte Bede leise. »Nach diesem Krieg wird nichts mehr sein wie früher.«

Dem alten Mann standen Tränen in den Augen. Auch Andrew war nach Weinen zumute. »Das alte Haus meines Großvaters ist völlig abgebrannt«, flüsterte er. »Da steht kein Stein mehr auf dem anderen. Mehr oder minder der ganze Hall Place liegt in Schutt und Asche.«

»Das ist wirklich ein Jammer. Ich habe Christopher immer bewundert«, erzählte Bede. »Wir waren nie befreundet, das war undenkbar, so, wie die Dinge mit meinem unnützen Bruder standen. Aber ich weiß, dass du ihn gern hattest.«

»Sehr gern. Ich habe viele glückliche Stunden in dem Haus verbracht, und von ihm habe ich mehr über Medizin gelernt als an jeder Universität.«

»Hoffentlich hat er dir auch beigebracht, wann du

aufhören musst. Das reicht jetzt, Andrew. Mir ist schon ganz schwummerig im Kopf.«

Der Flakon war fast bis zur Markierung von eineinhalb Pinten gefüllt, und die Egel hatten sicherlich eine weitere knappe Pinte getrunken. »Ja, es reicht.« Andrew schlang eine Lederabbindung um Bedes Arm, gerade oberhalb des Ellbogens, und zog sie fest. Beinahe sofort hörte der Schnitt auf zu bluten. »Das nähe ich mit einem Stich zu. Und dann entferne ich die Schröpfköpfe.«

Während er Bede Blut abnahm, hatte er auch dessen Beine geschröpft. Mit den Blasen war er recht zufrieden, sie bedeckten beide Schienbeine vom Knie bis zum Knöchel. Andrew beendete die Behandlung und machte sich daran, seine Instrumente in die schwarze Ledertasche zu packen. »Beim Hinausgehen sage ich den Dienstboten, sie sollen dir eine Tasse Tee bringen.«

»Sag Nancy, sie soll selbst zu mir kommen.« Nach vierzig Jahren Ehe war Bede seiner Frau noch immer sehr zugetan. »Sag ihr, ich will sie sehen.«

»Gut.« Andrew schloss die Tasche. »Großonkel, eine Sache noch. Ich traue mich nicht, selbst zur Church Farm zu gehen. Hast du jemanden, der diese Kiste zu Mistress Allheil bringen kann? Da, wo früher die Fiddle and Clogs Tavern stand?«

»Natürlich. Dass soll Raif machen. Den verdächtigt niemand wegen irgendetwas. Ob gut oder böse.«

Raif Devrey war das absolute Gegenteil seines Zwillingsbruders Sam. Er war gerade gut fünf Fuß groß und dick und hatte so schlechte Augen, dass er sie zusammenkneifen musste, um in einer Entfernung von über zehn Zoll überhaupt irgendetwas zu erkennen. Sam hatte sich immer geweigert zu heiraten, doch für Raif hatte Bede vor vielen Jahren eine Frau gefunden. Sie war bei der Geburt des ersten Kindes gestorben. Das Neugeborene, ein Junge, war ihr wenige Stunden später gefolgt und mit ihr im Sarg beerdigt worden. Mit seinen sechsunddreißig Jahren war Raif seit zwölf Jahren Witwer. Und ebenfalls im Gegensatz zu seinem Bruder interessierte er sich überhaupt nicht für Politik. Tory oder Rebell, für ihn waren sie alle gleich. Raif lebte noch immer unter dem Dach seines Vaters und erledigte Botengänge für ihn.

»Sie sind wohl Mistress Allheil?«

»Nein, Unsinn. Ich bin ihre Tochter Clare.«

»Ach, ich verstehe.« Raif keuchte von der Anstrengung, über die verkohlten Reste der Fiddle and Clogs zu klettern. »Mistress Allheil«, stieß er hervor. »Wo ist sie?« Die ganze Zeit starrte er Clare aus zusammengekniffenen Augen an.

»Bei einem Patienten. Was haben Sie da?«

»Heilmittel und so. Die lässt mein Vater schicken.« Die dunkelsten blauen Augen, die er je gesehen hatte. Aus ihrer Haube ragten ein paar Haarsträhnen hervor, tintenschwarz.

»Schön. Die können Sie hier lassen.«

»Wenn Sie möchten, trage ich sie Ihnen ins Haus.« Er sah sich um, spähte in die Richtung, in der er eine Tür vermutete.

»Dagegen hätte ich nichts, aber es gibt kein Haus. Wir leben jetzt hier.« Clare deutete auf die beiden Decken, die über die geschwärzten Stumpen zweier Balken drapiert waren; sie hatten früher die Decke des Schankraums gestützt.

Raif legte den Kopf in den Nacken. »Das sind ja nur Rosshaardecken. Wenn's regnet, nützen die Ihnen wenig.«

»Das stimmt. Sie können die Kiste da drüben hinstellen.« Clare zeigte auf einen großen, flachen Stein, der zum Fundament der Schänke gehört hatte.

Raif folgte ihrer Aufforderung, dann schaute er wieder hoch, kniff noch heftiger als zuvor die Augen zusammen, um die Größe der Fläche zwischen den verkohlten Sparren abzuschätzen. »Ich komme morgen wieder«, sagte er nach ein paar Sekunden. »Mit genügend Segeltuch, damit der Raum wasserdicht ist.«

»Segeltuch ist kaum zu kriegen. Die Soldaten von General Washington haben alle Läden leer geräumt.«

»Ich weiß. Aber ich besorge Ihnen welches.«

Clare nickte. »Schön. Das wäre sehr nett, wenn sich das machen ließe.«

»Ja, das wäre nett«, stimmte er zu. »Sehr nett. Es wäre sogar wunderbar.«

Raif Devrey hatte in Clare Campbells tief blaue Augen geblickt, seine Welt war stehen geblieben und hatte dann begonnen, sich in eine andere Richtung zu drehen.

Am nächsten Tag kam er wieder mit drei großen Stücken gut geöltem Segeltuch und blieb so lange, bis er mit Roisins und Clares Hilfe daraus ein wasserfestes Zelt errichtet hatte, in dem die beiden Frauen leben konnten.

»Der bewegt sich sehr viel geschickter, als man denken würde«, sagte Roisin, nachdem er gegangen war. »So dick er ist, er ist leichtfüßig.«

»Und er ist nett«, fügte Clare hinzu.

»Ja, sehr.«

Roisin meinte etwas in Clares Stimme zu vernehmen. Nicht etwas Neues, etwas Altes.

Vor zwei Tagen hatte Clare ihrer Mutter in Andrews Untersuchungszimmer ins Ohr geflüstert, dass sie sich – sollte ihre Mutter sie zwingen, Josie Harmons Neffen zu heiraten – noch in der Hochzeitsnacht die Kehle durchschneiden würde. Da hatte sie geklungen, als sei sie bereits tot, ein vom Grab auferstandenes Gespenst. Aber jetzt, weil ein komischer, kleiner, dicker Kerl, der mindestens doppelt so alt war wie sie, ihnen ein Geschenk gebracht hatte – und dazu die wunderbaren Heilmittel –, klang Clare wie das Mädchen, das sie einmal gewesen war. Roisin konnte es sich zwar nicht erklären, freute sich aber darüber.

Zwei Monate später wurden Clare und Raif getraut. Die Zeremonie fand in der St. Paul's Chapel statt. Da die Trinity Church eine verkohlte Ruine war, galt nun St. Paul's als die vornehmste Kirche in New York. Dessen war Roisin sich ständig bewusst, als sie verfolgte, wie ihre Tochter – in feinsten blauen Satin und elegante schwarze Spitze gekleidet – feierlich schwor, Raif Devrey zu lieben, zu ehren und ihm zu gehorchen. Clare wirkte ruhig und gefasst, während Roisin sich vorkam, als müsse sie sich kneifen, um sicherzugehen, dass sie nicht träumte.

»Willst du das wirklich, Kind?«, hatte sie einige Tage zuvor gefragt. »So wohlhabend er ist, und so freundlich, Raif könnte dein Vater sein.«

»Er ist sechsunddreißig.«

Für einen Moment verschlug es Roisin die Sprache. Noch älter, als sie gedacht hatte. »Clare, du bist erst sechzehn.«

»Ich will Raif heiraten. Wenn du es nicht erlaubst, brennen wir durch.«

Ach, heilige Jungfrau, wer war sie, sich dem Mädchen in den Weg zu stellen? Mit Leidenschaft hatte das nichts zu tun, davon war Roisin überzeugt. Aber welchen Wert hatte Leidenschaft denn für eine Frau? Hatte sie ihre Leidenschaft nicht geleugnet, bis es zu spät war und sie dem besten Mann, den sie je gekannt hatte, das Herz gebrochen hätte, wenn sie ihrem eigenen Herzen gefolgt wäre?

»Güte ist sehr wichtig«, hatte Roisin gesagt. »Solange du dir sicher bist, mein Liebling.«

»Völlig sicher.«

Und das war sie in der Tat. »Ja«, sagte sie mit klarer, fester Stimme, als der Vikar von St. Paul's sie fragte, ob sie Raif Devrey zu ihrem rechtmäßigen Ehemann nehmen wolle. Sie wiederholte das »Ja« sogar noch einmal. Clare war sich ihrer Entscheidung absolut sicher, aber aus anderen Gründen, als ihre Mutter vermutete.

»Ich will dir etwas zeigen«, hatte Claire zu Raif gesagt, als sie sich gerade einen Monat kannten und er jeden Tag unter dem einen oder anderen Vorwand zur Fiddle and Clogs gekommen war. »Mach die Zeltklappe zu.«

Raifs erster Impuls war immer, genau zu tun, was Clare ihm sagte, doch in diesem Fall zögerte er. Es gehörte sich nicht. Es könnte dazu führen, dass er nie wieder herkommen dürfte. »Deine Mutter«, sagte er. »Mistress Allheil, sie könnte doch gleich kommen.«

»Sie ist ins Hofviertel gegangen zu einem Patienten, der Furunkel hat und sie nicht vom Bader aufschneiden lassen will. Mama macht ihm einen Wickel aus Senf und Minze, um das Gift herauszuziehen. Das dauert lange, mindestens noch eine Stunde. Jetzt komm, mach die Klappe zu.«

Also tat Raif, was sie ihm auftrug. Clare zündete einen Kerzenstummel an – ein weiteres von Raifs vielen nützlichen Geschenken – und winkte ihn im Schein der Flamme zu sich. »Komm so nah, dass du sehen kannst, ohne blinzeln zu müssen«, sagte sie. »So, das reicht.«

Ohne ein weiteres Wort schnürte sie ihr Kleid auf und schob das Mieder nach unten. Raif wollte sie fragen, was sie da tue, aber vor lauter Hitze konnte er nicht sprechen. Und nicht nur die Hitze zwischen den Beinen, sein ganzer Körper brannte. In seinem ganzen Leben hatte er sich noch nie so gefühlt wie in diesem Augenblick. Ganz bestimmt nicht mit seiner Frau, aber auch nicht mit den Huren, die er vor oder nach seiner kurzen Ehe gelegentlich aufgesucht hatte. Nichts war je so gewesen.

Als Clare sich das Leibchen über den Kopf zog, streifte sie auch ihre Haube ab. Ihr langes schwarzes Haar löste sich und fiel als dichter Vorhang bis zur Taille hinab. Mit beiden Händen strich sie es über die Schultern zurück, sodass nichts ihren Oberkörper verbarg. Als sie sich bewegte, hoben sich ihre Brüste und zeichneten sich über ihrem langen, schmalen Bauch ab. Es waren kleine Brüste. Er wusste, dass sie sich fest anfühlen würden, wie zwei rosa angehauchte Äpfel. Herb und doch süß. Köstlich unter der Zunge.

»Siehst du das?«, fragte sie.

»Was …« Es wollten ihm keine Wörter über die Lippen kommen. Erst musste er ein paar Mal schlucken. »Was soll ich sehen?«

»Die linke Brustwarze. Sie ist krumm. Beug dich vor und sieh's dir genau an.«

Er beugte den Kopf vor, bis sein Mund nur wenige Zoll von ihrem Körper entfernt war. Sie roch nach dem Kölnisch Wasser, das er ihr geschenkt hatte. Sie roch nach dem wunderbaren, endlosen Sommer. »Ja«, flüsterte er schließlich und betrachtete den schiefen Ansatzwinkel des kurzen, bräunlichen Apfelstiels. »Ja, das sehe ich.«

»Die Wunde ist mittlerweile verheilt, aber die Brustwarze wird immer krumm bleiben. Das hat ein englischer Matrose gemacht. Ich bin keine Jungfrau mehr. Sechs Matrosen haben mich vergewaltigt, in der Nacht des Feuers.« Clare sprach ohne jedes Gefühl, fast tonlos. »Einer hat das mit meiner Brust gemacht.« Sie hob die Brust mit einer Hand an und schob sie noch näher zu seinen Lippen. Dann legte sie die andere Hand auf Raifs Nacken.

Er wagte nicht, sich zu bewegen. Ihr Geruch betörte ihn. Ihre Finger auf seinem Hals verbrannten ihm die Haut. Der Drang, die krumme Brustwarze mit der Zunge zu liebkosen, war beinahe übermächtig; es verlangte ihn danach, wie es ihn noch nie im Leben nach etwas verlangt hatte. Aber er wusste, wenn er nicht genau tat, wann und was sie von ihm forderte, würde sie ihn für immer fortschicken. Und alles, was er in den letzten Wochen am Leben lieb gewonnen hatte, würde ein Ende haben.

»In meinem Bauch ist kein englischer Bastard herangewachsen«, sagte Clare. »Meine Mutter hat mich mit ihrer Kunst geöffnet und den Samen herausgekratzt, bevor ein Bastard Gestalt annehmen konnte.« Sie entfernte ihre Hände. Ihre Finger berührten ihn nicht mehr, doch seine Haut brannte noch immer. »Jetzt, da du das alles weißt und gesehen hast, dass ich entstellt bin – willst du mich jetzt immer noch, Raif Devrey?«

»Ich bete dich an«, flüsterte Raif. »Ich liebe dich mehr als mein Leben.«

Clare wich zurück. Raif stieß einen Laut hervor, ein schmerzvolles Ächzen. Seine Erklärung hatte sie entsetzt. Das hätte er sich denken müssen. Es hatte nicht anders sein können bei einer Frau, die so wunderschön war, und er so dick und hässlich. Tränen rollten ihm über die Wangen.

Rückwärts schreitend ging Clare zu den Rosshaardecken, die zusammengefaltet in einer Ecke des Zeltes lagen. Sie sah unverwandt zu Raif, auch als sie sich auf dem Stapel Decken niederlegte und den Rock anhob, bis sie unten ebenso entblößt war wie oben, der Stoff ihres Kleides um die Taille zusammengebauscht. »Komm her und steck dein Ding in mich.«

»Was? Ich ...«

»Du hast mich genau verstanden. Das willst du doch, das weiß ich genau. Also komm und mach's.« Sie spreizte die Beine. »Leg dich auf mich und steck deinen Schwanz in meine Möse. Jetzt komm schon. Schnell. Bevor meine Mutter heimkommt.«

Sie hörte ihn atmen, als würde er nach Luft ringen. Er brauchte endlos, um sich die Hose aufzuknöpfen und sein Glied herauszuholen. Als es ihm schließlich gelang und sie das Ding sah, das vor ihm herragte, wollte sie am liebsten aufspringen und sagen, sie hätte einen schrecklichen Fehler gemacht. Aber das tat sie nicht.

Tagelang hatte sie es sich überlegt, sie wusste genau, was sie tat und warum. »Jetzt komm«, sagte sie auffordernd und stützte sich auf die Ellbogen auf. »Aber schnell.«

Er taumelte zu ihr, zitternd vor Lust. Ihr Dreieck war ebenso schwarz wie ihr Kopfhaar. Zaghaft strich er darüber. Es fühlte sich an wie Samt. Wie das weiche Fell eines neugeborenen Lamms.

»Komm schon«, sagte sie leise, legte sich wieder auf den Rücken und reckte ihm die Hüften entgegen. »Viel Zeit haben wir nicht.« Sie spreizte die Beine noch weiter. Das schwarze Dreieck teilte sich ein wenig, und er sah die rosa, feucht glänzende Haut.

Raif gab einen Ton von sich, der halb Seufzen, halb Stöhnen war. Er kniete neben ihr nieder, dann legte er sich auf sie, zwischen ihre langen, schlanken Schenkel, und drang in sie ein. Zuerst blieb er eine lange Weile reglos liegen, ergötzte sich an seiner Freude. Einfach indem er in sie eindrang, nahm er ihre Schönheit in Besitz. Er war nicht mehr der kleine, hässliche Raif Devrey, er war ein König, ein Fürst des Himmels und der Erde. Als er es nicht länger aushielt, fuhr er herein und heraus. Zweimal, vielleicht auch dreimal. Dann war es vorüber.

»Bist du fertig?«, fragte sie. Er musste fertig sein. Er hatte ein bisschen gezittert. Jetzt lag er reglos auf ihr, sein Gesicht auf ihres gepresst. Seine Wangen waren nass ... Tränen vielleicht. Zum ersten Mal sah sie einen Mann weinen. »Also, sag doch, bist du fertig?«

»Ja. Clare, Liebste, hör ...« Er hob den Kopf und wollte ihr in die Augen blicken.

Sie wandte das Gesicht ab. »Wenn du fertig bist, dann geh runter von mir.«

Er rollte auf die Seite und zog sich die Hose zurecht. Clare sprang auf und ließ den Rock ihres Kleides wieder herabfallen. Dann zog sie das Leibchen hoch und schnürte das Mieder. »Clare«, wiederholte er.

»Nein, sag jetzt nichts. Hör mir zu. Ich musste wissen, ob ich es ertragen kann.«

»Ertragen? Aber jeder Mann, und jede Frau auch, hat doch das Bedürfnis …«

»Erzähl mir nichts von Bedürfnissen. Jedes Ding, das mir zwischen die Beine gesteckt wurde, hat mir nichts als Schmerzen und Leiden verursacht. Das ein Leben lang – das hätte ich nicht ertragen. Aber du …« Er sah sie an mit den Augen eines jungen Hundes, ein flehentlicher Blick. »Du warst sanft«, fuhr sie fort. »Dafür danke ich dir. Versprichst du mir, immer so zu sein?«

»Ich würde lieber sterben, als dir in irgendeiner Weise Schmerz zuzufügen.« Seinem Ton war zu entnehmen, dass er damit einen feierlichen Eid leistete.

»Das glaube ich dir. Also gut, Raif Devrey, dann heirate ich dich. Du willst mich doch heiraten, oder nicht?«

Er konnte nur nicken.

»Gut. Dann tun wir das. Unter einer Bedingung. Du darfst deinen Schwanz nur …« Sie überlegte. »… nur einmal im Monat in mich hineinstecken. Und ich sage, wann. Willigst du ein?«

Wieder nickte er.

»Schwör's.«

Raif schwor. Der Vertrag war geschlossen.

Und so standen sie nun in St. Paul's und wurden getraut. Ohne großes Aufheben. Eine weitere von Clares Forderungen. Bede und Nancy hatten erklärt, sie seien zu alt, um an der Feierlichkeit teilzunehmen. Sie waren völlig überrascht von Raifs Entscheidung, noch einmal zu heiraten. Sie sagten sich, es sei gleichgültig, dass das Mädchen bettelarm war und ein bisschen Negerblut in ihren Adern floss. Das bedeutete nichts im Vergleich zu der Tatsache, dass sie vielleicht doch noch Enkelkinder bekommen würden, die den Familiennamen weitertragen könnten. Als Raif mit Clare nach der Trauung sein Elternhaus in der Wall Street betrat, begrüßten die beiden Herrschaften sie förmlich und flohen dann in ihre Privatgemächer.

»Jetzt sind wir verheiratet«, sagte Clare, sobald sie mit Raif allein war. »Erzähl mir, was du gut kannst.«

»Ich weiß es nicht. Was meinst du mit ›was ich gut kann‹?«

»Die Sachen, bei denen du besonders gut bist. Ich kann Heilmittel herstellen. Und kochen. Und ein bisschen auf dem Dulcimer spielen. Was kannst du?«

Er schüttelte den Kopf. »Nichts. Ich bin nie gut in irgendetwas gewesen.«

»Unsinn. Du hilfst deinem Vater doch im Geschäft, oder nicht?«

»Naja, schon. Zumindest früher. Jetzt gibt es in seinem Geschäft fast nichts mehr zu tun. Er hat all seine Schiffe nach Virginia geschickt.«

»Und als es viel zu tun gab – was konntest du da am besten?«

Raif überlegte einen Moment. »Zahlen«, sagte er schließlich. »Ich konnte gut rechnen. Die Ladungsverzeichnisse und solche Sachen. Da bin ich schnell.«

Clare klatschte in die Hände. »Großartig! Rechnen können ist sehr wichtig. Und ich weiß noch etwas. Du kannst gut Dinge auftreiben, die eigentlich schwer zu beschaffen sind. Wie das Segeltuch, die Kerzen, das Kölnisch Wasser. Gleich nach dem Feuer, als nichts zu bekommen war.«

Das hatte er gekonnt, weil die Dinge für sie gewesen

waren, für Clare. Aber das sagte er ihr nicht. Er fragte sich nur, ob dieser Abend das eine Mal im Monat sein würde, das sie ihm versprochen hatte. Wenn sie Wort hielt, dann vielleicht. Die Zählung sollte doch vom Tag ihrer Hochzeit ab beginnen, oder nicht? Und er hatte sie nicht mehr berührt seit dem ersten Mal, als sie sich verlobten. Manchmal glaubte er, das sei alles nur ein Traum. »Wenn es wichtig ist, kann ich Dinge auftreiben«, sagte er.

»Wir brauchen jetzt viele Dinge, die wichtig sind. Als Erstes ein eigenes Haus.«

»Um dort zu wohnen?«

»Ja. Und um unseren Laden aufzumachen.«

»Welchen Laden denn?«

»Eine Apotheke. Aber eine, die ein bisschen anders ist«, erklärte Clare.

»In Rhode Island gibt es einen Laden, der sich Pharmazie nennt«, sagte Raif. »Zumindest gab's den vor dem Krieg. Ich habe ihn gesehen, als mein Vater mich nach Newport schickte, um etwas zu erledigen. Er gehörte einem Dr. Hunter – er macht das Number Six Cologne, nach dem alle so verrückt sind.«

»Großartig«, sagte Clare und klatschte wieder in die Hände. »Dann eröffnen wir eine Pharmazie.«

»Aber wir haben kein Number Six Cologne. Was sollen wir denn verkaufen?« Sie war ein Wunder. Er hatte ihr Geld gegeben, um sich für den heutigen Tag etwas Hübsches zum Anziehen zu besorgen, und sie hatte sich in der blauen Farbe ihrer Augen eingekleidet. Auch das kam ihm vor wie ein Wunder.

»Wir verkaufen Heilmittel. Und Puder für Perücken. Und Kölnisch Wasser. Solche Sachen.«

»Ich verstehe. Clare, ist heute Abend der …«

»Wo schlafen wir?«

»In meinem Zimmer. Eine Treppe höher. Ich habe eigens für dich das Bett frisch beziehen lassen.«

Die Aussicht, in einem richtigen Bett mit frischem Leinen zu schlafen, ließ sie wohlig schaudern. »Ich bin müde. Lass uns gleich nach oben gehen.« Auf halber Höhe der Treppe – Clare ging voraus, als wäre es ihr Elternhaus und nicht seines – drehte sie sich um und flüsterte über die Schulter: »Wenn du versprichst, schnell zu sein, kannst du es mir heute Abend machen.«

Kapitel 5

I

»*Toujours la gaieté*, Mistress DaSilva. *Toujours la gaieté.*«

1776 hatte General Howe das zu ihr gesagt. Jetzt war es 1780. Vier Jahre waren vergangen, und Squaw hörte von Howes Nachfolger genau dieselben Worte wie dereinst von ihm. General Clinton war der Oberbefehl vor zwei Jahren übertragen worden, als man in London Howes Zögern und Zaudern leid war. Sowie der Tatsache, dass New York City ein Hort der Korruption war. General Clinton sei nicht nur ein besserer Taktiker, hieß es, sondern auch ein aufrichtiger Mann.

Wann immer Henry Clinton sich in New York aufhielt, war er in ihrem Haus zu Gast. Jeden Abend, den Gott gab.

Sie hielt sich den roten Spitzenfächer vor die Lippen, damit er sie nicht lächeln sah. »Ich stimme Ihnen aus vollem Herzen zu, Sir Henry. *Toujours la gaieté.*«

In dem lang gestreckten Raum war es fast schon zu warm, obwohl alle Fenster offen standen. Vielleicht stieg die Hitze an diesem Juniabend aber auch von den acht jungen Frauen auf, die zusammen mit Henry Clinton und den sechs britischen Offizieren anwesend waren. Dieser Tage dehnten sich Damenfiguren eher nach hinten aus als zur Seite; die über Drahtgestelle gebauschten Röcke ihrer eigenen Jugend waren einer Vorliebe für faltenreiche, gerüschte Turnüren gewichen. Es war zwar einfacher, sich darin zu bewegen, aber das Sitzen war schwieriger. Aber da die Mädchen allesamt darauf bestanden, drei Fuß hohe Perücken zu tragen – was auch ihre Körperhaltung vorteilhaft beeinflusste –, war es sowieso besser, wenn sie standen.

Das rote Brokatkleid, das sie selbst trug, hatte ebenfalls eine ausladende Turnüre. Die Witwentracht mitsamt dem Schleier hatte sie abgelegt am selben Nachmittag, an dem Howe und seine Truppen in die Stadt ritten und ihr bewusst wurde, was nun von ihr verlangt wurde. Jetzt kam die Schneiderin regelmäßig zu ihr – Squaw verließ nach wie vor nie das Haus –, und ihre Garderobe folgte stets der neuesten Mode. Doch sie weigerte sich, sich mit dem Gewicht einer drei Fuß hohen Perücke zu belasten. Mit ihren fünfundsechzig Jahren trug sie ihr noch völlig schwarzes Haar im schlichteren Stil nichthöfischer Damen zu einem Knoten über beide Ohren gebunden.

Sie ließ ihren Fächer schwingen und betrachtete dabei ihren Besucher. Sir Henry verrenkte sich den Hals, um die Gesichter unter den aufgetürmten gepuderten Perücken zu erkennen. »Wie ich sehe, ist Amarantha heute Abend gar nicht da.«

»Amarantha ist etwas unwohl, Sir Henry. Aber haben Sie bereits die Bekanntschaft von Gwendolyn gemacht?«

Amarantha war oben auf ihrem Zimmer, verdrückte ein Pfund gezuckerter Veilchen und verschlang die neuesten Modejournale aus London. Das Mädchen hatte ihren Teil getan. Die ganzen zwei Jahre, in denen Howe das Oberkommando innehatte, war er verrückt nach ihr gewesen; er hatte immer nur nach ihr verlangt. Gott allein wusste, wie oft Amarantha zu Roisin gegangen war, um sich einen Howe-Bastard abtreiben zu lassen. Und hatte dabei nichts von ihrer Schönheit eingebüßt. Deswegen war sie, als der Oberbefehl auf Sir Henry überging, dessen Auserwählte geworden. Allerdings liebte Clinton es, Mädchen zu züchtigen, bevor er sie nahm. Der Mann hatte das Gesäß der armen Amarantha vierzehn Nächte hintereinander fast blutig geschlagen. Allmählich wurde es Zeit, sein Interesse auf ein anderes Mädchen zu lenken.

»Gwendolyn, darf ich dir den Mann vorstellen, dem wir es zu verdanken haben, dass New York trotz dieses schrecklichen, endlosen Kriegs ein Hort der Zivilisation bleibt.«

»Ich bin entzückt, Sir Henry. Wirklich entzückt.«

Ihr Knicks war vollkommen. Ihre Brüste waren göttlich. Und wenn Gwendolyn die gepuderte Perücke abnahm, auf der ein Holzschiff unter vollen Segeln thronte, würde Sir Henry ihr dunkelkastanienrotes Haar als eine nette Abwechslung zu Amaranthas blonden Locken entdecken. Das Wichtigste aber war ihr üppiges Gesäß, zwei Hälften eines vollkommenen Pfirsichs. Squaw DaSilva hatte die verlängerten Rücken all ihrer Mädchen eingehend besichtigt, bevor sie sich für Gwendolyn als Amaranthas Ersatz entschied. Doch im Augenblick wusste Sir Henry noch nicht, welche Freuden ihn erwarteten, und sah noch immer etwas geknickt drein.

Squaw beugte sich zu ihm vor und flüsterte im Schutz ihres Fächers: »Sie ist wunderhübsch, ich weiß, aber Sie können sich nicht vorstellen, wie keck Gwendolyn zuweilen ist, Sir Henry. Ich glaube, sie braucht eine strenge Hand. Vielleicht kann ein Mann wie Sie ihr etwas besseres Benehmen beibringen.«

In dem Augenblick stimmte die junge Frau, die an der Zither saß, einen ausgelassenen Reel an. Gwendolyn streckte eine Hand aus. »Ich bin sehr dreist, Sir Henry. Ich weiß, ich bin allzu fürwitzig und eigenwillig und brauche manchmal ein wenig Zucht, aber ich kann nicht anders. Würden Sie mein Tanzpartner sein?«

»Mit dem größten Vergnügen, Mistress Gwendolyn.«

Eine Weile verfolgte Squaw, wie sechs weitere Paare den beiden auf die Tanzfläche folgten. Gwendolyn war wirklich ein braves, kluges Mädchen. Es waren allesamt brave, kluge Mädchen. Sie hatte das Gefühl, dass dieser Abend sehr von Nutzen sein würde. Doch, von außergewöhnlich großem Nutzen. Da war sie sich sicher. Niemand achtete mehr auf sie. Sie raffte die Schleppe ihres Kleides und verließ den lang gestreckten Raum.

Die muntere Weise des Reel, das Geräusch tanzender Füße folgten ihr in den Flur. Einen Moment blieb sie stehen und betrachtete den Gehstock aus Ebenholz, der in einer Ziervase neben ihrer Haustür stand. Einige Jahre zuvor hatte sie den goldenen Pferdekopf mit den Rubinaugen auf diesen Stock setzen lassen. Den ganzen unsäglichen Krieg hindurch blieb er dort stehen – das Einzige, was sie daran erinnerte, wer sie gewesen war. Und was sie jetzt war.

Als wüsste sie das nicht genau. Sie war eine närrische alte Frau, die immer noch nach Tilda rufen wollte, obwohl die treue Seele schon vor drei Jahren gestorben war. Oder Flossie. Guter Gott, wäre es nicht wunderbar, nach Flossie rufen zu können? Ach, die hätte eine großartige Verbündete bei diesem Unternehmen abgegeben. Eine leidenschaftlichere Patriotin als die alte Flossie konnte man sich nicht vorstellen – alles, was den Englischen Unbehagen bereitete, war Balsam auf ihre irische Seele. Aber Bridget Hagen stammte ebenfalls aus Dublin, und auch sie ging voll und ganz in der Sache auf.

Die Irin war mit einer grotesken Entstellung zur Welt gekommen, einem roten, wulstigen Schlitz, der ihr Gesicht von der Nase bis zum Kinn spaltete. Sie konnte sich nur durch grunzende Geräusche verständlich machen, und niemand hatte sich die Mühe gemacht, ihr Lesen und Schreiben beizubringen. Bridget Hagen war die letzte Person, die ein englischer Offizier des Verrats verdächtigen würde. Niemand würde denken, dass sie genügend Verstand dafür besaß. Aber sie besaß genügend Verstand, um die Briten zu hassen.

Bridget wartete bereits in der Küche neben einem Korb voll schmutziger Unterröcke auf ihre Herrin.

»Wasch heute Abend zwei schwarze und einen weißen«, flüsterte Squaw DaSilva. »Häng sie im ersten Tageslicht zum Trocknen auf.«

Bridgets entstelltes Gesicht verzog sich zu einem Lächeln, während sie zwei schwarze und einen weißen Unterrock aus dem Korb fischte. Wenn sie diese am Morgen in den Hof hängte, verkündete sie damit, dass sie Informationen weiterzureichen hatte; und wenn sie im Exchange Market an der Broad Street zum Fleischstand ging, würde die Schlachtersfrau dafür sorgen, dass sie Bridget persönlich bediente.

Bridget würde auf das gewählte Fleischstück deuten und, wenn es von Fett befreit und eingepackt war, dafür bezahlen. Dieser Tage war alles sündhaft teuer. Lebensmittel kosteten achtmal mehr als in den Tagen vor der britischen Besatzung. Man brauchte eine ganze Hand voll Münzen, um ein kleines Stück Hammelfleisch zu kaufen. Niemand, der den Vorgang verfolgte, würde ahnen, dass eine der Kupfermünzen, die Bridget überreichte, aus zwei Hälften bestand, und dass in dem Hohlraum dieser Münze Aufzeichnungen lagen, die Squaw DaSilva selbst mit dem feinsten Federkiel auf das dünnste Papier geschrieben hatte, nachdem die Mädchen ihr Bericht erstattet hatten über die nützlichen Kopfkissengespräche, wie sie sie nannten.

Später würde die alte Nancy Devrey – die zwar seit zehn Monaten verwitwet war, aber nicht mehr Trauer trug und einen bemerkenswerten Appetit an den Tag legte – wegen der zwei schwarzen und des einen weißen Unterrocks im Wäschehof des elegantesten Freudenhauses der Stadt ihre Köchin zum Fleischstand am Exchange Market schicken. Die Schlachterfrau würde auch sie persönlich bedienen. Und unter dem Wechselgeld, das Nancys Köchin nach Hause brachte, würde sich auch die präparierte Münze befinden.

Noch etwas später würde eine Bettlerin – nie dieselbe – an der Küchentür des Devrey-Hauses in der Wall Street klopfen und um Almosen bitten. Und so würde der hohle Penny durch viele Frauenhände wandern, bis er die Rebellen erreichte. Und nach wenigen Tagen würde er auf demselben Weg zurückkommen, um erneut verwendet zu werden.

Noch war dieses Netz nicht aufgedeckt worden, aber

alle Beteiligten waren sich der Gefahr bewusst, der sie sich aussetzten. Die Tatsache, dass sie Frauen waren, bot ihnen keinen Schutz. Einige Monate zuvor war ein Kreis von Spionen aufgeflogen, an dem auch zwei Frauen maßgeblich beteiligt waren. Eine Woche nach ihrer Gefangennahme waren sie auf einem offenen Karren durch die Straßen gezogen worden, um aller Welt die Spuren der grausamen an ihnen begangenen Folter zu zeigen; dann hatte man sie auf das Gefängnisschiff *Jersey* gebracht.

Seit Squaw vor ihr Haus getreten war, die Rebellenflagge auf die dampfenden Pferdeäpfel geworfen und General Howe in ihr Haus eingeladen hatte, hatte sie nie mehr den Fuß über die Türschwelle gesetzt. Doch einmal im Monat, bei Vollmond, stieg sie durch die Luke aufs Dach ihres Hauses, setzte das Fernrohr ans Auge, das Howe ihr zu seinem Abschied aus New York geschenkt hatte – *Ein Zeichen meiner Wertschätzung, Mistress Da-Silva; manchmal ist es doch sehr unterhaltsam, durchs Schlüsselloch zu spähen, nicht wahr?* –, und starrte auf die Silhouetten der Gefängnisschiffe, die jenseits des East River ankerten, in der Wallabout Bay vor Brooklyn.

Die ganze Nacht hielt sie Wacht. Wenn der Wind richtig stand, hörte sie bei Sonnenaufgang manchmal den Befehl, mit dem der Tag für alle an Bord begann: »Gefangene! Eure Toten!«

Morgan. O mein Gott, Morgan. Wenn es im Himmel noch irgendeine Gnade gibt, dann lass meinen Sohn nicht auf einem dieser Schiffe leiden. Lass ihn lieber tot sein als auf einem dieser Schiffe. Am besten aber wäre, wenn er am Leben wäre und mit Washington kämpfte. Wenn er frei ist.

Guter Gott, warum tat sie das nur? Es gab keinen Grund, zu glauben, dass Morgan Turner sich auf einem dieser Schiffe befand, selbst wenn er gefangen genommen worden war. Gefangene Rebellenoffiziere durften sich Räume in den New Yorker Tavernen und Gasthäusern nehmen. Warum also stieg sie auf das Dach und starrte zur *Jersey* und den anderen Schiffen hinüber? Und warum war sie in ihrem tiefsten Inneren davon überzeugt, dass Morgan dort war, jenseits des Flusses, und unerträgliche Qualen litt?

Weil sie seit vier Jahren kein einziges Mal seinen Namen gehört hatte.

Nahezu jeder britische Offizier, der in den Kolonien diente, hatte in ihrem lang gestreckten Raum gesessen. Und jeder hatte, bevor er sich in einem der Séparées um den Verstand fickte, Geschichten heldenmütiger Angriffe gegen die Amerikaner erzählt. In diesen prahlerischen Schilderungen wurde kein Detail ausgelassen, und doch war kein einziges Mal der Name Morgan Turner gefallen – dass jemand ihn besiegt oder getötet oder auch nur in einer Schlacht gesehen hatte. Das war ungewöhnlich – höchst ungewöhnlich bei einem Mann mit dem Wesen ihres Sohnes.

Bei Howe und jetzt auch bei Clinton wagte sie sich so weit vor, wie die Vorsicht es zuließ. Weiter noch. »Meine Ergebenheit Seiner Majestät gegenüber ist ungebrochen, Sir Henry, das wissen Sie. Aber ich bin nur eine schwache Frau, und ich bin eine Mutter. Können Sie mir irgendetwas über den Verbleib von Morgan Turner sagen?«

In letzter Zeit befürchtete sie, sie könnte sich allzu oft erkundigt haben. Clinton betrachtete sie gelegentlich mit einer gewissen Skepsis. Vor allem, wenn sein Verlangen befriedigt war und er das Haus verließ. Vor einigen Wochen waren sie sich im Foyer begegnet, es war fast schon Morgengrauen, und sie hatte bemerkt, wie sein Blick von ihrem Gesicht fortwanderte hinauf zu den Räumen, in denen seine Offiziere sich vergnügten. Seitdem quälten sie Albträume von dem Keller in der Little Queen Street, in dem angeblich die Spioninnen gefoltert worden waren. Die Nachbarn erzählten sich hinter vorgehaltener Hand von den gellenden Schreien, die sie gehört hatten. Und sie hatte das Gefühl, dass ihr Haus unter Beobachtung stand. Vor allem tagsüber, wenn keine britischen Offiziere da waren. Dennoch führte sie ihr Leben genau so weiter wie bisher. Und alle anderen hielten es genauso.

Am Morgen nach ihrer ersten Nacht mit Sir Henry bestätigte Gwendolyn die Geschichten, die Amarantha erzählt hatte. Clinton verlangte, dass das Mädchen ihm selbst den Holzlöffel reichte, mit dem er sie züchtigen würde, ihm die Hände küsste und ihn anflehte, sie zu strafen. Und dass sie durch die Tränen hindurch lächelte.

II

Sie setzten Andrew in einem achtruderigen Langboot über den Fluss. Er konnte die Gefängnisschiffe riechen, lange bevor er sie in der Ferne ausmachte. Es stank nach Exkrementen, Erbrochenem und verfaulendem Fleisch, dazu der schlammige Modergeruch der Wallabout Bay. »Guter Gott«, murmelte Andrew. »Heiliger, gütiger Gott.«

»Das ist die *Jersey*, Sir.« Der Leutnant zur See, der neben ihm im Bug des Langbootes stand, deutete auf den naheliegendsten Schiffsrumpf. Die vier rudernden Männer wandten den Kopf ab, als sie an ihr vorbeifuhren; Andrew hingegen zwang sich, genau hinzusehen.

Das Schiff der Hölle war aufgrund der mangelnden Wartung splitterig und grau geworden, doch einige Fuß über den schlammigen Untiefen war die aufgemalte Wasserlinie noch zu erkennen. Es hatte drei Decks mit einem Aufbau auf dem obersten. »Wie viele Mann sind dort an Bord?«, fragte Andrew mit gepresster Stimme.

»Das kann ich nicht sagen, Sir.« Die Stimme des Leutnants zur See blieb ausdruckslos. »Wahrscheinlich Hunderte. Sie haben den Rumpf ausgehöhlt, um Platz für weitere Rebellen zu schaffen. Sie wird nie mehr seetauglich sein. Genauso wenig wie die anderen.«

Früher hatten bis zu zwanzig dieser schwimmenden Leichenhäuser vor Brooklyn geankert. Jetzt zählte Andrew vierzehn. Sie waren an Bug und Heck mit Ketten vertäut, sodass sie sich so gut wie nicht bewegten und unter ihrer eigenen düsteren Wolke des Todes zu schwimmen schienen, trotz der strahlenden Nachmittagssonne. Tausende von Männern und ungezählte Leichen, die über Bord geworfen worden waren. Namenlos, gesichtslos, betrauert nur von Familienangehörigen, die nie von ihrem Schicksal erfuhren. Was vermutlich besser war.

Mittlerweile konnte Andrew sehen, dass breitseits der *Jersey* ein Schwimmdock und eine Außentreppe angebracht waren und dass auf dem Vorschiff ein Wachposten stand. Andrew fragte sich, was man verbrochen haben musste, um auf diesem gottverlassenen Posten

Dienst tun zu müssen. Andererseits hatte er Geschichten über die Männer gehört, die auf den Gefängnisschiffen Wache schoben. Grauenvolle Geschichten. Die Ruderer hielten den Blick noch immer abgewandt, zwei schüttelten sich angesichts des Gestanks. Er selbst hatte geglaubt, sein Beruf habe ihn immun gegen jeden Geruch gemacht, doch jetzt legte selbst er die Hand vor die Nase.

»Gleich weht ein frischerer Wind, Sir«, sagte der Leutnant zur See. »Die *Laurel* liegt an der Mündung des Bushwick Creek. Los, Jungs, legt euch ins Zeug. Der Doktor hat viel zu tun.«

Das Tempo beschleunigte sich, bald hatten sie die Gefängnisschiffe hinter sich gelassen. Andrew konnte nicht anders, er musste sich einfach umdrehen und einen letzten Blick auf sie werfen. Guter Gott, was konnte ein solches Grauen rechtfertigen?

»Da ist sie, Sir.« Jetzt schwang Stolz in der Stimme des Leutnants mit. »Das ist die *Laurel.*«

Andrew blickte nach vorn. Der Gegensatz war unglaublich. Das Flaggschiff Seiner Majestät war ein Zweimaster mit zwei Decks, einer Besatzung von siebenhundert Mann und vierundsechzig schweren Geschützen. Ihr Rumpf glänzte, die Messingbeschläge blitzten. Am Bug flatterte fröhlich der rote Wimpel über einer lorbeergekrönten Gallionsfigur, die die Weltkugel und ein Zepter hielt. Die Luft roch nur noch nach frischem Meerwasser. »Guter Gott«, murmelte Andrew.

»Sie ist wunderschön, nicht, Sir?« Der Leutnant grinste vor Freude. Andrew gab keine Antwort.

Sie ließen ein Fallreep zu ihm herab, das er nur hinaufsteigen konnte, weil er kein einziges Mal nach unten blickte. Er hatte immer schon unter Höhenangst gelitten. Wäre es ihm möglich gewesen, hätte er diesen Befehl abgelehnt, doch das war undenkbar. Sie spielten die Musik, er musste danach tanzen. So war das Leben, wenn man ein angesehener Tory war. Als zwei kräftige Seeleute ihn die letzten Fuß aufs Deck hinaufhievten, überließ er sich dankbar ihrem Griff.

»Dr. Turner? Willkommen an Bord der *Laurel*. Ich bin Kapitän Gregory.« Andrew ergriff die Hand eines kleinen, dunkelhäutigen Mannes, der selbst beim Stillstehen noch zu stolzieren schien. Ein zweiter Mann trat hinzu; er war größer, blickte grimmig drein und hatte etwas von einer Vogelscheuche an sich mit seinem dichten schwarzen Bart. Offenbar kümmerte er sich nicht um die neueste Mode. »Das ist Mr. MacAllister, der Schiffschirurg«, stellte Gregory vor. »Er steht Ihnen für die Dauer Ihres Besuchs auf der *Laurel* zur Verfügung.«

Andrew nickte zur Begrüßung. Ihm fiel auf, dass MacAllisters Lächeln die Augen nicht erreichte. Kein Wunder. Auf ihn ging die Idee, einen New Yorker Doktor und Kolonisten obendrein an Bord zu bringen, bestimmt nicht zurück. Doch er blieb höflich, machte gute Miene zum bösen Spiel.

»Ihr Patient ist unten«, sagte MacAllister, als er ihm über die Planken des Achterdecks vorausging. Sein Glasgower Akzent war zwar schwach, aber unverkennbar. »Ziehen Sie bei der Stufenleiter den Kopf ein.«

Andrew sank das Herz, doch dann stellte sich die Leiter zu seiner Erleichterung lediglich als eine sehr schmale, steile Treppe heraus. Vorsichtig stieg er hinab, umklammerte den gewienerten Messinghandlauf und bemerkte dabei, dass die mahagonigetäfelten Wände zu beiden Seiten ebenfalls frisch poliert glänzten und nirgendwo ein Staubkörnchen zu sehen war. »Kapitän Gregory hält sehr auf Sauberkeit«, sagte MacAllister.

»Das sehe ich.«

»Ja, das denke ich mir. So, da wären wir. Der Patient liegt in der Kapitänskabine.« Der Chirurg schwang eine Tür auf und ließ Andrew in einen etwa acht mal zehn Fuß großen Raum treten. Er hatte einen Parkettboden, die getäfelten Wände glänzten weiß. In einer Ecke stand ein runder Eichentisch mit vier Stühlen, in einer anderen ein Sekretär mit zahlreichen Fächern. Den dazwischenliegenden Platz nahm eine an der Decke befestigte Hängematte ein, sodass der Raum, der für ein Schiff recht geräumig war, beengt wirkte. »Wir hätten den Jungen nur noch in die Schlafkajüte des Kapitäns legen können. Da schien uns das noch besser.«

Der Kopf des in der Hängematte Liegenden war verbunden, er hatte die Augen geschlossen. Schlief er, oder war er bewusstlos? Das würde Andrew bald feststellen. Er knöpfte sich die Jacke auf. »Auf einem Schiff dieser Größe hätte ich gedacht, dass es zahlreiche andere Räume gibt, in denen man einen Verwundeten unterbringen kann.«

»Auf einem Schiff wird jeder Quadratzoll genutzt, Dr. Turner, ganz egal, wie groß oder klein es ist. Das kann ich Ihnen sagen. Ich und die anderen Offiziere schlafen in der Messe, zwanzig Leutnants zur See sind in einer einzigen Kabine untergebracht. Die Besatzung tut alles außer Scheißen genau da, wo sie stationiert ist, nämlich bei den Geschützen. Wir leben hier wie die Heringe im Salzfass. Klar hab ich ein Krankenrevier, wenn Sie das denken, aber das wäre für einen wie den hier nicht recht.«

Andrew warf wieder einen Blick zu dem Patienten, der sich noch immer nicht bewegt hatte. »Warum das, Mr. MacAllister?«

»Weil der ein ganz wichtiger Rebell ist, deshalb. Zumindest im Augenblick.«

»Rebell? Ich hätte nicht gedacht …«

»Der wichtigste Mann im ganzen Krieg, wenn man die so reden hört. Auch wenn er noch nicht mal 'n richtiger Mann ist, sondern bloß 'n Grünschnabel.« MacAllister zog einen Stuhl vom Tisch hervor, dann saß er steif da, beide Füße fest auf den Boden gestellt. Es war offenkundig, dass er sich weder an der Untersuchung noch an der Behandlung beteiligen wollte. »Zumindest für die nächsten fünf Minuten ist er wichtig. So ist das bei den Militärs, Dr. Turner. Und deswegen war auch ein einfacher Schiffschirurg nicht gut genug.«

»Es war nicht mein Wunsch, auf Ihr Schiff zu kommen, Mr. MacAllister. In Zeiten wie diesen habe ich Befehle zu befolgen. Also sagen Sie mir, wer er ist, und teilen Sie mir Ihre Diagnose mit.«

»Letzteres ist einfach. Der hat einen Schlag auf den Kopf abbekommen. Sein Verstand ist durcheinander. Ich habe ihn an drei Stellen trepaniert. Das hat nichts genützt. Und natürlich habe ich ihn zur Ader gelassen. Das hat auch nicht viel genützt. Zumindest nicht erkennbar. Wer er ist – tja, heißen tut er Edward Preble. Sein Vater war 'n General. Jetzt ist er, soweit ich weiß, 'n Kartoffelfarmer, aber General Preble hat zusammen mit Wolfe auf den Plains of Abraham gekämpft, vor diesem Rebellenunsinn. Aber seinem Jungen hat er nicht viel über Loyalität beigebracht. Edward ist auf einer Rebellenfregatte gefangen genommen worden.«

»Ich verstehe. Und warum haben sie Edward Preble nach der Gefangennahme hierher gebracht?«

»Das haben sie nicht. Der war auf der *Jersey*.«

Erstarrt hielt Andrew beim Aufkrempeln seiner Ärmel inne. »Und wie lange war er auf dem Höllenschiff, Mr. MacAllister?«

Der Mann zuckte mit den Schultern. »Zwei Wochen oder so. Vielleicht 'nen Monat. Ich hab mit der *Jersey* nix zu tun, genauso wenig wie mit den anderen Gefängnisschiffen, also brauchen Sie mich gar nicht so anzuschauen. Von dem kleinen Preble hier hab ich zum ersten Mal was gehört, als sie ihn auf die *Laurel* gebracht haben und Kapitän Gregory mir sagte, ich soll ihn pflegen. Ihn am Leben erhalten, solang er gebraucht wird.«

»Gebraucht wofür? Es ist doch eindeutig, dass die Männer, die auf die *Jersey* gebracht werden, nur noch für den Teufel von Nutzen sind.«

Wieder zuckte der Schotte mit den Schultern. »Das ist wahrscheinlich der Grund, wieso dieser Edward nicht mehr da ist. Soll ausgetauscht werden. Der Sohn von General Preble im Austausch gegen den Sohn eines britischen Generals, soweit ich gehört hab. Welcher das ist, weiß ich nicht und kümmert mich auch nicht.« MacAllister deutete mit dem Kopf auf Andrews abgenützte schweinslederne Tasche. »Sie haben ja Ihre eigenen Sachen mitgebracht, aber wenn Sie was von meinen brauchen, bitte bedienen Sie sich.«

»Danke. Ich wäre Ihnen dankbar für etwas Wasser. Süßwasser, kein Salzwasser.«

»'türlich. Ich hab 'nen eigenen Vorrat davon, Dr. Turner. Ich fang den Dampf vom Kochfeuer unten auf. Bestes Süßwasser. Die Marine Seiner Majestät ist sehr effizient. Ich hol ihnen zwei Quart von meinem guten Gänsewein. Bin gleich wieder da.«

Damit war MacAllister verschwunden. Andrew trat zu dem Jungen, der in der Hängematte lag. Eindeutig bewusstlos; der schlief nicht. Die Stoppeln auf seinen Wangen waren eher Flaum als Bart. Guter Gott. Der war höchstens sechzehn, und so, wie er aussah, würde er seinen siebzehnten Geburtstag nicht mehr erleben. Sein Atem ging so flach, dass sich die Brust kaum hob. Und seine Haut war feucht und klamm.

Andrew hob die Decke an und nahm einen schlaffen Arm in die Hand. Die Fingernägel waren blau, was auf einen schweren Schock hindeutete; die Ellbeuge war überall blutig aufgeritzt, die Folge von MacAllisters vielen Aderlässen.

Er ließ die Hand des Jungen los und steckte sie unter die Decke zurück. Dann ging er, mit einem Ohr auf MacAllisters Schritte achtend, zum Sekretär hinüber.

Er hatte drei, vielleicht vier Minuten Zeit. Die Wahrscheinlichkeit, dass sich in den offenen Fächern etwas Wertvolles befand, war sehr gering. Andrew zog an den Schubladen, zwei an jeder Seite, die alle verschlossen waren. Nur die Mittelschublade ließ sich mühelos öffnen, aber sie enthielt nichts außer einigen Federwischern, einer Reihe von Federn, etwas Siegelwachs und andere Schreibutensilien.

Mindestens eine Minute war vergangen. Er hatte keine Zeit, sich mit den Schubladenschlössern abzumühen. Schnell warf Andrew einen Blick auf seinen Patienten. Keine Veränderung. Guter Gott, diese Chance durfte er sich nicht entgehen lassen. Entschlossen zog er die Mittelschublade heraus, stellte sie ab und kniete auf den Boden.

Hinter der Schublade war es staubig. So sauber das Schiff sonst war – hier hatte offenbar schon lange niemand nach etwas gesucht.

Jedes Geheimfach mochte vielleicht einzigartig sein, aber das Prinzip der Hebel, die es öffneten, musste sehr ähnlich sein. Und in den letzten Jahren war die Nachfrage nach solchen Fächern enorm gestiegen.

Er fuhr mit dem Finger über die Leisten der Schubladenführung. Nichts. Und auch nichts entlang der Kanten, wo die Schreibtischplatte in die Seiten überging. Mindestens zwei Minuten mussten vergangen sein. Schweiß perlte ihm über den Rücken. Vier Jahre machte er das schon. Man hätte denken können, dass er mittlerweile nicht mehr wie ein Blatt im Sturm zittern würde, aber das tat er immer noch, zumindest innerlich. Und der Gestank der Gefängnisschiffe, der ihm noch in der Nase hing, tat sein Übriges. Aber davon durfte er sich nicht beirren lassen. Spione wurden sowieso ohne Prozess gehängt.

Die glatt geschliffene Holzleiste der Verzapfung in der linken hinteren Ecke der Schubladenhöhle gab auf den Druck seiner Finger nach, und lautlos schwang das Fach rechterhand auf. Es war kleiner als das in seinem eigenen Schreibtisch, und flacher. Gerade groß genug für ein dünnes Büchlein mit einem matt gelbbraunen Ledereinband, etwa vier Zoll breit und sieben oder acht Zoll hoch. Er steckte es vorn in sein Hemd, schob das Geheimfach zu, dann stand er auf, um die Schublade wieder in den Sekretär zu schieben. Da hörte er MacAllisters Schritte auf der Kajütstreppe.

Wenn er nicht aufhörte zu zittern, würde er es nie schaffen. Verdammt. Die musste absolut waagerecht hineingeschoben werden. So. Geschafft. Gerade noch rechtzeitig, um sich umzudrehen und zur Hängematte zu schauen.

Die Tür ging auf. MacAllister kam herein, einen matten Kupfereimer mit Bronzegriff in der Hand. Um seinen Bart stiegen Dampfwölkchen auf. Abschätzend ließ er den Blick von Andrew, der mit dem Rücken an Kapitän Gregorys Schreibtisch stand, zu Edward Prebles Hängematte wandern. »Behandlung aus der Ferne«, sagte er leise. »So machen Sie das also.«

»Manchmal«, sagte Andrew. »Wenn ich das benötigte Gefälle berechnen muss.«

»Benötigt wofür?« MacAllister stellte den Wassereimer auf den Tisch, ohne Andrew aus den Augen zu lassen.

»Für die Behandlung, die ich für nötig erachte.« Guter Gott, er klang wie ein Volltrottel, und der Schotte war nicht dumm. »In einem solchen Fall …«, setzte er wieder an.

»Und um was für einen Fall handelt es sich genau, Dr. Turner? Sind Sie zu einem Ergebnis gekommen?«

»Ja. Der Junge steht unter Schock, Mr. MacAllister. Wenn wir nichts unternehmen, wird er die Nacht nicht überleben.«

MacAllister nickte. »Soweit will ich Ihnen nicht widersprechen«, sagte er. »Ich selbst hätte ihm keine zwei Stunden mehr gegeben. Also, was wollen Sie tun, Dr. Turner? Was ist die Behandlung, die von Kapitän Gregorys Schreibtisch aus ›berechnet‹ werden muss?«

»Eine Bluttransfusion, Mr. MacAllister.« Er hatte

nicht gewusst, dass er das sagen würde, bis er die Worte aussprach. »Vermutlich haben Sie davon gehört.«

»Eigentlich nicht. Wie gesagt, ich habe ihn zur Ader gelassen. Seit er hier ist, hab ich ihm jeden Morgen und jeden Abend eine Pinte abgenommen.«

»Ja, ich weiß. Und jetzt führen wir ihm etwas Blut zurück. Das heißt, wenn Sie einwilligen.«

MacAllister kniff die Augen zusammen. »Zurückführen? Davon hab ich meiner Lebtage nicht gehört. Aber mich geht das nichts an. Sie sind jetzt für den Jungen zuständig. Wenn er stirbt, dann unter Ihren Händen. Das ist der Befehl von Kapitän Gregory. Und der hat ihn vom Admiral.«

»Ja, ich weiß. Aber Sinn und Zweck dieser Behandlung ist, ihm das Leben zu retten, und das ist ohne Ihre Hilfe nicht möglich, Mr. MacAllister. Zuerst müssen wir den Sekretär etwas näher zur Hängematte schieben. Können Sie mir helfen?«

»Den Sekretär ... Ich versteh nicht, worauf Sie hinauswollen.«

»Das kommt gleich, Mr. MacAllister. Das verspreche ich Ihnen. Kommen Sie, packen Sie mit an. Ein oder zwei Fuß näher zur Hängematte. So, das reicht.«

MacAllister trat zurück und sah abwartend zu. Andrew griff nach seiner Tasche. Wie gut, dass sie einmal seinem Großvater gehört hatte und er nie die Gerätschaften für die Transfusion herausgenommen hatte, die Christopher entworfen und immer mit sich getragen hatte, obwohl er sie, soweit Andrew wusste, nach dem Tod der Roten Bess nie mehr verwendet hatte. »Darf ich Sie bitten, sich auf den Sekretär zu setzen, Mr. MacAllister?«

»Was haben Sie gegen den Stuhl?«

»Nichts, aber Sie müssen etwas höher sitzen als der junge Mr. Preble. Damit ich den Zufluss regulieren kann. Ja, genau so. Jetzt krempeln wir Ihnen den Ärmel hoch …«

»Für meine Ärmel bin immer noch ich zuständig, danke. Und ich versteh nicht …«

»Bitte krempeln Sie ihn bis über den Ellbogen.« Mit zitternder Hand holte er die Bronzepipetten, das Ventil und die Hohlnadeln heraus. Gut. Alles war da.

Aber verdammt – er hatte es noch nie getan, nur gehört, wie sein Großvater es ihm beschrieb, und in den Notizen des alten Mannes darüber gelesen. Das Büchlein aus Kapitän Gregorys Geheimfach – was immer es enthalten mochte –, verrutschte unter seinem Hemd. Guter Gott, was, wenn es herausfiel? Er wandte sich ab und tat, als müsste er husten. Dadurch hatte er Zeit, es wieder zurechtzurücken.

»Dr. Turner, ich versteh überhaupt nicht, was Sie da vorhaben.« Wie bei den meisten Schotten wurde sein Akzent stärker, je mehr er sich erregte.

»Ich versuche, diesem Jungen das Leben zu retten, Mr. MacAllister. Und da mir das ohne Ihre aktive Mithilfe nicht gelingen kann, werden wir hinterher beide gleichermaßen als Helden gefeiert.« Mit einer raschen Geste nahm Andrew einen Lederstreifen aus seiner Tasche und band sie fest um den Arm des Schiffschirurgen.

»Aber was in Gottes Namen … *au!*«

Er war mit der Lanzette nicht allzu sanft gewesen. Der einzige Sinn, MacAllisters Blut zu verwenden, bestand darin, ihn so stark an dem Vorgang zu beteiligen, dass er sein Misstrauen vergaß; Andrew wusste, dass der Mann

Verdacht geschöpft hatte, als er mit dem Wasser zurückgekehrt war und Andrew beim Sekretär gestanden hatte. »Entschuldigung«, sagte er. »Das musste sein. Jetzt führen wir diese Hohlnadel in den Schnitt ein. Großartig. Können Sie sie so halten, bis ich den Patienten vorbereitet habe, Mr. MacAllister? Gut. Danke.«

Er legte dem Jungen eine Druckpresse um den Oberarm. Eine Ader trat hervor, blau und schwach pulsierend. Mit der Dreiecksklinge machte er einen Schnitt und führte dort ebenfalls eine Hohlnadel ein. »Könnten Sie sich etwas vorbeugen, Mr. MacAllister? Ja, so ist es gut. Gerade genug, dass ich das Ende der Pipette, die in Ihrem Arm steckt, in die Nadel in seinem stecken kann. Schön. Alles fertig. Jetzt entferne ich nur schnell die Presse … Und jetzt seine …«

»Mein Gott, Mann, Sie sind ein verrücktes Huhn, wie ich noch keins gesehen hab«, sagte Mr. MacAllister leise und studierte die Vorrichtung, die ihn mit dem Bewusstlosen verband. »Verrückter noch.« Seine Augen weiteten sich vor Erstaunen.

»Aber ein Huhn bin ich nicht, Sir. Ich habe eine Frau und drei Kinder, die das bezeugen können.« Und was, wenn der junge Preble starb? Wie die Rote Bess. Großvater hatte nie herausgefunden, warum sie starb, war aber überzeugt gewesen, dass es nichts mit der Bluttransfusion zu tun hatte. *Die Transfusion hätte ihr das Leben gerettet, Andrew. Davon bin ich überzeugt, wenn nicht der Krebs oder die Operation sie vorher getötet hätten.*

Mr. MacAllister schüttelte langsam den Kopf. »Verrückt«, flüsterte er. »Manche würden das Zauberei nennen, Mann. Das wissen Sie doch, oder? Er ist ein Kolonist, bei Gott. Und ein Rebell obendrein. Und ich bin ein Schotte. Sie können doch nicht …«

»Ja, ich weiß. Aber es muss sein. Vor mir liegt ein Patient, der unter Schock steht, Mr. MacAllister; darüber sind wir einer Meinung. Sie haben ihn trepaniert und zur Ader gelassen, aber es geht ihm immer schlechter. Die Logik gebietet, dass ihm das Gegenteil hilft. Das heißt, Bluttransfusion.«

»Wenn das stimmt, Mann, glauben Sie nicht … Guter Gott.«

Edward Preble hatte die Augen aufgeschlagen und sah sie beide an.

»Hier, schau mal. An das hier zu gelangen, hat mich fast an den Galgen gebracht.«

Sam Devrey nahm Andrew das gelblederne Buch aus der Hand und schlug es auf. Er hielt es ins Mondlicht, das durch die Steinritze über ihren Köpfen fiel, und betrachtete die erste Seite. »Guter Gott! Das ist ja der Flaggencode für die englische Flotte! Unglaublich. Das ist fantastisch, Andrew!«

»Psst. Die Rotröcke sind direkt über uns.«

Die Cousins befanden sich in dem alten Vorratsraum unter den Trümmern von Christopher Turners einstigem Haus am Hall Place. Es war zu einer verkohlten Ruine abgebrannt, doch die Fleischkammer, die Ankel Jannsen vor über hundert Jahren unter seinem Schlachterladen angelegt hatte, war von den Flammen verschont worden.

In der Dunkelheit stank es nach Ratten, nach der Junihitze und der Angst, die keiner der beiden Männer ganz unterdrücken konnte. Schon 1776 hatten sie ihren Plan geschmiedet:

»Einer schlägt sich auf die Seite der Briten und findet alles heraus, was man bei der Arbeit als Arzt herausfinden kann. Der andere schließt sich Washingtons Armee an. Einverstanden?«, hatte Sam vorgeschlagen.

Andrew hatte nur einen Moment gezögert. »Einverstanden.«

Drei Tage zuvor war die Unabhängigkeitserklärung verlesen worden; die beiden waren in einer Schänke, in der niemand sie kannte. Sam hatte das Treffen vorgeschlagen, doch Andrew hatte die Pennymünze aus Connecticut geworfen, mit der die Entscheidung getroffen wurde, und Andrew hatte den Einsatz bestimmt: »Schrift, und ich gehe zu den Briten.«

Die Münze landete auf der Tischplatte zwischen ihnen. Keiner brauchte sich vorzubeugen, um die dort eingeprägten Worte *Ich bin aus gutem Kupfer* zu lesen.

»Du lieber Himmel«, sagte Andrew und starrte auf den Penny. »Ich soll also ein Tory sein und obendrein der Mann, den meine Kollegen zu hassen lieben. Ich hätte nicht gedacht, dass es mir so viel ausmacht.«

»Mach dir nichts draus. Vergiss nicht, was in Wirklichkeit hinter der Abneigung unserer erlauchten medizinischen Bruderschaft steht. Verdammt, Andrew, die pissen doch grün vor Neid, wenn sie deinen Namen bloß hören. Keiner von denen hat auch nur den Bruchteil deiner Fähigkeiten, und das wissen sie auch.«

»Ich wünschte mir nur …«

Sam berührte ihn am Arm. »Wir alle wünschen uns vieles. Jetzt ist nicht die Zeit dafür. Jetzt erfüllen wir erst einmal unsere Pflicht.«

»Ich werde sie nach besten Kräften erfüllen«, schwor Andrew.

Und das hatte er auch: Er hatte die Scharade mit Sam damals in der Bolton's Tavern gespielt und war damit nahezu der einzige Arzt in New York geworden, der sich nicht als Freiwilliger zu Washingtons Armee meldete, sodass jedes Klatschmaul ihn als Feigling oder Verräter beschimpfte. Er hatte jeden Impuls unterdrückt, der ihn diese Judasrolle hassen ließ, hatte niemandem gegenüber seine wirkliche Haltung angedeutet – weder Meg noch seinen Kindern und nicht einmal seinem alten Vater. Außer Sam Devrey und George Washington wusste kein einziger Mensch, dass Andrew Turner ein leidenschaftlicher und überzeugter Rebell war. »Ja, der Flaggencode«, sagte er. »Deswegen habe ich dich kommen lassen.«

Ihre Treffen wurden von James Rivington übermittelt, dem Drucker der wöchentlichen *Gazette*. Ganz oben auf jeder Ausgabe der Zeitung prangte das Wappen des Königs, doch wenn das dritte Wort im zweiten Abschnitt auf der ersten Seite »kommen« lautete, wusste Sam Devrey, dass er sich ins feindliche Lager schmuggeln und seinen Cousin in der alten Fleischkammer treffen musste. Die Anzahl der Abschnitte in der ersten Spalte auf der nächsten Seite sagte ihm die Anzahl der Tage, die bis zum Treffen vergehen mussten. Die Zeit war immer die gleiche: Mitternacht.

Anfangs war Rivington ein überzeugter Tory gewesen, doch keine sechs Monate nach Beginn der Besatzung war er zu den Rebellen übergelaufen. Allerdings wusste er nicht, wer in New York noch heimlich für die Rebellen arbeitete. Das wusste niemand, was nach einstimmiger Meinung auch besser war. Was man nicht wusste, konnte man nicht verraten, auch unter der Folter nicht.

Rivington holte seine Anweisungen für die Informationsübermittlung an vorbestimmten Verstecken ab, je nach Woche des Monats ein anderes.

»Das Treffen heute ist Gold wert.« Sam blätterte in dem Büchlein, das Andrew an Bord der *Laurel* entdeckt hatte. »Hör dir das an: ›Geheimsignale bei Tag für die Schiffe in der Flotte Seiner Majestät‹, und die Abbildungen dazu …«

»Ich weiß. Ich habe es mir genau angesehen.«

Das Buch enthielt lauter Zeichnungen von Flaggen mit roten, blauen und weißen Streifen in unterschiedlicher Anordnung. »Die Bedeutung verändert sich je nach Wochentag«, erklärte Andrew. »Und nach Tages- und Nachtzeit.«

»Aber wenn sie entdecken, dass es gestohlen wurde – werden sie dann den Code nicht verändern?«

»Eher nicht. Ich glaube nicht, dass das Buch jeden Tag benutzt wurde. Der Kapitän der *Laurel* hat es eher als Notexemplar verwahrt. Und selbst wenn er entdecken sollte, dass es fehlt, ist er meiner Ansicht nach nicht die Art Mann, die den Verlust zugeben würde.«

Sam schüttelte staunend den Kopf. »Das ist einfach fantastisch, Andrew. Dafür hat sich das Risiko, das du eingegangen bist, mehr als gelohnt.«

Als zählte das Risiko, das Sam einging, nichts. Oder das Rivington einging. Oder als wäre das, was sie alle taten, für irgendeinen von ihnen leicht.

Sam legte ihm eine Hand auf die Schulter. »Schau nicht so finster. Wir werden gewinnen, ganz bestimmt. Und schon … Du würdest nicht glauben, wie es außerhalb der Stadt zugeht, Andrew.«

»Doch. Was ich höre, klingt grauenvoll. Banden entlaufener Sklaven, die die Farmen von Patrioten überfallen. Und dieser halbjüdische Schuft Oliver De Lancey … offenbar ist er der Anführer einer Gruppe, die er ›Flüchtlinge‹ nennt. In Wirklichkeit nichts als Plünderer, die überall Verwüstung anrichten.«

»Es ist noch viel schlimmer«, sagte Sam. Er schloss das Büchlein und steckte es in sein zerschlissenes Hemd. Er hatte sich das Gesicht mit Erde geschwärzt, trug an den Füßen Holzpantinen statt Stiefel und sah durch ein Polster auf dem Rücken aus, als hätte er einen Buckel. »Vieles ist noch viel schlimmer als das, was du hörst. Vor allem jetzt, da Ben Franklins verdammter Tory-Sohn seine Associated Loyalists gegründet hat. Die sind allesamt Bestien. Aber was ist neu an Mord, Vergewaltigung und Plünderei? Die gab's im Krieg immer schon. Neu ist, dass wir jetzt eine Verfassung für den Staat New York haben – den Staat, hörst du, und nicht die königliche Provinz. In der Verfassung steht, dass der Gouverneur gewählt und nicht vom König ernannt wird. Und zwar in geheimer Wahl. Jetzt sind die Zeiten vorbei, in denen man sich in einem Feld aufstellen muss, sodass jeder sehen kann, was man denkt. Und Gerichtsverhandlungen mit Geschworenen, wie in London. Und Religionsfreiheit – jeder darf den Glauben ausüben, den er will, jeden Aberglauben und jeden Spuk.« Sam grinste, sodass im Mondlicht seine weißen Zähne zwischen der geschwärzten Haut blitzten.

»Hältst du das für besser? Dass jeder sich seinen eigenen Gott wählen darf?«

»Natürlich. Wieso soll der König mehr über das Jenseits wissen als wir Normalsterbliche?«

Über ihren Köpfen hörten sie die Schritte patrouillierender Rotröcke. »Jetzt sind sie weg«, sagte Andrew, als das Geräusch verhallte. »Wir sollten auch aufbrechen. Wer geht als Erster?«

»Du«, antwortete Sam. »Geh schnell nach Hause zu deiner hübschen Frau. Auf mich wartet niemand. Aber …«

»Ja? Was?«

»Bluttransfusion«, murmelte Sam und klopfte auf das Hemd, unter dem das Codebuch verborgen war. »Mein Gott, das kann ich kaum glauben. Genau wie das, was Christopher Turner mit der Roten Bess gemacht hat?«

»Genau dasselbe.«

»Aber sie ist gestorben.«

»Daran habe ich auch gedacht, als ich auf dem Schiff war, die ganze Zeit. Das kannst du mir glauben. Aber Edward Preble – er ist wie von den Toten auferstanden. Es war wie ein Wunder, Sam. Nach eineinhalb Minuten hat er die Augen aufgemacht. Und mit jeder Sekunde ging's ihm sichtlich besser. Zwei Stunden später, als ich das verdammte Schiff verlassen habe, saß er am Tisch und hat gegessen.«

»Erstaunlich. Was meinst du, woran das liegt? Dass er lebt und die Rote Bess gestorben ist?«

»Ich habe keine Ahnung. Aber wir wissen doch alle, dass Behandlungen manchmal anschlagen und manchmal nicht.«

»Das stimmt. Auf jeden Fall bin ich froh, dass die Götter dir hold waren, Andrew. Es wäre ein Jammer gewesen, einen Verbündeten wie dich zu verlieren.«

»Der Ansicht bin ich auch.« Er stieg schon hinauf zu der einstigen Gasse hinter dem großväterlichen Haus am

Hall Place, die jetzt nur noch aus Ruinen eines alten Nieuw-Amsterdam-Viertels bestand, da drehte Andrew sich noch einmal um. »Sam, sag mir eines. Wenn das alles vorbei ist, wenn wir gewonnen haben …«

»Wir werden gewinnen. Das weißt du doch.« Devrey klopfte sich wieder auf die Brust. »Damit allemal.«

»Ich weiß. Und dann werden du und ich wie in alten Zeiten in der Bolton's Tavern trinken.«

»Genau.«

»Also, dann sag mir doch, wenn dieser schöne Tag kommt – wirst du dich dann immer noch für zwei Krankenhäuser in New York einsetzen?«

»Natürlich.«

»Aber warum denn? Das ist doch unsinnig. Ich dachte, du tätest das nur aus Konkurrenz zu mir.«

»Das stimmt auch.«

»Warum hast du dann ausgerechnet mich für dieses Unternehmen angeheuert?«

»Weil ich wusste, dass du nicht nur die Fähigkeiten dazu hast, sondern auch den Mut. Das ändert nichts daran, dass ich, wenn wir ihnen den Hintern versohlt haben, vor Neid grün pissen werde, wann immer ich höre, wie großartig du als Doktor bist.«

III

Morgendämmerung am darauf folgenden Dienstag. Der mit Leichen voll beladene Holzkarren bog zur selben Zeit wie Roisin in die Duane Street ein. Ihren Korb umklammernd, zog sie sich in den Schatten eines Hauseingangs gegenüber der Rhinelander-Zuckersiederei zurück. Sie wollte nichts sehen, und doch konnte sie den Blick nicht abwenden.

Wie Dr. Turner gesagt hatte, wurden gefangene Rebellen, wenn die Gefängnisschiffe überfüllt waren, in der Stadt untergebracht. Das neue Gefängnis auf dem Common, die Middle Dutch Church in der Nassau Street und die North Dutch Church in der William Street waren alle für diesen Zweck requiriert worden, dazu drei der zehn Zuckersiedereien. Und der Leichenkarren machte jeden Tag seine Runde.

Zwei Wachposten in roten Röcken schwangen das Tor auf, durch das einst Rumfässer gerollt worden waren. Fünf weitere Leichen wurden auf den Karren geworfen. Die Gefangenen mussten alle Toten der vergangenen Nacht selbst hinausschaffen, sonst würden sie einfach im fauligen Stroh liegen bleiben und verrotten. Heilige Jungfrau, steh ihnen bei. Es war ein Wunder, dass die Männer, die in dieser Hölle hausten, noch über genügend Kraft verfügten, die Leichen auch nur ein Stück weit zu tragen.

»Möge Gott dich zur ewigen Hölle verdammen, Joshua Loring.« Diesen Fluch flüsterte Roisin mindestens ein Dutzend Mal jeden Tag, während sie durch die Stadt ging. »Auf dass die Teufel dir die Augen ausbrennen und dich auf glühende Eisenstangen aufspießen. Auf dass du immer währende Qualen erleiden musst.«

Joshua Loring war ein Tory aus Boston, dem die Verproviantierung der Gefängnisse oblag. Zwei Jahre zuvor, 1777, hatte ganz New York die Geschichte gehört, wie Loring General Clinton seine Ehefrau anbot, wenn dieser bei gewissen Geschäftsgebaren ein Auge zudrückte. Und ganz New York wusste, dass Howe sich auf den

Tausch eingelassen hatte. Auch unter Clinton änderte sich nichts daran. Vermutlich wurde er am Gewinn beteiligt. Wusste nicht die heilige Jungfrau selbst, dass Loring ein Vermögen verdiente, indem er den Schwarzmarkt belieferte, den die Quartiermeister der britischen Armee betrieben? Und jeden Tag warfen die Wachposten ihren Gefangenen nur etwas Pökelfleisch vor, in dem es vor Maden wimmelte, und ein paar schimmelige Brotkanten und überließen es den Männern, sich um den Fraß zu prügeln.

»Immer währendes Höllenfeuer, Joshua Loring. In alle Ewigkeit, Amen.« Roisins sprach im lauten Flüsterton und bekreuzigte sich am Ende ihres Gebets in aller Öffentlichkeit. Ihr Hass verlieh ihr Mut.

»Kommen noch mehr?«, fragte der Kutscher des Leichenkarrens.

»Erst morgen wieder. Fahr los.« Die Rotröcke schlossen das Tor. Der Kutscher rief seinem Pferd etwas zu, die Holzräder holperten über die Pflastersteine davon. Roisin wartete, bis der Karren um die Ecke gebogen war, dann setzte sie ein Lächeln auf und überquerte die Straße.

»Guten Morgen, Mistress Allheil. Wollen wohl wieder nach Ihren Schützlingen sehen, wie?« Sie kam regelmäßig hierher. Keiner der Wachposten verlangte, ihren Passierschein zu sehen.

»In der Tat.«

»Dann rein mit Ihnen. Und vergessen Sie nicht, heben Sie artig Ihre Röcke an und zeigen Sie Ihre hübschen Knöchel. Dann wird der Saum nicht dreckig.« Er grinste. Wie jedes Mal in den letzten vier Jahren. Blöder Kerl. Bösartig. Sie waren alle bösartig. Die waren vom Teufel besessen. Das ewige Höllenfeuer war noch viel zu gut für die.

Der Gestank war überwältigend. Die Zuckersiederei hatte fünf Stockwerke, und jedes Stockwerk bestand aus einem riesigen Raum, in dem Berge von Zucker gelagert und zu Rum gebrannt worden waren. Jetzt war er voll gepfercht mit Männern – mit lebenden Skeletten –, die in ihrem eigenen Kot lagen. Manche kratzten mit den Fingernägeln vor ihrem Tod eine letzte Nachricht in die Steinmauer.

Sie tat, was sie konnte. Es war weiß Gott wenig genug. »Meist lasse ich sie nur wissen, dass es auf dieser Welt noch Menschen gibt«, hatte sie Andrew Turner berichtet. »Oft kann ich ihnen nicht mehr als ein Lächeln geben.«

Auch Dr. Turner tat ihr Leid, obwohl sie ihn als Tory eigentlich verabscheute. Der Krieg hatte ihn gezeichnet; er ging gebeugt, er war hager, sein blondes Haar weiß geworden, und unter seinen Augen lagen immer dunkle Ringe. Andrew Turner wirkte gedrückt und verzweifelt. Und doch bestürmte sie ihn, wann immer sie sich trafen; es gab niemand anderen, den sie angreifen konnte. »Können Sie wirklich nichts tun? Sie sind doch jetzt Clintons Leibarzt, wie schon bei Howe. Sie müssen ihm doch sagen können, dass die Gefangenen richtiges Essen brauchen. Sie verhungern. Sie sterben wie die Tiere und haben nicht einmal frische Luft zum Atmen.«

Meist brach sie dann ab, weil er sie auf diese bestimmte Weise ansah und seine Augen sie anflehten, ihm weitere Einzelheiten zu ersparen. Und weil sie manchmal dachte, Andrew Turner sei nicht der, der zu sein er vorgab.

Der Verdacht war ihr gekommen, als sie Clare von ihm untersuchen ließ, und sie hatte den Gedanken nie ganz vergessen können. Wenn sie Recht hatte, dann konnte Dr. Turner es sich einfach nicht leisten, sich für die Gefangenen einzusetzen. Zu viel stand auf dem Spiel. Und in Wahrheit würde auch nichts, was er sagte, irgendetwas bewirken.

»Wenn ich dem einen oder anderen mit einer Operation helfen kann«, schlug Andrew manchmal vor. »Vielleicht könnte ich ...«

»Ach, das wäre verlorene Liebesmüh. Wozu sollen Sie es sich mit den allmächtigen Briten verderben? Unter den Umständen, in denen die Männer hausen, Dr. Turner, würde keiner von ihnen eine Operation überleben. Das Beste, was Sie und ich tun können, ist, sie in Frieden sterben zu lassen. Ihnen zu helfen, in Frieden zu sterben, wenn das möglich ist.«

Gott und der heiligen Jungfrau sei Dank, hatte sie einen recht guten Vorrat an Laudanum. Jeden Sommer bereitete Clare so viel davon, wie die Mohnernte es hergab, nach einem Rezept, das Dr. Turner ihr gegeben hatte. Er habe es in der alten Apotheke in der Pearl Street gefunden, erklärte er, nach Dr. Craddocks Tod 1778. Wohl von Sally Van der Vries selbst aufgeschrieben, meinte Dr. Turner.

Mistress Van der Vries, die Rote Bess, Tamsyn und dann Phoebe hatten es alle »Stärkungstonikum« genannt. »Elixier des Wohlbefindens«, beschriftete Clare die winzigen Phiolen, die sie um zwei Penny das Stück in ihrer Pharmazie am Hanover Square verkaufte. »Elixier des Wohlbefindens« war in Roisins Augen Humbug. Ihrer Erfahrung nach hatte Laudanum noch keine einzige

Krankheit geheilt, aber es linderte eine Zeit lang die größten Qualen, also setzte sie es bedenkenlos ein.

So schwach die Männer auch waren, die meisten öffneten bereitwillig den Mund, wenn sie sich neben sie hockte. Ihr Korb war immer gefüllt mit Maiskuchen. Sie blieb die halbe Nacht auf, um sie zu backen. Raif besorgte ihr das Maismehl dafür, Gott weiß woher. Sie gab jedem Gefangenen ein Stückchen, sah ihm zu, wie er kaute und schluckte, und solange ihr Vorrat reichte, träufelte sie jedem Mann eine kleine Dosis Laudanum auf die verdorrte Zunge und legte ihm eine kühlende Hand auf die Stirn.

»Vielen Dank, Mistress. Gott segne Sie.«

»Und Sie, Soldat. Und gewähre er Ihnen Frieden.«

Oft fragten sie Roisin, wie der Krieg stehe, und dann flüsterte sie ihnen die neuesten Nachrichten ins Ohr. Immer die Wahrheit, ob sie nun gut war oder schlecht. Wenn sie lügen würde, dachte Roisin, wäre das eine Schmälerung ihres Leidens und ihres Muts. *Wir haben in Trenton gesiegt. Princeton gehört uns. Brandywine war für uns eine schreckliche Niederlage. Die Briten haben Philadelphia eingenommen. Burgoyne hat in Saratoga kapituliert, ein großer Sieg für uns. Ben Franklin ist in Paris, und angeblich wollen die Franzosen jetzt auf unserer Seite eingreifen. In Germantown haben wir über tausend Mann verloren. Angeblich sind die Umstände in unserem Winterquartier von Valley Forge sehr schlecht.* Aber Jahr um Jahr, gleichgültig, wie niederschmetternd die Nachricht war, endete sie mit den Worten: »Washington kämpft weiter. Wir werden gewinnen. Letztlich werden wir gewinnen.« Dann lächelten die Soldaten.

»Mistress Allheil, kommen Sie …«

Die heiser flehende Stimme kam aus etwa zehn Fuß Entfernung, dort, wo es im Schatten des riesigen alten Destillierapparats noch dunkler war. »Ich komme, sobald ich kann«, rief sie. »Wenn ich es heute nicht mehr schaffe, fange ich beim nächsten Mal an Ihrem Ende an.«

»Roisin, bitte … Du musst … Bitte …«

Sie erstarrte. Lange Sekunden konnte sie nicht atmen. Endlich gelang es ihr taumelnd, sich aufzurichten.

»Aber ich verstehe nicht … in den Vorschriften heißt es doch … Du kannst es nicht sein. Aber du bist es trotzdem.« Offiziere der Rebellen wurden nie in die Gefängnisse gebracht. Ihnen war erlaubt, sich ein Quartier in der Stadt zu suchen. Und doch, hier lag Morgan Turner, neben dem alten Destillierapparat, so schwach, dass er kaum den Kopf heben konnte.

»Vorschriften … aufgehoben«, murmelte er. »Für mich gibt's keine Vorschriften.«

Sie kniete sich neben ihn. »Ach, guter Gott, das ist jetzt egal. Komm, ein bisschen Maiskuchen habe ich noch. Mach den Mund auf.«

Seine aufgerissenen Lippen bluteten, als er sie öffnete. Roisin tupfte die Stellen mit dem Ärmel ab und legte ihm ein Stückchen Maiskuchen auf die Zunge. Bitte, heilige Jungfrau, lass meine Hände nicht so zittern. Es war, als wäre der Mann, den sie gekannt hatte, um die Hälfte geschrumpft, und das restliche Häufchen von ihm war auf den Boden der Zuckersiederei geworfen worden. O Gott, o mein Gott. Sie konnte seine Knochen einzeln zählen.

»Gut«, flüsterte Morgan. »Sehr gut. Der beste Maiskuchen, den ich je gegessen habe.« Er rang um Worte, doch das Sprechen schien ihm eher Kraft zu verleihen als ihn zu schwächen. Das hatte Roisin schon mehrfach erlebt. Reden erinnerte die Gefangenen daran, dass sie Menschen waren. »Mehr«, verlangte er.

»Ich habe nur noch ein bisschen übrig.« Sie gab ihm die letzten Krümel und blinzelte heftig, um die Tränen zurückzudrängen. Sie hatte auch noch ein paar Tropfen Laudanum. »Mach noch mal den Mund auf. Ich habe etwas, das dir hilft.«

»Wo ist Cuf?«, flüsterte er heiser. »Wie viel Zeit haben wir noch?«

Ach, gute heilige Jungfrau, er dachte, sie wären bei einem Rendezvous. »Psst. Cuf geht's gut. Er ist nicht hier. Jetzt versuch, nicht so viel zu reden. Später haben wir alle Zeit der Welt.«

Sie träufelte den Rest des goldenen Laudanums auf ihren Dosierlöffel und ließ ihn, nachdem er den Sirup geschluckt hatte, den Löffel ablecken. »Das hilft dir ein bisschen«, versprach sie und nahm seine Hand. Die Haut war fiebrig heiß. Sie fühlte nach seinem Puls – schwach und unregelmäßig. »Morgan.« Sie beugte sich über sein Gesicht. Er hatte einen dichten Bart, voller Läuse, wie auch sein restlicher Körper, aber der Bart war noch völlig schwarz. Viele der Männer wurden innerhalb weniger Monate schlohweiß. »Wie lang haben die Engländer dich schon?«

»Ich weiß nicht … Welcher Tag ist heute?«

»Dienstag.« Heilige Jungfrau, lass mich nicht so zittern. Er soll nicht merken, wie ich zittere. »Heute ist Dienstag«, flüsterte sie.

»Am Freitag haben sie mich erwischt. Glaube ich. Ich bin nicht …« Seine Worte erstarben.

Guter Gott. Es war unmöglich, dass er in so wenigen Tagen zu dem geworden war, was sie hier vor sich sah. »Von welchem Monat, Morgan? Der Freitag von welchem Monat?«

»Dumme Roisin.« Eine lachende Stimme, als wolle er sie betören. »Süße Roisin. Es ist Oktober. Und Howe ist mit seinen Truppen übergesetzt, die Schiffe auf dem Fluss feuern. Und sie haben den armen Nat Hale gefasst …« Er brach ab und schloss die Augen.

Roisin richtete sich auf. Das konnte nicht wahr sein. Er beschrieb Ereignisse, die 1776 passiert waren. Vor vier Jahren. Das war unmöglich. Ihr Mund war trocken, ihre Zunge fühlte sich an wie Schmirgelpapier. Sie beugte sich wieder über ihn und flüsterte: »Wo haben sie dich eingesperrt, Morgan? Nachdem sie dich gefangen genommen haben? Hier kannst du nicht gewesen sein, ich hätte dich gesehen.«

»Wir sind auf der *Jersey*, Roisin«, murmelte er. »Sei tapfer. Sie kriegen dich nicht, nur, wenn du dir von ihnen die Schneid abkaufen lässt. Wir sind auf der *Jersey* … Nein, stimmt nicht. Ich träume. Roisin, wo ist Cuf? In der Schänke?«

»Psst. Rede nicht so viel.« Sacht legte sie ihm die Hand über die Augen, damit er ihre Tränen nicht sah. »Ruh dich aus. Ich komme ganz bald wieder.«

Roisin wusste, wohin sie gehen würde, sobald sie die Zuckersiederei verlassen hatte. Sie zwang sich, nach außen hin ruhig zu wirken, ließ die Wachposten nicht merken, dass etwas nicht in Ordnung war. Auch wenn ihr das

Herz wie wild klopfte, das Blut ihr in den Ohren pulsierte und sie das Gefühl hatte, die Beine würden jeden Moment unter ihr nachgeben.

So lange sie in Sichtweite der Wachposten war, schritt sie langsam und bedächtig aus, aber sobald sie auf den Broad Way abbog, beschleunigte sie ihren Schritt, bis sie beinahe rannte.

Die Duane Street lag ganz im Norden der Stadt, noch nördlich des Common. Das einzig andere Gebäude, das so weit außerhalb lag, war das so genannte New York Hospital, das einige der New Yorker Doktoren vor dem Krieg gebaut hatten. Jetzt diente es als Kaserne für die hessischen Truppen. Roisin bemühte sich, langsam daran vorbeizugehen; sie spürte, wie sich die Augen der Wachposten in ihren Rücken bohrten.

Einige Minuten später war sie auf der Höhe des Armenhospizes angelangt. Manchmal wurden britischen Soldaten dort eingeliefert – vielleicht sah Dr. Turner gerade nach ihnen. Sie warf einen Blick zur Sonne, die noch kaum über die Baumwipfel gestiegen war. Nein, es war noch zu früh. Außerdem war sie sich mit Andrew Turner nicht sicher. Nicht ganz sicher.

Je weiter sie nach Süden gelangte, desto mehr Menschen begegneten ihr. Vorwiegend Schwarze. Mittlerweile waren Scharen von ihnen in New York eingetroffen, Tausende, wie es hieß. Einige waren entlaufene Sklaven, andere waren von ihren Besitzern auf die Straße gesetzt worden, weil sie sie nicht mehr ernähren konnten. Und sie alle waren in die Tory-Stadt New York gekommen, wo Neger – im Gegensatz zu den Orten in der Hand der Rebellen – ein Gewerbe ausüben durften.

Guter Gott, war es da ein Wunder, dass sie aufseiten

der Briten standen? Die schwarzen Brigaden – die Pioneers und die Guides und die Royal African – die die patriotischen Farmer oben in West Chester, in New Jersey und drüben auf der langen Insel terrorisierten –, konnte man es ihnen verdenken? Sie übten Rache, etwas anderes war es nicht. Offenbar war nur Cuf bereit, für die Sache der Rebellen zu sterben. Seit drei Monaten hatte sie ihn nicht mehr gesehen.

Endlich hatte sie das Hofviertel der Stadt erreicht. Sie zwang sich wieder zu einem gemächlicheren Tempo. Auf ein paar Minuten mehr oder weniger kam es jetzt nicht mehr an. Heilige Jungfrau, lass ihn nicht sterben. Nicht jetzt. Nicht nach vier Jahren. Er hat so lange überlebt, lass ihn nicht jetzt sterben.

Mittlerweile konnte sie schon den Bowling Green sehen. In ein paar Stunden würden sich dort elegante Damen in der frischen Luft ergehen. Tory-Weiber allesamt. Dieser Teil der Stadt stank nach Torys. Und Huren waren sie, ob sie nun für ihre Gunst bezahlt wurden oder nicht. Nicht wenige der Frauen aus diesen vornehmen Häusern waren zu ihr gekommen, hatten die Beine gespreizt und sie angefleht, ihnen den englischen Bastard wegzumachen. Bei denen stopfte sie das Pessar immer so fest wie möglich hinein und gab sich am nächsten Tag, wenn sie sie auskratzte, keine Mühe, vorsichtig zu sein.

Das Haus Squaw DaSilvas sah aus wie an jenem Tag, als sie es zum ersten Mal davorgestanden hatte, damals, als sie mit Morgan und seiner Mutter vorgefahren war und keine Ahnung gehabt hatte, wer die beiden waren, außer, dass sie sie vor dem Auspeitscher gerettet hatten. Und seit dem Tag, als sie und Cuf weggelaufen waren, hatte sie das Haus nicht mehr gesehen. Doch es sah aus wie damals, die Sandsteinfassade und die Flügeltür so prachtvoll und beeindruckend wie eh und je.

Fast erwartete sie, Mistress O'Toole oder Tilda würde ihr die Tür öffnen. Doch dann sah sie sich einer Frau mit einer hässlichen Hasenscharte gegenüber. Bei Kindern, die so zur Welt kamen, hatte ihre Mutter immer gesagt, dass der Teufel und ein Engel um sie gekämpft und in entgegengesetzte Richtungen gezogen hätten. Deswegen könne man für solche Menschen nichts tun. *Wenn selbst Himmel und Hölle die Sache nicht regeln konnten, gibt es für uns nichts zu tun.*

»Ich will mit Squaw DaSilva sprechen.«

Brummend schüttelte die Frau den Kopf und wollte die Tür schließen, doch Roisin warf sich mit aller Kraft dagegen. »Trauen Sie sich ja nicht, mich abzuweisen! Holen Sie Ihre Herrin. Sagen sie ihr, dass Roisin Campbell Nachricht von ihrem Sohn hat.«

»Es ist gut, Bridget. Lass sie herein.« Die Stimme kam vom oberen Treppenabsatz.

Sobald Bridget sich nicht mehr gegen die Tür stemmte, verlor Roisin beinahe das Gleichgewicht und stolperte in den Flur.

Squaw eilte die Treppe herab, tauchte aus dem Schatten in das grünliche Licht, das durch die beiden hohen Bleiglasfenster rechts und links der Haustür fiel. »Was willst du? Hast du etwas von Morgan gehört?«

Es war noch nicht einmal neun Uhr früh in einem Haus, das erst im Morgengrauen zu Bett ging. Squaw DaSilva hatte rasch einen Seidenmantel über ihr Nachtgewand gezogen, als sie die aufgeregte Stimme an der Tür hörte. Roisin sah sie zum ersten Mal ohne Schleier und ohne schwarzes Kleid. Heilige Jungfrau, Squaws Augen waren genau wie Clares. Kein Wunder, dass Morgan sofort Bescheid gewusst hatte, als er das Mädchen sah.

Roisin klopfte das Herz zum Zerspringen, und sie zitterte so sehr, dass sie den Korb nicht mehr halten konnte. Sie ließ ihn fallen und presste sich die Hände an die Brust. Gleich würde sie in Ohnmacht fallen.

Squaw DaSilva legte ihr einen Arm um die Schultern. »Komm rein und setz dich. Bridget, bring uns ein Glas Süßwein.« Am liebsten hätte sie Roisin geschüttelt, aber die Frau würde ihr kein Wort sagen, bis sie wieder bei Sinnen war.

Der lang gestreckte Raum wurde gerade erst geputzt. Bridgets Besen und Mops standen neben einem offenen Fenster, der Geruch vom Tokaier und Tabak der vergangenen Nacht hing noch in der Luft. Squaw schnüffelte. Ihre Besucherin roch um keinen Deut besser. Die kurze Zeit, die Roisin hier gelebt hatte, war sie sehr um ihre Reinlichkeit besorgt gewesen. Heute roch sie, als wäre sie in einer Kotlache gewatet.

Bridget brachte den Wein. Squaw nahm ihr das Glas ab und hielt es Roisin selbst an die Lippen. »Hier, trink. Das beruhigt dich ein bisschen.« Roisin trank einen Schluck, etwas Farbe kehrte in ihre Wangen zurück. »Und jetzt erzähl mir von Morgan. Um der Liebe Gottes willen, du hast selbst ein Kind. Hab Erbarmen mit einer Mutter. Erzähl mir.«

»Er ist in der Rhinelander-Zuckersiederei oben an der Duane Street.«

»Er lebt! Mein Sohn lebt!«

»Ja, aber …«

»Was?«

»Morgan sagt … Er ist nicht bei Sinnen, sein Kopf ist durcheinander. Er sagt …«

»Was sagt er? Um Himmels willen, spann mich nicht so auf die Folter!«

»Er sagt« – mehr als ein Flüstern brachte sie nicht zustande –, »Morgan sagt, dass er die letzten vier Jahre als Gefangener auf der *Jersey* war.«

Squaw konnte ein Aufstöhnen nicht unterdrücken. »Vier Jahre. Das ist unmöglich. Niemand kann vier Jahre …« Aber guter Gott, hatte sie es nicht die ganze Zeit gewusst? Wenn sie auf ihrem Dach gestanden und auf die Schiffe des Teufels geblickt hatte – hatte sie es nicht gewusst? »Wie geht es ihm?« Ihre Stimme war schrill und laut, sie krallte die Nägel in Roisins Schultern. »Sag mir die Wahrheit! Wie geht es meinem Sohn? Was haben sie mit ihm gemacht?«

»Ich bin hergekommen, um Ihnen die Wahrheit zu sagen. Morgan lebt. Aber nur gerade noch. Wenn wir ihn nicht rausholen, übersteht er die nächste Woche nicht.«

Wie vereinbart, fuhren sie mit der Kutsche zur Kreuzung der Warren Street und des Broad Way. Dort warteten sie. Die Nacht war dunkel, in den Straßen herrschte Stille. Zwanzig Minuten vergingen. Eine halbe Stunde. Squaw presste die Hände so fest zusammen, dass sich ihre Nägel in die Handflächen gruben. Zwei Tage hatte es gedauert, die Vorbereitungen zu treffen, um ihren Sohn zu befreien; und die ersten Stunden hatte sie damit verbracht, den bestmöglichen Plan zu schmieden.

Alles in ihr drängte danach, zu Sir Henry Clinton zu laufen und sich entweder ihm zu Füßen zu werfen und um Gnade für Morgan zu betteln oder zu drohen, sie würde die Art seiner Beziehung zu Amarantha und Gwendolyn publik machen. Aber sie war fünfundsechzig Jahre alt und hatte mittlerweile die Lektionen, die Solomon ihr vor all den Jahren beigebracht hatte, gut gelernt: Schlachten wurden durch Klugheit gewonnen, nicht nur durch Macht.

Wenn Henry Clinton auch nur einen Funken Erbarmen im Leibe hätte, wären schon längst keine Gefangenen mehr auf der *Jersey*. Und was die Drohungen betraf – keine Frau eines britischen Offiziers würde es schockieren, dass ihr Mann Dirnen aufsuchte. Vermutlich war Mrs. Clinton froh, dass er das Gesäß von Huren blutig schlug und nicht ihr eigenes. Außerdem war Henry Clinton Oberbefehlshaber der britischen Streitkräfte in Amerika. Seine Vorgesetzten saßen in London, nicht in New York. Ein Skandal, den die berüchtigste Hurenmeisterin in New York anzettelte, konnte ihm nichts anhaben.

Nein, dieses Problem war nicht mit Einfluss zu lösen, sondern mit Geld. In New York war Freiheit käuflich, wie alles andere auch. Allerdings nicht bei Clinton. Der hatte bereits Geld wie Heu. Aber die Rotröcke, die die Zuckersiederei bewachten, würden sich kaufen lassen. Doch dabei nahmen sie ein gewaltiges Risiko auf sich. Es musste sich für sie lohnen.

Es war eine delikate Frage. Squaw entschied sich schließlich für fünfzig Goldguineen – in etwa die Summe, die sie mit ihrem Haus in einer Woche einnahm und ein Vermögen für einen einfachen Soldaten. Aber nicht so viel, dass er auf den Gedanken kam, der zu befreiende Gefangene sei so wertvoll, dass er mehr bekommen könnte, wenn er seine Vorgesetzte über den Bestechungsversuch informierte.

Die Frauen kamen überein, dass Roisin das Angebot unterbreiten sollte – für sie war es einfacher, da man sie in der Zuckersiederei kannte. Fünfzig Goldguineen für den Mann, der im Erdgeschoss neben dem Destillierapparat lag. Den Mann mit den schwarzen Haaren.

»Und warum ist der so wertvoll?«

»Weil ich das sage, darum.«

»Das reicht nicht. Nicht, wenn ich den Strang riskiere, um dir zu helfen.«

»Den Strang für einen halb toten Rebellen? Hören Sie auf! Außerdem helfen Sie nicht mir, sondern sich. Fünfzig Guineen. Was können Sie sich dafür kaufen, wenn Sie wieder zu Hause sind?«

Heiliger Strohsack. Was konnte er sich dafür nicht alles kaufen? Eine eigene Schmiede, zum Beispiel, in dem Dorf in Somerset, in dem er aufgewachsen war. »Und woher willst du fünfzig Goldguineen kriegen?«

»Das ist meine Sache. Sie brauchen nur zu wissen, dass ich sie habe.« Roisin trat näher. »Stecken Sie die Hand in mein Mieder«, flüsterte sie. »Was Sie da fühlen, gehört Ihnen.«

Sie standen allein in dem Wäldchen am Rand des Common, wo die Wachposten ihre Notdurft verrichteten. Trotzdem warf der Rotrock einen wachsamen Blick über die Schulter, bevor er ihrer Aufforderung nachkam.

Gar nicht schlecht, die Titten, auch wenn sie nicht mehr ganz jung waren. Aber Titten waren leicht zu haben. Geld war etwas ganz anderes. Er ertastete einen Lederbeutel und zog ihn heraus. »Der ist nicht schwer genug für fünfzig Guineen.«

»Natürlich nicht. Für wie dumm halten Sie mich? Das ist eine Anzahlung. In dem Beutel sind fünfzehn Guineen. Bringen Sie mir den Mann, den ich haben will, morgen Nacht, und dann bekommen Sie den Rest. Fünfunddreißig Guineen.«

Der Rotrock überlegte einige Sekunden. Dann nickte er, steckte sich den mit Münzen gefüllten Beutel Squaw DaSilvas in die Hosentasche und ging davon.

Seit Mitternacht war mindestens eine halbe Stunde vergangen. Guter Gott, dachte Roisin, wenn sie die Spannung schon kaum ertragen konnte – wie schlimm musste es dann erst für Morgan sein?

Am Morgen desselben Tages hatte sie ihm den Plan ins Ohr geflüstert. »Mitten in der Nacht. Ein großer Wachposten mit breiten Schultern und blondem Haar. Er trägt dich nach draußen. Dort wartet eine Kutsche.«

»Und die anderen?« Morgan wirkte klarer, als belebte ihn der Gedanke an eine Verschwörung. »Werden sie nicht Alarm schlagen?«

»Nein«, flüsterte sie. »Hier werden oft mitten in der Nacht Männer abgeholt. Ich verspreche dir, das ist nichts Ungwöhnliches.«

Heilige Jungfrau, wer hätte gedacht, dass sie dem leibhaftigen Teufel Bill Cunningham, Kommandeur der Militärpolizei, je dankbar sein würde? Ihm, der mit knallender Peitsche durch seine Gefängnisse ging und sich zu jeder Tages- und Nachtzeit – wann immer seine sadistische Neigung ihn überkam – Männer bringen ließ. Hinterher erhängte er sie angeblich.

»Mach dir keine Sorgen.« Sie hauchte Morgan die Worte ins Ohr, strich ihm über die Stirn. »Jetzt ruh dich aus. Warte. Der Wachposten holt dich ab.« Den ganzen Tag und die halbe Nacht zu wissen, dass seine Qual beinahe vorüber war. Wie bitter musste Morgans Enttäuschung sein? Ihre eigene war zwar schrecklich, doch nichts im Vergleich zu der seinen.

»Schau!« Zum mindestens zehnten Mal schob Squaw DaSilva den Vorhang der Kutsche beiseite und spähte in die schwarze Nacht. Eine Gestalt kam auf sie zu, hob sich in der Dunkelheit kaum ab.

Roisin presste das Gesicht gegen das Fenster der Kutsche. »Das ist er!«

Die ältere Frau warf den Verschlag auf und beugte sich heraus. »Morgan«, rief sie leise in die Nacht. »Morgan.«

»Psst«, zischte der Wachposten; und als er nah genug bei ihnen war, um auch im Flüsterton verstanden zu werden: »Halt den Mund. Cunningham ist heute Nacht gekommen. Er ist noch drinnen. Deswegen bin ich so spät dran.«

Squaw nahm seine Worte kaum wahr. Sie streckte die Arme nach ihrem Sohn aus, doch der Wachposten achtete gar nicht auf sie, sondern drehte sich zu Roisin, ohne Morgan loszulassen. »Gib mir das Geld.«

»Da.« Sie warf ihm den Beutel zu. Es war besser, wenn das Geld von ihr kam, hatten sie beschlossen. Am besten wäre es gewesen, wenn Squaw DaSilva zu Hause gewartet hätte, aber den Gedanken hatte sie nicht ertragen. »Ist alles drin«, sagte Roisin. »Fünfunddreißig Goldguineen. Ich schwör's.«

Er zögerte. Roisin wusste, dass er am liebsten die Münzen nachzählen würde, bevor er Morgan aushändigte, es aber nicht riskieren konnte, länger als unbedingt notwendig seinen Posten zu verlassen. »Hier. Nimm ihn. Um den ist es wirklich nicht schade.«

Der Wachposten warf ihn wie einen Sack auf den Sitz neben Roisin. Morgans Augen waren geschlossen, er bewegte sich nicht. Sie waren zu spät gekommen. Sie hatten eine Leiche abgeholt.

»Morgan.« Seine Mutter sprach seinen Namen laut aus. Sie glitt zwischen den Sitzen der Kutsche auf die Knie und drückte ihr Ohr auf seine Brust. »Er lebt«, flüsterte sie. »Wir können ...«

»Still!«, flüsterte Roisin aufgeregt. »Hören Sie!« Hufgetrappel, das näher kam.

»Raus mit dir!« Squaw warf den Verschlag auf. »Steig neben den Kutscher.«

Roisin verstand sofort, was sie meinte. Mit der Kutsche einen Reiter abzuhängen, war unmöglich. Sie sprang hinaus, raffte die Röcke zusammen und kletterte über die Speichen des hohen Vorderrads auf den Kutschbock. »Schnell! Leg die Arme um mich. Da kommt jemand. Wir müssen wie ein Liebespaar aussehen.«

Sie zerwühlte sich die roten Locken und riss an ihrem Mieder, während sie sich schon zu dem Kutscher beugte. »Heilige des Himmels, schnell! Leg die Arme um mich!«

Bei der Abfahrt hatte sie nur einen kurzen Blick auf den Kutscher geworfen. Er trug eine schwarze Kniehose und ein schwarzes Wams, sein Gesicht wurde von einem breitkrempigen schwarzen Hut beschattet. Diesen Hut behielt er auf, als er sich zu ihr drehte und ihr steif die Arme um die Taille legte. »Der Himmel steh uns bei«, stöhnte Roisin. »Du bist der tölpelhafteste Liebhaber, den ... Guter Gott.«

Sie sah in das Gesicht von Squaws Dienstmädchen. Bridget.

Das Hufgetrappel wurde immer lauter. Roisin schloss die Augen, schlang der anderen Frau die Arme um den Hals und presste den Mund auf Bridgets entstelltes Gesicht.

Das Geräusch der Hufschläge erfüllte sie mit blankem Entsetzen. Nur ein paar Sekunden noch, dann würden sie an ihnen vorbei sein. Doch das Klappern der Pferdehufe entfernte sich nicht, sondern hörte abrupt auf. Stille herrschte, dann: »Soso, was haben wir denn hier?«

Sie kannte die Stimme. Ganz New York kannte die Stimme. Und das Peitschenknallen.

Roisin ließ Bridget nicht los, schaute nur über deren Schulter auf Bill Cunninghams pockennarbiges Gesicht, das im Sternenlicht kaum zu erkennen war. »Und, wie steht's, der Herr?«, rief sie munter. »Wollen Sie als Nächster drankommen? Es dauert nicht mehr lange, der hier ist gleich fertig. Für so einen gut aussehenden Herrn wie Sie mach ich's um sechs Pennies. Ein Schnäppchen.«

Cunningham gab keine Antwort. Er saß nur im Sattel und betrachtete sie – die Frau, den Kutscher, die prächtige schwarze Kutsche. »Soso«, sagte er. »Soso.«

Roisin beruhigte es ein wenig, dass er nicht absaß. Gerüchtehalber hatte sie gehört, dass es nicht Frauen waren, bei denen Bill Cunninghams Schwanz hart wurde. Vielleicht stimmte es. Wenn nicht, wenn es sein musste, würde sie sich zu ihm legen. »Also, wie wär's mit uns beiden?«, wiederholte sie ihre Frage.

»Schöne Kutsche«, sagte Cunningham. »Erstaunlich. Die Leute, die sich in New York eine solche Kutsche leisten können, kann man an einer Hand abzählen.«

Roisin wusste nicht, was sie darauf erwidern sollte. Sie hatte die Arme noch immer um Bridget geschlungen und spürte, wie heftig die andere Frau zitterte. Vielleicht sollte sie absteigen und vor Cunningham auf und ab stolzieren.

Unvermittelt, ohne ein weiteres Wort, gab der Kommandeur der Militärpolizei seinem Pferd die Sporen und knallte mit den Zügeln. Das Pferd bäumte sich auf, wirbelte herum und galoppierte in die Nacht davon.

Innen in der Kutsche hielt Squaw die Luft an, bis die Hufschläge nicht mehr zu hören waren. Dann legte sie die Pistole beiseite, die sie aus den Falten ihrer Turnüre geholt hatte.

Sie hatte mit der Waffe auf Morgans Herz gezielt.

Er war zu Bewusstsein gekommen und sah sie an.

In den vergangenen zwei Tagen hatte sie sich mit dem Gedanken gequält, dass die vier Jahre auf der *Jersey* ihn den Verstand gekostet haben mussten. Das war nicht der Fall. Sie hatten ihn vielleicht verwirrt. Doch die Abscheu in seinem Blick sagte ihr, dass er im Grunde bei klarem Verstand war. »Ich hätte dich eigenhändig erschossen«, flüsterte sie. »Sofort. Alles, damit sie dich nicht wieder in die Hölle schicken.«

»Die Zeltstadt, so heißt das hier.« Roisin redete ununterbrochen, während sie versuchte, es ihm behaglich zu machen. Die Flucht hatte ihn noch mehr geschwächt, sofern das überhaupt möglich war. Sein Atem ging flach, und beim Ausatmen rasselte es in seiner Brust.

»Uns geht es besser als den meisten anderen. Wir haben mengenweise Segeltuch. Genug für ein Dach und die Wände. Natürlich ist es hier nicht so bequem wie im

Haus deiner Mutter, aber dorthin konnten wir dich nicht bringen. Nicht nachdem Bill Cunningham ihre Kutsche gesehen hatte.«

»Wo ist Cuf?« Mühsam versuchte er, sich aufzurichten.

»Er ist nicht hier, Morgan. Cuf ist nicht hier. Du weißt doch, er ist bei der Armee von George Washington. Ich habe ihn seit drei Monaten nicht gesehen, seit unserem Sieg bei King's Mountain unten in Carolina. Danach ist Cuf für ein paar Tage nach Hause gekommen. Er sagte, nur wegen der Franzosen wären wir … Ach, Gott, du weißt ja nichts von Lafayette und den Franzosen, oder? Ich erzähle dir die ganze Geschichte später. Aber nicht jetzt. Wenn du wieder gesund bist.«

Während sie redete, brühte sie einen Aufguss aus Weidenrinde auf; das Wasser erhitzte sie über der behelfsmäßigen Feuerstelle, die sie aus Steinen und Schutt gebaut hatte. Sie bereitete den Aufguss doppelt so stark wie üblich, denn wenn Morgan zu Kräften kommen sollte, durfte er keine Schmerzen haben. Und wir groß mussten seine Schmerzen sein! Nachdem sie ihn in der Ecke auf die Decken gebettet hatte, hatte sie ihn am ganzen Körper untersucht und dabei mindestens ein Dutzend alter Brüche ertastet. »Endlose Schläge«, flüsterten die Gefangenen manchmal, wenn sie sich zu ihnen setzte, starrten sie an und packten sie am Arm, so groß war ihr Bedürfnis, mit ihr zu reden. »Immer und immer wieder schlagen sie einen. Bis man nur noch drum betet zu sterben.« Morgan fuhr selbst bei der leisesten Berührung zusammen.

»So.« Roisin gab einen großen Löffel Honig in den Weidenrindenaufguss und rührte ihn um, bis er sich ganz aufgelöst hatte. Fast die Hälfte ihres Honigs war das, aber das machte nichts. Raif würde ihr mehr besorgen. Raif war unglaublich. Er konnte alles besorgen, Gott allein wusste, wie.

»Komm, ich stütze dir den Kopf, damit du trinken kannst.« Sie legte Morgan eine Hand in den Nacken, hob ihn etwas an und hielt ihm die Tasse an die schorfigen Lippen. Es war eine dünne Porzellantasse, wie die, aus denen die besseren Leute tranken. Sie besaß nur diese eine und wusste nicht mehr, woher sie sie hatte. Aber sie war froh um sie, denn das Porzellan tat Morgans wundem Mund weniger weh als Zinn. »Gut, sehr gut. Du hast ja alles getrunken. Ruh dich ein bisschen aus, dann bekommst du etwas zu essen.«

Sie hatte ihn wieder hingelegt und durchstöberte das Erdloch, das ihr als Speisekammer diente. »Ich schicke dir sofort Lebensmittel und etwas zu trinken«, hatte seine Mutter ihr beim Abschied zugeflüstert.

»Schicken Sie nichts«, hatte Roisin widersprochen. »Das ist zu gefährlich. Ich treffe sie« – sie hatte mit dem Kopf auf Bridget gedeutet – »morgen früh. Vor dem Exchange Market. Sie kann mir ein paar Sachen geben. Aber nur so viel, wie in meinen Korb passen.«

Squaw DaSilva wusste, dass Roisin Recht hatte. »Also gut. Genug für ein oder zwei Tage. Dann trefft ihr euch wieder.«

Aber Roisin würde Bridget erst am folgenden Tag treffen. Jetzt musste sie sich mit ihren eigenen kärglichen Vorräten behelfen. »Ich habe ein bisschen Maiskuchen.« Sie faltete das Tuch auf, in dem sie ihn verwahrte. »Und ein Stück Kaninchenfleisch.« Sie lächelte ihm zu. »Ein kleines Abendessen.«

»Dein Haar«, flüsterte er. »Du trägst ja gar keine Haube. Auch nicht, als du da ... an dem Ort warst. Ich dachte, ich hätte nur geträumt. Dein ganzes rotes Haar.«

»Du klingst jede Minute mehr wie du selbst. Und mein Haar ...« Roisin strich sich die Locken aus dem Gesicht. »Hauben sind nicht mehr in Mode. Die trägt man heute nicht mehr. So, dein Abendessen.«

Stück für Stück steckte sie ihm das wenige Essen in den Mund, ließ ihn jeden Bissen gründlich kauen und gab ihm erst mehr, wenn er geschluckt hatte.

»Ich habe ...«, flüsterte Morgan. »Auf der *Jersey*, die ganze Zeit ... kein Fleisch gegessen.«

»Morgen«, versprach sie. »Morgen bekommst du mehr. Deine Mutter besorgt uns welches.« Seine Augen wurden kalt. »Ach, lass es gut sein, Morgan. Der Streit mit ihr ist jetzt egal. Außerdem besorgt nicht nur Squaw was für uns. Clare ist jetzt verheiratet, seit fünf Jahren schon. Sie wollte, dass ich von hier weggehe und zu ihr ziehe. Aber das kann ich nicht. Nicht, solange die Briten hier sind. Ich will doch Cufs Sachen ...« Als sie seine Miene bei der Erwähnung von Cufs Namen sah, unterbrach sie sich. Es war dumm von ihr, ihn daran zu erinnern.

»Clare hat zwei großartige Kinder, Zwillinge. Molly und Jonathan. Zwei Jahre alt. Aber sie hat nur das eine Mal Kinder bekommen. Einen Jungen und ein Mädchen auf einmal, dann hat sie wohl beschlossen, dass es reicht. Seitdem hat sie sich nicht mehr ins Kindbett gelegt.« Morgan lächelte, und ihr wurde warm ums Herz. »Natürlich tut Clare immer genau das, was sie will. Ihr Mann lässt sich von ihr an der Nase herumführen und freut sich noch darüber. Er ist ein komischer kleiner

Kerl, sehr dick. Er ist mit dir verwandt – Raif Devrey. Erinnerst du dich an ihn? Er ist phänomenal, wenn es darum geht, Dinge zu besorgen, die man braucht, egal was. Komm, das letzte Stück Maiskuchen. Kau's gut.«

»Mit den Devreys hatte ich nie was zu tun«, sagte Morgan. »Außer ...« Er brach ab und wirkte auf einmal sehr aufgeregt. »Außer mit ... wie heißt er, Roisin?«

»Psst, Morgan, bleib ruhig. Du hast eine schreckliche Zeit hinter dir. Später wird dir alles wieder einfallen. Jetzt ruh dich aus.«

Ruhe. Wie lange schon hatte er nicht mehr auf einem Bett gelegen, wo es nicht stank? Hier roch es nach Roisin. Süß. Es war wohl das kleine Zimmer über der Schänke, wo sie und Cuf ... Cuf. Roisin gehörte ihm. Cufs Frau. Cuf war im Krieg, sagte sie. Mit Washingtons Armee.

»Ich bin ein Kapitän in der Armee des Kontinental ...«

»Sie sind ein verfluchter Rebell, Sie widern mich an.« General Howe starrte ihn mit abgrundtiefem Hass an. Und die Asche von New York war noch nicht erkaltet. »Und aller Wahrscheinlichkeit nach sind Sie ein Brandstifter.«

»Die Vorschriften«, murmelte Morgan. »Ich habe ihm die Vorschriften vorgehalten.«

»Psst, Morgan. Jetzt ist alles gut. Hier passiert uns nichts. Hier gibt es keine Vorschriften. Schlaf jetzt.« Sie strich ihm über die hohlen Wangen. »Schlaf.«

»Es gibt Abkommen, Sir. Einem gefangenen Offizier ist gestattet, sich Quartier ...«

»Aber nicht Ihnen, Kapitän Morgan. Nicht Ihnen, verdammt. Mir sind Ihre Ruhmestaten durchaus bekannt. Sie sind ein Pirat, Kapitän Morgan, also kommen

Sie auf ein Schiff. Ich habe ein sehr schönes für Sie. Wir nennen es die Jersey.«

Sie haben gedacht, ich würde auf der Jersey *sterben, stimmt's, General? Das wäre ich vielleicht auch, wenn nicht einer der Wachposten früher mit mir auf der* Fanciful Maiden *mitgefahren wäre. Ist zwar ein Tory geworden, hat aber die alten Zeiten nicht vergessen. Manchmal hat er mir etwas zugesteckt, einen Bissen zu essen, ein Schluck Bier ...* »Er hat mir geholfen, Roisin. Hat mir lange Zeit geholfen ...« »*Es gibt 'ne Möglichkeiten, dass Sie von diesem Höllenschiff wegkommen, Käpt'n. Wir sind überfüllt. Wie die das feststellen wollen auf diesem Schiff, ist mir zwar ein Rätsel, aber jedenfalls werden morgen ein paar von Ihnen ins Gefängnis verlegt. Ich steck Sie zu denen, Sir. Wenn Sie die Fahrt überleben, kommen Sie vielleicht durch.*« »Gott segne ihn, Roisin ... Geholfen hat er mir ...«

»Dann wird Gott ihn sicher segnen. Seltsam, nicht wahr, dass man manchmal mehr Hilfe findet, als man meint. Zum Beispiel Andrew Turner, du wirst es vielleicht nicht glauben, aber ich habe den Verdacht ...« Sie ließ die Worte unausgesprochen. Der Weidenrindenaufguss und das Essen hatten ihre Wirkung getan. Die Augen waren ihm zugefallen, sein Atem ging ruhiger. Er schlief.

Roisin trug die brennende Kerze in die andere Ecke des Zeltes. Auf eines hatte sie trotz allem immer geachtet – nicht in der Kleidung zu schlafen, die sie tagsüber trug. Sie besaß zwar nur einen Rock, doch den hängte sie nachts zum Auslüften aus und schlief in einem derben Unterrock und einem Wollschal. In den hüllte sie sich jetzt, bevor sie das Kleid auszog.

In der Nähe war ein Brunnen, aus dem sie jeden Morgen einen Eimer mit brackigem Wasser holte, den sie neben den flachen Stein stellte, der ihr als Tisch diente. Jetzt tauchte sie das kleine Stoffquadrat, das sie als Waschlappen verwendete, in den Eimer und wusch sich am ganzen Körper, dann trocknete sie sich mit einer Ecke des Schals ab. Heilige Jungfrau, wenn dieser Krieg je vorüber sein sollte, lass mich lang genug leben, um noch einmal neben einem prasselnden Feuer richtig heiß zu baden. Und wenn ich dazu ein Stück duftende Seife haben könnte, wäre ich bereit, zu sterben und in den Himmel zu gehen.

»Roisin.«

Sie hörte sein Flüstern und drehte sich zu ihm, hielt sich den Schal vor die bloßen Brüste. »Ich dachte, du schläfst.«

»Das habe ich auch, ein bisschen, aber dann bin ich aufgewacht … Bitte, das Wasser …«

»Ah, das darfst du nicht trinken. Ich habe noch etwas Bier. Oder ich kann dir einen Aufguss machen.«

»Nein, das meine ich nicht. Ich … Kann ich mich waschen?«

»Heilige Jungfrau, ich … Aber natürlich. Natürlich.«

Sie trug den Wassereimer zu seinem Lager und kniete sich neben ihn. »In der ersten Nacht, als ich dich sah«, flüsterte sie, während sie den Waschlappen nass machte, auswrang und Morgan Gesicht, Hände und Arme abtupfte. »Da hat Mistress Flossie mir erzählt, dass du alles schön sauber haben magst. Die hat mir beinahe die Haut abgeschrubbt.«

»Das ist gut«, murmelte er. »Das Wasser auf meinem Gesicht, das tut gut.«

»Wenn du magst, besorge ich morgen eine Klinge und rasiere dir den schrecklichen Bart ab.«

Er fasste sich ans Kinn. »Ja, das würde mir gefallen.« Dann klang er auf einmal – mehr als je zuvor in diesen wundersamen, grausigen letzten Tagen – wie der Mann, den sie gekannt hatte. »Du bist wunderschön. Immer noch.«

Während sie ihn wusch, war ihr der Schal von den Schultern geglitten, und sie hatte völlig vergessen, dass sie darunter nackt war. »Nicht wie früher«, flüsterte sie und blickte an sich herab. »Jetzt hängt alles.« Sie nahm den Schal und hüllte sich wieder ein.

»Wunderschön«, wiederholte er.

Roisin hatte gedacht, sie würde auf der anderen Seite des Zeltes schlafen, neben der Klappe, damit sie sofort hörte, wenn etwas passierte. Aber die Vorstellung, dass irgendjemand einen Gefangenen aus einer der Zuckersiedereien vermissen würde, war lachhaft – und noch lachhafter, dass man hier nach ihm suchen würde. Aber dann war alles lachhaft, was in diesen letzten Tagen passiert war.

Wie auch die Vorstellung, dass sie angesichts des vielen Leids noch Anstand bewahren musste.

»Komm«, sagte sie und hob die Decke an, die sie über ihn gebreitet hatte. »Ich halte dich warm.«

Morgan wandte sich zu ihr. Ohne zu denken, nur vom Instinkt geleitet, der den ständigen Nebel in seinen Kopf etwas lichtete, fand sein Mund ihre Brustwarze, schlossen sich die wunden Lippen um sie.

So verbrachten sie die Nacht.

Die Peitsche knallte zum siebzehnten Mal. »Raus mit der Wahrheit, du Schwein! Raus damit!« Cunningham wischte sich den Schweiß vom Gesicht und wandte sich zu dem Jungen, der alles beobachtete. Der Junge hatte ein sanftes Gesicht, auf dem gerade der erste Flaum wuchs. Er war panisch vor Angst. Das sah man an seinen Augen.

»Mehr Salz«, befahl der Kommandeur der Militärpolizei. »Hol's von hinten.« Der Junge lief los, um den Auftrag zu erfüllen. Cunningham beugte sich über den Mann, der nackt auf die Bank gefesselt war. »Auf der Seite ist nicht mehr viel Haut dran. Und wenn ich da noch mal Salz drauf streu ...«

Der Mann ächzte, aber so leise, dass es kaum zu hören waren.

»Und wenn wir damit fertig sind, drehen wir dich auf den Rücken. Interessant, was eine Peitsche mit dem Schwanz und den Eiern von 'nem Mann anstellen kann. Sehr interessant. Da ist das hier nichts im Vergleich dazu.« Cunningham fuhr mit den Fingernägeln über den striemenübersäten Rücken seines Opfers.

Wieder ächzte der Mann, kaum lauter als zuvor. Kräftig war das Schwein, mit breiten Schultern und blondem Haar. Aus Somerset, so sagte er. Und zäh wie Leder. Aber das waren sie alle. Eine Zeit lang. »Aber so weit braucht's nicht unbedingt zu kommt. Wenn du willst, dass ich aufhöre, brauchst du mir bloß zu erzählen, warum die große schwarze Kutsche von Squaw DaSilva letzte Nacht vor der Rhinelander-Zuckersiederei stand. Du bist doch der Dienst habende Wachposten, oder nicht? Ah, hier ist der Bengel ja. Mit dem Salz.«

Es dauerte noch zehn Minuten. Nach dem Salz auf

den Rücken folgte ein Dutzend Peitschenhiebe auf Brust und Bauch. Als der erste auf seinem Geschlecht landete, wurde das Ächzen zu Brüllen. »Aufhören! Aufhören! Ich erzähl Ihnen alles!«

»Das glaub ich dir gern, du Schwein. Das glaub ich dir gern. Du wirst mir alles schön erzählen: Das tut ihr alle doch immer.«

Cunningham warf die Peitsche beiseite. Das Prügeln befriedigte ihn nur bis zu einem gewissen Punkt, und dieser war in letzter Zeit immer früher erreicht. Sobald ein Kerl zusammenbrach, langweilte ihn, was die Prügel mit ihm anstellten. Nur, dass er dieses Mal ein bestimmtes Interesse hatte. »Also, ich höre. Weswegen war die Kutsche von Squaw DaSilva da oben an der Duane Street?«

»Von der weiß ich nichts. Es war ... Heilige des Himmels ... Kann ich ein bisschen Wasser kriegen? Sonst kann ich nicht ...«

Cunningham ging in die Knie, packte den Wachposten an den blonden Haaren und riss ihm den Kopf zurück, sodass seine vor Schmerz geweiteten Augen direkt in die des Kommandeurs blickten. »Wenn du meinst, du hätt'st das Schlimmste schon hinter dir, du Schwein, dann hast du dich getäuscht. Ich werde dir gleich Wasser geben – in die Nase und ins Arschloch, bis du voll läufst und platzt wie ein Sack Scheiße. Jetzt red!«

»Sie wollte einen Gefangenen. Den musste ich raustragen.«

»Squaw DaSilva? Die wollte einen von den verlausten und verwanzten Halbtoten? Welchen?«

»Das weiß ich nicht. Der, wo bei dem Destillierapparat lag, sagte sie ...« Die Worte gingen in ein Gurgeln über. Blut lief dem Wachposten aus einem Mundwinkel.

»Red mit mir, du verfluchter Hurensohn!«, brüllte Cunningham. »Squaw DaSilva – wen hat sie gewollt?«

»Goldene Guineen – fünfzig Stück. Genug für meine eigene Schmiede in …« Jetzt strömte das Blut aus beiden Mundwinkeln. Dann die Stille des Todes und der Gestank von Exkrementen; die Gedärme des Toten hatten sich entleert.

»Du verfluchtes Schwein! Du Sack Scheiße!« Cunningham tobte vor Wut, der Schweiß rann in Strömen an ihm herab. Er wusste, dass der Mann tot war, trotzdem schmetterte er seinen Kopf so lange auf die Holzbank, bis der Schädel zerbarst und das Gehirn herausspritzte. »Du elendiges, nichtsnutzes Hurenschwein!«

Der Junge verfolgte alles. Er war ein Hornist, zwölf Jahre alt, und hatte schon ein Jahr gedient. Er war in Stony Point dabei gewesen und hatte miterlebt, wie schrecklich die Rebellen nach ihrem Sieg wüteten. Er hatte zum Rückzug geblasen, wie sie es ihm aufgetragen hatten, aber die Rotröcke wurden trotzdem niedergemetzelt. Aber das war nichts im Vergleich zu dem hier. So etwas hatte er noch nie gesehen.

Der Kopf des Wachposten war eine breiige Masse. Der Kommandant der Militärpolizei wuchtete sich auf die Füße, er bebte vor Zorn. Squaw DaSilva. Keine Frau in New York hatte mehr Einfluss als sie. Und sie stand gut mit denen, die hier das Sagen hatten. Warum sollte sie also einen Wachposten bezahlen, um …? Verdammt, natürlich, Morgan Turner! Irgendwie hatte sie herausgefunden, dass ihr Sohn in der Rhinelander-Zuckersiederei war. Darüber würde Squaw natürlich nicht mit Clinton reden. Aber mit ihm. Mit ihm, Bill Cunningham, würde sie reden. Um zu verhindern, dass jemand nach dem geflohenen Rebellen suchte, würde sie ganz bestimmt mit dem Kommandanten der Militärpolizei reden. Fünfzig Goldguineen, was? Zehn mal fünfzig. Squaw DaSilva konnte es sich leisten.

Cunningham wandte sich zu dem Jungen, der in der Ecke kauerte, als nähme er ihn zum ersten Mal richtig wahr. »Du siehst aus wie ’ne kleine Ratte, du Bengel. Brauchst keine Angst zu haben, zumindest jetzt noch nicht. Komm her.«

Cunninghams Oberleib war nackt. Er fummelte an den Knöpfen seiner Kniehose und ließ sie auf den Boden fallen. »Auf die Knie«, befahl er dem Jungen und packte ihn am Kopf. »Und wenn ich auch nur einen von den scharfen Zähnchen spüre, schlag ich sie dir allesamt aus dem Maul, das versprech ich dir.«

Kapitel 6

I

Cuf ritt allein den Broad Way hinab, in der Flanelljacke, dem grob gewebten Hemd und der ledernen Kniehose, die den Großteil des Kriegs hindurch seine ganz eigene Uniform gewesen waren. Er versuchte, nur auf die Straße vor sich zu schauen. Die Leute, die durch die Stadt hasteten, achteten gar nicht auf ihn. Sie waren zu sehr mit ihren eigenen Sorgen und Nöten beschäftigt.

Die offizielle Evakuierung der Briten war für den 3. November 1783 angesetzt. Bis dahin waren es noch zwei Tage, doch viele Patrioten – die New Yorker, die vor der Besatzung geflohen waren – wollten nicht so lange warten. Schon seit Wochen strömten sie in die Stadt zurück. Aber guter Gott, was hatten sie dort vorgefunden.

Die Straßen waren übersät mit Unrat, und in der grauen Herbstluft hing der Gestank von Kot. Häuser wurden als Ställe verwendet – oder als Aborte –, Vögel und Ratten nisteten in den Ruinen, die für Menschen unbewohnbar geworden waren. Der Großteil der Bäume war gefällt und ausgegraben worden, selbst die entlang des Broad Way. Meist waren sie zu Brennholz zerkleinert, oder, wie hier an der Kreuzung mit der Maiden

Lane, als Barrikaden verwendet worden, die fortzuräumen sich niemand die Mühe machte.

Cuf lenkte sein Pferd nach Osten. Erst am Fluss fand er eine Abbiegung, die ihn nach Hause führen würde. Einen Augenblick starrte er auf den Trümmerhaufen, der früher einmal der Landesteg der Fähre nach Brooklyn drüben auf der langen Insel gewesen war. Das allererste Mal, als er Roisin beigewohnt hatte, waren sie auf der Fähre gefahren. Einen Penny für jeden von ihnen. Und er hatte sie bezahlen lassen, damit alle glaubten, er sei ihr Sklave. Gar nicht so verkehrt.

Er schauderte, wie immer, wenn er an den Strand in Brooklyn dachte. Er wusste noch immer, wie es sich angefühlt hatte, dort im Sand auf ihr zu liegen und zu wissen, dass er eine Tür öffnete, die er besser geschlossen lassen sollte, aber unfähig, etwas daran zu ändern. Meist bedauerte er es nicht. Seit über zwanzig Jahren waren sie jetzt zusammen. In den letzten sieben Jahren – in denen er in der Armee gewesen war und sie sich so selten gesehen hatten – hatte er ein paar Mal bei anderen Frauen gelegen. Schwarzen und weißen. Wie immer bewegte er sich zwischen beiden Welten, gehörte weder zur einen noch zur anderen, wurde von beiden verachtet. Meist war es ihm egal. Meist waren die Frauen ihm egal. Wer einzig und allein zählte, war Roisin.

Am Ufer rechts und links der Anlegestelle zogen sich verfallene Werften hin. Sieben Jahre Elend, Kälte und Hunger, Kämpfe, Gefahren und Tollkühnheit; sieben Jahre, in denen er sich an Orte schmuggelte, die für Weiße nicht sicher waren. Er wurde nie verdächtigt, ein Rebell zu sein; nur wegen seiner Hautfarbe nicht. Und wofür das alles? Um zu dieser Verwüstung heimzukehren. Und die ganze Zeit musste er an den Abschied vom General denken. Vor zwei Jahren, nach der Belagerung von Yorktown, als Cornwallis sich schließlich ergab, hatte Washington seine Hand genommen.

»Noch ist es nicht vorbei, Cuf. Ich bitte dich, bei General Lafayette und den französischen Truppen zu bleiben. Sie brauchen jemanden, der relativ leicht ins feindliche Lager wechseln kann. Bleibst du noch?«

»Ja, Sir. Wenn das Ihr Befehl ist, Sir.«

»Ja, das ist es, Cuf. Aber ich werde dich nie vergessen. Dein Land hat dir viel zu verdanken.«

Sein Land. Vielleicht. Nur besaß der General zu Hause, in Virginia, Negersklaven. War es auch deren Land?

Er zügelte das Pferd und ritt nach Westen, die Wall Street entlang zur Trinity Church. Die Kirche war ausgebrannt, nur ein paar Grundmauern ragten aus den Überresten des einst so geschäftigen Church-Farm-Viertels auf. Es hieß jetzt Zeltstadt, ein Ort des Leidens und der Not.

Er erkannte sein Heim nur an dem Zeichen, das er bei seinem letzten Besuch vor knapp drei Jahren, nach der Schlacht von Camden, dort eingeritzt hatte. Sie hatten ihn für ein oder zwei Tage nach New York zurückgeschickt, und eine Nacht hatte er bei Roisin verbracht. Mit dem Messer hatte er die Worte in den verkohlten Balken vor ihrem Zelt geschnitzt: »Die Fiddle and Clogs Tavern. Cuf, Inhaber und Betreiber.«

In einer Ecke saß ein kleiner Junge mit runden, rosigen Wangen und roten Locken. Mehr als zwei konnte er nicht sein. »Ist das Clares Junge?«, fragte Cuf.

Roisin schüttelte den Kopf.

»Wessen dann?«

Sie wandte sich ab. Seit er heimgekommen war, hatte sie ihn nur einmal berührt. Ein kurzer Begrüßungskuss und freundliche Worte, wie sehr sie sich freue, ihn zu sehen. Viele freundliche Worte. Jetzt sagte sie nur eines. »Meins.«

»Aber nicht meins«, sagte Cuf leise.

Guter Gott. Woher waren diese Worte gekommen? Er wollte sie wieder zurücknehmen. »Nicht meins«, wiederholte er. Die Worte stiegen aus dem Schmerz in seinem tiefsten Inneren auf.

Sie weinte lautlos, Tränen rollten ihr über die Wangen. »Nein, Cuf«, flüsterte sie. »Er ist nicht dein Kind.«

Cuf glaubte, die Luft zu atmen würde ihm genommen. Sei nicht dumm, sagte er sich. Sei nicht so verdammt dumm. Sieben Jahre, und insgesamt war er ganze viermal bei ihr zu Hause gewesen. Also hatte sie vielleicht einmal bei einem anderen Mann gelegen. Oder auch zweimal. Das war nicht unverzeihlich angesichts all der Dinge, die ihr gemeinsames Leben ausmachten. Außer ... »Du hättest ihn nicht bekommen und mich beschämen müssen, oder? Du weißt doch, wie man ein Kind abtreibt. Dafür ist doch das Geschenk des Meeres da, oder nicht?«

»Ich hätte nicht gedacht, dass du dich daran erinnerst. An das Geschenk des Meeres.«

»Doch, ich erinnere mich an alles, was an dem Tag damals am Strand passierte. Also, dieser Junge, du hättest ihn nicht ...«

»Ich wollte ihn.« Roisin stellte sich neben das Kind und legte einen Arm um seine Schultern. Als könnte Cuf versuchen, es ihr wegzunehmen.

Diese Geste erzürnte ihn mehr als ihr Eingeständnis, bei einem anderen gelegen zu haben. »Ich würde ihm nie was tun. Guter Gott, Roisin, weißt du denn nicht, dass ich einem Kind nie etwas antun würde?«

»Ich weiß.« Red von etwas anderem, sagte sie sich. Irgendetwas. Irgendetwas, damit er nicht die nächste Frage stellt, die schwierigste. »Cuf, hast du Hunger? Durst? Viel habe ich nicht, aber …«

»Ich will nichts. Wie heißt er?«

»Joyful Patrick.«

»Ein seltsamer Name.«

»Vielleicht. Joyful, weil ich froh war über seine Geburt, und Patrick wegen des Irischen.« Sie fuhr dem Kleinen übers rote Haar.

»Und wie sonst? Doch nicht nur Joyful Patrick?«

Heilige Jungfrau, hilf mir, nicht so feige zu sein. Cuf verdient die Wahrheit. »Joyful Patrick Turner«, flüsterte sie.

Ein langer Moment verstrich. Die Welt blieb stehen, sein Herz blieb stehen, er empfand nichts als Zorn und Schmerz. »Morgans Kind«, sagte Cuf schließlich.

Er sah zu ihr, wartete darauf, dass sie »Nein, nicht Morgans Kind« sagte. Obwohl er wusste, dass es eine Lüge war, würde er ihr glauben. Weil er ihr glauben wollte. Wie immer.

»Ja«, sagte sie. »Morgans Kind.«

Er hatte sie nie geschlagen. Undenkbar. Aber Gott verzeih ihm, jetzt wünschte er sich, er könnte sie schlagen. Cuf ballte seine großen Hände zu Fäusten und kämpfte darum, gleichmäßig zu atmen. Ein kühlender Atemzug, der das Wüten in seiner Brust linderte.

Aber dieses Mal wollte der Schmerz nicht unten bleiben, vergraben in den Tiefen, wo er früher gewesen war. Nicht jetzt. Nicht, wenn er Roisin ansah, die ihre Arme um Morgans Sohn legte. »Clare ist auch nicht meine Tochter, stimmt's?« Die Worte verbrannten ihm die Kehle. »Clare ... die ganzen Jahre. Clare ist nicht meine kleine Tochter, stimmt's?«

»Nein, Cuf, zumindest nicht so, wie du meinst. Aber sie liebt dich, als wärst du ihr Vater.«

»Sie ist Morgan Turners Kind. An dem Tag in Brooklyn ... sie war schon da, wuchs schon in dir. Deine beiden Kinder sind von Morgan.«

»Ja, aber ... Cuf, guter Gott, schau doch nicht so! Es ist nicht so, wie du denkst. Als Morgan wegging, die ganzen Jahre, und als er zurückkam – ich war dir immer treu, Cuf. Immer. Das schwöre ich dir.«

»Mir treu? Du willst mir treu gewesen sein? Auch in deinem Herzen, Roisin? Oder nur treu zwischen den Beinen? Außer natürlich, wenn du bei Morgan Turner lagst und seinen Samen in deinem Bauch wachsen ließt.«

»Treu in jeder Hinsicht, Cuf. In jeder Hinsicht, die zählt. Du bist der beste Mann, denn ich je kannte, und ich habe dich nie betrogen. Kein einziges Mal, bis ... Davor nie. Das schwöre ich.«

»Und warum« – es wunderte ihn, wie leise seine Stimme war, obwohl er doch brüllen wollte – »warum hast du dann nie mein Kind bekommen in all den Jahren, die wir zusammen waren? Wie oft habe ich dich genommen, Roisin? Wie oft habe ich meinen halb schwarzen Schwanz in dich gesteckt? Und es ist nie mein Kind in deinem Bauch gewachsen. Warum waren nur Morgans weiße Kinder gut genug für deinen Bauch, Roisin? Und nicht Cufs halb schwarze Kinder? Jedes Mal, wenn es eins gegeben hätte, hast du es weggemacht, stimmt's? So ist es doch gewesen.«

»Nein, bei der heiligen Jungfrau, nein. Das habe ich nie getan, Cuf. Da ist Gott mein Zeuge, das habe ich nie getan. In all den Jahren, in denen wir zusammen waren, ist kein Kind von dir in mir herangewachsen. Das schwöre ich bei der Seele meiner ... Ich sage dir die Wahrheit, Cuf. Das schwöre ich.« Aber es war nicht die absolute Wahrheit. Deswegen konnte sie auch nicht bei der Seele ihrer Mutter schwören. Sie dachte an ihr Abkommen mit der heiligen Jungfrau, dass es nicht unrecht war, bei ihm zu liegen, obwohl sie nicht verheiratet waren, wenn kein Kind von Cuf in ihr wuchs. »Ich sage dir die Wahrheit.«

Das Kind spürte die Spannung zwischen den beiden Erwachsenen und begann leise zu weinen. Roisin drückte den Jungen an sich, strich ihm übers Haar und murmelte beruhigende Worte.

Cuf schüttelte den Kopf. Der Zorn verrauchte, und zurück blieb nichts als ein dumpfes Gefühl. Und wenn dieses dumpfe Gefühl verging, würde es nur noch Leere und Schmerz geben. Das wusste er. Nichts, gar nichts würde je ersetzen können, was er gerade verloren hatte. »Ich dachte, Morgan wäre tot«, sagte er. »Das dachten alle.«

»Er war so gut wie tot«, sagte sie. »Er war vier Jahre als Gefangener auf der *Jersey*. Dann haben sie ihn in die Rhinelander-Zuckersiederei verlegt. Da habe ich ihn gefunden, und seine Mutter hat einen Wachposten bestochen, ihn rauszulassen. Als er wieder bei Kräften war, hat er wieder unter General Washington gedient. Ach Gott, Cuf, setz dich doch. Du musst. Du siehst aus, als ob du ...«

»Ich will mich nicht setzen. Du hast meine Frage nicht beantwortet. Wo ist mein alter Freund Morgan Turner jetzt?«

»Guter Gott, Cuf, du willst doch keine Dummheit begehen? Versprich mir, dass du nichts Dummes tust. Die Englischen hätten ihn beinahe umgebracht.«

Cuf trat einen Schritt auf sie und das Kind zu. »Was ich nicht verstehe – Morgan Turner ist doch ein reicher Mann. Wieso lebst du dann noch hier?«

»Morgan wollte uns etwas anderes suchen, aber ich habe mich geweigert, Cuf. Genauso wenig, wie ich zu Clare und Raif ziehen wollte, als sie ihr Haus am Hanover Square fanden. Ich wollte hier bleiben und das, was dir gehört, beschützen. Die ganzen Patrioten, die zurückkommen und sagen, dies oder das gehört ihnen, und die sich nehmen, was einem Tory gehört haben könnte oder jemanden, der vielleicht ein Tory war – die haben die Fiddle and Clogs nicht bekommen. Ich bin geblieben und habe es beschützt. Die Schänke gehört immer noch dir, Cuf.«

»Mir gehört gar nichts mehr«, sagte er. »Nichts, was sich zu haben lohnt. Was ich einmal hatte, hast du in den Schmutz geworfen und mit Füßen getreten.«

Der dritte November kam und ging. Die Rotröcke rührten sich nicht von der Stelle. Alle wussten, dass es nur eine Frage der Zeit war, doch im lang gestreckten Raum Squaw DaSilvas sprachen die Offiziere darüber, dass sie nicht abziehen würden, bis der letzte Tory, der die Stadt verlassen wollte, tatsächlich gegangen war.

»Und was ist mit Ihnen, Mistress DaSilva? Wenn die Rebellen heimkommen, werden sie Blut sehen wollen. Wäre es nicht klüger, wenn Sie nach Hause gingen?«

»Aber hier ist doch mein zu Hause, meine Herren. Wohin sollte ich sonst?«

»Nach London! Das ist doch eine Idee! Es wäre großartig, Sie in Mayfair oder Piccadilly besuchen zu können, Mistress DaSilva. Sie wären sehr gefragt, Sie und Ihre New Yorker Damen.«

»Das ist genau der Punkt, meine Herren. Natürlich werden Sie uns fehlen, aber wir sind nun einmal New Yorker Damen.« Und als sie enttäuscht dreinblickten oder so taten, wedelte sie mit ihrem Fächer und sagte: »*Toujours la gaieté*, meine Herren. *Toujours la gaieté*.«

Am dreiundzwanzigsten November stieg Squaw mit dem Fernrohr, das Howe ihr geschenkt hatte, auf das Dach ihres Hauses. In der Wallabout Bay lagen noch ein paar morsche Schiffe, doch sie hatte gehört, dass sich mittlerweile niemand mehr dort befand. Außerdem sah sie gar nicht zu den Schiffen. Sie verfolgte den Strom Rotröcke, der die Bouwerie Road hinabmarschierte und am Ende der Queen Street Aufstellung bezog, um zu den im Hafen wartenden Schiffen übergesetzt zu werden.

Den ganzen gestrigen Tag war sie etwas unpässlich gewesen, aber heute ging es ihr besser. Es ging ihr sogar ausgezeichnet. Mein Gott … Nach allem, trotz allem, sie hatten gewonnen. Und sie selbst hatte gewonnen. Morgan war am Leben und gesund. Er hasste sie immer noch, oder zumindest behauptete er das. Aber Roisin sagte, das meine er nicht ernst, und jetzt, da der Krieg vorüber sei, würde sie die beiden versöhnen. Und wenn nicht, dann blieb ihr immer noch Joyful Patrick, das entzückendste Kind der Welt. Ihr herzallerliebster Enkelsohn. Roisin brachte ihn so oft wie möglich zu ihr.

Sie schob das Fernrohr zusammen. Die letzten britischen Soldaten stiegen in die letzten Langboote, was bedeutete, dass General Washington bald einziehen würde. Laut der *Gazette* – der Schuft James Rivington hatte erst in der letzten Woche endlich das königliche Wappen von der Titelseite genommen – wartete der General direkt im Norden der Stadt. Er würde im Triumph einziehen, kaum dass die Rotröcke abgerückt waren. Zeit, alles vorzubereiten.

Squaw trat zur Brüstung. Dort hatte sie vor einigen Tagen eine Stange anbringen lassen, eigens für diesen Moment, und sie hatte die Flagge selbst genäht. Mit ihren Zauberhänden, wie Mama sie genannt hatte, damals, als sie ein Mädchen namens Jennet gewesen war und ihre Handarbeiten überall gepriesen wurden. Das kam ihr vor, als wäre das alles in einem anderen Leben passiert, einer anderen Person.

Um den nötigen Stoff zu bekommen, hatte sie zwei Kleider zerschnitten – ein rotes und ein blaues – und drei weiße Unterröcke. Sie hatte die Flagge zwar noch nie gesehen, aber sie wusste, wie sie aussah: dreizehn Streifen, abwechselnd weiß und rot, und dreizehn weiße Sterne auf einem blauen Feld. Der Kontinentalkongress hatte vor sechs Jahren, 1777, über die amerikanische Flagge abgestimmt, aber heute würde sie zum ersten Mal über New York City wehen. Und ihre, beim Himmel, ihre würde die allererste sein.

Sie zog die Flagge an der Stange auf, und wie auf Befehl ließ eine Brise sie flattern. Squaw presste die Hände auf die Brust. Kein Wunder, dass ihr Herz so heftig schlug. Wer wäre nach all diesen Sorgen, der Angst und der Gefahr nicht aufgeregt? Aber sie hatten gewonnen. Gottseidank. Gottseidank.

»Mistress! ’n bisschen früh dran, was?«

Squaw blickte nach unten. Bill Cunningham in Perücke und prächtiger scharlachroter Uniform sah zu ihr hinauf. Sie starrte ihn an, dann ging sie zu ihm nach unten.

»Und Sie sind wohl ein bisschen spät dran, Kommandeur, oder? Ich glaube, das letzte Langboot hat schon abgelegt.«

Cunningham stand neben der Tür des Hauses am Broad Way und musterte die Frau, die vor ihm stand. Verfluchte Squaw. Frauen waren ihm zuwider. Diese hier noch mehr als alle anderen. »Ich hab meine eigenen Pläne. Ich bin gekommen, um meine letzte Rate abzuholen.«

»Die letzte Rate? Glauben Sie im Ernst, dass ich Ihnen noch etwas gebe? Jetzt? Heute?«

»Aber klar. Wie ich die Dinge sehe, holen die Rebellen sich jetzt alles, worauf sie gerade Lust haben. Wie wäre es da für Sie, wenn Leute wie ich lange genug hier bleiben, um ihnen zu verraten, wo genau die Offiziere Seiner Majestät sich amüsierten, solange sie hier waren? Also ist es das Beste, wenn Sie mich bezahlen, und ich gehe, ohne jemandem was zu sagen.«

»Nein, Mr. Cunningham, das ist keineswegs das Beste, ganz und gar nicht. Und da wir gerade beim Thema sind, sage ich Ihnen noch etwas, Sie ekelhafter Mensch. Ich habe Sie in den letzten Jahren nur bezahlt, weil es das Einfachste war. Ich weiß genau, dass Sie nicht die mindeste Ahnung hatten, wo Morgan sich aufhielt, sonst hätten Sie ihn sich geholt, ganz egal, wie viel ich Ihnen bezahlte.«

»Das haben Sie nicht gewusst.«

»Natürlich wusste ich das. Und vielleicht möchten Sie auch wissen, dass es außerordentlich nützlich war, die Offiziere Seiner Majestät jeden Abend hier zu empfangen. Eine bessere Möglichkeit, General Washington über deren intimste Gedanken auf dem Laufenden zu halten, gab es gar nicht.«

»Verfluchte Hurendirne. Ich hab mir immer schon gedacht, dass du 'ne Verräterin bist.«

»In der Tat. Ich bin alles, was Sie dachten. Und mehr noch. Viel mehr noch, Herr Kommandeur. Denken Sie daran, wenn Sie in der Hölle schmoren, was Sie sicherlich tun werden.« Ihr Herz schlug so wild, dass es gleich zerspringen würde, aber das kümmerte sie nicht. Diese Gestalt, die da vor ihr stand, war kein Mensch. Es war ein Unmensch. Das Leiden, das er verursacht hatte, war grenzenlos. Es verlangte nach Rache.

Die Rubinaugen des goldenen Pferdekopfes blinzelten ihr zu. Sie packte den Gehstock und holte aus.

»Verfluchte Hurendirne!« Vergeblich griff Cunningham nach dem Ende des Stocks. »Schlagen willst du mich, wie! Ich werde dafür sorgen, dass du nackt durch die Straßen geschleift wirst als Spionin und Lügnerin ...« Der Gehstock traf ihn an der Wange. Cunningham spürte Blut aus seiner Nase rinnen. »Hure!«, tobte er. »Hexe! Dich seh ich in der Hölle wieder!«

Durch den Schlag war der Ebenholzstock entzwei gebrochen. Squaw hieb mit dem zersplitterten Ende unter dem Pferdekopf um sich. »Dir steche ich die Augen aus, du Satan! Aber blind zu sein ist noch lange nicht Strafe genug für dich! Ich werde dir …«

Der Schmerz kam in einer einzigen Woge. Sie wartete, dass er sich aufbäumte und dann verebbte, wie Schmerz es immer tat, aber das passierte nicht. Er stieg immer höher, von der Brust in den Kopf, stach sie hinter den Augen, raubte ihr das Sehvermögen, sodass sie nur einen grellroten Schimmer wahrnahm. Sie schrie auf, taumelte rückwärts und fiel auf die Treppe.

Cunningham machte einen Satz nach vorne. In dem Haus gab es sicher jede Menge zu holen. Wahrscheinlich hatte sie auch Geld bei sich. Das Geräusch von Hörnern, Pfeifen und Trommeln schreckte ihn auf. Und Jubeln war zu hören. Ganz nah schon. Verdammt. Der verfluchte Hurensohn Washington. Es wäre nicht klug von Bill Cunningham, in New York zu sein, wenn George Washington einmarschierte. Gar nicht klug. Er machte auf dem Absatz kehrt und lief davonn.

Ein Strahl der Mittagssonne fiel in das Foyer des vornehmsten Freudenhauses von New York, und die Rubinaugen des goldenen Pferdekopfes glitzerten in Squaw DaSilvas lebloser Hand.

II

Der vierte Dezember. Seit über einem Monat war er zu Hause. Cuf wusste nicht, wie er die Tage verbracht, was er gegessen oder wo er geschlafen hatte. Er konnte sich an nichts erinnern. Den Großteil der Zeit war er betrunken gewesen, und er hatte sich Gott weiß wie lange nicht gewaschen. Er stank wie ein Maultier.

»Kommen Sie rein. Ist alles fertig.«

Die schwarze Frau war sehr füllig. Alle nannten sie Jessie Jump Up. »Das kommt davon, weil ich früher immer rumgesprungen bin, getanzt und gesungen hab«, hatte sie ihm erzählt, als er sie das erste Mal in ihrem kleinen Haus in einer Gasse hinter der Nassau Street aufgesucht hatte. »Aber heut tu ich das nicht mehr. Bin zu alt und fett geworden. Aber die Leute haben keinen Verstand nicht, mir 'nen andren Namen zu geben.«

Bei Jessie war es behaglich und warm. In ihrem Vorderzimmer nahm sie mit einem Faden an ihren Kunden Maß und nähte ihnen anhand dessen saubere Kleider, die richtig passten. Und in ihrem Hinterzimmer stand eine große Kupferwanne vor einem Feuer, das immer brannte. Bevor man also in die neuen Kleider schlüpfte, konnte man ein richtiges Bad nehmen, und wenn man wollte, schnitt Jessie Jump Up einem sogar das Haar und rasierte einen.

Es schien, als hatte das Grauen des Kriegs und der Rotröcke Jessie nichts anhaben können; und tatsächlich hatte es ihr Gewerbe erst möglich gemacht. Die heimkehrenden amerikanischen Soldaten waren alle abgerissen, keiner hatte eine richtige Uniform am Leib. Als Allererstes wünschten sie sich saubere Kleider, die nicht bloß aus Fetzen bestanden, und dann wollten sie nicht mehr wie Schweine stinken, die sich im Dreck gesuhlt hatten. Jessie Jump Up erfüllte ihnen diese Wünsche und verlangte nicht einmal allzu viel dafür.

»Schöner Tag heute«, sagte sie zu Cuf, als er an ihrer Haustür erschien. »Ein schöner früher Morgen.« Es war noch vor sieben Uhr, die fahle Wintersonne stand gerade erst am Horizont.

»Haben Sie alles fertig für mich?«

»Aber freilich. Ihre Kledage ist fertig. Nur müssen 'Se mir den Rest zahlen, wo Sie mir noch schulden, bevor Sie 'se kriegen.«

Cuf zog aus der Tasche einen Beutel mit Münzen. Ein französischer Oberst hatte sie ihm überreicht. »Ihr Gehalt, Monsieur Cuf. Für außerordentliche Dienste.« Er hatte kein Geld erwartet; die meisten Leute von Washington erhielten nichts, weil es kein Geld gab, mit dem sie hätten bezahlt werden können. Später zählte er den Inhalt des Beutels: zehn Guineen. Und noch später erfuhr er, dass die französischen Offiziere alle dafür zusammengelegt hatten. Weil sie glaubten, dass viele von ihnen ohne Cuf nicht mehr am Leben wären.

Er öffnete den Beutel und nahm drei Shilling heraus. »Da. Mit dem, was ich Ihnen schon gegeben habe, sind es fünf Shilling.«

Jessie Jump Up nahm das Geld und biss auf jede Münze, bevor sie zustimmend nickte. »Das geht in Ordnung. Jetzt dürfen Sie rein. Das Bad ist fertig. Wollen Sie, dass ich reinkomm und Ihnen den Rücken schrubbe?«

»Nein, danke. Liegen die Kleider auch dort?«

»Ja. Alles genau so, wie Sie's haben wollten. Sie wissen immer ganz genau, wie Sie alles haben wollen, stimmt's? Sogar sehr genau für 'nen Mann, bei dem keine Farbe richtig ist. Wo wollen Sie denn hin, wenn Sie Ihre Mulattenhaut gewienert haben?«

Ohne zu antworten, ging Cuf an ihr vorbei zum hinteren Zimmer. »In einer Stunde bin ich fertig. Vielleicht auch früher. Bleiben Sie draußen, bis ich rauskomme.«

Er verschloss die Tür hinter sich. Nur deswegen hatte er sich für die Dienste Jessie Jump Ups entschieden – weil er bei der Besichtigung ihres Bades bemerkt hatte, dass sich die Tür verschließen ließ.

Das Wasser war dampfend heiß – auch darauf hatte er bestanden –, und mit einem zufriedenen Seufzen ließ er sich hineingleiten.

Das kleine Seifenstück war braun und grob von der Asche, aus der sie hergestellt war. Kein Vergleich zu den süß duftenden Seifen, die Roisin früher gemacht hatte. Und jetzt machte Clare dieselbe. Das wusste er, denn er war zu ihrem Laden am Hanover Square gegangen; er hatte sie gesehen, wie sie hinter einer Theke stand, auf der sich alle möglichen Dinge stapelten, darunter auch Quadrate süß duftender Seife. Wie man die herstellte, hatte ihre Mutter ihr beigebracht.

Clare hatte ihn auch gesehen. Sie hatte aufgeschaut, hatte strahlend gelächelt und war zur Tür geeilt. Cuf war nicht hineingegangen. Stattdessen war er die gepflasterte Straße hinuntergelaufen. Rückwärts, damit er sie ansehen konnte. Und sie hatte zu ihm geschaut und gerufen: »Papa! Papa!«, aber er hatte nichts gesagt. Sie musste doch wissen, dass er nicht ihr Papa war. Tief in ihrem Inneren, wie er.

Als er aus dem Bad stieg, war das Wasser fast kalt. Neben dem Feuer stehend, trocknete er sich ab. Die Kleider, die Jessie Jump Up ihm genäht hatte, fühlten sich gut an auf der Haut. Keine Kleidung für Negersklaven, wie er sie die ganzen letzten Jahre getragen hatte: ein Leinenhemd, kein grobes Linnen; eine Jacke aus Wolle und nicht Flanell; und eine wollene, keine lederne Kniehose. Schließlich steckte Cuf die Duellpistole in den Bund, überprüfte, ob sie unter der Jacke auch wirklich verborgen war, und schloss die Tür auf.

Kurz vor elf Uhr erreichte Cuf die Ecke der Broad Street und der Pearl Street. Die Fraunces Tavern hatte die Wirren der vergangenen Jahre unbeschadet überstanden und sah so herrschaftlich aus wie eh und je. Die Leute sagten, dass Mr. Fraunces oben in dem lang gestreckten Raum nach wie vor eine üppige Tafel deckte. Auf jeden Fall hatte in der Woche, seit General Washington im Triumph in die Stadt eingezogen war, in seiner Taverne mehr als nur eine Feier stattgefunden. Jetzt kehrte der General in seine Heimat Virginia zurück, und er hatte all seine Offiziere, die noch in New York waren, vor seinem Aufbruch zu einem letzten Glas eingeladen.

Die ganze Stadt wusste davon. Deswegen drängten sich so viele Menschen auf der Broad Street; sie alle wollten Washington eine gute Reise wünschen. Cuf stand hinter einer Gruppe von Männern gegenüber der Taverne, auf der anderen Straßenseite. Seine Hand lag unter der Jacke auf dem Griff der Pistole. Sie war entsichert und schussbereit. *Guter Gott, Cuf, du willst doch keine Dummheit begehen? Versprich mir, dass du nichts Dummes tust.* Roisins Stimme, die in Gedanken zu ihm sprach, genau wie immer.

Morgan Turner war ganz bestimmt dort drüben in der Fraunces Tavern, zusammen mit Washington und den anderen.

Zehn Minuten vergingen. Zwanzig. Die Menge wartete geduldig, bis jemand flüsterte: »Jetzt kommen sie«, und die Tür der Taverne aufging. Männer traten nacheinander auf die Straße, die Wartenden begannen zu klatschen.

Man hätte meinen können, dass die Bevölkerung nach den vergangenen Tagen genug vom Händeklatschen hätte, aber das war eindeutig nicht der Fall. Eine letzte Runde Applaus wollten die New Yorker sich nicht nehmen lassen. Es klang, als wollten sie kein Ende finden.

Cuf klatschte nicht. Er zog die Pistole aus dem Bund und ließ sie an der Seite herabhängen. Die Umstehenden hatten nur Augen für Washington und seine Offiziere und achteten gar nicht auf ihn. Einige Gesichter erkannte er sofort – Alexander Hamilton, Philip Schuyler und Richard Varick –, doch andere, die er zu sehen erwartet hatte, konnte er nicht entdecken, etwa Major Burr. Dann stimmte das Gerücht offenbar wohl, und Burr war tatsächlich aus dem Generalstab ausgeschieden aus Neid darüber, dass Washington sich vor allem auf Hamilton stützte. Und keine Spur von Morgan. Erst, als Washington selbst zur Tür heraustrat.

Sobald der General erschien, brachen die Menschen in Jubel aus. Washington lüftete den Hut und schwenkte ihn in alle Richtungen, um sich für die Grüße und Wünsche der Zuschauer zu bedanken. Morgan folgte ihm. Er stand gut fünf Fuß hinter dem General in der schwachen Morgensonne, hielt sich im Hintergrund, um nicht zu stören, wenn die Menge ihrem Helden Tribut zollte. Trotzdem war es unmöglich, auf Morgan zu zielen, solange Washington die Beifallsstürme der Menschen entgegennahm.

Guter Gott, Cuf, du willst doch keine Dummheit begehen? Versprich mir, dass du nichts Dummes tust.

Dumm war, was er die ganze Zeit getan hatte, nicht, was er tun würde. Dumm war, dass er die ganzen Jahre die Wahrheit gekannt und zugelassen hatte, dass sie an ihm nagte. Dumm war, Morgan zu erlauben, ihm alles wegzunehmen, was für ihn im Leben zählte. Dumm war, zu tun, als wäre alles noch wie früher, als wäre Morgan noch immer der Herr und Cuf noch immer der Sklave. Als hätte er nicht das Recht, sich für den Raub seiner Ehre zu rächen. Das war dumm.

Washington wandte sich zu Hamilton und sagte etwas. Auf eine Geste des Jüngeren hin führte jemand ein Pferd herbei. Der General schwang sich in den Sattel und ritt die Broad Street hinauf zum Broad Way. Die erregte Menge drängte ihm nach. Cuf blieb, wo er war.

Genau wie Morgan. Einige der anderen wandten sich zu ihm und gaben ihm die Hand, ein oder zwei versetzten ihm einen Schulterklaps. Aber nicht Hamilton. Das bemerkte Cuf. Alexander Hamilton und Morgan Turner waren keine Freunde, das war unverkennbar. Trotzdem stand Hamilton zu nah bei ihm, Cuf konnte nicht abdrücken.

Danach trat ein zweiter Mann zu Morgan, einer, den Cuf nicht kannte. Und dann ein dritter. Und jeder von ihnen stand genau in der Schusslinie, stand genau zwischen seiner Pistole und Morgan Turners Herz.

Zweimal hob Cuf tatsächlich die Waffe. Einmal hätte er um Haaresbreite gefeuert. Dann passierte etwas, das ihn ablenkte. Cuf wusste nicht genau, was es war. Vielleicht ein Vogel.

Guter Gott, Cuf, du willst doch keine Dummheit begehen? Versprich mir, dass du nichts Dummes tust.

Schließlich waren alle fort, und Morgan überquerte die Straße und kam auf ihn zu. »Guten Morgen, Cuf.«

Morgan hinkte. Die Briten hätten ihn beinahe umgebracht, hatte Roisin gesagt. Deswegen brauchte er wohl einen Stock. Und deswegen ging wohl auch eines seiner Augen nicht richtig auf und hing sein linker Arm an der

Seite herab. Nicht dass ihn das daran gehindert hätte, sich auf Roisin zu legen und ihr ein Kind zu machen. Sein zweites Kind.

»Willst du das Ding benützen oder nicht?« Jetzt stand Morgan einen Fuß von ihm entfernt und sah ihm direkt ins Gesicht. Außer ihnen war der Platz vor der Taverne leer. Morgan deutete mit dem Kopf auf die Pistole in Cufs Hand. »Ich habe dich beobachtet, also kannst du's mir ruhig sagen. Willst du mich umbringen oder nicht?«

»Doch, das will ich.«

»Ja, das dachte ich mir. Und wirst du es tun?«

Cuf gab keine Antwort.

»Nützt es etwas, wenn ich dir sage, dass es mir Leid tut?«, fragte Morgan.

»Nicht viel.«

»Ich weiß. Aber Roisin und mir, es tut uns beiden Leid. Wenn der Krieg nicht gewesen wäre, hätten wir wohl nie ... Als ich damals, das erste Mal, zurückgekommen bin, Cuf. Als mir klar wurde, dass sie deine Frau ist, hatte ich nicht die Absicht, sie zurückzugewinnen. Sie wäre auch gar nicht zu mir gekommen, selbst wenn ich es versucht hätte. Es war nur ...« Kopfschüttelnd brach er ab. »Der Krieg«, sagte er schließlich. »Das ist keine Entschuldigung. Nur ein Grund.«

»Wie alt ist dein Sohn?«

»Achtzehn Monate. Joyful Patrick. Ein sehr seltsamer Name, aber Roisin hat darauf bestanden.«

Cuf nickte. Die Pistole lag schwer in seiner Hand.

»Ich habe gehört, dass deine Mutter gestorben ist.«

»Ja. An dem Tag, an dem die Rotröcke abgezogen sind.« Morgan hielt seinen Gehstock hoch. Das Holz war neu, der Knauf aber nicht. »Erkennst du das?«

»Der Pferdekopf, den ich auf Bedloe's Island vergraben habe.«

»Genau der. Cuf, hast du je gewusst, was innen drin war?«

»Ein Zettel, habe ich mir immer gedacht. Für etwas anderes als Papier war es nicht schwer genug.«

»Aber du hast nicht hineingeschaut?«

»Nein. Damals glaubte ich daran, dass ich das Versprechen abholen würde.«

Morgan lächelte. »Schade. Wenn du's gelesen und es dir gemerkt hättest, würden wir heute beide eine ganze Stange Geld mehr haben.«

»Du hast geschrieben, was auf dem Zettel stand, oder? Und die Anweisungen, um das Kästchen zu begraben, klangen, als stammten sie auch von dir.«

»Das stimmt. Und du hast Recht, ich habe den Zettel geschrieben. Aber er ist weg, und dieser Tage« – Morgan deutete auf seinen Kopf – »erinnere ich mich nicht mehr so gut wie früher.«

»Aber jetzt, da deine Mutter tot ist, hast du doch viel Geld. Werdet ihr in ihr Haus ziehen? Du und Roisin und dein Junge?«

»Nie. Ich werde nie mehr dort leben, Cuf. Roisin auch nicht. Ich habe es Isaac Sears vermietet. Du erinnerst dich doch an Kapitän Sears.«

»Von den Sons of Liberty. Natürlich. Also wo wohnt du und Roisin ...«

»Nicht in der Fiddle and Clogs, Cuf. Die gehört dir. Wir sind nur noch ein paar Wochen in New York. Wir fahren nach China.«

»China?«

»Für New York ist der Handel mit den Westindischen Inseln vorbei. Die britischen Plantagenbesitzer kaufen unsere Waren nicht. Aber die Ostindien-Kompanie kann unsere Schiffe jetzt, da wir unabhängig sind, nicht aus dem Orient vertreiben. Ein paar Leute haben sich zusammengetan, und wir haben gemeinsam einen dreimastigen Kauffahrer gebaut. Die *Empress of China*, ein wunderschönes Schiff. Voll beladen mit Fellen und einer Wurzel, die Ginseng heißt. Unten in Virginia und Pennsylvania kann man die überall im Wald ausgraben. Roisin weiß nicht viel über sie, ob du's glaubst oder nicht, aber die Chinesen sagen, dass sie gegen alles und jedes hilft, und zahlen ein Vermögen dafür. Wir segeln nach Kanton, sobald die Narrows und der Hafen eisfrei sind.«

Die verdammte Pistole hing schwer wie Blei ins Cufs Hand. *Du willst doch keine Dummheit begehen? Versprich mir, dass du nichts Dummes tust.* Er war dumm. Er stand da und redete, obwohl er sich doch rächen sollte; das war sein gutes Recht. »Du wirst also wieder ein Kapitän zur See.«

»Nicht ganz. Ich nehme die Kabine des Eigentümers.« Morgan bewegte ungeschickt seinen verkrüppelten Arm. »Mit einer solchen Hand kann man kein Schiff steuern. Aber du, Cuf, du hast den Krieg gut überstanden. Du siehst blendend aus. Bist du …«

»Du und Roisin, werdet ihr heiraten?« Sie hatte Cuf nie geheiratet. Natürlich war das nicht möglich gewesen. Es gab Gesetze, die verboten, dass eine Weiße einen Mulatten heiratete.

»Wir sind verheiratet, Cuf. Seit über einem Jahr.«

Guter, heiliger Gott. Cuf spürte, wie die Galle in ihm aufstieg, und er befürchtete, er würde sich hier auf der

Straße übergeben müssen. Diese Schande. Heiliger, gütiger Gott.

»In New York gibt es einen Jesuitenpriester«, fuhr Morgan fort. »Ich habe sogar gehört, dass es eine katholische Kirche geben wird. Auf jeden Fall, dieser Mr. Steenmayer hat uns getraut. Es ist Roisins Religion, aber ich hatte nichts dagegen. Cuf, gib mir deine Pistole.« Morgan streckte die Hand seines gesunden Arms aus. »Wenn jemand vorbeikommt und dich mit dem Ding sieht ... Das könnte Ärger geben.«

Weil es nach diesem verdammten Krieg, nach dem ganzen Töten und Sterben, immer noch Sklaven und Herren gab. Und jeder wusste, wer was war. Cuf ließ die Pistole nicht los; er wandte sich ab und ging davon.

»Cuf, warte. Wohin gehst du? Ich ...«

Cuf hob die Hand, in der er die Waffe hielt, und feuerte sie direkt über seinem Kopf ab. Über ihren beiden Köpfen.

»Cuf!«

Cuf hörte Schritte näher kommen. Unregelmäßige, langsame Schritte. Morgan Turner würde ihn nie einholen, wenn er sich nicht einholen lassen wollte. Morgan war ein Krüppel. Das konnte Cuf eine gewisse Genugtuung sein. Aber nicht allzu viel. Denn ob Krüppel oder nicht, Morgan hatte Roisin.

III

Mittlerweile war es März, mehr als drei Monate nach der Evakuierung, und das Armenhaus war überfüllt. Einige Wochen nach dem Abzug der Briten waren eine neue Versammlung und ein Bürgermeister gewählt worden, der dem neuen Stadtrat vorstand. Wenig später nahmen die wichtigsten Institutionen wieder ihre Arbeit auf. Von jedem, der wusste, was zu tun war, wurde erwartet, seine Aufgaben auch zu erfüllen. Das war wohl der Grund, vermutete Andrew, warum er noch das City Hospital im Armenhaus leitete. Er stand zur Verfügung, er wusste, was zu tun war. Und Gott weiß, es gab reichlich Kranke unter den Armen.

Armut, Schmutz und Krankheiten: Offenbar gehörten die drei zusammen. All die Leute, die zusammengedrängt in der Zeltstadt lebten – es war, als würden sie ihre Krankheiten und Seuchen untereinander verbreiten. Unsichtbare Würmer. Vielleicht doch.

Einige Wochen zuvor hatte er Lucas' Journale und Christophers Aufzeichnungen aus dem Geheimfach seines Sekretärs genommen und auf das Bücherregal zurückgestellt. Das Einzige, was jetzt noch in dem Fach lag, war der Zettel, den er in Caleb Devreys Hand gefunden hatte. Andrew war immer noch überzeugt, dass es Ortsangaben für ein Versteck waren. Vielleicht würde er die Reise eines Tages wirklich machen. Aber wenn er demnächst ein paar freie Stunden hatte, wollte er die ganzen Aufzeichnungen noch einmal durchlesen. Der junge Preble und wie er nach der Bluttransfusion genesen war, obwohl die Rote Bess nach derselben Behandlung gestorben war ... Es gab noch viel zu lernen.

»Die Letzte, Dr. Turner.« Der Mann, dem die Aufgabe des Pflegers übertragen war, deutete auf die Frau, die im hintersten Bett lag. Wie er erklärte, war sie vom Webraum des Armenhauses ins Krankenhaus hinaufgeschickt worden. »Sie hat einen schlimmen Hals und wahrscheinlich Fieber. Und sie kann nicht am Webstuhl sitzen, weil sie ständig so husten und sich schütteln muss.« Wie um seine Aussage zu bestätigen, begann die Frau zu keuchen und zu zittern.

Andrew spürte die Hitze, die vom Körper der Frau abstrahlte, noch bevor er sie berührte. Trotzdem legte er ihr die Hand auf die Stirn. Hohes Fieber, in der Tat. »Sie haben …« Er brach ab, als er Schreie und Rufe hörte. »Was soll denn der Lärm?«

Der Pfleger, der ein schweres Tablett mit Andrews Instrumenten und Medikamenten hielt, trat von einem Fuß auf den anderen. »Das kommt von draußen, Sir.«

»Vom Common?«

»Ja, Sir. Da hat sich 'ne ganze Menge von Leuten versammelt.«

»Die Fenster sind alle geschlossen, ja? Die schlechten Lüfte …«

»Kein Fenster ist offen, Dr. Turner. Kein einziges. Auf Ihre Anweisungen hin.«

Andrew brummte zustimmend. »Wieso ist dann der Lärm vom Common bis hier oben zu hören?«

»Es sind sehr viele Leute, Sir.«

»Ja, das muss wohl so sein.« Er wandte sich wieder der Patientin zu. Er vermutete, dass ihre Lunge voll Flüssigkeit war. Er und sein Großvater hatten Dutzende von Leichen seziert, die genau das bestätigten. »Brechweinstein«, sagte er, griff nach der Flasche und dem Dosierlöffel. »Bitte machen Sie den Mund auf, Mistress. Ich helfe Ihnen, die Krankheit auszuscheiden.« Sie würde brechen, bis sie nichts mehr im Magen hatte, und ihre Eingeweide würden sich ebenfalls entleeren, bis sie nichts mehr enthielten. Morgen würde er sie zur

Ader lassen. Wenn sie überlebte, würde sie vielleicht genesen.

»*Großvater, warum können wir nicht die Brust öffnen, solange der Patient noch am Leben ist? So, wie du es machst, wenn sie tot sind.*«

»*Und was sollen wir dann tun, Junge?*«

»*Die Flüssigkeit aus der Lunge absaugen.*«

»*Ja, das könnte helfen. Aber was du mich hier tun siehst in dem kleinen Sezierraum, wie ich die Haut und die Muskeln vom Rippenbogen schäle – die Schmerzen könnte kein Lebender ertragen, mein Junge. Denk dran, was Lucas Turner sagte: Eine schmerzlose Operation gibt es nicht, also werden wir nie einen Bauch oder eine Brust aufschneiden.*«

»*Aber wenn wir das könnten, Großvater …*«

»*Wenn wir das könnten, Andrew, würden wir viele Leben retten.*«

Andrew stellte den Brechweinstein auf das Tablett zurück. »Sie müssen die nächsten Stunden bei ihr bleiben«, trug er dem Pfleger auf. Der sah unglücklich drein. »Ist doch besser, als wieder zum Steinbruch zurückgehen zu müssen, oder?«

»Sie wird stundenlang kotzen und scheißen, oder nicht, Doktor?«

»Ja, vermutlich.« Andrew nahm noch einmal die Flasche mit dem Brechweinstein zur Hand und schaute, wie viel er an diesem Tag verteilt hatte. »Das werden wohl die meisten.«

»Dann bin ich mir nicht sicher, ob es besser ist.«

»Dr. Turner.« Die Stimme kam von einem Mann, der in der Tür der Station stand und sich wegen des Gestanks ein Tuch vor die Nase hielt.

Andrew drehte sich zu ihm. »Ich bin Dr. Turner. Kenne ich Sie, Sir?«

»Das ist egal, ob Sie mich kennen oder nicht. Sie müssen mitkommen.«

»Auf wessen Anweisung hin?«

»Von denen.« Beim Sprechen drehte der Mann sich um und bedeutete zwei anderen vorzutreten. Sie waren mit Musketen bewaffnet, an ihrer Taille hing ein kurzer Säbel.

»Gütiger Gott«, sagte Andrew leise. »Ich dachte, die Armee wäre abgezogen.«

»Die Rotröcke schon. Jetzt rechnen wir mit den verfluchten Torys ab, die schamlos genug waren, hier zu bleiben.«

Es mussten an die hundert Leute sein, die sich auf dem Common eingefunden hatte; sie standen auf der Wiese zwischen dem Pulverhaus und der rückwärtigen Seite des Gefängnisses und des Armenhauses. Kein Wunder, dass er das Geschrei selbst bei geschlossenen Fenstern oben auf der Krankenstation gehört hatte.

»Was genau machen Sie hier? Und was wollen Sie von mir?«

Sie hatten ihm die Hände hinter dem Rücken gefesselt und schoben ihn vorwärts. »Das finden Sie schon noch früh genug raus. Dasselbe wie von dem ganzen verdammten Torypack.«

Er wusste, er sollte ihnen sagen, dass er kein Tory war, nie einer gewesen war, doch die Worte blieben ihm im Hals stecken. Wie Tiere waren sie, verdammt. Sieben höllische Jahre, in denen er sein Leben und das seiner Familie aufs Spiel gesetzt hatte, seine Ehre in den Schmutz gezogen und die dreckigste Arbeit verrichtet hatte, die es in einem Krieg zu tun gab – und wofür das alles? Damit eine Horde aufgebrachter Verrückter unter der Führung derselben Aufwiegler, die an der Spitze der Sons of Liberty gestanden hatten, die Stadt an sich rissen und jeden Anstand mit Füßen traten. Eher würde die Hölle zu Eis gefrieren, als dass er sich erniedrigte, solchem Pack Erklärungen abzugeben.

Außerdem würden sie ihm nicht glauben.

Die mit Musketen bewaffneten Männer stießen ihn durch das Gewühl weiter. Hände zerrten an ihm, schlugen ihn, rissen an seinen Kleidern, zogen an seinem Haar. Einige spuckten ihm ins Gesicht. Tobende Furien samt und sonders. Guter Gott, genauso viele Frauen wie Männer, rasend vor Zorn die meisten. O lieber, guter Gott.

Vor ihm sah er einen Brandpfahl und daneben ein loderndes Feuer.

Andrews Eingeweide zogen sich krampfend zusammen, das Herz klopfte ihm bis zum Hals. Er würde nicht betteln. Denen würden eher Hörner aus der Stirn wachsen, als dass er flehte. Es war ein schändlicher Tod. Schändlich. Aber er würde nicht um Gnade flehen, denn er wusste, dass es keine gab.

»Der ist der Nächste!«, brüllte eine Frau.

Andrew zwang sich, die Schultern zu straffen; er würde aufrecht zum Scheiterhaufen gehen. Nichts passierte. Niemand stieß ihn vorwärts. Der Nächste – das war nicht er. Sondern ein älterer Mann mit spärlichem Haarwuchs, einem Bauch und eleganten Kleidern, die jetzt mit Kot und Dreck besudelt waren. An der Stirn hatte der Mann eine tiefe Wunde. Zweifellos ein Stein. Blut rann ihm über die Wange.

Andrew brauchte ein paar Sekunden, bis ihm der Name des verängstigten Mannes einfiel. Natürlich. Leominster Harmon. Einer der Zuckerbarone. Hatte ein prächtiges Haus an der Wall Street. Hatte während des Kriegs ein Vermögen gemacht, indem er die britische Marine mit Rum belieferte. Der arme, unbedarfte Kerl. Hätte wissen sollen, dass er verschwinden sollte, solange es noch möglich war. Hätten sie alle.

Harmon wurde an den Brandpfahl gefesselt. Einer der Männer, der offenbar die Leitung übernahm, ging zum Feuer. Vermutlich, um Kohle zu holen und das Opfer anzuzünden. Das Gebrüll des Pöbels war ohrenbetäubend. Auch Harmons Lippen bewegten sich. Vielleicht betete er. Ja, natürlich, Leominster Harmon war Katholik, deswegen war er hier geblieben. Nichts war schlimmer, als ein Katholik in Großbritannien zu sein; außer vielleicht, hier in New York bei lebendigem Leib verbrannt zu werden. O lieber Gott, gib mir die Kraft, mit Würde zu sterben. Damit sie, wenn sie davon hören, stolz auf mich sein können – Meg, die Kinder, mein Vater.

Die Menge verstummte. Andrew schloss die Augen.

Harmon brüllte. Ein langes, anhaltendes Gellen des Schmerzes, das in der Luft widerhallte.

Der Pöbel stöhnte in kollektiver Befriedigung. Andrew spürte, wie ihre Lust die Luft vibrieren ließ; es war das Stöhnen einer Hure beim Geschlechtsakt. »Ja! So! Das ist gut!«

Er öffnete die Augen. Er konnte nicht anders. Er musste es mit ansehen, musste Zeuge werden, wenn …

… Wenn etwas anderes passierte als seine schlimmsten Befürchtungen.

Eimerweise gossen sie flüssiges Pech über Leominster

Harmon, einige Frauen stürmten vor und warfen Hände voll Federn auf ihn.

»Jetzt kannst du wieder in deine feine Villa gehen, du dreckiger Tory-Verräter. Und die kannst du auch mitnehmen!«

Zwei Männer schleppten Josie Harmon zum Schandpfahl. Zuerst glaubte Andrew, die Meute würde auch sie teeren und federn. Dann wurde ihm bewusst, dass sie bereits viel Schlimmeres getan hatten: Josies bauschiger Rock war ihr bis zur Taille hochgeschlagen, sie wurde über die gefrorene Erde geschleift und hätte nicht gehen können, selbst wenn ihre Peiniger es ihr erlaubt hätten. Die Waden ihrer dicken Beine waren blutverschmiert, die Frau schluchzte vor Angst und Schmerzen. Heiliger Heiland, sie hatten ihr die Kniesehnen durchtrennt. Sie würde nie wieder gehen können.

Bestien. Sieben Jahre Hölle für Bestien wie dieses Pack.

»Papa! Papa! Lasst mich durch, ihre Schufte! Papa!«

»Lucas! Geh weg! Geh nach Hause. Deine Mutter braucht dich. Geh nach Hause!« Lucas war achtzehn, sein ältester Sohn. Wenn er von diesen Schweinen verkrüppelt oder geblendet werden sollte oder Schlimmeres …

»Andrew! Ich bin's, Sam! Ist alles in Ordnung?«

Andrew kam gar nicht dazu zu antworten. Der Mann, der ihn vom Hospiz zum Common geschleppt hatte, sprach an seiner statt. »Im Augenblick ist er noch in Ordnung, aber nicht mehr lange. Bleibt doch und schaut selbst!«

»Ich werde höchstens zuschauen, wie du wegen Körperverletzung vor Gericht gestellt wirst.« Sam Devreys

Stimme übertönte das Gejohle der Menge. Er sprach klar und deutlich, mit unanfechtbarer Autorität. »Darüber hinaus werde ich persönlich bezeugen, dass du es gewagt hast, die Freiheit eines amerikanischen Helden anzutasten.«

Mittlerweile hatte Sam sich, dicht gefolgt von Lucas, einen Weg durch die Menge gebahnt und stand jetzt bei Andrew und den Männern, die ihn gefangen hielten. »Lasst ihn los«, sagte Sam. »Sofort.«

»Ein Held, sagen Sie? Ich will ja nicht respektlos sein, Dr. Devrey, aber sind Sie verrückt? Er war hier, die ganze Zeit, in der Sie sich um unsere Jungs gekümmert haben. Das hätte der auch tun können. Stattdessen ist …«

»Stattdessen ist er hier geblieben«, donnerte Devrey. Mit seiner lauten, selbstsicheren Stimme schnitt er dem anderen das Wort ab. »In der Höhle des Löwen. In Tuchfühlung mit dem Feind. Und hat jeden Tag aufs Neue sein Leben aufs Spiel gesetzt, um an General Washington Informationen weiterzugeben.«

»Das hat der nie im Leben!«

Die Menge war verstummt, lauschte gebannt dem Wortwechsel.

»Wie können Sie es wagen, mir zu widersprechen?«, fuhr Sam auf. »Das hat er nie im Leben, sagen Sie? Aber Sie irren sich, Sir. Sie wissen, wer ich bin?«

»'türlich weiß ich das. Hab ich doch schon gesagt. Aber jetzt reden Sie wirklich, als wären Sie nicht ganz bei Trost.«

Eine Stimme aus der Menge übertönte ihn. »Das ist Sam Devrey, wo redet. Der hat meinem Jungen bei Trenton das Leben gerettet. Lasst ihn ausreden.«

»Ich habe bereits gesagt, was ich sagen wollte. Dr. Andrew Turner ist ein Held des Unabhängigkeitskriegs. Wenn Sie ein Schreiben von General Washington sehen wollen, das diese Tatsache bestätigt, müssen Sie mir zwei Wochen Zeit geben, um nach Virginia zu fahren und es zu holen. Wenn Sie sich allerdings an diesem Nachmittag mit unauslöschlicher Schande beladen wollen, dann fahren Sie nur fort mit Ihren Angriffen auf einen Mann, der wiederholt sein Leben riskierte für alles, was Ihnen lieb und teuer ist.«

Eine Weile herrschte Stille; die Menge musste diese neue Information erst auf sich wirken lassen. Schließlich rief eine Frau: »Lasst ihn los.«

»Ja, genau«, pflichtete ein Mann bei. »Lasst ihn los. Lasst Dr. Turner los. Der ist ein Held.«

Der Mann, der Andrew gefesselt hatte, ereiferte sich stotternd, Turner habe die Briten verarztet, auch wenn er sonst anderes getan habe, und schlich dann davon. Die mit Musketen Bewaffneten banden Andrew los.

»Komm«, sagte Sam leise. »Nichts wie weg, bevor sie einen Beweis sehen wollen.«

»Das können wir nicht«, widersprach Andrew. »Hier sind noch andere Leute. Hier passieren grauenvolle Dinge. Abscheuliche Dinge.«

Sam packte ihn am Arm. »Jetzt red nicht lange. Komm!«

»Papa, bitte komm.«

Andrew sah Lucas in die Augen und sah das Entsetzen, das in ihnen lag. Ihm selbst krampfte sich noch immer der Magen zusammen. Trotzdem ... »Es tut mir Leid«, flüsterte er. Dann wandte er sich wieder der Menge zu.

»Hört mir zu, ihr alle. Was ihr da tut, ist ...« Andrew

brach ab. Seine Worte waren überflüssig. Sams Vorhaltungen hatten der Meute den Wind aus den Segeln genommen, die Atmosphäre hatte sich spürbar verändert. Leute gingen nach Hause; zwei Männer kippten Sand auf das Feuer, jemand anderes baute den Schandpfahl ab.

»Komm«, sagte Sam wieder. »Meg wartet.«

»Woher wusstest du davon?«, fragte Andrew, als sie im Haus in der Ann Street saßen. Meg hatte ihnen Tee und Gebäck serviert, und der junge Lucas hatte seinem Vater und Samuel Devrey – der mit ihm verwandt war, aber noch nie einen Fuß in dieses Haus gesetzt hatte – einen Madeira eingeschenkt. »Woher wusstest du, was dort draußen vor sich ging, Lucas? Und woher in Gottes Namen wusstest du, dass du Samuel holen musstest?«

»Ich war in der Stadt, in der Dish of Fry'd Oysters, als ich von einem Tumult auf dem Common hörte. Es hieß, sie würden Torys teeren und federn. Ich wusste, dass du im Krankenhaus warst, also dachte ich …« Der Junge zuckte mit den Schultern und schwieg.

Andrew nickte, trank einen Schluck Süßwein und spürte dankbar, wie sein Magen sich beruhigte. »Gut. Aber woher wusstest du, dass du Samuel holen musst?«

»Und wie er das gewusst hat!«, warf Sam ein. »Er ist ins Haus gestürmt und hat mich weggezerrt, bevor ich die Krümel von meinem Mittagessen wegwischen konnte. Und keinen Augenblick zu früh, würde ich sagen. Du wärst als Nächster an die Reihe gekommen, oder?«

»Ja. Aber das erklärt nicht … Lucas, ich will die Wahrheit wissen. Woher wusstest du Bescheid?«

Lucas war nicht so groß wie sein Vater, und sein Haar war nicht blond, sondern dunkel; aber er sprach auf dieselbe offene Art, die viele der männlichen Turners auszeichnete. »Ich bin dir gefolgt«, sagte er. »Die ganzen Jahre, wenn du spät nachts weggegangen bist und hier und dort Nachrichten hinterlassen hast. Ich bin dir gefolgt.«

»Ich verstehe.« Beim Gedanken an die Gefahr, der sein Sohn sich ausgesetzt hatte – der er seinen Sohn ausgesetzt hatte –, wurde Andrew selbst jetzt noch übel. »Und wenn Sam und ich uns trafen, warst du dann auch dabei?«

»Ja. Wenn du damit den alten Keller am Hall Place meinst – meistens war ich dabei.«

»Jemand hätte dich sehen können, Lucas. Das hätte Sams Ende bedeutet, und meins und deins auch. Ganz zu schweigen davon, dass es ein herber Schlag für Washington gewesen wäre.«

»Ich weiß, Vater. Aber daran habe ich nicht gedacht. Ich musste einfach wissen, dass du nicht das warst, was die Leute von dir sagten – ein Tory, der sich gegen die Unabhängigkeit verschwor. Das musste ich einfach wissen.«

»Tja, Sam.«

»Tja, Andrew.«

Es war nach acht Uhr abends. Lucas war gegangen, die beiden Männer saßen allein beisammen. »Du hast mir die Haut gerettet«, sagte Andrew. »Vielleicht auch die Beine. Habe ich dir schon gesagt, dass sie der armen alten Josie Harmon die Kniesehnen durchgeschnitten haben?«

»Ja.«

»Guter Gott, Sam, wofür haben wir das alles gemacht?«

»Ich kann mir nicht vorstellen, dass du die Antwort darauf nicht weißt.«

»Ich dachte, ich wüsste sie. Wegen des Rechts, uns selbst zu regieren, und nicht von Männern in Tausenden Meilen Entfernung ausgespresst und beherrscht und gequält zu werden, die keinen blassen Schimmer haben, wie das Leben hier in Amerika läuft. Aber was haben wir stattdessen bekommen? Die Leute sind wie Vieh, Sam. Sie haben keine Ahnung von Anstand, keinen Respekt vor Privateigentum. Sie wollen alles Land verkaufen, das den Wohlhabenden gehört hat. Die De Lanceys …«

»… sind als Erste dran«, schloss Sam den Satz. »Na, die sind auch ein leichtes Opfer, seit Oliver sich nach London abgesetzt hat.«

»Zur Hölle mit ihm. Ich will weiß Gott keine Lanze für irgendeinen De Lancey brechen. Worum es mir geht, ist das Prinzip; die Möglichkeit, dass New York wieder eine anständige Stadt wird. Ich habe gehört, dass sie sogar das Grundstück der Trinity Church haben wollen. Die Kirche, Sam! Die radikalen Fanatiker, die in die Versammlung und den Stadtrat gewählt worden sind, wollen die Kirche plündern. Was denn noch, um Himmels willen?«

»Du bist also Hamiltons Meinung: Den Torys vergeben, weil sie nützlich sind, und zur Tagesordnung und zum Geschäft übergehen.«

»Was sollen wir denn sonst tun? Schau dir doch die Meute an, die jetzt tonangebend ist. Diese schwarzgewandeten Oberheiligen, die Alkohol und Tanzen am

Sonntag verdammen, aber am Montag darf man nach Belieben Menschen teeren und federn und weiß Gott noch was tun. Wo ist da der Sinn, Sam? Was haben wir erreicht?«

Sam schenkte sich noch ein Glas Madeira ein und trank, bevor er antwortete. Und dann sprach er sehr ruhig, wusste um die Reaktion, die er hervorrufen würde. »Meiner Ansicht nach geht es ... um Demokratie.«

»Demokratie! Die Herrschaft eines jeden Schurken, der den ignoranten Pöbel dazu aufhetzen kann, für ihn zu stimmen. Bei Gott, das hoffe ich wirklich nicht.«

Epilog

Der Pfad der Träume

Juni 1798

Das Volk der Canarsie sagte, das Wissen sei im Besitz der Alten und der Weisen, doch das Entfalten liege in den Händen der Jungen. Die Alten hindern die Jungen daran, vom Pfad der Weisheit abzuweichen. Die Jungen verlangen nach dem Pfad der Träume. Zwischen diesen beiden liegt die Wahrheit.

I

Die zweite Juniwoche des Jahres 1798, einige Tage hinter Kanton. Die See war ruhig, der Wind frisch. Immer wieder gingen ihm die Worte seines Vaters durch den Kopf: »Vergiss nie: In New York geht es darum, Geld zu machen, und zum Teufel mit dem Rest. So war's immer schon. Und so wird's immer bleiben.«

Aber nicht für ihn. Für Joyful Patrick Turner, noch keine siebzehn Jahre alt, ging es darum, Doktor zu werden.

»Guter Gott«, hatte Morgan gesagt, als er vom Wunsch seines Sohnes hörte. »Du bist ein richtiger Turner, auch wenn du in Kanton groß geworden bist. Ein Doktor, ja? Und kein Apotheker wie deine Mutter? Möge ihre schöne Seele in Frieden ruhen.«

»Nicht genau wie sie, Papa. Aber ich will Menschen helfen.«

Morgan hatte sein gutes Auge auf seinen Sohn gerichtet. »Das ist doch das, was sie dir an dem letzten Nachmittag sagte, nein? Du willst zurück wegen dem, was Roisin dir sagte.«

»Ja, aber ich hatte schon früher daran gedacht.«

Mama, die seine Hand hielt, im großen Bett in dem Haus oben auf dem Hügel von Kanton, die Vorhänge flatternd in der lauen Brise, ihr Flüstern so schwach, dass er sich ganz nah über sie beugen musste, um sie zu verstehen. »Ich kenne dich, Joyful. Ich weiß, was du dir von ganzem Herzen wünschst. Werde ein Heiler. Hilf Menschen, gesund zu werden. Ich weiß, dass du dir das wünschst. Tu's. Aber nicht hier. Geh nach Hause. Da gibt es Dinge, die noch nicht abgeschlossen sind. In New York kannst du zaubern.«

»Also gut«, sagte Morgan, als Joyful ihm das erzählte. Er war einundsechzig Jahre alt, untröstlich über Roisins Tod; er konnte sich seinem Sohn nicht in den Weg stellen. »Also gut.« Ruhig, ohne sich seine Gefühle anmerken zu lassen. »Dann geh zurück, mit meinem und ihrem Segen. Ich komme nicht mit. Ich bleibe hier und lasse mich, wenn meine Zeit um ist, neben deiner Mama begraben.«

»Papa, ich ...«

»Nein, mach dir keine Sorgen. Ich werde meinem Cousin Andrew schreiben. Während des Kriegs war er gut mit deiner Mama befreundet. Um ihretwillen wird er dir helfen, wenn auch nicht unbedingt um meinetwillen. Er wird dir helfen, an die Medizinschule zu kommen, an der er unterrichtet ... Wie heißt sie jetzt? Das Columbia College. Früher war es das King's. Sie haben ja wohl viele der alten königlichen Namen abgeschafft, und es ist auch nicht schade darum. Aber vergiss nicht, Junge, in New York geht es immer nur ums Geld. Und das wird immer so bleiben.«

Die Worte seines Vaters hallten so laut in seinem Kopf wider, dass er beinahe die Stimme des Mannes überhörte, der sich im Bug des Kauffahrers neben ihn an die

Reling gestellt hatte. Noch jemand, den die salzig brennende Gischt und das Klatschen der Wellen und das beständige, tiefe Summen des Windes in den straffen Segeln nicht störten. »Schöner Nachmittag, nicht wahr, Mr. Joyful Patrick?«

»Ja, sehr schön.«

»Und wie geht's Ihnen nach dem gestrigen Abend?«

Joyful wandte sich ab, zu beschämt, um dem Blick des Mannes zu begegnen. Zum Narren hatte er sich gemacht! Vier Männer, lauter Passagiere, die sich an dem komischen Gas berauschten. Und er, der jüngste und berauschteste von allen. »Gut, danke.« Verdammt! Er spürte, wie er rot wurde. Er hasste sich dafür, dass er wie ein Mädchen errötete. Und er hasste es, das leise Lachen zu hören und zu wissen, dass sein Gesprächspartner es bemerkte.

»Sie brauchen sich doch nicht zu schämen«, sagte der Mann. »Wenn ein Grünschnabel zum ersten Mal allein unterwegs ist, schlägt er immer über die Stränge.«

»Fallen alle immer besinnungslos zu Boden?«, fragte Joyful. »Wissen Sie, ich hätte nie gedacht ... Ich habe schon oft Rum getrunken. Und Brandy. Aber ich hätte nie gedacht ...«

»Natürlich nicht. Das Gas wirkt anders. Das hab ich Ihnen ja gesagt. Es ist verrückt. Der letzte Schrei bei Abendgesellschaften in London. Jeder hält sich den Bauch vor Lachen.«

Joyful fasste sich mit der Hand an die Stirn. Die Wunde, die er sich beim Sturz zugezogen hatte, pochte noch immer unter dem Verband, den der Schiffschirurg ihm angelegt hatte. Der Schnitt war so tief gewesen, dass er genäht werden musste. »Ich habe nichts gespürt«, sagte er. »Nichts. Ich wusste nicht einmal, dass ich mir weh getan hatte.«

»Ja, das sagten Sie schon gestern Abend. Sie wollten nur noch mehr von dem Gas haben.«

Joyful errötete wieder. »Verrückt, wie Sie sagen.«

»In der Tat.«

»Sagen Sie eins – wenn es in London so erstaunliche Dinge gibt, warum fahren Sie dann nach New York?«

»Guter Gott, Mann, warum geht man denn nach New York? Um Geld zu machen, natürlich.«

II

Nach all der Zerstörung, dem Elend und dem Hass immer noch der gleiche Traum: Geld und abermals Geld.

Das war sicher auch der Grund, warum die Geschäftsleute von Manhattan sich trotz erbitterten Widerstands gegen die Antiföderalisten im restlichen, ländlichen Staat durchsetzten. Im Juli 1788 hatten die letzten Standhaften – nachdem ihnen gewährleistet worden war, dass die persönlichen Freiheiten durch eine Bill of Rights garantiert würden – bei einer tumulthaften Versammlung in Poughkeepsie, New York, eingewilligt, die Verfassung anzunehmen. New York würde mit den anderen mitziehen. Die Vereinigten Staaten von Amerika konnten gegründet werden.

Als Belohnung wurde New York City zum Sitz der neuen föderalen Regierung ernannt. Die City Hall wurde das Kapitol, der neue Staat wurde von der Wall Street aus regiert. »Wie es sich gehört«, sagten die New Yorker Geschäftsleute.

Am 30. April 1789 stand George Washington auf dem Balkon im ersten Stock des Gebäudes, das von City Hall in Federal Hall umbenannt worden war. Der neue Sitz der Macht.

Washington blickte nach Süden, wo ehemals das Hofviertel gelegen hatte. Zum alten Stadt Huys, wo der Tauchstuhl gewesen war, der die schwangere Sally Turner in Angst und Schrecken versetzt hatte. Zum Fort mit dem alten Galgen, an dem Jacob Van der Vries, seine Leiche mit Pech beschmiert, gehangen und sich in der Meeresbrise gedreht hatte.

Auf seinem Balkon der Federal Hall stehend, brauchte Mr. Washington aus Virginia nur den Kopf nach Osten zu drehen, um die Stelle zu sehen, wo die New Yorker Robin gerädert hatten, wo sie Kinsowa erhängt und Quaco und Peter den Doktor auf einem langsamen Feuer verbrannt hatten, sodass sie erst nach zehn Stunden starben, begleitet von Ambas ununterbrochenem Gesang. Die Stelle, wo sie den kleinwüchsigen Jan Brinker an den Pranger gestellt und ihm dabei die Schultern ausgerenkt hatten. Und wo sie weiß Gott wie viele andere gehängt hatten. Direkt dort an der Wall Street, wo der erste Präsident der Nation den ersten Amtseid leistete.

New York hatte keine Zeit für vergangene Albträume, nicht einmal für vergangene Träume. New York war ein Ort des Neuen. New York frohlockte. Hauptstadt zu sein, wirkte sich äußerst günstig auf die Geschäfte aus.

Die Geldleute, so wurden sie genannt. Die Reichsten der Reichen. Wegen ihnen floss ein nie endender Strom von Immigranten in die Stadt, viele mit Geld und Verbindungen, manche lediglich mit ihren Hoffnungen im Gepäck. Bald drängten sich über dreißigtausend Menschen in die Stadt, die sich mittlerweile zwei Meilen von der Südspitze hinaufzog bis dort, wo sich einst James De Lanceys ausgedehnte Farm befunden hatte.

Was sie die Delancey Street nannten (sie hatten es zu eilig, um die Wörter noch zu trennen), war nicht mehr Land. Auch die Grand Street und die Oliver Street nicht. Das waren Durchgangsstraßen, die geschaffen wurden, um Platz für die neuen Häuser der Neureichen zu schaffen.

Thomas Jefferson, der Aristokrat aus Virginia, konnte das pulsierende, florierende, lärmende Treiben dieser Stadt namens New York City nicht ertragen. Er rief zwei weitere einflussreiche Politiker zu sich in die Maiden Lane, und gemeinsam mit James Madison und Alexander Hamilton arbeitete er einen Kompromiss aus. Sie würden eine neue Hauptstadt gründen, an einem neutralen Ort. Was machte es schon, dass dieser Ort vorläufig noch Sumpfland war? Sie würden es entwässern. In der Zwischenzeit würden sie dem höllischen Manhattan den Rücken kehren und in Philadelphia residieren.

Die drei Männer setzten sich durch. »Wahrscheinlich müssen wir mitgehen«, sagte Abigail Adams seufzend zu John. »Ich werde versuchen, mich in Philadelphia heimisch zu fühlen, aber es wird nie der Broadway sein.«

Sieben Jahre nach der Unabhängigkeit war aus dem Broad Way der Broadway geworden. Wie gesagt, in New York war Schnelligkeit allentscheidend. Die Schnellen wurden schneller reich. Es war keine Seltenheit, dass zu einem Essen fünfzehn verschiedene Weine serviert wurden und, wenn die Tischdecken abgeräumt waren, der beste Cidre und jede Art von Bier.

So schnell es auch gehen mochte, solchen Wohlstand zu schaffen, bedurfte es doch mancher Anstrengung. Die

Sklaven taten ihren Teil. Pennsylvania, Connecticut, Massachusetts, Vermont und Rhode Island hatten die Sklaverei abgeschafft. Als Joyful Patrick Turner 1798 nach Hause segelte, gab es in New York City dreitausend Schwarze, von denen vier Fünftel Sklaven waren.

Der Großteil Manhattans war aber noch die gleiche Wildnis wie einst. Nördlich der North Street (die später Houston Street genannt wurde) begann das Land. Hier gab es dichte Wälder, der Pfad zum Ufer des East River war gewunden, schmal und uneben, übersät von Steinen, die von den Bergen herabstürzten, insbesondere nach heftigem Frühjahrsregen.

Die Sklavin Laniah, die sonst so sicher ausschritt, stolperte ein- oder zweimal. Beim dritten Mal fiel sie sogar hin und zerriss ihr Kalikokleid, schürfte sich das Knie auf und schrammte sich an der Wange. Doch darauf achtete sie gar nicht. »Machen Sie bloß keine Dummheit nicht, Mistress Molly«, murmelte sie ständig. »Keine Dummheit nicht, zumindest nicht, bis ich Sie gefunden hab.« Laniah wiederholte die Worte immer wieder, flüsterte sie in die stille, feuchte Wärme des Juninachmittags. »Keine Dummheit nicht, Mistress Molly. Nicht, bis ich bei Ihnen bin.«

Sie hörte die Stimmen, bevor sie etwas sah. Es war auch nicht die Stimme ihrer Herrin oder Mollys, sondern Männer, die sich unterhielten.

»Die Stelle hier ist gut. Passt auf die Felsen auf.«

Das Klatschen von Rudern auf dem Wasser war zu hören, ein Mann rief einem anderem zu, er solle das Tau auffangen. »Sie sollten eine Anlegestelle hier bauen lassen, Dr. Turner. Irgendwas, wo wir das Boot anbinden können. Dann würde alles sehr viel schneller gehen.«

Je rascher Laniah ausschritt, desto lauter wurden die Stimmen. Sie hörte Lucas Turners Antwort so deutlich, als spräche er direkt zu ihr.

»Dieses Krankenhaus ist nur eine behelfsmäßige Lösung. Sobald das Gelbfieder vorbei ist, sind wir wieder weg. So, das ist jetzt gut vertäut. Wie viele haben Sie?«

Der von Bäumen beschattete Pfad endete abrupt. Laniah stand auf einer Lichtung, beinahe geblendet von der strahlenden Sonne.

»Vier sind's, Doktor. Halb tot sind die schon. Und neun andere auf dem Schiff, die auch in keiner besseren Verfassung sind.«

Laniahs Augen hatten sich an die Helligkeit gewöhnt. Sie sah einen Mann aus einem Ruderboot ins seichte Wasser springen. Zwei weitere Männer waren erschienen, allerdings nicht aus der Richtung, aus der sie selbst gekommen war, sondern von dem großen Haus, das ein gutes Stück vom Ufer zurückgesetzt lag; dazwischen erstreckte sich ein abfallender grüner Rasen. »Das Haus ist mehr oder weniger voll, Dr. Turner«, rief einer der beiden. »Wir haben am Boden Platz für zwei gemacht, aber mehr passen beim besten Willen nicht rein.«

»Guter Gott. Wie viele haben wir dann aufgenommen? Fünfundsiebzig Patienten seit Sonntag?«

»Vierundneunzig, Sir.«

»Und das Pesthaus auf Bedloe's Island ist auch voll.« Das wusste Lucas, weil er Andrew hatte ausrichten lassen, er solle ihm Bettzeug schicken, und von seinem Vater die Antwort erhalten hatte, dass es keins mehr gab. »Guter Gott.«

Der Mann, der sich noch immer am Bug des Ruderboots festhielt, winkte den Männern zu, die aus dem

Haus getreten waren. »Kommt, Leute, holt die Kranken aus meinem Boot. Ich muss noch zwei Fahrten machen«, fügte er hinzu und deutete mit dem Kopf in Richtung der kleinen, einmastigen Schaluppe, die in der Mitte des Flusses wartete.

»Sie können mir keine Patienten mehr bringen«, sagte Lucas. »Sie haben doch gehört, was die Männer gesagt haben. Wir haben nur noch Platz für zwei.«

»Ich habe vier an Bord«, wiederholte der Ruderer. »Und neun, die vor Sonnenuntergang von dem Schiff runter müssen.«

»Unmöglich.«

»Bei allem Respekt, Dr. Turner, es muss möglich sein, auf Befehl des Bürgermeisters und des Stadtrats. Wenn nicht alle, wo Gelbsucht haben, aus der Stadt rausgebracht werden, gibt's 'nen Aufstand. Wie letztes Jahr.«

»Idioten.« Lucas war sich nicht sicher, ob er damit die Politiker oder die Stadtbevölkerung meinte, aber er wurde nicht um seine Meinung gebeten. »Also gut, laden Sie die armen Schweine ab, die Sie heute bringen. Aber richten Sie Ihrem Kapitän aus, er soll dem Bürgermeister und dem Stadtrat sagen, dass wir nicht mehr aufnehmen können, bis sie uns Leinwand schicken und ein paar starke Männer, die am Ufer Zelte aufschlagen. Das Haus ist zum Bersten voll.«

Lucas wandte sich zum behelfsmäßigen Krankenhaus zurück. Da sah er das schwarze Mädchen, das auf der Lichtung stand. Er kniff die Augen zusammen, erkannte es und ging auf es zu. »Laniah! Das bist du doch, oder?«

Sie blieb stehen, war zu scheu, ihm entgegenzugehen. Es war anders, wenn sie ihn in der Pharmazie am Hanover Square bediente. Jeder wusste, dass Lucas Turner dorthin ging, weil er Mistress Molly den Hof machte, auch wenn er zwölf Jahre älter als sie und bereits einmal verheiratet gewesen war. Wenn er auf der anderen Seite der Ladentheke stand, wollte er etwas, und dann war es fast so, als wäre Laniah die Herrin. Jetzt war es anders. »Ja, ich bin's, Dr. Turner. Master Raifs Laniah.«

»Und was machst du hier?«

Sie wusste genau, was sie darauf antworten würde. »Mistress Molly hat was vergessen.« Laniah zeigte ihm den Beutel, den sie in der Hand hielt.

»Molly? Aber Laniah, Molly hatte das Gelbfieber doch schon letztes Jahr. Beide Zwillinge hatten es, Mistress Molly und Mr. Jonathan. Wieso sollte sie dann heute hier sein?«

»Weiß der Himmel, Dr. Turner, das müssen Sie sie selber fragen. Ich bin nur gekommen, um Mistress Molly was zu bringen, das sie vergessen hat.«

Ungeduldig schüttelte Lucas den Kopf. »Du sprichst in Rätseln, und dafür habe ich heute keine Zeit. Du hast doch gehört, was die Männer gesagt haben, oder? Ich habe ein Haus voller Kranker, um die ich mich kümmern muss.«

»Ganz schön groß, das Haus«, sagte Laniah und sah zu dem Bau aus roten Ziegeln mit der breiten Veranda. »Wie viele Zimmer das wohl hat?«

»Vierzehn. Da wohnen vier Wäscherinnen und drei Putzfrauen, dazu die Patienten und ihre Familienangehörigen, die sie versorgen. Also sind wir voll bis unter die Dachbalken. Das kannst du übrigens auch deinem Herrn sagen. Vielleicht möchte Mr. Raif jemanden mit Heilmitteln herschicken, die würden sich hier gut verkaufen lassen.«

»Aber nein, Dr. Turner. Gegen das Gelbfieder gibt's kein Heilmittel. Entweder man überlebt's, oder man überlebt's nicht.«

Lucas seufzte. »Ich weiß. Aber die Leute glauben es nicht. Ich bezweifle, dass Raif Devrey nicht von den Hoffnungen und Ängsten der Dummen profitieren will.«

»Wenn ich mit Mistress Molly geredet hab, geh ich zurück und erzähl Master Raif, was Sie gesagt haben.« Sie trat einen Schritt auf das Haus zu.

»Du kannst dort nicht rein, Laniah. Dafür gibt es keinen Grund. Ich habe dir schon gesagt, Mistress Molly ist nicht da. Ich weiß nicht, wieso du auf die Idee kommst, sie könnte hier sein.«

Laniah war auf den Gedanken gekommen, weil sie bereits im City Hospital und im New York Hospital nach ihrer Herrin gesucht und sie nicht gefunden hatte. Dann war ihr nur noch dieses Pesthaus für die Gelbfieberkranken eingefallen. Eine andere Möglichkeit gab es nicht. Nicht, dass Mistress Molly sich gern am selben Ort wie Lucas Turner aufhielt. Sie sagte, er habe es gar nicht wirklich auf sie abgesehen. Laut Mistress Molly sah Dr. Lucas, wenn er sie anschaute, nur eine große, starke Frau, die sich um sein Haus und seine drei mutterlosen Kinder kümmern konnte. »Aber ich kann doch mal nachschauen, oder, Dr. Turner? Das schadet doch nichts.«

»Das ist reine Zeitverschwendung, Laniah. Das habe ich dir schon gesagt.«

Sie trat noch einen Schritt auf das Haus zu, blieb dann aber stehen. »Sie sind absolut sicher, Dr. Turner? Die Sachen, wo Mistress Molly vergessen hat …« Wieder hielt sie den Beutel hoch.

»Ich bin mir absolut sicher, Laniah. Das Haus ist nicht so groß, wie man meint. Es war nicht einmal das Hauptgebäude, nur ein Teil von der Kips-Farm. Es heißt Belle Vue. Weil der Blick so schön ist«, fügte er erklärend hinzu. »Findest du nicht, dass er schön ist?«

Laniah sah zum Fluss, den grünen Hügeln und Bäumen der langen Insel jenseits des Flusses. »Wahrscheinlich schon. Dr. Turner, sind Sie sich wirklich absolut sicher? Mistress Molly ist nicht da?«

»Ich weiß es, Laniah. Jetzt geh nach Hause. Und vergiss nicht, Mr. Raif von der Idee mit den Heilmitteln zu erzählen. Er wird dich für ein schlaues Mädchen halten, wenn du ihm das vorschlägst.«

Für den Rückweg schlug Laniah einen anderen Pfad ein. Sie überquerte die Post Road und ging nach Süden durch die Wälder im Westen der Insel. Bald würde die Sonne untergehen. Es musste schon gegen sieben Uhr sein.

»Hier, Lucas? Begraben wir hier ...« Marit deutete auf ihren Beutel und Lucas' Ledertasche. »Wir haben so viele schöne Stunden hier verbracht, es kommt mir nicht ...«

Der dritte Marsch von der Stadt zur Voorstadt und weiter nach Norden. Jedes Mal waren sie weiter in die Wildnis Manhattans vorgedrungen und hatten überall Körperteile Ankel Jannssens zurückgelassen. Die frischgegrabenen Löcher hatten sie immer sorgsam unter Laub und Ästen verborgen. Jetzt hatten sie den Collect Pond erreicht, der in der Mittagshitze funkelte. Das Summen der Insekten erfüllte die Luft.

»Hier«, sagte Lucas. Er wandte sich vom Teich ab,

holte den Spaten aus seiner Tasche und begann neben einem Brombeergestrüpp zu graben.

Mistress Clare würde sie schimpfen, dass sie so lange ausblieb und so spät heimkam. Laniah spürte die Tränen, die ihr über die Wangen liefen. Jetzt konnte sie noch weniger sehen. Sie wischte sie fort und fuhr sich über die Nase. Es war dumm, rote Augen und eine verheulte Nase zu bekommen wegen was, das sich nicht ändern ließ. Weinen machte alles nur noch schlimmer. Ach, du liebes bisschen …

Laniah blieb unvermittelt stehen. Sie stand am Rand einer Lichtung, in der Nähe des kleinen Tümpels, der früher der Collect Pond gewesen war. Da war noch jemand. Er stand mit dem Rücken zu ihr, aber sie wusste sofort, wer es war. Sie hatte nach Mistress Molly gesucht, aber Mr. Jonathan gefunden. Weiß der Himmel, was der hier …

Vor Überraschung schnappte sie laut nach Luft. Die Gestalt drehte sich um. »Laniah! Was tust du denn hier?«

»Ich hab nach Mistress Mol… Ach, ich dächte, Sie wären Mr. Jonathan. Aber das sind Sie ja gar nicht.«

Molly Devrey fuhr sich über den Kopf. Ihr Haar war das schönste an ihr, sagte Mama immer. *Du bist keine Schönheit, Molly Devrey, aber mit dem roten Haar kriegst du schon einen Mann ab, wenn du's richtig zur Geltung bringst.* Jetzt hatte sie es abgeschnitten. Zumindest den Großteil. »Hab ich's zu kurz gemacht, Laniah?«

»Ich weiß nicht, Mistress Molly. Zu kurz wofür?«

»Für das, was ich sein soll, verdammt!« Jetzt sagte sie es zum ersten Mal laut. Verdammt. Wie ein Mann. »Verdammt, Laniah, jetzt sag schon – sehe ich aus wie ein

Mann oder nur wie eine Frau mit hässlichen kurzen Haaren?«

»Ich hab wirklich gedacht, Sie wären Mr. Jonathan, Mistress Molly. Bevor Sie sich umgedreht haben, war ich mir ganz sicher. Die Kleider …« Sie deutete auf die Kniehose und das Leinenhemd. »Das sind die Kleider von Mr. Jonathan.«

»Nein, das sind meine.« Molly deutete auf einen kleinen Lederranzen. »Da drin sind noch welche, und eine Jacke habe ich auch dabei. Die ziehe ich mir jetzt an. Komm und hilf mir.«

Schweiß rann Marit über das Gesicht. Ihr Mieder war völlig durchnässt, ebenso wie Lucas' Hemd. Die Hitze des Sommertages. Und die anstrengende Arbeit.

»Wir sind fast fertig«, sagte Lucas und schaufelte weiter an dem vierten Loch hier beim Collect Pond. »Wenn du Lust hast, können wir nachher schwimmen.«

Wie oft waren sie hier gewesen, hatten wie Kinder in dem kühlen, frischen Wasser gespielt, und sie hatte sich ihm mit Freude, mit Leidenschaft hingegeben. Jetzt kam es ihr vor, als müssten Ströme von Ankels Blut unterirdisch in den Teich fließen und ihn füllen. »Ich glaube nicht, dass ich Lust habe zu schwimmen«, flüsterte sie. »Es ist nicht mehr wie früher.«

Lucas schaute vom Graben auf. »Es wird viel schöner sein als früher. Sehr viel schöner.«

Marit hatte es für ihn, Lucas, getan. Und weil Ankel Jannssen ein Ungeheuer war, das nicht zu leben verdiente. Er würde sich nie gestatten, etwas anderes zu denken.

In seiner Tasche lagen noch zwei weitere Körperteile, beide fest eingepackt. Eine Hand. Und der Kopf des Ungeheuers. Lucas griff nach der Hand.

Laniah ließ den Beutel fallen, den sie den ganzen Tag bei sich getragen hatte, und griff nach der Jacke, die sorgsam gefaltet auf dem Gras lag. Sie hielt sie auf, wie sie es oft für Master Raif oder Mr. Jonathan tat, und Mistress Molly steckte die Arme hinein und zuckte dann mit den Schultern, damit sie richtig saß. Genau wie Master Raif oder Mr. Jonathan. Ganz genauso.

»Wie sehe ich aus?«

»Wie ein Mann«, antwortete Laniah. »Wie Mr. Jonathan.«

»Gut. Und jetzt geh nach Hause, und trau dich ja nicht … Laniah, hör auf zu heulen. Ich kann es nicht ausstehen, wenn du heulst. Und überhaupt, was hast du denn da drin?« Die Schwarze hatte sich nach ihrem Beutel gebückt und drückte ihn jetzt an sich, als wäre er ihre letzte Hoffnung.

»Das sind meine Sachen«, sagte Laniah. »Nur meine. Ich hab nix genommen, was nicht mir gehört.«

»Deine … Laniah, was willst du machen? Willst du weglaufen?«

»Ich bin Ihnen nachgelaufen, Mistress Molly. Den ganzen Tag. Ich bin beim City Hospital gewesen und beim New York Hospital und sogar oben bei dem neuen Pesthaus im Wald, dem Belle Vue. Ich hab gefragt, aber …«

»Du hast mit ihm geredet? Mit Dr. Turner?«

Laniah nickte.

»Und was hat er gesagt?«

»Nichts. Nur dass Sie kein Gelbfieber hätten und deswegen nicht in seinem Belle Vue Pesthaus wären.«

»Idiot.« Ach, das tat gut. Noch ein Wort, das sie sagen durfte, wenn sie eine Kniehose trug, aber nicht, wenn sie einen Rock anhatte. »Er weiß überhaupt nichts von mir. Wie sollte er auch? Er hatte auch keine Ahnung, weswegen du dachtest, ich könnte dort sein, oder, Laniah?«

»Nein, Mistress.«

»Sag ›Sir‹. Sag ›Nein, Sir‹, Laniah. Schau mich an und sag dir, dass ich ein Mann bin, und dann sag ›Nein, Sir.‹«

»Nein, Sir, Mistress ... Mr. ... ich kann doch nicht Mr. Molly sagen, oder?«

»Natürlich nicht.« Molly griff in die Jackentasche und holte einen Brief hervor. »Schau, der ist von meinem Großvater Cuf.«

»Dem oben in Nova Scotia? Der Großvater, der Sie nie gesehen hat?«

»Genau. Mein Mulatten-Großvater, Laniah.« Ihre Stimme wurde weicher. Sie konnte nie verstehen, warum ihre Mutter ihren Vater Sklaven kaufen ließ, obwohl Mama selbst zu einem kleinen Teil Negerin war. Und Laniah ... Sie konnte nicht verstehen, warum Laniah irgendjemandem außer sich selbst gehören sollte.

Sobald Lucas den Kopf aus der Tasche nahm, löste sich die Ölzeugverpackung. Das Paket war unhandlich. Er hatte das Beil nicht aus dem Kopf gezogen. Auch jetzt konnte er sich nicht dazu überwinden. Jannssens Schweinsaugen starrten ihn an. Als Lucas die Leiche gefunden hatte, hatte die Totenstarre schon eingesetzt, er konnte die weit aufgerissenen Augen nicht mehr schließen.

Er hörte Marit im Gebüsch würgen und schluckte selbst Galle hinunter. Ein mordendes Ungeheuer, das genau das verdiente, was Marit ... was es bekommen hatte.

»Bleib, wo du bist«, rief er leise. »Dreh dich nicht um. Ich bin gleich fertig.«

Er sah sich nach einem geeigneten Grab um. Das Ding war schwer, und wegen des Beils musste das Loch sehr groß sein. Sehr tief. Außer …

Die Leute sagten, der Collect Pond sei tief wie das Meer. In der alten Zeit, wenn Marit und er nackt hier schwammen, hatten sie schon nach wenigen Schritten vom Ufer entfernt keinen Boden mehr unter den Füßen gehabt.

Dieses Mal ging er voll bekleidet ins Wasser. Er hielt den letzten Teil von Ankel Jannssen hoch über seinem Kopf. Als er ihn schließlich fallen ließ, ging er durch das Gewicht des Beils sofort unter.

»Wir gehen nicht schwimmen«, sagte er zu Marit, als er zu ihr zurückging. »Nicht heute.«

Sie nickte zustimmend und bemühte sich, nicht zum Teich zu schauen.

»Mein Großvater Cuf«, wiederholte Molly. »Er hat mir zweimal geschrieben. Und weißt du was, Laniah? Er glaubt, er schreibt an Jonathan. ›Lieber Junge‹, so hat er den Brief angefangen.«

»Und was sagt er noch?«

»Dass es in Nova Scotia viele Leute gibt, die einen Chirurgen brauchen«, flüsterte sie. »Er sagt, wenn Jonathan nach Nova Scotia kommen und dort als Chirurg arbeiten möchte, nimmt er ihn gerne bei sich auf.«

»Ach, du liebes bisschen. Da wollen Sie also hin? Sie wollen da in dem Nova Scotia Chirurg werden?«

»Ja, Laniah. Genau das werde ich tun. Weil ich es tun muss.« Molly streckte ihre großen, kräftigen Hände vor sich aus. Sie hatten nichts Weibliches an sich. Nie gehabt. Und sie waren so ruhig wie die Hände eines Mannes. Als sie anfing, mit den Skalpellen zu üben, die sie aus der Pharmazie stibitzte – zuerst an Maiskolben und Äpfeln, später an Laniah und ein paar anderen Schwarzen, die es sich nicht leisten konnten, zu einem richtigen Chirurgen zu gehen –, hatte es sie überrascht, wie richtig das Messer sich in ihrer ruhigen Hand anfühlte. »Ich gehe nach Nova Scotia, um bei meinem Großvater Cuf zu leben und Jonathan Devrey, der Chirurg, zu sein. Wirst du mich verpetzen?«

»Das würd ich nie tun. Sie wissen doch, ich verpetz Sie nie.«

»Ich weiß. Aber jetzt musst du nach Hause, Laniah. Mama schlägt dich, wenn du zu spät kommst.«

»Das tut sie sowieso.« Laniah schaute zum Himmel. Die letzten Strahlen des feurig roten Balls fielen auf die Oberfläche des Collect Pond. »Ich bin den ganzen Tag schon weg. Die schlägt mich auf jeden Fall. Sie müssen mich mitgehen lassen, Mistress – Mr. Jonathan. Deswegen hab ich ja den ganzen Tag nach Ihnen gesucht, um Ihnen das zu sagen. Sie müssen mich mitnehmen.«

Molly, die Jonathan war, achtete kaum auf ihre Worte. Sie war neben dem Tümpel in die Knie gegangen und beugte sich über die Wasseroberfläche, um zu sehen, ob die untergehende Sonne ihr neues, verwandeltes Bild spiegeln würde. »Das geht nicht, Laniah. Du würdest mich behindern. Und du könntest … O! O mein Gott!« Sie sprang auf und wich zwei Schritte zurück, presste die Hände auf den Mund, als wollte sie einen Schrei unterdrücken.

»Was ist?«, fragte Laniah. »Was sehen Sie denn da in dem Wasser?« Sie lief zu Molly ans Wasser und kniete sich ans Ufer. »Was … Ach du gütiger Himmel!«

»Siehst du das auch? Ich hab's mir also nicht bloß eingebildet?«

»Nichts haben Sie sich eingebildet. Das ist wirklich da. Richtig und wirklich.«

Als Folge der vielen Entwässerungen war der Kopf aus den Tiefen des Wassers nach oben getrieben. Das Fleischerbeil, das den Schädel gespalten hatte, lag in der Nähe.

»Wer ist das?«, fragte Molly.

»Das weiß ich nicht.« Taumelnd richtete Laniah sich auf und schlug ein Kreuz. Mistress Clare hatte sie alle zu Katholiken erzogen, wie sie selbst eine war. Das war das Einzige, wofür sie ihrer Herrin dankbar sein konnte, sagte Laniah sich immer wieder – dass sie jetzt zur wahren Kirche gehörte und nach ihrem Tod in den Himmel kommen würde. »Wer das ist, weiß ich nicht, Mr. Jonathan. Sehen Sie, ich hab's nicht vergessen.«

»Das stimmt.« Molly, die Jonathan war, trat wieder ans Wasser und betrachtete den Totenschädel und das Fleischerbeil. Jetzt, da die Sonne fast verschwunden war, war der Kopf kaum noch zu erkennen. »Der sieht aus, als wäre er schon lange tot«, sagte sie. »Meinst du nicht auch, Laniah?«

»Wahrscheinlich.«

»Und der, der das getan hat – ob sie den wohl je erwischt haben?«

»Es hätt ja auch 'ne Frau sein können, wo das getan hat, nicht?«, wandte Laniah ein.

»Ja, natürlich. Es hätte eine Frau sein können. Wenn sie viel Kraft hatte.« Molly, die Jonathan war, hielt die Hände hoch. »Man weiß nie, was man zurücklässt, wenn man fortgeht, oder, Laniah?«

»Nein, wahrscheinlich nicht. Oder wer's später findet. Wollen Sie mich zurücklassen, Mr. Jonathan? Damit Ihre Mama mich prügelt? Wenn Sie nicht mehr da sind, gibt's niemanden mehr, wo sich für mich einsetzt.«

Ein letzter Blick auf das Ding im Tümpel, und Molly, die jetzt Jonathan war und bereitwillig den Rest ihres Lebens Jonathan bleiben würde, solange das bedeutete, dass sie als Chirurg arbeiten konnte, griff nach ihrem Ranzen und schritt entschlossen aus. Sie fühlte die unglaubliche Freiheit, die die Kniehose ihr gab, das Glück, weder Rock noch Unterröcke zu tragen. Und ohne wirklich zu wissen, dass sie sich entschieden hatte, rief sie über die Schulter: »Komm, Laniah. Pass gut auf, wo du hintrittst. Du und ich, wir haben einen weiten Weg vor uns.«